François-René
de Chateaubriand

Voyage
en Amérique

Édition de Sébastien Baudoin
Professeur de Lettres supérieures
au lycée Victor-Hugo, Paris

Gallimard

PRÉFACE

« Les États-Unis, c'est l'utopie réalisée. »
JEAN BAUDRILLARD, *Amérique.*

Les rivages désirés

Lorsque l'on examine les raisons qui auraient poussé le jeune François-René de Chateaubriand, alors âgé de vingt-trois ans, à quitter sa terre natale pour s'exiler en Amérique, l'on oublie trop souvent la place que pourrait occuper l'esprit d'aventure. Maintes fois exalté par Chateaubriand dans ses Mémoires d'outre-tombe *par la peinture de ces « années de délire » autour de Combourg, anticipé par son enfance sauvage auprès des vents et des flots[1], galvanisé par la lecture de Rousseau et sa rêverie*

---

1. Au livre III des *Mémoires d'outre-tombe*, Chateaubriand retrace son adolescence à Combourg comme une errance mentale et physique où, pendant ce qu'il nomme « deux années de délire », il rêve d'évasion avec une créature née de son imagination — la « Sylphide » —, arpentant jusqu'à l'épuisement le domaine et les forêts qui environnent le château. Au livre II, il s'était présenté comme le fruit d'une « éducation sauvage » conférée par les éléments bretons (les flots et les vents, comme il le rappelle au livre I), se livrant à des « courses sauvages ». Sur la

sur l'homme primitif, ranimé par la fréquentation de Chrétien-Guillaume de Lamoignon de Malesherbes, qui lui inocule le virus du voyage et des grandes découvertes, l'esprit d'aventure investit le jeune aristocrate, alors « sous-lieutenant d'artillerie en disponibilité », comme le rappelle Marc Fumaroli[1], voyant « son imagination allumée » de manière irrémédiable. Tout le pousse à partir : la situation politique révolutionnaire qui met en péril les nobles, son désœuvrement alors qu'il n'a pas encore choisi un « état », c'est-à-dire fixé sa destinée, l'invitation tacite de son premier mentor Malesherbes à partir à sa place explorer le Nouveau Monde, un projet fou qu'il nourrit, sans trop y croire, de découvrir à lui seul le fameux passage du Nord-Ouest alors que nombre d'explorateurs confirmés et aguerris ont échoué avant lui. Le jeune homme se berce de chimères et cherche à donner, comme il le dira plus tard, un « but utile à [son] voyage[2] ». Mais ne nous y trompons pas : le véritable but est plus secret. Il s'agit, à l'image d'Homère, d'aller visiter les peuples qu'il envisage de peindre, de trouver des « images » et d'alimenter sa « Muse vierge » en se livrant « à la passion d'une nouvelle nature[3] ». Naguère, en compagnie de sa sœur Lucile, il avait senti naître en lui « le premier souffle de la Muse », qu'il dépeint dans ses Mémoires d'outre-tombe *avec les accents les plus exaltés. Il s'agit désormais d'incarner cette Muse,*

---

question, voir mon article « L'enfance de Chateaubriand ou les itinéraires d'une errance intérieure », dans *Enfance et errance dans la littérature européenne du XIXe siècle*, études réunies et présentées par Isabelle Hervouet-Farrar, Clermont-Ferrand, Presses universitaires Blaise Pascal, coll. « Littératures », 2011, p. 161-176.

1. Marc Fumaroli, *Chateaubriand. Poésie et Terreur*, Paris, de Fallois, 2003 ; Gallimard, « Tel », 2006, p. 321.

2. *Mémoires d'outre-tombe*, Paris, Classiques Garnier, 1989 ; Le Livre de Poche, coll. « La Pochothèque », 1998, t. I, livre V, chap. XV, p. 309.

3. *Mémoires d'outre-tombe*, *op. cit.*, t. I, livre VI, chap. VI, p. 343.

de lui donner l'étendue et l'ampleur d'une véritable ins-
piration et c'est la nature démesurée du Nouveau Monde
qui seule pourra combler cette aspiration à l'infini.
Jeune homme désabusé et sans avenir, chassé par les
désordres de l'Histoire, réfugié dans la folie de ses rêves
d'absolu, exalté par ses chimères et croyant retrouver
en Amérique l'incarnation même de sa chère Sylphide,
créature féminine fantasmée dans le donjon de Com-
bourg — ce « toit paternel » —, il voit dans le voyage en
Amérique le véritable acte d'émancipation de la tutelle
familiale. L'Amérique n'est pas simplement pour lui le
lieu d'un nouveau départ, c'est celui d'une réconciliation
majeure, l'union d'un esprit aventureux et avide d'infini
avec l'espace d'une liberté sans bornes qui peut réaliser
ses rêves nourris à l'avance. En partant en Amérique,
suivant alors la voie des colons qui, malgré la violence
des Indiens et des bêtes sauvages, y défrichent des par-
celles pour s'y installer dans l'espoir d'une vie meilleure,
Chateaubriand, qui rêva d'y demeurer pour toujours,
comme Napoléon plus tard songera à s'y établir, sait
qu'il s'agit là, au fond, de dissiper une fausse chimère
— celle de l'explorateur improvisé — pour en réaliser une
autre — celle du poète.

Une mission lui a aussi été confiée par ce père de
substitution qu'est Malesherbes, faisant naître en lui ce
désir de « voyage mythique » que le vieil homme ne peut
plus accomplir, lui ce « voyageur immobile[1] » plongé
dans l'immense bibliothèque de voyageurs et de natura-
listes qu'il ouvre au jeune homme comme une boîte de
Pandore d'un imaginaire enflammé en quête d'exotisme
et d'ailleurs. Le passage de relais entre maître et élève
s'opère dans toute la complicité qui pouvait s'établir

---

1. Ces deux expressions sont de Jean des Cars dans sa biographie de Malesherbes (*Malesherbes*, Paris, de Fallois, 1994 ; rééd.
Perrin, coll. « Tempus », 2012, p. 452).

entre ce témoin avancé du siècle des Lumières, pétri de culture et de botanique, et ce jeune homme exalté qui a les ressources que lui n'a plus : l'énergie des grands rêves à accomplir. Alors, même s'il regrette que son disciple n'ait aucune connaissance en botanique, il lui parle des forêts américaines, des explorations à effectuer, de Hearne, de Mackenzie, ces doubles fantasmés de lui-même avec lesquels le voyageur en herbe espère rivaliser secrètement. Au gré de nombreux après-midi, au voisinage de cet initiateur, par la lecture de multiples ouvrages de voyageurs et d'encyclopédies de botanique, Chateaubriand alimente en lui chaque jour davantage le foyer brûlant de l'inconnu et la fascination pour la wilderness[1]. *L'Amérique s'inscrit en lettres de marbre sur le fronton de son imaginaire. Il vient d'ailleurs ranimer un vieux rêve nourri, si l'on en croit George D. Painter, dès l'enfance à Combourg, alors qu'il avait écouté des* « capucins missionnaires » *invités par son père retraçant, en 1784,* « leur vie chez les Peaux-Rouges[2] ». *En 1786, plein de ces récits, qui avaient éveillé en lui le désir d'arpenter ces espaces sauvages, il annonce de but en blanc à son père qu'il a trouvé sa vocation : il désire*

---

1. Le terme de *wilderness* est proprement intraduisible, si ce n'est, imparfaitement, par « sauvagerie ». Son genre, en langue française, est également flottant — le mot est employé tantôt au masculin, tantôt au féminin. Chateaubriand retrace ces journées et l'influence de Malesherbes dans les *Mémoires d'outre-tombe, op. cit.*, t. I, livre V, chap. XV, p. 309-310. Pour approfondir la notion de *wilderness* en relation avec l'espace américain, l'on peut se référer au passionnant essai de Roderick Frazier Nash, *Wilderness and the American Mind* (Yale University Press, 1967 ; 4e édition, 2001). Voir également notre article « De la philosophie en Amérique : Chateaubriand, Tocqueville et Thoreau à l'épreuve de la *wilderness* », *Travaux de Littérature*, vol. XXVII, « La littérature française et les philosophes », sous la direction de Pierre-Jean Dufief, Genève, Droz, 2014, p. 265-282.

2. George D. Painter, *Chateaubriand, une biographie. Les orages désirés* [1977], Paris, Gallimard, 1979, p. 189.

« *aller au Canada défricher des forêts*[1] ». *Le patriarche de Combourg ne s'y oppose pas, lui qui jadis avait été jusqu'à Québec. Si l'on ajoute à cela la lecture dans le bureau de son père de l'*Histoire des Deux Indes *de l'abbé Raynal (1770), celle de Rousseau qui l'enthousiasme, nourrissant en lui le rêve d'un Nouvel Éden réalisé dans les forêts américaines, tous les ingrédients sont réunis pour le pousser à traverser l'Atlantique et à rejoindre cette contrée chimérique. Le feu des premières errances solitaires de la grève de Saint-Malo et des bois de Combourg se rallume par la perspective d'arpenter un espace beaucoup plus large et démesuré, à la hauteur de ses propres ambitions. Mais quelles sont-elles réellement ?*

Ambitions et chimères du départ

Alors qu'il envisage avec recul ce projet de voyage en Amérique, le mémorialiste démystifie ce vertige de l'aventurier et ravale l'exploration projetée du passage du Nord-Ouest au rang de « but utile », « projet » conforme à sa « nature poétique[2] ». *Mais le jeune homme d'alors croyait-il réellement à ses propres chimères ? Si Malesherbes ne l'a pas découragé, voyant en lui celui qui pouvait le faire voyager par procuration, sa venue en Amérique, ses rencontres avec les coureurs de bois et les pionniers l'ont vite ramené à la réalité et il a troqué ses chimères d'explorateur contre sa « nouvelle muse*[3] », *les forêts américaines contre ce « monde polaire » qu'il envisageait d'arpenter. Arrivé en Amérique, sa lettre à Malesherbes, datée de 1791, laisse vite se dissiper son*

1. *Ibid.*
2. *Mémoires d'outre-tombe, op. cit.*, t. I, livre V, chap. XV, p. 240.
3. *Ibid.*, t. I, livre VII, chap. I, p. 287-288.

*premier rêve au profit du second, sans doute le plus pro-
fond et le plus ancré en lui :* « *Au surplus, je suis content
de ce que je vois, et si le découvreur s'afflige, le poète
s'applaudit*[1]. » *Se heurtant au réel et aux conditions de
vie dans l'Amérique de la fin du XVIIIe siècle, il se résout
dès son arrivée à un pragmatisme plus sage en conver-
tissant ses rêves au profit de la littérature, confiant à
son mentor :* « *je me ferai aux coutumes des Indiens,
aux privations de tous genres ; je deviendrai un coureur
de bois avant de devenir le Christophe Colomb de l'Amérique polaire*[2] ».

*Le projet d'exploration du Grand Nord n'est donc
qu'un prétexte pour légitimer auprès de ses proches,
en premier lieu de sa mère, ce voyage un peu fou qui
n'a d'autre but que de combler la soif d'aventure du
jeune chevalier de Combourg. Alors, nanti d'une lettre
de recommandation du marquis de la Rouerie auprès
du général Washington*[3], *devenu président et qu'il ambi-
tionne de rencontrer, Chateaubriand,* « *domin[é]* » *par
son* « *idée* » *fixe de* « *passer aux États-Unis*[4] », *cherche
surtout la gloire :* « *Personne ne s'occupait de moi ;
j'étais alors, ainsi que Bonaparte, un mince sous-
lieutenant tout à fait inconnu ; nous partions, l'un
comme l'autre, de l'obscurité à la même époque, moi
pour chercher ma renommée dans la solitude, lui sa
gloire parmi les hommes*[5]. » *Trouver la gloire dans les
déserts de l'Amérique paraît paradoxal mais la solitude,
chez Chateaubriand, est le ferment essentiel de l'inspiration : en Amérique naîtra sa vocation de poète et
cette expérience, véritable séisme intérieur, nourrira*

1. *Correspondance générale*, Paris, Gallimard, 1977, t. I, p. 60.
2. *Ibid.*
3. Voir *Mémoires d'outre-tombe*, *op. cit.*, t. I, livre V, chap. XV,
p. 310.
4. *Ibid.*, p. 309.
5. *Ibid.*

*toute son œuvre avec la puissance permanente qu'ont
sur l'imaginaire les voyages au contact d'un monde
radicalement sauvage et distinct de celui qui nous est
familier. Chateaubriand fait alors un dernier pèlerinage
à Combourg, désert et gagné par la végétation (son père
était mort en 1786) — image traumatique qui reviendra
souvent le hanter[1] et qu'il décrit dans l'introduction du*
Voyage en Amérique. *Il embrasse sa mère et s'embarque
à bord du* Saint-Pierre, *un navire malouin qui attendait
le départ sur la rade de Saint-Malo depuis le 5 avril,
rejoignant des sulpiciens et séminaristes qui y avaient
embarqué le 7. Le 8, Chateaubriand monte à bord et le
bateau quitte le port de Saint-Malo[2]. Il s'agit bien d'une
seconde naissance, arrachement au domaine du père et
aux bras maternels pour rejoindre la mer, cette autre
« nourrice[3] ».*

1. Sur ce sujet, voir notre article « Le retour au lieu paternel,
un thème obsédant de l'écriture de Chateaubriand », dans *Bulletin
de la Société Chateaubriand*, n° 50, La Vallée-aux-Loups, 2008,
p. 37-49.
2. Richard Switzer a très bien établi la chronologie de ces événements dans son édition du *Voyage en Amérique* (Paris, Didier,
1964). Nous remercions Henri Rossi de nous avoir rappelé ces
précisions. Switzer stipule que les Sulpiciens « avaient embarqué, peut-être pour se mettre à l'abri des indiscrétions des sans-
culottes locaux, dès le 28 mars ».
3. Jules Michelet rappelle cet imaginaire de la mer-mère
dans *La Mer* : « Elle est, ce semble, la grande femelle du globe,
dont l'infatigable désir, la conception permanente, l'enfantement, ne finit jamais » (Michelet, *La Mer*, Folio classique, 1983,
p. 113). Chateaubriand, dans l'Introduction du *Voyage en Amérique* (p. 116), rattache la mer au modèle maternel fantasma-
tique évoqué par Michelet quelques années plus tard, insistant
davantage sur sa dimension féconde là où Chateaubriand y voit
surtout un espace des origines et de la constitution première
de l'être, de sa genèse protégée. Plus précisément, Michelet
insiste sur la double symbolique de la mer, sa double « fonction » pour reprendre son vocabulaire, de « mère et nourrice
des êtres » (*La Mer, ibid.*, p. 79). Chateaubriand en donne cette

*Chateaubriand donne de ce départ une description tout
à la fois poétique et mélancolique dans les* Mémoires
d'outre-tombe, *où l'alanguissement du paysage trahit
la nostalgie de la patrie appelée à être absente et que le
voyageur laisse à regret derrière lui :*

> On leva l'ancre, moment solennel parmi les navi-
> gateurs. Le soleil se couchait quand le pilote côtier
> nous quitta, après nous avoir mis hors des passes.
> Le temps était sombre, la brise molle, et la houle
> battait lourdement les écueils à quelques encablures
> du vaisseau.
> Mes regards restaient attachés sur Saint-Malo ; je
> venais d'y laisser ma mère toute en larmes. J'aper-
> cevais les clochers et les dômes des églises où j'avais
> prié avec Lucile, les murs, les forts, les tours, les
> grèves où j'avais passé mon enfance avec Gesril et
> mes camarades de jeux ; j'abandonnais ma patrie
> déchirée, lorsqu'elle perdait un homme que rien ne
> pouvait remplacer. Je m'éloignais également incer-
> tain des destinées de mon pays et des miennes : qui
> périrait de la France ou de moi ? Reverrais-je jamais
> cette France et ma famille[1] ?

---

image : « Me trouver au milieu de la mer, c'était n'avoir pas
quitté ma patrie ; c'était, pour ainsi dire, être porté dans mon
premier voyage par ma nourrice, par la confidente de mes premiers plaisirs. » Le bain amniotique devient replongée dans les
origines : la terre américaine n'est autre d'ailleurs qu'un espace
originel, du moins rêvé et écrit comme tel, avec tout de même
la perspective permanente de sa fin contenue paradoxalement
dans son caractère pur et primitif, qui est aussi violent et des-
tructeur, à l'image des rives du Meschacebé décrites dans le
« prologue » d'*Atala*.

   1. *Mémoires d'outre-tombe, op. cit.*, t. I, livre V, chap. XV, p. 311.

Voyages en Atlantique

De la traversée de l'Atlantique, le Voyage en Amérique *ne dit rien ou presque, et ce sont les* Mémoires *qui, une fois encore, viendront combler les blancs de la narration viatique.* Chateaubriand nous projette directement de Saint-Malo aux Açores, sans s'appesantir sur un moment pourtant essentiel du voyage : la confrontation avec le « double infini », celui de l'azur des cieux et des profondeurs de l'océan. Il oublie de nous parler de quelques-unes de ses frasques sur le navire, de ses lectures enflammées de la Bible à haute voix, médusant les sulpiciens, interdits face à ce jeune exalté, de sa volonté farouche de se faire lier au mât comme Ulysse pour éprouver les effets vivifiants de la tempête en mer, faits que ne manqueront pas de railler ses compagnons de voyage dans leurs écrits, au premier chef Édouard de Mondésir[1]. De son ami de circonstance, le jeune Tulloch, embarqué hors du cercle des sulpiciens où il est arraché momentanément à son tuteur vigilant et austère, il ne reste qu'une initiale énigmatique : « T. ». Chateaubriand, dans le* Voyage en Amérique, *taille dans le vif : il semble pressé et compile, coupe, réduit. Il renvoie de manière désinvolte à des passages du* Génie du christianisme, *d'*Atala *ou de son* Essai historique, *les cite abondamment et ne sélectionne que le strict nécessaire. C'est un écrivain qui se hâte d'établir son volume pour les* Œuvres complètes *— nécessité financière oblige. Mais ne ménage-t-il pas aussi les passages les plus poétiques et les plus autobiographiques pour les inclure dans son œuvre-somme, les* Mémoires d'outre-tombe, *en cours d'édification ? On peut le penser, même si l'urgence de l'écriture de circonstance prime évidemment sur les*

---

1. Voir ses *Souvenirs* (posthume, 1942).

nécessités de réserver ses confidences à l'œuvre qui saura le mieux les accueillir et participer à la mythification de son existence.

Ce sont donc les Mémoires *qui nous renseignent le mieux sur ce parcours atlantique occulté par le* Voyage en Amérique, *même si eux-mêmes pillent également les passages essentiels du récit de voyage. Le chapitre intitulé « Traversée de l'océan » (*Mémoires, VI, II*) retrace les délices de la traversée, le bonheur de dormir à la belle étoile, « enveloppé de [son] manteau », couché « la nuit sur le tillac » : « Mes regards contemplaient les étoiles au-dessus de ma tête. La voile enflée me renvoyait la fraîcheur de la bise qui me berçait sous le dôme céleste : à demi assoupi et poussé par le vent, je changeais de ciel en changeant de rêve[1]. » La traversée de l'Atlantique met en valeur l'exaltation ressentie, beaucoup plus fortement dans les* Mémoires *que dans le* Voyage en Amérique. *Ainsi, le récit de voyage ne mentionne pas le fait qu'entre l'île Graciosa et Terre-Neuve, Chateaubriand vécut un moment d'euphorie en se situant entre deux infinis presque pascaliens, au centre de l'univers sublime qui l'entoure, image de sa griserie intérieure à l'approche du Nouveau Monde :*

L'espace tendu d'un double azur avait l'air d'une toile parée pour recevoir les futures créations d'un grand peintre. La couleur des eaux était pareille à celle du verre liquide. De longues et hautes ondulations ouvraient dans leurs ravines, des échappées de vue sur les déserts de l'Océan : ces vacillants paysages rendaient sensible à mes yeux la comparaison que fait l'Écriture de la terre chancelante devant le Seigneur, comme un homme ivre. Quelquefois, on eût dit l'espace étroit et borné, faute d'un point de saillie ; mais

---

1. *Mémoires d'outre-tombe, op. cit.*, t. I, livre VI, chap. II, p. 327.

si une vague venait à lever la tête, un flot à se courber en imitation d'une côte lointaine, un escadron de
chiens de mer à passer à l'horizon, alors se présentait
une échelle de mesure. L'étendue se révélait, surtout
lorsqu'une brume, rampant à la surface pélagienne,
semblait accroître l'immensité même.

Descendu de l'aire du mât comme autrefois du nid
de mon saule, toujours réduit à mon existence solitaire, je soupais d'un biscuit de vaisseau, d'un peu de
sucre et d'un citron ; ensuite, je me couchais, ou sur
le tillac dans mon manteau, ou sous le pont dans mon
cadre : je n'avais qu'à déployer le bras pour atteindre
de mon lit à mon cercueil[1].

Expérience métaphysique et ontologique où l'être
ressent le vertige de se mesurer à l'incommensurable,
dans le sentiment ambivalent d'effroi et d'admiration
sublime, la contemplation de l'océan réalise à l'avance
le miroir révélateur du lac de Lamartine, avec l'effet
grossissant de la mer « toujours recommencée[2] ». Les
« déserts de l'Océan » anticipent sur les déserts des
forêts et des plaines américaines. C'est le vide toujours
recommencé, le rêve d'une âme ardente qui veut brûler
seule face à la nature, son aliment premier, sans les
hommes. Par anticipation, le voyageur jouit de l'ivresse
de l'espace infini, de cette liberté pleine et entière qu'il
était venue chercher sur un continent nouveau, un
monde naissant pris dans le rêve embué de ses origines.
Cette expérience ne saurait être que solitaire car elle
consiste à renouer avec la nature propre de l'homme :
partir en Amérique, c'est se réunifier et s'unifier tout à
la fois. Il n'est donc pas étonnant que ce soit au retour

---

1. *Mémoires d'outre-tombe, op. cit.*, t. I, livre VI, chap. V, p. 334.
2. Selon la belle expression de Paul Valéry (à propos de la Méditerranée) dans *Le Cimetière marin* (1920 ; repris dans *Charmes* en
1922), v. 4 : « La mer, la mer, toujours recommencée ! ».

*que soit placée la tempête qui menace d'anéantir le
voyageur.*

*Pour avoir une description de cette tempête vécue par
Chateaubriand lors du voyage retour, il faut aller voir
de nouveau du côté des* Mémoires, *où elle fait l'objet
d'un tableau animé et pittoresque. Le* Voyage en Amérique *ne mentionne qu'une tempête qui le « poussa en
dix-neuf jours sur la côte de la France », où il « fit un
demi-naufrage entre les îles de Guernesey et d'Origny »
(p. 365), sans entrer davantage dans les détails. Le texte
mémorialiste développe ce passage en accentuant encore
la dimension sublime d'une expérience qui met en péril
l'existence même du voyageur :*

> J'avais passé deux nuits à me promener sur le til-
> lac, au glapissement des ondes dans les ténèbres, au
> bourdonnement du vent dans les cordages, et sous les
> sauts de la mer qui couvrait et découvrait le pont :
> c'était tout autour de nous une émeute de vagues.
> [...]
> En mettant la tête hors de l'entrepont, je fus frappé
> d'un spectacle sublime. Le bâtiment avait essayé de
> virer de bord ; mais n'ayant pu y parvenir, il s'était
> affalé sous le vent. À la lueur de la lune écornée, qui
> émergeait des nuages pour s'y replonger aussitôt, on
> découvrait sur les deux bords du navire, à travers une
> brume jaune, des côtes hérissées de rochers. La mer
> boursouflait ses flots comme des monts dans le canal
> où nous nous trouvions engouffrés ; tantôt ils s'épa-
> nouissaient en écumes et en étincelles ; tantôt ils n'of-
> fraient qu'une surface huileuse et vitreuse, marbrée
> de taches noires, cuivrées, verdâtres, selon la couleur
> des bas-fonds sur lesquels ils mugissaient. Pendant
> deux ou trois minutes, les vagissements de l'abîme et
> ceux du vent étaient confondus ; l'instant après, on
> distinguait le détaler des courants, le sifflement des
> récifs, la voix de la lame lointaine. De la concavité du

bâtiment sortaient des bruits qui faisaient battre le cœur aux plus intrépides matelots. La proue du navire tranchait la masse épaisse des vagues avec un froissement affreux, et au gouvernail des torrents d'eau s'écoulaient en tourbillonnant, comme à l'échappée d'une écluse. Au milieu de ce fracas, rien n'était aussi alarmant qu'un certain murmure sourd, pareil à celui d'un vase qui se remplit[1].

Décrit dans sa sauvagerie sublime comme dans sa propension à unir les deux infinis, l'océan est partie prenante de la wilderness *qui se déploie sur terre, dans les plaines et forêts américaines*[2]. *L'expérience du sublime de terreur tel que l'a théorisé Edmund Burke*[3] *est continue — à*

1. *Mémoires d'outre-tombe, op. cit.*, t. I, livre VIII, chap. VII, p. 428-429.
2. C'est ce que note Pierre-Yves Pétillon, dans « De la mer en Amérique » : « Espace "sauvage et vaquant" en friche, hors cadastre, la *wilderness* englobe à la fois terre et mer, comme deux provinces s'inscrivant à titre égal dans le vaste projet américain de cartographier ce double territoire inédit, d'en inventorier flore et faune » (dans *La Mer, terreur et fascination*, sous la direction d'Alain Corbin et Hélène Richard, Paris, Le Seuil, coll. « Points Histoire », 2004, p. 148).
3. Edmund Burke, *A Philosophical Enquiry into the Origin of Our Ideas of the Sublime and Beautiful* (1757) ; traduction française par Baldine Saint Girons : *Recherche philosophique sur l'origine de nos idées du sublime et du beau*, Paris, Vrin, coll. « Bibliothèque des textes philosophiques Poche », 2009. Burke théorise un type de sublime fondé sur la stupeur, faisant entrer l'être dans un état de sidération manifestée par une paralysie due à l'ambivalence entre admiration et horreur. Le sublime burkéen ne passe pas simplement par la vision mais aussi par le son : le « murmure sourd » de l'eau qui entre dans le navire lors d'une tempête en mer ou les grondements de la cataracte de Niagara perçus par Chateaubriand relèvent de cette expérience du sublime ténébreux tel que Burke le décrit dans la deuxième partie de son essai (« Une sonorité excessive suffit seule pour subjuguer l'âme, suspendre son action et la remplir de terreur. Le bruit de vastes cataractes, d'orages déchaînés, du tonnerre, de l'artillerie, éveille

*l'arrivée en Amérique, en Amérique, une fois l'Amérique
quittée — car elle est autant liée à un territoire extérieur
qu'à une représentation mentale née de l'exaltation du
voyageur. C'est* le *credo exprimé par Chateaubriand dans*
Itinéraire de Paris à Jérusalem : « *Les nobles pensées
naissent des grands spectacles*[1]. » Les « courses » américaines sont avant tout des parcours d'espaces happés
par l'exaltation du désir d'arpenter et de s'extasier, que
la composition même du récit tend à rendre en précipitant certains temps morts du voyage et en dilatant au
contraire certaines expériences vécues intensivement dans
une communion avec le monde naturel, comme lors de
l'épisode majeur de navigation dans la* wilderness *décrit
dans le « Journal sans date » (p. 155 et suivantes).*

*Que reste-t-il donc de ce voyage concentré sur l'essentiel
du parcours et dont le récit passe sous silence de nombreux passages développés plus tard par les* Mémoires
d'outre-tombe, *Chateaubriand reprenant la matière de
son expérience pour exprimer la quintessence même de
ce qu'il avait vécu au Nouveau Monde ? C'est en se penchant sur la fabrique du texte que nous pourrons mieux*

---

dans l'esprit une sensation grande et terrible [...]. » *Op. cit.*,
p. 160.) En comparant le « beau » et le « sublime » comme caté-
gories esthétiques, dans la troisième partie de son essai, Burke
insiste sur l'aspect « sombre et ténébreux » inhérent au sublime
et qui le différencie du beau, plus lumineux : « L'un ne saurait
être obscur, l'autre doit être sombre et ténébreux, l'un est léger
et délicat, l'autre solide et même massif » (*ibid.*, p. 215). Burke
ajoute que « la terreur excite une tension anormale et de violentes
émotions nerveuses » : « On voit aisément que tout ce qui est
propre à produire une telle tension doit engendrer une passion
semblable à la terreur et, par conséquent, être source de sublime »
(*ibid.*, p. 224).
   1. Chateaubriand, *Itinéraire de Paris à Jérusalem* [1811], Folio
classique, chap. VI, « Égypte », p. 483 : « Les nuits passées au
milieu des vagues, sur un vaisseau battu de la tempête, ne sont
point stériles pour l'âme, car les nobles pensées naissent des
grands spectacles. »

prendre la mesure de la mosaïque mise en œuvre par l'auteur pour donner de la cohérence à son récit, reprenant pour une part la tradition des grands voyageurs.

L'alambic littéraire

Une première approche — globale — du Voyage en Amérique *dévoile une structure tripartite marquée par une surdétermination de la partie introductive (« Avertissement », bref, suivi d'une « Préface », très longue, et d'une « Introduction », plus brève) et de la partie conclusive, qui n'en finit pas de conclure : l'« État actuel des Sauvages de l'Amérique septentrionale » fait le bilan au présent d'une situation qu'il n'a fait qu'entrevoir par le passé ; la conclusion intitulée « États-Unis » amorce une réflexion politique sur le devenir du pays, poursuivie et étendue par la section suivante, « Républiques espagnoles » ; enfin, une dernière section redouble la portée conclusive en s'intitulant « Fin du voyage », renouant le fil du parcours, intitulé « Le Voyage », interrompu au moment de l'exposé de l'histoire naturelle et de propos plus encyclopédiques portant sur les mœurs et coutumes des Indiens. Que signifie cette volonté de baliser et d'enchâsser le propos central — ce qu'il nomme « l'itinéraire ou le mémoire des lieux parcourus » — auquel il adjoint des propos sur les « mœurs des Sauvages » et « quelques esquisses de l'histoire naturelle de l'Amérique septentrionale » ? C'est là un procédé que reprendra Chateaubriand dans ses* Mémoires d'outre-tombe, *en ajoutant sa célèbre « Préface testamentaire », mais qu'il avait aussi employé dès la parution de ses premiers ouvrages, multipliant les préfaces. Il s'agit de prévenir toute critique éventuelle, de cautionner son propos afin de le garantir comme étant scientifique, fiable et crédible. Il sait très bien que son récit de voyage est un collage de multiples pages qu'il*

*rapproche les unes des autres de manière parfois arti-
ficielle. Il manifeste ainsi un souci de cohérence et de
logique en l'enserrant dans un propos circonstanciel qui
entend lui donner une forme d'architecture périphérique.*

*« L'Avertissement » commence pourtant par une pro-
vocation, affirmant que l'auteur n'a « rien à dire de particulier sur le* Voyage en Amérique *qu'on va lire ». Mais
ce n'est qu'une prétérition puisque, après avoir exposé
l'origine de ses pages (le « manuscrit original des Natchez »), il se sert de cet avertissement pour expliquer
les raisons de l'absence de certains passages, justifiée
par l'efficacité narrative et la crainte de la redite. Il s'agit
surtout pour Chateaubriand d'exposer le plan de son
ouvrage et de montrer sa logique sous-jacente derrière
son aspect disparate : il flatte le lecteur en voulant le
« familiariser » avec « le jeune voyageur » qu'il était par
un fragment placé dans l'introduction de l'ouvrage puis
rappelle le « soin » avec lequel il a « corrigé » certains
passages toujours dans le but, en ajoutant d'autres écrits
« entièrement neu[fs] », d'aller dans le sens de « l'intelligence du texte ». Chateaubriand est soucieux de prouver
la cohérence de cet ensemble disparate, de ce collage de
textes divers, car il sait que c'est ce qu'on va lui reprocher
immanquablement : il fait alors preuve de prudence lorsqu'il aborde un sujet qu'il sait être périlleux car en proie à
la critique des spécialistes : la question des « Républiques
espagnoles ». Son approche est personnelle (il dit ce qu'il
aurait voulu faire quand il était en position politique
favorable pour cela) et renseignée (il se fonde sur des
« volumes imprimés » et des « mémoires »). Il s'agit de
garantir à la fois la subjectivité modeste du propos et sa
qualité scientifique. L'avertissement encadre en réalité
les deux volumes des* Œuvres complètes *(t. VI et VII) et
cherche donc à associer la préface, synthèse des voyages,
« feuille de route de l'homme sur le globe », aux autres
voyages qui remplissent le t. VII à la suite du* Voyage en

Amérique. *Là encore, il s'agit de montrer que rien n'est fait au hasard et que tout est pensé, dans cette « collection de [ses] voyages », sous l'angle du « nécessaire » et de l'utile.*

Mais le rôle de ces textes périphériques introductifs est plus profond que cela : Chateaubriand cherche aussi implicitement à se considérer dans la lignée des grands voyageurs qui l'ont précédé sur le globe. C'est le rôle dévolu à la magistrale « Préface » qu'il donne à son Voyage en Amérique, *vertigineux parcours d'érudit qui vaut pour un compendium de l'*Histoire générale des Voyages *de l'abbé Prévost. Chateaubriand puise abondamment sa matière chez Conrad Malte-Brun, dans son* Précis de géographie universelle *mais aussi dans les* Annales des voyages, *dont il donne une synthèse particulièrement structurée et élaborée. L'orientation de cette monumentale préface est chronologique et mène des origines des voyages (« les voyages remontent au berceau de la société », nous dit l'auteur) à leur plus récente actualité. Chateaubriand se montre un savant très au fait des évolutions de son temps et rachète quelque peu la naïveté illusionnée du jeune voyageur qu'il était alors, croyant pouvoir trouver à lui seul le passage du Nord-Ouest. Trente-six ans après, alors qu'il se replonge dans son parcours américain, il n'est pas tendre avec ses propres illusions d'antan et le jeune homme rêveur qu'il était. S'il revient avec distance sur son rousseauisme juvénile, c'est pour mieux conforter sa position actuelle d'auteur du* Voyage en Amérique, *tirant des leçons, avec le recul du savoir encyclopédique, sur ce qu'il fut. Il évoque « ce fameux passage qu'[il s'était] mis en tête de chercher, et qui fut la première cause de [son] excursion d'outre-mer ».*

Le parcours intellectuel des voyageurs s'arrête en effet assez longuement autour de la question du passage du Nord-Ouest, qui fascinera également Jules Verne. La

quête des sources du Mississippi l'occupe aussi consi-
dérablement car il s'agit d'établir un lien avec sa propre
quête : « Tel est ce Mississipi, dont je parlerai dans mon
Voyage », déclare Chateaubriand (p. 107). L'on com-
mence à percevoir que le propos préfaciel, lors même qu'il
semble se noyer sous l'érudition la plus fastueuse au gré
d'une remontée des temps chronologique, n'est en réalité
que l'orientation d'une matière à des fins de préparation
du propos central : le récit de son « itinéraire » en Amé-
rique. Ne faut-il pas alors voir une preuve de modestie
quelque peu jouée lorsque l'auteur déclare à la fin de la
préface, après s'être comparé tout de même à Ulysse : « Je
viens me ranger dans la foule des voyageurs obscurs qui
n'ont vu que ce que tout le monde a vu, qui n'ont fait
faire aucun progrès aux sciences, qui n'ont rien ajouté au
trésor des connaissances humaines » (p. 111) ? Il s'agit
bien de rejeter de nouveau le masque de l'explorateur
(qu'il a voulu être sans succès) pour prendre celui du
« dernier historien des peuples de la terre de Colomb »,
reprenant là une posture qui lui est très familière, celle
du témoin ultime d'un monde disparu, et anticipant sur
la position d'outre-tombe de ses Mémoires. *La posture*
rétrospective est une constante chez Chateaubriand,
nourrissant sa nostalgie d'un passé revécu par l'écriture
comme un âge d'or mais surtout perçu dans le rétrovi-
seur de l'âme comme un trésor éphémère qu'il s'agit de
livrer à la postérité.

   Les textes introductifs, paradoxalement, confortent le
propos de l'auteur mais tournent aussi le dos à un passé
dont on va feuilleter les plus belles pages, sélectionnées
par l'auteur. Si l'introduction rappelle brièvement les
circonstances du départ en Amérique, elle affiche sur-
tout la volonté de Chateaubriand de glorifier son œuvre
indirectement : le lecteur est sans cesse renvoyé à des
livres antérieurs (qu'il est parfois censé avoir lu pour
comprendre le propos tenu) et est invité à s'y reporter,

*pour mieux montrer que son œuvre n'est autre chose
qu'une immense mosaïque de textes, une toile littéraire
où tout fonctionne en réseau et s'appelle mutuellement.
Ainsi est justifiée la succession de fragments que l'on va
lire : son* opus magnus *est à l'image du* Voyage en Amérique *lui-même, recomposé à partir de* membra disjecta,
*de textes épars provenant d'autres œuvres ou d'extraits
non encore employés.*

*Après le corps du récit — itinéraire et propos d'histoire
naturelle ou de mœurs des Indiens —, Chateaubriand
semble avoir du mal à conclure ou plutôt ne cesse de
retarder la conclusion ultime, au point d'ajouter des notes
pour mieux soutenir ses propos concernant notamment
les ruines de l'Ohio, sachant là encore qu'il pourra être
attaqué sur ce point épineux. Ainsi, l'architecte consolide les bases de son ouvrage, avec la crainte perpétuelle
que tout cela ne s'effondre : le feuilleté des fragments, il
le sait, peut prêter au passage de tous les vents contes-
tataires, heurtant parfois la logique d'une narration en
dents de scie, parfois difficile à suivre, à l'image du parcours heurté qui fut le sien en 1791-1792 sur les terres
sauvages du Nouveau Monde. À quoi servent donc tous
ces propos conclusifs, si ce n'est à inscrire dans la ligne
continue du temps le propos qui a précédé ? La préface
faisait le bilan du passé et le liait au présent des voyageurs ; la conclusion lie ce passé au présent actuel des
États-Unis, fait le point sur la situation des « Sauvages
de l'Amérique septentrionale » avant de se projeter dans
l'avenir et d'imaginer, de manière prophétique, l'avenir
de l'Amérique.*

*La véritable structure de l'œuvre est donc chrono-
logique : bilan du passé — présent — avenir. Chateaubriand prend la posture qui lui plaît le plus, celle du
savant et du prophète après avoir été le conteur de son
expérience passée : « Après avoir raconté le passé, il me
reste à compléter mon travail en retraçant le présent »*

*(p. 324). « Compléter » est sans aucun doute le terme
essentiel qui permet de comprendre la logique structu-
relle de l'ouvrage : Chateaubriand comble les blancs,
opère des sutures, donne à l'ensemble hétéroclite une
cohérence et une solidité, mais surtout, il oriente la
matière du passé vers l'avenir en l'ancrant fortement
dans le présent du propos et du constat argumenté et
encyclopédique. « J'ai peint ce qui fut beaucoup plus que
ce qui est » déclare-t-il (p. 324) en abordant le premier
bilan conclusif de son ouvrage : il peindra alors ce qui
sera après avoir fait le bilan amer du « génie américain »
qui « a disparu ». Ouvrant le « registre mortuaire » des
Indiens, il se livre à un exercice qui lui vaudra une certaine célébrité dans ses* Mémoires, *le fameux « appel
des morts », chant du cygne saturé d'amertume qui fait
le bilan de tous ceux qui lui étaient chers et qui ont
disparu. La litanie des tribus indiennes décimées vaut
pour le constat de la mort de ce monde qu'il a traversé,
ouvrant vers les perspectives de l'outre-tombe dans les
terres du Nouveau Monde. Que va-t-il advenir après un
tel désastre ? Que faire aussi alors que les grands peuples
indiens ont perdu leur nature primitive et authentique,
abâtardis par l'alcool, les vices et la corruption, ce que
constatera également Tocqueville avec amertume en
1831 lorsqu'il se rendra sur les pas de son oncle ? Le
chant du cygne de l'Éden rousseauiste débouche sur le
constat doublement tragique de la perte de la « Nouvelle-
France », vendue par Napoléon : « Nous sommes exclus
du nouvel univers, où le genre humain recommence »
(p. 338). La France est ce nouvel Adam rejeté du Paradis et l'ombre de Milton plane sur les perspectives dessinées par Chateaubriand. Lui-même a été exclu de ce
paradis du Nouveau Monde : ce qu'il a connu n'existe
plus que dans les contrées amères de son esprit, amères
mais aussi réjouissantes.*

Si tout paradis est nécessairement perdu, ce que Marcel

Proust plus tard affirmera comme une vérité établie[1], il s'agit moins de se morfondre que d'envisager avec courage et résolution l'avenir qui se dresse devant nous. C'est la raison pour laquelle Chateaubriand conclut sans conclure, de manière ouverte, comme il le fera dans ses Mémoires, *se présentant « un crucifix à la main » alors que la lune cède la place au soleil qui se lève, signe d'espoir pour les « peintres nouveaux » qui lui succéderont et reprendront le flambeau qu'il a porté. De même, l'Amérique renaîtra de ses cendres : la « conclusion » du* Voyage en Amérique *n'est autre qu'un panorama aussi vertigineux que celui de la préface, ne constatant pas le progrès des voyages et des découvertes menées par les explorateurs tout autour du globe mais les extraordinaires croissance et révolution qui ont eu lieu aux États-Unis depuis son départ. « Le Mississipi, le Missouri, l'Ohio, ne coulent plus dans la solitude » (p. 340) : le premier constat est la perte d'une innocence, d'un lien profond avec la nature au profit de la prolifération exacerbée de la technique et de la modernité : les routes sont autant de ramifications qui ruinent toute possibilité de renouer avec l'expérience qui fut la sienne alors. Il s'agit, par un tableau élargi de l'Amérique moderne, qui transforme « des lieux naguère sauvages » en lieux « cultivés et habités » (p. 342), de signer l'arrêt de mort de toute imitation possible : son voyage, son rapport exceptionnel avec la nature, cette solitude qu'il éprouva face*

---

1. Voir la fin célèbre et magistrale de *Du côté de chez Swann* (1913) : « Les lieux que nous avons connus n'appartiennent pas qu'au monde de l'espace où nous les situons pour plus de facilité. Ils n'étaient qu'une mince tranche au milieu d'impressions contiguës qui formaient notre vie d'alors ; le souvenir d'une certaine image n'est que le regret d'un certain instant ; et les maisons, les routes, les avenues, sont fugitives, hélas, comme les années » (Folio classique, p. 574). « Les vrais paradis sont les paradis qu'on a perdus », ajoute l'auteur dans *Le Temps retrouvé* (1927) (Folio classique, p. 177).

au grand spectacle de la nature, tout cela ne peut plus être éprouvé désormais. Il entend bel et bien montrer que tous les espaces sauvages sont désormais cultivés et peuplés : « Il faut se représenter ces lacs du Canada, naguère si solitaires, maintenant couverts de frégates » (p. 347). Mais si la solitude et la pureté primitives ont été perdues, il s'est opéré une conversion des libertés : la liberté de « l'enfance des peuples » est devenue une liberté « de la vieillesse des peuples », « fille des lumières et de la raison », la « liberté des États-Unis » ayant remplacé celle des Indiens. Après le constat fataliste d'une mort des déserts et de la wilderness, *Chateaubriand modère son constat : « L'Amérique habite encore la solitude » (p. 350). Il est encore possible de jouir d'une liberté primitive, mais pour combien de temps ?*

Quel lien établir avec les considérations qui suivent sur les « Républiques espagnoles » si ce n'est cet hymne à la liberté, cette glorification de l'indépendance qui court sous l'exposé du tableau chronologique de l'émancipation progressive et souhaitée des peuples ? Il s'agit encore et toujours de liberté, celle qu'il a rêvée étant jeune, celle qu'il appréhende en son âge avancé par le miroir déformant des États-Unis et des Républiques espagnoles. La cohérence n'est plus simplement chronologique, mais ontologique : dès son jeune âge, Chateaubriand se présente comme épris de liberté, lui qui a voulu visiter une terre de liberté — l'Amérique — puis qui a combattu en faveur de la liberté, celle du peuple grec et surtout celle de la presse, qui sera une des grandes luttes de son existence. C'est qu'il en allait aussi de sa propre liberté, qu'il n'a cessé de manifester jusque dans la désinvolture avec laquelle il compose son Voyage en Amérique. *La « Fin du voyage », après les excursus portant sur la situation politique américaine, renoue de manière surprenante avec le fil du parcours, suspendu depuis les dernières pages du « mémoire des lieux parcourus »*

*portant sur « quelques sites dans l'intérieur des Florides ».
Chateaubriand pratique déjà là une liberté qui deviendra
rituelle au sein des* Mémoires d'outre-tombe, *celle des
« incidences », propos décrochés, souvent méditatifs, qui
prennent brusquement de la hauteur par rapport à la
linéarité de la narration. La retombée dans la logique du
récit a surtout pour effet de boucler la boucle de l'itinéraire entrepris, suspendu, et de préparer la mise en scène
du coup de théâtre, politique : la nouvelle — très retardée — de la fuite de Varennes et la volonté farouche de
remplir son devoir auprès du roi en rentrant en France.
En réalité, Chateaubriand fut plutôt pressé par des nécessités financières, n'ayant plus assez d'argent pour poursuivre son voyage. Alors, « plein d'illusions », réveillé de
son doux rêve utopique par le son du canon de l'Histoire,
dont il perçoit l'écho retardé, Chateaubriand se drape du
sentiment du devoir et fait le bilan de son étrange conversion par le voyage : le « voyageur » envisagé est devenu
« soldat » et le « bâton » comme « l'épée » se sont changés
en « plume ». On pense là encore à la fameuse scène
finale des* Mémoires *où, la plume déposée, il envisage de
se munir du crucifix pour descendre dans sa tombe. À la
toute fin du* Voyage en Amérique, *en bon poète, il apostrophe les « astres », « immobiles témoins de [ses] destinées vagabondes » (p. 367).*

« L'itinéraire » et la tentation naturaliste

*Si l'encadrement chronologique et ontologique de
l'œuvre consolide l'édifice, entre synthèse du passé et
coup d'œil d'aigle ou de géant porté sur l'avenir, le cœur
même du récit semble malgré tout dissymétrique, composé d'un côté d'un « itinéraire » reconstitué de manière
peu ou prou chronologique et de l'autre d'une synthèse
encyclopédique sur la nature et la culture des Indiens.
Comment concilier ce paradoxe structurel ? Philippe*

*Antoine a très bien montré que ce qui pouvait passer
pour une hétérogénéité trouve une raison d'être dans le
modèle proposé par les devanciers de Chateaubriand,
notamment l'*Histoire générale des Voyages *de Prévost
ou le* Voyage dans les parties intérieures de l'Amérique
septentrionale *de l'Américain Carver, qui tous deux
présentent un contenu séparé en deux parties distinctes
et ont pu inspirer à Chateaubriand l'idée de « comparti-
menter des discours divers*[1]* » en les faisant voisiner et
se succéder du subjectif à l'objectif, du propos d'impressions au propos rationnel. Dans l'ouvrage de Carver, la
dominante du propos de la première partie est descriptive, comme pour Chateaubriand, et la deuxième s'attache
aux mœurs des Indiens (« De l'origine, des usages, des
mœurs, de la religion et du langage des Indiens ») ; la
troisième partie, quant à elle, s'intéresse à l'histoire naturelle (« Des animaux, arbres et plantes de l'Amérique septentrionale »). Chateaubriand inverse seulement l'ordre du
propos, conservant d'abord le propos descriptif au fil de
son itinéraire, puis les propos d'histoire naturelle et enfin
les textes concernant la culture indienne. Carver ajoutait
une quatrième partie traitant des moyens d'établir des
colonies commerçantes « dans l'intérieur de l'Amérique
septentrionale » et un plan de Richard Withworth « pour
effectuer le projet de reconnaître par terre le Nord-Ouest
de l'Amérique » mais qui « n'a pas eu lieu », exactement comme le projet de reconnaissance avorté de Chateaubriand... William Bartram, autre source essentielle
de notre auteur*[2]*, répartit différemment la matière dans*

---

1. Voir Philippe Antoine, *Les Récits de voyage de Chateaubriand.
Contribution à l'étude d'un genre*, Paris, Honoré Champion, 1997,
p. 34-35.
2. Sur ce sujet, voir notre article « Imaginaires eschatologiques
du paysage américain : Chateaubriand au miroir des *Voyages*
de William Bartram », dans *Kultur — Landschaft — Raum*, dir.
Marina Ortrud Hertrampf/Béatrice Nickel (Hrsg.), Stauffendburg,

ses Voyages *(1776) : le propos descriptif est toujours corrélé à un propos scientifique tenu sur la nature. Il regroupe simplement les informations concernant la culture « des Américains aborigènes » dans la quatrième partie de son œuvre*[1].*

Si le propos encyclopédique de Chateaubriand est emprunté à de nombreuses sources et relève de la compilation savante, le propos de « l'itinéraire » pose davantage de problèmes de cohérence : le parcours est en effet intitulé « voyage » mais il est entrecoupé d'une lettre, d'un journal auquel il manque une datation précise et de pages descriptives (lacs du Canada, cours de l'Ohio, sites des Florides). S'ajoute à cela le fait que, Chateaubriand ne s'étant jamais rendu en Floride, il a dû recomposer et mettre en scène les descriptions traduites ou adaptées comme des scènes vues au fil d'un parcours totalement fictif. Quelle est donc la cohérence de tous ces fragments successifs, mis à part le parcours, qui semble cependant compromis car la chronologie comme les lieux sont à plusieurs reprises très flottants voire imprécis ou inexistants ? Chateaubriand donne l'impression de situer son héros voyageur dans un rêve où il passe de scènes en scènes en s'affranchissant des contraintes spatio-temporelles. Certes, il demeurait difficile pour lui, trente-six ans après le voyage effectif, de se souvenir des dates exactes des différentes étapes de son parcours, les lieux étant plus aisément restituables, même s'il a pu

---

Verlan, Tübingen, 2018, p. 105-126. Nous traitons également de ce rapport aux sources de Bartram dans notre étude « Mésologie du Nouveau Monde : Chateaubriand face à la nature américaine », intervention au séminaire Mésologies à l'EHESS le 22 mai 2015, publié sur le site *Mésologiques — études des milieux* : http://ecoumene.blogspot.fr/2016/09/mesologie-du-nouveau-monde.html#more.

1. William Bartram, *Voyages* [*Travels*], Paris, José Corti, coll. « Biophilia », 2013, p. 427-454.

*s'aider des notes prises sur place ou à son retour en exil
à Londres. La pratique du texte-ruine était déjà celle qui
préexistait à la composition en mosaïque du* Voyage en
Italie *(1806) alors que l'*Itinéraire de Paris à Jérusalem
*(1811) était bien plus savamment composé, avec un iti-
néraire suivi de manière régulière et stricte du début à
la fin du voyage. Dans le* Voyage en Amérique, *il s'agit
bien davantage d'un travail de reconstitution « avec
des fiches » qu'avec des « réminiscences personnelles »,
comme le rappelle Richard Switzer*[1]. *Chateaubriand lui-
même accrédite cette interprétation en prétextant une
forme de confusion dans ses références textuelles et personnelles alors qu'il aborde le passage descriptif de l'intérieur des Florides, entièrement fictif : « Il est presque
impossible de séparer ce qui est de moi de ce qui est de
Bartram, ni souvent même de le reconnaître. Je laisse
donc le morceau tel qu'il est » (p. 179).*

*La voix narratoriale est dès lors le seul élément de
cohésion qui puisse donner un point de repère au lecteur : or, cette voix ne cesse de se référer à un manuscrit, véritable fil rouge de l'ordonnancement de la partie
consacrée à l'itinéraire du voyageur. Cette caution, qui
laisse discrètement entendre que le propos tenu est donc
véridique puisque issu d'une source concrète, rédigée peu
de temps après le voyage effectif, voire* in situ, *permet à
Chateaubriand de s'autoriser toutes les audaces struc-
turelles et de faire voisiner l'une après l'autre des pages
disparates. Il semble bel et bien que l'on feuillette avec
lui les souvenirs de son voyage au gré de sa mémoire ou
de ses choix personnels, sans aucun souci d'exhausti-
vité mais à la manière d'un florilège, qui vaut pour un
récit progressif et continu : « fragment », « morceau »,
« page détachée » qui « nous transporte » en un autre*

---

1. Introduction au *Voyage en Amérique*, éd. Richard Switzer,
op. cit., p. LXIX.

lieu, « *commencement de journal* » *qui n'a que* « *l'indication des heures* ». *Chateaubriand cultive sciemment
le manque et l'avorté, laissant même parfois parler le
manuscrit à sa place en se cachant derrière sa caution :
« Le· manuscrit présente maintenant un aperçu général
des lacs du Canada. » Si le « manuscrit manque », s'il y
a des trous dans le parcours, il semble même s'en accommoder sans souci, à charge pour le lecteur de suivre
comme il peut. Le propos lacunaire trouve une caution
dans l'effet d'authenticité garanti par la mention récur-
rente du « manuscrit », renvoyant au mythe de l'écrivain
qui puise dans la manne divulguée à l'orée de l'œuvre,
celle des* Natchez *qu'il vient de faire paraître une année
plus tôt chez Ladvocat.*

To be continued *: le* Voyage en Amérique *est une
continuation, un épisode de plus qui vient se rattacher
à ce que Marc Fumaroli appelle la* « *première grande
galaxie en prose créée par Chateaubriand*[1] » *remontant à
l'œuvre originelle, l'*Essai sur les révolutions *(1797). Le
pari est risqué mais le rappel est néanmoins constant : la
cohérence est aussi à percevoir dans la lignée éditoriale de
ses* Œuvres complètes *en cours de parution chez Ladvocat. Le* Voyage en Amérique *est composé d'inédits avec
les* membra disjecta *des* Natchez, *fragments tombés de
l'épopée que l'auteur recolle pour composer la mosaïque
nostalgique d'un Éden perdu. Car les fragments recol-
lés sont toujours peu ou prou brisés : les sutures sont
visibles, Chateaubriand les revendique même comme
preuves de son travail d'architecte ou d'archéologue littéraire. Le coup de maître de Chateaubriand est d'avoir
donné forme et consistance à un ouvrage recomposé à
l'aide de fragments épars. Mais ce qui fait aussi de ce récit
de voyage une œuvre aux éclats lumineux, ce sont les*

---

1. Marc Fumaroli, *Chateaubriand. Poésie et Terreur, op. cit.*,
p. 321.

*descriptions des paysages qui s'y trouvent logées comme
des preuves du génie persistant de « l'Enchanteur[1] ».*

Paysages du Nouveau Monde[2]

*Composer avec les « solitudes » et les « déserts » du Nou-
veau Monde revient très souvent, pour Chateaubriand,
à convertir son extase en données picturales et architecturales : de même qu'il voit très souvent les Indiens
par le prisme des idéaux antiques, en rêvant en eux la
résurrection de la simplicité des mœurs gréco-romaines,
les espaces naturels deviennent à ses yeux culturels, du
moins dans leur appréhension esthétique. Certes, le regard
du voyageur, transmis par le recul de l'âge et la reprise
des premiers textes teintés d'émotion rousseauiste, transcende souvent la réalité pour y voir germer les contours
d'un idéal, tendant vers l'infini métaphysique. Mais lorsqu'il décrit la faune et la flore de l'Amérique, c'est bien
contre la ville, Philadelphie quadrillée et monotone ; et*

---

1. Tel est le surnom que lui avait donné Charles-Augustin
Sainte-Beuve, l'un des critiques littéraires les plus influents du
XIXᵉ siècle. Il devint vite proverbial pour désigner Chateaubriand.
Dans un article du *Constitutionnel* daté du 18 mars 1850, Sainte-
Beuve avait en effet rendu compte des huit premiers tomes des
Mémoires d'outre-tombe qui venaient de paraître l'année précédente en égratignant Chateaubriand mais en louant aussi sa
plume enchanteresse en ces termes : « [Ces *Mémoires*] sont peu
aimables, en effet, et là est le grand défaut. Car pour le talent,
au milieu des veines de mauvais goût et des abus de toute sorte,
comme il s'en trouve d'ailleurs dans presque tous les écrits de
M. de Chateaubriand, on y sent à bien des pages le trait du maître,
la griffe du vieux lion, des élévations soudaines à côté de bizarres
puérilités, et des passages d'une grâce, d'une suavité magique, où
se reconnaissent la touche et l'accent de l'enchanteur… ».
2. Pour une étude plus exhaustive des paysages chez Chateaubriand, voir notre *Poétique du paysage dans l'œuvre de Chateaubriand* (Paris, Classiques Garnier, 2011).

son trop discipliné Delaware ne l'intéresse pas, lui qui préfère l'impair visuel, la brisure, marque du pittoresque depuis les théories de Gilpin[1]. *L'île de Saint-Pierre, ténébreuse, laisse présager que le Nouveau Monde qui s'annonce contient en lui le germe de sa propre destruction, si bien que Chateaubriand organise tous ses tableaux de la nature en fonction de cette dialectique de la mort-vie et de la vie-mort, en lui adjoignant d'un côté le modèle de la peinture, de l'autre celui de l'architecture. La palette du peintre contre l'esthétique de la ruine, tous deux unis par le regard du voyageur-poète.*

*Dans une note de l'*Essai sur les révolutions *concernant l'Amérique et ses errances avec Tulloch, Chateaubriand décrit le point commun qui les unit provisoirement : celui d'être « épris de nature ». Cet amour inconditionnel des grands espaces naturels se dit spontanément par le référent artistique. À la « frontière de la solitude », en « disciple de Rousseau », Chateaubriand magnifie son expérience de la* wilderness *en rendant poétiquement*

---

1. L'Anglais William Gilpin (1724-1804) est considéré comme le théoricien majeur du pittoresque à la fin du XVIIIe siècle. Dans ses *Trois essais sur le beau pittoresque* (1792, traduit en français en 1799), il pose les fondements d'une nouvelle esthétique de la ligne brisée qui nourrira toute la conception romantique du paysage, s'opposant radicalement au classicisme et au néoclassicisme, qui prônent le modèle de la ligne droite et régulière. Dans *Le Paysage de la forêt* (1791), Gilpin considère le « beau pittoresque » comme relevant de « beautés fortuites », prenant l'exemple d'un « premier plan accidenté » où « un vieil arbre *creux* », « pourvu d'un *membre mort*, d'un *rameau affaissé*, ou d'une *branche qui dépérit* » peut plaire à l'œil de l'esthète (*Le Paysage de la forêt*, traduit et préfacé par Joël Cornuault, Saint-Maurice, Éditions Premières Pierres, 2010, p. 32-33). Sur la question du pittoresque chez Chateaubriand, nous renvoyons à notre article « Le pittoresque entre peinture et littérature dans quelques paysages de Chateaubriand », dans *Le Pittoresque. Métamorphoses d'une quête dans l'Europe moderne et contemporaine*, études réunies par Jean-Pierre Lethuillier et Odile Parsis-Barubé, Paris, Classiques Garnier, 2012, p. 329-340.

une vue pittoresque ou une « soirée [...] magnifique »
par de petites touches chromatiques ou des détails sin-
guliers qui permettent au lecteur de ressentir et de voir
littéralement la nature que lui-même a observée jadis à
la manière d'un tableau vivant. Ainsi du tremblement
pittoresque lorsque « le vent de la solitude [...] balance
l'enseigne de l'auberge » où il trouve refuge, de la poésie
ténébreuse — ballet infernal des serpents du lac Érié —,
expérience des limites qui se retrouve dans le « vertige »
des « montagnes sous-marines » qu'il contemple au fond
des eaux du lac Supérieur. Là, il a une première révéla-
tion esthétique et métaphysique : « L'imagination s'ac-
croît avec l'espace » (p. 152). Cette dilatation de l'âme
au contact du sublime naturel, n'est-ce pas ce qu'il est
venu chercher ? Il n'est alors pas étonnant de le voir
en quête de « points d'optique » où poser son « œil de
géant » pour lire à ciel ouvert le grand livre de la nature
que Dieu lui offre à contempler : les îles et promon-
toires du lac Supérieur lui présentent la vastitude apte
à combler avec euphorie ses désirs d'infini, les « plaines
fluides et sans bornes du lac » lui rappelant l'illimité de
l'océan. Le paysage cinétique, en mouvement, vu depuis
un canot, est alors la meilleure manière de transporter
le lecteur au cœur même de cette vie démesurée qui le
subjugue et le transporte.

Le « Journal sans date » devient le bréviaire de cette vie
végétale et céleste sublime : un traité de métaphysique à
l'usage des poètes voyageurs. Alors que pour décrire les
abords des lacs du Canada il avait pris le ton du géo-
graphe, énumérant les données précises qui caractérisent
les lieux, le poétique prend le pas sur la statistique et
le rêveur s'épanche avec le mouvement du canot. Cette
harmonie s'exprime par la profusion végétale, animale
(particulièrement les oiseaux, avec entre autres le tableau
des dindes sauvages, repris de Bartram) et l'expression
oxymorique du foisonnement visuel et de la fracture, la

*ruine végétalisée. Cette invitation à la poésie métaphy-
sique qu'est le « Journal sans date » demeure la synthèse
de l'expérience américaine : les nuances des teintes des
feuillages trahissent le regard du peintre mais le souci
de l'harmonie des formes végétales relèvent de la vision
de l'architecte, ou plutôt de l'archéologue. Même lorsque
Chateaubriand pille Bartram, décrivant les Florides où il
ne s'est jamais rendu, il réalise le tour de force de nous
mystifier et de nous éblouir. C'est que son imaginaire travaille en profondeur les données textuelles relues à l'aune
de sa propre perception de l'Amérique. Le petit détail
qui fait vrai, l'indice d'exaltation, et surtout la suture
harmonieuse, marient habilement les contraires : ces
forêts, « aussi vieilles que le monde », annoncent un bas-
culement cosmique de la vision, une révolution, au sens
non plus politique mais astral, bref une harmonie des
sphères végétales et architecturales inédite. Le voyageur
s'efface et n'est plus que le témoin, le mémorialiste de la
vie naturelle. La végétation labyrinthique est à l'image
du jeune aventurier-poète qui cherche sa voie et sa voix,
ayant déjà accouché à Combourg de sa vocation. Il s'agit
à présent de la faire parler. La lumière fantastique qu'il
perçoit dans cette forêt des origines, lieu d'une nouvelle
naissance — celle de l'écrivain —, lui permet de réaliser
la synthèse merveilleuse de la vie et de la mort, de ce
cycle éternellement rejoué et dont il voit les rouages fonc-
tionner devant lui. La nature américaine est une Bible
ouverte de la Nature à ses premiers commencements.
Nourri de cet imaginaire, Chateaubriand fait de la figure
du voyageur qu'il était un chantre du Nouveau Monde,
dont la richesse n'est pas dans les villes, mais dans la
Nature : les débris végétaux, les pins tombés, une carcasse de chien perçue au détour d'un torrent sont autant
de* memento mori *distribués sur le chemin initiatique
du voyageur. À ces forces de mort, qui travaillent en profondeur le continent américain, Chateaubriand oppose*

*la puissance du rayonnement divin, « lueur scarlatine »
du feu projeté sur les arbres, « mer de verdure » qui redé-
ploie sur la forêt les ondes maritimes et leur saveur d'infini, teintes variées des pins et prodigalité végétale, dans
un doux parfum de Genèse et de jeunesse perpétuée ad
libitum, teintes en dégradé de vert des arbres, du plus
clair au plus sombre. Dans la nature, Chateaubriand
lit l'origine et l'avenir des hommes : loin d'eux, il n'a
jamais été aussi proche de comprendre leur condition, et
la sienne avec elle. L'expérience de la confrontation avec
les Sauvages n'aura pas d'autre fonction que de révéler
l'humanité qui, au fond, les habite et dont les hommes
modernes, citadins et corrompus, sont dépourvus. Le
vertige des montagnes sous-marines devient vertige ontologique où l'on découvre que l'homme n'est pas celui
que l'on croit.*

*La recherche d'harmonie par la plume s'exprime, chez
Chateaubriand, par la fascination pour la confluence des
fleuves, dont il fera le symbole de sa condition humaine,
pris entre le torrent de la Révolution et l'avènement d'un
nouveau monde politique, initié par l'Empire napoléonien. Dans le* Voyage en Amérique, *la métaphore fluviale
célèbre de la « Préface testamentaire » est en germe : comment expliquer alors que Chateaubriand s'appesantisse
autant sur la « pompe extraordinaire » du confluent du
Kentucky et de l'Ohio ? Comment comprendre autrement
le tableau panoramique qu'il esquisse des rapides de
l'Ohio, symbole de la force vitaliste de la nature, la per-
sonnification des fleuves Tennessee et Cumberland puis
du Missouri et du Mississippi en frères jumeaux ennemis
rejouant, sur le plan gigantesque de la lutte des fleuves,
le mythe de Caïn et Abel pour se disputer la prééminence
sur les vastes solitudes américaines ?*

*Chateaubriand laisse parfois sa plume épique pour
reprendre le pinceau du peintre mais il ne se contente
pas, dans ces pages recréées des « Sites de l'intérieur*

des Florides », *de traduire platement ses devanciers,
majoritairement Bartram. Il met en scène le savoir et le
dynamise par le concert des teintes des fleurs exotiques
évoquées, alcées ou jacobées, et par l'effet poétique du
vent qui met en mouvement la botanique et le chromatique. Chateaubriand ne décrit pas : il fait sentir et
ressentir. La mise en mouvement et en perspective du
monde naturel donne lieu à des scènes de la vie végétale :
ainsi de l'œnothère pyramidale, description traduite de
Bartram et pourtant dotée d'une vigueur certaine, prolongée par la petite scène cruelle de la dionée, tueuse
d'insectes impitoyable. La grâce et la cruauté, la vie et
la mort, toujours en balance dans ce monde qui nous
avertit, sous la plume de Chateaubriand, de ne pas céder
trop facilement aux attraits des belles apparences, nous
préserve de croire trop naïvement que la vie est éternelle.
La description du poisson d'or qui fait reluire un métal
précieux dans ces solitudes liquides, le « fluide azuré »
et les « couleurs changeantes » du ciel crépusculaire,
l'étagement végétal des forêts, les jeux de lumières et de
couleurs sur les arbres au soleil couchant, toute cette
poésie de l'élévation et des astres, mettant en miroir la
terre et le ciel, dans un concert d'épuration esthétique du
monde, n'a pour but que de créer un effet de transcendance chez le lecteur et de signifier la présence-absence
du divin derrière le rideau chamarré de la Nature. Ainsi
du « spectacle » céleste panoramique que dépeint Chateaubriand, associant la lune et la « voûte du ciel » : il
désigne ainsi tacitement le grand principe et le grand
ordonnateur, le metteur en scène de la « pompe extraordinaire » qui renvoie l'homme à sa juste mesure. L'avertissement a été donné peu auparavant : « La nature se
joue du pinceau des hommes » (p. 184). L'écrivain
ne peut pas transcrire la totalité de l'expérience vécue
mais simplement évoquer, ce qui est le fond même de
la poésie. Les reflets diamantins de la lune, l'apaisement*

*d'une soirée silencieuse rythmée par le cœur battant de
la nature, ce flux et reflux du lac déjà poétisé par Rousseau dans ses* Rêveries, *prélude à son contraire, la lente
montée de l'orage, « tableau plein de grandeur » rappelant le dieu vengeur après le dieu rémunérateur. Tout
joue des contrastes et ramène à la complexité profonde
de la nature et de l'existence humaine face au divin.
Alors, que retirer de cette expérience extatique au sein
du « temple de la nature » que Baudelaire reprendra dans
son sonnet « Correspondances » pour établir sa théorie
de la synesthésie ? L'imaginaire architectural déployé par
Chateaubriand pour décrire la vie végétale n'a d'autre
but que de faire signe vers un « beau idéal » renouvelé,
voisinant avec un sublime ténébreux tel qu'Edmund
Burke l'avait théorisé peu auparavant : le motif du roc
brisé fait entrer en scène un troisième acteur esthétique
— le pittoresque — qui vient rompre avec la linéarité
du beau classique. Dans la* wilderness, *Chateaubriand
rebat les cartes esthétiques, ou plutôt les marie sous la
double perspective, terrestre (le poète) et céleste (Dieu).
L'homme est poète après Dieu : il tente de rendre l'éclat
sur le mode mineur et imparfait de la plume devenue
pinceau ou compas d'architecte. Il est réduit à rendre
l'harmonie et la mesure de la démesure, consistant à
s'éprouver dans sa chétive relativité, chétive mais tout
de même sublime dans cet élan transcendant qui pousse
à exprimer ce qui nous dépasse. Les arbres en terrasse à
Apalachucla ne sont pas seulement un prétexte de la part
de Chateaubriand pour échelonner son savoir emprunté
de botaniste amateur : il s'agit surtout de construire
un escalier esthétique qui monte vers le divin et dessine une perspective inatteignable. En gagnant ainsi ses
galons d'écrivain comme de philosophe des solitudes,
Chateaubriand n'en abandonne pas moins les valeurs
terrestres et politiques. C'est pourquoi il se fait volontiers
le chantre de la liberté, qui lui permet d'associer nature*

*et culture de manière inédite, traçant la voie aux trans-
cendantalistes américains*[1].

Le chantre de la liberté

*Si Chateaubriand est déçu par les Indiens, pas assez
sauvages et primitifs, dénaturés par les colons, embléma-
tisés par la scène de pantomime grotesque initiée par le
maître de danse improvisé, M. Viollet, si Washington lui
paraît trop peu conforme à l'image du Cincinnatus qu'il
rêvait en lui, mais toujours plus grand que Bonaparte
(c'est la leçon du fameux parallèle qu'il établit entre eux),
la Nature, elle, ne le déçoit pas. Elle est à la démesure
de ce qu'il attendait : mieux, elle surpasse ses attentes.
C'est qu'il y trouve au fond ce qu'il cherchait : la « liberté
primitive » qu'il « retrouve enfin » après avoir quitté les
langes rousseauistes. Avec ironie, Chateaubriand fait
précéder la scène du renouement avec la liberté première
de la scène de la danse grotesque des Indiens sous la
houlette de M. Viollet. Il s'agit de relativiser la naïveté
du jeune aventurier qu'il fut. La liberté, il ne la trouve
d'abord que dans la Nature, loin des hommes : ou plutôt, il en retrouve d'abord trace dans les enfants sauvages et leur éducation. Reprenant le propos de sa lettre
à Malesherbes avec des considérations d'ethnologue des
peuples autochtones, il montre combien l'enfant sauvage
n'obéit à personne et combien, « noble comme l'indépendance », personne ne lui obéit : les filles sont les égales
sur ce point des garçons. Cette « liberté primitive » est le
meilleur vecteur de l'égalité parmi les hommes. Le génie*

---

1. Marc Fumaroli fait même remonter l'« idéal de vie "trans-
cendantaliste" » à Rousseau, idéal qui consiste à « se retirer
avec [soi]-même en ermite et poète », anticipant le « mythe de
résistance » de Thoreau, et « dont Chateaubriand ne se départira
jamais » (*Chateaubriand. Poésie et Terreur*, op. cit., p. 324).

tutélaire Rousseau est encore là. Tempérée en note, l'extase panthéiste et libertaire du jeune voyageur est laissée telle quelle par Chateaubriand pour que l'on prenne la mesure de ses illusions : « Moi, j'irai errant dans mes solitudes », « je serai libre comme la nature ! » (p. 156). Avant la résistance civile de Thoreau, autre chantre de la Nature et de la liberté dans les solitudes, Chateaubriand rompt avec la civilisation (avant d'y retourner comme il se doit). L'ivresse de la liberté, non plus théorisée mais vécue, s'exprime par « l'idée de l'infini » qui « se présente à [lui] », le « calme formidable » qui, dans le « Journal sans date », lui livre la quintessence même de la liberté : le contact direct avec Dieu à travers les « merveilles » qu'il déploie devant lui. S'il déclare solennellement aux hommes absents « je vais jouir dans les forêts de l'Amérique de la liberté que vous m'avez rendue », c'est qu'il se sent « vivre comme une partie du grand tout » (p. 186). Telle est la liberté absolue : une sensation transcendante d'être davantage que ce que l'on est, sans les entraves de la société.

Mais la liberté n'est pas associée seulement à la Nature : elle est bien plus vaste et devient l'emblème de l'Amérique dans son ensemble. La conclusion de la section intitulée « État actuel des Sauvages de l'Amérique septentrionale » n'est autre qu'une méditation politique sur l'efficacité de l'esprit de liberté qui anime les États-Unis et l'a fait progresser, depuis son retour en France, de manière fulgurante. Cette ode au libéralisme, éloge du progrès industriel, trouverait sa racine dans l'alliance miraculeuse de la liberté et de la religion chez ce peuple. Les véritables « prodiges de la liberté » sont l'objet de la conclusion du Voyage en Amérique, *qui distingue « deux espèces de liberté praticables », « filles des mœurs » et « fille des Lumières ». Alors que le jeune aventurier n'avait d'yeux que pour une seule forme de liberté, primitive, celle issue des mœurs, l'écrivain, avec le bénéfice*

*de l'âge et le recul du temps, constate le triomphe de
la liberté issue de la raison, signe d'espoir qui atteste
du fait que, malgré les ravages causés sur les peuplades
indiennes et la conquête de la Nature repoussant toujours
plus loin la frontière, « l'Amérique habite encore la solitude » (p. 350). Si les « Républiques espagnoles » n'ont
fait que suivre les révolutions de leur patrie mère, c'est
qu'elles n'ont pas été animées, comme les États-Unis, de
cet « instinct de la liberté » qui transcende un peuple et
lui ouvre les portes de l'avenir, car la liberté ne saurait
être qu'un « principe puissant ». En se rendant en Amérique, le jeune Chateaubriand a recherché cette liberté
première, naïve et spontanée, qui s'est convertie depuis
en liberté raisonnée. La relecture du voyage entrepris est
ainsi teintée de la nostalgie d'une illusion, ouverte sur la
perspective raisonnée d'un futur prometteur, la Nature
et la Culture étant animées d'un même élan. Demeure le
sujet des Indiens, hommes primitifs qui ne parviennent
pas à trouver leur place dans la société régie par la liberté,
« fille des Lumières ».*

Un ethnologue en herbe :
considérations sur les Indiens

*Chateaubriand n'est pas Claude Lévi-Strauss. Son
immersion auprès des Indiens et la durée relative de son
séjour, ainsi que ses connaissances empruntées sur le
sujet de leurs mœurs ne sont pas de la même ampleur.
Cependant, sa vision des Indiens nous renseigne sur sa
manière de considérer l'idéal qu'il rattachait alors à ces
alter ego, miroir d'une liberté originelle qu'il cherche
à épouser pleinement. La menace révolutionnaire, les
contraintes d'un jeune homme encore sans état, l'envie de
découvrir le monde : tout pousse le jeune Chateaubriand*

*dans la nature américaine pour s'y ressourcer au contact
des Indiens promus hommes de la nature à la manière
de Rousseau. La projection déçoit fatalement, conformément à la structure dysphorique qui régit tout voyage
mûri à l'avance. Les Indiens se présentent premièrement
à Chateaubriand sous l'angle du grotesque et du tragique,
grotesque de la gesticulation de la danse mal apprise qui
ne cadre pas avec les attentes du voyageur, et tragique
d'une dénaturation de héros devenus pantins des colons
qui les manient comme des marionnettes. Les Indiens
ont perdu de leur superbe et l'idéal s'effondre. Mais la
plongée dans la* wilderness *vient peu à peu reconstruire
l'édifice en ruine : le contact avec les Onondagas et leur
sachem est l'occasion pour le jeune rousseauiste d'observer de près les mœurs des hommes de la nature, en
adoptant le regard d'un ethnologue ; mais ce qu'il y voit
est surtout une leçon de sagesse et d'humanité battant
en brèche les tenants de l'idée selon laquelle l'homme
est méchant par nature. L'hospitalité de ses hôtes, leurs
danses réelles et non plus leurs pantomimes imposées par
les colons, leurs rituels, décrits en détail, rachètent leur
image écornée par une première approche précipitée et
trompeuse. Le chemin initiatique reconstruit par l'auteur
du* Voyage en Amérique *fait progresser le voyageur de
la déception à l'euphorie : il s'agit d'une reconquête des
idéaux à l'épreuve de la réalité. Dès lors, les artifices des
hommes dits « civilisés » lui paraissent, par effet d'inver-
sion, grotesques et mal établis : les défrichements hésitent
sans trancher entre nature et culture, les logis et les bourgades des pionniers forment de « singulières hôtelleries »,
« caravansérails » orientaux déplacés et mal à leur place
dans l'Extrême-Occident. À ces moyens incommodes de
dormir, il préfère les « couches aériennes » des Indiens,
plus poétiques et plus en harmonie avec la liberté naturelle : l'éloge de l'éducation des enfants par les Indiens
n'est pas à comprendre autrement que dans cette lignée*

rousseauiste (cette fois professée dans l'Émile) selon
laquelle l'on s'éduque mieux soi-même à l'épreuve des
difficultés que l'on rencontre. Mais le respect pour les
adultes n'est pas pour autant bafoué, bien au contraire :
les Indiens réalisent donc la prouesse, au cœur de la
nature, de dépasser les mœurs civilisées en leur donnant
une leçon d'éducation sage et mesurée, qui ne contraint
pas l'indépendance naturelle des hommes.

Leur rapport à la Nature et à ses « bienfaits » ne se
départ pas de cette idée d'harmonie, de quiétude et de
sagesse qui demeure l'idéal incarné des théories de Rousseau que Chateaubriand percevait alors en actes, passant
de la théorie à la pratique. Si le narrateur n'est pas dupe
de ces illusions livresques et philosophiques, il prend un
malin plaisir à montrer que le voyageur d'alors l'était,
entièrement. Il s'agit de valoriser son propos, gage d'une
narration sérieuse et d'un ouvrage de valeur, en prenant
de la distance avec les fantaisies que l'on pourra lire. La
description des Indiens pêchant dans le lac Érié, véritable
scène ethnologique de la vie indienne, n'est pas exempte
de dimension épique où l'Indien devient un héros qui
affronte l'Enfer, tel un personnage homérique ou virgilien.
Ainsi, tout est prétexte à mettre en valeur la supériorité
des Indiens sur les colons et celle des hommes de la civilisation sur la terre qui est la leur : la wilderness. Qu'il
loue la finesse d'ouïe des Indiens et la manière dont ils
reconnaissent à des kilomètres les pas et les sons produits
par les « chairs rouges », ou la manière dont ils poétisent
les lieux naturels pour les annexer à leurs croyances ani-
mistes comme pour la « caverne du Grand Esprit », tout
semble préparer la mise en récit du savoir qu'il a compilé
sur leur mode de vie, regroupé dans la section « Mœurs
des Sauvages ». Il y insiste fortement sur la chasse, les
guerres et la religion, trois aspects fondateurs à ses yeux
de la particularité indienne par rapport à la vie civilisée. La perspective est à la fois testimoniale (rapporter

l'organisation d'un monde en train de disparaître) et apologétique (défense et illustration de la richesse et de la grandeur d'organisation de la société indienne, injustement taxée de « primitive »).

Alors que la « Préface » du Voyage en Amérique avait loué la grandeur de la civilisation avec les progrès des explorateurs et des voyageurs, la section finale intitulée « État actuel des Sauvages de l'Amérique septentrionale » opère la synthèse du déclin programmé des Indiens. Le « registre mortuaire » qu'il ouvre ainsi anticipe sur le « monde mort » qu'il explorera dans les Mémoires d'outre-tombe, désignant l'univers disparu de son enfance et de sa jeunesse. La littérature demeure le conservatoire des mondes évanouis. Si « le génie américain a disparu », il ne le déplore pas de manière stérile mais essaie de contrer les ravages du temps et des hommes par la plume, se faisant le « dernier historien de ces peuples » (mais l'on sait que Tocqueville en reparlera longuement plus tard dans son ouvrage fondateur, De la démocratie en Amérique). Sous l'angle de la vanité, le devenir des Indiens demeure déjà écrit, inéluctable, si bien que tout ce qu'il a dit précédemment sur leurs mœurs, tant dans « l'itinéraire », la partie « voyage », que dans la section plus encyclopédique intitulée « mœurs des Indiens », devient un précieux témoignage et s'en trouve redoré du prestige de l'ultime. Il ne faut pas s'y tromper : la mise en scène rhétorique sert la mise en relief du propos. La posture du « dernier qui » sert la valorisation de Chateaubriand lui-même et favorise la pente déclinante de sa rêverie mélancolique et nostalgique sur la fin des empires et des civilisations : son ouvrage se termine avec les mentions réitérées du déclin de plusieurs mondes. Tout s'effondre, ou plutôt s'est déjà effondré : Chateaubriand tient le registre des morts. Ainsi de la nostalgie d'une grandeur passée de la France, de son empire colonial perdu, celui de la Nouvelle-France, alors que le

*Nouveau Monde n'est autre qu'un continent prometteur,
où « le genre humain recommence ». Cette occasion man-
quée — et gâchée —, imputable d'ailleurs à Bonaparte qui
a revendu, en 1803, le territoire de la Nouvelle-France,
demeure un chant du cygne qui ne trompe personne :
n'est-ce pas ce monde naïf de sa jeunesse que regrette
Chateaubriand, et, derrière lui, l'Ancien Régime mort et
enterré ? Empreints d'une saveur amère de vanités, les
dernières paroles du* Voyage en Amérique *anticipent sur
les* Mémoires d'outre-tombe *qui lui voleront d'ailleurs
nombre de pages teintées de l'obscurité mélancolique et
savoureuse du voyageur, cette fameuse « tristesse du bonheur » qu'évoque l'auteur désenchanté de son rêve.*

*En l'Amérique, Chateaubriand a surtout vu la Nature
et entrevu l'Histoire et la société, comme il a croisé
Washington, vraisemblablement plus avant de repartir qu'à
son arrivée. S'il s'aventure en pèlerinage sur les lieux des
champs de bataille de Lexington, près de Boston, ce n'est
qu'un détour avant son entrée dans la Grande Nature.
Entrevoir l'Histoire lui permet de la tenir à distance,
comme il maintient les hommes loin de lui pour mieux
les voir avec des yeux neufs, dessillés par l'expérience du
Moi face à un monde vierge et neuf : il médite sur la mort
non au contact des êtres civilisés mais en la percevant à
l'œuvre derrière le filtre des apparences. Le « calme formidable » qui l'entoure lors de sa navigation retranscrite
dans le « Journal sans date » lui révèle que la mort est
au fond de la vie, ce que confirme un cadavre de chien
perdu au sein de la prodigalité liquide et végétale. Chateaubriand n'en oublie pas la civilisation pour autant : les
ruines de l'Ohio, qui ont fait couler beaucoup d'encre, le
font rêver sur l'identité mystérieuse d'un peuple qui aurait
vécu là, au sein des charmes de la vie sauvage, mais qui
a disparu. Il s'interroge alors sur le peu de chose qu'est
une vie humaine, sur la fragilité des civilisations, qui
peuvent tout aussi bien désigner celle dont il est lui-même*

*issu. Il entrevoit l'avenir funeste de son propre monde,
de sa propre vie, l'infiniment petit, comme l'œnothère
pyramidale démarquée de Bartram lui donne une leçon
sur lui-même : la vie éphémère de cette plante[1] lui renvoie
le miroir tragique de sa destinée. L'illusion panthéiste
n'est alors peut-être qu'un moyen de se rassurer et de
choisir sa propre fin en se consumant au sein du grand
Tout, en se vaporisant l'âme de la griserie d'une sortie de
son corps momentanée, transcendant l'ambiguïté faite de
mélancolie et d'euphorie qui place la vie dans un éternel
balancement entre deux tendances contraires. Partir en
Amérique consisterait alors pour le jeune homme à tenter
l'impossible : vivre pleinement hors de soi quand le Moi
a été trop contraint par le monde qui l'entourait.*

Les contours changeants
d'une fascination

*Chateaubriand ne consacre qu'une seule ligne à New
York : la future reine des hauteurs et le symbole de l'Amérique triomphante est encore à naître. C'est ce que rappelle Paul Morand qui, dans* New York *(1930), s'inscrit
dans la lignée de Chateaubriand et explique la révolution
qui s'est produite depuis qu'il a quitté l'Amérique. Cette
révélation, c'est la naissance de New York, sa croissance
qui, depuis lors, a fasciné et fascine toujours les écrivains
français, au détriment, parfois, du reste de l'Amérique :*

> À la fin du XVIIIe siècle, New York n'est encore qu'une
> ville d'importance secondaire et fait médiocre figure

---

1. Elle représente, en précipité, la brièveté de la vie puisqu'elle
« commence à s'entrouvrir » le soir et se fane « vers la moitié
du matin » pour mourir « à midi ». Voir le *Voyage en Amérique*,
p. 182.

à côté de Boston et de Philadelphie. La plupart des voyageurs du temps ne la mentionnent pas. À quoi doit-elle donc le rang qu'elle tient actuellement ? Au début du XIXᵉ siècle, l'Amérique entière s'est transformée, jusqu'à devenir méconnaissable. Lorsque trente ans après *Atala*, Chateaubriand reprend la rédaction de son voyage, à l'occasion de la publication de ses *Mémoires d'outre-tombe*, il est obligé de décrire un tout autre pays que celui qu'il a connu. [...] Ce qui est vrai des États-Unis l'est plus encore de New York. La grande cause de sa croissance fut la création par le Witt Clinton, en 1825, du canal de l'Érié qui, en reliant les Grands Lacs intérieurs à l'océan, plaça New York à la tête de tout le réseau des voies d'eau américaines[1] [...].

La fascination pour New York va peu à peu servir d'écran masquant, pour les écrivains français du XXᵉ siècle, ou plutôt synthétisant, la grandeur américaine. Par ses buildings novateurs (même si le premier building a été érigé à Chicago), par sa position cardinale rappelée par Paul Morand, New York devient le port d'entrée des États-Unis. L'Amérique sauvage de Chateaubriand, ce monde où Philadelphie et Boston étaient les villes les plus importantes, est désormais bel et bien révolue. New York a avalé l'Amérique et est devenu le pôle d'attraction des écrivains voyageurs. Ainsi, Albert Camus traîne ses insomnies à Manhattan : « Par-dessus les sky-scrapers, à travers des centaines de milliers de hauts murs », il entend « un cri de remorqueur » qui vient le ranimer « au cours de la nuit » et lui faire brusquement prendre conscience de la conformation du lieu où il se trouve, un « désert de fer et de ciment » qui n'est autre qu'une « île[2] ».

1. Paul Morand, *New York* [1929], Paris, Flammarion, 1981 ; rééd. coll. « GF », 1988, p. 34-35.
2. Albert Camus, *Voyages*, « De New York au Canada », Paris, Gallimard, coll. « Folio », 1978, p. 41.

De Voyage au bout de la nuit *de Céline (1932) à* Récits d'Ellis Island *(1980) de Georges Perec qui mentionnent cette « île des larmes », le désenchantement du rêve américain s'inscrit toujours dans le paysage urbain de New York, emblème de l'Amérique. L'Amérique est urbaine. Mais que deviennent alors les grands espaces naturels sous la plume des écrivains voyageurs français, chantés par* Sur la route *(1957) de Jack Kerouac — exaltation du parcours des grands espaces et de la vitesse et témoignage de la fascination pour un être qui les quintessencie — ou exaltés par* Walden *(1854) de Thoreau, qui fait l'éloge de la vie simple et philosophique au contact de la nature transcendantalisée ? Encore plein de Jules Verne, Julien Gracq s'intéresse aux paysages industriels de l'Amérique profonde, aux chemins de fer déclinants, aux campagnes du « Middle West », rejetant New York pour son « inhumanité*[1] *». Jean Baudrillard délaissera de même la vision de l'urbanité consumériste américaine, la perçant à nu avec son regard de sociologue, lui préférant la vastitude des déserts, ô combien plus enchanteresse et révélatrice à ses yeux de l'essence même de l'Amérique :*

> L'Amérique entière est pour nous un désert. La culture y est sauvage : elle y fait le sacrifice de l'intellect et de toute esthétique, par transcription littérale dans le réel. Sans doute a-t-elle gagné cette sauvagerie du fait du décentrement originel vers des terres vierges, mais sans doute aussi sans le vouloir des Indiens qu'elle a détruits. L'Indien mort reste le garant mystérieux des mécanismes primitifs, jusque dans la modernité des images et des techniques[2].

1. Julien Gracq, *Lettrines 2* (1974), dans *Œuvres complètes*, t. II, Paris, Gallimard, coll. « Bibliothèque de la Pléiade », 1995, p. 368-384.
2. Jean Baudrillard, *Amérique*, Paris, Grasset et Fasquelle, 1986 ; rééd. Le Livre de Poche, coll. « Biblio essais », 1988, p. 97.

Pourquoi dès lors lire Chateaubriand et son Voyage en Amérique, *maintenant que cette Amérique-là, celle de la fin du XVIIIe siècle, est désormais bel et bien morte ? Pour ce que cette œuvre nous apprend de ce monde oublié, des racines de l'Amérique qui s'y révèlent, de l'écrivain mémorialiste qui s'y ébauche, des chimères qu'il y a entretenues et qui sont, au fond, celles de tout homme voyageant vers un monde nouveau.*

SÉBASTIEN BAUDOIN

Note sur l'édition

Le texte que nous éditons est celui de l'édition Ladvocat (1827), figurant aux tomes VI et VII des *Œuvres
complètes* de Chateaubriand. Nous avons modernisé
l'orthographe des finales verbales (« -oit » corrigé en
« -ait ») mais conservé l'orthographe des noms propres
telle que Chateaubriand l'a employée, même quand elle
s'avère fautive ou quand elle a depuis évolué. Pour ces
noms propres, nous rétablissons l'orthographe moderne
ou corrigée dans les notes en fin de volume. De même,
l'orthographe des noms communs et la ponctuation
sont celles de l'auteur.

Dans le texte, les notes de bas de page, appelées par
des astérisques (*), sont de Chateaubriand.

Les noms propres suivis d'une étoile noire (★) ren-
voient au répertoire des voyageurs.

S. B.

VOYAGE
EN AMÉRIQUE

AVERTISSEMENT

Je n'ai rien à dire de particulier sur le *Voyage en Amérique* qu'on va lire ; le récit en est tiré, comme le sujet des *Natchez*, du manuscrit original des *Natchez* même[1] : ce *Voyage* porte en soi son commentaire et son histoire.

Mes différents ouvrages offrent d'assez fréquents souvenirs de ma course en Amérique[2] : j'avais d'abord songé à les recueillir et à les placer sous leur date dans ma narration, mais j'ai renoncé à ce parti pour éviter un double emploi ; je me suis contenté de rappeler ces passages : j'en ai pourtant cité quelques-uns, lorsqu'ils m'ont paru nécessaires à l'intelligence du texte, et qu'ils n'ont pas été trop longs.

Je donne, dans l'*Introduction*, un fragment des *Mémoires de ma vie*[3], afin de familiariser le lecteur avec le jeune voyageur qu'il doit suivre outre-mer. J'ai corrigé avec soin la partie déjà écrite ; la partie qui relate les faits postérieurs à l'année 1791, et qui nous amène jusqu'à nos jours, est entièrement neuve.

En parlant des républiques espagnoles, j'ai raconté (en tout ce qu'il m'était *permis* de raconter) ce que j'aurais désiré faire dans l'intérêt de ces États naissants, lorsque ma position politique me donnait quelque influence sur les destinées des peuples[4].

Je n'ai point été assez téméraire pour toucher à ce

grand sujet, avant de m'être entouré des lumières dont j'avais besoin. Beaucoup de volumes imprimés et de mémoires inédits m'ont servi à composer une douzaine de pages. J'ai consulté des hommes qui ont voyagé et résidé dans les républiques espagnoles : je dois à l'obligeance de M. le chevalier d'Esménard* des renseignements précieux sur les emprunts américains.

La préface qui précède le *Voyage en Amérique* est une espèce d'histoire des voyages : elle présente au lecteur le tableau général de la science géographique, et, pour ainsi dire, la *feuille de route* de l'homme sur le globe[1].

Quant à mes voyages en Italie, il n'y a de connu du public que ma lettre adressée de Rome à M. de Fontanes, et quelques pages sur le Vésuve : les lettres et les notes qu'on trouvera réunies à ces opuscules n'avaient point encore été publiées.

Je n'ai ajouté à ces deux volumes de voyages que les pièces et documents strictement nécessaires pour justifier les faits, ou les raisonnements du texte. Ces deux volumes avec les trois volumes de l'*Itinéraire*, déjà réimprimés dans les *Œuvres complètes*, forment et achèvent la collection de mes Voyages[2].

PRÉFACE*

Les voyages sont une des sources de l'histoire : l'histoire des nations étrangères vient se placer, par la narration des voyageurs, auprès de l'histoire particulière de chaque pays.

Les voyages remontent au berceau de la société : les livres de Moïse nous représentent les premières migrations des hommes. C'est dans ces livres que nous voyons le Patriarche conduire ses troupeaux aux plaines de Chanaan, l'Arabe errer dans ses solitudes de sable, et le Phénicien explorer les mers.

Moïse fait sortir la seconde famille des hommes des montagnes de l'Arménie ; ce point est central par rapport aux trois grandes races jaune, noire et blanche : les Indiens, les Nègres et les Celtes ou autres peuples du nord.

Les peuples pasteurs se retrouvent dans Sem, les peuples commerçants dans Cham, les peuples militaires

---

* Obligé de resserrer un tableau immense dans le cadre étroit d'une préface, je crois pourtant n'avoir omis rien d'essentiel. Si cependant des lecteurs, curieux de ces sortes de recherches, désiraient en savoir davantage, ils peuvent consulter les savants ouvrages des d'Anville, des Robertson, des Gosselin, des Malte-Brun, des Walkenaër, des Pinkerton, des Rennel, des Cuvier, des Jomard, etc.

dans Japhet. Moïse peupla l'Europe des descendants de
Japhet : les Grecs et les Romains donnent Japetus pour
père à l'espèce humaine.

Homère, soit qu'il ait existé un poète de ce nom,
soit que les ouvrages qu'on lui attribue n'offrent qu'un
recueil des traditions de la Grèce, Homère nous a laissé
dans l'*Odyssée* le récit d'un voyage[1] ; il nous transmet
aussi les idées que l'on avait dans cette première antiquité, sur la configuration de la terre : selon ces idées,
la terre représentait un disque environné par le fleuve
Océan. Hésiode a la même cosmographie.

Hérodote, le père de l'Histoire comme Homère est le
père de la Poésie[2], était comme Homère un voyageur.
Il parcourut le monde connu de son temps. Avec quel
charme n'a-t-il pas décrit les mœurs des peuples ? On
n'avait encore que quelques cartes côtières des navigateurs phéniciens et la mappemonde d'Anaximandre
corrigée par Hécatée : Strabon cite un itinéraire du
monde de ce dernier.

Hérodote ne distingue bien que deux parties de la
terre, l'Europe et l'Asie ; la Libye ou l'Afrique ne semblerait, d'après ses récits[3], qu'une vaste péninsule de
l'Asie. Il donne les routes de quelques caravanes dans
l'intérieur de la Libye et la relation succincte d'un
voyage autour de l'Afrique. Un roi d'Égypte, Nécos, fit
partir des Phéniciens du golfe Arabique : ces Phéniciens revinrent en Égypte par les colonnes d'Hercule ;
ils mirent trois ans à accomplir leur navigation, et ils
racontèrent qu'ils avaient vu le soleil à leur droite. Tel
est le fait rapporté par Hérodote.

Les anciens eurent donc, comme nous, deux espèces
de voyageurs : les uns parcouraient la terre, les autres
les mers. À peu près à l'époque où Hérodote écrivait,
le Carthaginois Hannon★ accomplissait son *Périple*★[4].

★ Je l'ai donné tout entier dans l'*Essai historique*.

Il nous reste quelque chose du recueil fait par Scylax*
des excursions maritimes de son temps.

Platon nous a laissé le roman de cette Atlantide où
l'on a voulu retrouver l'Amérique[1]. Eudoxe*, compagnon de voyage du philosophe, composa un itinéraire
universel dans lequel il lia la géographie à des observations astronomiques.

Hippocrate* visita les peuples de la Scythie : il appli-
qua les résultats de son expérience au soulagement de
l'espèce humaine.

Xénophon* tient un rang illustre parmi ces voyageurs armés, qui ont contribué à nous faire connaître
la demeure que nous habitons.

Aristote, qui devançait la marche des lumières, tenait
la terre pour sphérique ; il en évaluait la circonférence
à quatre cent mille stades ; il croyait, ainsi que Christophe Colomb le crut, que les côtes de l'Hespérie étaient
en face de celles de l'Inde. Il avait une idée vague de
l'Angleterre et de l'Irlande, qu'il nomme Albion et
Jerne ; les Alpes ne lui étaient point inconnues, mais il
les confondait avec les Pyrénées.

Dicéarque*, un de ses disciples, fit une description
charmante de la Grèce, dont il nous reste quelques fragments, tandis qu'un autre disciple d'Aristote, Alexandre
le Grand, allait porter le nom de cette Grèce jusque sur
les rivages de l'Inde. Les conquêtes d'Alexandre opé-
rèrent une révolution dans les sciences comme chez
les peuples.

Androstène*, Néarque* et Onésicritus*[2] reconnurent
les côtes méridionales de l'Asie. Après la mort du fils de
Philippe, Séleucus Nicanor* pénétra jusqu'au Gange ;
Patrocle[3], un de ses amiraux, navigua sur l'océan
Indien. Les rois grecs de l'Égypte ouvrirent un com-
merce direct avec l'Inde et la Taprobane ; Ptolémée
Philadelphe* envoya dans l'Inde des géographes et des
flottes ; Timosthène* publia une description de tous

les ports connus, et Ératosthène* donna des bases
mathématiques à un système complet de géographie.
Les caravanes pénétraient aussi dans l'Inde par deux
routes : l'une se terminait à Palibothra en descendant
le Gange ; l'autre tournait les monts Imaüs.

L'astronome Hipparque* annonça une grande terre
qui devait joindre l'Inde à l'Afrique : on y verra si l'on
veut l'univers de Colomb.

La rivalité de Rome et de Carthage rendit Polybe*
voyageur, et le fit visiter les côtes de l'Afrique jusqu'au
mont Atlas, afin de mieux connaître le peuple dont il
voulait écrire l'histoire. Eudoxe de Cyzique* tenta, sous
le règne de Ptolémée Physcon et de Ptolémée Lathyre,
de faire le tour de l'Afrique par l'ouest ; il chercha aussi
une route plus directe pour passer des ports du golfe
Arabique aux ports de l'Inde.

Cependant les Romains, en étendant leurs conquêtes
vers le nord, levèrent de nouveaux voiles : Pythéas de
Marseille* avait déjà touché à ces rivages d'où devaient
venir les destructeurs de l'empire des Césars[1]. Pythéas
navigua jusque dans les mers de la Scandinavie, fixa la
position du cap Sacré et du cap Calbium (Finistère) en
Espagne, reconnut l'île Uxisama (Ouessant), celle d'Albion, une des Cassitérides des Carthaginois, et surgit
à cette fameuse Thulé dont on a voulu faire l'Islande,
mais qui, selon toute apparence, est la côte du Jutland.

Jules César* éclaircit la géographie des Gaules, commença la découverte de la Germanie et des côtes de l'île
des Bretons : Germanicus* porta les aigles romaines
aux rives de l'Elbe.

Strabon*[2], sous le règne d'Auguste, renferma dans un
corps d'ouvrage les connaissances antérieures des voyageurs, et celles qu'il avait lui-même acquises. Mais si sa
géographie enseigne des choses nouvelles sur quelque
partie du globe, elle fait rétrograder la science sur
quelques points : Strabon distingue les îles Cassitérides

de la Grande-Bretagne, et il a l'air de croire que les premières (qui ne peuvent être dans cette hypothèse que
les Sorlingues) produisaient l'étain : or l'étain se tirait
des mines de Cornouailles, et lorsque le géographe grec
écrivait, il y avait déjà longtemps que l'étain d'Albion
arrivait au monde romain à travers les Gaules.

Dans la Gaule ou la Celtique, Strabon supprime à
peu près la péninsule armoricaine ; il ne connaît point
la Baltique, quoiqu'elle passât déjà pour un grand lac
salé, le long duquel on trouvait la *côte de l'Ambre jaune*,
la Prusse d'aujourd'hui.

À l'époque où florissait Strabon, Hippalus*[1] fixa la
navigation de l'Inde par le golfe Arabique, en expéri-
mentant les vents réguliers que nous appelons *moussons* : un de ces vents, le vent du sud-ouest, celui qui
conduisait dans l'Inde, prit le nom d'*Hippale*. Des flottes
romaines partaient régulièrement du port de Bérénice
vers le milieu de l'été, arrivaient en trente jours au port
d'Océlis ou à celui de Cané dans l'Arabie, et de là en
quarante jours à Muziris, premier entrepôt de l'Inde. Le
retour, en hiver, s'accomplissait dans le même espace
de temps ; de sorte que les anciens ne mettaient pas
cinq mois pour aller aux Indes et pour en revenir.
Pline* et le Périple de la mer Érythréenne[2] (dans les
petits géographes) fournissent ces détails curieux.

Après Strabon, Denis le Périégète*, Pomponius
Mela*, Isidore de Charax*, Tacite* et Pline*[3] ajoutent
aux connaissances déjà acquises sur les nations. Pline
surtout est précieux par le nombre des voyages et des
relations qu'il cite. En le lisant nous voyons que nous
avons perdu une description complète de l'empire
romain faite par ordre d'Agrippa, gendre d'Auguste ;
que nous avons perdu également des Commentaires
sur l'Afrique par le roi Juba, commentaires extraits
des livres carthaginois ; que nous avons perdu une
relation des îles Fortunées par Statius Sebosus*[4], des

Mémoires sur l'Inde par Sénèque, un Périple de l'historien Polybe★ ; trésors à jamais regrettables. Pline sait quelque chose du Thibet ; il fixe le point oriental du monde à l'embouchure du Gange ; au nord, il entrevoit les Orcades ; il connaît la Scandinavie, et donne le nom de *golfe Codan* à la mer Baltique.

Les anciens avaient à la fois des cartes routières et des espèces de livres de poste[1] : Végèse★ distingue les premières par le nom de *picta*, et les seconds par celui d'*annotata*. Trois de ces itinéraires nous restent : l'*Itinéraire d'Antonin*, l'*Itinéraire de Bordeaux à Jérusalem* et la *Table de Peutinger*[2]. Le haut de cette table, qui commençait à l'ouest, a été déchiré ; la Péninsule espagnole manque, ainsi que l'Afrique occidentale ; mais la table s'étend à l'est jusqu'à l'embouchure du Gange, et marque des routes dans l'intérieur de l'Inde. Cette carte a vingt et un pieds de long, sur un pied de large ; c'est une zone ou un grand chemin du monde antique.

Voilà à quoi se réduisaient les travaux et les connaissances des voyageurs et des géographes avant l'apparition de l'ouvrage de Ptolémée★[3]. Le monde d'Homère était une île parfaitement ronde, entourée, comme nous l'avons dit, du fleuve Océan. Hérodote fit de ce monde une plaine sans limites précises, Eudoxe de Cnide★ le transforma en un globe d'à peu près treize mille stades de diamètre ; Hipparque et Strabon lui donnèrent deux cent cinquante-deux mille stades de circonférence, de huit cent trente-trois stades au degré. Sur ce globe on traçait un carré, dont le long côté courait d'occident en orient ; ce carré était divisé par deux lignes, qui se coupaient à angle droit : l'une, appelée le *diaphragme*, marquait de l'ouest à l'est la longueur ou la *longitude* de la terre ; elle avait soixante-dix-sept mille huit cents stades[4] ; l'autre, d'une moitié plus courte, indiquait du nord au sud la largeur ou la *latitude* de cette terre ; les supputations commencent au méridien d'Alexandrie.

Par cette géographie qui faisait la terre beaucoup plus longue que large, on voit d'où nous sont venues ces expressions impropres de *longitude* et de *latitude*.

Dans cette carte du monde habité se plaçaient l'Europe, l'Asie et l'Afrique : l'Afrique et l'Asie se joignaient aux régions australes, ou étaient séparées par une mer qui raccourcissait extrêmement l'Afrique. Au nord les continents se terminaient à l'embouchure de l'Elbe, au sud vers les bords du Niger, à l'ouest au cap Sacré, en Espagne, et à l'est aux bouches du Gange ; sous l'équateur une zone torride, sous les pôles une zone glacée, étaient réputées inhabitables.

Il est curieux de remarquer que presque tous ces peuples appelés *Barbares*, qui firent la conquête de l'Empire romain, et d'où sont sorties les nations modernes, habitaient au-delà des limites du monde connu de Pline et de Strabon, dans des pays dont on ne soupçonnait pas même l'existence.

Ptolémée, qui tomba néanmoins dans de graves erreurs, donna des bases mathématiques à la position des lieux. On voit paraître dans son travail un assez grand nombre des nations sarmates. Il indique bien le Wolga, et redescend jusqu'à la Vistule.

En Afrique il confirme l'existence du Niger, et peut-être nomme-t-il Tombouctou dans Tucabath ; il cite aussi un grand fleuve qu'il appelle *Gyr*.

En Asie, son pays des Sines n'est point la Chine, mais probablement le royaume de Siam. Ptolémée suppose que la terre d'Asie, se prolongeant vers le midi, se joint à une terre inconnue, laquelle terre se réunit par l'ouest à l'Afrique. Dans la Sérique de ce géographe il faut voir le Thibet, lequel fournit à Rome la première grosse soie.

Avec Ptolémée finit l'histoire des voyages des anciens, et Pausanias*[1] nous fait voir le dernier cette Grèce antique, dont le génie s'est noblement réveillé de nos

jours à la voix de la civilisation nouvelle[1]. Les nations
barbares paraissent ; l'Empire romain s'écroule ; de
la race des Goths, des Francs, des Huns, des Slaves,
sortent un autre monde et d'autres voyageurs.

Ces peuples étaient eux-mêmes de grandes caravanes
armées, qui, des rochers de la Scandinavie et des frontières de la Chine marchaient à la découverte de l'Empire romain. Ils venaient apprendre à ces prétendus
maîtres du monde qu'il y avait d'autres hommes que
les esclaves soumis au joug des Tibère et des Néron ;
ils venaient enseigner leur pays aux géographes du
Tibre : il fallut bien placer ces nations sur la carte ; il
fallut bien croire à l'existence des Goths et des Vandales
quand Alaric et Genseric eurent écrit leurs noms sur
les murs du Capitole. Je ne prétends point raconter ici
les migrations et les établissements des Barbares ; je
chercherai seulement dans les débris qu'ils entassèrent,
les anneaux de la chaîne qui lie les voyageurs anciens
aux voyageurs modernes.

Un déplacement notable s'opéra dans les investigations géographiques par le déplacement des peuples.
Ce que les anciens nous font le mieux connaître, c'est
le pays qu'ils habitaient ; au-delà des frontières de
l'Empire romain, tout est pour eux déserts et ténèbres.
Après l'invasion des Barbares nous ne savons presque
plus rien de la Grèce et de l'Italie, mais nous commen-
çons à pénétrer les contrées qui enfantèrent les destructeurs de l'ancienne civilisation.

Trois sources reproduisirent les voyages parmi les
peuples établis sur les ruines du monde romain : le zèle
de la religion, l'ardeur des conquêtes, l'esprit d'aventures et d'entreprises, mêlé à l'avidité du commerce.

Le zèle de la religion conduisit les premiers comme
les derniers missionnaires dans les pays les plus lointains. Avant le quatrième siècle, et pour ainsi dire, du
temps des Apôtres qui furent eux-mêmes des pèlerins,

les prêtres du vrai Dieu portaient de toutes parts le flambeau de la foi. Tandis que le sang des martyrs coulait dans les amphithéâtres, des ministres de paix prêchaient la miséricorde aux vengeurs du sang chrétien : les conquérants étaient déjà en partie conquis par l'Évangile, lorsqu'ils arrivèrent sous les murs de Rome.

Les ouvrages des Pères de l'Église mentionnent une foule de pieux voyageurs. C'est une mine que l'on n'a pas assez fouillée, et qui, sous le seul rapport de la géographie et de l'histoire des peuples, renferme des trésors.

Un moine égyptien, dès le cinquième siècle de notre ère, parcourut l'Éthiopie et composa une topographie du monde chrétien ; un Arménien, du nom de Chorenenzis*, écrivit un ouvrage géographique. L'historien des Goths, Jornandès*, évêque de Ravenne, dans son histoire et dans son livre *De origine mundi*, consigne, au sixième siècle, des faits importants sur les pays du nord et de l'est de l'Europe. Le diacre Varnefrid* publia une histoire des Lombards ; un autre Goth, l'Anonyme de Ravenne[1], donna, un siècle plus tard, la description générale du monde. L'apôtre de l'Allemagne, saint Boniface*, envoyait au pape des espèces de mémoires sur les peuples de l'Esclavonie. Les Polonais paraissent pour la première fois sous le règne d'Othon II, dans les huit livres de la précieuse Chronique de Ditmar*. Saint Otton*, évêque de Bemberg, sur l'invitation d'un ermite espagnol appelé Bernard, prêche la foi en parcourant la Prusse. Otton vit la Baltique, et fut étonné de la grandeur de cette mer. Nous avons malheureusement perdu le journal du voyage que fit, sous Louis le Débonnaire, en Suède et en Danemarck, Anscaire*, moine de Corbie ; à moins toutefois que ce journal, qui fut envoyé à Rome en 1260, n'existe dans la bibliothèque du Vatican. Adam de Brême* a puisé dans cet ouvrage une partie de sa propre relation des royaumes du Nord ; il mentionne de plus la Russie, dont Kiow était la capitale, bien que, dans les Sagas, l'empire russe soit nommé Gardavike, et que Holmgard, aujourd'hui Novogorod, soit désigné comme la principale cité de cet empire naissant.

Giraud Barry*, Dicuil*, retracent, l'un le tableau de la principauté de Galles et de l'Irlande sous le règne d'Henri II ; l'autre retourne à l'examen des mesures de l'Empire romain sous Théodose.

Nous avons des cartes du moyen âge : un tableau topographique de toutes les provinces du Danemarck, vers l'an 1231, sept cartes du royaume d'Angleterre et des îles voisines dans le douzième siècle, et le fameux livre connu sous le nom de *Doomsdaybook*, entrepris par ordre de Guillaume le Conquérant. On trouve dans cette statistique le cadastre des terres cultivées, habitées ou désertes de l'Angleterre, le nombre des habitants libres ou serfs, et jusqu'à celui des troupeaux et des ruches d'abeilles. Sur ces cartes sont grossièrement dessinées les villes et les abbayes : si d'un côté ces dessins nuisent aux détails géographiques, d'un autre côté ils donnent une idée des arts de ce temps.

Les pèlerinages à la Terre Sainte forment une partie considérable des monuments graphiques du moyen âge. Ils eurent lieu dès le quatrième siècle, puisque saint Jérôme assure[1] qu'il venait à Jérusalem des pèlerins de l'Inde, de l'Éthiopie, de la Bretagne et de l'Hibernie ; il paraît même que l'*Itinéraire de Bordeaux à Jérusalem* avait été composé vers l'an 333 pour l'usage des pèlerins des Gaules.

Les premières années du sixième siècle nous fournissent l'*Itinéraire* d'Antonin de Plaisance*. Après Antonin vient, dans le septième siècle, saint Arculfe*, dont Adamannus écrivit la relation[2] ; au huitième siècle nous avons deux voyages à Jérusalem de saint Guilbaud, et

une relation des lieux saints par le vénérable Bède*[1] ;
au neuvième siècle, Bernard Lemoine ; aux dixième
et onzième siècles, Olderic, évêque d'Orléans, le Grec
Eugisippe, et enfin Pierre l'Ermite.

Alors commencent les croisades : Jérusalem demeure
entre les mains des princes français pendant quatre-
vingt-huit ans. Après la reprise de Jérusalem par Saladin, les fidèles continuèrent à visiter la Palestine, et
depuis Focas, dans le treizième siècle, jusqu'à Pococke,
dans le dix-huitième, les pèlerinages se succèdent sans
interruption*[2].

Avec les croisades on vit renaître ces historiens voyageurs dont l'antiquité avait offert les modèles. Raymond
d'Agiles*, chanoine de la cathédrale du Puy en Velay,
accompagna le célèbre évêque Adhémar à la première
croisade : devenu chapelain du comte de Toulouse, il
écrivit avec Pons de Balazun, brave chevalier, tout ce
dont il fut témoin sur la route et à la prise de Jérusalem. Raoul de Caen*, loyal serviteur de Tancrède, nous
peint la vie de ce chevalier ; Robert Lemoine* se trouva
au siège de Jérusalem.

Soixante ans plus tard, Foulcher de Chartres* et
Odon de Deuil*[3] allèrent aussi en Palestine ; le premier avec Baudouin, roi de Jérusalem, le second avec
Louis VII, roi de France. Jacques de Vitry* devint
évêque de Saint-Jean-d'Acre.

Guillaume de Tyr*, qui s'éleva vers la fin du royaume
de Jérusalem, passa sa vie sur les chemins de l'Europe
et de l'Asie. Plusieurs historiens de nos vieilles chroniques furent ou des moines et des prélats errants,
comme Raoul, Glaber* et Flodoard*, ou des guerriers,
tels que Nithard*, petit-fils de Charlemagne, Guillaume de Poitiers*, Ville-Hardouin*, Joinville*[4], et tant
d'autres, qui racontent leurs expéditions lointaines.

* Voyez le second Mémoire de mon Introduction à l'*Itinéraire*.

Pierre Devaulx-Cernay★ était une espèce d'hermite dans les effroyables camps de Simon de Montfort.

Une fois arrivé aux chroniques en langue vulgaire, on doit surtout remarquer Froissart★[1], qui n'écrivit, à proprement parler, que ses voyages : c'était en chevauchant qu'il traçait son histoire. Il passait de la cour du roi d'Angleterre à celle du roi de France, et de celle-ci à la petite cour chevaleresque des comtes de Foix : « Quand j'eus séjourné en la cité de Paumiers trois jours, me vint d'aventure un chevalier du comte de Foix qui revenait d'Avignon, lequel on appelait messire Espaing du Lyon, vaillant homme et sage et beau chevalier, et pouvait lors être en l'âge de cinquante ans. Je me mis en sa compagnie et fûmes six jours sur le chemin. En chevauchant, ledit chevalier (puisqu'il avait dit au matin ses oraisons) se devisait le plus du jour à moi, en demandant des nouvelles : aussi, quand je lui en demandais, il m'en respondait, etc. » On voit Froissart arriver dans de grands hôtels, dîner à peu près aux heures où nous dînons, aller au bain, etc. L'examen des voyages de cette époque me porte à croire que la civilisation domestique du quatorzième siècle était infiniment plus avancée que nous ne nous l'imaginons.

En retournant sur nos pas, au moment de l'invasion de l'Europe civilisée par les peuples du Nord, nous trouvons les voyageurs et les géographes arabes qui signalent dans les mers des Indes des rivages inconnus des anciens : leurs découvertes furent aussi fort importantes en Afrique. Massudi★, Ibn-Haukal★, Al-Edrisi★, Ibn-Alouardi★, Hamdoullah★, Abulféda★, El-Bakoui donnent des descriptions très étendues de leur propre patrie et des contrées soumises aux armes des Arabes. Ils voyaient au nord de l'Asie un pays affreux, qu'entourait une muraille énorme, et un château de Gog et de Magog. Vers l'an 715, sous le calife Walid★, les Arabes connurent la Chine, où ils envoyèrent par terre

des marchands et des ambassadeurs : ils y pénétrèrent
aussi par mer dans le neuvième siècle : Wahab★ et Abu-
zaïd★ abordèrent à Canton. Dès l'an 850, les Arabes
avaient un agent commercial dans la province de ce
nom ; ils commerçaient avec quelques villes de l'intérieur, et, chose singulière, ils y trouvèrent des communautés chrétiennes.

Les Arabes donnaient à la Chine plusieurs noms : le
Cathai comprenait les provinces du nord, le Tchin ou le
Sin les provinces du Midi. Introduits dans l'Inde, sous
la protection de leurs armes, les disciples de Mahomet
parlent dans leurs récits des belles vallées de Cachemire
aussi pertinemment que des voluptueuses vallées de
Grenade. Ils avaient jeté des colonies dans plusieurs
îles de la mer de l'Inde, telles que Madagascar et les
Moluques, où les Portugais les trouvèrent, après avoir
doublé le cap de Bonne-Espérance.

Tandis que les marchands militaires de l'Asie faisaient, à l'orient et au midi, des découvertes inconnues
à l'Europe subjuguée par les Barbares, ceux de ces
Barbares restés dans leur première patrie, les Suédois,
les Norwégiens, les Danois, commençaient au nord et
à l'ouest d'autres découvertes également ignorées de
l'Europe franque et germanique. Other★, le Norwé-
gien, s'avançait jusqu'à la mer Blanche, et Wulfstan★,
le Danois, décrivait la mer Baltique, qu'Éginhard★
avait déjà décrite, et que les Scandinaves appelaient le
Lac salé de l'Est. Wulfstan raconte que les Estiens ou
peuples qui habitaient à l'orient de la Vistule, buvaient
le lait de leurs juments comme les Tartares, et qu'ils
laissaient leur héritage aux meilleurs cavaliers de leur
tribu.

Le roi Alfred★ nous a conservé l'Abrégé de ces relations[1]. C'est lui qui le premier a divisé la Scandinavie en
provinces ou royaumes tels que nous les connaissons
aujourd'hui. Dans les langues gothiques, la Scandinavie

portait le nom de *Mannaheim*, ce qui signifie *pays des hommes*, et ce que le latin du sixième siècle a traduit énergiquement par l'équivalent de ces mots : *fabrique du genre humain*.

Les pirates normands établirent en Irlande les colonies de Dublin, d'Ulster et de Connaught ; ils explorèrent et soumirent les îles de Shetland, les Orcades et les Hébrides ; ils arrivèrent aux îles Feroer, à l'Islande, devenue les archives de l'histoire du Nord ; au Groënland, qui fut habité alors et habitable, et enfin peut-être à l'Amérique. Nous parlerons plus tard de cette découverte, ainsi que du voyage et de la carte des deux frères Zeni.

Mais l'empire des califes s'était écroulé : de ses débris s'étaient formées plusieurs monarchies : le royaume des Aglabites et ensuite des Fatimites en Égypte, les despotats[1] d'Alger, de Fez, de Tripoli, de Maroc, sur les côtes de l'Afrique. Les Turcomans[2], convertis à l'islamisme, soumirent l'Asie occidentale depuis la Syrie jusqu'au Mont-Casbhar. La puissance ottomane passa en Europe, effaça les dernières traces du nom romain, et poussa ses conquêtes jusqu'au-delà du Danube.

Gengis-Kan* paraît, l'Asie est bouleversée et subjuguée de nouveau. Oktaï-Kan* détruit le royaume des Cumanes et des Nioutchis ; Mangu* s'empare du califat de Bagdad ; Kublaï-Kan* envahit la Chine et une partie de l'Inde. De cet empire mongol qui réunissait sous un même joug l'Asie presque entière, naissent tous les kanats[3] que les Européens rencontrèrent dans l'Inde.

Les princes européens, effrayés de ces Tartares, qui avaient étendu leurs ravages jusque dans la Pologne, la Silésie et la Hongrie, cherchèrent à connaître les lieux d'où partait ce prodigieux mouvement : les papes et les rois envoyèrent des ambassadeurs à ces nouveaux fléaux de Dieu. Ascelin*, Carpin*, Rubruquis*, pénétrèrent dans le pays des Mongols. Rubruquis trouva que

Caracorum, ville capitale de ce Kan maître de l'Asie, avait à peu près l'étendue du village de Saint-Denis : elle était environnée d'un mur de terre ; on y voyait deux mosquées et une église chrétienne.

Il y eut des itinéraires de la Grande-Tartarie à l'usage des missionnaires : André Lusimel prêcha le christianisme aux Mongols ; Ricold de Monte-Crucis* pénétra aussi dans la Tartarie.

Le rabbin Benjamin de Tudèle* a laissé une relation de ce qu'il a vu ou de ce qu'il a entendu dire sur les trois parties du monde (1160).

Enfin Marc-Paul*, noble Vénitien, ne cessa de parcourir l'Asie pendant près de vingt-six années. Il fut le premier Européen qui pénétra dans la Chine, dans l'Inde au-delà du Gange, et dans quelques îles de l'océan Indien (1271-95). Son ouvrage devint le manuel de tous les marchands en Asie, et de tous les géographes en Europe.

Marc-Paul cite Pékin et Nankin ; il nomme encore une ville de Quinsaï, la plus grande du monde : on comptait douze mille ponts sur les canaux dont elle était traversée ; on y consommait par jour quatre-vingt-quatorze quintaux de poivre. Le voyageur vénitien fait mention dans ses récits de la porcelaine ; mais il ne parle point du thé : c'est lui qui nous a fait connaître le Bengale, le Japon, l'île de Bornéo, et la mer de la Chine, où il compte sept mille quatre cent quarante îles, riches en épiceries.

Ces princes tartares ou mongols qui dominèrent l'Asie et passèrent dans quelques provinces de l'Europe, ne furent pas des princes sans mérite ; ils ne sacrifiaient ni ne réduisaient leurs prisonniers en esclavage. Leurs camps se remplirent d'ouvriers européens, de missionnaires, de voyageurs qui occupèrent même sous leur domination des emplois considérables. On pénétrait avec plus de facilité dans leur empire, que dans ces contrées féodales où un abbé de Clugny tenait les

environs de Paris pour une contrée si lointaine et si peu
connue, qu'il n'osait s'y rendre.

Après Marc-Paul, vinrent Pegoletti*, Oderic*, Mandeville*, Clavijo*, Josaphat Barbaro* : ils achevèrent de
décrire l'Asie. Alors on allait souvent par terre à Pékin ;
les frais du voyage s'élevaient de 300 à 350 ducats. Il
y avait un papier-monnaie en Chine ; on le nommait
babisci ou *balis*.

Les Génois et les Vénitiens firent le commerce de
l'Inde et de la Chine en caravanes par deux routes différentes : Pegoletti marque dans le plus grand détail les
stations d'une des routes (1353). En 1312, on rencontre
à Pékin un évêque appelé Jean de Monte Corvino*.

Cependant le temps marchait ; la civilisation faisait
des progrès rapides : des découvertes dues au hasard
ou au génie de l'homme séparaient à jamais les siècles
modernes des siècles antiques, et marquaient d'un
sceau nouveau les générations nouvelles. La boussole,
la poudre à canon, l'imprimerie, étaient trouvées pour
guider le navigateur, le défendre, et conserver le souvenir de ses périlleuses expéditions.

Les Grecs et les Romains avaient été nourris aux
bords de cette étendue d'eau intérieure qui ressemble
plutôt à un grand lac qu'à un océan : l'empire ayant
passé aux Barbares, le centre de la puissance politique
se trouva placé principalement en Espagne, en France
et en Angleterre, dans le voisinage de cette mer Atlantique qui baignait, vers l'occident, des rivages inconnus.
Il fallut donc s'habituer à braver les longues nuits et
les tempêtes, à compter pour rien les saisons, à sortir
du port dans les jours de l'hiver comme dans les jours
de l'été, à bâtir des vaisseaux dont la force fût en proportion de celle du nouveau Neptune contre lequel ils
avaient à lutter.

Nous avons déjà dit un mot des entreprises hardies
de ces pirates du Nord, qui, selon l'expression d'un

panégyriste, semblaient avoir vu le fond de l'abîme à découvert ; d'une autre part les républiques formées en Italie des ruines de Rome, du débris des royaumes des Goths, des Vandales et des Lombards, avaient continué et perfectionné l'ancienne navigation de la Méditerranée. Les flottes vénitienne et génoise avaient porté les croisés en Égypte, en Palestine, à Constantinople, dans la Grèce ; elles étaient allées chercher à Alexandrie et dans la mer Noire les riches productions de l'Inde.

Enfin les Portugais poursuivaient en Afrique les Maures déjà chassés des rives du Tage ; il fallait des vaisseaux pour suivre et nourrir, le long des côtes, les combattants. Le cap Nunez arrêta longtemps les pilotes ; Jilianez le doubla en 1433, l'île de Madère fut découverte ou plutôt retrouvée ; les Açores émergèrent du sein des flots, et comme on était toujours persuadé, d'après Ptolémée, que l'Asie s'approchait de l'Afrique, on prit les Açores pour les îles qui, selon Marc-Paul, bordaient l'Asie dans la mer des Indes. On a prétendu qu'une statue équestre, montrant l'occident du doigt, s'élevait sur le rivage de l'île de Corvo[1] ; des monnaies phéniciennes ont été aussi rapportées de cette île.

Du cap Nunez les Portugais surgirent au Sénégal ; ils longèrent successivement les îles du Cap-Vert, la côte de Guinée, le cap Mesurado au midi de Sierra-Leone, le Bénin et le Congo. Barthélémi Diaz* atteignit en 1486 le fameux cap des Tourmentes, qu'on appela bientôt d'un nom plus propice.

Ainsi fut reconnue cette extrémité méridionale de l'Afrique, qui, d'après les géographes grecs et romains, devait se réunir à l'Asie. Là s'ouvraient les régions mystérieuses où l'on n'était entré jusqu'alors que par cette mer des prodiges qui vit Dieu, et s'enfuit : *Mare vidit et fugit*[2].

« Un spectre immense, épouvantable, s'élève devant nous : son attitude est menaçante, son air farouche, son teint pâle, sa barbe épaisse et fangeuse ; sa chevelure est chargée de terre et de gravier ; ses lèvres sont noires, ses dents livides ; sous d'épais sourcils, ses yeux roulent étincelants...............

« Il parle : sa voix formidable semble sortir des gouffres de Neptune...............

« Je suis le Génie des Tempêtes, dit-il ; j'anime ce vaste promontoire que les Ptolémée, les Strabon, les Pline et les Pomponius, qu'aucun de vos savants n'a connu. Je termine ici la terre africaine, à cette cime qui regarde le pôle antarctique, et qui, jusqu'à ce jour, voilée aux yeux des mortels, s'indigne en ce moment de votre audace...............

« De ma chair desséchée, de mes os convertis en rochers, les dieux, les inflexibles dieux ont formé le vaste promontoire qui domine ces vastes ondes...............

« À ces mots, il laissa tomber un torrent de larmes et disparut. Avec lui s'évanouit la nuée ténébreuse, et la mer sembla pousser un long gémissement*[1]. »

Vasco de Gama*, achevant une navigation d'éternelle mémoire, aborda en 1498 à Calicut, sur la côte de Malabar.

Tout change alors sur le globe ; le monde des anciens est détruit. La mer des Indes n'est plus une mer intérieure, un bassin entouré par les côtes de l'Asie et de l'Afrique ; c'est un océan qui d'un côté se joint à l'Atlantique, de l'autre aux mers de la Chine et à une mer de l'Est, plus vaste encore. Cent royaumes civilisés, arabes ou indiens, mahométans ou idolâtres, des îles embaumées d'aromates précieux, sont révélés aux peuples de l'Occident. Une nature toute nouvelle apparaît ; le rideau qui depuis des milliers de siècles cachait une partie du monde, se lève : on découvre la patrie du soleil, le lieu d'où il sort chaque matin pour

---

* *Les Lusiades.*

dispenser la lumière ; on voit à nu ce sage et brillant Orient dont l'histoire se mêlait, pour nous, aux voyages de Pythagore, aux conquêtes d'Alexandre, aux souvenirs des croisades, et dont les parfums nous arrivaient à travers les champs de l'Arabie et les mers de la Grèce. L'Europe lui envoya un poète pour le saluer, le chanter et le peindre ; noble ambassadeur de qui le génie et la fortune semblaient avoir une sympathie secrète avec les régions et les destinées des peuples de l'Inde ! Le poète du Tage fit entendre sa triste et belle voix sur les rivages du Gange ; il leur emprunta leur éclat, leur renommée et leurs malheurs : il ne leur laissa que leurs richesses.

Et c'est un petit peuple, enfermé dans un cercle de montagnes à l'extrémité occidentale de l'Europe, qui se fraya le chemin à la partie la plus pompeuse de la demeure de l'homme.

Et c'est un autre peuple de cette même péninsule, un peuple non encore arrivé à la grandeur dont il est déchu ; c'est un pauvre pilote génois, longtemps repoussé de toutes les cours, qui découvrirent un nouvel univers aux portes du Couchant, au moment où les Portugais abordaient les champs de l'Aurore.

Les anciens ont-ils connu l'Amérique ?

Homère plaçait l'Élysée dans la mer occidentale, au-delà des ténèbres Cimmériennes[1] : était-ce la terre de Colomb ?

La tradition des Hespérides et ensuite des *îles Fortunées*[2] succéda à celle de l'Élysée. Les Romains virent les îles Fortunées dans les Canaries, mais ne détruisirent point la croyance populaire de l'existence d'une terre plus reculée à l'occident.

Tout le monde a entendu parler de l'Atlantide de Platon : ce devait être un continent plus grand que l'Asie et l'Afrique réunies, lequel était situé dans l'Océan occidental en face du détroit de Gades ; position juste de l'Amérique. Quant aux villes florissantes, aux dix

royaumes gouvernés par des rois fils de Neptune, etc.,
l'imagination de Platon a pu ajouter ces détails aux
traditions égyptiennes. L'Atlantide fut, dit-on, engloutie
dans un jour et une nuit au fond des eaux. C'était se
débarrasser à la fois du récit des navigateurs phéniciens
et des romans du philosophe grec.

Aristote parle d'une île si pleine de charmes, que le
sénat de Carthage défendit à ses marins d'en fréquenter les parages sous peine de mort[1]. Diodore★ nous fait
l'histoire d'une île considérable et éloignée, où les Carthaginois étaient résolus de transporter le siège de leur
empire, s'ils éprouvaient en Afrique quelque malheur.

Qu'est-ce que cette Panchœa d'Evhémère★, niée par
Strabon et Plutarque, décrite par Diodore et Pomponius Mela, grande île située dans l'Océan au sud de
l'Arabie, île enchantée où le phénix bâtissait son nid
sur l'autel du soleil ?

Selon Ptolémée, les extrémités de l'Asie se réunissaient à une *terre inconnue* qui joignait l'Afrique par
l'occident.

Presque tous les monuments géographiques de l'antiquité indiquent un continent austral : je ne puis être
de l'avis des savants qui ne voient dans ce continent
qu'un contrepoids systématique, imaginé pour balancer
les terres boréales : ce continent était sans doute fort
propre à remplir sur les cartes des espaces vides ; mais
il est aussi très possible qu'il y fut dessiné comme le
souvenir d'une tradition confuse : son gisement au sud
de la rose des vents, plutôt qu'à l'ouest, ne serait qu'une
erreur insignifiante parmi les énormes transpositions
des géographies de l'antiquité.

Restent pour derniers indices, les statues et les
médailles phéniciennes des Açores, si toutefois les statues ne sont pas ces ornements de gravure appliqués
aux anciens portulans de cet archipel[2].

Depuis la chute de l'Empire romain et la reconstruction

de la société par les Barbares, des vaisseaux ont-ils touché aux côtes de l'Amérique avant ceux de Christophe Colomb ?

Il paraît indubitable que les rudes explorateurs des ports de la Norwège et de la Baltique rencontrèrent l'Amérique septentrionale dans la première année du onzième siècle. Ils avaient découvert les îles Féroer[1] vers l'an 861, l'Islande de 860 à 872, le Groënland en 982, et peut-être cinquante ans plus tôt. En 1001, un Islandais, appelé *Biorn**[2], passant au Groënland, fut chassé par une tempête au sud-ouest, et tomba sur une terre basse toute couverte de bois. Revenu au Groënland, il raconte son aventure. Leif*, fils d'Éric Rauda*, fondateur de la colonie norwégienne du Groënland, s'embarque avec Biorn ; ils cherchent et retrouvent la côte vue par celui-ci : ils appellent *Helleland* une île rocailleuse, et *Marcland* un rivage sablonneux. Entraînés sur une seconde côte, ils remontent une rivière, et hivernent sur le bord d'un lac. Dans ce lieu, au jour le plus court de l'année, le soleil reste huit heures sur l'horizon. Un marinier allemand, employé par les deux chefs, leur montre quelques vignes sauvages : Biorn et Leif laissent en partant à cette terre le nom de *Vinland*.

Dès lors le Vinland est fréquenté des Groënlandais : ils y font le commerce de pelleterie[3] avec les Sauvages. L'évêque Éric*, en 1121, se rend du Groënland au Vinland pour prêcher l'Évangile aux naturels du pays.

Il n'est guère possible de méconnaître à ces détails quelque terre de l'Amérique du Nord, vers les 49 degrés de latitude, puisqu'au jour le plus court de l'année, noté par les voyageurs, le soleil resta huit heures sur l'horizon. Au 49e degré de latitude on tomberait à peu près à l'embouchure du Saint-Laurent. Ce 49e degré vous porte aussi sur la partie septentrionale de l'île de Terre-Neuve.

Là, coulent de petites rivières qui communiquent à des lacs fort multipliés dans l'intérieur de l'île.

On ne sait pas autre chose de Leif, de Biorn et d'Éric. La plus ancienne autorité pour les faits à eux relatifs, est le recueil des *Annales de l'Islande*, par Hauk*, qui écrivait en 1300, conséquemment trois cents ans après la découverte vraie ou supposée du Vinland.

Les frères Zeni*, Vénitiens, entrés au service d'un chef des îles Féroer et Shetland, sont censés avoir visité de nouveau, vers l'an 1380, le Vinland des anciens Groënlandais : il existe une carte et un récit de leur voyage. La carte présente au midi de l'Islande et au nord-est de l'Écosse, entre le 64e et le 65e degré de latitude nord, une île appelée *Frislande* ; à l'ouest de cette île et au sud du Groënland, à une distance d'à peu près quatre cents lieues, cette carte indique deux côtes sous le nom d'*Estotiland* et de *Droceo*. Des pêcheurs de Frislande jetés, dit le récit, sur l'Estotiland, y trouvèrent une ville bien bâtie et fort peuplée ; il y avait dans cette ville un roi, et un interprète qui parlait latin.

Les Frislandais naufragés furent envoyés, par le roi d'Estotiland, vers un pays situé au Midi, lequel pays était nommé *Droceo* : des anthropophages les dévorèrent, un seul excepté. Celui-ci revint à Estotiland après avoir été longtemps esclave dans le Droceo, contrée qu'il représenta comme étant d'une immense étendue, comme un *nouveau monde*.

Il faudrait voir dans l'Estotiland, l'ancien Vinland des Norwégiens : ce Vinland serait Terre-Neuve ; la ville d'Estotiland offrirait le reste de la colonie norwégienne, et la contrée de Droceo ou Drogeo deviendrait la Nouvelle-Angleterre.

Il est certain que le Groënland a été découvert vers le milieu du dixième siècle ; il est certain que la pointe méridionale du Groënland est fort rapprochée de la côte du Labrador ; il est certain que les Esquimaux, placés entre les peuples de l'Europe et ceux de l'Amérique, paraissent tenir davantage des premiers que des seconds ; il est certain qu'ils auraient pu montrer aux premiers Norwégiens établis au Groënland, la route du nouveau continent ; mais enfin trop de fables et d'incertitudes se mêlent aux aventures des Norwégiens et des frères Zeni, pour qu'on puisse ravir à Colomb la gloire d'avoir abordé le premier aux terres américaines.

La carte de navigation des deux Zeni et la relation de leur voyage, exécuté en 1380, ne furent publiées qu'en 1558 par un descendant de Nicolo Zeno ; or, en 1558 les prodiges de Colomb avaient éclaté : des jalousies nationales pouvaient porter quelques hommes à revendiquer un honneur qui certes était digne d'envie ; les Vénitiens réclamaient Estotiland pour Venise, comme les Norwégiens Vinland pour Berghen.

Plusieurs cartes du quatorzième et du quinzième siècle présentent des découvertes faites ou à faire dans la grande mer, au sud-ouest et à l'ouest de l'Europe. Selon les historiens génois, Doria* et Vivaldi* mirent à la voile dans le dessein de se rendre aux Indes par l'occident, et ils ne revinrent plus. L'île de Madère se rencontre sur un portulan espagnol de 1384, sous le nom d'*isola di Leguame*. Les îles Açores paraissent aussi dès l'an 1380. Enfin une carte tracée en 1436 par André Bianco*, Vénitien, dessine à l'occident des îles Canaries une terre d'Antilla, et au nord de ces Antilles une autre île appelée *isola de la Man Satanaxio*.

On a voulu faire de ces îles les Antilles et Terre-Neuve ; mais l'on sait que Marc-Paul prolongeait l'Asie au sud-est, et plaçait devant elle un archipel qui, s'approchant de notre continent par l'ouest, devait se trouver pour nous à peu près dans la position de l'Amérique. C'est en cherchant ces Antilles indiennes, ces Indes occidentales, que Colomb découvrit l'Amérique : une prodigieuse erreur enfanta une miraculeuse vérité.

Les Arabes ont eu quelque prétention à la découverte de l'Amérique : les frères Almagurins, de Lisbonne, pénétrèrent, dit-on, aux terres les plus reculées de l'occident. Un manuscrit arabe raconte une tentative infructueuse dans ces régions où tout était ciel et eau.

Ne disputons point à un grand homme l'œuvre de son génie. Qui pourrait dire ce que sentit Christophe Colomb, lorsque ayant franchi l'Atlantique, lorsque au milieu d'un équipage révolté, lorsque, prêt à retourner en Europe sans avoir atteint le but de son voyage, il aperçut une petite lumière sur une terre inconnue que la nuit lui cachait ! Le vol des oiseaux l'avait guidé vers l'Amérique ; la lueur du foyer d'un Sauvage lui découvrit un nouvel univers. Colomb dut éprouver quelque chose de ce sentiment que l'Écriture donne au Créateur, quand, après avoir tiré la terre du néant, il vit que son ouvrage était bon : *Vidit Deus quod esset bonum*[1]. Colomb créait un monde[2]. On sait le reste : l'immortel Génois ne donna point son nom à l'Amérique ; il fut le premier Européen qui traversa chargé de chaînes cet océan dont il avait le premier mesuré les flots. Lorsque la gloire est de cette nature qui sert aux hommes, elle est presque toujours punie.

Tandis que les Portugais côtoient les royaumes du Quitève, de Sédanda, de Mosambique, de Melinde, qu'ils imposent des tributs à des rois maures, qu'ils pénètrent dans la mer Rouge, qu'ils achèvent le tour de l'Afrique, qu'ils visitent le golfe Persique et les deux presqu'îles de l'Inde, qu'ils sillonnent les mers de la Chine, qu'ils touchent à Canton, reconnaissent le Japon, les îles des Épiceries et jusqu'aux rives de la Nouvelle-Hollande, une foule de navigateurs suivent le chemin tracé par les voiles de Colomb.

Cortès* renverse l'empire du Mexique et Pizarre* celui du Pérou. Ces conquérants marchaient de surprise en surprise, et n'étaient pas eux-mêmes la chose la moins étonnante de leurs aventures. Ils croyaient avoir exploré tous les abîmes en atteignant les derniers flots de l'Atlantique, et du haut des montagnes Panama, ils aperçurent un second océan qui couvrait la moitié du globe. Nuguez Balboa* descendit sur la grève, entra dans les vagues jusqu'à la ceinture, et, tirant son épée, prit possession de cette mer au nom du roi d'Espagne.

Les Portugais exploitaient alors les côtes de l'Inde et de la Chine : les compagnons de Vasco de Gama et de Christophe Colomb se saluaient des deux bords de la mer inconnue qui les séparait : les uns avaient retrouvé un ancien monde, les autres découvert un monde nouveau ; des rivages de l'Amérique aux rivages de l'Asie, les chants du Camoëns répondaient aux chants d'Ercylla*, à travers les solitudes de l'océan Pacifique.

Jean et Sébastien Cabot* donnèrent à l'Angleterre l'Amérique septentrionale ; Cortéréal* releva la Terre-Neuve, nomma le Labrador, remarqua l'entrée de la baie d'Hudson, qu'il appela le *détroit d'Anian*, et par lequel on espéra trouver un passage aux Indes orientales. Jacques Cartier*[1], Vorazani*, Ponce de Léon*, Walter Raleigh*, Ferdinand de Soto*, examinèrent et colonisèrent le Canada, l'Acadie, la Virginie, les Florides. En venant atterrir au Spitzberg, les Hollandais dépassèrent les limites fixées à la problématique Thulé[2] ; Hudson* et Baffin* s'enfoncèrent dans les baies qui portent leurs noms.

Les îles du golfe Mexicain furent placées dans leurs positions mathématiques. Améric Vespuce* avait fait la délinéation des côtes de la Guyane, de la Terre-Ferme et du Brésil ; Solis* trouva Rio de la Plata ; Magellan*, entrant dans le détroit nommé de lui, pénètre dans le grand Océan : il est tué aux Philippines. Son vaisseau arrive aux Indes par l'occident, revient en Europe par le cap de Bonne-Espérance, et achève ainsi le premier tour du monde. Le voyage avait duré onze cent quatre-vingt-quatre jours ; on peut l'accomplir aujourd'hui dans l'espace de huit mois.

On croyait encore que le détroit de Magellan était le seul déversoir qui donnât passage à l'océan Pacifique, et qu'au midi de ce détroit la terre américaine rejoignait un continent austral : Francis Drake* d'abord, et ensuite Shouten* et Lemaire*, doublèrent la pointe méridionale de l'Amérique. La géographie du globe fut alors fixée de ce côté : on sut que l'Amérique et l'Afrique, se terminant aux caps de Horn, de Bonne-Espérance, pendaient en pointes vers le pôle antarctique, sur une mer australe parsemée de quelques îles.

Dans le grand Océan, la Californie, son golfe et la mer Vermeille avaient été connus de Cortès ; Cabrillo* remonta le long des côtes de la Nouvelle-Californie jusqu'au 43e degré de latitude nord ; Galli s'éleva au 57e degré. Au milieu de tant de périples réels, Maldonado*, Juan de Fuca* et l'amiral de Fonte* placèrent leurs voyages chimériques. Ce fut Behring* qui fixa au nord-ouest les limites de l'Amérique septentrionale, comme Lemaire avait fixé au sud-est les bornes de l'Amérique méridionale. L'Amérique barre le chemin de l'Inde comme une longue digue entre deux mers.

Une cinquième partie du monde vers le pôle austral avait été aperçue par les premiers navigateurs portugais : cette partie du monde est même dessinée assez correctement sur une carte du seizième siècle, conservée dans le muséum britannique ; mais cette terre, longée de nouveau par les Hollandais, successeurs des Portugais aux Moluques, fut nommée par eux *terre de Diemen*. Elle reçut enfin le nom de *Nouvelle-Hollande*, lorsqu'en 1642 Abel Tasman en eut achevé le tour : Tasman, dans ce voyage, eut connaissance de la Nouvelle-Zélande.

Des intérêts de commerce et des guerres politiques ne laissèrent pas longtemps les Espagnols et les Portugais en jouissance paisible de leurs conquêtes. En vain le pape avait tracé la fameuse ligne qui partageait le monde entre les héritiers du génie de Gama et de Colomb. Le vaisseau de Magellan avait prouvé physiquement, aux plus incrédules, que la terre était ronde, et qu'il existait des antipodes. La ligne droite du souverain pontife ne divisait donc plus rien sur une surface circulaire, et se perdait dans le ciel. Les prétentions et les droits furent bientôt mêlés et confondus.

Les Portugais s'établirent en Amérique et les Espagnols aux Indes ; les Anglais, les Français, les Danois, les Hollandais accoururent au partage de la proie. On descendait pêle-mêle sur tous les rivages : on plantait un poteau ; on arborait un pavillon ; on prenait possession d'une mer, d'une île, d'un continent au nom d'un souverain de l'Europe, sans se demander si des peuples, des rois, des hommes policés ou sauvages n'étaient point les maîtres légitimes de ces lieux. Les missionnaires pensaient que le monde appartenait à la Croix, dans ce sens que le Christ, conquérant pacifique, devait soumettre toutes les nations à l'Évangile ; mais les aventuriers du quinzième et du seizième siècle prenaient la chose dans un sens plus matériel ; ils croyaient sanctifier leur cupidité, en déployant l'étendard du salut sur une terre idolâtre : ce signe d'une puissance de charité et de paix devenait celui de la persécution et de la discorde.

Les Européens s'attaquèrent de toutes parts : une poignée d'étrangers répandus sur des continents immenses semblaient manquer d'espace pour se placer. Non seulement les hommes se disputaient ces terres et ces mers où ils espéraient trouver l'or, les diamants, les perles, ces contrées qui produisent l'ivoire, l'encens, l'aloès, le thé, le café, la soie, les riches étoffes, ces îles où croissent le cannelier, le muscadier, le poivrier, la canne à sucre, le palmier au sagou[1] ; mais ils s'égorgeaient

encore pour un rocher stérile sous les glaces des deux
pôles, ou pour un chétif établissement dans le coin d'un
vaste désert. Ces guerres qui n'ensanglantaient jadis
que leur berceau, s'étendirent avec les colonies européennes à toute la surface du globe, enveloppèrent des
peuples qui ignoraient jusqu'au nom des pays et des
rois auxquels on les immolait. Un coup de canon tiré
en Espagne, en Portugal, en France, en Hollande, en
Angleterre, au fond de la Baltique, faisait massacrer
une tribu sauvage au Canada, précipitait dans les fers
une famille nègre de la côte de Guinée, ou renversait
un royaume dans l'Inde. Selon les divers traités de paix,
des Chinois, des Indous, des Africains, des Américains,
se trouvaient Français, Anglais, Portugais, Espagnols,
Hollandais, Danois : quelques parties de l'Afrique, de
l'Asie et de l'Amérique changeaient de maîtres selon
la couleur d'un drapeau arrivé d'Europe. Les gouvernements de notre continent ne s'arrogeaient pas seuls
cette suprématie : de simples compagnies de marchands, des bandes de flibustiers faisaient la guerre à
leur profit, gouvernaient des royaumes tributaires, des
îles fécondes, au moyen d'un comptoir, d'un agent de
commerce ou d'un capitaine de forbans[1].

Les premières relations de tant de découvertes sont
pour la plupart d'une naïveté charmante ; il s'y mêle
beaucoup de fables, mais ces fables n'obscurcissent
point la vérité. Les auteurs de ces relations sont trop
crédules sans doute, mais ils parlent en conscience ;
chrétiens peu éclairés, souvent passionnés, mais sincères, s'ils vous trompent, c'est qu'ils se trompent eux-
mêmes. Moines, marins, soldats employés dans ces
expéditions, tous vous disent leurs dangers et leurs
aventures avec une piété et une chaleur qui se communiquent. Ces espèces de nouveaux croisés qui vont
en quête de nouveaux mondes, racontent ce qu'ils ont
su ou appris : sans s'en douter, ils excellent à peindre,

parce qu'ils réfléchissent fidèlement l'image de l'objet placé sous leurs yeux. On sent dans leurs récits l'étonnement et l'admiration qu'ils éprouvent à la vue de ces mers virginales, de ces terres primitives qui se déploient devant eux, de cette nature qu'ombragent des arbres gigantesques, qu'arrosent des fleuves immenses, que peuplent des animaux inconnus ; nature que Buffon a devinée dans sa description du Kamitchi[1], qu'il a, pour ainsi dire, chantée en parlant de *ces oiseaux attachés au char du soleil sous la zone brûlante que bornent les tropiques ; oiseaux qui volent sans cesse sous ce ciel enflammé, sans s'écarter des deux limites extrêmes de la route du grand astre*[2].

Parmi les voyageurs qui écrivirent le journal de leurs courses, il faut compter quelques-uns des grands hommes de ces temps de prodiges. Nous avons les quatre *Lettres de Cortès à Charles Quint* ; nous avons une *Lettre de Christophe Colomb à Ferdinand et Isabelle*, datée des Indes occidentales, le 7 juillet 1503 ; M. de Navarette en publie une autre adressée au pape, dans laquelle le pilote génois promet au souverain pontife de lui donner le détail de ses découvertes, et de laisser des commentaires comme César. Quel trésor si ces lettres et ces commentaires se retrouvaient dans la bibliothèque du Vatican ! Colomb était poète aussi comme César ; il nous reste de lui des vers latins[3]. Que cet homme fût inspiré du ciel, rien de plus naturel sans doute. Aussi Giustiniani, publiant un Psautier hébreu, grec, arabe et chaldéen, plaça en note la vie de Colomb sous le psaume *Cæli enarrant gloriam Dei*[4], comme une récente merveille qui racontait la gloire de Dieu.

Il est probable que les Portugais en Afrique, et les Espagnols en Amérique, recueillirent des faits, cachés alors par des gouvernements jaloux. Le nouvel état politique du Portugal et l'émancipation de l'Amérique espagnole, favoriseront des recherches intéressantes.

Déjà le jeune et infortuné voyageur Bowdich* a publié la relation des découvertes des Portugais dans l'intérieur de l'Afrique, entre Angola et Mozambique, tirée des manuscrits originaux. On a maintenant un rapport secret et extrêmement curieux sur l'état du Pérou pendant le voyage de La Condamine*. M. de Navarette donne la collection des voyages des Espagnols avec d'autres Mémoires inédits concernant l'histoire de la navigation.

Enfin en descendant vers notre âge, commencent ces voyages modernes où la civilisation laisse briller toutes ses ressources, la science tous ses moyens. Par terre les Chardin*, les Tavernier*[1], les Bernier*, les Tournefort*, les Niébuhr*[2], les Pallas*, les Norden*, les Shaw*, les Hornemann*, réunissent leurs beaux travaux à ceux des écrivains des *Lettres édifiantes*[3]. La Grèce et l'Égypte voient des explorateurs qui pour découvrir un monde passé, bravent des périls, comme les marins qui cherchèrent un monde nouveau : Buonaparte et ses quarante mille voyageurs battent des mains aux ruines de Thèbes.

Sur la mer, Drake*, Sarmiento*, Candish*, Sebald de Weert*, Spilberg*, Noort*, Woodrogers*, Dampier*, Gemelli-Carreri*, La Barbinais*, Byron*, Wallis*[4], Anson*, Bougainville*, Cook*[5], Carteret*, La Pérouse*[6], Entrecasteaux*, Vancouver*, Freycinet*, Duperré*, ne laissent plus un écueil inconnu*[7].

L'océan Pacifique cessant d'être une immense solitude, devient un riant archipel qui rappelle la beauté et les enchantements de la Grèce.

L'Inde si mystérieuse n'a plus de secrets[8] ; ses trois

---

* C'est toujours avec un sentiment de plaisir et d'orgueil que j'écris des noms français : n'oublions pas dans les derniers temps les voyages de M. Julien dans l'Afrique occidentale, de M. Caillaud* en Égypte, de M. Gau* en Nubie, de M. Drovetti* aux oasis, etc.

langues sacrées sont divulguées, ses livres les plus cachés sont traduits : on s'est initié aux croyances philosophiques qui partagèrent les opinions de cette vieille terre ; la succession des patriarches de Bouddhah est aussi connue que la généalogie de nos familles. La société de Calcutta publie régulièrement les nouvelles scientifiques de l'Inde ; on lit le sanscrit, on parle le chinois, le javanais, le tartare, le turc, l'arabe, le persan à Paris, à Bologne, à Rome, à Vienne, à Berlin, à Pétersbourg, à Copenhague, à Stockholm, à Londres. On a retrouvé jusqu'à la langue des morts, jusqu'à cette langue perdue avec la race qui l'avait inventée : l'obélisque du désert a présenté ses caractères mystérieux, et on les a déchiffrés ; les momies ont déployé leurs passeports de la tombe, et on les a lus. La parole a été rendue à la pensée muette, qu'aucun homme vivant ne pouvait plus exprimer.

Les sources du Gange ont été recherchées par Webb, Raper, Hearsay et Hodgson[1] ; Moorcroft a pénétré dans le petit Thibet : les pics d'Hymalaya sont mesurés. Citer avec le major Renell* mille voyageurs à qui la science est à jamais redevable, c'est chose impossible.

En Afrique, le sacrifice de Mungo-Park* a été suivi de plusieurs autres sacrifices : Bowdich*, Toole*, Belzoni*, Beaufort*, Peddie, Woodney[2], ont péri : néanmoins ce continent redoutable finira par être traversé.

Dans le cinquième continent, les montagnes Bleues sont passées[3] : on pénètre peu à peu cette singulière partie du monde où les fleuves semblent couler à contresens, de la mer à l'intérieur, où les animaux ressemblent peu à ceux que l'on a connus, où les cygnes sont noirs, où le kanguroo s'élance comme une sauterelle, où la nature ébauchée, ainsi que Lucrèce l'a décrite au bord du Nil, nourrit une espèce de monstre, un animal qui tient de l'oiseau, du poisson et du serpent, qui nage sous l'eau, pond un œuf, et frappe d'un aiguillon mortel[1].

En Amérique, l'illustre Humboldt★[2] a tout peint et tout dit.

Le résultat de tant d'efforts, les connaissances positives acquises sur tant de lieux, le mouvement de la politique, le renouvellement des générations, le progrès de la civilisation, ont changé le tableau primitif du globe.

Les villes de l'Inde mêlent à présent à l'architecture des Brames, des palais italiens et des monuments gothiques ; les élégantes voitures de Londres se croisent avec les palanquins et les caravanes sur les chemins du Tigre et de l'Éléphant. De grands vaisseaux remontent le Gange et l'Indus : Calcutta, Bombay, Bénarès, ont des spectacles, des sociétés savantes, des imprimeries. Le pays des *Mille et Une Nuits*, le royaume de Cachemire, l'empire du Mogol, les mines de diamants de Golconde, les mers qu'enrichissent les perles orientales, cent vingt millions d'hommes que Bacchus, Sésostris, Darius, Alexandre, Tamerlan, Gengis-Kan, avaient conquis, ou voulu conquérir, ont pour propriétaires et pour maîtres une douzaine de marchands anglais dont on ne sait pas le nom, et qui demeurent à quatre mille lieues de l'Indostan, dans une rue obscure de la cité de Londres. Ces marchands s'embarrassent très peu de cette vieille Chine, voisine de leurs cent vingt millions de vassaux : lord Hastings★ leur a proposé d'en faire la conquête avec vingt mille hommes. Mais quoi ! le thé baisserait de prix sur les bords de la Tamise ! Voilà ce qui sauve l'empire de Tobi, fondé deux mille six cent trente-sept ans avant l'ère chrétienne★, de ce Tobi, contemporain de Réhu, trisaïeul d'Abraham.

★ Je suis la chronologie chinoise ; il faut en rabattre une couple de mille ans.

En Afrique, un monde européen commence au cap de Bonne-Espérance. Le révérend John Campbell★, parti de ce cap, a pénétré dans l'Afrique australe jusqu'à la distance de onze mille milles ; il a trouvé des cités très peuplées (Machéou, Kurréchane), des terres bien cultivées et des fonderies de fer. Au nord de l'Afrique, le royaume de Bornou et le Soudan proprement dit, ont offert à MM. Clapperton et Denham★, trente-six villes plus ou moins considérables, une civilisation avancée, une cavalerie nègre, armée comme les anciens chevaliers.

L'ancienne capitale d'un royaume nègre-mahométan présentait des ruines de palais ; retraite des éléphants, des lions, des serpents et des autruches. On peut apprendre à tout moment que le major Laing★ est entré dans ce Tombouctou si connu et si ignoré. D'autres Anglais, attaquant l'Afrique par la côte de Bénin, vont rejoindre ou ont rejoint, en remontant les fleuves, leurs courageux compatriotes arrivés par la Méditerranée. Le Nil et le Niger nous auront bientôt découvert leurs sources et leur cours. Dans ces régions brûlantes, le lac Stad rafraîchit l'air ; dans ces déserts de sable, sous cette zone torride, l'eau gèle au fond des outres, et un voyageur célèbre, le docteur Oudney, est mort de la rigueur du froid.

Au pôle antarctique, le capitaine Smith★ a découvert la Nouvelle-Shetland : c'est tout ce qui reste de la fameuse terre australe de Ptolémée. Les baleines sont innombrables et d'une énorme grosseur dans ces parages ; une d'entre elles attaqua le navire américain l'*Essex* en 1820, et le coula à fond.

La grande Océanique[1] n'est plus un morne désert ; des malfaiteurs anglais, mêlés à des colons volontaires, ont bâti des villes dans ce monde ouvert le dernier aux hommes. La terre a été creusée ; on y a trouvé le fer, la houille, le sel, l'ardoise, la chaux, la plombagine, l'argile à potier, l'alun, tout ce qui est utile à l'établissement d'une société. La Nouvelle-Galles du Sud a pour capitale Sidney, dans le port Jackson. Paramatta est situé au fond du havre ; la ville de Windsor prospère au confluent du South-Creek et du Hawkesbury. Le gros village de Liverpool a rendu féconds les bords de Georges-River qui se décharge dans la baie Botanique (Botany-Bay), située à quatorze milles au sud du port Jackson.

L'île Van-Diemen est aussi peuplée ; elle a des ports superbes, des montagnes entières de fer ; sa capitale se nomme *Hobart*.

Selon la nature de leurs crimes, les déportés à la Nouvelle-Hollande[1] sont ou détenus en prison, ou occupés à des travaux publics, ou fixés sur des concessions de terre. Ceux dont les mœurs se réforment deviennent libres ou restent dans la colonie, avec des billets de permission.

La colonie a déjà des revenus : les taxes montaient en 1819 à 21,179 livres sterling, et servaient à diminuer d'un quart les dépenses du gouvernement.

La Nouvelle-Hollande a des imprimeries, des journaux politiques et littéraires, des écoles publiques, des théâtres, des courses de chevaux, des grands chemins, des ponts de pierre, des édifices religieux et civils, des machines à vapeur, des manufactures de draps, de chapeaux et de faïence ; on y construit des vaisseaux. Les fruits de tous les climats, depuis l'ananas jusqu'à la pomme, depuis l'olive jusqu'au raisin, prospèrent dans cette terre qui fut de malédiction. Les moutons, croisés de moutons anglais et de moutons du cap de Bonne-Espérance, les purs mérinos surtout, y sont devenus d'une rare beauté.

L'Océanique porte ses blés aux marchés du Cap, ses cuirs aux Indes, ses viandes salées à l'Île-de-France. Ce pays, qui n'envoyait en Europe, il y a une vingtaine d'années, que des kanguroos et quelques plantes, expose aujourd'hui ses laines de mérinos aux marchés de Liverpool, en Angleterre ; elles s'y sont vendues jusqu'à onze sous six deniers la livre, ce qui surpassait de quatre sous le prix donné pour les plus fines laines d'Espagne aux mêmes marchés.

Dans la mer Pacifique, même révolution. Les îles Sandwich forment un royaume civilisé par Taméama. Ce royaume a une marine composée d'une vingtaine de goélettes et de quelques frégates. Des matelots anglais déserteurs sont devenus des princes : ils ont élevé des citadelles que défend une bonne artillerie ; ils entretiennent un commerce actif, d'un côté, avec l'Amérique, de l'autre, avec l'Asie. La mort de Taméama a rendu la puissance aux petits seigneurs féodaux des îles Sandwich, mais n'a point détruit les germes de la civilisation. On a vu dernièrement, à l'Opéra de Londres, un roi et une reine de ces insulaires qui avaient mangé le capitaine Cook, tout en adorant ses os dans le temple consacré au dieu Rono. Ce roi et cette reine ont succombé à l'influence du climat humide de l'Angleterre ; et c'est lord Byron, héritier de la pairie du grand poète, mort à Missolonghi, qui a été chargé de transporter aux îles Sandwich, les cercueils de la reine et du roi décédés : voilà, je pense, assez de contrastes et de souvenirs.

Otaïti a perdu ses danses, ses chœurs, ses mœurs voluptueuses. Les belles habitantes de la nouvelle Cythère, trop vantées peut-être par Bougainville, sont aujourd'hui, sous leurs arbres à pain et leurs élégants palmiers, des puritaines qui vont au prêche, lisent l'Écriture avec des missionnaires méthodistes, controversent du matin au soir, et expient dans un grand ennui la trop grande gaieté de leurs mères. On imprime à Otaïti des Bibles et des ouvrages ascétiques.

Un roi de l'île, le roi Pomario, s'est fait législateur : il a publié un code de lois criminelles en dix-neuf titres, et nommé quatre cents juges pour faire exécuter ces lois : le meurtre seul est puni de mort. La calomnie au *premier degré* porte sa peine : le calomniateur est obligé de construire de ses propres mains une grande route de deux à quatre milles de long, et de douze pieds de large. « La route doit être bombée, dit l'ordonnance royale, afin que les eaux de pluie s'écoulent des deux côtés. » Si une pareille loi existait en France, nous aurions les plus beaux chemins de l'Europe.

Les Sauvages de ces îles enchantées, qu'admirèrent Juan Fernandès*, Anson*, Dampier*, et tant d'autres navigateurs, se sont transformés en matelots anglais. Un avis de la *Gazette de Sidney*, dans la Nouvelle-Galles, annonce que les insulaires d'Otaïti et de la Nouvelle-Zélande, Roni, Paoutou, Popoti, Tiapoa, Moaï, Topa, Fieou, Aiyong er Haouho, vont partir du port Jackson, dans des navires de la colonie.

Enfin, parmi ces glaces de notre pôle, d'où sortirent avec tant de peine et de dangers Gmelin*, Ellis*, Frédéric Martens*, Philipp*, Davis*, Gilbert*, Hudson*, Thomas Button*, Baffin*, Fox*, James*, Munk*, Jacob May, Owin, Koscheley[1] ; parmi ces glaces où d'infortunés Hollandais, demi-morts de froid et de faim, passèrent l'hiver au fond d'une caverne qu'assiégeaient les ours ; dans ces mêmes régions polaires, au milieu d'une nuit de plusieurs mois, le capitaine Parry*[2], ses officiers et son équipage, pleins de santé, chaudement enfermés dans leur vaisseau, ayant des vivres en abondance, jouaient la comédie, exécutaient des danses et représentaient des mascarades : tant la civilisation perfectionnée a rendu la navigation sûre, a diminué les périls de toute espèce, a donné à l'homme les moyens de braver l'intempérie des climats !

Dans le voyage même qui vient à la suite de cette préface, je parlerai des changements arrivés en Amérique. Je remarquerai seulement ici les résultats différents qu'ont eus pour le monde les découvertes de Colomb et celles de Gama.

L'espèce humaine n'a retiré que peu de bonheur des travaux du navigateur portugais. Les sciences, sans doute, ont gagné à ces travaux ; des erreurs de géographie et de physique ont été détruites ; les pensées de l'homme se sont agrandies à mesure que la terre s'est étendue devant lui ; il a pu comparer davantage en visitant plus de peuples ; il a pris plus de considération pour lui-même, en voyant ce qu'il pouvait faire ; il a senti que l'espèce humaine croissait ; que les générations passées étaient mortes enfants : ces connaissances, ces pensées, cette expérience, cette estime de soi, sont entrées comme éléments généraux dans la civilisation ; mais aucune amélioration politique ne s'est opérée dans les vastes régions où Gama vint plier ses voiles ; les Indiens n'ont fait que changer de maîtres. La consommation des denrées de leur pays, diminuée en Europe par l'inconstance des goûts et des modes, n'est plus même un objet de lucre[1] ; on ne courrait pas maintenant au bout du monde pour chercher ou pour s'emparer d'une île qui porterait le muscadier ; les productions de l'Inde ont été d'ailleurs ou imitées ou naturalisées dans d'autres parties du globe. En tout, les découvertes de Gama sont une magnifique aventure, mais elles ne sont que cela ; elles ont eu peut-être l'inconvénient d'augmenter la prépondérance d'un peuple, de manière à devenir dangereuse à l'indépendance des autres peuples.

Les découvertes de Colomb, par leurs conséquences qui se développent aujourd'hui, ont été une véritable révolution, autant pour le monde moral que pour le monde physique : c'est ce que j'aurai l'occasion de développer dans la conclusion de mon *Voyage*. N'oublions pas toutefois que le continent retrouvé par Gama n'a pas demandé l'esclavage d'une autre partie de la terre, et que l'Afrique doit ses chaînes à cette Amérique si

libre aujourd'hui. Nous pouvons admirer la route que
traça Colomb sur le gouffre de l'Océan ; mais pour les
pauvres nègres, c'est le chemin, qu'au dire de Milton,
la Mort et le Mal construisirent sur l'abîme[1].

Il ne me reste plus qu'à mentionner les recherches au
moyen desquelles a été complétée dernièrement l'histoire géographique de l'Amérique septentrionale.

On ignorait encore si ce continent s'étendait sous
le pôle, en rejoignant le Groënland ou des terres arctiques, ou s'il se terminait à quelque terre contiguë à
la baie d'Hudson et au détroit de Behring.

En 1772, Hearn*[2] avait découvert la mer, à l'embouchure de la rivière de la Mine de cuivre ; Mackenzie*[3]
l'avait vue en 1789, à l'embouchure du fleuve qui porte
son nom. Le capitaine Ross[4], et ensuite le capitaine
Parry, furent envoyés, l'un en 1818, l'autre en 1819,
explorer de nouveau ces régions glacées. Le capitaine
Parry pénétra dans le détroit de Lancastre, passa vraisemblablement sur le pôle magnétique, et hiverna au
mouillage de l'île Melville.

En 1821, il fit la reconnaissance de la baie d'Hudson,
et retrouva Repulsebay. Guidé par le récit des Esquimaux, il se présenta au goulet d'un détroit qu'obs-
truaient les glaces, et qu'il appela le *Détroit de la Fury
et de l'Hécla*, du nom des vaisseaux qu'il montait : là, il
aperçut le dernier cap au nord-est de l'Amérique.

Le capitaine Francklin*, dépêché en Amérique pour
seconder par terre les efforts du capitaine Parry, descendit la rivière de la Mine de cuivre, entra dans la mer
polaire, et s'avança à l'est jusqu'au golfe du *Couronnement de Georges IV*, à peu près dans la direction et à la
hauteur de Repulsebay.

En 1825, dans une seconde expédition, le capitaine
Francklin descendit le Mackenzie, vit la mer Arctique, revint hiverner sur le lac de l'Ours, et redescendit le Mackenzie en 1826. À l'embouchure de ce fleuve

l'expédition anglaise se partagea : une moitié, pourvue de deux canots, alla retrouver à l'est la rivière de la Mine de cuivre ; l'autre, sous les ordres de Francklin lui-même, et pareillement munie de deux canots, se dirigea vers l'ouest.

Le 9 juillet, le capitaine fut arrêté par les glaces ; le 4 août, il recommença à naviguer. Il ne pouvait guère avancer plus d'un mille par jour ; la côte était si plate, l'eau si peu profonde, qu'on put rarement descendre à terre. Des brumes épaisses et des coups de vent mettaient de nouveaux obstacles aux progrès de l'expédition.

Elle arriva cependant le 18 août au 150e méridien, et au 70e degré 30 minutes nord. Le capitaine Francklin avait ainsi parcouru plus de la moitié de la distance qui sépare l'embouchure du Mackenzie du cap de Glace, au-dessus du détroit de Behring : l'intrépide voyageur ne manquait point de vivres, ses canots n'avaient souffert aucune avarie ; les matelots jouissaient d'une bonne santé ; la mer était ouverte ; mais les instructions de l'amirauté étaient précises ; elles défendaient au capitaine de prolonger ses recherches s'il ne pouvait atteindre la baie de Kotzebue avant le commencement de la mauvaise saison. Il fut donc obligé de revenir à la rivière de Mackenzie, et le 21 septembre il rentra dans le lac de l'Ours, où il retrouva l'autre partie de l'expédition.

Celle-ci avait achevé son exploration des rivages, depuis l'embouchure du Mackenzie jusqu'à celle de la rivière de la Mine de cuivre ; elle avait même prolongé sa navigation jusqu'au golfe du *Couronnement de Georges IV*, et remonté vers l'est jusqu'au 118e méridien : partout s'étaient présentés de bons ports et une côte plus abordable que la côte relevée par le capitaine Francklin.

Le capitaine russe Otto de Kotzebue découvrit en 1816, au nord-est du détroit de Behring, une passe ou

entrée qui porte aujourd'hui son nom ; c'est dans cette
passe que le capitaine anglais Beechey* était allé, sur
une frégate, attendre, au nord-est de l'Amérique, le
capitaine Francklin qui venait vers lui du nord-ouest.
La navigation du capitaine Beechey s'était heureusement accomplie : arrivé en 1826 au lieu et au temps
du rendez-vous, les glaces n'avaient arrêté son grand
vaisseau qu'au 72e degré 30 minutes de latitude nord.
Obligé alors d'ancrer sous une côte, il remarquait tous
les jours des baïdars (nom russe des embarcations
indiennes dans ces parages) qui passaient et repas-
saient par des ouvertures entre la glace et la terre ; il
croyait voir à chaque instant arriver ainsi le capitaine
Francklin.

Nous avons dit que celui-ci avait atteint, dès le
18 août 1826, le 150e méridien de Greenwich et le
70e degré 30 minutes de latitude nord : il n'était donc
éloigné du cap de Glace que de 10 degrés en longitude ; degrés qui, dans cette latitude élevée, ne donnent
guère plus de quatre-vingt-une lieues. Le cap de Glace
est éloigné d'une soixantaine de lieues de la passe de
Kotzebue : il est probable que le capitaine Francklin
n'aurait pas même été obligé de doubler ce cap, et qu'il
eût trouvé quelque chenal en communication immédiate avec les eaux de l'entrée de Kotzebue : dans tous
les cas, il n'avait plus que cent vingt-cinq lieues à faire
pour rencontrer la frégate du capitaine Beechey !

C'est à la fin du mois d'août, et pendant le mois de
septembre, que les mers polaires sont le moins encom-
brées de glaces. Le capitaine Beechey ne quitta la passe
de Kotzebue que le 14 octobre ; ainsi le capitaine
Francklin aurait eu près de deux mois, du 18 août au
14 octobre, pour faire cent vingt-cinq lieues, dans la
meilleure saison de l'année. On ne saurait trop déplorer
l'obstacle que des instructions, d'ailleurs fort humaines,
ont mis à la marche du capitaine Francklin. Quels

transports de joie mêlée d'un juste orgueil n'auraient point fait éclater les marins anglais, en achevant la découverte du passage du nord-ouest, en se rencontrant au milieu des glaces, en s'embrassant, dans des mers non encore sillonnées par des vaisseaux, à cette extrémité jusqu'alors inconnue du Nouveau-Monde ! Quoi qu'il en soit, on peut regarder le problème géographique comme résolu ; le passage du nord-ouest existe, la configuration extérieure de l'Amérique est tracée.

Le continent de l'Amérique se termine au nord-ouest dans la baie d'Hudson, par une péninsule appelée *Melville*, dont la dernière pointe ou le dernier cap se place au 69e degré 48 minutes de latitude nord, et au 82e degré 50 minutes de longitude ouest de Greenwich. Là se creuse un détroit entre ce cap et la terre de Cockburn, lequel détroit, nommé le *détroit de la Fury et de l'Hécla*, ne présenta au capitaine Parry qu'une masse solide de glace.

La péninsule nord-ouest s'attache au continent vers la baie de Repulse ; elle ne peut pas être très large à sa racine, puisque le golfe du *Couronnement de Georges IV*, découvert par le capitaine Francklin dans son premier voyage, descend au sud jusqu'au 66e degré et demi, et que son extrémité méridionale n'est éloignée que de soixante-sept lieues de la partie la plus occidentale de la baie Wager. Le capitaine Lyon★ fut renvoyé à la baie de Repulse, afin de passer par terre du fond de cette baie au golfe du *Couronnement de Georges IV*. Les glaces, les courants et les tempêtes arrêtèrent le vaisseau de cet aventureux marin.

Maintenant, poursuivant notre investigation, et nous plaçant de l'autre côté de la péninsule *Melville*, dans ce golfe du *Couronnement de Georges IV*, nous trouvons l'embouchure de la rivière de la Mine de cuivre à 67 degrés 42 minutes 35 secondes de latitude nord, et à 115 degrés 49 minutes 33 secondes de longitude ouest de Greenwich. Hearn avait indiqué cette embouchure quatre degrés et un quart plus au nord en latitude, et quatre degrés et un quart plus à l'ouest en longitude.

De l'embouchure de la rivière de la Mine de cuivre, naviguant vers l'embouchure du Mackenzie, on remonte le long de la côte jusqu'au 70e degré 37 minutes de latitude nord, on double un cap, et l'on redescend à l'embouchure orientale du Mackenzie par les 69 degrés 29 minutes. De là, la côte se porte à l'ouest vers le détroit de Behring, en s'élevant jusqu'au 70e degré 30 minutes de latitude nord, sous le 150e méridien de Greenwich, point où le capitaine Francklin s'est arrêté le 18 août 1826. Il n'était plus alors, comme je l'ai dit, qu'à 10 degrés de longitude ouest du cap de Glace : ce cap est à peu près par les 71 degrés de latitude.

En relevant maintenant les divers points, nous trouvons :

Le dernier cap nord-ouest du continent de l'Amérique septentrionale, au 69e degré 48 minutes de latitude nord, et au 82e degré 50 minutes de longitude ouest de Greenwich ; le cap *Turnagain*, dans le golfe du *Couronnement de Georges IV*, au 68e degré 30 minutes de latitude nord ; l'embouchure de la rivière de la Mine de cuivre, au 60e degré 49 minutes 35 secondes de latitude nord, et au 115e degré 49 minutes 33 secondes de longitude ouest de Greenwich ; un cap sur la côte entre la rivière de la Mine de cuivre et le Mackenzie, au 70e degré 37 minutes de latitude nord, et au 126e degré 52 minutes de longitude ouest de Greenwich ; l'embouchure du Mackenzie, au 69e degré 29 minutes de latitude, et au 133e degré 24 minutes de longitude ; le point où s'est arrêté le capitaine Francklin, au 70e degré 30 minutes de latitude nord et au 15e méridien à l'ouest de Greenwich ; enfin le cap de Glace, 10 degrés de longitude plus à l'ouest, au 71e degré de latitude nord.

Ainsi depuis le dernier cap nord-ouest de l'Amérique

septentrionale, dans le *détroit de l'Hécla et de la Fury*, jusqu'au cap de Glace au-dessus du détroit de Behring, la mer forme un golfe large, mais assez peu profond, qui se termine à la côte nord-ouest de l'Amérique ; cette côte court est et ouest, offrant dans le golfe général trois ou quatre baies principales dont les pointes ou promontoires approchent de la latitude où sont placés le dernier cap nord-ouest de l'Amérique au *détroit de la Fury et de l'Hécla*, et le cap de Glace, au-dessus du détroit de Behring.

Devant ce golfe gisent, entre le 70e et le 75e degré de latitude, toutes les découvertes résultantes des trois voyages du capitaine Parry, l'île présumée de *Cockburn*, les délinéations du *détroit du Prince régent*, les îles du *Prince Léopold*, de *Bathurst*, de *Melville*, la terre de *Banks*. Il ne s'agit plus que de trouver, entre ces sols disjoints, un passage libre à la mer qui baigne la côte nord-ouest de l'Amérique, et qui serait peut-être navigable dans la saison opportune, pour des vaisseaux baleiniers.

M. Macleod* a raconté à M. Douglas, aux grandes chutes de la Colombia, qu'il existe un fleuve coulant parallèlement au fleuve Mackenzie, et se jetant dans la mer près le cap de Glace. Au nord de ce cap est une île où des vaisseaux russes viennent faire des échanges avec les naturels du pays. M. Macleod a visité lui-même la mer polaire, et passé, dans l'espace de onze mois, de l'océan Pacifique à la baie d'Hudson. Il déclare que la mer est libre dans la mer polaire, après le mois de juillet.

Tel est l'état actuel des choses à l'extérieur de l'Amérique septentrionale, relativement à ce fameux passage que je m'étais mis en tête de chercher, et qui fut la première cause de mon excursion d'outre-mer. Voyons ce qu'ont fait les derniers voyageurs dans l'intérieur de cette même Amérique.

Au nord-ouest, tout est découvert, dans ces déserts glacés et sans arbres qui enveloppent le lac de l'Esclave et celui de l'Ours. Mackenzie partit, le 3 juin 1789, du fort Chipiouyan sur le lac des Montagnes, qui communique à celui de l'Esclave par un courant d'eau : le lac de l'Esclave voit naître le fleuve qui se jette dans la mer du pôle, et qu'on appelle maintenant le *fleuve Mackenzie*.

Le 10 octobre 1792, Mackenzie partit une seconde fois du fort Chipiouyan : dirigeant sa course à l'ouest, il traversa le lac des Montagnes, et remonta la rivière Oungigah ou rivière de la Paix, qui prend sa source dans les montagnes Rocheuses. Les missionnaires français avaient déjà connu ces montagnes sous le nom de montagnes des *Pierres brillantes*. Mackenzie franchit ces montagnes, rencontra un grand fleuve, le Tacoutché-Tessé, qu'il prit mal à propos pour la Colombia : il n'en suivit point le cours, et se rendit à l'océan Pacifique par une autre rivière, qu'il nomma la *rivière du Saumon*.

Il trouva des traces multipliées du capitaine Vancouver ; il observa la latitude à 52 degrés 21 minutes 33 secondes, et il écrivit avec du vermillon sur un rocher : « Alexandre Mackenzie est venu du Canada ici par terre le 22 juillet 1793. » À cette époque que faisions-nous en Europe ?

Par un petit mouvement de jalousie nationale dont ils ne se rendent pas compte, les voyageurs américains parlent peu du second itinéraire de Mackenzie ; itinéraire qui prouve que cet Anglais a eu l'honneur de traverser le premier le continent de l'Amérique septentrionale depuis la mer Atlantique jusqu'au grand Océan.

Le 7 mai 1792, le capitaine américain Robert Gray* aperçut à la côte nord-ouest de l'Amérique septentrionale l'embouchure d'un fleuve sous le 46e degré 19 minutes de latitude nord, et le 126e degré 14 minutes 15 secondes de longitude ouest, méridien de Paris. Robert Gray entra dans ce fleuve le 11 du même mois, et il l'appela la *Colombia* : c'était le nom du vaisseau qu'il commandait.

Vancouver arriva au même lieu, le 19 octobre de la même année : Broughton*, avec la conserve de Vancouver*, passa la barre de la Colombia et remonta le fleuve quatre-vingt-quatre milles au-dessus de cette barre.

Les capitaines Lewis et Clarke, arrivés par le Missouri, descendirent des montagnes Rocheuses et bâtirent, en 1805, à l'entrée de la Colombia, un fort qui fut abandonné à leur départ.

En 1811, les Américains élevèrent un autre fort sur la rive gauche du même fleuve : ce fort prit le nom d'*Astoria*, du nom de M. J.-J. Astor*, négociant de New-York et directeur de la compagnie des pelleteries à l'océan Pacifique.

En 1810, une troupe d'associés de la compagnie se réunit à Saint-Louis du Mississipi, et fit une nouvelle course à la Colombia, à travers les montagnes Rocheuses : plus tard, en 1812, quelques-uns de ces associés, conduits par M. R. Stuart*, revinrent de la Colombia à Saint-Louis. Tout est donc connu de ce côté. Les grands affluents du Missouri, la rivière des Osages, la rivière de la Roche-Jaune, aussi puissante que l'Ohio, ont été remontés : les établissements américains communiquent par ces fleuves au nord-ouest, avec les tribus indiennes les plus reculées, au sud-est avec les habitants du Nouveau-Mexique.

En 1820, M. Cass*, gouverneur du territoire du Michigan, partit de la ville du Détroit, bâtie sur le canal qui joint le lac Érié au lac Saint-Clair, suivit la grande chaîne des lacs et rechercha les sources du Mississipi ; M. Schoolcraft* rédigea le journal de ce voyage plein de faits et d'instruction. L'expédition entra dans le Mississipi par la rivière du Lac-de-Sable : le fleuve en cet endroit était large de deux cents pieds. Les voyageurs le remontèrent, et franchirent quarante-trois rapides : le Mississipi allait toujours se rétrécissant, et au saut de Peckagoma, il n'avait plus que quatre-vingts pieds de largeur. « L'aspect du pays change, dit M. Schoolcraft : la forêt qui ombrageait les bords du fleuve disparaît ; il décrit de nombreuses sinuosités dans une prairie large de trois milles, où s'élèvent des herbes très hautes, de la folle-avoine et des joncs, et bordée de collines de hauteur médiocre et sablonneuses, où croissent quelques pins jaunes. Nous avons navigué longtemps sans avancer beaucoup ; il semblait que nous fussions arrivés au niveau supérieur des eaux : le courant du fleuve n'était que d'un mille par heure. Nous n'apercevions que le ciel et les herbes au milieu desquelles nos canots se frayaient un passage ; elles cachaient tous les objets éloignés. Les oiseaux aquatiques étaient extrêmement nombreux, mais il n'y avait pas de pluviers[1]. »

L'expédition traversa le petit et le grand lac Ouinnipec : cinquante milles plus haut, elle s'arrêta dans le lac supérieur du Cèdre-Rouge, auquel elle imposa le nom de *Cassina*, en l'honneur de M. Cass.

C'est là que se trouve la principale source du Mississipi[2] : le lac a dix-huit milles de long sur six de large. Son eau est transparente et ses bords sont ombragés d'ormes, d'érables et de pins. M. Pike, autre voyageur qui place une des principales sources du Mississipi[3] au lac de la Sangsue, met le lac Cassina au 47e degré 42 minutes 40 secondes de latitude nord.

La rivière La Biche sort du lac du même nom et entre dans le lac Cassina. « En estimant à soixante milles, dit M. Schoolcraft, la distance du lac Cassina au lac La Biche, source du Mississipi la plus éloignée, on aura pour la longueur totale du cours de ce fleuve trois mille trente-huit milles. L'année précédente je l'avais descendu (le Mississipi) depuis Saint-Louis dans un bateau à vapeur, et le 10 juillet j'avais passé son embouchure pour aller à New-York. Ainsi, un peu plus d'un an après, je me trouvais près de sa source, assis dans un canot indien[1]. »

M. Schoolcraft fait observer qu'à peu de distance du lac La Biche, les eaux coulent au nord dans la rivière Rouge qui descend à la baie d'Hudson.

Trois ans plus tard, en 1823, M. Beltrami* a parcouru les mêmes régions. Il porte les sources septentrionales du Mississipi à cent milles au-dessus du lac Cassina ou du Cèdre-Rouge. M. Beltrami affirme qu'avant lui aucun voyageur n'a passé au-delà du lac du Cèdre-Rouge. Il décrit ainsi sa découverte des sources du Mississipi :

« Nous nous trouvons sur les plus hautes terres de l'Amérique septentrionale... Cependant tout y est plaine, et la colline où je suis n'est pour ainsi dire qu'une éminence formée au milieu pour servir d'observatoire.

« En promenant ses regards autour de soi, on voit les eaux couler au sud vers le golfe du Mexique ; au nord, vers la mer Glaciale ; à l'est, vers l'Atlantique ; et à l'ouest se diriger vers la mer Pacifique.

« Un grand plateau couronne cette suprême élévation ; et, ce qui étonne davantage, un lac jaillit au milieu.

« Comment s'est-il formé ce lac ? d'où viennent ses eaux ? c'est au grand architecte de l'univers qu'il faut le demander... Ce lac n'a aucune issue, et mon œil, qui est assez perçant, n'a pu découvrir, dans aucun lointain de l'horizon le plus clair, aucune terre qui s'élève au-dessus de son niveau ; toutes sont au contraire beaucoup inférieures...

« Vous avez vu les sources de la rivière que j'ai remontée jusqu'ici (la rivière Rouge) : elles sont précisément au pied de la colline, et filtrent en ligne directe du bord septentrional du lac ; elles sont les sources de la rivière Rouge ou Sanglante. De l'autre côté, vers le sud, d'autres sources forment un joli petit bassin d'environ quatre-vingts pas de circonférence ; ces eaux filtrent aussi du lac, et ces sources... ce sont les sources du Mississipi.

« Ce lac a trois milles de tour environ ; il est fait en forme de cœur, et il parle à l'âme ; la mienne en a été émue : il était juste de le tirer du silence où la géographie, après tant d'expéditions, le laissait encore, et de le faire connaître au monde d'une manière distinguée. Je lui ai donné le nom de cette dame respectable dont la vie, comme il a été dit par son illustre amie, madame la comtesse d'Albani, *a été un cours de morale en action*, la mort une calamité pour tous ceux qui avaient eu le bonheur de la connaître... J'ai appelé ce lac le *lac Julie* ; et les sources des deux fleuves, les *sources Juliennes de la rivière Sanglante*, les *sources Juliennes du Mississipi*.

« J'ai cru voir l'ombre de Colombo, d'Américo Vespucci, des Cabotto, de Verazani, etc., assister avec joie à cette grande cérémonie, et se féliciter qu'un de leurs compatriotes vînt réveiller par de nouvelles découvertes le souvenir des services qu'ils ont rendus au monde entier par leurs talents, leurs exploits et leurs vertus[1]. »

C'est un étranger qui écrit en français : on reconnaîtra facilement le goût, les traits, le caractère et le juste orgueil du génie italien.

La vérité est que le plateau où le Mississipi prend sa source est une terre unie, mais culminante, dont les versants envoient les eaux au nord, à l'est, au midi et à l'ouest ; que sur ce plateau sont creusés une multitude de lacs ; que ces lacs répandent des rivières qui coulent à tous les rumbs[2] de vent. Le sol de ce plateau supérieur est mouvant comme s'il flottait sur des abîmes. Dans la saison des pluies, les rivières et les lacs débordent : on dirait d'une mer, si cette mer ne portait des forêts de folle-avoine[3] de vingt et trente pieds de hauteur. Les canots perdus dans ce double océan d'eau et d'herbes, ne se peuvent diriger qu'à l'aide des étoiles ou de la boussole. Quand des tempêtes surviennent, les moissons fluviales plient, se renversent sur les embarcations, et des millions de canards, de sarcelles, de morelles, de hérons, de bécassines s'envolent en formant un nuage au-dessus de la tête des voyageurs.

Les eaux débordées restent pendant quelques jours incertaines de leur penchant ; peu à peu elles se partagent. Une pirogue est doucement entraînée vers les mers polaires, les mers du Midi, les grands lacs du Canada, les affluents du Missouri, selon le point de la circonférence sur lequel elle se trouve, lorsqu'elle a dépassé le milieu de l'inondation. Rien n'est étonnant et majestueux comme ce mouvement et cette distribution des eaux centrales de l'Amérique du nord.

Sur le Mississipi inférieur, le major Pike, en 1806, M. Nuttall* en 1819, ont parcouru le territoire d'Arkansa, visité les Osages, et fourni des renseignements aussi utiles à l'histoire naturelle qu'à la topographie.

Tel est ce Mississipi, dont je parlerai dans mon *Voyage* ; fleuve que les Français descendirent les premiers, en venant du Canada ; fleuve qui coula sous leur puissance, et dont la riche vallée regrette encore leur génie.

Colomb découvrit l'Amérique[1] dans la nuit du 11 au 12 octobre 1492 : le capitaine Francklin a complété la découverte de ce monde nouveau le 18 août 1826. Que de générations écoulées, que de révolutions accomplies, que de changements arrivés chez les peuples, dans cet espace de trois cent trente-trois ans, neuf mois et vingt-quatre jours !

Le monde ne ressemble plus au monde de Colomb. Sur ces mers ignorées au-dessus desquelles on voyait

s'élever une *main noire*, la *main de Satan**, qui saisis-
sait les vaisseaux pendant la nuit et les entraînait au
fond de l'abîme ; dans ces régions antarctiques, séjour
de la nuit, de l'épouvante et des fables ; dans ces eaux
furieuses du cap Horn et du cap des Tempêtes, où
pâlissaient les pilotes ; dans ce double océan qui bat
ses doubles rivages ; dans ces parages jadis si redou-
tés, des bateaux de poste font régulièrement des trajets
pour le service des lettres et des voyageurs. On s'invite
à dîner d'une ville florissante en Amérique à une ville
florissante en Europe, et l'on arrive à l'heure marquée.
Au lieu de ces vaisseaux grossiers, malpropres, infects,
humides, où l'on ne vivait que de viandes salées, où le
scorbut vous dévorait, d'élégants navires offrent aux
passagers des chambres lambrissées d'acajou, ornées
de tapis, de glaces, de fleurs, de bibliothèques, d'instruments de musique, et toutes les délicatesses de la bonne
chère. Un voyage qui demandera plusieurs années de
perquisitions sous les latitudes les plus diverses n'amè-
nera pas la mort d'un seul matelot.

Les tempêtes ? on en rit. Les distances ? elles ont disparu[1]. Un simple baleinier fait voile au pôle austral : si
la pêche n'est pas bonne, il revient au pôle boréal : pour
prendre un poisson, il traverse deux fois les tropiques,
parcourt deux fois un diamètre de la terre, et touche en
quelques mois aux deux bouts de l'univers. Aux portes
des tavernes de Londres on voit affichée l'annonce du
départ du *paquebot de la terre de Diemen* avec toutes
les *commodités possibles* pour les passagers aux Antipodes, et cela auprès de l'annonce du départ du *paquebot de Douvres à Calais*. On a des *Itinéraires de poche*,
des *Guides*, des *Manuels* à l'usage des personnes qui
se proposent de faire un *voyage d'agrément autour du
monde*. Ce voyage dure neuf ou dix mois, quelquefois

---

* Voyez les vieilles cartes et les navigateurs arabes.

moins : on part l'hiver en sortant de l'opéra ; on touche
aux îles Canaries, à Rio-Janeiro, aux Philippines, à la
Chine, aux Indes, au cap de Bonne-Espérance, et l'on
est revenu chez soi pour l'ouverture de la chasse.

Les bateaux à vapeur ne connaissent plus de vents
contraires sur l'Océan, de courants opposés dans
les fleuves : kiosques ou palais flottants à deux ou
trois étages, du haut de leurs galeries on admire les
plus beaux tableaux de la nature, dans les forêts du
Nouveau-Monde. Des routes commodes franchissent
le sommet des montagnes, ouvrent des déserts naguère
inaccessibles : quarante mille voyageurs viennent de
se rassembler en partie de plaisir à la cataracte de
Niagara. Sur des chemins de fer, glissent rapidement
les lourds chariots du commerce ; et s'il plaisait à la
France, à l'Allemagne et à la Russie d'établir une ligne
télégraphique jusqu'à la muraille de la Chine, nous
pourrions écrire à quelques Chinois de nos amis, et
recevoir la réponse dans l'espace de neuf ou dix heures.
Un homme qui commencerait son pèlerinage à dix-huit
ans, et le finirait à soixante, en marchant seulement
quatre lieues par jour, aurait achevé dans sa vie près
de sept fois le tour de notre chétive planète. Le génie
de l'homme est véritablement trop grand pour sa petite
habitation : il faut en conclure qu'il est destiné à une
plus haute demeure.

Est-il bon que les communications entre les
hommes soient devenues aussi faciles ? Les nations ne
conserveraient-elles pas mieux leur caractère en s'ignorant les unes les autres, en gardant une fidélité religieuse aux habitudes et aux traditions de leurs pères ?
J'ai vu dans ma jeunesse de vieux Bretons murmurer
contre les chemins que l'on voulait ouvrir dans leurs
bois, alors même que ces chemins devaient élever la
valeur des propriétés riveraines.

Je sais qu'on peut appuyer ce système de déclamations

fort touchantes ; le bon vieux temps a sans doute son mérite ; mais il faut se souvenir qu'un état politique n'en est pas meilleur parce qu'il est caduc et routinier ; autrement il faudrait convenir que le despotisme de la Chine et de l'Inde, où rien n'a changé depuis trois mille ans, est ce qu'il y a de plus parfait dans ce monde. Je ne vois pourtant pas ce qu'il peut y avoir de si heureux à s'enfermer pendant une quarantaine de siècles avec des peuples en enfance et des tyrans en décrépitude.

Le goût et l'admiration du stationnaire viennent des jugements faux que l'on porte sur la vérité des faits et sur la nature de l'homme : sur la vérité des faits, parce qu'on suppose que les anciennes mœurs étaient plus pures que les mœurs modernes, complète erreur ; sur la nature de l'homme, parce qu'on ne veut pas voir que l'esprit humain est perfectible.

Les gouvernements qui arrêtent l'essor du génie ressemblent à ces oiseleurs qui brisent les ailes de l'aigle pour l'empêcher de prendre son vol.

Enfin on ne s'élève contre les progrès de la civilisation que par l'obsession des préjugés : on continue à voir les peuples comme on les voyait autrefois : isolés, n'ayant rien de commun dans leurs destinées. Mais si l'on considère l'espèce humaine comme une grande famille qui s'avance vers le même but ; si l'on ne s'imagine pas que tout est fait ici-bas pour qu'une petite province, un petit royaume, restent éternellement dans leur ignorance, leur pauvreté, leurs institutions politiques telles que la barbarie, le temps et le hasard les ont produites, alors ce développement de l'industrie, des sciences et des arts, semblera ce qu'il est en effet, une chose légitime et naturelle. Dans ce mouvement universel on reconnaîtra celui de la société, qui, finissant son histoire particulière, commence son histoire générale.

Autrefois, quand on avait quitté ses foyers comme Ulysse, on était un objet de curiosité ; aujourd'hui, excepté une demi-douzaine de personnages hors de ligne par leur mérite individuel, qui peut intéresser au récit de ses courses ? Je viens me ranger dans la foule des voyageurs obscurs qui n'ont vu que ce que tout le monde a vu, qui n'ont fait faire aucun progrès aux sciences, qui n'ont rien ajouté au trésor des connaissances humaines ; mais je me présente comme le dernier historien des peuples de la terre de Colomb, de ces peuples dont la race ne tardera pas à disparaître ; je viens dire quelques mots sur les destinées futures de l'Amérique, sur ces autres peuples héritiers des infortunés Indiens : je n'ai d'autre prétention que d'exprimer des regrets et des espérances.

INTRODUCTION

Dans une note de l'*Essai historique*, écrite en 1794*[1], j'ai raconté, avec des détails assez étendus, quel avait été mon dessein en passant en Amérique ; j'ai plusieurs fois parlé de ce même dessein dans mes autres ouvrages, et particulièrement dans la préface d'*Atala*[2]. Je ne prétendais à rien moins qu'à découvrir le passage au nord-ouest de l'Amérique, en retrouvant la mer Polaire, vue par Hearne en 1772, aperçue plus à l'ouest en 1789 par Mackenzie, reconnue par le capitaine Parry, qui s'en approcha en 1819, à travers le détroit de Lancastre, et en 1821 à l'extrémité du détroit de *l'Hécla* et de *la Fury***; enfin le capitaine Francklin, après avoir descendu successivement la rivière de Hearne en 1821, et celle de Mackenzie en 1826, vient d'explorer les bords de cet océan, qu'environne une ceinture de glaces, et qui jusqu'à présent a repoussé tous les vaisseaux.

Il faut remarquer une chose particulière à la France : la plupart de ses voyageurs ont été des hommes isolés, abandonnés à leurs propres forces et à leur propre

---

* *Essai historique*, t. II, p. 235, *Œuvres compl.*
** Cet intrépide marin était reparti pour le Spitzberg avec l'intention d'aller jusqu'au pôle en traîneau. Il est resté soixante et un jours sur la glace sans pouvoir dépasser le 82e degré de latitude N.

génie : rarement le gouvernement ou des compagnies particulières les ont employés ou secourus. Il est arrivé de là que des peuples étrangers, mieux avisés, ont fait, par un concours de volontés nationales, ce que des individus français n'ont pu achever. En France on a le courage ; le courage mérite le succès, mais il ne suffit pas toujours pour l'obtenir.

Aujourd'hui, que j'approche de la fin de ma carrière, je ne puis m'empêcher, en jetant un regard sur le passé, de songer combien cette carrière eût été changée pour moi, si j'avais rempli le but de mon voyage. Perdu dans ces mers sauvages, sur ces grèves hyperboréennes où aucun homme n'a imprimé ses pas, les années de discorde qui ont écrasé tant de générations avec tant de bruit, seraient tombées sur ma tête en silence : le monde aurait changé, moi absent. Il est probable que je n'aurais jamais eu le malheur d'écrire[1] ; mon nom serait demeuré inconnu, ou il s'y fût attaché une de ces renommées paisibles qui ne soulèvent point l'envie, et qui annoncent moins de gloire que de bonheur. Qui sait même si j'aurais repassé l'Atlantique, si je ne me serais pas fixé dans les solitudes par moi découvertes, comme un conquérant au milieu de ses conquêtes ? Il est vrai que je n'aurais pas figuré au congrès de Vérone, et qu'on ne m'eût pas appelé *Monseigneur* dans l'hôtellerie des Affaires étrangères, rue des Capucines, à Paris.

Tout cela est fort indifférent au terme de la route : quelle que soit la diversité des chemins, les voyageurs arrivent au commun rendez-vous ; ils y parviennent tous également fatigués ; car ici-bas, depuis le commencement jusqu'à la fin de la course, on ne s'assied pas une seule fois pour se reposer : comme les Juifs au festin de la Pâque, on assiste au banquet de la vie à la hâte, debout, les reins ceints d'une corde, les souliers aux pieds, et le bâton à la main.

Il est donc inutile de redire quel était le but de mon

entreprise, puisque je l'ai dit cent fois dans mes autres
écrits. Il me suffira de faire observer au lecteur que
ce premier voyage pouvait devenir le dernier, si je
parvenais à me procurer tout d'abord les ressources
nécessaires à ma grande découverte ; mais dans le cas
où je serais arrêté par des obstacles imprévus, ce premier voyage ne devait être que le prélude d'un second,
qu'une sorte de reconnaissance dans le désert.

Pour s'expliquer la route qu'on me verra prendre, il
faut aussi se souvenir du plan que je m'étais tracé : ce
plan est rapidement esquissé dans la note de l'*Essai
historique*, ci-dessus indiquée. Le lecteur y verra qu'au
lieu de remonter au septentrion, je voulais marcher à
l'ouest, de manière à attaquer la rive occidentale de
l'Amérique, un peu au-dessus du golfe de Californie[1].
De là, suivant le profil du continent, et toujours en vue
de la mer, mon dessein était de me diriger vers le nord
jusqu'au détroit de Behring, de doubler le dernier cap
de l'Amérique, de descendre à l'est le long des rivages
de la mer Polaire, et de rentrer dans les États-Unis par
la baie d'Hudson, le Labrador et le Canada.

Ce qui me déterminait à parcourir une si longue
côte de l'océan Pacifique, était le peu de connaissance
que l'on avait de cette côte. Il restait des doutes, même
après les travaux de Vancouver, sur l'existence d'un
passage entre le 40e et le 60e degré de latitude septentrionale : la rivière de la Colombie, les gisements
du Nouveau Cornouailles, le détroit de Chelchoff, les
régions Alëutiennes, le golfe de Bristol ou de Cook,
les terres des Indiens Tchoukotches, rien de tout cela
n'avait encore été exploré par Kotzebue* et les autres
navigateurs russes ou américains. Aujourd'hui le capitaine Francklin, évitant plusieurs mille lieues de circuit,
s'est épargné la peine de chercher à l'occident ce qui ne
se pouvait trouver qu'au septentrion.

Maintenant je prierai encore le lecteur de rappeler

dans sa mémoire divers passages de la préface générale de mes *Œuvres complètes*, et de la préface de l'*Essai historique*, où j'ai raconté quelques particularités de ma vie. Destiné par mon père à la marine, et par ma mère à l'état ecclésiastique, ayant choisi moi-même le service de terre, j'avais été présenté à Louis XVI[1] : afin de jouir des honneurs de la Cour et de *monter dans les carrosses*, pour parler le langage du temps, il fallait avoir au moins le rang de capitaine de cavalerie ; j'étais ainsi capitaine de cavalerie de droit, et sous-lieutenant d'infanterie de fait, dans le régiment de Navarre. Les soldats de ce régiment, dont le marquis de Mortemart[2] était colonel, s'étant insurgés comme les autres, je me trouvai dégagé de tout lien vers la fin de 1790. Quand je quittai la France, au commencement de 1791, la révolution marchait à grands pas : les principes sur lesquels elle se fondait étaient les miens, mais je détestais les violences qui l'avaient déjà déshonorée : c'était avec joie que j'allais chercher une indépendance plus conforme à mes goûts, plus sympathique à mon caractère[3].

À cette même époque le mouvement de l'émigration s'accroissait ; mais comme on ne se battait pas, aucun sentiment d'honneur ne me forçait, contre le penchant de ma raison, à me jeter dans la folie de Coblentz[4]. Une émigration plus raisonnable se dirigeait vers les rives de l'Ohio ; une terre de liberté offrait son asile à ceux qui fuyaient la liberté de leur patrie[5]. Rien ne prouve mieux le haut prix des institutions généreuses que cet exil volontaire des partisans du pouvoir absolu, dans un monde républicain.

Au printemps de 1791[6], je dis adieu à ma respectable et digne mère, et je m'embarquai à Saint-Malo ; je portais au général Washington une lettre de recommandation du marquis de La Rouairie[7]. Celui-ci avait fait la guerre de l'Indépendance en Amérique ; il ne tarda pas à devenir célèbre en France par la conspiration royaliste à laquelle il donna son nom. J'avais pour compagnons de voyage de jeunes séminaristes de Saint-Sulpice[1], que leur supérieur, homme de mérite, conduisait à Baltimore. Nous mîmes à la voile : au bout de quarante-huit heures nous perdîmes la terre de vue, et nous entrâmes dans l'Atlantique.

Il est difficile aux personnes qui n'ont jamais navigué de se faire une idée des sentiments qu'on éprouve lorsque du bord d'un vaisseau on n'aperçoit plus que la mer et le ciel. J'ai essayé de retracer ces sentiments dans le chapitre du *Génie du christianisme* intitulé : *Deux perspectives de la nature*, et dans *Les Natchez*, en prêtant mes propres émotions à *Chactas*[2]. L'*Essai historique* et l'*Itinéraire* sont également remplis des souvenirs et des images de ce qu'on peut appeler le désert de l'Océan[3]. Me trouver au milieu de la mer, c'était n'avoir pas quitté ma patrie ; c'était, pour ainsi dire, être porté dans mon premier voyage par ma nourrice, par la confidente de mes premiers plaisirs. Qu'il me soit permis, afin de mieux faire entrer le lecteur dans l'esprit de la relation qu'il va lire, de citer quelques pages de mes Mémoires inédits : presque toujours notre manière de voir et de sentir tient aux réminiscences de notre jeunesse.

C'est à moi que s'appliquent les vers de Lucrèce :

> *Tum porro puer ut sævis projectus ab undis*
> *Navita*[4]. . . . .

Le Ciel voulut placer dans mon berceau une image de mes destinées.

« Élevé comme le compagnon des vents et des flots, ces flots, ces vents, cette solitude, qui furent mes premiers maîtres, convenaient peut-être mieux à la nature de mon esprit et à l'indépendance de mon caractère. Peut-être dois-je à cette éducation sauvage quelque vertu que j'aurais ignorée : la vérité est qu'aucun système d'éducation n'est en soi préférable à un autre. Dieu fait bien ce qu'il fait ; c'est sa providence qui nous dirige, lorsqu'elle nous appelle à jouer un rôle sur la scène du monde[1]. »

Après les détails de l'enfance viennent ceux de mes études. Bientôt échappé du toit paternel, je dis l'impression que fit sur moi Paris, la cour, le monde ; je peins la société d'alors, les hommes que je rencontrai, les premiers mouvements de la révolution : la suite des dates m'amène à l'époque de mon départ pour les États-Unis. En me rendant au port je visitai la terre où s'était écoulée une partie de mon enfance : je laisse parler les *Mémoires*.

« Je n'ai revu Combourg que trois fois[2] : à la mort de mon père toute la famille se trouva réunie au château, pour se dire adieu. Deux ans plus tard j'accompagnai ma mère à Combourg ; elle voulait meubler le vieux manoir ; mon frère y devait amener ma belle-sœur : mon frère ne vint point en Bretagne ; et bientôt il monta sur l'échafaud avec la jeune femme*[3] pour qui ma mère avait préparé le lit nuptial. Enfin, je pris le chemin de Combourg en me rendant au port, lorsque je me décidai à passer en Amérique.

« Après seize années d'absence, prêt à quitter de nouveau le sol natal pour les ruines de la Grèce, j'allai embrasser au milieu des landes de ma pauvre Bretagne, ce qui restait de ma famille ; mais je n'eus pas le courage d'entreprendre le pèlerinage des champs paternels. C'est dans les bruyères de Combourg que je suis devenu le peu que je suis ; c'est là que j'ai vu se réunir et se disperser ma famille. De dix enfants que nous avons été, nous ne restons plus que trois. Ma mère est morte de douleur ; les cendres de mon père ont été jetées au vent.

---

* Mlle de Rosambo, petite-fille de M. de Malesherbes, exécutée avec son mari et sa mère le même jour que son illustre aïeul.

« Si mes ouvrages me survivaient ; si je devais laisser un nom, peut-être un jour, guidé par ces Mémoires, le voyageur s'arrêterait un moment aux lieux que j'ai décrits[1]. Il pourrait reconnaître le château, mais il chercherait en vain le *grand mail* ou le grand bois ; il a été abattu : le berceau de mes songes a disparu comme ces songes. Demeuré seul debout sur son rocher, l'antique donjon semble regretter les chênes qui l'environnaient et le protégeaient contre les tempêtes. Isolé comme lui, j'ai vu comme lui tomber autour de moi la famille qui embellissait mes jours et me prêtait son abri : grâce au ciel, ma vie n'est pas bâtie sur la terre aussi solidement que les tours où j'ai passé ma jeunesse[2]. »

Les lecteurs connaissent à présent le voyageur auquel ils vont avoir affaire dans le récit de ses premières courses.

Je m'embarquai donc à Saint-Malo[1], comme je l'ai dit ; nous prîmes la haute mer, et, le 6 mai 1791, vers les huit heures du matin, nous découvrîmes le pic de l'île de Pico, l'une des Açores : quelques heures après, nous jetâmes l'ancre dans une mauvaise rade, sur un fond de roches, devant l'île Graciosa. On en peut lire la description dans l'*Essai historique*[2]. On ignore la date précise de la découverte de cette île.

C'était la première terre étrangère à laquelle j'abordais ; par cette raison même il m'en est resté un souvenir qui conserve chez moi l'empreinte et la vivacité de la jeunesse. Je n'ai pas manqué de conduire Chactas aux Açores, et de lui faire voir la fameuse statue que les premiers navigateurs prétendirent avoir trouvée sur ces rivages[3].

Des Açores, poussés par les vents sur le banc de Terre-Neuve, nous fûmes obligés de faire une seconde relâche à l'île Saint-Pierre. « T. et moi, dis-je encore dans l'*Essai historique*, nous allions courir dans les montagnes de cette île affreuse ; nous nous perdions au milieu des brouillards dont elle est sans cesse couverte, errant au milieu des nuages et des bouffées de vent, entendant les mugissements d'une mer que nous ne pouvions découvrir, égarés sur une bruyère laineuse et morte, et au bord d'un torrent rougeâtre qui roulait entre des rochers[1]. »

Les vallées sont semées, dans différentes parties, de cette espèce de pin dont les jeunes pousses servent à faire une bière amère. L'île est environnée de plusieurs écueils, entre lesquels on remarque celui du *Colombier*, ainsi nommé parce que les oiseaux de mer y font leur nid au printemps. J'en ai donné la description dans le *Génie du christianisme*[2].

L'île Saint-Pierre n'est séparée de celle de Terre-Neuve que par un détroit assez dangereux ; de ses côtes désolées on découvre les rivages encore plus désolés de Terre-Neuve. En été, les grèves de ces îles sont couvertes de poissons qui sèchent au soleil, et en hiver, d'ours blancs qui se nourrissent des débris oubliés par les pêcheurs.

Lorsque j'abordai à Saint-Pierre, la capitale de l'île consistait, autant qu'il m'en souvient, dans une assez longue rue, bâtie le long de la mer. Les habitants, fort hospitaliers, s'empressèrent de nous offrir leur table et leur maison. Le gouverneur logeait à l'extrémité de la ville. Je dînai deux ou trois fois chez lui. Il cultivait dans un des fossés du fort quelques légumes d'Europe. Je me souviens qu'après le dîner il me montrait son *jardin* ; nous allions ensuite nous asseoir au pied du mât du pavillon planté sur la forteresse. Le drapeau français flottait sur notre tête, tandis que nous regardions une mer sauvage et les côtes sombres de l'île de Terre-Neuve, en parlant de la patrie[3].

Après une relâche de quinze jours, nous quittâmes l'île Saint-Pierre, et le bâtiment, faisant route au midi, atteignit la latitude des côtes du Maryland et de la Virginie : les calmes[4] nous arrêtèrent. Nous jouissions du plus beau ciel ; les nuits, les couchers et les levers du soleil étaient admirables. Dans le chapitre du *Génie du christianisme* déjà cité, intitulé « *Deux perspectives*

de la nature », j'ai rappelé une de ces pompes nocturnes
et une de ces magnificences du couchant. « Le globe
du soleil prêt à se plonger dans les flots apparaissait
entre les cordages du navire, au milieu des espaces sans
bornes, etc.[1]. »

Il ne s'en fallut guère qu'un accident ne mît un terme
à tous mes projets.

La chaleur nous accablait ; le vaisseau, dans un
calme plat, sans voile, et trop chargé de ses mâts, était
tourmenté par le roulis. Brûlé sur le pont et fatigué du
mouvement, je voulus me baigner ; et, quoique nous
n'eussions point de chaloupe dehors, je me jetai du
mât de beaupré à la mer. Tout alla d'abord à merveille,
et plusieurs passagers m'imitèrent. Je nageais sans
regarder le vaisseau ; mais quand je vins à tourner la
tête, je m'aperçus que le courant l'avait déjà entraîné
bien loin. L'équipage était accouru sur le pont ; on
avait filé un grelin aux autres nageurs. Des requins se
montraient dans les eaux du navire, et on leur tirait
du bord des coups de fusil pour les écarter. La houle
était si grosse qu'elle retardait mon retour et épuisait
mes forces. J'avais un abîme au-dessous de moi, et les
requins pouvaient à tout moment m'emporter un bras
ou une jambe. Sur le bâtiment, on s'efforçait de mettre
un canot à la mer ; mais il fallait établir un palan[2], et
cela prenait un temps considérable.

Par le plus grand bonheur, une brise presque insensible se leva ; le vaisseau, gouvernant un peu, se rap-
procha de moi ; je pus m'emparer du bout de la corde ;
mais les compagnons de ma témérité s'étaient accro-
chés à cette corde ; et quand on nous attira au flanc
du bâtiment, me trouvant à l'extrémité de la file, ils
pesaient sur moi de tout leur poids. On nous repêcha
ainsi un à un, ce qui fut long. Les roulis continuaient ;
à chacun d'eux nous plongions de dix ou douze pieds
dans la vague, ou nous étions suspendus en l'air à un

même nombre de pieds, comme des poissons au bout
d'une ligne. À la dernière immersion, je me sentis prêt
à m'évanouir ; un roulis de plus, et c'en était fait. Enfin
on me hissa sur le pont à demi mort : si je m'étais noyé,
le bon débarras pour moi et pour les autres[1] !

Quelques jours après cet accident, nous aperçûmes la
terre ; elle était dessinée par la cime de quelques arbres
qui semblaient sortir du sein de l'eau : les palmiers de
l'embouchure du Nil me découvrirent depuis le rivage
de l'Égypte de la même manière[2]. Un pilote vint à notre
bord. Nous entrâmes dans la baie de Chesapeake, et le
soir même on envoya une chaloupe chercher de l'eau
et des vivres frais. Je me joignis au parti qui allait à
terre, et une demi-heure après avoir quitté le vaisseau,
je foulai le sol américain.

Je restai quelque temps les bras croisés, promenant
mes regards autour de moi dans un mélange de sentiments et d'idées que je ne pouvais débrouiller alors,
et que je ne pourrais peindre aujourd'hui. Ce Continent ignoré du reste du monde pendant toute la durée
des temps anciens, et pendant un grand nombre de
siècles modernes ; les premières destinées sauvages de
ce Continent, et ses secondes destinées depuis l'arrivée de Christophe Colomb ; la domination des monarchies de l'Europe, ébranlée dans ce Nouveau-Monde ;
la vieille société finissant dans la jeune Amérique ; une
république d'un genre inconnu jusqu'alors, annonçant
un changement dans l'esprit humain et dans l'ordre
politique ; la part que ma patrie avait eue à ces événements ; ces mers et ces rivages devant en partie leur
indépendance au pavillon et au sang français ; un grand
homme sortant à la fois du milieu des discordes et
des déserts ; Washington habitant une ville florissante
dans le même lieu où, un siècle auparavant, Guillaume
Penn* avait acheté un morceau de terre de quelques
Indiens ; les États-Unis renvoyant à la France, à travers

l'Océan, la révolution et la liberté que la France avait soutenues de ses armes ; enfin, mes propres desseins, les découvertes que je voulais tenter dans ces solitudes natives, qui étendaient encore leur vaste royaume derrière l'étroit empire d'une civilisation étrangère : voilà les choses qui occupaient confusément mon esprit.

Nous nous avançâmes vers une habitation assez éloignée pour y acheter ce qu'on voudrait nous vendre. Nous traversâmes quelques petits bois de baumiers et de cèdres de la Virginie qui parfumaient l'air. Je vis voltiger des oiseaux-moqueurs et des cardinaux, dont les chants et les couleurs m'annoncèrent un nouveau climat. Une négresse de quatorze ou quinze ans, d'une beauté extraordinaire, vint nous ouvrir la barrière d'une maison qui tenait à la fois de la ferme d'un Anglais et de l'habitation d'un colon. Des troupeaux de vaches paissaient dans des prairies artificielles entourées de palissades dans lesquelles se jouaient des écureuils gris, noirs, et rayés ; des nègres sciaient des pièces de bois, et d'autres cultivaient des plantations de tabac. Nous achetâmes des gâteaux de maïs, des poules, des œufs, du lait, et nous retournâmes au bâtiment mouillé dans la baie.

On leva l'ancre pour gagner la rade, et ensuite le port de Baltimore. Le trajet fut lent ; le vent manquait. En approchant de Baltimore, les eaux se rétrécirent : elles étaient d'un calme parfait ; nous avions l'air de remonter un fleuve bordé de longues avenues : Baltimore s'offrit à nous comme au fond d'un lac. En face de la ville s'élevait une colline ombragée d'arbres, au pied de laquelle on commençait à bâtir quelques maisons. Nous amarrâmes au quai du port. Je couchai à bord, et ne descendis à terre que le lendemain. J'allai loger à l'auberge, où l'on porta mes bagages. Les séminaristes se retirèrent avec leur supérieur à l'établissement préparé pour eux, d'où ils se sont dispersés en Amérique.

Baltimore, comme toutes les autres métropoles des États-Unis, n'avait pas l'étendue qu'elle a aujourd'hui : c'était une jolie ville fort propre et fort animée. Je payai mon passage au capitaine, et lui donnai un dîner d'adieu dans une très bonne taverne auprès du port. J'arrêtai ma place au stage[1], qui faisait trois fois la semaine le voyage de Philadelphie. À quatre heures du matin je montai dans ce stage, et me voilà roulant sur les grands chemins du Nouveau-Monde où je ne connaissais personne, où je n'étais connu de qui que ce soit : mes compagnons de voyage ne m'avaient jamais vu, et je ne devais jamais les revoir après notre arrivée à la capitale de la Pensylvanie.

La route que nous parcourûmes était plutôt tracée que faite. Le pays était assez nu et assez plat : peu d'oiseaux, peu d'arbres, quelques maisons éparses, point de villages ; voilà ce que présentait la campagne et ce qui me frappa désagréablement.

En approchant de Philadelphie, nous rencontrâmes des paysans allant au marché, des voitures publiques et d'autres voitures fort élégantes. Philadelphie me parut une belle ville : les rues larges ; quelques-unes, plantées d'arbres, se coupent à angle droit dans un ordre régulier du nord au sud et de l'est à l'ouest. La Delaware coule parallèlement à la rue qui suit son bord occidental : c'est une rivière qui serait considérable en Europe, mais dont on ne parle pas en Amérique. Ses rives sont basses et peu pittoresques.

Philadelphie, à l'époque de mon voyage (1791), ne s'étendait point encore jusqu'au Schuylkill[2] ; seulement le terrain, en avançant vers cet affluent, était divisé par lots sur lesquels on construisait quelques maisons isolées.

L'aspect de Philadelphie est froid et monotone. En général, ce qui manque aux cités des États-Unis, ce sont les monuments et surtout les vieux monuments.

Le protestantisme, qui ne sacrifie point à l'imagination, et qui est lui-même nouveau, n'a point élevé ces tours et ces dômes dont l'antique religion catholique a couronné l'Europe. Presque rien à Philadelphie, à New-York, à Boston, ne s'élève au-dessus de la masse des murs et des toits. L'œil est attristé de ce niveau.

Les États-Unis donnent plutôt l'idée d'une colonie que d'une nation-mère ; on y trouve des usages plutôt que des mœurs. On sent que les habitants ne sont point nés du sol : cette société, si belle dans le présent, n'a point de passé ; les villes sont neuves, les tombeaux sont d'hier. C'est ce qui m'a fait dire dans *Les Natchez* : « Les Européens n'avaient point encore de tombeaux en Amérique, qu'ils y avaient déjà des cachots. C'étaient les seuls monuments du passé pour cette société sans aïeux et sans souvenirs[1]. »

Il n'y a de vieux en Amérique que les bois, enfants de la terre, et la liberté, mère de toute société humaine : cela vaut bien des monuments et des aïeux[2].

Un homme débarqué, comme moi, aux États-Unis, plein d'enthousiasme pour les anciens, un Caton qui cherchait partout la rigidité des premières mœurs romaines[3], dut être fort scandalisé de trouver partout l'élégance des vêtements, le luxe des équipages, la frivolité des conversations, l'inégalité des fortunes, l'immoralité des maisons de banque et de jeu, le bruit des salles de bal et de spectacle. À Philadelphie, j'aurais pu me croire dans une ville anglaise : rien n'annonçait que j'eusse passé d'une monarchie à la république.

On a pu voir dans l'*Essai historique* qu'à cette époque de ma vie j'admirais beaucoup les républiques[4] : seulement je ne les croyais pas possibles à l'âge du monde où nous étions parvenus, parce que je ne connaissais que la liberté à la manière des anciens, la liberté fille des mœurs dans une société naissante ; j'ignorais qu'il y eût une autre liberté fille des lumières et d'une vieille civilisation ; liberté dont la république représentative a prouvé la réalité. On n'est plus obligé aujourd'hui de labourer soi-même son petit champ, de repousser les arts et les sciences, d'avoir les ongles crochus et la barbe sale pour être libre.

Mon *désappointement* politique me donna sans doute l'humeur qui me fit écrire la note satirique contre les quakers, et même un peu contre tous les Américains, note que l'on trouve dans l'*Essai historique*[1]. Au reste, l'apparence du peuple dans les rues de la capitale de la Pensylvanie[2] était agréable ; les hommes se montraient proprement vêtus ; les femmes, surtout les quakeresses, avec leur chapeau uniforme, paraissaient extrêmement jolies.

Je rencontrai plusieurs colons de Saint-Domingue et quelques Français émigrés[3]. J'étais impatient de commencer mon voyage au désert : tout le monde fut d'avis que je me rendisse à Albany[4], où, plus rapproché des défrichements et des nations indiennes, je serais à même de trouver des guides et d'obtenir des renseignements.

Lorsque j'arrivai à Philadelphie, le général Washington n'y était pas[5]. Je fus obligé de l'attendre une quinzaine de jours ; il revint. Je le vis passer dans une voiture qu'emportaient avec rapidité quatre chevaux fringants, conduits à grandes guides. Washington, d'après les idées d'alors, était nécessairement Cincinnatus[6] ; Cincinnatus en carrosse dérangeait un peu ma république de l'an de Rome 296. Le dictateur Washington pouvait-il être autre chose qu'un rustre piquant ses bœufs de l'aiguillon et tenant le manche de sa charrue ? Mais quand j'allai porter ma lettre de recommandation à ce grand homme, je retrouvai la simplicité du vieux Romain.

Une petite maison dans le genre anglais, ressemblant aux maisons voisines, était le palais du Président des

États-Unis : point de gardes, pas même de valets. Je frappai ; une jeune servante ouvrit. Je lui demandai si le général était chez lui ; elle me répondit qu'il y était. Je répliquai que j'avais une lettre à lui remettre. La servante me demanda mon nom, difficile à prononcer en anglais, et qu'elle ne put retenir. Elle me dit alors doucement : *Walk in, sir.* « Entrez, Monsieur » ; et elle marcha devant moi dans un de ces étroits et longs corridors qui servent de vestibule aux maisons anglaises : elle m'introduisit dans un parloir, où elle me pria d'attendre le général.

Je n'étais pas ému. La grandeur de l'âme ou celle de la fortune ne m'imposent point : j'admire la première sans en être écrasé ; la seconde m'inspire plus de pitié que de respect. Visage d'homme ne me troublera jamais.

Au bout de quelques minutes le général entra. C'était un homme d'une grande taille, d'un air calme et froid plutôt que noble : il est ressemblant dans ses gravures. Je lui présentai ma lettre en silence ; il l'ouvrit, courut à la signature qu'il lut tout haut avec exclamation : « Le colonel Armand ! » c'était ainsi qu'il appelait et qu'avait signé le marquis de La Rouairie.

Nous nous assîmes ; je lui expliquai, tant bien que mal, le motif de mon voyage. Il me répondait par monosyllabes français ou anglais, et m'écoutait avec une sorte d'étonnement. Je m'en aperçus, et je lui dis avec un peu de vivacité : « Mais il est moins difficile de découvrir le passage du nord-ouest que de créer un peuple comme vous l'avez fait. » *Well, well, young man !* s'écria-t-il en me tendant la main. Il m'invita à dîner pour le jour suivant, et nous nous quittâmes.

Je fus exact au rendez-vous : nous n'étions que cinq ou six convives. La conversation roula presque entièrement sur la révolution française. Le général nous montra une clef de la Bastille : ces clefs de la Bastille[1] étaient des jouets assez niais, qu'on se distribuait alors dans les deux Mondes. Si Washington avait vu, comme moi, dans les ruisseaux de Paris, les *vainqueurs de la Bastille*, il aurait eu moins de foi dans sa relique. Le sérieux et la force de la révolution n'étaient pas dans ces orgies sanglantes. Lors de la révocation de l'édit de Nantes, en 1685, la même populace du faubourg Saint-Antoine démolit le temple protestant à Charenton avec autant de zèle qu'elle dévasta l'église de Saint-Denis en 1793.

Je quittai mon hôte à dix heures du soir, et je ne l'ai jamais revu ; il partit le lendemain pour la campagne, et je continuai mon voyage.

Telle fut ma rencontre avec cet homme qui a affranchi tout un Monde. Washington est descendu dans la tombe avant qu'un peu de bruit se fût attaché à mes pas ; j'ai passé devant lui comme l'être le plus inconnu ; il était dans tout son éclat, et moi dans toute mon obscurité. Mon nom n'est peut-être pas demeuré un jour entier dans sa mémoire. Heureux pourtant que ses regards soient tombés sur moi ! je m'en suis senti réchauffé le reste de ma vie : il y a une vertu dans les regards d'un grand homme.

J'ai vu depuis Buonaparte : ainsi la Providence m'a montré les deux personnages qu'elle s'était plu à mettre à la tête des destinées de leurs siècles.

Si l'on compare Washington et Buonaparte[1], homme à homme, le génie du premier semble d'un vol moins élevé que celui du second. Washington n'appartient pas, comme Buonaparte, à cette race des Alexandre et des César, qui dépasse la stature de l'espèce humaine. Rien d'étonnant ne s'attache à sa personne ; il n'est point placé sur un vaste théâtre ; il n'est point aux prises avec les capitaines les plus habiles et les plus puissants monarques du temps ; il ne traverse point les mers ; il ne court point de Memphis à Vienne et de Cadix à

Moscou : il se défend avec une poignée de citoyens sur une terre sans souvenirs et sans célébrité, dans le cercle étroit des foyers domestiques. Il ne livre point de ces combats qui renouvellent les triomphes sanglants d'Arbelles et de Pharsale ; il ne renverse point les trônes pour en recomposer d'autres avec leurs débris ; *il ne met point le pied sur le cou des rois*[1] ; il ne leur fait point dire sous les vestibules de son palais :

Qu'ils se font trop attendre, et qu'Attila s'ennuie[2].

Quelque chose de silencieux enveloppe les actions de Washington ; il agit avec lenteur : on dirait qu'il se sent le mandataire de la liberté de l'avenir, et qu'il craint de la compromettre. Ce ne sont pas ses destinées que porte ce héros d'une nouvelle espèce, ce sont celles de son pays ; il ne se permet pas de jouer ce qui ne lui appartient pas. Mais de cette profonde obscurité, quelle lumière va jaillir ! Cherchez les bois inconnus où brilla l'épée de Washington, qu'y trouverez-vous ? des tombeaux ? non, un Monde ! Washington a laissé les États-Unis pour trophée sur son champ de bataille.

Buonaparte n'a aucun trait de ce grave Américain : il combat sur une vieille terre, environné d'éclat et de bruit ; il ne veut créer que sa renommée ; il ne se charge que de son propre sort. Il semble savoir que sa mission sera courte, que le torrent qui descend de si haut s'écoulera promptement : il se hâte de jouir et d'abuser de sa gloire comme d'une jeunesse fugitive. À l'instar des dieux d'Homère, il veut arriver en quatre pas au bout du monde : il paraît sur tous les rivages, il inscrit précipitamment son nom dans les fastes de tous les peuples ; il jette en courant des couronnes à sa famille et à ses soldats ; il se dépêche dans ses monuments, dans ses lois, dans ses victoires. Penché sur le monde, d'une main il terrasse les rois, de l'autre il abat le géant révolutionnaire ; mais en écrasant l'anarchie, il étouffe la liberté, et finit par perdre la sienne sur son dernier champ de bataille.

Chacun est récompensé selon ses œuvres : Washington élève une nation à l'indépendance : magistrat retiré, il s'endort paisiblement sous son toit paternel[1], au milieu des regrets de ses compatriotes, et de la vénération de tous les peuples.

Buonaparte ravit à une nation son indépendance[2] : empereur déchu, il est précipité dans l'exil, où la frayeur de la terre ne le croit pas encore assez emprisonné sous la garde de l'Océan. Tant qu'il se débat contre la mort, faible et enchaîné sur un rocher, l'Europe n'ose déposer les armes. Il expire : cette nouvelle, publiée à la porte du palais, devant laquelle le conquérant avait fait proclamer tant de funérailles, n'arrête ni n'étonne le passant : qu'avaient à pleurer les citoyens ?

La république de Washington subsiste ; l'empire de Buonaparte est détruit : il s'est écoulé entre le premier et le second voyage d'un Français qui a trouvé une nation reconnaissante, là où il avait combattu pour quelques colons opprimés[3].

Washington et Buonaparte sortirent du sein d'une république : nés tous deux de la liberté, le premier lui a été fidèle, le second l'a trahie. Leur sort, d'après leur choix, sera différent dans l'avenir.

Le nom de Washington se répandra avec la liberté d'âge en âge ; il marquera le commencement d'une nouvelle ère pour le genre humain.

Le nom de Buonaparte sera redit aussi par les générations futures ; mais il ne se rattachera à aucune bénédiction, et servira souvent d'autorité aux oppresseurs, grands ou petits.

Washington a été tout entier le représentant des besoins, des idées, des lumières, des opinions de son époque ; il a secondé, au lieu de contrarier, le mouvement des esprits ; il a voulu ce qu'il devait vouloir, la chose même à laquelle il était appelé : de là la cohérence et la perpétuité de son ouvrage. Cet homme qui frappe peu, parce qu'il est naturel et dans des proportions justes, a confondu son existence avec celle de son pays ; sa gloire est le patrimoine commun de la civilisation croissante ; sa renommée s'élève comme un de ces sanctuaires où coule une source intarissable pour le peuple.

Buonaparte pouvait enrichir également le domaine public : il agissait sur la nation la plus civilisée, la plus intelligente, la plus brave, la plus brillante de la terre. Quel serait aujourd'hui le rang occupé par lui dans l'univers, s'il eût joint la magnanimité à ce qu'il avait d'héroïque, si, Washington et Buonaparte à la fois, il eût nommé la liberté héritière de sa gloire !

Mais ce géant démesuré ne liait point complètement ses destinées à celles de ses contemporains : son génie appartenait à l'âge moderne, son ambition était des vieux jours ; il ne s'aperçut pas que les miracles de sa vie dépassaient de beaucoup la valeur d'un diadème, et que cet ornement gothique lui siérait mal. Tantôt il faisait un pas avec le siècle, tantôt il reculait vers le passé ; et, soit qu'il remontât ou suivît le cours du temps, par sa force prodigieuse il entraînait ou repoussait les flots. Les hommes ne furent à ses yeux qu'un moyen de puissance ; aucune sympathie ne s'établit entre leur bonheur et le sien. Il avait promis de les délivrer, et il les enchaîna ; il s'isola d'eux ; ils s'éloignèrent de lui. Les rois d'Égypte plaçaient leurs pyramides funèbres, non parmi des campagnes florissantes, mais au milieu des sables stériles ; ces grands tombeaux s'élèvent comme l'éternité dans la solitude : Buonaparte a bâti à leur image le monument de sa renommée.

Ceux qui, ainsi que moi, ont vu le conquérant de l'Europe et le législateur de l'Amérique, détournent aujourd'hui les yeux de la scène du monde : quelques

histrions, qui font pleurer ou rire, ne valent pas la peine
d'être regardés.

Un stage semblable à celui qui m'avait amené de
Baltimore à Philadelphie me conduisit de Philadelphie
à New-York, ville gaie, peuplée et commerçante, qui
pourtant était bien loin d'être ce qu'elle est aujourd'hui.
J'allai en pèlerinage à Boston pour saluer le premier
champ de bataille de la liberté américaine. « J'ai vu
les champs de Lexington ; je m'y suis arrêté en silence,
comme le voyageur aux Thermopyles, à contempler
la tombe de ces guerriers des deux Mondes, qui mou-
rurent les premiers pour obéir aux lois de la patrie. En
foulant cette terre philosophique qui me disait dans sa
muette éloquence comment les empires se perdent et
s'élèvent, j'ai confessé mon néant devant les lois de la
Providence et baissé mon front dans la poussière*[1]. »

Revenu à New-York, je m'embarquai sur le paquebot
qui faisait voile pour Albany, en remontant la rivière
d'Hudson, autrement appelée *la rivière du Nord*.

Dans une note de l'*Essai historique*, j'ai décrit une
partie de ma navigation sur cette rivière[2], au bord de
laquelle disparaît aujourd'hui, parmi les républicains
de Washington, un des rois de Buonaparte, et quelque
chose de plus, un de ses frères[3]. Dans cette même
note, j'ai parlé du major André, de cet infortuné jeune
homme sur le sort duquel un ami, dont je ne cesse
de déplorer la perte, a laissé tomber de touchantes et
courageuses paroles, lorsque Buonaparte était près de
monter au trône où s'était assise Marie-Antoinette**[4].

Arrivé à Albany, j'allai chercher un M. Swift pour
lequel on m'avait donné une lettre à Philadelphie. Cet
Américain faisait la traite des pelleteries avec les tribus indiennes[5] enclavées dans le territoire cédé par

---

* *Essai historique*, t. I, p. 213, *Œuvres compl.*
** M. de Fontanes, *Éloge de Washington*.

l'Angleterre aux États-Unis ; car les puissances civilisées se partagent sans façon, en Amérique, des terres
qui ne leur appartiennent pas. Après m'avoir entendu,
M. Swift me fit des objections très raisonnables : il me
dit que je ne pouvais pas entreprendre de prime-abord,
seul, sans secours, sans appui, sans recommandation
pour les postes anglais, américains, espagnols, où je
serais forcé de passer, un voyage de cette importance ;
que quand j'aurais le bonheur de traverser sans accident tant de solitudes, j'arriverais à des régions glacées
où je périrais de froid ou de faim. Il me conseilla de
commencer par m'acclimater en faisant une première
course dans l'intérieur de l'Amérique, d'apprendre le
sioux, l'iroquois et l'esquimau, de vivre quelque temps
parmi les coureurs de bois canadiens et les agents de
la compagnie de la baie d'Hudson. Ces expériences
préliminaires faites, je pourrais alors, avec l'assistance
du gouvernement français, poursuivre ma hasardeuse
entreprise.

Ces conseils, dont je ne pouvais m'empêcher de
reconnaître la justesse, me contrariaient ; si je m'en
étais cru, je serais parti pour aller tout droit au pôle,
comme on va de Paris à Saint-Cloud. Je cachai cependant à M. Swift mon déplaisir. Je le priai de me procurer un guide et des chevaux, afin que je me rendisse
à la cataracte de Niagara, et de là à Pittsbourg, d'où je
pourrais descendre l'Ohio. J'avais toujours dans la tête
le premier plan de route que je m'étais tracé.

M. Swift engagea à mon service un Hollandais qui
parlait plusieurs dialectes indiens. J'achetai deux chevaux, et je me hâtai de quitter Albany.

Tout le pays qui s'étend aujourd'hui entre le territoire
de cette ville et celui de Niagara est habité, cultivé, et
traversé par le fameux canal de New-York[1] ; mais alors
une grande partie de ce pays était déserte.

Lorsqu'après avoir passé le Mohawk[2], je me trouvai

dans des bois qui n'avaient jamais été abattus, je tombai
dans une sorte d'ivresse que j'ai encore rappelée dans
l'*Essai historique* : « J'allais d'arbre en arbre, à droite et
à gauche indifféremment, me disant en moi-même : Ici
plus de chemin à suivre, plus de villes, plus d'étroites
maisons, plus de présidents, de républiques, de rois...
Et pour essayer si j'étais enfin rétabli dans mes droits
originels, je me livrais à mille actes de volonté qui faisaient enrager le grand Hollandais qui me servait de
guide, et qui dans son âme me croyait fou*[1]. »

Nous entrions dans les anciens cantons des six
nations iroquoises. Le premier Sauvage que nous rencontrâmes était un jeune homme qui marchait devant
un cheval sur lequel était assise une Indienne parée
à la manière de sa tribu. Mon guide leur souhaita le
bonjour, en passant[2].

On sait déjà que j'eus le bonheur d'être reçu par un
de mes compatriotes sur la frontière de la solitude, par
ce M. Violet[3], maître de danse chez les Sauvages. On
lui payait ses leçons en peaux de castor et en jambons
d'ours. « Au milieu d'une forêt, on voyait une espèce
de grange ; je trouvai dans cette grange une vingtaine
de Sauvages, hommes et femmes, barbouillés comme
des sorciers, le corps demi-nu, les oreilles découpées,
des plumes de corbeau sur la tête et des anneaux passés dans les narines. Un petit Français, poudré et frisé
comme autrefois, habit vert pomme, veste de droguet[4],
jabot et manchettes de mousseline, raclait un violon de
poche, et faisait danser Madelon Friquet à ces Iroquois.
M. Violet, en me parlant des Indiens, me disait toujours : *Ces messieurs sauvages et ces dames sauvagesses*.
Il se louait beaucoup de la légèreté de ses écoliers :
en effet, je n'ai jamais vu faire de telles gambades.
M. Violet, tenant son petit violon entre son menton et

* *Essai historique*, tom. II, pag. 417, *Œuvr. Compl.*

sa poitrine, accordait l'instrument fatal ; il criait en iroquois : *À vos places !* et toute la troupe sautait comme
une bande de démons*[1]. »

C'était une chose assez étrange pour un disciple de
Rousseau, que cette introduction à la vie sauvage par
un bal que donnait à des Iroquois un ancien marmiton du général Rochambeau. Nous continuâmes notre
route. Je laisse maintenant parler le manuscrit : je le
donne tel que je le trouve, tantôt sous la forme d'un
récit, tantôt sous celle d'un *journal*, quelquefois en
lettres ou en simples *annotations*[2].

LES ONONDAGAS[3]

Nous étions arrivés au bord du lac auquel les Onondagas, peuplade iroquoise, ont donné leur nom. Nos
chevaux avaient besoin de repos. Je choisis avec mon
Hollandais un lieu propre à établir notre camp. Nous
en trouvâmes un dans une gorge de vallée, à l'endroit
où une rivière sort en bouillonnant du lac. Cette rivière
n'a pas couru cent toises au nord en directe ligne qu'elle
se replie à l'est, et court parallèlement au rivage du
lac, en dehors des rochers qui servent de ceinture à
ce dernier.

Ce fut dans la courbe de la rivière que nous dres-
sâmes notre appareil de nuit : nous fichâmes deux hauts
piquets en terre ; nous plaçâmes horizontalement dans
la fourche de ces piquets une longue perche ; appuyant
des écorces de bouleau, un bout sur le sol, l'autre bout
sur la gaule transversale, nous eûmes un toit digne de
notre palais. Le bûcher de voyage fut allumé pour faire
cuire notre souper et chasser les maringouins[4]. Nos

---

* *Itinéraire*, t. III, p. 103, *Œuvres compl.*

selles nous servaient d'oreiller sous l'*ajoupa*[1], et nos
manteaux de couverture.

Nous attachâmes une sonnette au cou de nos chevaux, et nous les lâchâmes dans les bois. Par un instinct
admirable, ces animaux ne s'écartent jamais assez loin
pour perdre de vue le feu que leurs maîtres allument
la nuit, afin de chasser les insectes et de se défendre
des serpents.

Du fond de notre hutte, nous jouissions d'une vue
pittoresque : devant nous s'étendait le lac assez étroit
et bordé de forêts et de rochers ; autour de nous, la
rivière enveloppant notre presqu'île de ses ondes vertes
et limpides, balayait ses rivages avec impétuosité.

Il n'était guère que quatre heures après midi lorsque
notre établissement fut achevé : je pris mon fusil et
j'allai errer dans les environs. Je suivis d'abord le
cours de la rivière ; mes recherches botaniques ne
furent pas heureuses[2] : les plantes étaient peu variées.
Je remarquai des familles nombreuses de *plantago
virginica*, et de quelques autres beautés de prairies,
toutes assez communes : je quittai les bords de la
rivière pour les côtes du lac, et je ne fus pas plus
chanceux ; à l'exception d'une espèce de rhododen-
drum, je ne trouvai rien qui valût la peine de m'arrêter : les fleurs de cet arbuste, d'un rose vif, faisaient
un effet charmant avec l'eau bleue du lac où elles se
miraient, et le flanc brun du rocher dans lequel elles
enfonçaient leurs racines.

Il y avait peu d'oiseaux : je n'aperçus qu'un couple
solitaire qui voltigeait devant moi, et qui semblait se
plaire à répandre le mouvement et l'amour sur l'im-
mobilité et la froideur de ces sites. La couleur du mâle
me fit reconnaître l'oiseau blanc, ou le *passer nivalis*[3]
des ornithologistes. J'entendis aussi la voix de cette
espèce d'orfraie que l'on a fort bien caractérisée par
cette définition, *strix exclamator*[4]. Cet oiseau est inquiet

comme tous les tyrans : je me fatiguai vainement à sa poursuite.

Le vol de cette orfraie m'avait conduit à travers les bois, jusqu'à un vallon resserré par des collines nues et pierreuses. Dans ce lieu extrêmement retiré, on voyait une méchante cabane de Sauvage, bâtie à mi-côte entre les rochers : une vache maigre paissait dans un pré au-dessous.

J'ai toujours aimé ces petits abris : l'animal blessé se tapit dans un coin ; l'infortuné craint d'étendre au-dehors avec sa vue des sentiments que les hommes repoussent. Fatigué de ma course, je m'assis au haut du coteau que je parcourais, ayant en face la hutte indienne sur le coteau opposé. Je couchai mon fusil auprès de moi, et je m'abandonnai à ces rêveries dont j'ai souvent goûté le charme.

J'avais à peine passé ainsi quelques minutes que j'entendis des voix au fond du vallon. J'aperçus trois hommes qui conduisaient cinq ou six vaches grasses. Après les avoir mis paître dans les prairies, ils marchèrent vers la vache maigre, qu'ils éloignèrent à coups de bâton.

L'apparition de ces Européens dans un lieu si désert me fut extrêmement désagréable ; leur violence me les rendit encore plus importuns. Ils chassaient la pauvre bête parmi les roches, en riant aux éclats, et en l'exposant à se rompre les jambes. Une femme sauvage, en apparence aussi misérable que sa vache, sortit de la hutte isolée, s'avança vers l'animal effrayé, l'appela doucement et lui offrit quelque chose à manger. La vache courut à elle en allongeant le cou avec un petit mugissement de joie. Les colons menacèrent de loin l'Indienne, qui revint à sa cabane. La vache la suivit. Elle s'arrêta à la porte, où son amie la flattait de la main, tandis que l'animal reconnaissant léchait cette main secourable. Les colons s'étaient retirés.

Je me levai : je descendis la colline, je traversai le vallon ; et remontant la colline opposée j'arrivai à la hutte, résolu de réparer, autant qu'il était en moi, la brutalité des hommes blancs. La vache m'aperçut et fit un mouvement pour fuir ; je m'avançai avec précaution, et je parvins, sans qu'elle s'en allât, jusqu'à l'habitation de sa maîtresse.

L'Indienne était rentrée chez elle. Je prononçai le salut qu'on m'avait appris : Siègoh ! *Je suis venu !* L'Indienne, au lieu de me rendre mon salut par la répétition d'usage : *Vous êtes venu !* ne répondit rien. Je jugeai que la visite d'un de ses tyrans lui était importune. Je me mis alors, à mon tour, à caresser la vache. L'Indienne parut étonnée : je vis sur son visage jaune et attristé des signes d'attendrissement et presque de gratitude. Ces mystérieuses relations de l'infortune remplirent mes yeux de larmes : il y a de la douceur à pleurer sur des maux qui n'ont été pleurés de personne.

Mon hôtesse me regarda encore quelque temps avec un reste de doute, comme si elle craignait que je ne cherchasse à la tromper ; elle fit ensuite quelques pas, et vint elle-même passer sa main sur le front de sa compagne de misère et de solitude.

Encouragé par cette marque de confiance, je dis en anglais, car j'avais épuisé mon indien : « Elle est bien maigre ! » L'Indienne repartit aussitôt en mauvais anglais : « Elle mange fort peu. » *She eats very little*. « On l'a chassée rudement », repris-je. Et la femme me répondit : « Nous sommes accoutumées à cela toutes deux, *both*. » Je repris : « Cette prairie n'est donc pas à vous ? » Elle répondit : « Cette prairie était à mon mari, qui est mort. Je n'ai point d'enfants, et les blancs mènent leurs vaches dans ma prairie. »

Je n'avais rien à offrir à cette indigente créature ; mon dessein eût été de réclamer la justice en sa faveur[1] ; mais à qui m'adresser dans un pays où le mélange des

Européens et des Indiens rendait les autorités confuses, où le droit de la force enlevait l'indépendance au Sauvage, et où l'homme policé, devenu à demi sauvage, avait secoué le joug de l'autorité civile ?

Nous nous quittâmes, moi et l'Indienne, après nous être serré la main. Mon hôtesse me dit beaucoup de choses que je ne compris point, et qui étaient sans doute des souhaits de prospérité pour l'étranger. S'ils n'ont pas été entendus du ciel, ce n'est pas la faute de celle qui priait, mais la faute de celui pour qui la prière était offerte : toutes les âmes n'ont pas une égale aptitude au bonheur, comme toutes les terres ne portent pas également des moissons.

Je retournai à mon *ajoupa*, où je fis un assez triste souper. La soirée fut magnifique ; le lac, dans un repos profond, n'avait pas une ride sur ses flots ; la rivière baignait en murmurant notre presqu'île, que décoraient de faux ébéniers non encore défleuris ; l'oiseau nommé *coucou des Carolines* répétait son chant monotone : nous l'entendions tantôt plus près, tantôt plus loin, suivant que l'oiseau changeait le lieu de ses appels amoureux[1].

Le lendemain, j'allai avec mon guide rendre visite au premier Sachem des Onondagas, dont le village n'était pas éloigné. Nous arrivâmes à ce village à dix heures du matin. Je fus environné aussitôt d'une foule de jeunes Sauvages, qui me parlaient dans leur langue, en y mêlant des phrases anglaises et quelques mots français : ils faisaient grand bruit et avaient l'air fort joyeux. Ces tribus indiennes, enclavées dans les défrichements des blancs, ont pris quelque chose de nos mœurs : elles ont des chevaux et des troupeaux ; leurs cabanes sont remplies de meubles et d'ustensiles achetés d'un côté à Québec, à Montréal, à Niagara, au Détroit ; de l'autre dans les villes des États-Unis.

Le Sachem des Onondagas était un vieil Iroquois[2]

dans toute la rigueur du mot : sa personne gardait le souvenir des anciens usages et des anciens temps du désert : grandes oreilles découpées, perle pendante au nez, visage bariolé de diverses couleurs, petite touffe de cheveux sur le sommet de la tête, tunique bleue, manteau de peau, ceinture de cuir avec le couteau de scalpe et le casse-tête, bras tatoués, mocassines aux pieds, chapelet ou collier de porcelaine à la main.

Il me reçut bien et me fit asseoir sur sa natte. Les jeunes gens s'emparèrent de mon fusil ; ils en démontèrent la batterie avec une adresse surprenante, et replacèrent les pièces avec la même dextérité : c'était un simple fusil de chasse à deux coups.

Le Sachem parlait anglais et entendait le français ; mon interprète savait l'iroquois, de sorte que la conversation fut facile. Entre autres choses le vieillard me dit que, quoique sa nation eût toujours été en guerre avec la mienne, elle l'avait toujours estimée. Il m'assura que les Sauvages ne cessaient de regretter les Français ; il se plaignit des Américains[1], qui bientôt ne laisseraient pas aux peuples dont les ancêtres les avaient reçus, assez de terre pour couvrir leurs os.

Je parlai au Sachem de la détresse de la veuve indienne : il me dit qu'en effet cette femme était persécutée, qu'il avait plusieurs fois sollicité à son sujet les commissaires américains, mais qu'il n'en avait pu obtenir justice ; il ajouta qu'autrefois les Iroquois se la seraient faite.

Les femmes indiennes nous servirent un repas. L'hospitalité est la dernière vertu sauvage qui soit restée aux Indiens, au milieu des vices de la civilisation européenne. On sait quelle était autrefois cette hospitalité : une fois reçu dans une cabane, on devenait inviolable : le foyer avait la puissance de l'autel ; il vous rendait sacré. Le maître de ce foyer se fût fait tuer avant qu'on touchât à un seul cheveu de votre tête.

Lorsqu'une tribu chassée de ses bois, ou lorsqu'un homme venait demander l'hospitalité, l'étranger commençait ce qu'on appelait la danse du suppliant. Cette danse s'exécutait ainsi :

Le suppliant avançait quelques pas, puis s'arrêtait en regardant le supplié et reculait ensuite jusqu'à sa première position. Alors les hôtes entonnaient le chant de l'étranger : « Voici l'étranger, voici l'envoyé du Grand Esprit. » Après le chant, un enfant allait prendre la main de l'étranger pour le conduire à la cabane. Lorsque l'enfant touchait le seuil de la porte, il disait : « Voici l'étranger ! » et le chef de la cabane répondait : « Enfant, introduis l'homme dans ma cabane. » L'étranger entrant alors sous la protection de l'enfant, allait, comme chez les Grecs[1], s'asseoir sur la cendre du foyer. On lui présentait le calumet de paix ; il fumait trois fois, et les femmes disaient le chant de la consolation : « L'étranger a retrouvé une mère et une femme : le soleil se lèvera et se couchera pour lui comme auparavant. »

On remplissait d'eau d'érable une coupe consacrée : c'était une calebasse ou un vase de pierre qui reposait ordinairement dans le coin de la cheminée, et sur lequel on mettait une couronne de fleurs. L'étranger buvait la moitié de l'eau, et passait la coupe à son hôte, qui achevait de la vider.

Le lendemain de ma visite au chef des Onondagas, je continuai mon voyage. Ce vieux chef s'était trouvé à la prise de Québec : il avait assisté à la mort du général Wolf[2]. Et moi qui sortais de la hutte d'un Sauvage, j'étais nouvellement échappé du palais de Versailles, et je venais de m'asseoir à la table de Washington.

À mesure que nous avancions vers Niagara, la route, plus pénible, était à peine tracée par des abatis d'arbres : les troncs de ces arbres servaient de ponts sur les ruisseaux ou de fascines dans les fondrières. La

population américaine se portait alors vers les concessions de Génésée[1]. Les gouvernements des États-Unis
vendaient ces concessions plus ou moins cher, selon
la bonté du sol, la qualité des arbres, le cours et la
multitude des eaux.

Les défrichements[2] offraient un curieux mélange de
l'état de nature et de l'état civilisé. Dans le coin d'un
bois qui n'avait jamais retenti que des cris du Sauvage et des bruits de la bête fauve, on rencontrait une
terre labourée ; on apercevait du même point de vue
la cabane d'un Indien et l'habitation d'un planteur.
Quelques-unes de ces habitations, déjà achevées, rappe-
laient la propreté des fermes anglaises et hollandaises ;
d'autres n'étaient qu'à demi terminées, et n'avaient pour
toit que le dôme d'une futaie.

J'étais reçu dans ces demeures d'un jour ; j'y trouvais souvent une famille charmante, avec tous les agréments et toutes les élégances de l'Europe ; des meubles
d'acajou, un piano, des tapis, des glaces ; tout cela à
quatre pas de la hutte d'un Iroquois. Le soir, lorsque
les serviteurs étaient revenus des bois ou des champs,
avec la cognée ou la charrue, on ouvrait les fenêtres ;
les jeunes filles de mon hôte chantaient, en s'accompagnant sur le piano, la musique de Paësiello et de Cima-
rosa, à la vue du désert, et quelquefois au murmure
d'une cataracte.

Dans les terrains les meilleurs s'établissaient des
bourgades. On ne peut se faire une idée du sentiment
et du plaisir qu'on éprouve, en voyant s'élancer la
flèche d'un nouveau clocher, du sein d'une vieille forêt
américaine[3]. Comme les mœurs anglaises suivent partout les Anglais, après avoir traversé des pays où il n'y
avait pas trace d'habitants, j'apercevais l'enseigne d'une
auberge qui pendait à une branche d'arbre sur le bord
du chemin, et que balançait le vent de la solitude. Des
chasseurs, des planteurs, des Indiens se rencontraient

à ces caravansérails ; mais la première fois que je m'y reposai, je jurai bien que ce serait la dernière.

Un soir, en entrant dans ces singulières hôtelleries, je restai stupéfait à l'aspect d'un lit immense bâti en rond autour d'un poteau : chaque voyageur venait prendre sa place dans ce lit, les pieds au poteau du centre, la tête à la circonférence du cercle, de manière que les dormeurs étaient rangés symétriquement comme les rayons d'une roue ou les bâtons d'un éventail. Après quelque hésitation, je m'introduisis pourtant dans cette machine, parce que je n'y voyais personne. Je commençais à m'assoupir lorsque je sentis la jambe d'un homme qui se glissait le long de la mienne : c'était celle de mon grand diable de Hollandais qui s'étendait auprès de moi. Je n'ai jamais éprouvé une plus grande horreur de ma vie. Je sautai dehors de ce cabas hospitalier[1], maudissant cordialement les bons usages de nos bons aïeux. J'allai dormir dans mon manteau au clair de la lune : cette compagne de la couche du voyageur n'avait rien du moins que d'agréable, de frais et de pur.

Le manuscrit manque ici, ou plutôt ce qu'il contenait a été inséré dans mes autres ouvrages. Après plusieurs jours de marche, j'arrive à la rivière Génésée ; je vois de l'autre côté de cette rivière la merveille du serpent à sonnettes attiré par le son d'une flûte*[2] ; plus loin je rencontre une famille sauvage, et je passe la nuit avec cette famille à quelque distance de la chute du Niagara. On retrouve l'histoire de cette rencontre, et la description de cette nuit, dans l'*Essai historique* et dans le *Génie du christianisme*[3].

Les Sauvages du saut de Niagara, dans la dépendance des Anglais, étaient chargés de la garde de la frontière du Haut-Canada de ce côté. Ils vinrent au-devant de

---

* *Génie du christianisme.*

nous armés d'arcs et de flèches, et nous empêchèrent de passer.

Je fus obligé d'envoyer le Hollandais au fort Niagara, chercher une permission du commandant pour entrer sur les terres de la domination britannique ; cela me serrait un peu le cœur, car je songeais que la France avait jadis commandé dans ces contrées. Mon guide revint avec la permission : je la conserve encore ; elle est signée : Le capitaine *Gordon*. N'est-il pas singulier que j'aie retrouvé le même nom anglais sur la porte de ma cellule à Jérusalem*[1] ?

Je restai deux jours dans le village des Sauvages. Le manuscrit offre en cet endroit la minute d'une lettre[2] que j'écrivais à l'un de mes amis en France. Voici cette lettre :

> *Lettre écrite de chez les Sauvages de Niagara*[3].

Il faut que je vous raconte ce qui s'est passé hier matin chez mes hôtes. L'herbe était encore couverte de rosée ; le vent sortait des forêts tout parfumé, les feuilles du mûrier sauvage étaient chargées des cocons d'une espèce de ver à soie, et les plantes à coton du pays, renversant leurs capsules épanouies ressemblaient à des rosiers blancs.

Les Indiennes s'occupaient de divers ouvrages, réunies ensemble au pied d'un gros hêtre pourpre. Leurs plus petits enfants étaient suspendus dans des réseaux aux branches de l'arbre : la brise des bois berçait ces couches aériennes d'un mouvement presque insensible. Les mères se levaient de temps en temps pour voir si leurs enfants dormaient, et s'ils n'avaient point été réveillés par une multitude d'oiseaux qui chantaient et voltigeaient à l'entour. Cette scène était charmante.

Nous étions assis à part, l'interprète et moi, avec les guerriers, au nombre de sept ; nous avions tous une grande pipe à la bouche : deux ou trois de ces Indiens parlaient anglais.

---

* *Itinéraire.*

À quelque distance, de jeunes garçons s'ébattaient ; mais au milieu de leurs jeux, en sautant, en courant, en lançant des balles, ils ne prononçaient pas un mot. On n'entendait point l'étourdissante criaillerie des enfants européens ; ces jeunes Sauvages bondissaient comme des chevreuils, et ils étaient muets comme eux. Un grand garçon de sept ou huit ans, se détachant quelquefois de la troupe, venait téter sa mère et retournait jouer vers ses camarades.

L'enfant n'est jamais sevré de force ; après s'être nourri d'autres aliments, il épuise le sein de sa mère, comme la coupe que l'on vide à la fin d'un banquet. Quand la nation entière meurt de faim, l'enfant trouve encore au sein maternel une source de vie. Cette coutume est peut-être une des causes qui empêchent les tribus américaines de s'accroître autant que les familles européennes.

Les pères ont parlé aux enfants et les enfants ont répondu aux pères : je me suis fait rendre compte du colloque par mon Hollandais. Voici ce qui s'est passé :

Un Sauvage d'une trentaine d'années a appelé son fils et l'a invité à sauter moins fort ; l'enfant a répondu : C'est raisonnable. *Et sans faire ce que le père lui disait, il est retourné au jeu.*

Le grand-père de l'enfant l'a appelé à son tour, et lui a dit : Fais cela ; *et le petit garçon s'est soumis. Ainsi l'enfant a désobéi à son père qui le priait, et a obéi à son aïeul qui lui* commandait. *Le père n'est presque rien pour l'enfant.*

On n'inflige jamais une punition à celui-ci ; il ne reconnaît que l'autorité de l'âge et celle de sa mère. Un crime réputé affreux et sans exemple parmi les Indiens, est celui d'un fils rebelle à sa mère. Lorsqu'elle est devenue vieille, il la nourrit.

À l'égard du père, tant qu'il est jeune, l'enfant le compte pour rien ; mais lorsqu'il avance dans la vie, son fils l'honore, non comme père, mais comme vieillard, c'est-à-dire comme un homme de bons conseils et d'expérience.

Cette manière d'élever les enfants dans toute leur indépendance devrait les rendre sujets à l'humeur et aux caprices ; cependant les enfants des Sauvages n'ont ni caprices, ni humeur, parce qu'ils ne désirent que ce qu'ils savent pouvoir obtenir. S'il arrive à un enfant de pleurer pour quelque chose que sa mère n'a pas, on lui dit d'aller prendre cette chose où il l'a vue ; or, comme il n'est pas le plus fort et qu'il sent sa faiblesse, il oublie l'objet de sa convoitise. Si l'enfant sauvage n'obéit à personne, personne ne lui obéit : tout le secret de sa gaîté, ou de sa raison, est là.

Les enfants indiens ne se querellent point, ne se battent point : ils ne sont ni bruyants, ni tracassiers, ni hargneux ; ils ont dans l'air je ne sais quoi de sérieux comme le bonheur, de noble comme l'indépendance[1].

Nous ne pourrions pas élever ainsi notre jeunesse ; il nous faudrait commencer par nous défaire de nos vices ; or, nous trouvons plus aisé de les ensevelir dans le cœur de nos enfants, prenant soin seulement d'empêcher ces vices de paraître au-dehors.

Quand le jeune Indien sent naître en lui le goût de la pêche, de la chasse, de la guerre, de la politique, il étudie et imite les arts qu'il voit pratiquer à son père : il apprend alors à coudre un canot, à tresser un filet, à manier l'arc, le fusil, le casse-tête, la hache, à couper un arbre, à bâtir une hutte, à expliquer les colliers[2]. *Ce qui est un amusement pour le fils devient une autorité pour le père : le droit de la force et de l'intelligence de celui-ci est reconnu, et ce droit le conduit peu à peu au pouvoir du Sachem.*

Les filles jouissent de la même liberté que les garçons : elles font à peu près ce qu'elles veulent, mais elles restent davantage avec leurs mères, qui leur enseignent les travaux du ménage. Lorsqu'une jeune Indienne a mal agi, sa mère se contente de lui jeter des gouttes d'eau au visage et de lui dire : Tu me déshonores. *Ce reproche manque rarement son effet.*

Nous sommes restés jusqu'à midi à la porte de la cabane : le soleil était devenu brûlant. Un de nos hôtes s'est avancé vers les petits garçons et leur a dit : Enfants, le soleil vous mangera la tête, allez dormir. *Ils se sont tous écriés :* C'est juste. *Et pour toute marque d'obéissance, ils ont continué de jouer, après être convenus que le soleil leur* mangerait la tête.

Mais les femmes se sont levées, l'une montrant de la saga-mité[1] dans un vase de bois, l'autre un fruit favori, une troi-sième déroulant une natte pour se coucher : elles ont appelé la troupe obstinée, en joignant à chaque nom un mot de tendresse. À l'instant, les enfants ont volé vers leurs mères comme une couvée d'oiseaux. Les femmes les ont saisis en riant, et chacune d'elles a emporté avec assez de peine son fils, qui mangeait dans les bras maternels ce qu'on venait de lui donner.

Adieu : je ne sais si cette lettre écrite du milieu des bois vous arrivera jamais.

Je me rendis du village des Indiens à la cataracte de Niagara : la description de cette cataracte, placée à la fin d'*Atala*, est trop connue pour la reproduire[2] ; d'ailleurs, elle fait encore partie d'une note de l'*Essai historique*[3] ; mais il y a dans cette même note quelques détails si intimement liés à l'histoire de mon voyage, que je crois devoir les répéter ici.

À la cataracte de Niagara, l'échelle indienne qui s'y trouvait jadis étant rompue[4], je voulus, en dépit des représentations de mon guide, me rendre au bas de la chute par un rocher à pic d'environ deux cents pieds de hauteur. Je m'aventurai dans la descente. Malgré les rugissements de la cataracte et l'abîme effrayant qui bouillonnait au-dessous de moi, je conservai ma tête et parvins à une quarantaine de pieds du fond. Mais ici le rocher lisse et vertical n'offrait plus ni racines ni fentes où pouvoir reposer mes pieds. Je demeurai suspendu par la main à toute ma longueur, ne pouvant ni remonter, ni descendre, sentant mes doigts s'ouvrir peu à peu de lassitude sous le poids de mon corps, et voyant la mort inévitable. Il y a peu d'hommes qui aient passé dans leur vie deux minutes comme je les comptai alors, suspendu sur le gouffre

de Niagara. Enfin mes mains s'ouvrirent et je tombai.
Par le bonheur le plus inouï, je me trouvai sur le roc
vif, où j'aurais dû me briser cent fois, et cependant je
ne me sentais pas grand mal ; j'étais à un demi-pouce
de l'abîme, et je n'y avais pas roulé : mais lorsque le
froid de l'eau commença à me pénétrer, je m'aperçus
que je n'en étais pas quitte à aussi bon marché que
je l'avais cru d'abord. Je sentis une douleur insupportable au bras gauche ; je l'avais cassé au-dessous
du coude. Mon guide, qui me regardait d'en haut et
auquel je fis signe, courut chercher quelques Sauvages qui, avec beaucoup de peine, me remontèrent
avec des cordes de bouleau et me transportèrent
chez eux.

Ce ne fut pas le seul risque que je courus à Niagara :
en arrivant, je m'étais rendu à la chute, tenant la bride
de mon cheval entortillée à mon bras. Tandis que je me
penchais pour regarder en bas, un serpent à sonnettes[1]
remua dans les buissons voisins ; le cheval s'effraie,
recule en se cabrant et en approchant du gouffre. Je ne
puis dégager mon bras des rênes, et le cheval, toujours
plus effarouché, m'entraîne après lui. Déjà ses pieds de
devant quittaient la terre, et, accroupi sur le bord de
l'abîme, il ne s'y tenait plus que par force de reins. C'en
était fait de moi, lorsque l'animal, étonné lui-même du
nouveau péril, fait un nouvel effort, s'abat en dedans
par une pirouette, et s'élance à dix pieds loin du bord*.

Je n'avais qu'une fracture simple au bras : deux lattes,
un bandage et une écharpe suffirent à ma guérison[2].
Mon Hollandais ne voulut pas aller plus loin ; je le
payai, et il retourna chez lui. Je fis un nouveau marché avec des Canadiens de Niagara, qui avaient une

---

* *Essai historique*, tom. II, pag. 237, *Œuvr. Compl.*

partie de leur famille à Saint-Louis des Illinois, sur le Mississipi[1].

Le manuscrit présente maintenant un aperçu général des lacs du Canada.

LACS DU CANADA

Le trop-plein des eaux du lac Érié se décharge dans le lac Ontario, après avoir formé la cataracte de Niagara. Les Indiens trouvaient autour du lac Ontario le baume blanc dans le baumier, le sucre dans l'érable, le noyer et le merisier, la teinture rouge dans l'écorce de la perousse, le toit de leurs chaumières dans l'écorce du bois blanc ; ils trouvaient le vinaigre dans les grappes rouges du vinaigrier, le miel et le coton dans les fleurs de l'asperge sauvage, l'huile pour les cheveux dans le tournesol, et une panacée pour les blessures dans la *plante universelle*[2]. Les Européens ont remplacé ces bienfaits de la nature par les productions de l'art : les Sauvages ont disparu.

Le lac Érié a plus de cent lieues de circonférence. Les nations qui peuplaient ses bords furent exterminées par les Iroquois il y a deux siècles ; quelques hordes errantes infestèrent ensuite des lieux où l'on n'osait s'arrêter.

C'est une chose effrayante que de voir les Indiens s'aventurer dans des nacelles d'écorce sur ce lac où les tempêtes sont terribles. Ils suspendent leurs Manitous à la poupe des canots, et s'élancent au milieu des tourbillons de neige, entre les vagues soulevées. Ces vagues, de niveau avec l'orifice des canots, ou les surmontant, semblent les aller engloutir. Les chiens des chasseurs, les pattes appuyées sur le bord, poussent des cris lamentables, tandis que leurs maîtres, gardant un profond silence, frappent les flots en mesure avec leurs pagaies. Les canots s'avancent à la file : à la proue du premier, se tient debout un chef qui répète le monosyllabe OAH, la première voyelle sur une note élevée et courte, la seconde sur une note sourde et longue ; dans le dernier canot est encore un chef debout, manœuvrant une grande rame en forme de gouvernail. Les autres guerriers sont assis, les jambes croisées, au fond des canots : à travers le brouillard, la neige et les vagues, on n'aperçoit que les plumes dont la tête de ces Indiens est ornée, le cou allongé des dogues hurlant, et les épaules des deux Sachems, pilote et augure : on dirait des dieux de ces eaux.

Le lac Érié est encore fameux par ses serpents. À l'ouest de ce lac, depuis les îles aux Couleuvres jusqu'aux rivages du continent, dans un espace de plus de vingt milles, s'étendent de larges nénuphars : en été les feuilles de ces plantes sont couvertes de serpents entrelacés les uns aux autres. Lorsque les reptiles viennent à se mouvoir aux rayons du soleil, on voit rouler leurs anneaux d'azur, de pourpre, d'or et d'ébène ; on ne distingue dans ces horribles nœuds doublement, triplement formés, que des yeux étincelants, des langues à triple dard, des gueules de feu, des queues armées d'aiguillons ou de sonnettes, qui s'agitent en l'air comme des fouets. Un sifflement continuel, un bruit semblable au froissement des feuilles mortes dans une forêt, sortent de cet impur Cocyte[1].

Le détroit qui ouvre le passage du lac Huron au lac Érié tire sa renommée de ses ombrages et de ses prairies. Le lac Huron abonde en poisson ; on y pêche l'artikamègue[2] et des truites qui pèsent deux cents livres. L'île de Matimoulin était fameuse ; elle renfermait le reste de la nation des Ontawais, que les Indiens faisaient descendre du grand Castor[3]. On a remarqué que l'eau du lac Huron, ainsi que celle du lac Michigan, croît pendant sept mois, et diminue dans la même proportion pendant sept autres. Tous ces lacs ont un flux et reflux plus ou moins sensibles.

Le lac Supérieur occupe un espace de plus de 4 degrés entre le 46e et le 50e de latitude nord, et non moins de 8 degrés entre le 87e et le 95e de longitude ouest, méridien de Paris ; c'est-à-dire que cette mer intérieure a cent lieues de large et environ deux cents de long, donnant une circonférence d'à peu près six cents lieues.

Quarante rivières réunissent leurs eaux dans cet immense bassin ; deux d'entre elles, l'Allinipigon et le Michipicroton, sont deux fleuves considérables ; le dernier prend sa source dans les environs de la baie d'Hudson.

Des îles ornent le lac, entre autres l'île Maurepas sur la côte septentrionale, l'île Pontchartrain sur la rive orientale ; l'île Minong vers la partie méridionale, et l'île du Grand-Esprit, ou des Âmes, à l'occident : celle-ci pourrait former le territoire d'un État en Europe ; elle mesure trente-cinq lieues de long et vingt de large.

Les caps remarquables du lac sont : la pointe Kioucounan, espèce d'isthme s'allongeant de deux lieues dans les flots ; le cap Minabeaujou, semblable à un phare ; le cap du Tonnerre, près de l'anse du même nom, et le cap Rochedebout, qui s'élève perpendiculairement sur les grèves comme un obélisque brisé.

Le rivage méridional du lac Supérieur est bas, sablonneux, sans abri ; les côtes septentrionales et orientales sont au contraire montagneuses, et présentent une succession de rochers taillés à pic. Le lac lui-même est creusé dans le roc. À travers son onde verte et transparente, l'œil découvre à plus de trente et quarante pieds de profondeur des masses de granit de différentes formes, et dont quelques-unes paraissent comme nouvellement sciées par la main de l'ouvrier. Lorsque le

voyageur, laissant dériver son canot, regarde, penché
sur le bord, la crête de ces montagnes sous-marines, il
ne peut jouir longtemps de ce spectacle ; ses yeux se
troublent, et il éprouve des vertiges.

Frappée de l'étendue de ce réservoir des eaux, l'imagination s'accroît avec l'espace : selon l'instinct commun
de tous les hommes, les Indiens ont attribué la formation de cet immense bassin à la même puissance qui
arrondit la voûte du firmament ; ils ont ajouté à l'admiration qu'inspire la vue du lac Supérieur, la solennité
des idées religieuses.

Ces Sauvages ont été entraînés à faire de ce lac l'objet principal de leur culte, par l'air de mystère que la
nature s'est plu à attacher à l'un de ses plus grands
ouvrages. Le lac Supérieur a un flux et un reflux irréguliers : ses eaux, dans les plus grandes chaleurs de l'été,
sont froides comme la neige, à un demi-pied au-dessous
de leur surface ; ces mêmes eaux gèlent rarement dans
les hivers rigoureux de ces climats, alors même que la
mer est gelée.

Les productions de la terre autour du lac varient
selon les différents sols : sur la côte orientale on ne
voit que des forêts d'érables rachitiques et déjetés qui
croissent presque horizontalement dans du sable ; au
nord, partout où le roc vif laisse à la végétation quelque
gorge, quelque revers de vallée, on aperçoit des buissons de groseilliers sans épines et des guirlandes d'une
espèce de vigne qui porte un fruit semblable à la fram-
boise, mais d'un rose plus pâle. Çà et là s'élèvent des
pins isolés.

Parmi le grand nombre de sites que présentent ces
solitudes, deux se font particulièrement remarquer.

En entrant dans le lac Supérieur par le détroit de
Sainte-Marie, on voit à gauche des îles qui se courbent
en demi-cercle, et qui, toutes plantées d'arbres à fleurs,
ressemblent à des bouquets dont le pied trempe dans

l'eau ; à droite, les caps du continent s'avancent dans les vagues ; les uns sont enveloppés d'une pelouse qui marie sa verdure au double azur du ciel et de l'onde ; les autres, composés d'un sable rouge et blanc, ressemblent, sur le fond du lac bleuâtre, à des rayons d'ouvrages de marqueterie. Entre ces caps longs et nus s'entremêlent de gros promontoires revêtus de bois qui se répètent invertis dans le cristal au-dessous. Quelquefois aussi les arbres serrés forment un épais rideau sur la côte ; et quelquefois clairsemés, ils bordent la terre comme des avenues ; alors leurs troncs écartés ouvrent des points d'optique miraculeux. Les plantes, les rochers, les couleurs diminuent de proportion ou changent de teinte à mesure que le paysage s'éloigne ou se rapproche de la vue.

Ces îles au midi et ces promontoires à l'orient s'inclinant par l'occident les uns vers les autres, forment et embrassent une vaste rade, tranquille quand l'orage bouleverse les autres régions du lac. Là se jouent des milliers de poissons et d'oiseaux aquatiques : le canard noir du Labrador[1] se perche sur la pointe d'un brisant ; les vagues environnent ce solitaire en deuil des festons de leur blanche écume ; des plongeons disparaissent, se montrent de nouveau, disparaissent encore ; l'oiseau des lacs plane à la surface des flots, et le martin-pêcheur agite rapidement ses ailes d'azur pour fasciner sa proie.

Par-delà les îles et les promontoires enfermant cette rade au débouché du détroit de Sainte-Marie, l'œil découvre les plaines fluides et sans bornes du lac. Les surfaces mobiles de ces plaines s'élèvent et se perdent graduellement dans l'étendue : du vert d'émeraude, elles passent au bleu pâle, puis à l'outremer, puis à l'indigo. Chaque teinte se fondant l'une dans l'autre, la dernière se termine à l'horizon, où elle se joint au ciel par une barre d'un sombre azur.

Ce site, sur le lac même, est proprement un site d'été ; il faut en jouir lorsque la nature est calme et riante : le second paysage est au contraire un paysage d'hiver ; il demande une saison orageuse et dépouillée.

Près de la rivière Allinipigon, s'élève une roche énorme et isolée qui domine le lac. À l'occident, se déploie une chaîne de rochers, les uns couchés, les autres plantés dans le sol, ceux-ci perçant l'air de leurs pics arides, ceux-là de leurs sommets arrondis ; leurs flancs verts, rouges et noirs, retiennent la neige dans leurs crevasses, et mêlent ainsi l'albâtre à la couleur des granits et des porphyres.

Là croissent quelques-uns de ces arbres de forme pyramidale que la nature entremêle à ses grandes architectures et à ses grandes ruines, comme les colonnes de ses édifices debout ou tombés[1] : le pin se dresse sur les plinthes des rochers, et des herbes hérissées de glaçons pendent tristement de leurs corniches ; on croirait voir les débris d'une cité dans les déserts de l'Asie : pompeux monuments, qui, avant leur chute, dominaient les bois, et qui portent maintenant des forêts sur leurs combles écroulés.

Derrière la chaîne de rochers que je viens de décrire, se creuse comme un sillon, une étroite vallée : la rivière du Tombeau[2] passe au milieu. Cette vallée n'offre en été qu'une mousse flasque et jaune ; des rayons de fongus[3], au chapeau de diverses couleurs, dessinent les interstices des rochers. En hiver, dans cette solitude remplie de neige, le chasseur ne peut découvrir les oiseaux et les quadrupèdes peints de la blancheur des frimas, que par les becs colorés des premiers, les museaux noirs et les yeux sanglants des seconds. Au bout de la vallée et loin par-delà, on aperçoit la cime des montagnes hyperboréennes, où Dieu a placé la source des quatre plus grands fleuves de l'Amérique septentrionale. Nés dans le même berceau, ils vont, après un cours de douze cents lieues, se mêler, aux quatre points de l'horizon, à quatre océans : le Mississipi se perd, au midi, dans le golfe Mexicain ; le Saint-Laurent se jette, au levant, dans l'Atlantique ; l'Ontawais se précipite, au nord, dans les mers du pôle ; et le fleuve de l'Ouest porte, au couchant, le tribut de ses ondes à l'océan de Nontouka*[1].

Après cet aperçu des lacs, vient un commencement de journal qui ne porte que l'indication des heures.

JOURNAL SANS DATE[2]

Le ciel est pur sur ma tête, l'onde limpide sous mon canot, qui fuit devant une légère brise. À ma gauche sont des collines taillées à pic et flanquées de rochers d'où pendent des convolvulus à fleurs blanches et bleues, des festons de bignonias, de longues graminées, des plantes saxatiles de toutes les couleurs ; à ma droite règnent de vastes prairies. À mesure que le canot avance, s'ouvrent de nouvelles scènes et de nouveaux points de vue : tantôt ce sont des vallées solitaires et riantes, tantôt des collines nues ; ici c'est une forêt de cyprès dont on aperçoit les portiques sombres, là c'est un bois léger d'érables, où le soleil se joue comme à travers une dentelle.

Liberté primitive, je te retrouve enfin[3] ! Je passe comme cet oiseau qui vole devant moi, qui se dirige au hasard, et n'est embarrassé que du choix des ombrages. Me voilà tel que le Tout-Puissant m'a créé, souverain de la nature, porté triomphant sur les eaux, tandis que les habitants des fleuves accompagnent ma course, que les peuples de l'air me chantent leurs hymnes, que les

---

* C'était la géographie erronée du temps : elle n'est plus la même aujourd'hui.

bêtes de la terre me saluent, que les forêts courbent leur cime sur mon passage. Est-ce sur le front de l'homme de la société, ou sur le mien, qu'est gravé le sceau immortel de notre origine ? Courez vous enfermer dans vos cités, allez vous soumettre à vos petites lois ; gagnez votre pain à la sueur de votre front, ou dévorez le pain du pauvre ; égorgez-vous pour un mot, pour un maître ; doutez de l'existence de Dieu, ou adorez-le sous des formes superstitieuses, moi j'irai errant dans mes solitudes ; pas un seul battement de mon cœur ne sera comprimé, pas une seule de mes pensées ne sera enchaînée ; je serai libre comme la nature ; je ne reconnaîtrai de Souverain que celui qui alluma la flamme des soleils, et qui, d'un seul coup de sa main, fit rouler tous les mondes*.

Sept heures du soir.

Nous avons traversé la fourche de la rivière et suivi la branche du sud-est. Nous cherchions le long du canal une anse où nous pussions débarquer. Nous sommes entrés dans une crique qui s'enfonce sous un promontoire chargé d'un bocage de tulipiers. Ayant tiré notre canot à terre, les uns ont amassé des branches sèches pour notre feu, les autres ont préparé l'ajoupa. J'ai pris mon fusil, et je me suis enfoncé dans le bois voisin.

Je n'y avais pas fait cent pas que j'ai aperçu un troupeau de dindes occupées à manger des baies de fougères et des fruits d'aliziers. Ces oiseaux diffèrent assez de ceux de leur race naturalisés en Europe : ils sont plus gros ; leur plumage est couleur d'ardoise, glacé sur le cou, sur le dos, et à l'extrémité des ailes d'un rouge de

---

* Je laisse toutes ces choses de la jeunesse : on voudra bien les pardonner.

cuivre ; selon les reflets de la lumière, ce plumage brille comme de l'or bruni. Ces dindes sauvages s'assemblent souvent en grandes troupes. Le soir elles se perchent sur les cimes des arbres les plus élevés. Le matin elles font entendre du haut de ces arbres leur cri répété ; un peu après le lever du soleil leurs clameurs cessent, et elles descendent dans les forêts[1].

Nous nous sommes levés de grand matin pour partir à la fraîcheur ; les bagages ont été rembarqués ; nous avons déroulé notre voile. Des deux côtés nous avions de hautes terres chargées de forêts : le feuillage offrait toutes les nuances imaginables : l'écarlate fuyant sur le rouge, le jaune foncé sur l'or brillant, le brun ardent sur le brun léger, le vert, le blanc, l'azur, lavés en mille teintes plus ou moins faibles, plus ou moins éclatantes. Près de nous c'était toute la variété du prisme ; loin de nous, dans les détours de la vallée, les couleurs se mêlaient et se perdaient dans des fonds veloutés. Les arbres harmoniaient ensemble leurs formes ; les uns se déployaient en éventail, d'autres s'élevaient en cône, d'autres s'arrondissaient en boule, d'autres étaient taillés en pyramides[2] : mais il faut se contenter de jouir de ce spectacle sans chercher à le décrire.

Dix heures du matin.

Nous avançons lentement. La brise a cessé, et le canal commence à devenir étroit : le temps se couvre de nuages.

Midi.

Il est impossible de remonter plus haut en canot ; il faut maintenant changer notre manière de voyager ;

nous allons tirer notre canot à terre, prendre nos
provisions, nos armes, nos fourrures pour la nuit, et
pénétrer dans les bois.

Trois heures.

Qui dira le sentiment qu'on éprouve en entrant dans
ces forêts aussi vieilles que le monde, et qui seules
donnent une idée de la création, telle qu'elle sortit des
mains de Dieu ? Le jour tombant d'en haut à travers un
voile de feuillages, répand dans la profondeur du bois
une demi-lumière changeante et mobile, qui donne aux
objets une grandeur fantastique[1]. Partout il faut franchir des arbres abattus, sur lesquels s'élèvent d'autres
générations d'arbres. Je cherche en vain une issue dans
ces solitudes[2] ; trompé par un jour plus vif, j'avance à
travers les herbes, les orties, les mousses, les lianes, et
l'épais humus composé des débris des végétaux ; mais
je n'arrive qu'à une clairière formée par quelques pins
tombés. Bientôt la forêt redevient plus sombre ; l'œil
n'aperçoit que des troncs de chênes et de noyers qui se
succèdent les uns les autres, et qui semblent se serrer
en s'éloignant : l'idée de l'infini se présente à moi.

Six heures.

J'avais entrevu de nouveau une clarté et j'avais marché vers elle. Me voilà au point de lumière : triste
champ plus mélancolique que les forêts qui l'environnent ! Ce champ est un ancien cimetière indien.
Que je me repose un instant dans cette double solitude
de la mort et de la nature : est-il un asile où j'aimasse
mieux dormir pour toujours[3] ?

Sept heures.

Ne pouvant sortir de ces bois, nous y avons campé. La réverbération de notre bûcher s'étend au loin ; éclairé en dessous par la lueur scarlatine[1], le feuillage paraît ensanglanté, les troncs des arbres les plus proches s'élèvent comme des colonnes de granit rouge, mais les plus distants, atteints à peine de la lumière, ressemblent, dans l'enfoncement du bois, à de pâles fantômes rangés en cercle au bord d'une nuit profonde.

Minuit.

Le feu commence à s'éteindre, le cercle de sa lumière se rétrécit. J'écoute : un calme formidable pèse sur ces forêts ; on dirait que des silences succèdent à des silences. Je cherche vainement à entendre dans un tombeau universel quelque bruit qui décèle la vie. D'où vient ce soupir ? d'un de mes compagnons : il se plaint, bien qu'il sommeille. Tu vis, donc tu souffres : voilà l'homme.

Minuit et demi.

Le repos continue ; mais l'arbre décrépit se rompt : il tombe. Les forêts mugissent ; mille voix s'élèvent. Bientôt les bruits s'affaiblissent ; ils meurent dans des lointains presque imaginaires : le silence envahit de nouveau le désert.

Une heure du matin.

Voici le vent ; il court sur la cime des arbres ; il les secoue en passant sur ma tête. Maintenant c'est comme le flot de la mer qui se brise tristement sur le rivage.

Les bruits ont réveillé les bruits. La forêt est toute harmonie. Est-ce les sons graves de l'orgue que j'entends, tandis que des sons plus légers errent dans les voûtes de verdure ? Un court silence succède ; la musique aérienne recommence ; partout de douces plaintes, des murmures qui renferment en eux-mêmes d'autres murmures ; chaque feuille parle un différent langage, chaque brin d'herbe rend une note particulière.

Une voix extraordinaire retentit : c'est celle de cette grenouille qui imite les mugissements du taureau[1]. De toutes les parties de la forêt, les chauves-souris accrochées aux feuilles élèvent leurs chants monotones : on croit ouïr des glas continus, ou le tintement funèbre d'une cloche[2]. Tout nous ramène à quelque idée de la mort, parce que cette idée est au fond de la vie.

Dix heures du matin.

Nous avons repris notre course : descendus dans un vallon inondé, des branches de chêne-saule, étendues d'une racine de jonc à une autre racine, nous ont servi de pont pour traverser le marais. Nous préparons notre dîner au pied d'une colline couverte de bois, que nous escaladerons bientôt pour découvrir la rivière que nous cherchons.

Une heure.

Nous nous sommes remis en marche ; les gélinottes[3] nous promettent pour ce soir un bon souper.

Le chemin s'escarpe, les arbres deviennent rares ; une bruyère glissante couvre le flanc de la montagne.

Six heures.

Nous voilà au sommet : au-dessous de nous on n'aperçoit que la cime des arbres. Quelques rochers isolés sortent de cette mer de verdure, comme des écueils élevés au-dessus de la surface de l'eau. La carcasse d'un chien, suspendue à une branche de sapin, annonce le sacrifice indien offert au génie de ce désert[1]. Un torrent se précipite à nos pieds, et va se perdre dans une petite rivière.

Quatre heures du matin.

La nuit a été paisible. Nous nous sommes décidés à retourner à notre bateau, parce que nous étions sans espérance de trouver un chemin dans ces bois.

Neuf heures.

Nous avons déjeuné sous un vieux saule tout couvert de convolvulus[2] et rongé par de larges potirons. Sans les maringouins, ce lieu serait fort agréable ; il a fallu faire une grande fumée de bois vert pour chasser nos ennemis. Les guides ont annoncé la visite de quelques voyageurs qui pouvaient être encore à deux heures de marche de l'endroit où nous étions. Cette finesse de l'ouïe tient du prodige : il y a tel Indien qui entend les pas d'un autre Indien à quatre et cinq heures de distance, en mettant l'oreille à terre. Nous avons vu arriver en effet au bout de deux heures une famille sauvage ; elle a poussé le cri de bienvenue : nous y avons répondu joyeusement.

Midi.

Nos hôtes nous ont appris qu'ils nous entendaient depuis deux jours ; qu'ils savaient que nous étions des *chairs blanches*, le bruit que nous faisions en marchant étant plus considérable que le bruit fait par les chairs rouges. J'ai demandé la cause de cette différence ; on m'a répondu que cela tenait à la manière de rompre les branches et de se frayer un chemin. Le blanc révèle aussi sa race à la pesanteur de son pas ; le bruit qu'il produit n'augmente pas progressivement : l'Européen tourne dans les bois ; l'Indien marche en ligne droite.

La famille indienne est composée de deux femmes, d'un enfant et de trois hommes. Revenus ensemble au bateau, nous avons fait un grand feu au bord de la rivière. Une bienveillance mutuelle règne parmi nous : les femmes ont apprêté notre souper, composé de truites saumonées et d'une grosse dinde. Nous autres *guerriers*, nous fumons et devisons ensemble. Demain nos hôtes nous aideront à porter notre canot à un fleuve qui n'est qu'à cinq milles du lieu où nous sommes.

Le journal finit ici. Une page détachée qui se trouve à la suite nous transporte au milieu des Apalaches. Voici cette page :

Ces montagnes ne sont pas, comme les Alpes et les Pyrénées[1], des monts entassés irrégulièrement les uns sur les autres, et élevant au-dessus des nuages leurs sommets couverts de neige. À l'ouest et au nord, elles ressemblent à des murs perpendiculaires de quelques mille pieds, du haut desquels se précipitent les fleuves qui tombent dans l'Ohio et le Mississipi. Dans cette espèce de grande fracture, on aperçoit des sentiers qui serpentent au milieu des précipices avec les torrents. Ces sentiers et ces torrents sont bordés d'une espèce de pin dont la cime est couleur de vert de mer, et dont

le tronc presque lilas est marqué de taches obscures
produites par une mousse rase et noire.

Mais du côté du sud et de l'est, les Apalaches ne
peuvent presque plus porter le nom de montagnes :
leurs sommets s'abaissent graduellement jusqu'au sol
qui borde l'Atlantique ; elles versent sur ce sol d'autres
fleuves qui fécondent des forêts de chênes verts,
d'érables, de noyers, de mûriers, de marronniers, de
pins, de sapins, de copalmes, de magnolias et de mille
espèces d'arbustes à fleurs.

Après ce court fragment vient un morceau assez
étendu sur le cours de l'Ohio et du Mississipi, depuis
Pittsbourg jusqu'aux Natchez. Le récit s'ouvre par la
description des monuments de l'Ohio[1]. Le *Génie du
christianisme* a un passage et une note sur ces monuments[2] ; mais ce que j'ai écrit dans ce passage et dans
cette note diffère en beaucoup de points de ce que je
dis ici*.

* Depuis l'époque où j'écrivis cette dissertation, des hommes
savants et des Sociétés archéologiques américaines ont publié
des *Mémoires sur les Ruines de l'Ohio*. Ils sont curieux sous deux
rapports : 1° Ils rappellent les traditions des tribus indiennes ;
ces tribus indiennes disent toutes qu'elles sont venues de l'Ouest
aux rivages de l'Atlantique un siècle ou deux (autant qu'on peut
en juger) avant la découverte de l'Amérique par les Européens ;
qu'elles eurent dans leurs longues marches beaucoup de peuples
à combattre, particulièrement sur les rives de l'Ohio, etc.
2° Les *Mémoires* des savants américains mentionnent la découverte de quelques idoles trouvées dans des tombeaux, lesquelles
idoles ont un caractère purement asiatique. Il est très-certain
qu'un peuple beaucoup plus civilisé que les Sauvages actuels de
l'Amérique a fleuri dans la vallée de l'Ohio et du Mississipi. Quand
et comment a-t-il péri ? C'est ce qu'on ne saura peut-être jamais.

Représentez-vous des restes de fortifications ou de monuments, occupant une étendue immense. Quatre espèces d'ouvrages s'y font remarquer : des bastions carrés, des lunes, des demi-lunes et des *tumuli*. Les bastions, les lunes et demi-lunes sont réguliers, les fossés larges et profonds, les retranchements faits de terre avec des parapets à plan incliné ; mais les angles des glacis correspondent à ceux des fossés, et ne s'inscrivent pas comme le parallélogramme dans le polygone.

Les *tumuli* sont des tombeaux de forme circulaire. On a ouvert quelques-uns de ces tombeaux ; on a trouvé au fond un cercueil formé de quatre pierres, dans lequel il y avait des ossements humains. Ce cercueil était surmonté d'un autre cercueil contenant un autre squelette, et ainsi de suite jusqu'au haut de la pyramide, qui peut avoir de vingt à trente pieds d'élévation.

Ces constructions ne peuvent être l'ouvrage des nations actuelles de l'Amérique ; les peuples qui les ont élevées devaient avoir une connaissance des arts, supérieure même à celle des Mexicains et des Péruviens.

Faut-il attribuer ces ouvrages aux Européens modernes ? Je ne trouve que Ferdinand de Soto qui ait pénétré anciennement dans les Florides, et il ne s'est jamais avancé au-delà d'un village de Chicassas sur une des branches de la Mobile : d'ailleurs, avec une poignée d'Espagnols, comment aurait-il remué toute cette terre, et à quel dessein ?

Sont-ce les Carthaginois ou les Phéniciens qui jadis, dans leur commerce autour de l'Afrique et aux îles Cassitérides[1], ont été poussés aux régions américaines ? Mais avant de pénétrer plus avant dans l'Ouest, ils ont dû s'établir sur les côtes de l'Atlantique ; pourquoi alors

---

Les *Mémoires* dont je parle sont peu connus, et méritent de l'être. Je les donne à la fin de ce volume : je les ai tirés de l'excellent journal intitulé *Nouvelles Annales des Voyages*.

ne trouve-t-on pas la moindre trace de leur passage dans la Virginie, les Géorgies et les Florides ? Ni les Phéniciens ni les Carthaginois n'enterraient leurs morts comme sont enterrés les morts des fortifications de l'Ohio. Les Égyptiens faisaient quelque chose de semblable, mais les momies étaient embaumées, et celles des tombes américaines ne le sont pas ; on ne saurait dire que les ingrédients manquaient : les gommes, les résines, les camphres, les sels sont ici de toutes parts.

L'Atlantide de Platon aurait-elle existé[1] ? L'Afrique, dans des siècles inconnus, tenait-elle à l'Amérique ? Quoi qu'il en soit, une nation ignorée, une nation supérieure aux générations indiennes de ce moment, a passé dans ces déserts. Quelle était cette nation ? Quelle révolution l'a détruite ? Quand cet événement est-il arrivé ? Questions qui nous jettent dans cette immensité du passé, où les siècles s'abîment comme des songes.

Les ouvrages dont je parle se trouvent à l'embouchure du grand Miamis, à celle du Muskingum, à la *Crique du Tombeau*, et sur une des branches du Scioto : ceux qui bordent cette rivière occupent un espace de plus de deux heures de marche en descendant vers l'Ohio. Dans le Kentucky, le long du Tennessée, chez les Siminoles, vous ne pouvez faire un pas sans apercevoir quelques vestiges de ces monuments.

Les Indiens s'accordent à dire que quand leurs pères vinrent de l'ouest, ils trouvèrent les ouvrages de l'Ohio tels qu'on les voit aujourd'hui. Mais la date de cette migration des Indiens d'occident en orient varie selon les nations. Les Chicassas, par exemple, arrivèrent dans les forêts qui couvrent les fortifications il n'y a guère plus de deux siècles : ils mirent sept ans à accomplir leur voyage, ne marchant qu'une fois chaque année, et emmenant des chevaux dérobés aux Espagnols, devant lesquels ils se retiraient.

Une autre tradition veut que les ouvrages de l'Ohio

aient été élevés par les Indiens *blancs*. Ces Indiens
blancs, selon les Indiens *rouges*, devaient être venus
de l'orient ; et lorsqu'ils quittèrent le lac sans rivages
(la mer), ils étaient vêtus comme les chairs blanches
d'aujourd'hui[1].

Sur cette faible tradition, on a raconté que vers
l'an 1170, Ogan, prince du pays de Galles, ou son
fils Madoc, s'embarqua avec un grand nombre de ses
sujets*, et qu'il aborda à des pays inconnus, vers l'occident[2]. Mais est-il possible d'imaginer que les descendants de ces Gallois aient pu construire les ouvrages de
l'Ohio, et qu'en même temps, ayant perdu tous les arts,
ils se soient trouvés réduits à une poignée de guerriers
errants dans les bois comme les autres Indiens ?

On a aussi prétendu qu'aux sources du Missouri, des
peuples nombreux et civilisés vivent dans des enceintes
militaires pareilles à celles des bords de l'Ohio[3] ; que
ces peuples se servent de chevaux et d'autres animaux
domestiques ; qu'ils ont des villes, des chemins publics,
qu'ils sont gouvernés par des rois**.

La tradition religieuse des Indiens sur les monuments
de leurs déserts n'est pas conforme à leur tradition historique. Il y a, disent-ils, au milieu de ces ouvrages, une
caverne ; cette caverne est celle du Grand Esprit. Le
Grand Esprit créa les Chicassas dans cette caverne. Le
pays était alors couvert d'eau, ce que voyant le Grand

---

　* C'est une altération des traditions islandaises et des poétiques
histoires des Saggas.
　** Aujourd'hui les sources du Missouri sont connues : on n'a
rencontré dans ces régions que des Sauvages. Il faut pareillement reléguer parmi les fables cette histoire d'un temple où l'on
aurait trouvé une Bible, laquelle Bible ne pouvait être lue par des
Indiens *blancs*, possesseurs du temps, et qui avaient perdu l'usage
de l'écriture. Au reste, la colonisation des Russes au nord-ouest
de l'Amérique, aurait bien pu donner naissance à ces bruits d'un
peuple blanc établi vers les sources du Missouri.

Esprit, il bâtit des murs de terre pour mettre sécher dessus les Chicassas.

Passons à la description du cours de l'Ohio. L'Ohio est formé par la réunion de la Monongahela et de l'Alleghany : la première rivière prenant sa source au sud, dans les montagnes Bleues ou les Apalaches ; la seconde, dans une autre chaîne de ces montagnes au nord, entre le lac Érié et le lac Ontario : au moyen d'un court portage, l'Alleghany communique avec le premier lac. Les deux rivières se joignent au-dessous du fort, jadis appelé le fort Duquesne, aujourd'hui le fort Pitt, ou Pittsbourg : leur confluent est au pied d'une haute colline de charbon de terre ; en mêlant leurs ondes, elles perdent leurs noms, et ne sont plus connues que sous celui de l'Ohio, qui signifie, et à bon droit, *belle rivière*.

Plus de soixante rivières apportent leurs richesses à ce fleuve ; celles dont le cours vient de l'est et du midi sortent des hauteurs qui divisent les eaux tributaires de l'Atlantique, des eaux descendantes à l'Ohio et au Mississipi ; celles qui naissent à l'ouest et au nord, découlent des collines dont le double versant nourrit les lacs du Canada et alimente le Mississipi et l'Ohio.

L'espace où roule ce dernier fleuve offre dans son ensemble un large vallon bordé de collines d'égales hauteurs ; mais, dans les détails, à mesure que l'on voyage avec les eaux, ce n'est plus cela.

Rien d'aussi fécond que les terres arrosées par l'Ohio : elles produisent, sur les coteaux, des forêts de pins rouges, des bois de lauriers, de myrtes, d'érables à sucre, de chênes de quatre espèces : les vallées donnent le noyer, l'alizier, le frêne, le tupelo[1] ; les marais portent le bouleau, le tremble, le peuplier et le cyprès chauve. Les Indiens font des étoffes avec l'écorce du peuplier ; ils mangent la seconde écorce du bouleau ; ils emploient la sève de la bourgène[2] pour guérir la fièvre

et pour chasser les serpents ; le chêne leur fournit des
flèches, le frêne des canots.

Les herbes et les plantes sont très variées, mais
celles qui couvrent toutes les campagnes sont : l'herbe
à buffle, de sept à huit pieds de haut, l'herbe à trois
feuilles, la folle avoine ou le riz sauvage, et l'indigo.

Sous un sol partout fertile, à cinq ou six pieds de
profondeur, on rencontre généralement un lit de pierre
blanche, base d'un excellent humus ; cependant, en
approchant du Mississipi, on trouve d'abord à la surface du sol une terre forte et noire, ensuite une couche
de craie de diverses couleurs, et puis des bois entiers
de cyprès chauves, engloutis dans la vase.

Sur le bord du Chanon, à deux cents pieds au-dessus
de l'eau, on prétend avoir vu des caractères tracés aux
parois d'un précipice : on en a conclu que l'eau coulait
jadis à ce niveau, et que des nations inconnues écrivirent ces lettres mystérieuses en passant sur le fleuve.

Une transition subite de température et de climat se
fait remarquer sur l'Ohio : aux environs du Canaway
le cyprès chauve cesse de croître, et les sassafras[1] disparaissent ; les forêts de chênes et d'ormeaux se multiplient. Tout prend une couleur différente : les verts
sont plus foncés, leurs nuances plus sombres.

Il n'y a, pour ainsi dire, que deux saisons sur le
fleuve : les feuilles tombent tout à coup en novembre ;
les neiges les suivent de près ; le vent du nord-ouest
commence, et l'hiver règne. Un froid sec continue avec
un ciel pur jusqu'au mois de mars ; alors le vent tourne
au nord-est, et en moins de quinze jours les arbres
chargés de givre apparaissent couverts de fleurs. L'été
se confond avec le printemps.

La chasse est abondante. Les canards branchus, les
linottes bleues, les cardinaux, les chardonnerets pourpres,
brillent dans la verdure des arbres ; l'oiseau *whet-shaw*[2]
imite le bruit de la scie ; l'oiseau-chat[3] miaule, et les

perroquets qui apprennent quelques mots autour des habitations, les répètent dans les bois. Un grand nombre de ces oiseaux vivent d'insectes : la chenille verte à tabac, le ver d'une espèce de mûrier blanc, les mouches luisantes, l'araignée d'eau, leur servent principalement de nourriture ; mais les perroquets se réunissent en grandes troupes et dévastent les champs ensemencés. On accorde une prime pour chaque tête de ces oiseaux : on donne la même prime pour les têtes d'écureuil.

L'Ohio offre à peu près les mêmes poissons que le Mississipi. Il est assez commun d'y prendre des truites de trente à trente-cinq livres, et une espèce d'esturgeon dont la tête est faite comme la pelle d'une pagaie.

En descendant le cours de l'Ohio on passe une petite rivière appelée le Lic des grands os[1]. On appelle *lic* en Amérique des bancs d'une terre blanche un peu glaiseuse, que les buffles se plaisent à lécher ; ils y creusent avec leur langue des sillons. Les excréments de ces animaux sont si imprégnés de la terre du lic, qu'ils ressemblent à des morceaux de chaux. Les buffles recherchent les lics à cause des sels qu'ils contiennent : ces sels guérissent les animaux ruminants des tranchées que leur cause la crudité des herbes. Cependant les terres de la vallée de l'Ohio ne sont point salées au goût ; elles sont au contraire extrêmement insipides.

Le lit de la rivière du Lic est un des plus grands que l'on connaisse ; les vastes chemins que les buffles ont tracés à travers les herbes pour y aborder, seraient effrayants si l'on ne savait que ces taureaux sauvages sont les plus paisibles de toutes les créatures. On a découvert dans ce lic une partie du squelette d'un mammouth : l'os de la cuisse pesait soixante-dix livres ; les côtes comptaient dans leur courbure sept pieds, et la tête trois pieds de long ; les dents mâchelières portaient cinq pouces de largeur et huit de hauteur, les défenses quatorze pouces de la racine à la pointe.

De pareilles dépouilles ont été rencontrées au Chili et en Russie[1]. Les Tartares prétendent que le mammouth existe encore dans leur pays à l'embouchure des rivières : on assure aussi que des chasseurs l'ont poursuivi à l'ouest du Mississipi. Si la race de ces animaux a péri, comme il est à croire, quand cette destruction dans des pays si divers et dans des climats si différents est-elle arrivée ? Nous ne savons rien, et pourtant nous demandons tous les jours à Dieu compte de ses ouvrages !

Le Lic des grands os est à environ trente milles de la rivière Kentucky, et à cent huit milles à peu près des rapides de l'Ohio. Les bords de la rivière Kentucky sont taillés à pic comme des murs. On remarque dans ce lieu un chemin fait par les buffles qui descend du haut d'une colline, des sources de bitume qu'on peut brûler en guise d'huile, des grottes qu'embellissent des colonnes naturelles, et un lac souterrain qui s'étend à des distances inconnues.

Au confluent du Kentucky et de l'Ohio, le paysage déploie une pompe extraordinaire : là, ce sont des troupeaux de chevreuils, qui de la pointe du rocher, vous regardent passer sur les fleuves ; ici, des bouquets de vieux pins se projettent horizontalement sur les flots ; des plaines riantes se déroulent à perte de vue, tandis que des rideaux de forêts voilent la base de quelques montagnes dont la cime apparaît dans le lointain.

Ce pays si magnifique s'appelle pourtant le Kentucky, du nom de sa rivière, qui signifie *rivière de sang*[2] : il doit ce nom funeste à sa beauté même ; pendant plus de deux siècles, les nations du parti des Chéroquois et du parti des nations iroquoises s'en disputèrent les chasses. Sur ce champ de bataille, aucune tribu indienne n'osait se fixer : les Sawanoes, les Miamis, les Piankiciawoes, les Wayaoes, les Kaskasias, les Delawares, les Illinois venaient tour à tour y combattre. Ce ne fut que vers l'an 1752 que les Européens commencèrent à savoir quelque chose de positif sur les vallées situées à l'ouest des monts Alleghany, appelés d'abord les *montagnes Endless* (sans fin), ou *Kittatinny*, ou *montagnes Bleues*. Cependant Charlevoix, en 1720, avait parlé du cours de l'Ohio, et le fort Duquesne, aujourd'hui fort Pitt (Pitts-Burgh), avait été tracé par les Français à la jonction des deux rivières, mères de l'Ohio. En 1752, Louis Evant publia une carte du pays situé sur l'Ohio et le Kentucky ; Jacques Macbrive fit une course dans ce désert en 1754 ; Jones Finley y pénétra en 1757 ; le colonel Boone le découvrit entièrement en 1769, et s'y établit avec sa famille en 1775[1]. On prétend que le docteur Wood et Simon Kenton[2] furent les premiers Européens qui descendirent l'Ohio en 1773, depuis le fort Pitt jusqu'au Mississipi. L'orgueil national des Américains les porte à s'attribuer le mérite de la plupart des découvertes à l'occident des États-Unis ; mais il ne faut pas oublier que les Français du Canada et de la Louisiane, arrivant par le nord et par le midi, avaient parcouru ces régions longtemps avant les Américains qui venaient du côté de l'orient, et que gênaient dans leur route la confédération des Creeks et les Espagnols des Florides.

Cette terre commence (1791) à se peupler par les colonies de la Pensylvanie, de la Virginie et de la Caroline, et par quelques-uns de mes malheureux compatriotes, fuyant devant les premiers orages de la révolution.

Les générations européennes seront-elles plus vertueuses et plus libres sur ces bords que les générations américaines qu'elles auront exterminées ? Des esclaves ne laboureront-ils point la terre sous le fouet de leur maître, dans ces déserts où l'homme promenait son indépendance ? Des prisons et des gibets ne remplaceront-ils point la cabane ouverte, et le haut chêne qui ne porte que le nid des oiseaux ? La richesse du sol ne fera-t-elle point naître de nouvelles guerres ?

Le Kentucky cessera-t-il d'être la *terre du sang*, et les édifices des hommes embelliront-ils mieux les bords de l'Ohio que les monuments de la nature ?

Du Kentucky aux rapides de l'Ohio, on compte à peu près quatre-vingts milles. Ces rapides sont formés par une roche qui s'étend sous l'eau dans le lit de la rivière ; la descente de ces rapides n'est ni dangereuse ni difficile, la chute moyenne n'étant guère que de quatre à cinq pieds dans l'espace d'un tiers de lieue. La rivière se divise en deux canaux par des îles groupées au milieu des rapides. Lorsqu'on s'abandonne au courant, on peut passer sans alléger les bateaux, mais il est impossible de les remonter sans diminuer leur charge.

Le fleuve, à l'endroit des Rapides, a un mille de large. Glissant sur le magnifique canal, la vue est arrêtée à quelque distance au-dessous de sa chute par une île couverte d'un bois d'ormes enguirlandés de lianes et de vigne vierge.

Au nord, se dessinent les collines de la *Crique d'Argent* : la première de ces collines trempe perpendiculairement dans l'Ohio ; sa falaise, taillée à grandes facettes rouges, est décorée de plantes ; d'autres collines parallèles, couronnées de forêts, s'élèvent derrière la première colline, fuient en montant de plus en plus dans le ciel, jusqu'à ce que leur sommet, frappé de lumière, devienne de la couleur du ciel et s'évanouisse.

Au midi, sont des savanes parsemées de bocages et couvertes de buffles, les uns couchés, les autres errants, ceux-ci paissant l'herbe, ceux-là arrêtés en groupe, et opposant les uns aux autres leurs têtes baissées. Au milieu de ce tableau, les Rapides, selon qu'ils sont frappés des rayons du soleil, rebroussés par le vent, ou ombrés par les nuages, s'élèvent en bouillons d'or, blanchissent en écume, ou roulent à flots brunis.

Au bas des Rapides est un îlot où les corps se pétrifient. Cet îlot est couvert d'eau au temps des débordements ;

on prétend que la vertu pétrifiante confinée à ce petit coin de terre ne s'étend pas au rivage voisin.

Des rapides à l'embouchure du Wabash, on compte trois cent seize milles. Cette rivière communique, au moyen d'un portage de neuf milles, avec le Miamis du lac qui se décharge dans l'Érié. Les rivages du Wabash sont élevés ; on y a découvert une mine d'argent.

À quatre-vingt-quatorze milles au-dessous de l'embouchure du Wabash, commence une cyprière. De cette cyprière aux Bancs Jaunes, toujours en descendant l'Ohio, il y a cinquante-six milles : on laisse à gauche les embouchures de deux rivières qui ne sont qu'à dix-huit milles de distance l'une de l'autre.

La première rivière s'appelle le Chéroquois ou le Tennessée ; elle sort des monts qui séparent les Carolines et les Géorgies de ce qu'on appelle les terres de l'Ouest ; elle roule d'abord d'orient en occident au pied des monts : dans cette première partie de son cours, elle est rapide et tumultueuse ; ensuite elle tourne subitement au nord ; grossie de plusieurs affluents, elle épand et retient ses ondes, comme pour se délasser, après une fuite précipitée de quatre cents lieues. À son embouchure, elle a six cents toises de large, et dans un endroit nommé le Grand Détour, elle présente une nappe d'eau d'une lieue d'étendue.

La seconde rivière, le Shanawon ou le Cumberland, est la compagne du Chéroquois ou du Tennessée. Elle passe avec lui son enfance dans les mêmes montagnes et descend avec lui dans les plaines. Vers le milieu de sa carrière, obligée de quitter le Tennessée, elle se hâte de parcourir des lieux déserts, et les deux jumeaux se rapprochant vers la fin de leur vie, expirent à quelque distance l'un de l'autre dans l'Ohio qui les réunit.

Le pays que ces rivières arrosent est généralement entrecoupé de collines et de vallées rafraîchies par une multitude de ruisseaux : cependant, il y a quelques plaines de cannes sur le Cumberland, et plusieurs grandes cyprières. Le buffle et le chevreuil abondent dans ce pays qu'habitent encore des nations sauvages, particulièrement les Chéroquois. Les cimetières indiens sont fréquents, triste preuve de l'ancienne population de ces déserts[1].

De la grande cyprière sur l'Ohio aux Bancs Jaunes, j'ai dit que la route estimée est d'environ cinquante-six milles. Les Bancs Jaunes sont ainsi nommés de leur couleur : placés sur la rive septentrionale de l'Ohio, on les rase de près parce que l'eau est profonde de ce côté. L'Ohio a presque partout un double rivage, l'un pour la saison des débordements, l'autre pour les temps de sécheresse.

Des Bancs Jaunes à l'embouchure de l'Ohio dans le Mississipi, par les 36° 51′ de latitude, on compte à peu près trente-cinq milles.

Pour bien juger du confluent des deux fleuves, il faut supposer que l'on part d'une petite île sous la rive orientale du Mississipi, et que l'on veut entrer dans l'Ohio : à gauche vous apercevez le Mississipi, qui coule dans cet endroit presque est et ouest, et qui présente une grande eau troublée et tumultueuse ; à droite, l'Ohio, plus transparent que le cristal, plus paisible que l'air, vient lentement du nord au sud, décrivant une courbe gracieuse : l'un et l'autre dans les saisons moyennes ont à peu près deux milles de large au moment de leur rencontre. Le volume de leur fluide est presque le même ; les deux fleuves, s'opposant une résistance égale, ralentissent leur cours, et paraissent dormir ensemble pendant quelques lieues, dans leur lit commun.

La pointe où ils marient leurs flots est élevée d'une vingtaine de pieds au-dessus d'eux : composé de limon et de sable, ce cap marécageux se couvre de chanvre sauvage, de vigne qui rampe sur le sol ou qui grimpe le long des tuyaux de l'herbe à buffle ; des chênes-saules croissent aussi sur cette langue de terre qui disparaît dans les grandes inondations. Les fleuves débordés et réunis ressemblent alors à un vaste lac.

Le confluent du Missouri et du Mississipi présente peut-être encore quelque chose de plus extraordinaire. Le Missouri est un fleuve fougueux, aux eaux blanches et limoneuses, qui se précipite dans le pur et tranquille Mississipi avec violence. Au printemps, il détache de ses rives de vastes morceaux de terre : ces îles flottantes[1] descendant le cours du Missouri avec leurs arbres couverts de feuilles ou de fleurs, les uns encore debout, les autres à moitié tombés, offrent un spectacle merveilleux.

De l'embouchure de l'Ohio aux mines de fer, sur la côte orientale du Mississipi, il n'y a guère plus de quinze milles ; des mines de fer à l'embouchure de la rivière de Chicassas, on marque soixante-sept milles. Il faut faire cent quatre milles pour arriver aux collines de Margette, qu'arrose la petite rivière de ce nom ; c'est un lieu rempli de gibier.

Pourquoi trouve-t-on tant de charme à la vie sauvage ? pourquoi l'homme le plus accoutumé à exercer sa pensée s'oublie-t-il joyeusement dans le tumulte d'une chasse ? Courir dans les bois, poursuivre des bêtes sauvages, bâtir sa hutte, allumer son feu, apprêter soi-même son repas auprès d'une source, est certainement un très grand plaisir. Mille Européens ont connu ce plaisir, et n'en ont plus voulu d'autre, tandis que l'Indien meurt de regret, si on l'enferme dans nos cités. Cela prouve que l'homme est plutôt un être actif, qu'un être contemplatif ; que dans sa condition naturelle, il lui faut peu de chose, et que la simplicité de l'âme est une source inépuisable de bonheur.

De la rivière Margette à celle de Saint-François, on parcourt soixante-dix milles. La rivière de

Saint-François a reçu son nom des Français, et elle est encore pour eux un rendez-vous de chasse.

On compte cent huit milles de la rivière Saint-François aux Akansas ou Arkansas. Les Akansas nous sont encore fort attachés. De tous les Européens, mes compatriotes sont les plus aimés des Indiens. Cela tient à la gaîté des Français, à leur valeur brillante, à leur goût de la chasse et même de la vie sauvage ; comme si la plus grande civilisation se rapprochait de l'état de nature[1].

La rivière d'Akansas est navigable en canot pendant plus de quatre cent cinquante milles : elle coule à travers une belle contrée ; sa source paraît être cachée dans les montagnes du Nouveau-Mexique.

De la rivière des Akansas à celle des Yazous, cent cinquante-huit milles. Cette dernière rivière a cent toises de largeur à son embouchure. Dans la saison des pluies, les grands bateaux peuvent remonter le Yazou à plus de quatre-vingts milles ; une petite cataracte oblige seulement à un portage. Les Yazous, les Chactas et les Chicassas habitaient autrefois les diverses branches de cette rivière. Les Yazous ne faisaient qu'un peuple avec les Natchez.

La distance des Yazous aux Natchez par le fleuve se divise ainsi : des côtes des Yazous au Bayouk-Noir, trente-neuf milles ; du Bayouk-Noir à la rivière des Pierres, trente milles ; de la rivière des Pierres aux Natchez, dix milles.

Depuis les côtes des Yazous jusqu'au Bayouk-Noir, le Mississipi est rempli d'îles et fait de longs détours ; sa largeur est d'environ deux milles, sa profondeur de huit à dix brasses. Il serait facile de diminuer les distances en coupant des pointes. La distance de la Nouvelle-Orléans à l'embouchure de l'Ohio, qui n'est que de quatre cent soixante milles en ligne droite, est de huit cent cinquante-six sur le fleuve. On pourrait raccourcir ce trajet de deux cent cinquante milles au moins.

Du Bayouk-Noir à la rivière des Pierres, on rencontre des carrières de pierres. Ce sont les premières que l'on rencontre à partir de l'embouchure du Mississipi jusqu'à la petite rivière qui a pris le nom de ces carrières.

Le Mississipi est sujet à deux inondations périodiques[1], l'une au printemps, l'autre en automne : la première est la plus considérable ; elle commence en mai et finit en juin. Le courant du fleuve file alors cinq milles à l'heure, et l'ascension des contre-courants est à peu près de la même vitesse : admirable prévoyance de la nature ! car sans ces contre-courants, les embarcations pourraient à peine remonter le fleuve[*][2]. À cette époque, l'eau s'élève à une grande hauteur, noie ses rivages, et ne retourne point au fleuve dont elle est sortie, comme l'eau du Nil[3] : elle reste sur la terre, ou filtre à travers le sol, sur lequel elle dépose un sédiment fertile.

La seconde crue a lieu aux pluies d'octobre ; elle n'est pas aussi considérable que celle du printemps. Pendant ces inondations, le Mississipi charrie des trains de bois énormes, et pousse des mugissements. La vitesse ordinaire du cours du fleuve est d'environ deux milles à l'heure.

Les terres un peu élevées qui bordent le Mississipi, depuis la Nouvelle-Orléans jusqu'à l'Ohio, sont presque toutes sur la rive gauche ; mais ces terres s'éloignent ou se rapprochent plus ou moins du canal, laissant quelquefois, entre elles et le fleuve, des savanes de plusieurs milles de largeur. Les collines ne courent pas toujours parallèlement au rivage ; tantôt elles divergent

---

* Les bateaux à vapeur ont fait disparaître la difficulté de la navigation d'amont.

en rayons à de grandes distances, et présentent, dans les perspectives qu'elles ouvrent, des vallées plantées de mille sortes d'arbres ; tantôt elles viennent converger au fleuve, et forment une multitude de caps qui se mirent dans l'onde. La rive droite du Mississipi est rase, marécageuse, uniforme, à quelques exceptions près : au milieu des hautes cannes vertes ou dorées qui la décorent, on voit bondir des buffles ou étinceler les eaux d'une multitude d'étangs remplis d'oiseaux aquatiques.

Les poissons du Mississipi sont la perche, le brochet, l'esturgeon et les colles[1] ; on y pêche aussi des crabes énormes.

Le sol autour du fleuve fournit la rhubarbe, le coton, l'indigo, le safran, l'arbre à cire, le sassafras, le lin sauvage ; un ver du pays file une assez forte soie ; la drague, dans quelques ruisseaux, amène de grandes huîtres à perles, mais dont l'eau n'est pas belle. On connaît une mine de vif-argent, une autre de lapislazuli, et quelques mines de fer.

La suite du manuscrit contient la description du pays des Natchez et celle du cours du Mississipi jusqu'à la Nouvelle-Orléans. Ces descriptions sont complètement transportées dans *Atala* et dans *Les Natchez*.

Immédiatement après la description de la Louisiane, viennent dans le manuscrit quelques extraits des voyages de Bartram, que j'avais traduits avec assez de soin. À ces extraits sont entremêlées mes rectifications, mes observations, mes réflexions, mes additions, mes propres descriptions, à peu près comme les notes de M. Ramond à sa traduction du *Voyage de Coxe en Suisse*[2]. Mais dans mon travail, le tout est beaucoup plus enchevêtré, de sorte qu'il est presque impossible de séparer ce qui est de moi de ce qui est de Bartram, ni souvent même de le reconnaître. Je laisse donc le morceau tel qu'il est sous ce titre :

DESCRIPTION DE QUELQUES SITES DANS L'INTÉRIEUR DES FLORIDES[1]

Nous étions poussés par un vent frais. La rivière allait se perdre dans un lac qui s'ouvrait devant nous, et qui formait un bassin d'environ neuf lieues de circonférence. Trois îles s'élevaient du milieu de ce lac ; nous fîmes voile vers la plus grande où nous arrivâmes à huit heures du matin.

Nous débarquâmes à l'orée d'une plaine de forme circulaire ; nous mîmes notre canot à l'abri sous un groupe de marronniers qui croissaient presque dans l'eau. Nous bâtîmes notre hutte sur une petite éminence. La brise de l'est soufflait, et rafraîchissait le lac et les forêts. Nous déjeunâmes avec nos galettes de maïs, et nous nous dispersâmes dans l'île, les uns pour chasser, les autres pour pêcher ou pour cueillir des plantes.

Nous remarquâmes une espèce d'hibiscus. Cette herbe énorme, qui croît dans les lieux bas et humides, monte à plus de dix ou douze pieds, et se termine en un cône extrêmement aigu ; les feuilles lisses légèrement sillonnées, sont ravivées par de belles fleurs cramoisies, que l'on aperçoit à une grande distance.

L'agavé vivipare[2] s'élevait encore plus haut dans les criques salées, et présentait une forêt d'herbes de trente pieds perpendiculaires. La graine mûre de cette herbe germe quelquefois sur la plante même, de sorte que le jeune plant tombe à terre tout formé. Comme l'agavé vivipare croît souvent au bord des eaux courantes, ses graines nues emportées du flot étaient exposées

à périr : la nature les a développées pour ces cas particuliers sur la vieille plante, afin qu'elles pussent se
fixer par leurs petites racines, en s'échappant du sein
maternel.

Le souchet d'Amérique était commun dans l'île.
Le tuyau de ce souchet ressemble à celui d'un jonc
noueux, et sa feuille à celle du poireau : les Sauvages
l'appellent *apoya matsi*. Les filles indiennes de mauvaise vie broient cette plante entre deux pierres, et s'en
frottent le sein et les bras.

Nous traversâmes une prairie semée de jacobée à
fleurs jaunes, d'alcée à panaches roses, et d'obélia, dont
l'aigrette est pourpre[1]. Des vents légers se jouant sur la
cime de ces plantes, brisaient leurs flots d'or, de rose
et de pourpre, ou creusaient dans la verdure de longs
sillons.

La sénéka[2], abondante dans les terrains marécageux,
ressemblait par la forme et par la couleur à des scions
d'osier rouge ; quelques branches rampaient à terre,
d'autres s'élevaient dans l'air : la sénéka a un petit goût
amer et aromatique. Auprès d'elle croissait le convolvulus des Carolines, dont la feuille imite la pointe d'une
flèche. Ces deux plantes se trouvent partout où il y a
des serpents à sonnettes : la première guérit de leur
morsure ; la seconde est si puissante, que les Sauvages,
après s'en être frotté les mains, manient impunément
ces redoutables reptiles. Les Indiens racontent que
le Grand Esprit a eu pitié des guerriers de la chair
rouge *aux jambes nues,* et qu'il a semé lui-même ces
herbes salutaires, malgré la réclamation des âmes des
serpents.

Nous reconnûmes la serpentaire[3] sur les racines des
grands arbres ; l'arbre pour le mal de dents, dont le
tronc et les branches épineuses sont chargés de pro-
tubérances grosses comme des œufs de pigeon ; l'arctosta ou canneberge[4], dont la cerise rouge croît parmi

les mousses, et guérit le flux hépatique. La bourgène[1], qui a la propriété de chasser les couleuvres, poussait vigoureusement dans des eaux stagnantes couvertes de rouille.

Un spectacle inattendu frappa nos regards : nous découvrîmes une ruine indienne ; elle était située sur un monticule au bord du lac ; on remarquait sur la gauche un cône de terre de quarante à quarante-cinq pieds de haut ; de ce cône partait un ancien chemin tracé à travers un magnifique bocage de magnolias et de chênes verts, et qui venait aboutir à une savane. Des fragments de vases et d'ustensiles divers étaient dispersés çà et là, agglomérés avec des fossiles, des coquillages, des pétrifications de plantes et des ossements d'animaux.

Le contraste de ces ruines et de la jeunesse de la nature, ces monuments des hommes dans un désert où nous croyions avoir pénétré les premiers, causaient un grand saisissement de cœur et d'esprit. Quel peuple avait habité cette île ? Son nom, sa race, le temps de son existence, tout est inconnu ; il vivait peut-être lorsque le monde, qui le cachait dans son sein, était encore ignoré des trois autres parties de la terre. Le silence de ce peuple est peut-être contemporain du bruit que faisaient de grandes nations européennes tombées à leur tour dans le silence, et qui n'ont laissé elles-mêmes que des débris.

Nous examinâmes les ruines : des anfractuosités sablonneuses du tumulus sortait une espèce de pavot à fleur rose, pesant au bout d'une tige inclinée d'un vert pâle. Les Indiens tirent de la racine de ce pavot une boisson soporifique ; la tige et la fleur ont une odeur agréable qui reste attachée à la main lorsqu'on y touche. Cette plante était faite pour orner le tombeau d'un Sauvage : ses racines procurent le sommeil, et le parfum de sa fleur, qui survit à cette fleur même, est

une assez douce image du souvenir qu'une vie innocente laisse dans la solitude.

Continuant notre route et observant les mousses, les
graminées pendantes, les arbustes échevelés et tout ce
train de plantes au port mélancolique qui se plaisent
à décorer les ruines, nous observâmes une espèce
d'œnothère pyramidale[1], haute de sept à huit pieds, à
feuilles oblongues, dentelées et d'un vert noir ; sa fleur
est jaune. Le soir, cette fleur commence à s'entrouvrir ;
elle s'épanouit pendant la nuit ; l'aurore la trouve dans
tout son éclat ; vers la moitié du matin elle se fane ; elle
tombe à midi : elle ne vit que quelques heures, mais elle
passe ces heures sous un ciel serein. Qu'importe alors
la brièveté de sa vie ?

À quelques pas de là s'étendait une lisière de mimosa
ou de sensitive ; dans les chansons des Sauvages, l'âme
d'une jeune fille est souvent comparée à cette plante*.

En retournant à notre camp, nous traversâmes un
ruisseau tout bordé de dionées[2] ; une multitude d'éphé-
mères bourdonnaient à l'entour. Il y avait aussi sur ce
parterre trois espèces de papillons : l'un blanc comme
l'albâtre, l'autre noir comme le jais avec des ailes traversées de bandes jaunes, le troisième portant une queue
fourchue, quatre ailes d'or barrées de bleu et semées
d'yeux de pourpre. Attirés par les dionées, ces insectes
se posaient sur elles ; mais ils n'en avaient pas plus tôt
touché les feuilles qu'elles se refermaient et envelop-
paient leur proie.

De retour à notre ajouppa, nous allâmes à la pêche
pour nous consoler du peu de succès de la chasse.
Embarqués dans le canot, avec les filets et les lignes,
nous côtoyâmes la partie orientale de l'île, au bord

---

* Tous ces divers passages sont de moi ; mais je dois à la vérité
historique de dire que si je voyais aujourd'hui ces ruines indiennes
de l'Alabama, je rabattrais de leur antiquité.

des algues et le long des caps ombragés : la truite était si vorace que nous la prenions à des hameçons sans amorce ; le poisson appelé le poisson d'or[1] était en abondance. Il est impossible de voir rien de plus beau que ce petit roi des ondes : il a environ cinq pouces de long ; sa tête est couleur d'outremer ; ses côtés et son ventre étincellent comme le feu ; une barre brune longitudinale traverse ses flancs ; l'iris de ses larges yeux brille comme de l'or bruni. Ce poisson est carnivore.

À quelque distance du rivage, à l'ombre d'un cyprès chauve, nous remarquâmes de petites pyramides limoneuses qui s'élevaient sous l'eau et montaient jusqu'à sa surface. Une légion de poissons d'or faisait en silence les approches de ces citadelles. Tout à coup l'eau bouillonnait ; les poissons d'or fuyaient. Des écrevisses armées de ciseaux, sortant de la place insultée, culbutaient leurs brillants ennemis. Mais bientôt les bandes éparses revenaient à la charge, faisaient plier à leur tour les assiégés, et la brave, mais lente garnison, rentrait à reculons pour se réparer dans la forteresse.

Le crocodile, flottant comme le tronc d'un arbre, la truite, le brochet, la perche, le cannelet, la basse, la brême, le poisson tambour, le poisson d'or, tous ennemis mortels les uns des autres, nageaient pêle-mêle dans le lac, et semblaient avoir fait une trêve afin de jouir en commun de la beauté de la soirée : le fluide azuré se peignait de leurs couleurs changeantes. L'onde était si pure, que l'on eût cru pouvoir toucher du doigt les acteurs de cette scène, qui se jouaient à vingt pieds de profondeur dans leur grotte de cristal[2].

Pour regagner l'anse où nous avions notre établissement, nous n'eûmes qu'à nous laisser dériver au gré de l'eau et des brises. Le soleil approchait de son couchant : sur le premier plan de l'île, paraissaient des chênes verts dont les branches horizontales formaient le parasol, et des azaléas[1] qui brillaient comme des réseaux de corail.

Derrière ce premier plan, s'élevaient les plus charmants de tous les arbres, les papayas[2] : leur tronc droit, grisâtre et guilloché, de la hauteur de vingt à vingt-cinq pieds, soutient une touffe de longues feuilles à côtes, qui se dessinent comme l'*S* gracieuse d'un vase antique. Les fruits, en forme de poire, sont rangés autour de la tige ; on les prendrait pour des cristaux de verre ; l'arbre entier ressemble à une colonne d'argent ciselé, surmontée d'une urne corinthienne.

Enfin, au troisième plan, montaient graduellement dans l'air les magnolias et les liquidambars[3].

Le soleil tomba derrière le rideau d'arbres de la plaine ; à mesure qu'il descendait, les mouvements de l'ombre et de la lumière répandaient quelque chose de magique sur le tableau : là, un rayon se glissait à travers le dôme d'une futaie, et brillait comme une escarboucle enchâssée dans le feuillage sombre ; ici, la lumière divergeait entre les troncs et les branches, et projetait sur les gazons des colonnes croissantes et des treillages mobiles. Dans les cieux, c'étaient des nuages de toutes les couleurs, les uns fixes, imitant de gros promontoires ou de vieilles tours près d'un torrent, les autres flottant en fumée de rose ou en flocons de soie blanche. Un moment suffisait pour changer la scène aérienne : on voyait alors des gueules de four enflammées, de grands tas de braise, des rivières de laves, des paysages ardents. Les mêmes teintes se répétaient sans se confondre ; le feu se détachait du feu, le jaune pâle du jaune pâle, le violet du violet : tout était éclatant, tout était enveloppé, pénétré, saturé de lumière[4].

Mais la nature se joue du pinceau des hommes : lorsqu'on croit qu'elle a atteint sa plus grande beauté, elle sourit et s'embellit encore.

À notre droite étaient les ruines indiennes ; à notre

gauche notre camp de chasseurs ; l'île déroulait devant nous ses paysages gravés ou modelés dans les ondes. À l'orient, la lune, touchant l'horizon, semblait reposer immobile sur les côtes lointaines ; à l'occident, la voûte du ciel paraissait fondue en une mer de diamants et de saphirs, dans laquelle le soleil, à demi plongé, avait l'air de se dissoudre.

Les animaux de la création étaient, comme nous, attentifs à ce grand spectacle : le crocodile, tourné vers l'astre du jour, lançait par sa gueule béante l'eau du lac en gerbes colorées ; perché sur un rameau desséché, le pélican louait à sa manière le Maître de la nature, tandis que la cigogne s'envolait pour le bénir au-dessus des nuages[1] !

Nous te chanterons aussi, Dieu de l'univers, toi qui prodigues tant de merveilles ! la voix d'un homme s'élèvera avec la voix du désert : tu distingueras les accents du faible fils de la femme, au milieu du bruit des sphères que ta main fait rouler, du mugissement de l'abîme dont tu as scellé les portes.

À notre retour dans l'île j'ai fait un repas excellent : des truites fraîches, assaisonnées avec des cimes de canneberges, étaient un mets digne de la table d'un roi : aussi étais-je bien plus qu'un roi. Si le sort m'avait placé sur le trône et qu'une révolution m'en eût précipité, au lieu de traîner ma misère dans l'Europe comme Charles et Jacques[2], j'aurais dit aux amateurs : « Ma place vous fait envie : hé bien ! essayez du métier ; vous verrez qu'il n'est pas si bon. Égorgez-vous pour mon vieux manteau ; je vais jouir dans les forêts de l'Amérique de la liberté que vous m'avez rendue. »

Nous avions un voisin à notre souper : un trou sem- blable à la tanière d'un blaireau était la demeure d'une tortue : la solitaire sortit de sa grotte et se mit à mar- cher gravement au bord de l'eau. Ces tortues diffèrent peu des tortues de mer ; elles ont le cou plus long. On ne tua point la paisible reine de l'île.

Après le souper, je me suis assis à l'écart sur la rive ; on n'entendait que le bruit du flux et du reflux du lac[1], prolongé le long des grèves ; des mouches luisantes brillaient dans l'ombre, et s'éclipsaient lorsqu'elles passaient sous les rayons de la lune. Je suis tombé dans cette espèce de rêverie connue de tous les voyageurs : nul souvenir distinct de moi ne me restait ; je me sentais vivre comme partie du grand tout, et végéter avec les arbres et les fleurs. C'est peut-être la disposition la plus douce pour l'homme, car alors même qu'il est heureux, il y a dans ses plaisirs un certain fond d'amertume, un je ne sais quoi qu'on pourrait appeler la tristesse du bonheur. La rêverie du voyageur est une sorte de plénitude de cœur et de vide de tête, qui vous laisse jouir en repos de votre existence : c'est par la pensée que nous troublons la félicité que Dieu nous donne : l'âme est paisible ; l'esprit est inquiet.

Les Sauvages de la Floride racontent qu'il y a au milieu d'un lac une île où vivent les plus belles femmes du monde[2]. Les Muscogulges ont voulu plusieurs fois tenter la conquête de l'île magique ; mais les retraites élyséennes fuyant devant leurs canots, finissaient par disparaître : naturelle image du temps que nous perdons à la poursuite de nos chimères. Dans ce pays était aussi une fontaine de Jouvence : qui voudrait rajeunir ?

Le lendemain, avant le lever du soleil, nous avons quitté l'île, traversé le lac et rentré dans la rivière par laquelle nous y étions descendus. Cette rivière était remplie de caïmans[3]. Ces animaux ne sont dangereux que dans l'eau, surtout au moment d'un débarquement. À terre, un enfant peut aisément les devancer en marchant d'un pas ordinaire. Pour éviter leurs embûches, on met le feu aux herbes et aux roseaux : c'est alors un spectacle curieux que de voir de grands espaces d'eau surmontés d'une chevelure de flamme.

Lorsque le crocodile de ces régions a pris toute sa croissance, il mesure environ vingt à vingt-quatre pieds de la tête à la queue. Son corps est gros comme celui d'un cheval : ce reptile aurait exactement la forme du lézard commun, si sa queue n'était comprimée des deux côtés comme celle d'un poisson. Il est couvert d'écailles à l'épreuve de la balle, excepté auprès de la tête et entre les pattes. Sa tête a environ trois pieds de long ; les naseaux sont larges ; la mâchoire supérieure de l'animal est la seule qui soit mobile ; elle s'ouvre à angle droit sur la mâchoire inférieure : au-dessous de la première sont placées deux grosses dents comme les défenses d'un sanglier, ce qui donne au monstre un air terrible.

La femelle du caïman pond à terre des œufs blanchâtres qu'elle recouvre d'herbes et de vase. Ces œufs, quelquefois au nombre de cent, forment, avec le limon dont ils sont recouverts, de petites meules de quatre pieds de haut et de cinq pieds de diamètre à leur base : le soleil et la fermentation de l'argile font éclore ces œufs. Une femelle ne distingue point ses propres œufs des œufs d'une autre femelle ; elle prend sous sa garde toutes les couvées du soleil. N'est-il pas singulier de trouver chez des crocodiles les enfants communs de la république de Platon[1] ?

La chaleur était accablante ; nous naviguions au milieu des marais ; nos canots prenaient l'eau ; le soleil avait fait fondre la poix du bordage. Il nous venait souvent des bouffées brûlantes du nord ; nos coureurs de bois prédisaient un orage, parce que le rat des savanes montait et descendait incessamment le long des branches du chêne vert ; les maringouins nous tourmentaient affreusement. On apercevait des feux errants sur les lieux bas.

Nous avons passé la nuit fort mal à l'aise, sans ajoupa, sur une presqu'île formée par des marais ; la lune et tous les objets étaient noyés dans un brouillard rouge. Ce matin la brise a manqué, et nous nous sommes rembarqués pour tâcher de gagner un village indien à quelques milles de distance ; mais il nous a été impossible de remonter longtemps la rivière, et nous avons été obligés de débarquer sur la pointe d'un cap couvert d'arbres, d'où nous commandons une vue immense. Des nuages sortent tour à tour de dessous l'horizon du nord-ouest, et montent lentement dans le ciel. Nous nous faisons, du mieux que nous pouvons, un abri avec des branches.

Le soleil se couvre, les premiers roulements du tonnerre se font entendre ; les crocodiles y répondent par un sourd rugissement, comme un tonnerre répond à un autre tonnerre[1]. Une immense colonne de nuages s'étend au nord-est et au sud-est ; le reste du ciel est d'un cuivre sale, demi-transparent et teint de la foudre. Le désert éclairé d'un jour faux, l'orage suspendu sur nos têtes et près d'éclater, offrent un tableau plein de grandeur.

Voilà l'orage[2] ! qu'on se figure un déluge de feu sans vent et sans eau ; l'odeur de soufre remplit l'air ; la nature est éclairée comme à la lueur d'un embrasement.

À présent les cataractes de l'abîme s'ouvrent ; les grains de pluie ne sont point séparés : un voile d'eau unit les nuages à la terre.

Les Indiens disent que le bruit du tonnerre est causé par des oiseaux immenses qui se battent dans l'air, et par les efforts que fait un vieillard pour vomir une couleuvre de feu. En preuve de cette assertion, ils montrent des arbres où la foudre a tracé l'image d'un serpent. Souvent les orages mettent le feu aux forêts ; elles continuent de brûler jusqu'à ce que l'incendie soit arrêté par le cours de quelque fleuve : ces forêts brûlées se changent en lacs et en marais.

Le courlis[1], dont nous entendons la voix dans le ciel au milieu de la pluie et du tonnerre, nous annonce la fin de l'ouragan. Le vent déchire les nuages qui volent brisés à travers le ciel ; le tonnerre et les éclairs attachés à leurs flancs les suivent ; l'air devient froid et sonore : il ne reste plus de ce déluge que des gouttes d'eau qui tombent en perles du feuillage des arbres. Nos filets et nos provisions de voyage flottent dans les canots remplis d'eau jusqu'à l'échancrure des avirons.

Le pays habité par les Creeks (la confédération des Muscogulges, des Siminoles et des Chéroquois) est enchanteur. De distance en distance la terre est percée par une multitude de bassins qu'on appelle des *puits*[2], et qui sont plus ou moins larges, plus ou moins profonds : ils communiquent par des routes souterraines aux lacs, aux marais et aux rivières. Tous ces puits sont placés au centre d'un monticule planté des plus beaux arbres, et dont les flancs creusés ressemblent aux parois d'un vase rempli d'une eau pure. De brillants poissons nagent au fond de cette eau.

Dans la saison des pluies, les savanes deviennent des espèces de lacs au-dessus desquels s'élèvent, comme des îles, les monticules dont nous venons de parler.

Cuscowilla[3], village siminole, est situé sur une chaîne de collines graveleuses à quatre cents toises d'un lac ; des sapins écartés les uns des autres et se touchant seulement par la cime, séparent la ville et le lac : entre leurs troncs, comme entre des colonnes, on aperçoit des cabanes, le lac, et ses rivages attachés d'un côté à des forêts, de l'autre à des prairies : c'est à peu près ainsi que la mer, la plaine et les ruines d'Athènes se montrent, dit-on*, à travers les colonnes isolées du temple de Jupiter Olympien.

Il serait difficile d'imaginer rien de plus beau que les environs d'Apalachucla, la ville de la paix[1]. À partir du fleuve Chata-Uche, le terrain s'élève en se retirant à l'horizon du couchant ; ce n'est pas par une pente uniforme, mais par des espèces de terrasses posées les unes sur les autres.

À mesure que vous gravissez de terrasse en terrasse, les arbres changent selon l'élévation du sol : au bord de la rivière ce sont des chênes-saules, des lauriers et des magnolias ; plus haut des sassafras et des platanes ; plus haut encore des ormes et des noyers ; enfin la dernière terrasse est plantée d'une forêt de chênes, parmi lesquels on remarque l'espèce qui traîne de longues mousses blanches. Des rochers nus et brisés surmontent cette forêt.

Des ruisseaux descendent en serpentant de ces rochers, coulent parmi les fleurs et la verdure, ou tombent en nappes de cristal. Lorsque, placé de l'autre côté de la rivière Chata-Uche, on découvre ces vastes degrés couronnés par l'architecture des montagnes, on croirait voir le temple de la nature et le magnifique perron qui conduit à ce monument.

Au pied de cet amphithéâtre est une plaine où paissent des troupeaux de taureaux européens, des escadrons de chevaux de race espagnole, des hordes de daims et de cerfs, des bataillons de grues et de dindes, qui marbrent de blanc et de noir le fond vert de la savane. Cette association d'animaux domestiques et sauvages, les huttes siminoles où l'on remarque les progrès de la civilisation à travers l'ignorance indienne, achèvent de donner à ce tableau un caractère que l'on ne retrouve nulle part.

---

* Je les ai vues depuis.

Ici finit, à proprement parler, l'*Itinéraire* ou le mémoire des lieux parcourus ; mais il reste dans les diverses parties du manuscrit, une multitude de détails sur les mœurs et les usages des Indiens[1]. J'ai réuni ces détails dans des chapitres communs, après les avoir soigneusement revus et amené ma narration jusqu'à l'époque actuelle. Trente-six ans écoulés depuis mon voyage ont apporté bien des lumières, et changé bien des choses dans l'Ancien et dans le Nouveau-Monde ; ils ont dû modifier les idées et rectifier les jugements de l'écrivain. Avant de passer aux *mœurs des Sauvages*, je mettrai sous les yeux des lecteurs quelques esquisses de l'*histoire naturelle* de l'Amérique septentrionale.

HISTOIRE NATURELLE

CASTORS[1]

Quand on voit pour la première fois les ouvrages des castors, on ne peut s'empêcher d'admirer celui qui enseigna à une pauvre petite bête l'art des architectes de Babylone, et qui souvent envoie l'homme, si fier de son génie, à l'école d'un insecte[2].

Ces étonnantes créatures ont-elles rencontré un vallon où coule un ruisseau, elles barrent ce ruisseau par une chaussée ; l'eau monte et remplit bientôt l'intervalle qui se trouve entre les deux collines : c'est dans ce réservoir que les castors bâtissent leurs habitations. Détaillons la construction de la chaussée.

Des deux flancs opposés des collines qui forment la vallée, commence un rang de palissades entrelacées de branches et revêtues de mortier. Ce premier rang est fortifié d'un second rang placé à quinze pieds en arrière du premier. L'espace entre les deux palissades est comblé avec de la terre.

La levée continue de venir ainsi des deux côtés de la vallée, jusqu'à ce qu'il ne reste plus qu'une ouverture d'une vingtaine de pieds au centre ; mais à ce centre l'action du courant, opérant dans toute son énergie, les ingénieurs changent de matériaux : ils renforcent le milieu de leurs substructions hydrauliques de troncs d'arbres entassés les uns sur les autres, et liés ensemble par un ciment semblable à celui des palissades. Souvent la digue entière a cent pieds de long, quinze de haut et douze de large à la base ; diminuant d'épaisseur dans une proportion mathématique à mesure qu'elle s'élève, elle n'a plus que trois pieds de surface au plan horizontal qui la termine.

Le côté de la chaussée opposé à l'eau se retire graduellement en talus ; le côté extérieur garde un parfait aplomb.

Tout est prévu : le castor sait par la hauteur de la levée combien il doit bâtir d'étages à sa maison future ; il sait qu'au-delà d'un certain nombre de pieds, il n'a plus d'inondation à craindre, parce que l'eau passerait alors par-dessus la digue. En conséquence une chambre qui surmonte cette digue lui fournit une retraite dans les grandes crues ; quelquefois il pratique une écluse de sûreté dans la chaussée, écluse qu'il ouvre et ferme à son gré.

La manière dont les castors abattent les arbres est très curieuse : ils les choisissent toujours au bord d'une rivière. Un nombre de travailleurs proportionné à l'importance de la besogne, ronge incessamment les racines : on n'incise point l'arbre du côté de la terre, mais du côté de l'eau, pour qu'il tombe sur le courant. Un castor, placé à quelque distance, avertit les bûcherons par un sifflement quand il voit pencher la cime de l'arbre attaqué, afin qu'ils se mettent à l'abri de la chute. Les ouvriers traînent le tronc abattu à l'aide du flottage, jusqu'à leurs villes, comme les Égyptiens pour embellir leurs métropoles faisaient descendre sur le Nil les obélisques taillés dans les carrières d'Éléphantine.

Les palais de la Venise de la solitude, construits dans le lac artificiel, ont deux, trois, quatre et cinq étages, selon la profondeur du lac. L'édifice, bâti sur pilotis, sort des deux tiers de sa hauteur hors de l'eau : les pilotis sont au nombre de six ; ils supportent le premier plancher fait de brins de bouleau croisés. Sur ce plancher s'élève le vestibule du monument : les murs de ce vestibule se courbent et s'arrondissent en voûte recouverte d'une glaise polie comme un stuc. Dans le plancher du portique est ménagée une trappe par laquelle les castors descendent au bain ou vont chercher les branches de tremble pour leur nourriture : ces branches sont entassées sous l'eau dans un magasin commun, entre les pilotis des diverses habitations. Le premier étage du palais est surmonté de trois autres, construits de la même manière, mais divisés en autant d'appartements qu'il y a de castors. Ceux-ci sont ordinairement au nombre de dix ou douze, partagés en trois familles : ces familles s'assemblent dans le vestibule déjà décrit, et y prennent leur repas en commun : la plus grande propreté règne de toutes parts. Outre le passage du bain, il y a des issues pour les divers besoins des habitants ; chaque chambre est tapissée de jeunes branches de sapin, et l'on n'y souffre pas la plus petite ordure. Lorsque les propriétaire vont à leur maison des champs, bâtie au bord du lac et construite comme celle de la ville, personne ne prend leur place ; leur appartement demeure vide jusqu'à leur retour. À la fonte des neiges, les citoyens se retirent dans les bois.

Comme il y a une écluse pour le trop plein des eaux, il y a une route secrète pour l'évacuation de la cité : dans les châteaux gothiques, un souterrain creusé sous les tours aboutissait dans la campagne.

Il y a des infirmeries pour les malades. Et c'est un animal faible et informe qui achève tous ces travaux ! qui fait tous ces calculs !

Vers le mois de juillet, les castors tiennent un conseil général : ils examinent s'il est expédient de réparer l'ancienne ville et l'ancienne chaussée, ou s'il est bon de construire une cité nouvelle et une nouvelle digue. Les vivres manquent-ils dans cet endroit, les eaux et les chasseurs ont-ils trop endommagé les ouvrages, on se décide à former un autre établissement. Juge-t-on au contraire que le premier peut subsister, on remet à neuf les vieilles demeures, et l'on s'occupe des provisions d'hiver.

Les castors ont un gouvernement régulier : des édiles sont choisis pour veiller à la police de la république. Pendant le travail commun, des sentinelles préviennent toute surprise. Si quelque citoyen refuse de porter sa part des charges publiques, on l'exile ; il est obligé de vivre honteusement seul dans un trou. Les Indiens disent que ce paresseux puni est maigre, et qu'il a le dos pelé en signe d'infamie. Que sert à ces sages animaux tant d'intelligence ? l'homme laisse vivre les bêtes féroces et extermine les castors, comme il souffre les tyrans et persécute l'innocence et le génie.

La guerre n'est malheureusement point inconnue aux castors : il s'élève quelquefois entre eux des discordes civiles, indépendamment des contestations étrangères qu'ils ont avec les rats musqués. Les Indiens racontent que si un castor est surpris en maraude sur le territoire d'une tribu qui n'est pas la sienne, il est conduit devant le chef de cette tribu, et puni correctionnellement ; à la récidive, on lui coupe cette utile queue qui est à la fois sa charrette et sa truelle : il retourne ainsi mutilé chez ses amis, qui s'assemblent pour venger son injure. Quelquefois le différend est vidé par un duel entre les deux chefs des deux troupes, ou par un combat singulier de trois contre trois, de trente contre trente, comme le combat des Curiaces et des Horaces, ou des trente Bretons contre les trente Anglais. Les batailles générales sont sanglantes : les Sauvages qui surviennent pour dépouiller les morts, en ont souvent trouvé plus

de quinze couchés au lit d'honneur. Les castors vainqueurs s'emparent de la ville des castors vaincus, et,
selon les circonstances, ils y établissent une colonie ou
y entretiennent une garnison.

La femelle du castor porte deux, trois et jusqu'à
quatre petits ; elle les nourrit et les instruit pendant
une année. Quand la population devient trop nombreuse, les jeunes castors vont former un nouvel établissement, comme un essaim d'abeilles échappé de la
ruche. Le castor vit chastement avec une seule femelle ;
il est jaloux, et tue quelquefois sa femme pour cause
ou soupçon d'infidélité.

La longueur moyenne du castor est de deux pieds
et demi à trois pieds ; sa largeur d'un flanc à l'autre,
d'environ quatorze pouces ; il peut peser quarante-cinq
livres ; sa tête ressemble à celle du rat ; ses yeux sont
petits, ses oreilles courtes, nues en dedans, velues en
dehors ; ses pattes de devant n'ont guère que, trois
pouces de long, et sont armées d'ongles creux et aigus ;
ses pattes de derrière, palmées comme celles d'un
cygne, lui servent à nager ; la queue est plate, épaisse
d'un pouce, recouverte d'écailles hexagones, disposées
en tuiles comme celles des poissons ; il use de cette
queue en guise de truelle et de traîneau. Ses mâchoires,
extrêmement fortes, se croisent ainsi que les branches
des ciseaux ; chaque mâchoire est garnie de dix dents,
dont deux incisives de deux pouces de longueur : c'est
l'instrument avec lequel le castor coupe les arbres,
équarrit leurs troncs, arrache leur écorce, et broie les
bois tendres dont il se nourrit.

L'animal est noir, rarement blanc ou brun ; il a deux
poils, le premier long, creux et luisant ; le second,
espèce de duvet qui pousse sous le premier, est le seul
employé dans le feutre. Le castor vit vingt ans. La
femelle est plus grosse que le mâle, et son poil est plus
grisâtre sous le ventre. Il n'est pas vrai que le castor se

mutile lorsqu'il tombe vivant entre les mains des chasseurs, afin de soustraire sa postérité à l'esclavage. Il faut chercher une autre étymologie à son nom[1].

La chair des castors ne vaut rien, de quelque manière qu'on l'apprête ; les Sauvages la conservent cependant : après l'avoir fait boucaner à la fumée, ils la mangent lorsque les vivres viennent à leur manquer.

La peau du castor est fine, sans être chaude ; aussi la chasse du castor n'avait autrefois aucun renom chez les Indiens : celle de l'ours, où ils trouvaient avantage et péril, était la plus honorable. On se contentait de tuer quelques castors pour en porter la dépouille comme parure ; mais on n'immolait pas des peuplades entières. Le prix que les Européens ont mis à cette dépouille a seul amené dans le Canada l'extermination de ces quadrupèdes, qui tenaient, par leur instinct, le premier rang chez les animaux. Il faut cheminer très loin vers la baie d'Hudson pour trouver maintenant des castors ; encore ne montrent-ils plus la même industrie, parce que le climat est trop froid : diminués en nombre, ils ont baissé en intelligence, et ne développent plus les facultés qui naissent de l'association*.

Ces républiques comptaient autrefois cent et cent cinquante citoyens ; quelques-unes étaient encore plus populeuses. On voyait auprès de Québec un étang formé par des castors, qui suffisait à l'usage d'un moulin à scie. Les réservoirs de ces amphibies étaient souvent utiles, en fournissant de l'eau aux pirogues qui

---

* On a retrouvé des castors entre le Missouri et le Mississipi ; ils sont surtout extrêmement nombreux au-delà des montagnes Rocheuses, sur les branches de la Colombie ; mais les Européens ayant pénétré dans ces régions, les castors seront bientôt exterminés. Déjà l'année dernière (1826) on a vendu à Saint-Louis, sur le Mississipi, cent paquets de peaux de castor, chaque paquet pesant cent livres, et chaque livre de cette précieuse marchandise vendue au prix de cinq gourdes.

remontaient les rivières pendant l'été. Des castors faisaient ainsi pour les Sauvages, dans la Nouvelle-France, ce qu'un esprit ingénieux, un grand roi et un grand ministre ont fait dans l'ancienne pour des hommes policés.

OURS

Les ours sont de trois espèces en Amérique : l'ours brun ou jaune, l'ours noir et l'ours blanc. L'ours brun est petit et frugivore ; il grimpe aux arbres.

L'ours noir est plus grand ; il se nourrit de chair, de poisson et de fruits ; il pêche avec une singulière adresse. Assis au bord d'une rivière, de sa patte droite il saisit dans l'eau le poisson qu'il voit passer, et le jette sur le bord. Si, après avoir assouvi sa faim, il lui reste quelque chose de son repas, il le cache. Il dort une partie de l'hiver dans les tanières ou dans les arbres creux où il se retire. Lorsqu'aux premiers jours de mars il sort de son engourdissement, son premier soin est de se purger avec des simples[1].

Il vivait de régime et mangeait à ses heures[2].

L'ours blanc ou l'ours marin fréquente les côtes de l'Amérique septentrionale, depuis les parages de Terre-Neuve jusqu'au fond de la baie de Baffin, gardien féroce de ces déserts glacés.

CERF

Le cerf du Canada est une espèce de renne que l'on peut apprivoiser. Sa femelle, qui n'a point de bois, est charmante ; et si elle avait les oreilles plus courtes, elle ressemblerait assez bien à une légère jument anglaise.

ORIGNAL

L'orignal a le mufle du chameau, le bois plat du daim, les jambes du cerf. Son poil est mêlé de gris, de blanc, de rouge et de noir ; sa course est rapide.

Selon les Sauvages, les orignaux ont un roi surnommé le *grand orignal* ; ses sujets lui rendent toutes sortes de devoirs. Ce grand orignal a les jambes si hautes, que huit pieds de neige ne l'embarrassent point du tout. Sa peau est invulnérable ; il a un bras qui lui sort de l'épaule, et dont il use de la même manière que les hommes se servent de leurs bras.

Les jongleurs prétendent que l'orignal a dans le cœur un petit os qui, réduit en poudre, apaise les douleurs de l'enfantement ; ils disent aussi que la corne du pied gauche de ce quadrupède appliquée sur le cœur des épileptiques les guérit radicalement. L'orignal, ajoutent-ils, est lui-même sujet à l'épilepsie ; lorsqu'il sent approcher l'attaque, il se tire du sang de l'oreille gauche avec la corne de son pied gauche, et se trouve soulagé.

BISON[1]

Le bison porte basses ses cornes noires et courtes ; il a une longue barbe de crin ; un toupet pareil pend échevelé entre ses deux cornes jusque sur ses yeux. Son poitrail est large, sa croupe effilée, sa queue épaisse et courte ; ses jambes sont grosses et tournées en dehors ; une bosse d'un poil roussâtre et long s'élève sur ses épaules, comme la première bosse du dromadaire. Le reste de son corps est couvert d'une laine noire que les Indiennes filent pour en faire des sacs à blé et des couvertures. Cet animal a l'air féroce, et il est fort doux.

Il y a des variétés dans les bisons, ou, si l'on veut, dans les *buffaloes*, mot espagnol *anglicisé*. Les plus grands sont ceux que l'on rencontre entre le Missouri et le Mississipi ; ils approchent de la taille d'un moyen éléphant. Ils tiennent du lion par la crinière, du chameau par la bosse, de l'hippopotame ou du rhinocéros par la queue et la peau de l'arrière-train, du taureau par les cornes et par les jambes.

Dans cette espèce, le nombre des femelles surpasse de beaucoup celui des mâles. Le taureau fait sa cour à la génisse en galopant en rond autour d'elle. Immobile au milieu du cercle, elle mugit doucement. Les Sauvages imitent, dans leurs jeux propitiatoires, ce manège qu'ils appellent la *danse du bison*.

Le bison a des temps irréguliers de migration : on ne sait trop où il va ; mais il paraît qu'il remonte beaucoup au nord en été, puisqu'on le retrouve aux bords du lac de l'Esclave, et qu'on l'a rencontré jusque dans les îles de la mer Polaire. Peut-être aussi gagne-t-il les vallées des montagnes Rocheuses à l'ouest, et les plaines du Nouveau-Mexique au midi. Les bisons sont si nombreux dans les stepps verdoyants du Missouri que quand ils émigrent leur troupe met quelquefois plusieurs jours à défiler comme une immense armée : on entend leur marche à plusieurs milles de distance, et l'on sent trembler la terre.

Les Indiens tannent supérieurement la peau du bison avec l'écorce du bouleau : l'os de l'épaule de la bête tuée leur sert de grattoir.

La viande du bison, coupée en tranches larges et minces, séchée au soleil ou à la fumée, est très savoureuse ; elle se conserve plusieurs années, comme du jambon : les bosses et les langues des vaches sont les parties les plus friandes à manger fraîches. La fiente du bison brûlée donne une braise ardente ; elle est d'une grande ressource dans les savanes où l'on manque de bois. Cet utile animal fournit à la fois les aliments et le feu du festin. Les Sioux trouvent dans sa dépouille la couche et le vêtement. Le bison et le Sauvage, placés sur le même sol, sont le taureau et l'homme dans l'état de nature : ils ont l'air de n'attendre tous les deux qu'un sillon, l'un pour devenir domestique, l'autre pour se civiliser.

FOUINE

La fouine américaine porte auprès de la vessie un petit sac rempli d'une liqueur roussâtre : lorsque la bête est poursuivie, elle lâche cette eau en s'enfuyant ; l'odeur en est telle, que les chasseurs et les chiens mêmes abandonnent la proie : elle s'attache aux vêtements et fait perdre la vue. Cette odeur est une sorte de musc pénétrant qui donne des vertiges : les Sauvages prétendent qu'elle est souveraine pour les maux de tête.

RENARDS

Les renards du Canada sont de l'espèce commune ; ils ont seulement l'extrémité du poil d'un noir lustré. On sait la manière dont ils prennent les oiseaux aquatiques : La Fontaine, le premier des naturalistes, ne l'a pas oubliée dans ses immortels tableaux.

Le renard canadien fait donc au bord d'un lac ou d'un fleuve mille sauts et gambades. Les oies et les canards,

charmés qu'ils sont, s'approchent pour le mieux considérer. Il s'assied alors sur son derrière, et remue doucement la queue. Les oiseaux, de plus en plus satisfaits,
abordent au rivage, s'avancent en dandinant vers le
futé quadrupède, qui affecte autant de bêtise qu'ils en
montrent. Bientôt la sotte volatile s'enhardit au point
de venir becqueter la queue du *maître-passé* qui s'élance
sur sa proie[1].

LOUPS

Il y a en Amérique diverses sortes de loups : celui
qu'on appelle *cervier*[2] vient pendant la nuit aboyer
autour des habitations. Il ne hurle jamais qu'une fois
au même lieu ; sa rapidité est si grande qu'en moins
de quelques minutes on entend sa voix à une distance
prodigieuse de l'endroit où il a poussé son premier cri.

RAT MUSQUÉ

Le rat musqué vit au printemps de jeunes pousses
d'arbrisseaux, et en été de fraises et de framboises ; il
mange des baies de bruyères en automne, et se nourrit
en hiver de racines d'orties. Il bâtit et travaille comme
le castor. Quand les Sauvages ont tué un rat musqué,
ils paraissent fort tristes : ils fument autour de son
corps et l'environnent de Manitous, en déplorant leur
parricide : on sait que la femelle du rat musqué est la
mère du genre humain[3].

CARCAJOU[1]

Le carcajou est une espèce de tigre ou de grand chat. La manière dont il chasse l'orignal avec ses alliés les renards est célèbre. Il monte sur un arbre, se couche à plat sur une branche abaissée, et s'enveloppe d'une queue touffue qui fait trois fois le tour de son corps. Bientôt on entend des glapissements lointains, et l'on voit paraître un orignal rabattu par trois renards, qui manœuvrent de manière à le diriger vers l'embuscade du carcajou. Au moment où la bête lancée passe sous l'arbre fatal, le carcajou tombe sur elle, lui serre le cou avec sa queue, et cherche à lui couper avec les dents la veine jugulaire. L'orignal bondit, frappe l'air de son bois, brise la neige sous ses pieds : il se traîne sur ses genoux, fuit en ligne directe, recule, s'accroupit, marche par sauts, secoue sa tête. Ses forces s'épuisent, ses flancs battent, son sang ruisselle le long de son cou, ses jarrets tremblent, plient. Les trois renards arrivent à la curée : tyran équitable, le carcajou divise également la proie entre lui et ses satellites. Les Sauvages n'attaquent jamais le carcajou et les renards dans ce moment : ils disent qu'il serait injuste d'enlever à ces quatre chasseurs le fruit de leurs travaux.

OISEAUX

Les oiseaux sont plus variés et plus nombreux en Amérique qu'on ne l'avait cru d'abord : il en a été ainsi pour l'Afrique et pour l'Asie. Les premiers voyageurs n'avaient été frappés en arrivant que de ces grands et brillants volatiles qui sont comme des fleurs sur les arbres ; mais on a découvert depuis une foule de petits oiseaux chanteurs, dont le ramage est aussi doux que celui de nos fauvettes.

POISSONS

Les poissons dans les lacs du Canada, et surtout dans les lacs de la Floride, sont d'une beauté et d'un éclat admirables.

SERPENTS

L'Amérique est comme la patrie des serpents. Le serpent d'eau ressemble au serpent à sonnettes ; mais il n'en a ni la sonnette, ni le venin. On le trouve partout.

J'ai parlé plusieurs fois dans mes ouvrages du serpent à sonnettes : on sait que les dents dont il se sert pour répandre son poison ne sont point celles avec lesquelles il mange. On peut lui arracher les premières, et il ne reste plus alors qu'un assez beau serpent plein d'intelligence et qui aime passionnément la musique[1]. Aux ardeurs du midi, dans le plus profond silence des forêts, il fait entendre sa sonnette pour appeler sa femelle : ce signal d'amour est le seul bruit qui frappe alors l'oreille du voyageur.

La femelle porte quelquefois vingt petits ; quand ceux-ci sont poursuivis, ils se retirent dans la gueule de leur mère, comme s'ils rentraient dans le sein maternel[2].

Les serpents en général, et surtout le serpent à sonnettes, sont en grande vénération chez les indigènes de l'Amérique, qui leur attribuent un esprit divin : ils les apprivoisent au point de les faire venir coucher l'hiver dans des boîtes placées au foyer d'une cabane. Ces singuliers pénates sortent de leurs habitacles au printemps, pour retourner dans les bois.

Un serpent noir qui porte un anneau jaune au cou est assez malfaisant ; un autre serpent tout noir, sans poison, monte sur les arbres et donne la chasse aux oiseaux et aux écureuils. Il charme l'oiseau par ses regards, c'est-à-dire qu'il l'effraie. Cet effet de la peur, qu'on a voulu nier, est aujourd'hui mis hors de doute : la peur casse les jambes à l'homme ; pourquoi ne briserait-elle pas les ailes à l'oiseau ?

Le serpent ruban, le serpent vert, le serpent piqué, prennent leurs noms de leurs couleurs et des dessins de leur peau : ils sont parfaitement innocents et d'une beauté remarquable.

Le plus admirable de tous est le serpent appelé de *verre*[1], à cause de la fragilité de son corps, qui se brise au moindre contact. Ce reptile est presque transparent, et reflète les couleurs comme un prisme. Il vit d'insectes et ne fait aucun mal : sa longueur est celle d'une petite couleuvre.

Le serpent à épines est court et gros. Il porte à la queue un dard dont la blessure est mortelle.

Le serpent à deux têtes est peu commun : il ressemble assez à la vipère ; toutefois ses têtes ne sont pas comprimées.

Le serpent siffleur est fort multiplié dans la Géorgie et dans les Florides. Il a dix-huit pouces de long ; sa peau est sablée de noir sur un fond vert. Lorsqu'on approche de lui, il s'aplatit, devient de différentes couleurs, et ouvre la gueule en sifflant. Il se faut bien garder d'entrer dans l'atmosphère qui l'environne : il a le pouvoir de décomposer l'air autour de lui. Cet air imprudemment respiré fait tomber en langueur. L'homme attaqué dépérit, ses poumons se vicient, et,

au bout de quelques mois, il meurt de consomption :
c'est le dire des habitants du pays.

ARBRES ET PLANTES

Les arbres, les arbrisseaux, les plantes, les fleurs,
transportés dans nos bois, dans nos champs, dans nos
jardins, annoncent la variété et la richesse du règne
végétal en Amérique. Qui ne connaît aujourd'hui le
laurier couronné de roses appelé *magnolia*, le marron-
nier qui porte une véritable hyacinthe, le catalpa qui
reproduit la fleur de l'oranger, le tulipier qui prend le
nom de sa fleur, l'érable à sucre, le hêtre pourpre, le
sassafras, et parmi les arbres verts et résineux, le pin
du lord Weymouth, le cèdre de la Virginie, le baumier
de Gilead, et ce cyprès de la Louisiane, aux racines
noueuses, au tronc énorme, dont la feuille ressemble à
une dentelle de mousse ? Les lilas, les azaléas, les pom-
padouras ont enrichi nos printemps ; les aristoloches,
les ustérias, les bignonias, les décumarias, les célustris
ont mêlé leurs fleurs, leurs fruits et leurs parfums à la
verdure de nos lierres.

Les plantes à fleurs sont sans nombre : l'éphémère
de Virginie, l'hélonias, le lis du Canada, le lis appelé
superbe, la tigridie panachée, l'achillée rose, le dahlia,
l'hellénie d'automne, les phlox de toutes les espèces se
confondent aujourd'hui avec nos fleurs natives.

Enfin, nous avons exterminé presque partout la
population sauvage ; et l'Amérique nous a donné la
pomme de terre, qui prévient à jamais la disette parmi
les peuples destructeurs des Américains.

ABEILLES

Tous ces végétaux nourrissent de brillants insectes. Ceux-ci ont reçu dans leurs tribus notre mouche à miel, qui est venue à la découverte de ces savanes et de ces forêts embaumées dont on racontait tant de merveilles. On a remarqué que les colons sont souvent précédés dans les bois du Kentucky et du Tennessée par des abeilles : avant-garde des laboureurs, elles sont le symbole de l'industrie et de la civilisation qu'elles annoncent. Étrangères à l'Amérique, arrivées à la suite des voiles de Colomb, ces conquérantes pacifiques n'ont ravi à un nouveau monde de fleurs que des trésors dont les indigènes ignoraient l'usage ; elles ne se sont servies de ces trésors que pour enrichir le sol dont elles les avaient tirés. Qu'il faudrait se féliciter, si toutes les invasions et toutes les conquêtes ressemblaient à celles de ces filles du ciel[1] !

Les abeilles ont pourtant eu à repousser des myriades de moustiques et de maringouins, qui attaquaient leurs essaims dans le tronc des arbres : leur génie a triomphé de ces envieux, méchants et laids ennemis. Les abeilles ont été reconnues reines du désert, et leur monarchie représentative s'est établie dans les bois auprès de la république de Washington.

MŒURS DES SAUVAGES

Il y a deux manières également fidèles et infidèles de peindre les Sauvages de l'Amérique septentrionale : l'une est de ne parler que de leurs lois et de leurs mœurs, sans entrer dans le détail de leurs coutumes bizarres, de leurs habitudes souvent dégoûtantes pour les hommes civilisés. Alors on ne verra que des Grecs et des Romains ; car les lois des Indiens sont graves et les mœurs souvent charmantes.

L'autre manière consiste à ne représenter que les habitudes et les coutumes des Sauvages sans mentionner leurs lois et leurs mœurs ; alors on n'aperçoit plus que des cabanes enfumées et infectes dans lesquelles se retirent des espèces de singes à parole humaine. Sidoine Apollinaire se plaignait d'être obligé *d'entendre le rauque langage du Germain et de fréquenter le Bourguignon qui se frottait les cheveux avec du beurre*[1].

Je ne sais si la chaumine[2] du vieux Caton, dans le pays des Sabins, était beaucoup plus propre que la hutte d'un Iroquois. Le malin Horace pourrait sur ce point nous laisser des doutes.

Si l'on donne aussi les mêmes traits à tous les Sauvages de l'Amérique septentrionale, on altérera la ressemblance ; les Sauvages de la Louisiane et de la Floride différaient en beaucoup de points des Sauvages du Canada. Sans faire l'histoire particulière de chaque tribu, j'ai rassemblé tout ce que j'ai su des Indiens sous ces titres :

Mariages, enfants, funérailles ; *Moissons, fêtes, danses et jeux* ; *Année, division et règlement du temps, calendrier naturel* ; *Médecine* ; *Langues indiennes* ; *Chasse* ; *Guerre* ; *Religion* ; *Gouvernement*. Une conclusion générale fait voir l'Amérique telle qu'elle s'offre aujourd'hui.

MARIAGES, ENFANTS, FUNÉRAILLES

Il y a deux espèces de mariages parmi les Sauvages : le premier se fait par le simple accord de la femme et de l'homme ; l'engagement est pour un temps plus ou moins long, et tel qu'il a plu au couple qui se marie de le fixer. Le terme de l'engagement expiré, les deux époux se séparent ; tel était à peu près le concubinage légal en Europe, dans le huitième et le neuvième siècle.

Le second mariage se fait pareillement en vertu du consentement de l'homme et de la femme ; mais les parents interviennent. Quoique ce mariage ne soit point limité, comme le premier, à un certain nombre d'années, il peut toujours se rompre. On a remarqué que chez les Indiens le second mariage, le mariage légitime, était préféré par les jeunes filles et les vieillards, et le premier par les vieilles femmes et les jeunes gens.

Lorsqu'un Sauvage s'est résolu au mariage légal, il va avec son père faire la demande aux parents de la femme. Le père revêt des habits qui n'ont point encore été portés, il orne sa tête de plumes nouvelles, lave l'ancienne peinture de son visage, met un nouveau fard, et change l'anneau pendant à son nez ou à ses oreilles ; il prend dans sa main droite un calumet dont le fourneau est blanc, le tuyau bleu, et empenné avec des queues d'oiseau ; dans sa main gauche il tient son arc détendu en guise de bâton. Son fils le suit chargé de peaux d'ours, de castors et d'orignaux ; il porte en outre deux colliers de porcelaine à quatre branches et une tourterelle vivante dans une cage.

Les prétendants vont d'abord chez le plus vieux parent de la jeune fille ; ils entrent dans sa cabane, s'asseyent devant lui sur une natte, et le père du jeune guerrier, prenant la parole, dit : « Voilà des peaux. Les deux colliers, le calumet bleu et la tourterelle demandent ta fille en mariage. »

Si les présents sont acceptés, le mariage est conclu, car le consentement de l'aïeul ou du plus ancien Sachem de la famille l'emporte sur le consentement paternel. L'âge est la source de l'autorité chez les Sauvages : plus un homme est vieux, plus il a d'empire. Ces peuples font dériver la puissance divine de l'éternité du Grand Esprit.

Quelquefois le vieux parent, tout en acceptant les présents, met à son consentement quelque restriction. On est averti de cette restriction si, après avoir aspiré trois fois la vapeur du calumet, le fumeur laisse échapper la première bouffée au lieu de l'avaler, comme dans un consentement absolu.

De la cabane du vieux parent on se rend au foyer de la mère et de la jeune fille. Quand les songes de celle-ci ont été néfastes, sa frayeur est grande. Il faut que les songes, pour être favorables, n'aient représenté ni les Esprits, ni les aïeux, ni la patrie, mais qu'ils aient montré des berceaux, des oiseaux et des biches blanches. Il y a pourtant un moyen infaillible de conjurer les rêves funestes, c'est de suspendre un collier rouge au cou d'un marmouset de bois de chêne : chez les hommes civilisés l'espérance a aussi ses colliers rouges et ses marmousets.

Après cette première demande, tout a l'air d'être

oublié ; un temps considérable s'écoule avant la conclusion du mariage : la vertu de prédilection du Sauvage est la patience. Dans les périls les plus imminents, tout se doit passer comme à l'ordinaire : lorsque l'ennemi est aux portes, un guerrier qui négligerait de fumer tranquillement sa pipe, assis les jambes croisées au soleil, passerait pour une *vieille femme*.

Quelle que soit donc la passion du jeune homme il est obligé d'affecter un air d'indifférence, et d'attendre les ordres de la famille. Selon la coutume ordinaire, les deux époux doivent demeurer d'abord dans la cabane de leur plus vieux parent ; mais souvent des arrangements particuliers s'opposent à l'observation de cette coutume. Le futur mari bâtit alors sa cabane : il en choisit presque toujours l'emplacement dans quelque vallon solitaire auprès d'un ruisseau ou d'une fontaine, et sous les bois qui la peuvent cacher[1].

Les Sauvages sont tous, comme les héros d'Homère[2], des médecins, des cuisiniers et des charpentiers. Pour construire la hutte du mariage, on enfonce dans la terre quatre poteaux, ayant un pied de circonférence et douze pieds de haut : ils sont destinés à marquer les quatre angles d'un parallélogramme de vingt pieds de long sur dix-huit de large. Des mortaises[3] creusées dans ces poteaux reçoivent des traverses, lesquelles forment, quand leurs intervalles sont remplis avec de la terre, les quatre murailles de la cabane.

Dans les deux murailles longitudinales, on pratique deux ouvertures : l'une sert d'entrée à tout l'édifice ; l'autre conduit dans une seconde chambre semblable à la première, mais plus petite.

On laisse le prétendu poser seul les fondements de sa demeure ; mais il est aidé dans la suite du travail par ses compagnons. Ceux-ci arrivent chantant et dansant ; ils apportent des instruments de maçonnerie faits de bois ; l'omoplate de quelque grand quadrupède leur sert de truelle. Ils frappent dans la main de leur ami, sautent sur ses épaules, font des railleries sur son mariage et achèvent la cabane. Montés sur les poteaux et les murs commencés, ils élèvent le toit d'écorce de bouleau ou de chaume de maïs ; mêlant du poil de bête fauve et de la paille de folle avoine hachée dans de l'argile rouge, ils enduisent de ce mastic les murailles à l'extérieur et à l'intérieur. Au centre ou à l'une des extrémités de la grande salle, les ouvriers plantent cinq longues perches, qu'ils entourent d'herbe sèche et de mortier : cette espèce de cône devient la cheminée, et laisse échapper la fumée par une ouverture ménagée dans le toit. Tout ce travail se fait au milieu des brocards et des chants satiriques : la plupart de ces chants sont grossiers ; quelques-uns ne manquent pas d'une certaine grâce :

« La lune cache son front sous un nuage ; elle est honteuse, elle rougit, c'est qu'elle sort du lit du soleil. Ainsi se cachera et rougira... le lendemain de ses noces, et nous lui dirons : "Laisse-nous donc voir tes yeux." »

Les coups de marteau, le bruit des truelles, le craquement des branches rompues, les ris, les cris, les chansons se font entendre au loin, et les familles sortent de leurs villages pour prendre part à ces ébattements.

La cabane étant terminée en dehors, on la lambrisse en dedans avec du plâtre quand le pays en fournit, avec de la terre glaise au défaut de plâtre. On pèle le gazon resté dans l'intérieur de l'édifice : les ouvriers, dansant sur le sol humide, l'ont bientôt pétri et égalisé. Des nattes de roseaux tapissent ensuite cette aire ainsi que les parois du logis. Dans quelques heures est achevée une hutte qui cache souvent sous son toit d'écorce, plus de bonheur que n'en recouvrent les voûtes d'un palais.

Le lendemain on remplit la nouvelle habitation de tous les meubles et comestibles du propriétaire : nattes, escabelles[1], vases de terre et de bois, chaudières, seaux, jambons d'ours et d'orignaux, gâteaux secs, gerbes de maïs, plantes pour nourriture ou pour remèdes : ces divers objets s'accrochent aux murs ou s'étalent sur des planches ; dans un trou garni de cannes éclatées, on jette le maïs et la folle avoine. Les instruments de pêche, de chasse, de guerre et d'agriculture, la crosse du labourage, les pièges, les filets faits avec la moelle intérieure du faux palmier, les hameçons de dents de castor, les arcs, les flèches, les casse-tête, les haches, les couteaux, les armes à feu, les cornes pour porter la poudre, les chichikoués[1], les tambourins, les fifres, les calumets, le fil de nerfs de chevreuil, la toile de mûrier ou de bouleau, les plumes, les perles, les colliers, le noir, l'azur et le vermillon pour la parure, une multitude de peaux, les unes tannées, les autres avec leurs poils : tels sont les trésors dont on enrichit la cabane.

Huit jours avant la célébration du mariage, la jeune femme se retire à la cabane des purifications, lieu séparé où les femmes entrent et restent trois ou quatre jours par mois, et où elles vont faire leurs couches. Pendant les huit jours de retraite, le guerrier engagé chasse : il laisse le gibier dans l'endroit où il le tue ; les femmes le ramassent et le portent à la cabane des parents pour le festin de noces. Si la chasse a été bonne, on en tire un augure favorable.

Enfin le grand jour arrive. Les jongleurs et les principaux Sachems sont invités à la cérémonie. Une troupe de jeunes guerriers va chercher le marié chez lui ; une troupe de jeunes filles va pareillement chercher la mariée à sa cabane. Le couple promis est orné de ce qu'il a de plus beau en plumes, en colliers, en fourrures, et de plus éclatant en couleurs.

Les deux troupes, par des chemins opposés, surviennent en même temps à la hutte du plus vieux parent. On pratique une seconde porte à cette hutte, en face de la porte ordinaire : environné de ses compagnons, l'époux se présente à l'une des portes ; l'épouse, entourée de ses compagnes, se présente à l'autre. Tous les Sachems de la fête sont assis dans la cabane, le calumet à la bouche. La bru et le gendre vont se placer sur des rouleaux de peaux à l'une des extrémités de la cabane.

Alors commence en dehors la danse nuptiale, entre les deux chœurs restés à la porte. Les jeunes filles, armées d'une crosse recourbée, imitent les divers ouvrages du labour ; les jeunes guerriers font la garde autour d'elles, l'arc à la main. Tout à coup un parti ennemi sortant de la forêt, s'efforce d'enlever les femmes ; celles-ci jettent leur hoyau[1] et s'enfuient : leurs frères volent à leur secours. Un combat simulé s'engage ; les ravisseurs sont repoussés.

À cette pantomime succèdent d'autres tableaux tracés avec une vivacité naturelle : c'est la peinture de la vie domestique, le soin du ménage, l'entretien de la cabane, les plaisirs et les travaux du foyer ; touchantes occupations d'une mère de famille. Ce spectacle se termine par une ronde où les jeunes filles tournent à rebours du cours du soleil, et les jeunes guerriers, selon le mouvement apparent de cet astre.

Le repas suit : il est composé de soupes, de gibier, de gâteaux de maïs, de canneberges, espèce de légumes, de pommes de mai, sorte de fruit porté par une herbe, de poissons, de viandes grillées et d'oiseaux rôtis. On boit dans de grandes calebasses le suc de l'érable ou du sumac[2], et dans de petites tasses de hêtre, une préparation de cassine, boisson chaude que l'on sert comme du café. La beauté du repas consiste dans la profusion des mets.

Après le festin, la foule se retire. Il ne reste dans la cabane du plus vieux parent que douze personnes, six Sachems de la famille du mari, six matrones de la famille de la femme. Ces douze personnes, assises à terre, forment deux cercles concentriques ; les hommes décrivent le cercle extérieur. Les conjoints se placent au centre des deux cercles : ils tiennent horizontalement, chacun par un bout, un roseau de six pieds de long. L'époux porte dans la main droite un pied de chevreuil ; l'épouse élève de la main gauche une gerbe de maïs. Le roseau est peint de différents hiéroglyphes qui marquent l'âge du couple uni et la lune où se fait le mariage. On dépose aux pieds de la femme les présents du mari et de sa famille, savoir : une parure complète, le jupon d'écorce de mûrier, le corset pareil, la mante de plumes d'oiseau ou de peaux de martre, les mocassines brodées en poil de porc-épic, les bracelets de coquillages, les anneaux ou les perles pour le nez et pour les oreilles.

À ces vêtements sont mêlés un berceau de jonc, un morceau d'agaric[1], des pierres à fusil pour allumer le feu, la chaudière pour faire bouillir les viandes, le collier de cuir pour porter les fardeaux, et la bûche du foyer. Le berceau fait palpiter le cœur de l'épouse, la chaudière et le collier ne l'effrayent point : elle regarde avec soumission ces marques de l'esclavage domestique.

Le mari ne demeure pas sans leçons : un casse-tête, un arc, une pagaie, lui annoncent ses devoirs : combattre, chasser et naviguer. Chez quelques tribus, un lézard vert, de cette espèce dont les mouvements sont si rapides que l'œil peut à peine les saisir, des feuilles mortes entassées dans une corbeille, font entendre au nouvel époux que le temps fuit et que l'homme tombe. Ces peuples enseignent par des emblèmes la morale de la vie et rappellent la part des soins que la nature a distribués à chacun de ses enfants.

Les deux époux enfermés dans le double cercle des douze parents, ayant déclaré qu'ils veulent s'unir, le plus vieux parent prend le roseau de six pieds ; il le sépare en douze morceaux, lesquels il distribue aux douze témoins : chaque témoin est obligé de représenter sa portion de roseau pour être réduite en cendre si les époux demandent un jour le divorce.

Les jeunes filles qui ont amené l'épouse à la cabane du plus vieux parent l'accompagnent avec des chants à la hutte nuptiale ; les jeunes guerriers y conduisent de leur côté le nouvel époux. Les conviés à la fête retournent à leurs villages : ils jettent, en sacrifice aux Manitous, des morceaux de leurs habits dans les fleuves, et brûlent une part de leur nourriture.

En Europe, afin d'échapper aux lois militaires on se marie : parmi les Sauvages de l'Amérique septentrionale, nul ne se pouvait marier qu'après avoir combattu pour la patrie. Un homme n'était jugé digne d'être père que quand il avait prouvé qu'il saurait défendre ses enfants. Par une conséquence de cette mâle coutume, un guerrier ne commençait à jouir de la considération publique que du jour de son mariage.

La pluralité des femmes est permise ; un abus contraire livre quelquefois une femme à plusieurs maris : des hordes plus grossières offrent leurs femmes et leurs filles aux étrangers. Ce n'est pas une dépravation, mais le sentiment profond de leur misère qui pousse ces Indiens à cette sorte d'infamie ; ils pensent rendre leur famille plus heureuse, en changeant le sang paternel.

Les Sauvages du nord-ouest voulurent avoir de la race du premier Nègre qu'ils aperçurent : ils le prirent pour un mauvais esprit ; ils espérèrent qu'en le naturalisant chez eux, ils se ménageraient des intelligences et des protecteurs parmi les génies noirs.

L'adultère dans la femme était autrefois puni chez les Hurons par la mutilation du nez : on voulait que la faute restât gravée sur le visage[1].

En cas de divorce, les enfants sont adjugés à la femme : chez les animaux, disent les Sauvages, c'est la femelle qui nourrit les petits.

On taxe d'incontinence une femme qui devient grosse la première année de son mariage ; elle prend quelquefois le suc d'une espèce de rue pour détruire son fruit trop hâtif : cependant (inconséquences naturelles aux hommes), une femme n'est estimée qu'au moment où elle devient mère. Comme mère, elle est appelée aux délibérations publiques ; plus elle a d'enfants, et surtout de fils, plus on la respecte.

Un mari qui perd sa femme, épouse la sœur de sa femme quand elle a une sœur ; de même qu'une femme qui perd son mari, épouse le frère de ce mari s'il a un frère : c'était à peu près la loi athénienne. Une veuve chargée de beaucoup d'enfants est fort recherchée.

Aussitôt que les premiers symptômes de la grossesse se déclarent, tous rapports cessent entre les époux. Vers la fin du neuvième mois, la femme se retire à la hutte des purifications, où elle est assistée par les matrones. Les hommes, sans en excepter le mari, ne peuvent entrer dans cette hutte. La femme y demeure trente ou quarante jours après ses couches, selon qu'elle a mis au monde une fille ou un garçon.

Lorsque le père a reçu la nouvelle de la naissance de son enfant, il prend un calumet de paix dont il entoure le tuyau avec des pampres de vigne vierge, et court annoncer l'heureuse nouvelle aux divers membres de la famille. Il se rend d'abord chez les parents maternels, parce que l'enfant appartient exclusivement à la mère. S'approchant du Sachem le plus âgé, après avoir fumé vers les quatre points cardinaux, il lui présente sa pipe, en disant : « Ma femme est mère. » Le Sachem prend la pipe, fume à son tour, et dit en ôtant le calumet de sa bouche : « Est-ce un guerrier ? »

Si la réponse est affirmative, le Sachem fume trois fois vers le soleil ; si la réponse est négative, le Sachem ne fume qu'une fois. Le père est reconduit en cérémonie plus ou moins loin, selon le sexe de l'enfant.

Un Sauvage devenu père prend une tout autre autorité dans la nation ; sa dignité d'homme commence avec sa paternité.

Après les trente ou quarante jours de purification, l'accouchée se dispose à revenir à sa cabane : les parents s'y rassemblent pour imposer un nom à l'enfant : on éteint le feu ; on jette au vent les anciennes cendres du foyer ; on prépare un bûcher composé de bois odorants : le prêtre ou jongleur, une mèche à la main, se tient prêt à allumer le feu nouveau : on purifie les lieux d'alentour en les aspergeant avec de l'eau de fontaine.

Bientôt s'avance la jeune mère : elle vient seule vêtue d'une robe nouvelle ; elle ne doit rien porter de ce qui lui a servi autrefois. Sa mamelle gauche est découverte ; elle y suspend son enfant complètement nu ; elle pose un pied sur le seuil de sa porte.

Le prêtre met le feu au bûcher : le mari s'avance et reçoit son enfant des mains de sa femme. Il le reconnaît d'abord, et l'avoue à haute voix. Chez quelques tribus les parents du même sexe que l'enfant assistent seuls aux relevailles. Après avoir baisé les lèvres de son enfant, le père le remet au plus vieux Sachem ; le nouveau-né passe entre les bras de toute sa famille : il reçoit la bénédiction du prêtre et les vœux des matrones.

On procède ensuite au choix d'un nom : la mère reste toujours sur le seuil de la cabane. Chaque famille a ordinairement trois ou quatre noms qui reviennent tour à tour ; mais il n'est jamais question que de ceux du côté maternel. Selon l'opinion des Sauvages, c'est le père qui crée l'âme de l'enfant, la mère n'en engendre que le corps : on trouve juste que le corps* ait un nom qui vienne de la mère[1].

Quand on veut faire un grand honneur à l'enfant, on lui confère le nom le plus ancien dans sa famille : celui

* Voyez *Les Natchez*, tom. II, *Œuvres compl.*

de son aïeule, par exemple. Dès ce moment l'enfant occupe la place de la femme dont il a recueilli le nom ; on lui donne en lui parlant le degré de parenté que son nom fait revivre : ainsi un oncle peut saluer un neveu du titre de *grand-mère* ; coutume qui prêterait au rire, si elle n'était infiniment touchante. Elle rend, pour ainsi dire, la vie aux aïeux ; elle reproduit dans la faiblesse des premiers ans la faiblesse du vieil âge ; elle lie et rapproche les deux extrémités de la vie, le commencement et la fin de la famille ; elle communique une espèce d'immortalité aux ancêtres, en les supposant présents au milieu de leur postérité ; elle augmente les soins que la mère a pour l'enfance par le souvenir des soins qu'on prit de la sienne : la tendresse filiale redouble l'amour maternel.

Après l'imposition du nom, la mère entre dans la cabane ; on lui rend son enfant, qui n'appartient plus qu'à elle. Elle le met dans un berceau. Ce berceau est une petite planche du bois le plus léger, qui porte un lit de mousse ou de coton sauvage : l'enfant est déposé tout nu sur cette couche ; deux bandes d'une peau moelleuse l'y retiennent et préviennent sa chute, sans lui ôter le mouvement. Au-dessus de la tête du nouveau-né est un cerceau sur lequel on étend un voile pour éloigner les insectes, et pour donner de la fraîcheur et de l'ombre à la petite créature.

J'ai parlé ailleurs* de la mère indienne[1] ; j'ai raconté comment elle porte ses enfants ; comment elle les suspend aux branches des arbres ; comment elle leur chante ; comment elle les pare, les endort et les réveille ; comment, après leur mort, elle les pleure ; comment elle va répandre son lait sur le gazon de leur tombe, ou recueillir leur âme sur les fleurs**.

---

* *Atala, Le Génie du christianisme, Les Natchez*, etc.
** Voyez, pour l'éducation des enfants, la lettre ci-dessus, p. 144.

Après le mariage et la naissance, il conviendrait de parler de la mort qui termine les scènes de la vie ; mais j'ai si souvent décrit les funérailles des Sauvages, que la matière est presque épuisée.

Je ne répéterai donc point ce que j'ai dit dans *Atala* et dans *Les Natchez* relativement à la manière dont on habille le décédé, dont on le peint, dont on s'entretient avec lui, etc[1]. J'ajouterai seulement que, parmi toutes les tribus, il est d'usage de se ruiner pour les morts : la famille distribue ce qu'elle possède aux convives du repas funèbre ; il faut manger et boire tout ce qui se trouve dans la cabane. Au lever du soleil, on pousse de grands hurlements sur le cercueil d'écorce où gît le cadavre ; au coucher du soleil, les hurlements recommencent ; cela dure trois jours, au bout desquels le défunt est enterré. On le recouvre du mont du tombeau ; s'il fut guerrier renommé, un poteau peint en rouge marque sa sépulture.

Chez plusieurs tribus les parents du mort se font des blessures aux jambes et aux bras. Un mois de suite, on continue les cris de douleur au coucher et au lever du soleil, et pendant plusieurs années on accueille par les mêmes cris l'anniversaire de la perte que l'on a faite.

Quand un Sauvage meurt l'hiver à la chasse, son corps est conservé sur les branches des arbres ; on ne lui rend les derniers honneurs qu'après le retour des guerriers au village de sa tribu. Cela se pratiquait jadis ainsi chez les Moscovites.

Non seulement les Indiens ont des prières, des cérémonies différentes, selon le degré de parenté, la dignité, l'âge et le sexe de la personne décédée, mais ils ont encore des temps d'exhumation publique*[2], de commémoration générale.

Pourquoi les Sauvages de l'Amérique sont-ils de tous

* *Atala*.

les peuples, ceux qui ont le plus de vénération pour les morts ? Dans les calamités nationales, la première chose à laquelle on pense, c'est à sauver les trésors de la tombe : on ne reconnaît la propriété légale que là où sont ensevelis les ancêtres. Quand les Indiens ont plaidé leurs droits de possession, ils se sont toujours servis de cet argument qui leur paraissait sans réplique : « Dirons-nous aux os de nos pères : Levez-vous et suivez-nous dans une terre étrangère ? » Cet argument n'étant point écouté, qu'ont-ils fait ? ils ont emporté les ossements qui ne les pouvaient suivre.

Les motifs de cet attachement extraordinaire à de saintes reliques se trouvent facilement. Les peuples civilisés ont, pour conserver les souvenirs de leur patrie, les monuments des lettres et des arts ; ils ont des cités, des palais, des tours, des colonnes, des obélisques ; ils ont la trace de la charrue dans les champs par eux cultivés ; leurs noms sont gravés sur l'airain et le marbre ; leurs actions conservées dans les chroniques.

Les Sauvages n'ont rien de tout cela : leur nom n'est point écrit sur les arbres de leurs forêts ; leur hutte, bâtie dans quelques heures, périt dans quelques instants ; la simple crosse de leur labour, qui n'a fait qu'effleurer la terre, n'a pu même élever un sillon ; leurs chansons traditionnelles s'évanouissent avec la dernière mémoire qui les retient, avec la dernière voix qui les répète. Il n'y a donc pour les tribus du Nouveau-Monde qu'un seul monument : la tombe. Enlevez à des Sauvages les os de leurs pères, vous leur enlevez leur histoire, leur loi, et jusqu'à leurs dieux ; vous ravissez à ces hommes dans la postérité la preuve de leur existence comme celle de leur néant[1].

MOISSONS, FÊTES,
RÉCOLTE DE SUCRE D'ÉRABLE,
PÊCHES, DANSES ET JEUX[1]

Moissons

On a cru et on a dit que les Sauvages ne tiraient pas parti de la terre : c'est une erreur. Ils sont principalement chasseurs, à la vérité, mais tous s'adonnent à quelque genre de culture, tous savent employer les plantes et les arbres aux besoins de la vie. Ceux qui occupaient le beau pays qui forme aujourd'hui les États de la Géorgie, du Tennessée, de l'Alabama, du Mississipi, étaient sous ce rapport plus civilisés que les naturels[2] du Canada.

Chez les Sauvages tous les travaux publics sont des fêtes : lorsque les derniers froids étaient passés, les femmes siminoles, chicassoises, natchez, s'armaient d'une crosse de noyer, mettaient sur leur tête des corbeilles à compartiments remplies de semailles de maïs, de graine de melon d'eau, de féveroles et de tournesols. Elles se rendaient au champ commun, ordinairement placé dans une position facile à défendre, comme sur une langue de terre entre deux fleuves ou dans un cercle de collines.

À l'une des extrémités du champ, les femmes se rangeaient en ligne, et commençaient à remuer la terre avec leur crosse en marchant à reculons.

Tandis qu'elles rafraîchissaient ainsi l'ancien labourage sans former de sillon, d'autres Indiennes les suivaient ensemençant l'espace préparé par leurs compagnes. Les féveroles[3] et le grain du maïs étaient jetés ensemble sur le guéret ; les quenouilles du maïs étant destinées à servir de tuteurs ou de rames au légume grimpant.

Des jeunes filles s'occupaient à faire des couches d'une terre noire et lavée : elles répandaient sur ces couches des graines de courge et de tournesol ; on allumait autour de ces lits de terre des feux de bois vert, pour hâter la germination au moyen de la fumée.

Les Sachems et les jongleurs présidaient au travail ; les jeunes hommes rôdaient autour du champ commun et chassaient les oiseaux par leurs cris.

Fêtes

La fête du blé vert arrivait au mois de juin : on cueillait une certaine quantité de maïs tandis que le grain était encore en lait. De ce grain alors excellent, on pétrissait le tossomanony, espèce de gâteau qui sert de provisions de guerre ou de chasse.

Les quenouilles de maïs, mises bouillir dans de l'eau de fontaine, sont retirées à moitié cuites et présentées à un feu sans flamme. Lorsqu'elles ont acquis une couleur roussâtre, on les égrène dans un *poutagan* ou mortier de bois. On pile le grain en l'humectant. Cette pâte, coupée en tranches et séchée au soleil, se conserve un temps infini. Lorsqu'on veut en user, il suffit de la plonger dans de l'eau, du lait de noix ou du jus d'érable ; ainsi détrempée, elle offre une nourriture saine et agréable.

La plus grande fête des Natchez était la fête du feu nouveau ; espèce de jubilé en l'honneur du soleil, à l'époque de la grande moisson : le soleil était la divinité principale de tous les peuples voisins de l'empire mexicain.

Un crieur public parcourait les villages, annonçant la cérémonie au son d'une conque. Il faisait entendre ces paroles :

« Que chaque famille prépare des vases vierges, des vêtements qui n'ont point été portés ; qu'on lave les cabanes ; que les vieux grains, les vieux habits, les vieux ustensiles, soient jetés et brûlés dans un feu commun au milieu de chaque village ; que les malfaiteurs reviennent : les Sachems oublient leurs crimes. »

Cette amnistie des hommes, accordée aux hommes au moment où la terre leur prodigue ses trésors, cet appel général des heureux et des infortunés, des innocents et des coupables au grand banquet de la nature, étaient un reste touchant de la simplicité primitive de la race humaine.

Le crieur reparaissait le second jour, prescrivait un jeûne de soixante-douze heures, une abstinence rigoureuse de tout plaisir, et ordonnait en même temps la *médecine des purifications*. Tous les Natchez prenaient aussitôt quelques gouttes d'une racine qu'ils appelaient la *racine du sang*. Cette racine appartient à une espèce de plantin ; elle distille une liqueur rouge, violent émétique. Pendant les trois jours d'abstinence et de prières, on gardait un profond silence ; on s'efforçait de se détacher des choses terrestres pour s'occuper uniquement de CELUI qui mûrit le fruit sur l'arbre et le blé dans l'épi.

À la fin du troisième jour, le crieur proclamait l'ouverture de la fête, fixée au lendemain.

À peine l'aube avait-elle blanchi le ciel, qu'on voyait s'avancer par les chemins brillants de rosée, les jeunes filles, les jeunes guerriers, les matrones et les Sachems. Le temple du soleil, grande cabane qui ne recevait le jour que par deux portes, l'une du côté de l'occident et l'autre du côté de l'orient, était le lieu du rendez-vous ; on ouvrait la porte orientale, le plancher et les parois intérieures du temple étaient couverts de nattes fines, peintes et ornées de différents hiéroglyphes. Des paniers rangés en ordre dans le sanctuaire renfermaient les ossements des plus anciens chefs de la nation, comme les tombeaux dans nos églises gothiques.

Sur un autel, placé en face de la porte orientale de manière à recevoir les premiers rayons du soleil levant, s'élevait une idole représentant un chouchouacha[1]. Cet animal, de la grosseur d'un cochon de lait, a le poil du blaireau, la queue du rat, les pattes du singe ; la femelle porte sous le ventre une poche où elle nourrit ses petits. À droite de l'image du chouchouacha était la figure d'un serpent à sonnettes, à gauche un marmouset grossièrement sculpté. On entretenait dans un vase de pierre, devant les symboles, un feu d'écorce de chêne qu'on ne laissait jamais éteindre, excepté la veille de la fête du feu nouveau ou de la moisson : les prémices des fruits étaient suspendues autour de l'autel, les assistants ordonnés ainsi dans le temple :

Le Grand Chef ou le *Soleil*, à droite de l'autel ; à gauche la Femme-Chef qui, seule de toutes les femmes, avait le droit de pénétrer dans le sanctuaire ; auprès du *Soleil* se rangeaient successivement les deux chefs de guerre, les deux officiers pour les traités et les principaux Sachems ; à côté de la Femme-Chef s'asseyaient l'édile ou l'inspecteur des travaux publics, les quatre hérauts des festins et ensuite les jeunes guerriers. À terre, devant l'autel, des tronçons de cannes séchées, couchés obliquement les uns sur les autres jusqu'à la hauteur de dix-huit pouces, traçaient des cercles concentriques dont les différentes révolutions embrassaient, en s'éloignant du centre, un diamètre de douze à treize pieds.

Le Grand Prêtre debout, au seuil du temple, tenait les yeux attachés sur l'orient. Avant de présider à la fête, il s'était plongé trois fois dans le Mississipi. Une robe blanche d'écorce de bouleau l'enveloppait et se rattachait autour de ses reins par une peau de serpent. L'ancien hibou empaillé, qu'il portait sur sa tête, avait fait place à la dépouille d'un jeune oiseau de cette espèce. Ce prêtre frottait lentement, l'un contre l'autre, deux morceaux de bois sec, et prononçait à voix basse des paroles magiques. À ses côtés, deux acolytes soulevaient par les anses deux coupes remplies d'une espèce de sorbet noir. Toutes les femmes, le dos tourné à l'orient, appuyées d'une main sur leur crosse de labour, de l'autre tenant leurs petits enfants, décrivaient en dehors un grand cercle à la porte du temple.

Cette cérémonie avait quelque chose d'auguste : le vrai Dieu se fait sentir jusque dans les fausses religions ; l'homme qui prie est respectable ; la prière qui s'adresse à la Divinité est si sainte de sa nature, qu'elle donne quelque chose de sacré à celui-là même qui la prononce, innocent, coupable ou malheureux. C'était un touchant spectacle que celui d'une nation assemblée dans un désert à l'époque de la moisson, pour remercier le Tout-Puissant de ses bienfaits, pour chanter ce Créateur qui perpétue le souvenir de la création, en ordonnant chaque matin au soleil de se lever sur le monde.

Cependant un profond silence régnait dans la foule. Le Grand Prêtre observait attentivement les variations du ciel. Lorsque les couleurs de l'aurore, muées du rose au pourpre, commençaient à être traversées des rayons d'un feu pur, et devenaient de plus en plus vives, le prêtre accélérait la collision des deux morceaux de bois sec. Une mèche soufrée de moelle de sureau était préparée afin de recevoir l'étincelle. Les deux maîtres de cérémonie s'avançaient à pas mesurés l'un vers le Grand Chef, l'autre vers la Femme-Chef. De temps en temps, ils s'inclinaient ; et s'arrêtant enfin devant le Grand Chef et devant la Femme-Chef, ils demeuraient complètement immobiles.

Des torrents de flamme s'échappaient de l'orient, et la portion supérieure du disque du soleil se montrait au-dessus de l'horizon. À l'instant le Grand Prêtre pousse l'oah sacré, le feu jaillit du bois échauffé par le frottement ; la mèche soufrée s'allume, les femmes, en dehors du temple, se retournent subitement et élèvent toutes à la fois vers l'astre du jour leurs enfants nouveau-nés et la crosse du labourage.

Le Grand Chef et la Femme-Chef boivent le sorbet noir que leur présentent les maîtres de cérémonie ; le jongleur communique le feu aux cercles de roseau : la flamme serpente en suivant leur spirale. Les écorces de chêne sont allumées sur l'autel, et ce feu nouveau donne ensuite une nouvelle semence aux foyers éteints du village. Le Grand Chef entonne l'hymne au soleil.

Les cercles de roseau étant consumés et le cantique achevé, la Femme-Chef sortait du temple, se mettait à la tête des femmes, qui, toutes rangées à la file, se rendaient au champ commun de la moisson. Il n'était pas permis aux hommes de les suivre. Elles allaient cueillir les premières gerbes de maïs pour les offrir au temple, et pétrir avec le surplus les pains azymes du banquet de la nuit.

Arrivées aux cultures, les femmes arrachaient dans le carré attribué à leur famille un certain nombre des plus belles gerbes de maïs ; plante superbe, dont les roseaux de sept pieds de hauteur, environnés de feuilles vertes et surmontés d'un rouleau de grains dorés, ressemblent à ces quenouilles entourées de rubans que nos paysannes consacrent dans les églises de village. Des milliers de grives bleues, de petites colombes de la grosseur d'un merle, des oiseaux de rizière, dont le plumage gris est mêlé de brun, se posent sur la tige des gerbes, et s'envolent à l'approche des moissonneuses américaines, entièrement cachées dans les avenues des grands épis. Les renards noirs font quelquefois des ravages considérables dans ces champs.

Les femmes revenaient au temple, portant les prémices en faisceau sur leur tête ; le Grand Prêtre recevait l'offrande, et la déposait sur l'autel. On fermait la porte orientale du sanctuaire, et l'on ouvrait la porte occidentale.

Rassemblée à cette dernière porte lorsque le jour allait clore, la foule dessinait un croissant dont les deux pointes étaient tournées vers le soleil ; les assistantes, le bras droit levé, présentaient les pains azymes à l'astre de la lumière. Le jongleur chantait l'hymne du soir ; c'était l'éloge du soleil à son coucher : ses rayons naissants avaient fait croître le maïs, ses rayons mourants avaient sanctifié les gâteaux formés du grain de la gerbe moissonnée.

La nuit venue, on allumait des feux ; on faisait rôtir des oursons, lesquels, engraissés de raisins sauvages[1], offraient à cette époque de l'année un mets excellent. On mettait griller sur des charbons des dindes de savanes, des perdrix noires, des espèces de faisans plus gros que ceux d'Europe. Ces oiseaux ainsi préparés s'appelaient la *nourriture des hommes blancs*. Les boissons et les fruits servis à ces repas étaient l'eau de smilax, d'érable, de plane, de noyer blanc, les pommes de mai, les plankmines, les noix. La plaine resplendissait de la flamme des bûchers ; on entendait de toutes parts les sons du chichikoué, du tambourin et du fifre, mêlés aux voix des danseurs et aux applaudissements de la foule.

Dans ces fêtes, si quelque infortuné retiré à l'écart promenait ses regards sur les jeux de la plaine, un Sachem l'allait chercher, et s'informait de la cause de sa tristesse ; il guérissait ses maux, s'ils n'étaient pas sans remède, ou les soulageait du moins, s'ils étaient de nature à ne pouvoir finir.

La moisson du maïs se fait en arrachant les gerbes, ou en les coupant à deux pieds de hauteur sur leur tige. Le grain se conserve dans des outres ou dans des fosses garnies de roseaux. On garde aussi les gerbes entières ; on les égrène à mesure que l'on en a besoin. Pour réduire le maïs en farine, on le pile dans un mortier ou on l'écrase entre deux pierres. Les Sauvages usent aussi de moulins à bras achetés des Européens.

La moisson de la folle avoine ou du riz sauvage suit immédiatement celle du maïs. J'ai parlé ailleurs de cette moisson*[1].

Récolte du sucre d'érable

La récolte du suc d'érable se faisait et se fait encore parmi les Sauvages deux fois l'année. La première récolte a lieu vers la fin de février, de mars ou d'avril, selon la latitude du pays où croît l'érable à sucre. L'eau recueillie après les légères gelées de la nuit se convertit en sucre, en la faisant bouillir sur un grand feu. La quantité de sucre obtenue par ce procédé varie selon les qualités de l'arbre. Ce sucre, léger de digestion, est d'une couleur verdâtre, d'un goût agréable et un peu acide.

La seconde récolte a lieu quand la sève de l'arbre n'a pas assez de consistance pour se changer en suc. Cette sève se condense en une espèce de mélasse, qui, étendue dans de l'eau de fontaine, offre une liqueur fraîche pendant les chaleurs de l'été.

On entretient avec grand soin les bois d'érable de l'espèce rouge et blanche. Les érables les plus productifs sont ceux dont l'écorce paraît noire et galeuse. Les Sauvages ont cru observer que ces accidents sont causés par le pivert noir à tête rouge, qui perce l'érable dont la sève est la plus abondante. Ils respectent ce pivert comme un oiseau intelligent et un bon génie.

À quatre pieds de terre environ, on ouvre dans le tronc de l'érable deux trous de trois quarts de pouce de profondeur, et perforés de haut en bas, pour faciliter l'écoulement de la sève.

* *Les Natchez.*

Ces deux premières incisions sont tournées au midi ; on en pratique deux autres semblables du côté du nord. Ces quatre taillades sont ensuite creusées, à mesure que l'arbre donne sa sève, jusqu'à la profondeur de deux pouces et demi.

Deux auges de bois sont placées aux deux faces de l'arbre au nord et au midi, et des tuyaux de sureau introduits dans les fentes servent à diriger la sève dans ces auges.

Toutes les vingt-quatre heures, on enlève le suc écoulé ; on le porte sous des hangars couverts d'écorce ; on le fait bouillir dans un bassin de pierre en l'écumant. Lorsqu'il est réduit à moitié par l'action d'un feu clair, on le transvase dans un autre bassin, où l'on continue à le faire bouillir jusqu'à ce qu'il ait pris la consistance d'un sirop. Alors, retiré du feu, il repose pendant douze heures. Au bout de ce temps, on le précipite dans un troisième bassin, prenant soin de ne pas remuer le sédiment tombé au fond de la liqueur.

Ce troisième bassin est à son tour remis sur des charbons demi-brûlés et sans flammes. Un peu de graisse est jetée dans le sirop pour l'empêcher de surmonter les bords du vase. Lorsqu'il commence à filer, il faut se hâter de le verser dans un quatrième et dernier bassin de bois, appelé *le refroidisseur*. Une femme vigoureuse le remue en rond, sans discontinuer, avec un bâton de cèdre, jusqu'à ce qu'il ait pris le grain du sucre. Alors elle le coule dans des moules d'écorce qui donnent au fluide coagulé la forme de petits pains coniques : l'opération est terminée.

Quand il ne s'agit que des mélasses, le procédé finit au second feu.

L'écoulement des érables dure quinze jours, et ces quinze jours sont une fête continuelle. Chaque matin on se rend au bois d'érables, ordinairement arrosé par un courant d'eau. Des groupes d'Indiens et d'Indiennes sont dispersés aux pieds des arbres ; des jeunes gens dansent ou jouent à différents jeux ; des enfants se baignent sous les yeux des Sachems. À la gaîté de ces Sauvages, à leur demi-nudité, à la vivacité des danses, aux luttes non moins bruyantes des baigneurs, à la mobilité et à la fraîcheur des eaux, à la vieillesse des ombrages, on croirait assister à l'une de ces scènes de Faunes et de Dryades décrites par les poètes :

> *Tum vero in numerum Faunosque ferasque videres Ludere*[1].

Pêches

Les Sauvages sont aussi habiles à la pêche, qu'adroits à la chasse : ils prennent le poisson avec des hameçons et des filets ; ils savent aussi épuiser les viviers. Mais ils ont de grandes pêches publiques. La plus célèbre de toutes ces pêches était celle de l'esturgeon qui avait lieu sur le Mississipi, et sur ses affluents.

Elle s'ouvrait par le mariage du filet. Six guerriers et six matrones portant ce filet s'avançaient au milieu des spectateurs sur la place publique et demandaient en mariage pour leur fils, le filet, deux jeunes filles qu'ils désignaient.

Les parents des jeunes filles donnaient leur consentement, et les jeunes filles et le filet étaient mariés par le jongleur avec les cérémonies d'usage : le Doge de Venise épousait la mer !

Des danses de caractère suivaient le mariage. Après les noces du filet, on se rendait au fleuve au bord duquel étaient assemblés les canots et les pirogues. Les nouvelles épouses enveloppées dans le filet étaient portées à la tête du cortège : on s'embarquait après s'être muni de flambeaux de pin, et de pierres pour battre le feu. Le filet, ses femmes, le jongleur, le Grand

Chef, quatre Sachems, huit guerriers pour manier les rames, montaient une grande pirogue qui prenait le devant de la flotte.

La flotte cherchait quelque baie fréquentée par l'esturgeon. Chemin faisant, on pêchait toutes les autres sortes de poissons : la truite, avec la seine[1], le poisson armé, avec l'hameçon. On frappe l'esturgeon d'un dard attaché à une corde, laquelle est nouée à la barre intérieure du canot. Le poisson frappé fuit en entraînant le canot ; mais peu à peu sa fuite se ralentit et il vient expirer à la surface de l'eau. Les différentes attitudes des pêcheurs, le jeu des rames, le mouvement des voiles, la position des pirogues groupées ou dispersées montrant le flanc, la poupe ou la proue, tout cela compose un spectacle très pittoresque : les paysages de la terre forment le fond immobile de ce mobile tableau.

À l'entrée de la nuit, on allumait dans les pirogues des flambeaux dont la lueur se répétait à la surface de l'onde. Les canots pressés jetaient des masses d'ombre sur les flots rougis ; on eût pris les pêcheurs indiens qui s'agitaient dans ces embarcations, pour leurs Manitous, pour ces êtres fantastiques, création de la superstition et des rêves du Sauvage.

À minuit, le jongleur donnait le signal de la retraite, déclarant que le filet voulait se retirer avec ses deux épouses. Les pirogues se rangeaient sur deux lignes. Un flambeau était symétriquement et horizontalement placé entre chaque rameur sur le bord des pirogues : ces flambeaux parallèles à la surface du fleuve paraissaient, disparaissaient à la vue par le balancement des vagues, et ressemblaient à des rames enflammées plongeant dans l'onde pour faire voguer les canots.

On chantait alors l'épithalame du filet : le filet, dans toute la gloire d'un nouvel époux, était déclaré vainqueur de l'esturgeon qui porte une couronne et qui a douze pieds de long. On peignait la déroute de l'armée entière des poissons : le lencornet[1] dont les barbes servent à entortiller son ennemi, le chaousaron[2], pourvu d'une lance dentelée, creuse et percée par le bout, l'artimègue[3] qui déploie un pavillon blanc, les écrevisses qui précèdent les guerriers poissons, pour leur frayer le chemin ; tout cela était vaincu par le filet.

Venaient des strophes qui disaient la douleur des veuves des poissons. « En vain ces veuves apprennent à nager, elles ne reverront plus ceux avec qui elles aimaient à errer dans les forêts sous les eaux ; elles ne se reposeront plus avec eux sur des couches de mousse que recouvrait une voûte transparente. » Le filet est invité, après tant d'exploits, à dormir dans les bras de ses deux épouses.

Danses[4]

La danse chez les Sauvages, comme chez les anciens Grecs et chez la plupart des peuples enfants, se mêle à toutes les actions de la vie. On danse pour les mariages, et les femmes font partie de cette danse ; on danse pour recevoir un hôte, pour fumer un calumet ; on danse pour les moissons ; on danse pour la naissance d'un enfant ; on danse surtout pour les morts. Chaque chasse a sa danse, laquelle consiste dans l'imitation des mouvements, des mœurs et des cris de l'animal dont la poursuite est décidée : on grimpe comme un ours, on bâtit comme un castor, on galope en rond comme un bison, on bondit comme un chevreuil, on hurle comme un loup, et l'on glapit comme un renard.

Dans la danse des braves ou de la guerre, les guerriers, complètement armés, se rangent sur deux lignes ; un enfant marche devant eux, un chichikoué à la main ; c'est l'*enfant des songes*, l'enfant qui a *rêvé* sous l'inspiration des bons ou des mauvais Manitous. Derrière les guerriers vient le jongleur, le prophète ou l'augure interprète des songes de l'enfant.

Les danseurs forment bientôt un double cercle en mugissant sourdement, tandis que l'enfant, demeuré au centre de ce cercle, prononce, les yeux baissés, quelques mots inintelligibles. Quand l'enfant lève la tête, les guerriers sautent et mugissent plus fort : ils se vouent à Athaënsic, Manitou de la haine et de la vengeance. Une espèce de coryphée marque la mesure en frappant sur un tambourin. Quelquefois les danseurs attachent à leurs pieds de petites sonnettes achetées des Européens.

Si l'on est au moment de partir pour une expédition, un chef prend la place de l'enfant, harangue les guerriers, frappe à coups de massue l'image d'un homme ou celle du Manitou de l'ennemi, dessinées grossièrement sur la terre. Les guerriers recommençant à danser, assaillent également l'image, imitent les attitudes de l'homme qui combat, brandissent leurs massues ou leurs haches, manient leurs mousquets ou leurs arcs, agitent leurs couteaux avec des convulsions et des hurlements.

Au retour de l'expédition, la danse de la guerre est encore plus affreuse : des têtes, des cœurs, des membres mutilés, des crânes avec leurs chevelures sanglantes sont suspendus à des piquets plantés en terre. On danse autour de ces trophées, et les prisonniers qui doivent être brûlés assistent au spectacle de ces horribles joies. Je parlerai de quelques autres danses de cette nature à l'article de la guerre.

Jeux

Le jeu est une action commune à l'homme ; il a trois sources : la nature, la société, les passions. De là trois espèces de jeux : les jeux de l'enfance, les jeux de la virilité, les jeux de l'oisiveté ou des passions.

Les jeux de l'enfance, inventés par les enfants eux-mêmes, se retrouvent sur toute la terre. J'ai vu le petit Sauvage, le petit Bédouin, le petit Nègre, le petit Français, le petit Anglais, le petit Allemand, le petit Italien, le petit Espagnol, le petit Grec opprimé, le petit Turc oppresseur lancer la balle et rouler le cerceau. Qui a montré à ces enfants si divers par leurs langues, si différents par leurs races, leurs mœurs et leurs pays, qui leur a montré ces mêmes jeux ? Le Maître des hommes, le Père de la grande et même famille : il enseigna à l'innocence ces amusements, développement des forces, besoin de la nature[1].

La seconde espèce de jeux est celle qui, servant à apprendre un art, est un besoin de la société. Il faut ranger dans cette espèce les jeux gymnastiques, les courses de char, la naumachie chez les anciens, les joutes, les castilles, les pas d'armes, les tournois dans le moyen âge, la paume, l'escrime, les courses de chevaux, et les jeux d'adresse chez les modernes. Le théâtre avec ses pompes est une chose à part, et le génie le réclame comme une de ses créations : il en est de même de quelques combinaisons de l'esprit, comme le jeu des dames et des échecs.

La troisième espèce de jeux, les jeux de hasard, est celle où l'homme expose sa fortune, son honneur, quelquefois sa liberté et sa vie avec une fureur qui tient du délire ; c'est un besoin des passions. Les dés chez les anciens, les cartes chez les modernes, les osselets chez les Sauvages de l'Amérique septentrionale[2], sont au nombre de ces récréations funestes.

On retrouve les trois espèces de jeux dont je viens de parler chez les Indiens.

Les jeux de leurs enfants sont ceux de nos enfants ; ils ont la balle et la paume*, la course, le tir de l'arc pour

---

* Voyez *Les Natchez*.

la jeunesse, et de plus le *jeu des plumes*, qui rappelle un ancien jeu de chevalerie[1].

Les guerriers et les jeunes filles dansent autour de quatre poteaux sur lesquels sont attachées des plumes de différentes couleurs : de temps en temps un jeune homme sort des quadrilles et enlève une plume de la couleur que porte sa maîtresse : il attache cette plume dans ses cheveux, et rentre dans les chœurs de danse. Par la disposition de la plume et la forme des pas, l'Indienne devine le lieu que son amant lui indique pour rendez-vous. Il y a des guerriers qui prennent des plumes d'une couleur dont aucune danseuse n'est parée : cela veut dire que ce guerrier n'aime point ou n'est point aimé. Les femmes mariées ne sont admises que comme spectatrices à ce jeu.

Parmi les jeux de la troisième espèce, les jeux de l'oisiveté ou des passions, je ne décrirai que celui des osselets.

À ce jeu, les Sauvages pleigent[2] leurs femmes, leurs enfants, leur liberté ; et lorsqu'ils ont joué sur promesse et qu'ils ont perdu, ils tiennent leur promesse. Chose étrange ! l'homme, qui manque souvent aux serments les plus sacrés, qui se rit des lois, qui trompe sans scrupule son voisin et quelquefois son ami, qui se fait un mérite de la ruse et de la duplicité, met son honneur à remplir les engagements de ses passions, à tenir sa parole au crime, à être sincère envers les auteurs, souvent coupables, de sa ruine et les complices de sa dépravation !

Au jeu des osselets, appelé aussi le *jeu du plat*, deux joueurs seuls tiennent la main ; le reste des joueurs parie pour ou contre : les deux adversaires ont chacun leur marqueur. La partie se joue sur une table ou simplement sur le gazon.

Les deux joueurs qui tiennent la main sont pourvus de six ou huit dés ou osselets, ressemblant à des noyaux d'abricot taillés à six faces inégales : les deux plus larges faces sont peintes l'une en blanc, l'autre en noir.

Les osselets se mêlent dans un plat de bois un peu concave ; le joueur fait pirouetter ce plat ; puis frappant sur la table ou sur le gazon, il fait sauter en l'air les osselets.

Si tous les osselets, en tombant, présentent la même couleur, celui qui a joué gagne cinq points : si cinq osselets sur six ou huit, amènent la même couleur, le joueur ne gagne qu'un point pour la première fois ; mais si le même joueur répète le même coup, il fait rafle de tout, et gagne la partie, qui est en quarante.

À mesure que l'on prend des points on en défalque autant sur la partie de l'adversaire.

Le gagnant continue de tenir la main ; le perdant cède sa place à l'un des parieurs de son côté, appelé à volonté par le marqueur de sa partie : les marqueurs sont les personnages principaux de ce jeu ; on les choisit avec de grandes précautions, et l'on préfère surtout ceux à qui l'on croit le Manitou le plus fort et le plus habile.

La désignation des marqueurs amène de violents débats : si un parti a nommé un marqueur dont le Manitou, c'est-à-dire la fortune, passe pour redoutable, l'autre parti s'oppose à cette nomination : on a quelquefois une très grande idée de la puissance du Manitou d'un homme qu'on déteste ; dans ce cas l'intérêt l'emporte sur la passion, et l'on adopte cet homme pour marqueur malgré la haine qu'on lui garde.

Le marqueur tient à la main une petite planche sur laquelle il note les coups en craie rouge : les Sauvages se pressent en foule autour des joueurs ; tous les yeux sont attachés sur le plat et sur les osselets ; chacun offre des vœux et fait des promesses aux bons Génies. Quelquefois les valeurs engagées sur le coup de dés sont immenses pour des Indiens : les uns y ont mis

leur cabane ; les autres se sont dépouillés de leurs vêtements, et les jouent contre les vêtements des parieurs
du parti opposé ; d'autres enfin, qui ont déjà perdu tout
ce qu'ils possèdent, proposent contre un faible enjeu
leur liberté ; ils offrent de servir pendant un certain
nombre de mois ou d'années celui qui gagnerait le coup
contre eux.

Les joueurs se préparent à leur ruine par des obser-
vances religieuses : ils jeûnent, ils veillent, ils prient ;
les garçons s'éloignent de leurs maîtresses, les hommes
mariés de leurs femmes ; les songes sont observés avec
soin. Les intéressés se munissent d'un sachet où ils
mettent toutes les choses auxquelles ils ont rêvé, de
petits morceaux de bois, des feuilles d'arbres, des
dents de poissons, et cent autres Manitous supposés
propices. L'anxiété est peinte sur les visages pendant la
partie ; l'assemblée ne serait pas plus émue s'il s'agissait du sort de la nation. On se presse autour du marqueur ; on cherche à le toucher, à se mettre sous son
influence ; c'est une véritable frénésie ; chaque coup est
précédé d'un profond silence et suivi d'une vive accla-
mation. Les applaudissements de ceux qui gagnent, les
imprécations de ceux qui perdent sont prodigués aux
marqueurs, et des hommes, ordinairement chastes et
modérés dans leurs propos, vomissent des outrages
d'une grossièreté et d'une atrocité incroyables.

Quand le coup doit être décisif, il est souvent arrêté
avant d'être joué : des parieurs de l'un ou l'autre parti
déclarent que le moment est fatal, qu'il ne faut pas
encore faire sauter les osselets. Un joueur, apostro-
phant ces osselets, leur reproche leur méchanceté et
les menace de les brûler : un autre ne veut pas que
l'affaire soit décidée avant qu'il ait jeté un morceau de
petun[1] dans le fleuve ; plusieurs demandent à grands
cris le saut des osselets ; mais il suffit qu'une seule voix
s'y oppose pour que le coup soit de droit suspendu.

Lorsqu'on se croit au moment d'en finir, un assistant s'écrie : « Arrêtez ! arrêtez ! ce sont les meubles de ma cabane qui me portent malheur ! » Il court à sa cabane, brise et jette tous les meubles à la porte, et revient en disant : « Jouez ! jouez ! »

Souvent un parieur se figure que tel homme lui porte malheur ; il faut que cet homme s'éloigne du jeu s'il n'y est pas mêlé, ou que l'on trouve un autre homme dont le Manitou, au jugement du parieur, puisse vaincre celui de l'homme qui porte malheur. Il est arrivé que des commandants français au Canada, témoins de ces déplorables scènes, se sont vus forcés de se retirer pour satisfaire aux caprices d'un Indien. Et il ne s'agit pas de traiter légèrement ces caprices ; toute la nation prendrait fait et cause pour le joueur ; la religion se mêlerait de l'affaire, et le sang coulerait.

Enfin, quand le coup décisif se joue, peu d'Indiens ont le courage d'en supporter la vue ; la plupart se précipitent à terre, ferment les yeux, se bouchent les oreilles, et attendent l'arrêt de la fortune comme on attendrait une sentence de vie ou de mort.

ANNÉE,
DIVISION ET RÈGLEMENT DU TEMPS,
CALENDRIER NATUREL

Année

Les Sauvages divisent l'année en douze lunes, division qui frappe tous les hommes ; car la lune disparaissant et reparaissant douze fois, coupe visiblement l'année en douze parties, tandis que l'année solaire, véritable année, n'est point indiquée par des variations dans le disque du soleil.

Division du temps

Les douze lunes tirent leurs noms des labeurs, des biens et des maux des Sauvages, des dons et des accidents de la nature ; conséquemment ces noms varient selon le pays et les usages des diverses peuplades ; Charlevoix en cite un grand nombre. Un voyageur moderne* donne ainsi les mois des Sioux et les mois des Cipawois :

MOIS DES SIOUX		LANGUE SIOUSE
Mars,	la lune du mal des yeux	Wisthociasia-onì.
Avril,	la lune du gibier	Mograhoandì-onì.
Mai,	la lune des nids	Mograhochandà-onì.
Juin,	la lune des fraises	Wojusticiascià-onì.
Juillet,	la lune des cerises	Champascià-onì.
Août,	la lune des buffaloes	Tantankakiocu-onì.
Septembre,	la lune de la folle avoine	Wasipi-onì.
Octobre,	la lune de la fin de la folle avoine	Sciwostapi-onì.
Novembre,	la lune du chevreuil	Takiouka-onì.
Décembre,	la lune du chevreuil qui jette ses cornes	Ah esciakiouska-onì.
Janvier,	la lune de valeur	Ouwikari-onì.
Février,	la lune des chats sauvages	Owiciata-onì.

MOIS DES CIPAVAIS.		LANGUE ALGONQUINE.
Juin,	la lune des fraises	Hode ï min-quìsìs.
Juillet,	la lune des fruits brûlés	Mikin-quìsìs.
Août,	la lune des feuilles jaunes	Wathebaqui-quìsìs.
Septembre,	la lune des feuilles tombantes	Inaqui-quìsìs.
Octobre,	la lune du gibier qui passe	Bina-hamo-quìsìs.
Novembre,	la lune de la neige	Kaskadino-quìsìs.

* Beltrami.

Décembre,	la lune du Petit Esprit	Manito-quìsìs.
Janvier,	la lune du Grand Esprit	Kitci manito-quìsìs.
Février,	la lune des aigles qui arrivent	Wamebinni-quìsìs.
Mars,	la lune de la neige durcie	Ouabanni-quìsìs.
Avril,	la lune des raquettes aux pieds	Pokaodaquimi-quìsìs.
Mai,	la lune des fleurs	Wabigon-quìsìs.

Les années se comptent par neiges ou par fleurs[1] : le vieillard et la jeune fille trouvent ainsi le symbole de leurs âges dans le nom de leurs années.

Calendrier naturel

En astronomie, les Indiens ne connaissent guère que l'étoile polaire ; ils l'appellent l'*étoile immobile* ; elle leur sert pour se guider pendant la nuit. Les Osages ont observé et nommé quelques constellations. Le jour, les Sauvages n'ont pas besoin de boussole ; dans les savanes, la pointe de l'herbe qui penche du côté du sud, dans les forêts, la mousse qui s'attache au tronc des arbres du côté du nord, leur indiquent le septentrion et le midi. Ils savent dessiner sur des écorces des cartes géographiques où les distances sont désignées par les nuits de marche.

Les diverses limites de leur territoire sont des fleuves, des montagnes, un rocher où l'on aura conclu un traité, un tombeau au bord d'une forêt, une grotte du Grand Esprit dans une vallée.

Les oiseaux, les quadrupèdes, les poissons, servent de baromètre, de thermomètre, de calendrier aux Sauvages : ils disent que le castor leur a appris à bâtir et à se gouverner, le carcajou à chasser avec des chiens, parce qu'il chasse avec des loups[2], l'épervier d'eau à pêcher avec une huile qui attire le poisson.

Les pigeons, dont les volées sont innombrables, les bécasses américaines, dont le bec est d'ivoire, annoncent l'automne aux Indiens ; les perroquets et les piverts leur prédisent la pluie par des sifflements tremblotants.

Quand le maukawis[1], espèce de caille, fait entendre son chant au mois d'avril depuis le lever jusqu'au coucher du soleil, le Siminole se tient assuré que les froids sont passés ; les femmes sèment les grains d'été ; mais quand le maukawis se perche la nuit sur une cabane, l'habitant de cette cabane se prépare à mourir.

Si l'oiseau blanc se joue au haut des airs, il annonce un orage ; s'il vole le soir au-devant du voyageur, en se jetant d'une aile sur l'autre, comme effrayé, il prédit des dangers.

Dans les grands événements de la patrie, les jongleurs affirment que Kit-chi-manitou se montre au-dessus des nuages porté par son oiseau favori, le wakon[2], espèce d'oiseau de paradis aux ailes brunes, et dont la queue est ornée de quatre longues plumes vertes et rouges.

Les moissons, les jeux, les chasses, les danses, les assemblées des Sachems, les cérémonies du mariage, de la naissance et de la mort, tout se règle par quelques observations tirées de l'histoire de la nature. On sent combien ces usages doivent répandre de grâce et de poésie dans le langage ordinaire de ces peuples. Les nôtres se réjouissent à la Grenouillère, grimpent au mât de cocagne, moissonnent à la mi-août, plantent des oignons à la Saint-Fiacre et se marient à la Saint-Nicolas.

MÉDECINE

La science du médecin est une espèce d'initiation chez les Sauvages : elle s'appelle la *grande médecine* ; on y est affilié comme à une franc-maçonnerie ; elle a ses secrets, ses dogmes, ses rites.

Si les Indiens pouvaient bannir du traitement des maladies les coutumes superstitieuses et les jongleries des prêtres, ils connaîtraient tout ce qu'il y a d'essentiel dans l'art de guérir ; on pourrait même dire que cet art est presque aussi avancé chez eux que chez les peuples civilisés.

Ils connaissent une multitude de simples propres à fermer les blessures[1] ; ils ont l'usage du *garent-oguen*, qu'ils appellent encore *abasoutchenza*, à cause de sa forme : c'est le *ginseng* des Chinois. Avec la seconde écorce du sassafras ils coupent les fièvres intermittentes : les racines du lycnis à feuilles de lierre leur servent pour faire passer les enflures du ventre ; ils emploient le *bellis* du Canada, haut de six pieds, dont les feuilles sont grasses et cannelées, contre la gangrène ; il nettoie complètement les ulcères, soit qu'on le réduise en poudre, soit qu'on l'applique cru et broyé.

L'hédisaron à trois feuilles, dont les fleurs rouges sont disposées en épi, a la même vertu que le *bellis*[2].

Selon les Indiens, la forme des plantes a des analogies et des ressemblances avec les différentes parties du corps humain que ces plantes sont destinées à guérir, ou avec les animaux malfaisants dont elles neutralisent le venin. Cette observation mériterait d'être suivie : les peuples simples, qui dédaignent moins que nous les indications de la Providence, sont moins sujets que nous à se tromper.

Un des grands moyens employés par les Sauvages dans beaucoup de maladies, ce sont les bains de vapeur. Ils bâtissent à cet effet une cabane qu'ils appellent la *cabane des sueurs*[3]. Elle est construite avec des branches d'arbres plantées en rond et attachées ensemble par la cime, de manière à former un cône ; on les garnit en dehors de peaux de différents animaux : on y ménage une très petite ouverture pratiquée contre terre, et par laquelle on entre en se traînant sur les genoux et sur les mains. Au milieu de cette étuve est un bassin plein d'eau que l'on fait bouillir en y jetant des cailloux rougis au feu ; la vapeur qui s'élève de ce bassin est brûlante, et en moins de quelques minutes le malade se couvre de sueur.

La chirurgie n'est pas à beaucoup près aussi avancée que la médecine parmi les Indiens. Cependant ils sont parvenus à suppléer à nos instruments par des inventions ingénieuses. Ils entendent très bien les bandages applicables aux fractures simples ; ils ont des os aussi pointus que des lancettes pour saigner et pour scarifier les membres rhumatisés ; ils sucent le sang à l'aide d'une corne et en tirent la quantité prescrite. Des courges pleines de matières combustibles auxquelles ils mettent le feu leur tiennent lieu de ventouses. Ils ouvrent des ustions avec des nerfs de chevreuil, et ils font des siphons avec les vessies de divers animaux.

Les principes de la boîte fumigatoire employée quelque temps en Europe, dans le traitement des noyés, sont connus des Indiens. Ils se servent à cet effet d'un large boyau fermé à l'une des extrémités, ouvert à l'autre par un petit tube de bois : on enfle ce boyau avec de la fumée, et l'on fait entrer cette fumée dans les intestins du noyé.

Dans chaque famille on conserve ce qu'on appelle le *sac de médecine* ; c'est un sac rempli de Manitous et de différents simples d'une grande puissance. On porte ce sac à la guerre : dans les camps c'est un palladium, dans les cabanes un dieu Lare[1].

Les femmes pendant leurs couches se retirent à la cabane des purifications ; elles y sont assistées par des matrones. Celles-ci, dans les accouchements ordinaires, ont les connaissances suffisantes, mais dans les accouchements difficiles, elles manquent d'instruments. Lorsque l'enfant se présente mal et qu'elles ne le peuvent retourner, elles suffoquent la mère, qui, se débattant contre la mort, délivre son fruit par l'effort d'une dernière convulsion. On avertit toujours la femme en travail avant de recourir à ce moyen ; elle n'hésite jamais à se sacrifier. Quelquefois la suffocation n'est pas complète ; on sauve à la fois l'enfant et son héroïque mère.

La pratique est encore, dans ces cas désespérés, de causer une grande frayeur à la femme en couches ; une troupe de jeunes gens s'approchent en silence de la cabane des purifications, et poussent tout à coup un cri de guerre : ces clameurs échouent auprès des femmes courageuses, et il y en a beaucoup.

Quand un Sauvage tombe malade, tous ses parents se rendent à sa hutte. On ne prononce jamais le mot de mort devant un ami du malade : l'outrage le plus sanglant qu'on puisse faire à un homme, c'est de lui dire : « Ton père est mort. »

Nous avons vu le côté sérieux de la médecine des Sauvages, nous allons en voir le côté plaisant, le côté qu'aurait peint un Molière indien[1], si ce qui rappelle les infirmités morales et physiques de notre nature n'avait quelque chose de triste.

Le malade a-t-il des évanouissements, dans les intervalles où on peut le supposer mort, les parents, assis selon les degrés de parenté autour de la natte du moribond, poussent des hurlements qu'on entendrait d'une demi-lieue. Quand le malade reprend ses sens les hurlements cessent pour recommencer à la première crise.

Cependant le jongleur arrive ; le malade lui demande s'il reviendra à la vie : le jongleur ne manque pas de répondre qu'il n'y a que lui, jongleur, qui puisse lui rendre la santé. Alors le malade qui se croit près d'expirer, harangue ses parents, les console, les invite à bannir la tristesse et à bien manger.

On couvre le patient d'herbes, de racines et de morceaux d'écorce ; on souffle avec un tuyau de pipe sur les parties de son corps où le mal est censé résider ; le jongleur lui parle dans la bouche pour conjurer, s'il en est encore temps, l'Esprit infernal.

Le malade ordonne lui-même le repas funèbre : tout ce qui reste de vivres dans la cabane se doit consommer. On commence à égorger les chiens, afin qu'ils aillent avertir le Grand Esprit de la prochaine arrivée de leur maître. À travers ces puérilités, la simplicité avec laquelle un Sauvage accomplit le dernier acte de la vie a pourtant quelque chose de grand.

En déclarant que le malade va mourir, le jongleur met sa science à l'abri de l'événement, et fait admirer son art si le malade recouvre la santé. Quand il s'aperçoit que le danger est passé, il n'en dit rien, et commence ses adjurations.

Il prononce d'abord des mots que personne ne comprend ; puis il s'écrie : « Je découvrirai le maléfice ; je forcerai Kitchi-Manitou à fuir devant moi. »

Il sort de la hutte ; les parents le suivent ; il court s'enfoncer dans la *cabane des sueurs* pour recevoir l'inspiration divine. Rangés dans une muette terreur autour de l'étuve, les parents entendent le prêtre qui hurle, chante, crie en s'accompagnant d'un chichikoué. Bientôt il sort tout nu par le soupirail de la hutte, l'écume aux lèvres et les yeux tors : il se plonge, dégouttant de sueur, dans une eau glacée, se roule par terre, fait le mort, ressuscite, vole à sa hutte en ordonnant aux parents d'aller l'attendre à celle du malade.

Bientôt on le voit revenir, tenant un charbon à moitié allumé dans sa bouche, et un serpent dans sa main.

Après de nouvelles contorsions autour du malade, il laisse tomber le charbon, et s'écrie : « Réveille-toi, je te promets la vie ; le Grand Esprit m'a fait connaître le sort qui te faisait mourir. » Le forcené se jette sur le bras de sa dupe, le déchire avec les dents, et ôtant de sa bouche un petit os qu'il y tenait caché : « Voilà,

s'écrie-t-il, le maléfice que j'ai arraché de ta chair ! »
Alors le prêtre demande un chevreuil et des truites pour
en faire un repas, sans quoi le malade ne pourrait guérir : les parents sont obligés d'aller sur-le-champ à la
chasse et à la pêche.

Le médecin mange le dîner ; cela ne suffit pas. Le
malade est menacé d'une rechute, si l'on n'obtient,
dans une heure, le manteau d'un chef qui réside à
deux ou trois journées de marche du lieu de la scène.
Le jongleur le sait, mais comme il prescrit à la fois la
règle et donne les dispenses, moyennant quatre ou cinq
manteaux profanes fournis par les parents, il les tient
quittes du manteau sacré réclamé par le ciel.

Les fantaisies du malade, qui revient tout naturellement à la vie, augmentent la bizarrerie de cette cure :
le malade s'échappe de son lit, se traîne sur les pieds
et sur les mains derrière les meubles de la cabane. Vainement on l'interroge ; il continue sa ronde et pousse
des cris étranges. On le saisit ; on le remet sur sa natte ;
on le croit en proie à une attaque de son mal : il reste
tranquille un moment, puis il se relève à l'improviste et
va se plonger dans un vivier ; on l'en retire avec peine ;
on lui présente un breuvage : « Donne-le à cet orignal »,
dit-il en désignant un de ses parents.

Le médecin cherche à pénétrer la cause du nouveau
délire du malade. « Je me suis endormi, répond gravement celui-ci, et j'ai rêvé que j'avais un bison dans
l'estomac. » La famille semble consternée, mais soudain
les assistants s'écrient qu'ils sont aussi possédés d'un
animal : l'un imite le cri d'un caribou, l'autre l'aboie-
ment d'un chien, un troisième le hurlement d'un loup ;
le malade contrefait à son tour le mugissement de son
bison : c'est un charivari épouvantable. On fait transpi-
rer le songeur sur une infusion de sauge et de branches
de sapin ; son imagination est guérie par la complai-
sance de ses amis, et il déclare que le bison lui est sorti

du corps. Ces folies, mentionnées par Charlevoix, se renouvellent tous les jours chez les Indiens.

Comment le même homme, qui s'élevait si haut lorsqu'il se croyait au moment de mourir, tombe-t-il si bas lorsqu'il est sûr de vivre ? Comment de sages vieillards, des jeunes gens raisonnables, des femmes sensées se soumettent-ils aux caprices d'un esprit déréglé ? Ce sont là les mystères de l'homme, la double preuve de sa grandeur et de sa misère.

LANGUES INDIENNES[1]

Quatre langues principales paraissent se partager l'Amérique septentrionale : l'algonquin et le huron au nord et à l'est, le sioux à l'ouest, et le chicassais au midi ; mais les dialectes diffèrent pour ainsi dire de tribu à tribu. Les Creeks actuels parlent le chicassais mêlé d'algonquin.

L'ancien natchez n'était qu'un dialecte plus doux du chicassais.

Le natchez, comme le huron et l'algonquin, ne connaissait que deux genres, le masculin et le féminin ; il rejetait le neutre. Cela est naturel chez des peuples qui prêtent des sens à tout, qui entendent des voix dans tous les murmures, qui donnent des haines et des amours aux plantes, des désirs à l'onde, des esprits immortels aux animaux, des âmes aux rochers. Les noms en natchez ne se déclinaient point ; ils prenaient seulement au pluriel la lettre *k* ou le monosyllabe *ki*, si le nom finissait par une consonne.

Les verbes se distinguaient par la caractéristique, la terminaison et l'augment. Ainsi les Natchez disaient : *T-ija*, je marche ; *ni Tija-ban*, je marchais ; *ni-ga Tija*, je marcherai ; *ni-ki Tija*, je marchai ou j'ai marché.

Il y avait autant de verbes qu'il y avait de substantifs exposés à la même action ; ainsi *manger* du maïs était un autre verbe que *manger* du chevreuil ; se *promener* dans une forêt, se disait d'une autre manière que se promener sur une colline ; *aimer son ami* se rendait par le verbe *napitilima*, qui signifie j'estime ; *aimer sa maîtresse* s'exprimait par le verbe *nisakia*, qu'on peut traduire par *je suis heureux*. Dans les langues des peuples près de la nature, les verbes sont ou très multipliés, ou peu nombreux, mais surchargés d'une multitude de lettres qui en varient les significations : le père, la mère, le fils, la femme, le mari, pour exprimer leurs divers sentiments, ont cherché des expressions diverses ; ils ont modifié d'après les passions humaines la parole primitive que Dieu a donnée à l'homme avec l'existence. Le verbe était un et renfermait tout ; l'homme en a tiré les langues avec leurs variations et leurs richesses ; langues où l'on trouve pourtant quelques mots radicalement les mêmes, restés comme type ou preuve d'une commune origine.

Le chicassais, racine du natchez, est privé de la lettre *r*, excepté dans les mots dérivés de l'algonquin, comme *arrego, je fais la guerre*, qui se prononce avec une sorte de déchirement de son. Le chicassais a des aspirations fréquentes pour le langage des passions violentes, telles que la haine, la colère, la jalousie ; dans les sentiments tendres, dans les descriptions de la nature, ses expressions sont pleines de charme et de pompe.

Les Sioux, que leur tradition fait venir du Mexique sur le haut Mississipi, ont étendu l'empire de leur langue depuis ce fleuve jusqu'aux montagnes Rocheuses à l'ouest, et jusqu'à la rivière Rouge au nord : là se trouvent les Cypowois qui parlent un dialecte de l'algonquin, et qui sont ennemis des Sioux.

La langue siouse siffle d'une manière assez désagréable à l'oreille : c'est elle qui a nommé presque tous les fleuves et tous les lieux à l'ouest du Canada : le Mississipi, le Missouri, l'Osage, etc. On ne sait rien encore, ou presque rien de sa grammaire.

L'algonquin et le huron sont les langues mères de tous les peuples de la partie de l'Amérique septentrionale comprise entre les sources du Mississipi, la baie d'Hudson, et l'Atlantique, jusqu'à la côte de la Caroline. Un voyageur qui saurait ces deux langues, pourrait parcourir plus de dix-huit cents lieues de pays sans interprète, et se faire entendre de plus de cent peuples.

La langue algonquine commençait à l'Acadie et au golfe Saint-Laurent ; tournant du sud-est par le nord jusqu'au sud-ouest, elle embrassait une étendue de douze cents lieues. Les indigènes de la Virginie la parlaient ; au-delà, dans les Carolines, au midi, dominait la langue chicassaise. L'idiome algonquin, au nord, venait finir chez les Cypowois. Plus loin encore, au septentrion, paraît la langue des Esquimaux ; à l'ouest, la langue algonquine touchait la rive gauche du Mississipi : sur la rive droite règne la langue siouse.

L'algonquin a moins d'énergie que le huron ; mais il est plus doux, plus élégant et plus clair : on l'emploie ordinairement dans les traités ; il passe pour la langue polie ou la langue classique du désert.

Le huron était parlé par le peuple qui lui a donné son nom, et par les Iroquois, colonie de ce peuple.

Le huron est une langue complète ayant ses verbes, ses noms, ses pronoms et ses adverbes. Les verbes simples ont une double conjugaison, l'une absolue, l'autre réciproque ; les troisièmes personnes ont les deux genres ; et les nombres et les temps suivent le mécanisme de la langue grecque. Les verbes actifs se multiplient à l'infini, comme dans la langue chicassaise.

Le huron est sans labiales ; on le parle du gosier, et presque toutes les syllabes sont aspirées. La diphtongue *ou* forme un son extraordinaire qui s'exprime sans faire aucun mouvement des lèvres. Les missionnaires, ne sachant comment l'indiquer, l'ont écrit par le chiffre 8.

Le génie de cette noble langue consiste surtout à personnifier l'action, c'est-à-dire à tourner le passif par l'actif. Ainsi, l'exemple est cité par le père Rasle : « Si vous demandiez à un Européen pourquoi Dieu l'a créé, il vous dirait : "C'est pour le connaître, l'aimer, le servir et par ce moyen mériter la gloire éternelle." »

Un Sauvage vous répondrait dans la langue huronne : « Le Grand Esprit a pensé de nous : qu'ils me connaissent, qu'ils m'aiment, qu'ils me servent, alors je les ferai entrer dans mon illustre félicité ! »

La langue huronne ou iroquoise a cinq principaux dialectes.

Cette langue n'a que quatre voyelles, *a*, *e*, *i*, *o*, et la diphtongue 8, qui tient un peu de la consonne et de la valeur du *w* anglais ; elle a sept consonnes, *g*, *h*, *k*, *n*, *r*, *s*, *t*.

Dans le huron presque tous les noms sont verbes. Il n'y a point d'infinitif ; la racine du verbe est la première personne du présent de l'indicatif.

Il y a trois temps primitifs dont se forment tous les autres : le présent de l'indicatif, le prétérit indéfini, et le futur simple affirmatif.

Il n'y a presque pas de substantifs abstraits ; si on en trouve quelques-uns, ils ont été évidemment formés après coup du verbe concret, en modifiant une de ses personnes.

Le huron a un duel comme le grec, et deux premières personnes plurielles et duelles. Point d'auxiliaire pour conjuguer les verbes ; point de participes ; point de verbes passifs ; on tourne par l'actif : *Je suis aimé*, dites : *On m'aime*, etc. Point de pronoms pour exprimer les relations dans les verbes : elles se connaissent seulement par l'initiale du verbe, que l'on modifie autant de différentes fois et d'autant de différentes manières qu'il y a de relations possibles entre les différentes personnes des trois nombres, ce qui est énorme. Aussi ces relations sont-elles la clef de la langue. Lorsqu'on les comprend (elles ont des règles fixes), on n'est plus arrêté.

Une singularité, c'est que dans les verbes, les impératifs ont une première personne.

Tous les mots de la langue huronne peuvent se composer entre eux. Il est général, à quelques exceptions près, que l'objet du verbe, lorsqu'il n'est pas un nom propre, s'inclut dans le verbe même et ne fait plus qu'un seul mot ; mais alors le verbe prend la conjugaison du nom, car tous les noms appartiennent à une conjugaison. Il y en a cinq.

Cette langue a un grand nombre de particules explétives qui seules ne signifient rien, mais qui répandues dans le discours lui donnent une grande force et une grande clarté. Les particules ne sont pas toujours les mêmes pour les hommes et pour les femmes. Chaque genre a les siennes propres.

Il y a deux genres : le genre noble, pour les hommes, et le genre non noble, pour les femmes et les animaux mâles ou femelles. En disant d'un lâche qu'il est une femme, on masculinise le mot *femme* ; en disant d'une femme qu'elle est un homme, on féminise le mot *homme*.

La marque du genre noble et du genre non noble, du singulier, du duel[1] et du pluriel, est la même dans les noms que dans les verbes, lesquels ont tous, à chaque temps et à chaque nombre, deux troisièmes personnes, noble et non noble.

Chaque conjugaison est absolue, réfléchie, réciproque et relative. J'en mettrai ici un exemple :

Conjugaison absolue.

SINGULIER PRÉSENT DE L'INDICATIF.
Iks8ens. — Je hais, etc.

DUEL.
Tenis8ens. — Toi et moi, etc.

PLURIEL.
Te8as8ens. — Vous et nous, etc.

Conjugaison réfléchie.

SINGULIER.
Katats8ens. — Je me hais, etc.

DUEL.
Tiatats8ens. — Nous nous, etc.

PLURIEL.
Te8atats8ens. — Vous et nous, etc.

Pour la conjugaison réciproque on ajoute *te* à la conjugaison réfléchie, en changeant *r* en *h* dans les troisièmes personnes du singulier et du pluriel.
On aura donc :

Tekatats8ens. — Je me hais, *mutuô*, avec quelqu'un.

Conjugaison relative du même verbe, même temps.

SINGULIER.
Relation de la première personne aux autres.
Kons8ens. — *Ego te odi*, etc.
Relation de la seconde personne aux autres.
Taks8ens. — *Tu me.*
Relation de la troisième masculine aux autres.
Raks8ens. — *Ille me.*
Relation de la troisième féminine aux autres.
8aks8ens. — *Illa me*, etc.

Relation de la troisième personne indéfinie on.
Ionks8ens. — On me hait.

DUEL.

La relation du duel au duel et au pluriel, devient plurielle. On ne mettra donc que la relation du duel au singulier.

Relation du duel aux autres personnes.
Kenis8ens. — *Nos 2 te,* etc.

Les troisièmes personnes duelles aux autres sont les mêmes que les plurielles.

PLURIEL.

Relation de la première plurielle aux autres.
K8as8ens. — *Nos te,* etc.
Relation de la seconde plurielle aux autres.
Tak8as8ens. — *Vos me.*
Relation de la troisième plurielle masculine aux autres.
Ronks8ens. — *Illi me.*
Relation de la troisième féminine plurielle aux autres.
Ionks8ens. — *Illæ me.*

Conjugaison d'un nom.

SINGULIER.

Hieronke. — Mon corps.
Tsieronke. — Ton corps.
Raieronke. — Son — à lui.
Kaieronke. — Son — à elle.
Ieronke. — Le corps de quelqu'un.

DUEL.

Tenïeronke. — Notre *(meum et tuum).*

Iakeniieronke. — Notre *(meum et illum)*.
Seniieronke. — Votre 2.
Niieronke. — Leur 2 à eux.
Kaniieronke. — Leur 2 à elles.

PLURIEL.

Te8aieronke. — Notre *(nost. et vest.)*.
Iak8aieronke. — Notre *(nost. et illor.)*.

Et ainsi de tous les noms. En comparant la conjugaison de ce nom avec la conjugaison absolue du verbe *iks8ens*, je hais, on voit que ce sont absolument les mêmes modifications aux trois nombres : *k* pour la première personne, *s* pour la seconde ; *r* pour la troisième noble, *ka* pour la troisième non noble ; *ni* pour le duel. Pour le pluriel, on redouble *te8a*, *se8a*, *rati*, *konti*, changeant *k* en *te8a*, *s* en *se8a*, *ra* en *rati*, *ka* en *konti*, etc.

La relation dans la parenté est toujours du plus grand au plus petit. Exemple :

Mon père, *rakenika*, celui qui m'a pour fils. (Relation de la troisième personne à la première.)

Mon fils, *rienha*, celui que j'ai pour fils. (Relation de la première à la troisième personne.)

Mon oncle, *rakenchaa*, rak... (Relation de la troisième personne à la première.)

Mon neveu, *rion8atenha*, ri... (Relation de la première à la troisième personne, comme dans le verbe précédent.)

Le verbe *vouloir* ne se peut traduire en iroquois. On se sert de *ikire*, *penser* ; ainsi :

Je veux aller là.
Ikere etho iake.
Je pense aller là.

Les verbes qui expriment une chose qui n'existe plus au moment où l'on parle n'ont point de parfait, mais seulement un imparfait, comme *ronnhek8e*, imparfait, il a vécu, il ne vit plus. Par analogie à cette règle : si *j'ai aimé* quelqu'un et si je l'*aime encore*, je me servirai du parfait *kenon8ehon*. Si je ne l'aime plus, je me servirai de l'imparfait *kenon8esk8e* : je l'*aimais*, mais je *ne l'aime plus* : voilà pour les temps.

Quant aux personnes, les verbes qui expriment une chose que l'on ne fait pas volontairement n'ont pas de premières personnes, mais seulement une troisième relative aux autres. Ainsi, j'éternue, *te8akitsionk8a*, relation de la troisième à la première : cela m'*éternue* ou me fait éternuer.

Je bâille, *te8akskara8ata*, même relation de la troisième non noble à la première *8ak*, cela *m'ouvre la bouche*. La seconde personne, *tu bâilles, tu éternues*, sera la relation de la même troisième personne non noble à la seconde *tesatsionk8a, tesaskara8ata*, etc.

Pour les termes des verbes, ou régimes indirects, il y a une variété suffisante de modifications aux finales qui les expriment intelligiblement ; et ces modifications sont soumises à des règles fixes.

Kninons, j'achète. *Kehninonse*, j'achète pour quelqu'un. *Kehninon*, j'achète de quelqu'un. — *Katennietha*, j'envoie. *Kehnieta*, j'envoie par quelqu'un. *Keiatennietennis*, j'envoie à quelqu'un.

Du seul examen de ces langues, il résulte que des peuples surnommés par nous *Sauvages*, étaient fort avancés dans cette civilisation qui tient à la combinaison des idées. Les détails de leur gouvernement confirmeront de plus en plus cette vérité*[1].

---

* J'ai puisé la plupart des renseignements curieux que je viens de donner sur la langue huronne, dans une petite grammaire

CHASSE[1]

Quand les vieillards ont décidé la chasse du castor ou de l'ours, un guerrier va de porte en porte dans les villages, disant : « Les chefs vont partir ; que ceux qui veulent les suivre se peignent de noir et jeûnent, pour apprendre de l'Esprit des songes où les ours et les castors se tiennent cette année. »

À cet avertissement tous les guerriers se barbouillent de noir de fumée détrempé avec de l'huile d'ours ; le jeûne de huit nuits commence : il est si rigoureux qu'on ne doit pas même avaler une goutte d'eau, et il faut chanter incessamment, afin d'avoir d'heureux songes.

Le jeûne accompli, les guerriers se baignent ; on sert un grand festin. Chaque Indien fait le récit de ses songes : si le plus grand nombre de ces songes désigne un même lieu pour la chasse, c'est là qu'on se résout d'aller[2].

On offre un sacrifice expiatoire aux âmes des ours tués dans les chasses précédentes, et on les conjure d'être favorables aux nouveaux chasseurs, c'est-à-dire qu'on prie les ours défunts de laisser assommer les ours

---

iroquoise manuscrite qu'a bien voulu m'envoyer M. Marcoux, missionnaire au saut Saint-Louis, district de Montréal, dans le Bas Canada. Au reste, les jésuites ont laissé des travaux considérables sur les langues sauvages du Canada. Le P. Chaumont, qui avait passé cinquante ans parmi les Hurons, a composé une grammaire de leur langue. Nous devons au P. Rasle, enfermé dix ans dans un village d'Abénakis, de précieux documents. Un dictionnaire français-iroquois est achevé ; nouveau trésor pour les philologues. On a aussi le manuscrit d'un dictionnaire iroquois et anglais ; malheureusement, le premier volume, depuis la lettre A jusqu'à la lettre L, a été perdu.

vivants. Chaque guerrier chante ses anciens exploits contre les bêtes fauves.

Les chansons finies on part complètement armé. Arrivés au bord d'un fleuve, les guerriers tenant une pagaie à la main, s'asseyent deux à deux dans le fond des canots. Au signal donné par le chef, les canots se rangent à la file : celui qui tient la tête sert à rompre l'effort de l'eau lorsqu'on navigue contre le cours du fleuve. À ces expéditions, on mène des meutes, et l'on porte des lacets, des pièges, des raquettes à neige.

Lorsqu'on est parvenu au rendez-vous, les canots sont tirés à terre et environnés d'une palissade revêtue de gazon. Le chef divise les Indiens en compagnies composées d'un même nombre d'individus. Après le partage des chasseurs, on procède au partage du pays de chasse. Chaque compagnie bâtit une hutte au centre du lot qui lui est échu.

La neige est déblayée ; des piquets sont enfoncés en terre, et des écorces de bouleau appuyées contre ces piquets : sur ces écorces qui forment les murs de la hutte, s'élèvent d'autres écorces inclinées l'une vers l'autre ; c'est le toit de l'édifice : un trou ménagé dans ce toit laisse échapper la fumée du foyer. La neige bouche en dehors les vides de la bâtisse et lui sert de ravalement ou de crépi. Un brasier est allumé au milieu de la cabane ; des fourrures couvrent le sol ; les chiens dorment sur les pieds de leurs maîtres ; loin de souffrir du froid, on étouffe. La fumée remplit tout : les chasseurs, assis ou couchés, tâchent de se placer au-dessous de cette fumée.

On attend que les neiges soient tombées, que le vent du nord-ouest en rassérénant le ciel, ait amené un froid sec, pour commencer la chasse du castor. Mais pendant les jours qui précèdent cette nuaison, on s'occupe de quelques chasses intermédiaires, telles que celles des loutres, des renards et des rats musqués.

Les trappes employées contre ces animaux, sont des planches plus ou moins épaisses, plus ou moins larges. On fait un trou dans la neige : une des extrémités des planches est posée à terre, l'autre extrémité est élevée sur trois morceaux de bois agencés dans la forme du chiffre 4. L'amorce s'attache à l'un des jambages de ce chiffre ; l'animal qui la veut saisir, s'introduit sous la planche, tire à soi l'appât, abat la trappe, est écrasé.

Les amorces diffèrent selon les animaux auxquels elles sont destinées : au castor on présente un morceau de bois de tremble, au renard et au loup un lambeau de chair, au rat musqué des noix et divers fruits secs.

On tend les trappes pour les loups à l'entrée des passes, au débouché d'un fourré ; pour les renards, au penchant des collines, à quelque distance des garennes ; pour le rat musqué, dans les taillis de frênes ; pour les loutres, dans les fossés des prairies et dans les joncs des étangs.

On visite les trappes le matin : on part de la hutte deux heures avant le jour.

Les chasseurs marchent sur la neige avec des raquettes : ces raquettes ont dix-huit pouces de long sur huit de large ; de forme ovale par devant, elles se terminent en pointe par derrière ; la courbe de l'ellipse est de bois de bouleau, plié et durci au feu. Les cordes transversales et longitudinales sont faites de lanières de cuir ; elles ont six lignes en tous sens ; on les renforce avec des scions d'osier. La raquette est assujettie aux pieds au moyen de trois bandelettes. Sans ces machines ingénieuses il serait impossible de faire un pas l'hiver dans ces climats ; mais elles blessent et fatiguent d'abord, parce qu'elles obligent à tourner les genoux en dedans et à écarter les jambes.

Lorsqu'on procède à la visite et à la levée des pièges dans les mois de novembre et de décembre, c'est ordinairement au milieu des tourbillons de neige, de grêle et de vent : on voit à peine à un demi-pied devant soi. Les chasseurs marchent en silence, mais les chiens qui sentent la proie, poussent des hurlements. Il faut toute la sagacité du Sauvage pour retrouver les trappes ensevelies, avec les sentiers, sous les frimas.

À un jet de pierre des pièges, le chasseur s'arrête, afin d'attendre le lever du jour ; il demeure debout, immobile au milieu de la tempête, le dos tourné au vent, les doigts enfoncés dans la bouche : à chaque poil des peaux dont il est enveloppé, se forme une aiguille de givre, et la touffe de cheveux qui couronne sa tête, devient un panache de glace.

À la première lueur du jour, lorsqu'on aperçoit les trappes tombées, on court aux fins de la bête. Un loup ou un renard, les reins à moitié cassés, montre aux chasseurs ses dents blanches et sa gueule noire : les chiens font raison du blessé.

On balaie la nouvelle neige, on relève la machine ; on y met une pâture fraîche, observant de dresser l'embûche sous le vent. Quelquefois les pièges sont détendus sans que le gibier y soit resté : cet accident est l'effet de la matoiserie des renards ; ils attaquent l'amorce, en avançant la patte par le côté de la planche, au lieu de s'engager sous la trappe ; ils emportent, sains et saufs, la picorée.

Si la première levée des pièges a été bonne, les chasseurs retournent triomphants à la hutte ; le bruit qu'ils font alors est incroyable : ils racontent les captures de la matinée ; ils invoquent les Manitous ; ils crient sans s'entendre ; ils déraisonnent de joie, et les chiens ne sont pas muets. De ce premier succès on tire les présages les plus heureux pour l'avenir.

Lorsque les neiges ont cessé de tomber, que le soleil brille sur leur surface durcie, la chasse du castor est proclamée. On fait d'abord au Grand Castor une prière solennelle, et on lui présente une offrande de petun.

Chaque Indien s'arme d'une massue pour briser la glace, d'un filet pour envelopper la proie. Mais quelle que soit la rigueur de l'hiver, certains petits étangs ne gèlent jamais dans le Haut Canada : ce phénomène tient ou à l'abondance de quelques sources chaudes, ou à l'exposition particulière du sol.

Ces réservoirs d'eau non congelable sont souvent formés par les castors eux-mêmes, comme je l'ai dit à l'article de l'histoire naturelle. Voici comment on détruit les paisibles créatures de Dieu :

On pratique à la chaussée de l'étang où vivent les castors, un trou assez large pour que l'eau se perde et pour que la ville merveilleuse demeure à sec. Debout sur la chaussée, un assommoir à la main, leurs chiens derrière eux, les chasseurs sont attentifs : ils voient les habitations se découvrir à mesure que l'eau baisse. Alarmé de cet écoulement rapide, le peuple amphibie jugeant sans en connaître la cause, qu'une brèche s'est faite à la chaussée, s'occupe aussitôt de la fermer. Tous nagent à l'envi : les uns s'avancent pour examiner la nature du dommage ; les autres abordent au rivage pour chercher des matériaux ; d'autres se rendent aux maisons de campagne pour avertir les citoyens. Les infortunés sont environnés de toutes parts : à la chaussée, la massue étend raide mort l'ouvrier qui s'efforçait de réparer l'avarie ; l'habitant réfugié dans sa maison champêtre n'est pas plus en sûreté : le chasseur lui jette une poudre qui l'aveugle, et les dogues l'étranglent. Les cris des vainqueurs font retentir les bois, l'eau s'épuise, et l'on marche à l'assaut de la cité.

La manière de prendre les castors dans les viviers gelés est différente : des percées sont ménagées dans la glace ; emprisonnés sous leur voûte de cristal, les castors s'empressent de venir respirer à ces ouvertures. Les chasseurs ont soin de recouvrir l'endroit brisé avec de la bourre de roseau ; sans cette précaution, les castors

découvriraient l'embuscade que leur cache la moelle
du jonc répandue sur l'eau. Ils approchent donc du
soupirail ; le remole[1] qu'ils font en nageant, les trahit :
le chasseur plonge son bras dans l'issue, saisit l'animal
par une patte, le jette sur la glace, où il est entouré d'un
cercle d'assassins, dogues et hommes. Bientôt attaché
à un arbre, un Sauvage l'écorche à moitié vivant, afin
que son poil aille envelopper au-delà des mers la tête
d'un habitant de Londres ou de Paris.

L'expédition contre les castors terminée, on revient à
la hutte des chasses, en chantant des hymnes au Grand
Castor, au bruit du tambour et du chichikoué.

L'écorchement se fait en commun. On plante des
poteaux : deux chasseurs se placent à chaque poteau,
qui porte deux castors suspendus par les jambes de derrière. Au commandement du chef, on ouvre le ventre
des animaux tués et on les dépouille. S'il se trouve
une femelle parmi les victimes, la consternation est
grande : non seulement c'est un crime religieux de
tuer les femelles du castor, mais c'est encore un délit
politique, une cause de guerre entre les tribus[2]. Cependant l'amour du gain, la passion des liqueurs fortes,
le besoin d'armes à feu, l'ont emporté sur la force de
la superstition et sur le droit établi ; des femelles en
grande quantité ont été traquées, ce qui produira tôt
ou tard l'extinction de leur race.

La chasse finit par un repas composé de la chair
des castors. Un orateur prononce l'éloge des défunts
comme s'il n'avait pas contribué à leur mort : il raconte
tout ce que j'ai rapporté de leurs mœurs ; il loue leur
esprit et leur sagesse : « Vous n'entendrez plus, dit-il,
la voix des chefs qui vous commandaient et que vous
aviez choisis entre tous les guerriers castors pour vous
donner des lois. Votre langage, que les jongleurs savent
parfaitement, ne sera plus parlé au fond du lac ; vous
ne livrerez plus de batailles aux loutres, vos cruels

ennemis. Non, castors ! mais vos peaux serviront à
acheter des armes ; nous porterons vos jambons fumés
à nos enfants, nous empêcherons nos chiens de briser
vos os qui sont si durs. »

Tous les discours, toutes les chansons des Indiens,
prouvent qu'ils s'associent aux animaux, qu'ils leur
prêtent un caractère et un langage, qu'ils les regardent
comme des instituteurs, comme des êtres doués d'une
âme intelligente. L'Écriture offre souvent l'instinct des
animaux en exemple à l'homme.

La chasse de l'ours est la chasse la plus renommée
chez les Sauvages. Elle commence par de longs jeûnes,
des purgations sacrées et des festins ; elle a lieu en
hiver. Les chasseurs suivent des chemins affreux, le
long des lacs, entre des montagnes dont les précipices
sont cachés sous la neige. Dans les défilés dangereux,
ils offrent le sacrifice réputé le plus puissant auprès
du Génie du désert : ils suspendent un chien vivant
aux branches d'un arbre, et l'y laissent mourir enragé.
Des huttes élevées chaque soir à la hâte ne donnent
qu'un mauvais abri : on y est glacé d'un côté et brûlé de
l'autre : pour se défendre contre la fumée, on n'a d'autre
ressource que de se coucher sur le ventre, le visage
enseveli dans des peaux. Les chiens affamés hurlent,
passent et repassent sur le corps de leurs maîtres :
lorsque ceux-ci croient aller prendre un chétif repas,
le dogue, plus alerte, l'engloutit.

Après des fatigues inouïes, on arrive à des plaines
couvertes de forêts de pins, retraite des ours. Les fatigues et les périls sont oubliés ; l'action commence.

Les chasseurs se divisent et embrassent, en se plaçant
à quelque distance les uns des autres, un grand espace
circulaire. Rendus aux différents points du cercle, ils
marchent, à l'heure fixée, sur un rayon qui tend au
centre, examinant avec soin sur ce rayon les vieux

arbres qui recèlent un ours : l'animal se trahit par la
marque que son haleine laisse dans la neige.

Aussitôt que l'Indien a découvert les traces qu'il
cherche, il appelle ses compagnons, grimpe sur le pin,
et à dix ou douze pieds de terre, trouve l'ouverture par
laquelle le solitaire s'est retiré dans sa cellule : si l'ours
est endormi, on lui fend la tête ; deux autres chasseurs
montant à leur tour sur l'arbre, aident le premier à
retirer le mort de sa niche et à le précipiter.

Le guerrier explorateur et vainqueur se hâte alors
de descendre : il allume sa pipe, la met dans la gueule
de l'ours, et soufflant dans le fourneau du calumet,
remplit de fumée le gosier du quadrupède. Il adresse
ensuite des paroles à l'âme du trépassé ; il le prie de
lui pardonner sa mort, de ne point lui être contraire
dans les chasses qu'il pourrait entreprendre. Après cette
harangue, il coupe le filet de la langue de l'ours, pour
le brûler au village, afin de découvrir par la manière
dont il pétillera dans la flamme, si l'esprit de l'ours est
ou n'est pas apaisé.

L'ours n'est pas toujours renfermé dans le tronc d'un
pin ; il habite souvent une tanière dont il a bouché l'entrée. Cet ermite est quelquefois si replet qu'il peut à
peine marcher, quoiqu'il ait vécu une partie de l'hiver
sans nourriture.

Les guerriers partis des différents points du cercle,
et dirigés vers le centre, s'y rencontrent enfin, appor-
tant, traînant ou chassant leur proie : on voit quelquefois arriver ainsi de jeunes Sauvages qui poussent
devant eux avec une baguette, un gros ours trottant
pesamment sur la neige. Quand ils sont las de ce jeu, ils
enfoncent un couteau dans le cœur du pauvre animal.

La chasse de l'ours, comme toutes les autres chasses,
finit par un repas sacré. L'usage est de faire rôtir un
ours tout entier, et de le servir aux convives assis en
rond sur la neige, à l'abri des pins dont les branches

étagées sont aussi couvertes de neige. La tête de la victime, peinte de rouge et de bleu, est exposée au haut d'un poteau. Des orateurs lui adressent la parole ; ils prodiguent les louanges au mort, tandis qu'ils dévorent ses membres. « Comme tu montais au haut des arbres ! quelle force dans tes étreintes ! quelle constance dans tes entreprises ! quelle sobriété dans tes jeûnes ! Guerrier à l'épaisse fourrure, au printemps les jeunes ourses brûlaient d'amour pour toi. Maintenant tu n'es plus ; mais ta dépouille fait encore les délices de ceux qui la possèdent. »

On voit souvent assis pêle-mêle avec les Sauvages à ces festins, des dogues, des ours et des loutres apprivoisés.

Les Indiens prennent pendant cette chasse des engagements qu'ils ont de la peine à remplir. Ils jurent, par exemple, de ne point manger avant d'avoir porté la patte du premier ours qu'ils tueront à leur mère ou à leur femme, et quelquefois leur mère et leur femme sont à trois ou quatre cents milles de la forêt où ils ont assommé la bête. Dans ces cas on consulte le jongleur, lequel, au moyen d'un présent, accommode l'affaire. Les imprudents faiseurs de vœux en sont quittes pour brûler en l'honneur du Grand Lièvre la partie de l'animal qu'ils avaient dévouée à leurs parents.

La chasse de l'ours finit vers la fin de février, et c'est à cette époque que commence celle de l'orignal. On trouve de grandes troupes de ces animaux dans les jeunes semis de sapins.

Pour les prendre, on enferme un terrain considérable dans deux triangles de grandeur inégale, et formés de pieux hauts et serrés. Ces deux triangles se communiquent par un de leurs angles, à l'issue duquel on tend des lacets. La base du plus grand triangle reste ouverte, et les guerriers s'y rangent sur une seule ligne. Bientôt ils s'avancent poussant de grands cris, frappant

sur une espèce de tambour. Les orignaux prennent la
fuite dans l'enclos cerné par les pieux. Ils cherchent en
vain un passage, arrivent au détroit fatal, et demeurent
embarrassés dans les filets. Ceux qui les franchissent se
précipitent dans le petit triangle, où ils sont aisément
percés de flèches.

La chasse du bison a lieu pendant l'été dans les
savanes qui bordent le Missouri ou ses affluents. Les
Indiens, battant la plaine, poussent les troupeaux vers
le courant d'eau. Quand ils refusent de fuir, on embrase
les herbes, et les bisons se trouvent resserrés entre l'incendie et le fleuve. Quelques milliers de ces pesants
animaux mugissant à la fois, traversant la flamme
ou l'onde, tombant atteints par la balle ou percés par
l'épieu, offrent un spectacle étonnant.

Les Sauvages emploient encore d'autres moyens d'attaque contre les bisons : tantôt ils se déguisent en loups,
afin de les approcher ; tantôt ils attirent les vaches, en
imitant le mugissement du taureau. Aux derniers jours
de l'automne, lorsque les rivières sont à peine gelées,
deux ou trois tribus réunies dirigent les troupeaux vers
ces rivières. Un Sioux, revêtu de la peau d'un bison,
franchit le fleuve sur la glace mince ; les bisons trompés
le suivent ; le pont fragile se rompt sous le lourd bétail
que l'on massacre au milieu des débris flottants. Dans
ces occasions les chasseurs emploient la flèche : le coup
muet de cette arme n'épouvante point le gibier, et le
trait est repris par l'archer quand l'animal est abattu.
Le mousquet n'a pas cet avantage : il y a perte et bruit
dans l'usage du plomb et de la poudre.

On a soin de prendre les bisons sous le vent, parce
qu'ils flairent l'homme à une grande distance. Le taureau blessé revient sur le coup ; il défend la génisse, et
meurt souvent pour elle.

Les Sioux errant dans les savanes sur la rive droite du
Mississipi, depuis les sources de ce fleuve jusqu'au saut

Saint-Antoine, élèvent des chevaux de race espagnole, avec lesquels ils lancent les bisons.

Ils ont quelquefois de singuliers compagnons dans cette chasse : ce sont les loups. Ceux-ci se mettent à la suite des Indiens afin de profiter de leurs restes, et dans la mêlée ils emportent les veaux égarés.

Souvent aussi ces loups chassent pour leur propre compte. Trois d'entre eux amusent une vache par leurs folâtreries : tandis que naïvement attentive elle regarde les jeux de ces traîtres, un loup tapi dans l'herbe la saisit aux mamelles ; elle tourne la tête pour s'en débarrasser, et les trois complices du brigand lui sautent à la gorge.

Sur le théâtre de cette chasse s'exécute quelques mois après une chasse non moins cruelle, mais plus paisible, celle des colombes : on les prend la nuit au flambeau, sur les arbres isolés où elles se reposent pendant leur migration du nord au midi.

Le retour des guerriers au printemps, quand la chasse a été bonne, est une grande fête. On revient chercher les canots ; on les radoube avec de la graisse d'ours et de la résine de térébinthe ; les pelleteries, les viandes fumées, les bagages sont embarqués, et l'on s'abandonne au cours des rivières, dont les rapides et les cataractes ont disparu sous la crue des eaux.

En approchant des villages, un Indien, mis à terre, court avertir la nation. Les femmes, les enfants, les vieillards, les guerriers restés aux cabanes se rendent au fleuve. Ils saluent la flotte par un cri, auquel la flotte répond par un autre cri. Les pirogues rompent leur file, se rangent bord à bord, et présentent la prouc. Les chasseurs sautent sur la rive, et rentrent aux villages dans l'ordre observé au départ. Chaque Indien chante sa propre louange : « Il faut être homme pour attaquer les ours comme je l'ai fait ; il faut être homme pour apporter de telles fourrures et des vivres en si grande abondance. » Les tribus applaudissent. Les femmes suivent portant le produit de la chasse.

On partage les peaux et les viandes sur la place publique ; on allume le feu du retour ; on y jette les filets de langues d'ours : s'ils sont charnus et pétillent bien, c'est l'augure le plus favorable ; s'ils sont secs et brûlent sans bruit, la nation est menacée de quelque malheur.

Après la danse du calumet, on sert le dernier repas de la chasse : il consiste en un ours amené vivant de la forêt : on le met cuire tout entier avec la peau et les entrailles dans une énorme chaudière. Il ne faut rien laisser de l'animal, ne point briser ses os, coutume judaïque ; il faut boire jusqu'à la dernière goutte de l'eau dans laquelle il a bouilli. Le Sauvage, dont l'estomac repousse l'aliment, appelle à son secours ses compagnons. Ce repas dure huit ou dix heures : les festoyants en sortent dans un état affreux ; quelques-uns paient de leur vie l'horrible plaisir que la superstition impose. Un Sachem clôt la cérémonie :

« Guerriers, le Grand Lièvre a regardé nos flèches ; vous avez montré la sagesse du castor, la prudence de l'ours, la force du bison, la vitesse de l'orignal. Retirez-vous, et passez la lune de feu à la pêche et aux jeux. » Ce discours se termine par un OAH ! cri religieux trois fois répété.

Les bêtes qui fournissent la pelleterie aux Sauvages sont : le blaireau, le renard gris, jaune et rouge, le pécan, le gopher, le racoon[1], le lièvre gris et blanc, le castor, l'hermine, la martre, le rat musqué, le chat tigre ou carcajou, la loutre, le loup-cervier, la bête puante, l'écureuil noir, gris et rayé, l'ours, et le loup de plusieurs espèces.

Les peaux à tanner se tirent de l'orignal, de l'élan, de la brebis de montagne, du chevreuil, du daim, du cerf et du bison.

LA GUERRE

Chez les Sauvages tout porte les armes, hommes, femmes et enfants ; mais le corps des combattants se compose en général du cinquième de la tribu.

Quinze ans est l'âge légal du service militaire. La guerre est la grande affaire des Sauvages et tout le fond de leur politique ; elle a quelque chose de plus légitime que la guerre chez les peuples civilisés, parce qu'elle est presque toujours déclarée pour l'existence même du peuple qui l'entreprend : il s'agit de conserver des pays de chasse ou des terrains propres à la culture. Mais par la raison même que l'Indien ne s'applique que pour vivre à l'art qui lui donne la mort, il en résulte des fureurs implacables entre les tribus : c'est la nourriture de la famille qu'on se dispute. Les haines deviennent individuelles : comme les armées sont peu nombreuses, comme chaque ennemi connaît le nom et le visage de son ennemi, on se bat encore avec acharnement par des antipathies de caractère, et par des ressentiments particuliers ; ces enfants du même désert portent dans leurs querelles étrangères quelque chose de l'animosité des troubles civils.

À cette première et générale cause de guerre parmi les Sauvages, viennent se mêler d'autres raisons de prises d'armes, tirées de quelque motif superstitieux, de quelques dissensions domestiques, de quelque intérêt né du commerce des Européens. Ainsi, tuer des femelles de castor était devenu chez les hordes du nord de l'Amérique un sujet légitime de guerre[1].

La guerre se dénonce d'une manière extraordinaire et terrible. Quatre guerriers, peints en noir de la tête aux pieds, se glissent dans les plus profondes ténèbres, chez le peuple menacé : parvenus aux portes des cabanes, ils jettent au foyer de ces cabanes un casse-tête peint en rouge, sur le pied duquel sont marqués, par des signes connus des Sachems, les motifs des hostilités[1] : les premiers Romains lançaient une javeline sur le territoire ennemi. Ces hérauts d'armes indiens disparaissent aussitôt dans la nuit comme des fantômes, en poussant le fameux cri ou *woop* de guerre. On le forme en appuyant une main sur la bouche et frappant les lèvres, de manière à ce que le son échappé en tremblotant, tantôt plus sourd, tantôt plus aigu, se termine par une espèce de rugissement dont il est impossible de se faire une idée.

La guerre dénoncée, si l'ennemi est trop faible pour la soutenir, il fuit ; s'il se sent fort, il l'accepte : commencent aussitôt les préparatifs et les cérémonies d'usage.

Un grand feu est allumé sur la place publique, et la chaudière de la guerre placée sur ce bûcher : c'est la marmite du janissaire[2]. Chaque combattant y jette quelque chose de ce qui lui appartient. On plante aussi deux poteaux où l'on suspend des flèches, des casse-tête et des plumes, le tout peint en rouge. Les poteaux sont placés au septentrion, à l'orient, au midi ou à l'occident de la place publique, selon le point géographique d'où la bataille doit venir.

Cela fait, on présente aux guerriers la *médecine* de la guerre, vomitif violent, délayé dans deux pintes d'eau qu'il faut avaler d'un trait. Les jeunes gens se dispersent aux environs, mais sans trop s'écarter. Le chef qui doit les commander, après s'être frotté le cou et le visage de graisse d'ours et de charbon pilé, se retire à l'étuve où il passe deux jours entiers à suer, à jeûner et à observer ses songes. Pendant ces deux jours, il est défendu aux femmes d'approcher des guerriers ; mais elles peuvent parler au chef de l'expédition, qu'elles visitent, afin d'obtenir de lui une part du butin fait sur l'ennemi, car les Sauvages ne doutent jamais du succès de leurs entreprises.

Ces femmes portent différents présents qu'elles déposent aux pieds du chef. Celui-ci note avec des graines ou des coquillages les prières particulières : une sœur réclame un prisonnier pour lui tenir lieu d'un frère mort dans les combats ; une matrone exige des chevelures pour se consoler de la perte de ses parents ; une veuve requiert un captif pour mari, ou une veuve étrangère pour esclave ; une mère demande un orphelin pour remplacer l'enfant qu'elle a perdu.

Les deux jours de retraite écoulés, les jeunes guerriers se rendent à leur tour auprès du chef de guerre : ils lui déclarent leur dessein de prendre part à l'expédition ; car, bien que le conseil ait résolu la guerre, cette résolution ne lie personne, l'engagement est purement volontaire.

Tous les guerriers se barbouillent de noir et de rouge de la manière la plus capable, selon eux, d'épouvanter l'ennemi. Ceux-ci se font des barres longitudinales ou transversales sur les joues ; ceux-là, des marques rondes ou triangulaires ; d'autres y tracent des figures de serpents. La poitrine découverte et les bras nus d'un guerrier offrent l'histoire de ses exploits : des chiffres particuliers expriment le nombre de chevelures qu'il a enlevées, les combats où il s'est trouvé, les dangers qu'il a courus. Ces hiéroglyphes, imprimés dans la peau en points bleus, restent ineffaçables : ce sont des piqûres fines, brûlées avec de la gomme de pin.

Les combattants, entièrement nus ou vêtus d'une tunique sans manches, ornent de plumes la seule touffe de cheveux qu'ils conservent sur le sommet de la tête. À leur ceinture de cuir est passé le couteau pour découper le crâne ; le casse-tête pend à la même ceinture : dans la main droite ils tiennent l'arc ou la carabine ; sur l'épaule gauche ils portent le carquois garni de

flèches, ou la corne remplie de poudre et de balles.
Les Cimbres, les Teutons et les Francs essayaient ainsi
de se rendre formidables aux yeux des Romains.

Le chef de guerre sort de l'étuve un collier de porcelaine rouge à la main, et adresse un discours à ses
frères d'armes : « Le Grand Esprit ouvre ma bouche.
Le sang de nos proches tués dans la dernière guerre n'a
point été essuyé ; leurs corps n'ont point été recouverts :
il faut aller les garantir des mouches. Je suis résolu de
marcher par le sentier de la guerre ; j'ai vu des ours
dans mes songes ; les bons Manitous m'ont promis de
m'assister, et les mauvais ne me seront pas contraires :
j'irai donc manger les ennemis, boire leur sang, faire
des prisonniers. Si je péris, ou si quelques-uns de ceux
qui consentent à me suivre perdent la vie, nos âmes
seront reçues dans la contrée des Esprits ; nos corps
ne resteront pas couchés dans la poussière ou dans
la boue, car ce collier rouge appartiendra à celui qui
couvrira les morts. »

Le chef jette le collier à terre[1] ; les guerriers les plus
renommés se précipitent pour le ramasser : ceux qui
n'ont point encore combattu ou qui n'ont qu'une gloire
commune n'osent disputer le collier. Le guerrier qui le
relève devient le lieutenant-général du chef ; il le remplace dans le commandement, si ce chef périt dans
l'expédition.

Le guerrier possesseur du collier fait un discours. On
apporte de l'eau chaude dans un vase. Les jeunes gens
lavent le chef de guerre et lui enlèvent la couleur noire
dont il est couvert ; ensuite ils lui peignent les joues,
le front, la poitrine, avec des craies et des argiles de
différentes teintes, et le revêtent de sa plus belle robe.

Pendant cette ovation, le chef chante à demi-voix
cette fameuse chanson de mort que l'on entonne lorsqu'on va subir le supplice du feu.

« Je suis brave, je suis intrépide, je ne crains point la

mort ; je me ris des tourments ; qu'ils sont lâches ceux qui les redoutent ! des femmes, moins que des femmes ! Que la rage suffoque mes ennemis ! puissé-je les dévorer et boire leur sang jusqu'à la dernière goutte ! »

Quand le chef a achevé la chanson de mort, son lieutenant-général commence la chanson de guerre.

« Je combattrai pour la patrie ; j'enlèverai des chevelures ; je boirai dans le crâne de mes ennemis, etc. »

Chaque guerrier, selon son caractère, ajoute à sa chanson des détails plus ou moins atroces. Les uns disent : « Je couperai les doigts de mes ennemis avec les dents ; je leur brûlerai les pieds et ensuite les jambes. » Les autres disent : « Je laisserai les vers se mettre dans leur plaie ; je leur enlèverai la peau du crâne ; je leur arracherai le cœur, et je le leur enfoncerai dans la bouche. »

Ces infernales chansons n'étaient guère hurlées que par les hordes septentrionales. Les tribus du midi se contentaient d'étouffer les prisonniers dans la fumée.

Le guerrier ayant répété sa chanson de guerre, redit sa chanson de famille ; elle consiste dans l'éloge des aïeux. Les jeunes gens qui vont au combat pour la première fois gardent le silence.

Ces premières cérémonies achevées, le chef se rend au conseil des Sachems qui sont assis en rond, une pipe rouge à la bouche : il leur demande s'ils persistent à vouloir lever la hache. La délibération recommence, et presque toujours la première résolution est confirmée. Le chef de guerre revient sur la place publique, annonce aux jeunes gens la décision des vieillards, et les jeunes gens y répondent par un cri.

On délie le chien sacré qui était attaché à un poteau ; on l'offre à Areskoui, dieu de la guerre[1]. Chez les nations canadiennes on égorge ce chien, et, après l'avoir fait bouillir dans une chaudière, on le sert aux hommes rassemblés. Aucune femme ne peut assister à ce festin mystérieux. À la fin du repas, le chef déclare qu'il se mettra en marche tel jour, au lever ou au coucher du soleil.

L'indolence naturelle des Sauvages est tout à coup remplacée par une activité extraordinaire ; la gaîté et l'ardeur martiale des jeunes gens se communiquent à la nation. Il s'établit des espèces d'ateliers pour la fabrique des traîneaux et des canots.

Les traîneaux employés au transport des bagages, des malades et des blessés, sont faits de deux planches fort minces, d'un pied et demi de long, sur sept pouces de large ; relevés sur le devant, ils ont des rebords où s'attachent des courroies pour fixer les fardeaux. Les Sauvages tirent ce char sans roues à l'aide d'une double bande de cuir, appelée *metump*, qu'ils se passent sur la poitrine, et dont les bouts sont liés à l'avant-train du traîneau.

Les canots sont de deux espèces, les uns plus grands, les autres plus petits. On les construit de la manière suivante :

Des pièces courbes s'unissent par leur extrémité, de façon à former une ellipse d'environ huit pieds et demi dans le court diamètre, de vingt dans le diamètre long. Sur ces maîtresses pièces, on attache des côtes minces de bois de cèdre rouge ; ces côtes sont renforcées par un treillage d'osier. On recouvre ce squelette du canot de l'écorce enlevée pendant l'hiver aux ormes et aux bouleaux, en jetant de l'eau bouillante sur le tronc de ces arbres. On assemble ces écorces avec des racines de sapin extrêmement souples, et qui sèchent difficilement. La couture est enduite en dedans et en dehors d'une résine dont les Sauvages gardent le secret. Lorsque le canot est fini, et qu'il est garni de ses pagaies d'érable, il ressemble assez à une araignée d'eau, élégant et léger insecte qui marche avec rapidité sur la surface des lacs et des fleuves.

Un combattant doit porter avec lui dix livres de maïs ou d'autres grains, sa natte, son Manitou et son *sac de médecine*.

Le jour qui précède celui du départ, et qu'on appelle le jour des adieux, est consacré à une cérémonie touchante, chez les nations des langues huronne et algonquine. Les guerriers qui jusqu'alors ont campé sur la place publique, ou sur une espèce de Champ de Mars, se dispersent dans les villages et vont faire leurs adieux de cabane en cabane. On les reçoit avec les marques du plus tendre intérêt ; on veut avoir quelque chose qui leur ait appartenu ; on leur ôte leur manteau pour leur en donner un meilleur ; on échange avec eux un calumet : ils sont obligés de manger, ou de vider une coupe. Chaque hutte a pour eux un vœu particulier, et il faut qu'ils répondent par un souhait semblable à leurs hôtes.

Lorsque le guerrier fait ses adieux à sa propre cabane, il s'arrête, debout, sur le seuil de la porte. S'il a une mère, cette mère s'avance la première : il lui baise les yeux, la bouche et les mamelles. Ses sœurs viennent ensuite, et il leur touche le front : sa femme se prosterne devant lui ; il la recommande aux bons Génies. De tous ses enfants, on ne lui présente que ses fils ; il étend sur eux sa hache ou son casse-tête sans prononcer un mot. Enfin, son père paraît le dernier. Le Sachem, après lui avoir frappé l'épaule, lui fait un discours pour l'inviter à honorer ses aïeux ; il lui dit : « Je suis derrière toi comme tu es derrière ton fils : si on vient à moi, on fera du bouillon de ma chair en insultant ta mémoire. »

Le lendemain du jour des adieux est le jour même du départ. À la première blancheur de l'aube, le chef de guerre sort de sa hutte et pousse le cri de mort. Si le moindre nuage a obscurci le ciel, si un songe funeste est survenu, si quelque oiseau ou quelque animal de mauvais augure a été vu, le jour du départ est différé. Le camp, réveillé par le cri de mort, se lève et s'arme.

Les chefs des tribus haussent les étendards formés de morceaux d'écorce ronds, attachés au bout d'un long dard, et sur lesquels se voient grossièrement dessinés des Manitous, une tortue, un ours, un castor, etc. Les chef des tribus sont des espèces de maréchaux de camp, sous le commandement du général et de son lieutenant. Il y a de plus des capitaines non reconnus par le gros de l'armée : ce sont des partisans que suivent les aventuriers.

Le recensement ou le dénombrement de l'armée s'opère : chaque guerrier donne au chef, en passant devant lui, un petit morceau de bois marqué d'un sceau particulier. Jusqu'au moment de la remise de leur symbole, les guerriers se peuvent retirer de l'expédition ; mais, après cet engagement, quiconque recule est déclaré infâme.

Bientôt arrive le prêtre suprême suivi du collège des jongleurs ou médecins. Ils apportent des corbeilles de jonc en forme d'entonnoirs, des sacs de peau remplis de racines et de plantes. Les guerriers s'asseyent à terre les jambes croisées, formant un cercle ; les prêtres se tiennent debout au milieu.

Le grand jongleur appelle les combattants par leurs noms : le guerrier appelé se lève, et donne son Manitou au jongleur, qui le met dans une des corbeilles de jonc en chantant ces mots algonquins : *ajouh-oyah-alluya !*

Les Manitous varient à l'infini, parce qu'ils représentent les caprices et les songes des Sauvages : ce sont des peaux de souris rembourrées avec du foin ou du coton, de petits cailloux blancs, des oiseaux empaillés, des dents de quadrupèdes ou de poissons, des morceaux d'étoffe rouge, des branches d'arbres, des verroteries ou quelques parures européennes, enfin toutes les formes que les bons Génies sont censés avoir prises pour se manifester aux possesseurs de ces Manitous ; heureux au moins de se rassurer à si peu de frais, et de se croire sous un fétu à l'abri des coups de la fortune ! Sous le régime féodal on prenait acte d'un droit acquis par le don d'une baguette, d'une paille, d'un anneau, d'un couteau, etc.

Les Manitous, distribués en trois corbeilles, sont confiés à la garde du chef de guerre et des chefs de tribus.

De la collection des Manitous, on passe à la bénédiction des plantes médicinales et des instruments de la chirurgie. Le grand jongleur les tire tour à tour du fond d'un sac de cuir ou de poil de buffle ; il les dépose à terre, danse à l'entour avec les autres jongleurs, se frappe les cuisses, se démonte le visage, hurle et prononce des mots inconnus. Il finit par déclarer qu'il a communiqué aux simples une vertu surnaturelle, et qu'il a la puissance de rendre à la vie les guerriers expirés. Il s'ouvre les lèvres avec les dents, applique une poudre sur la blessure dont il a sucé le sang avec adresse, et paraît subitement guéri. Quelquefois on lui présente un chien réputé mort ; mais, à l'application d'un instrument, le chien se relève sur ses pattes, et l'on crie au miracle. Ce sont pourtant des hommes intrépides qui se laissent enchanter par des prestiges aussi grossiers. Le Sauvage n'aperçoit, dans les jongleries de ses prêtres, que l'intervention du Grand Esprit ; il ne rougit point d'invoquer à son aide celui qui a fait la plaie, et qui peut la guérir.

Cependant les femmes ont préparé le festin du départ ; ce dernier repas est composé de chair de chien comme le premier. Avant de toucher au mets sacré, le chef s'adresse à l'assemblée :

« *Mes frères,*

« *Je ne suis pas encore un homme, je le sais ; cependant on n'ignore pas que j'ai vu quelquefois l'ennemi. Nous avons été tués dans la dernière guerre ; les os de nos compagnons*

n'ont point été garantis des mouches ; il les faut aller cou-
vrir. Comment avons-nous pu rester si longtemps sur nos
nattes ? Le Manitou de mon courage m'ordonne de venger
l'homme. Jeunesse, ayez du cœur. »

Le chef entonne la chanson du Manitou des combats*[1] ; les jeunes gens en répètent le refrain. Après le
cantique, le chef se retire au sommet d'une éminence,
se couche sur une peau, tenant à la main un calumet
rouge dont le fourneau est tourné du côté du pays
ennemi. On exécute les danses et les pantomimes de la
guerre. La première s'appelle la *danse de la découverte.*

Un Indien s'avance seul et à pas lents au milieu des
spectateurs ; il représente le départ des guerriers : on
les voit marcher, et puis camper au déclin du jour. L'ennemi est découvert ; on se traîne sur les mains pour
arriver jusqu'à lui : attaque, mêlée, prise de l'un, mort
de l'autre, retraite précipitée ou tranquille, retour douloureux ou triomphant.

Le guerrier qui exécute cette pantomime, y met
fin par un chant en son honneur et à la gloire de sa
famille :

« Il y a vingt neiges que je fis douze prisonniers ; il y
a dix neiges que je sauvai le chef. Mes ancêtres étaient
braves et fameux. Mon grand-père était la sagesse de
la tribu et le rugissement de la bataille ; mon père était
un pin dans sa force. Ma trisaïeule fut mère de cinq
guerriers ; ma grand-mère valait seule un conseil de
Sachems ; ma mère fait de la sagamité excellente. Moi
je suis plus fort, plus sage que tous mes aïeux. » C'est
la chanson de Sparte : *Nous avons été jadis jeunes, vail-*
lants et hardis[2].

Après ce guerrier, les autres se lèvent et chantent
pareillement leurs hauts faits ; plus ils se vantent, plus

---

* Voyez *Les Natchez.*

on les félicite : rien n'est noble, rien n'est beau comme eux ; ils ont toutes les qualités et toutes les vertus. Celui qui se disait au-dessus de tout le monde applaudit à celui qui déclare le surpasser en mérite. Les Spartiates avaient encore cette coutume : ils pensaient que l'homme qui se donne en public des louanges, prend l'engagement de les mériter.

Peu à peu tous les guerriers quittent leur place, pour se mêler aux danses ; on exécute des marches au bruit du tambourin, du fifre et du chichikoué. Le mouvement augmente ; on imite les travaux d'un siège, l'attaque d'une palissade : les uns sautent comme pour franchir un fossé, les autres semblent se jeter à la nage ; d'autres présentent la main à leurs compagnons pour les aider à monter à l'assaut. Les casse-tête retentissent contre les casse-tête ; le chichikoué précipite la mesure ; les guerriers tirent leurs poignards ; ils commencent à tourner sur eux-mêmes, d'abord lentement, ensuite plus vite, et bientôt avec une telle rapidité, qu'ils disparaissent dans le cercle qu'ils décrivent : d'horribles cris percent la voûte du ciel. Le poignard que ces hommes féroces se portent à la gorge avec une adresse qui fait frémir, leur visage noir ou bariolé, leurs habits fantastiques, leurs longs hurlements, tout ce tableau d'une guerre sauvage inspire la terreur.

Épuisés, haletants, couverts de sueur, les acteurs terminent la danse, et l'on passe à l'épreuve des jeunes gens. On les insulte, on leur fait des reproches outrageants, on répand des cendres brûlantes sur leurs cheveux, on les frappe avec des fouets, on leur jette des tisons à la tête ; il leur faut supporter ces traitements avec la plus parfaite insensibilité. Celui qui laisserait échapper le moindre signe d'impatience, serait déclaré indigne de lever la hache.

Le troisième et dernier banquet du chien sacré couronne ces diverses cérémonies : il ne doit durer qu'une

demi-heure. Les guerriers mangent en silence ; le chef
les préside ; bientôt il quitte le festin. À ce signal, les
convives courent aux bagages, et prennent les armes.
Les parents et les amis les environnent sans prononcer
une parole ; la mère suit des regards son fils occupé à
charger les paquets sur les traîneaux ; on voit couler
des larmes muettes. Des familles sont assises à terre ;
quelques-unes se tiennent debout ; toutes sont atten-
tives aux occupations du départ ; on lit, écrite sur tous
les fronts, cette même question faite antérieurement
par diverses tendresses : « Si je n'allais plus le revoir ? »

Enfin le chef de guerre sort, complètement armé, de
sa cabane. La troupe se forme dans l'ordre militaire : le
grand jongleur, portant les Manitous, paraît à la tête ;
le chef de guerre marche derrière lui ; vient ensuite
le porte-étendard de la première tribu, levant en l'air
son enseigne ; les hommes de cette tribu suivent leur
symbole. Les autres tribus défilent après la première, et
tirent les traîneaux chargés des chaudières, des nattes
et des sacs de maïs ; des guerriers portent sur leurs
épaules, quatre à quatre ou huit à huit, les petits et les
grands canots : les *filles peintes* ou les courtisanes[1], avec
leurs enfants, accompagnent l'armée. Elles sont aussi
attelées aux traîneaux, mais au lieu d'avoir le *metump*
passé sur la poitrine, elles l'ont appliqué sur le front.
Le lieutenant-général marche seul sur le flanc de la
colonne.

Le chef de guerre, après quelques pas faits sur la
route, arrête les guerriers et leur dit :

« Bannissons la tristesse : quand on va mourir on
doit être content. Soyez dociles à mes ordres. Celui qui
se distinguera recevra beaucoup de petun. Je donne
ma natte à porter à..., puissant guerrier. Si moi et
mon lieutenant nous sommes mis dans la chaudière,
ce sera... qui vous conduira. Allons, frappez-vous les
cuisses, et hurlez trois fois. »

Ce chef remet alors son sac de maïs et sa natte au guerrier qu'il a désigné, ce qui donne à celui-ci le droit de commander la troupe si le chef et son lieutenant périssent.

La marche recommence : l'armée est ordinairement accompagnée de tous les habitants des villages jusqu'au fleuve ou au lac où l'on doit lancer les canots. Alors se renouvelle la scène des adieux : les guerriers se dépouillent et partagent leurs vêtements entre les membres de leur famille. Il est permis, dans ce dernier moment, d'exprimer tout haut sa douleur : chaque combattant est entouré de ses parents qui lui prodiguent des caresses, le pressent dans leurs bras, l'appellent par les plus doux noms qui soient entre les hommes. Avant de se quitter, peut-être pour jamais, on se pardonne les torts qu'on a pu avoir réciproquement. Ceux qui restent, prient les Manitous d'abréger la longueur de l'absence ; ceux qui partent invitent la rosée à descendre sur la hutte natale ; ils n'oublient pas même, dans leurs souhaits de bonheur, les animaux domestiques, hôtes du foyer paternel. Les canots sont lancés sur le fleuve ; on s'y embarque, et la flotte s'éloigne. Les femmes, demeurées au rivage, font de loin les derniers signes de l'amitié à leurs époux, à leurs pères et à leurs fils.

Pour se rendre au pays ennemi, on ne suit pas toujours la route directe ; on prend quelquefois le chemin le plus long comme le plus sûr. La marche est réglée par le jongleur, d'après les bons ou les mauvais présages : s'il a observé un chat-huant, on s'arrête. La flotte entre dans une crique ; on descend à terre, on dresse une palissade ; après quoi, les feux étant allumés, on fait bouillir les chaudières. Le souper fini, le camp est mis sous la garde des Esprits. Le chef recommande aux guerriers de tenir auprès d'eux leur casse-tête, et de ne pas ronfler trop fort. On suspend aux palissades les

Manitous, c'est-à-dire, les souris empaillées, les petits cailloux blancs, les brins de paille, les morceaux d'étoffe rouge, et le jongleur commence la prière :

« Manitous, soyez vigilants : ouvrez les yeux et les oreilles. Si les guerriers étaient surpris, cela tournerait à votre déshonneur. Comment ! diraient les Sachems, les Manitous de notre nation se sont laissé battre par les Manitous de l'ennemi ! Vous sentez combien cela serait honteux ; personne ne vous donnerait à manger ; les guerriers rêveraient pour obtenir d'autres Esprits plus puissants que vous. Il est de votre intérêt de faire bonne garde ; si on enlevait notre chevelure pendant notre sommeil, ce ne serait pas nous qui serions blâmables, mais vous qui auriez tort. »

Après cette admonition aux Manitous, chacun se retire dans la plus parfaite sécurité, convaincu qu'il n'a pas la moindre chose à craindre.

Des Européens qui ont fait la guerre avec les Sauvages, étonnés de cette étrange confiance, demandaient à leurs compagnons de natte s'ils n'étaient jamais surpris dans leurs campements : « Très souvent, répondaient ceux-ci. — Ne feriez-vous pas mieux, dans ce cas, disaient les étrangers, de poser des sentinelles ? — Cela serait fort bien », répondait le Sauvage en se tournant pour dormir. L'Indien se fait une vertu de son imprévoyance et de sa paresse, en se mettant sous la seule protection du ciel.

Il n'y a point d'heure fixe pour le repos ou pour le mouvement : que le jongleur s'écrie à minuit qu'il a vu une araignée sur une feuille de saule, il faut partir.

Quand on se trouve dans un pays abondant en gibier, la troupe se disperse ; les bagages et ceux qui les portent restent à la merci du premier parti hostile ; mais deux heures avant le coucher du soleil, tous les chasseurs reviennent au camp avec une justesse et une précision dont les Indiens sont seuls capables.

Si l'on tombe dans le *sentier blazed*, ou le *sentier du commerce*, la dispersion des guerriers est encore plus grande : ce sentier est marqué, dans les forêts, sur le tronc des arbres, entaillés à la même hauteur. C'est le chemin que suivent les diverses nations rouges, pour trafiquer les unes avec les autres, ou avec les nations blanches. Il est de droit public que ce chemin demeure neutre ; on ne trouble point ceux qui s'y trouvent engagés.

La même neutralité est observée dans le *sentier du sang* : ce sentier est tracé par le feu que l'on a mis aux buissons. Aucune cabane ne s'élève sur ce chemin consacré au passage des tribus, dans leurs expéditions lointaines. Les partis même ennemis s'y rencontrent, mais ne s'y attaquent jamais. Violer le sentier *du commerce*, ou celui *du sang*, est une cause immédiate de guerre contre la nation coupable du sacrilège.

Si une troupe trouve endormie une autre troupe avec laquelle elle a des alliances, elle reste debout, en dehors des palissades du camp, jusqu'au réveil des guerriers. Ceux-ci, étant sortis de leur sommeil, leur chef s'approche de la troupe voyageuse, lui présente quelques chevelures destinées pour ces occasions, et lui dit : « *Vous avez coup ici.* » Ce qui signifie : « Vous pouvez passer, vous êtes nos frères, votre honneur est à couvert. » Les alliés répondent : « Nous avons coup ici » ; et ils poursuivent leur chemin. Quiconque prendrait pour ennemie une tribu amie, et la réveillerait, s'exposerait à un reproche d'ignorance et de lâcheté.

Si l'on doit traverser le territoire d'une nation neutre, il faut demander le passage. Une députation se rend, avec le calumet, au principal village de cette nation. L'orateur déclare que l'arbre de paix a été planté par les aïeux ; que son ombrage s'étend sur les deux peuples ; que la hache est enterrée au pied de l'arbre ; qu'il faut éclaircir la chaîne d'amitié et fumer la pipe sacrée. Si le chef de la nation neutre reçoit le calumet et fume, le passage est accordé. L'ambassadeur s'en retourne, toujours dansant, vers les siens.

Ainsi l'on avance vers la contrée où l'on porte la guerre sans plan, sans précaution comme sans crainte. C'est le hasard qui donne ordinairement les premières nouvelles de l'ennemi : un chasseur reviendra en hâte déclarer qu'il a rencontré des traces d'homme. On ordonne aussitôt de cesser toute espèce de travaux, afin qu'aucun bruit ne se fasse entendre. Le chef part avec les guerriers les plus expérimentés pour examiner les traces. Les Sauvages, qui entendent les sons à des distances infinies, reconnaissent des empreintes sur d'arides bruyères, sur des rochers nus où tout autre œil que le leur ne verrait rien. Non seulement ils découvrent ces vestiges, mais ils peuvent dire quelle tribu indienne les a laissés, et de quelle date ils sont. Si la disjonction des deux pieds est considérable, ce sont des Illinois qui ont passé là ; si la marque du talon est profonde, et l'impression de l'orteil large, on reconnaît les Outchipouois ; si le pied a porté de côté, on est sûr que les Pontonétamis sont en course ; si l'herbe est à peine foulée, si son pli est à la cime de la plante et non près de la terre, ce sont les traces fugitives des Hurons ; si les pas sont tournés en dehors, s'ils tombent à trente-six pouces l'un de l'autre, des Européens ont marqué cette route : les Indiens marchent la pointe du pied en dedans, les deux pieds sur la même ligne. On juge de l'âge des guerriers par la pesanteur ou la légèreté, le raccourci ou l'allongement du pas.

Quand la mousse ou l'herbe n'est plus humide, les traces sont de la veille ; ces traces comptent quatre ou cinq jours, quand les insectes courent déjà dans l'herbe ou dans la mousse foulée ; elles ont huit, dix ou douze jours, lorsque la force végétale du sol a reparu, et que des feuilles nouvelles ont poussé : ainsi quelques insectes, quelques brins d'herbes et quelques jours effacent les pas de l'homme et de sa gloire.

Les traces ayant été bien reconnues, on met l'oreille à terre, et l'on juge, par des murmures que l'ouïe européenne ne peut saisir, à quelle distance est l'ennemi.

Rentré au camp, le chef fait éteindre les feux : il défend la parole, il interdit la chasse ; les canots sont tirés à terre et cachés dans les buissons. On fait un grand repas en silence, après quoi on se couche.

La nuit qui suit la première découverte de l'ennemi s'appelle la *nuit des songes*. Tous les guerriers sont obligés de rêver et de raconter le lendemain ce qu'ils ont rêvé, afin que l'on puisse juger du succès de l'entreprise.

Le camp offre alors un singulier spectacle : des Sauvages se lèvent et marchent dans les ténèbres, en murmurant leur chanson de mort, à laquelle ils ajoutent quelques paroles nouvelles, comme celles-ci : « J'avalerai quatre serpents blancs, et j'arracherai les ailes à un aigle roux. » C'est le rêve que le guerrier vient de faire et qu'il entremêle à sa chanson. Ses compagnons sont tenus de deviner ce songe, ou le songeur est dégagé du service. Ici les quatre serpents blancs peuvent être pris pour quatre Européens que le songeur doit tuer, et l'aigle roux, pour un Indien auquel il enlèvera la chevelure.

Un guerrier, dans la *nuit des songes*, augmenta sa chanson de mort de l'histoire d'un chien qui avait des oreilles de feu ; il ne put jamais obtenir l'explication de son rêve, et il partit pour sa cabane. Ces usages qui tiennent du caractère de l'enfance, pourraient favoriser la lâcheté chez l'Européen ; mais chez le Sauvage du nord de l'Amérique, ils n'avaient point cet inconvénient : on n'y reconnaissait qu'un acte de cette volonté libre et bizarre dont l'Indien ne se départ jamais, quel que soit l'homme auquel il se soumet un moment par raison ou par caprice.

Dans la *nuit des songes*, les jeunes gens craignent beaucoup que le jongleur n'ait mal rêvé, c'est-à-dire, qu'il n'ait eu peur ; car le jongleur, par un seul songe, peut faire rebrousser chemin à l'armée, eût-elle marché deux cents lieues. Si quelque guerrier a cru voir les Esprits de ses pères, ou s'il s'est figuré entendre leur voix, il oblige aussi le camp à la retraite. L'indépendance absolue et la religion sans lumières gouvernent les actions des Sauvages.

Aucun rêve n'ayant dérangé l'expédition, elle se remet en route. Les *femmes peintes* sont laissées derrière avec les canots ; on envoie en avant une vingtaine de guerriers choisis entre ceux qui ont fait le serment des amis*[1]. Le plus grand ordre et le plus profond silence règnent dans la troupe ; les guerriers cheminent à la file, de manière que celui qui suit pose le pied dans l'endroit quitté par le pied de celui qui précède : on évite ainsi la multiplicité des traces. Pour plus de précaution, le guerrier qui ferme la marche, répand des feuilles mortes et de la poussière derrière lui. Le chef est à la tête de la colonne ; guidé par les vestiges de l'ennemi, il parcourt leurs sinuosités à travers les buissons, comme un limier sagace. De temps en temps, on fait halte et l'on prête une oreille attentive. Si la chasse est l'image de la guerre parmi les Européens, chez les Sauvages la guerre est l'image de la chasse : l'Indien apprend, en poursuivant les hommes, à découvrir les ours. Le plus grand général, dans l'état de nature, est le plus fort et le plus vigoureux chasseur ; les qualités intellectuelles, les combinaisons savantes, l'usage perfectionné du jugement, font, dans l'état social, les grands capitaines.

Les coureurs envoyés à la découverte rapportent quelquefois des paquets de roseaux nouvellement coupés ; ce sont des défis ou des cartels. On compte les

* Voyez *Les Natchez.*

roseaux : leur nombre indique celui des ennemis. Si les tribus qui portaient autrefois ces défis étaient connues, comme celles des Hurons, pour leur franchise militaire, les paquets de jonc disaient exactement la vérité ; si, au contraire, elles étaient renommées, comme celles des Iroquois, pour leur génie politique, les roseaux augmentaient ou diminuaient la force numérique des combattants.

L'emplacement d'un camp que l'ennemi a occupé la veille vient-il à s'offrir, on l'examine avec soin : selon la construction des huttes, les chefs reconnaissent les différentes tribus de la même nation et leurs différents alliés. Les huttes qui n'ont qu'un seul poteau à l'entrée, sont celles des Illinois. L'addition d'une seule perche, son inclinaison plus ou moins forte, devient un indice. Les ajouppas ronds sont ceux des Outouois. Une hutte dont le toit est plat et exhaussé annonce des *Chairs blanches*. Il arrive quelquefois que les ennemis, avant d'être rencontrés par la nation qui les cherche, ont battu un parti allié de cette nation : pour intimider ceux qui sont à leur poursuite, ils laissent derrière eux un monument de leur victoire. On trouva un jour un large bouleau dépouillé de son écorce. Sur l'aubier[1] nu et blanc, était tracé un ovale où se détachaient, en noir et en rouge, les figures suivantes : un ours, une feuille de bouleau rongée par un papillon, dix cercles et quatre nattes, un oiseau volant, une lune sur des gerbes de maïs, un canot et trois ajouppas, un pied d'homme et vingt huttes, un hibou et un soleil à son couchant, un hibou, trois cercles et un homme couché, un casse-tête et trente têtes rangées sur une ligne droite, deux hommes debout sur un petit cercle, trois têtes dans un arc avec trois lignes.

L'ovale, avec des hiéroglyphes, désignait un chef Illinois appelé Atabou ; on le reconnaissait par les marques particulières qui étaient celles qu'il avait au visage ;

l'ours était le Manitou de ce chef ; la feuille de bouleau rongée par un papillon représentait le symbole national des Illinois ; les dix cercles nombraient mille guerriers, chaque cercle étant posé pour cent ; les quatre nattes proclamaient quatre avantages obtenus ; l'oiseau volant marquait le départ des Illinois ; la lune sur des gerbes de maïs signifiait que ce départ avait eu lieu dans la lune du blé vert ; le canot et les trois ajouppas racontaient que les mille guerriers avaient voyagé trois jours par eau ; le pied d'homme et les vingt huttes dénotaient vingt jours de marche par terre ; le hibou était le symbole des Chicassas ; le soleil à son couchant montrait que les Illinois étaient arrivés à l'ouest du camp des Chicassas ; le hibou, les trois cercles et l'homme couché disaient que trois cents Chicassas avaient été surpris pendant la nuit ; le casse-tête et les trente têtes rangées sur une ligne droite déclaraient que les Illinois avaient tué trente Chicassas. Les deux hommes debout sur un petit cercle annonçaient qu'ils emmenaient vingt prisonniers ; les trois têtes dans l'arc comptaient trois morts du côté des Illinois, et les trois lignes indiquaient trois blessés.

Un chef de guerre doit savoir expliquer avec rapidité et précision ces emblèmes ; et par les connaissances qu'il a de la force et des alliances de l'ennemi, il doit juger du plus ou moins d'exactitude historique de ces trophées. S'il prend le parti d'avancer, malgré les victoires vraies ou prétendues de l'ennemi, il se prépare au combat.

De nouveaux investigateurs sont dépêchés. Ils s'avancent en se courbant le long des buissons, et quelquefois en se traînant sur les mains. Ils montent sur les plus hauts arbres ; quand ils ont découvert les huttes hostiles, ils se hâtent de revenir au camp, et de rendre compte au chef de la position de l'ennemi. Si cette position est forte, on examine par quel stratagème on pourra la lui faire abandonner.

Un des stratagèmes les plus communs est de contre-
faire le cri des bêtes fauves. Des jeunes gens se dispersent dans les taillis, imitant le bramement des
cerfs, le mugissement des buffles, le glapissement des
renards. Les Sauvages sont accoutumés à cette ruse ;
mais telle est leur passion pour la chasse, et telle est la
parfaite imitation de la voix des animaux, qu'ils sont
continuellement pris à ce leurre. Ils sortent de leur
camp, et tombent dans des embuscades. Ils se rallient,
s'ils le peuvent, sur un terrain défendu par des obstacles naturels, tels qu'une chaussée dans un marais, une
langue de terre entre deux lacs.

Cernés dans ce poste, on les voit alors, au lieu de
chercher à se faire jour, s'occuper paisiblement de différents jeux, comme s'ils étaient dans leurs villages.
Ce n'est jamais qu'à la dernière extrémité que deux
troupes d'Indiens se déterminent à une attaque de vive
force ; elles aiment mieux lutter de patience et de ruse ;
et comme ni l'une ni l'autre n'a de provisions, ou ceux
qui bloquent un défilé sont contraints à la retraite, ou
ceux qui y sont enfermés sont obligés de s'ouvrir un
passage.

La mêlée est épouvantable ; c'est un grand duel
comme dans les combats antiques : l'homme voit
l'homme. Il y a dans le regard humain, animé par la
colère, quelque chose de contagieux, de terrible qui se
communique. Les cris de mort, les chansons de guerre,
les outrages mutuels font retentir le champ de bataille ;
les guerriers s'insultent comme les héros d'Homère ; ils
se connaissent tous par leur nom : « Ne te souvient-il
plus, se disent-ils, du jour où tu désirais que tes pieds
eussent la vitesse du vent pour fuir devant ma flèche ?
Vieille femme ! te ferais-je apporter de la sagamité nouvelle, et de la cassine brûlante dans le nœud du roseau ?
— Chef babillard, à la large bouche ! répondent les
autres ; on voit bien que tu es accoutumé à porter le

jupon ; ta langue est comme la feuille du tremble ; elle remue sans cesse ! »

Les combattants se reprochent aussi leurs imperfections naturelles : ils se donnent le nom de boiteux, de louche, de petit ; ces blessures faites à l'amour-propre augmentent leur rage. L'affreuse coutume de scalper l'ennemi augmente la férocité du combat. On met le pied sur le cou du vaincu : de la main gauche on saisit le toupet de cheveux que les Indiens gardent sur le sommet de la tête ; de la main droite on trace, à l'aide d'un étroit couteau, un cercle dans le crâne, autour de la chevelure : ce trophée est souvent enlevé avec tant d'adresse, que la cervelle reste à découvert sans avoir été entamée par la pointe de l'instrument.

Lorsque deux partis ennemis se rencontrent en rase campagne, et que l'un est plus faible que l'autre, le plus faible creuse des trous dans la terre : il y descend et s'y bat, ainsi que dans ces villes de guerre dont les ouvrages presque de niveau avec le sol présentent peu de surface au boulet. Les assiégeants lancent leurs flèches comme des bombes avec tant de justesse, qu'elles retombent sur la tête des assiégés.

Des honneurs militaires sont décernés à ceux qui ont abattu le plus d'ennemis : on leur permet de porter des plumes de killiou[1]. Pour éviter les injustices, les flèches de chaque guerrier portent une marque particulière : en les retirant du corps de la victime, on connaît la main qui les a lancées.

L'arme à feu ne peut rendre témoignage de la gloire de son maître. Lorsque l'on tue avec la balle, le casse-tête ou la hache, c'est par le nombre des chevelures enlevées que les exploits sont comptés.

Pendant le combat, il est rare que l'on obéisse au chef de guerre, qui lui-même ne cherche qu'à se distinguer personnellement. Il est rare que les vainqueurs poursuivent les vaincus : ils restent sur le champ de bataille à dépouiller les morts, à lier les prisonniers, à célébrer le triomphe par des danses et des chants : on pleure les amis que l'on a perdus : leurs corps sont exposés avec de grandes lamentations sur les branches des arbres : les corps des ennemis demeurent étendus dans la poussière.

Un guerrier détaché du camp porte à la nation la nouvelle de la victoire et du retour de l'armée*[1] : les vieillards s'assemblent ; le chef de guerre fait au conseil le rapport de l'expédition : d'après ce rapport on se détermine à continuer la guerre ou à négocier la paix.

Si l'on se décide à la paix, les prisonniers sont conservés comme moyen de la conclure : si l'on s'obstine à la guerre, les prisonniers sont livrés au supplice. Qu'il me soit permis de renvoyer les lecteurs à l'épisode d'*Atala* et aux *Natchez* pour le détail[2]. Les femmes se montrent ordinairement cruelles dans ces vengeances : elles déchirent les prisonniers avec leurs ongles, les percent avec les instruments des travaux domestiques, et apprêtent le repas de leur chair[3]. Ces chairs se mangent grillées ou bouillies, et les cannibales connaissent les parties les plus succulentes de la victime. Ceux qui ne dévorent pas leurs ennemis, du moins boivent leur sang, et s'en barbouillent la poitrine et le visage.

Mais les femmes ont aussi un beau privilège : elles peuvent sauver les prisonniers en les adoptant pour frères ou pour maris, surtout si elles ont perdu des frères ou des maris dans le combat[4]. L'adoption confère les droits de la nature : il n'y a point d'exemple qu'un prisonnier adopté ait trahi la famille dont il est devenu membre, et il ne montre pas moins d'ardeur que ses nouveaux compatriotes en portant les armes contre son ancienne nation ; de là les aventures les plus pathétiques. Un père se trouve assez souvent en face d'un

* Ce retour est décrit dans le XIe livre des *Natchez*.

fils : si le fils terrasse le père, il le laisse aller une première fois ; mais il lui dit : « Tu m'as donné la vie, je te
la rends : nous voilà quittes. Ne te présente plus devant
moi, car je t'enlèverais la chevelure. »

Toutefois les prisonniers adoptés ne jouissent pas
d'une sûreté complète. S'il arrive que la tribu où ils
servent fasse quelque perte, on les massacre : telle
femme qui avait pris soin d'un enfant, le coupe en deux
d'un coup de hache.

Les Iroquois, renommés d'ailleurs pour leur cruauté
envers les prisonniers de guerre, avaient un usage qu'on
aurait dit emprunté des Romains, et qui annonçait le
génie d'un grand peuple : ils incorporaient la nation
vaincue dans leur nation sans la rendre esclave ; ils
ne la forçaient même pas d'adopter leurs lois, ils ne la
soumettaient qu'à leurs mœurs.

Toutes les tribus ne brûlaient pas leurs prisonniers ;
quelques-unes se contentaient de les réduire en servitude. Les Sachems, rigides partisans des vieilles coutumes, déploraient cette humanité, dégénération, selon
eux, de l'ancienne vertu. Le christianisme, en se répan-
dant chez les Indiens, avait contribué à adoucir des
caractères féroces. C'était au nom d'un Dieu sacrifié par
les hommes que les missionnaires obtenaient l'abolition des sacrifices humains : ils plantaient la croix à la
place du poteau du supplice, et le sang de Jésus-Christ
rachetait le sang du prisonnier.

RELIGION

Lorsque les Européens abordèrent en Amérique, ils
trouvèrent parmi les Sauvages des croyances religieuses
presque effacées aujourd'hui. Les peuples de la Floride et de la Louisiane adoraient presque tous le soleil

comme les Péruviens et les Mexicains. Ils avaient des temples, des prêtres ou jongleurs, des sacrifices ; ils mêlaient seulement à ce culte du midi le culte et les traditions de quelque divinité du nord.

Les sacrifices publics avaient lieu au bord des fleuves ; ils se faisaient aux changements de saison, ou à l'occasion de la paix ou de la guerre. Les sacrifices particuliers s'accomplissaient dans les huttes. On jetait au vent les cendres profanes, et l'on allumait un feu nouveau. L'offrande aux bons et aux mauvais Génies consistait en peaux de bête, ustensiles de ménage, armes, colliers, le tout de peu de valeur.

Mais une superstition commune à tous les Indiens, et pour ainsi dire la seule qu'ils aient conservée, c'était celle des *Manitous*. Chaque Sauvage a son Manitou[1], comme chaque Nègre a son fétiche : c'est un oiseau, un poisson, un quadrupède, un reptile, une pierre, un morceau de bois, un lambeau d'étoffe, un objet coloré, un ornement américain ou européen. Le chasseur prend soin de ne tuer ni blesser l'animal qu'il a choisi pour Manitou : quand ce malheur lui arrive, il cherche par tous les moyens possibles à apaiser les mânes du dieu mort ; mais il n'est parfaitement rassuré que quand il a *rêvé* un autre Manitou.

Les songes jouent un grand rôle dans la religion du Sauvage ; leur interprétation est une science et leurs illusions sont tenues pour des réalités. Chez les peuples civilisés, c'est souvent le contraire : les réalités sont des illusions.

Parmi les nations indigènes du Nouveau Monde, le dogme de l'immortalité de l'âme n'est pas distinctement exprimé, mais elles en ont toutes une idée confuse, comme le témoignent leurs usages, leurs fables, leurs cérémonies funèbres, leur piété envers les morts. Loin de nier l'immortalité de l'âme, les Sauvages la multiplient : ils semblent l'accorder aux âmes des bêtes, depuis l'insecte, le reptile, le poisson et l'oiseau, jusqu'au plus grand quadrupède. En effet, des peuples qui voient et qui entendent partout des *esprits* doivent naturellement supposer qu'ils en portent un en eux-mêmes, et que les êtres animés compagnons de leur solitude ont aussi leurs intelligences divines.

Chez les nations du Canada, il existait un système complet de fables religieuses, et l'on remarquait, non sans étonnement, dans ces fables des traces des fictions grecques et des vérités bibliques.

Le Grand Lièvre assembla un jour sur les eaux sa cour composée de l'orignal, du chevreuil, de l'ours et des autres quadrupèdes. Il tira un grain de sable du fond du grand lac, et il en forma la terre. Il créa ensuite les hommes des corps morts de divers animaux.

Une autre tradition fait d'Areskoui ou d'Agresgoué, dieu de la guerre, l'Être suprême ou le Grand Esprit.

Le Grand Lièvre fut traversé dans ses desseins : le dieu des eaux, Michabou[1], surnommé le Grand Chat-Tigre, s'opposa à l'entreprise du Grand Lièvre ; celui-ci ayant à combattre Michabou ne put créer que six hommes : un de ces hommes monta au ciel ; il eut commerce avec la belle Athaënsic, divinité des vengeances. Le Grand Lièvre s'apercevant qu'elle était enceinte, la précipita d'un coup de pied sur la terre : elle tomba sur le dos d'une tortue.

Quelques jongleurs prétendent qu'Athaënsic eut deux fils, dont l'un tua l'autre ; mais on croit généralement qu'elle ne mit au monde qu'une fille, laquelle devint mère de Tahouet-Saron et de Jouskeka. Jouskeka tua Tahouet-Saron.

Athaënsic est quelquefois prise pour la lune, et Jouskeka[2] pour le soleil. Areskoui, dieu de la guerre, devient aussi le soleil. Parmi les Natchez, Athaënsic, déesse de la vengeance, était la *femme-chef* des mauvais Manitous, comme Jouskeka était la *femme-chef* des bons[3].

À la troisième génération, la race de Jouskeka s'éteignit presque tout entière : le Grand Esprit envoya un déluge. Messou, autrement Saketchak, voyant ce débordement, députa un corbeau pour s'enquérir de l'état des choses, mais le corbeau s'acquitta mal de sa commission ; alors Messou fit partir le rat musqué, qui lui apporta un peu de limon. Messou rétablit la terre dans son premier état ; il lança des flèches contre le tronc des arbres qui restaient encore debout, et ces flèches devinrent des branches. Il épousa ensuite par reconnaissance une femelle du rat musqué : de ce mariage naquirent tous les hommes qui peuplent aujourd'hui le monde[1].

Il y a des variantes à ces fables : selon quelques autorités, ce ne fut pas Messou qui fit cesser l'inondation, mais la tortue sur laquelle Athaënsic tomba du ciel : cette tortue en nageant, écarta les eaux avec ses pattes, et découvrit la terre. Ainsi c'est la vengeance qui est la mère de la nouvelle race des hommes.

Le Grand Castor est après le Grand Lièvre le plus puissant des Manitous : c'est lui qui a formé le lac Nipissingue : les cataractes que l'on trouve dans la rivière des Ontaouois, qui sort du Nipissingue, sont les restes des chaussées que le Grand Castor avait construites pour former ce lac ; mais il mourut au milieu de son entreprise. Il est enterré au haut d'une montagne à laquelle il a donné sa forme. Aucune nation ne passe au pied de son tombeau sans fumer en son honneur.

Michabou, dieu des eaux, est né à Méchillinakinac, sur le détroit qui joint le lac Huron au lac Michigan. De là il se transporta au Détroit, jeta une digue au saut Sainte-Marie, et arrêtant les eaux du lac Alimipigon, il fit le lac Supérieur pour prendre des castors. Michabou apprit de l'araignée à tisser des filets, et il enseigna ensuite le même art aux hommes.

Il y a des lieux où les Génies se plaisent particulièrement. À deux journées au-dessous du saut Saint-Antoine, on voit la grande Wakon-Teebe (la caverne du Grand Esprit) ; elle renferme un lac souterrain d'une profondeur inconnue ; lorsqu'on jette une pierre dans ce lac, le Grand Lièvre fait entendre une voix redoutable. Des caractères sont gravés par les Esprits sur la pierre de la voûte[1].

Au soleil couchant du lac Supérieur sont des montagnes formées de pierres qui brillent comme la glace des cataractes en hiver. Derrière ces montagnes s'étend un lac bien plus grand que le lac Supérieur : Michabou aime particulièrement ce lac et ces montagnes*. Mais c'est au lac Supérieur que le Grand Esprit a fixé sa résidence ; on l'y voit se promener au clair de la lune : il se plaît aussi à cueillir le fruit d'un groseillier qui couvre la rive méridionale du lac. Souvent, assis sur la pointe d'un rocher, il déchaîne les tempêtes. Il habite dans le lac une île qui porte son nom : c'est là que les âmes des guerriers tombés sur le champ de bataille se rendent pour jouir du plaisir de la chasse.

Autrefois, du milieu du lac Sacré émergeait une montagne de cuivre que le Grand Esprit a enlevée et transportée ailleurs depuis longtemps ; mais il a semé sur le rivage des pierres du même métal qui ont une vertu singulière : elles rendent invisibles ceux qui les portent. Le Grand Esprit ne veut pas qu'on touche à ces pierres. Un jour des Algonquins furent assez téméraires pour en enlever une ; à peine étaient-ils rentrés dans leurs canots qu'un Manitou de plus de soixante coudées de hauteur, sortant du fond d'une forêt, les poursuivit : les vagues lui allaient à peine à la ceinture ; il obligea

---

* Cette ancienne tradition d'une chaîne de montagnes et d'un lac immense situés au nord-ouest du lac Supérieur, indique assez les montagnes Rocheuses et l'océan Pacifique.

les Algonquins de jeter dans les flots le trésor qu'ils avaient ravi.

Sur les bords du lac Huron, le Grand Esprit a fait chanter le lièvre blanc comme un oiseau, et donné la voix d'un chat à l'oiseau bleu.

Athaënsic a planté dans les îles du lac Érié l'*herbe à la puce* : si un guerrier regarde cette herbe, il est saisi de la fièvre ; s'il la touche, un feu subtil court sur sa peau. Athaënsic planta encore au bord du lac Érié le cèdre blanc pour détruire la race des hommes : la vapeur de l'arbre fait mourir l'enfant dans le sein de la jeune mère, comme la pluie fait couler la grappe sur la vigne.

Le Grand Lièvre a donné la sagesse au chat-huant du lac Érié. Cet oiseau fait la chasse aux souris pendant l'été ; il les mutile, et les emporte toutes vivantes dans sa demeure, où il prend soin de les engraisser pour l'hiver[1]. Cela ne ressemble pas trop mal aux maîtres des peuples.

À la cataracte du Niagara habite le Génie redoutable des Iroquois.

Auprès du lac Ontario, des ramiers mâles se précipitent le matin dans la rivière Génessé ; le soir ils sont suivis d'un pareil nombre de femelles ; ils vont chercher la belle Endaé[2] qui fut retirée de la contrée des âmes par les chants de son époux.

Le petit oiseau du lac Ontario fait la guerre au serpent noir. Voici ce qui a donné lieu à cette guerre.

Hondioun était un fameux chef des Iroquois, constructeurs de cabanes. Il vit la jeune Almilao, et il fut étonné. Il dansa trois fois de colère, car Almilao était fille de la nation des Hurons, ennemis des Iroquois. Hondioun retourna à sa hutte en disant : « C'est égal » ; mais l'âme du guerrier ne parlait pas ainsi.

Il demeura couché sur la natte pendant deux soleils, et il ne put dormir : au troisième soleil il ferma les

yeux, et vit un ours dans ses songes. Il se prépara à
la mort.

Il se lève, prend ses armes, traverse les forêts, et
arrive à la hutte d'Almilao dans le pays des ennemis.
Il faisait nuit.

Almilao entend marcher dans sa cabane ; elle dit :
« Akouessan, assieds-toi sur ma natte. » Hondioun s'assit sans parler sur la natte. Athaënsic et sa rage étaient
dans son cœur. Almilao jette un bras autour du guerrier
iroquois sans le connaître, et cherche ses lèvres. Hondioun l'aima comme la lune.

Akouessan l'Abénakis, allié des Hurons, arrive ; il
s'approche dans les ténèbres : les amants dormaient.
Il se glisse auprès d'Almilao, sans apercevoir Hondioun
roulé dans les peaux de la couche. Akouessan enchanta
le sommeil de sa maîtresse.

Hondioun s'éveille, étend la main, touche la chevelure d'un guerrier. Le cri de guerre ébranle la cabane.
Les Sachems des Hurons accourent. Akouessan, l'Abénakis, n'était plus.

Hondioun, le chef iroquois, est attaché au poteau des
prisonniers ; il chante sa chanson de mort ; il appelle
Almilao au milieu du feu, et invite la fille huronne à
lui dévorer le cœur. Celle-ci pleurait et souriait : la vie
et la mort étaient sur ses lèvres.

Le Grand Lièvre fit entrer l'âme d'Hondioun dans le
serpent noir, et celle d'Almilao dans le petit oiseau du
lac Ontario. Le petit oiseau attaque le serpent noir, et
l'étend mort d'un coup de bec. Akouessan fut changé
en homme marin.

Le Grand Lièvre fit une grotte de marbre noir et vert
dans le pays des Abénakis ; il planta un arbre dans le
lac salé (la mer), à l'entrée de la grotte. Tous les efforts
des chairs blanches n'ont jamais pu arracher cet arbre.
Lorsque la tempête souffle sur le lac sans rivage, le

Grand Lièvre descend du rocher bleu, et vient pleurer sous l'arbre Hondioun, Almilao et Akouessan.

C'est ainsi que les fables des Sauvages amènent le voyageur du fond des lacs du Canada aux rivages de l'Atlantique. Moïse, Lucrèce et Ovide semblaient avoir légué à ces peuples, le premier sa tradition, le second sa mauvaise physique, le troisième ses métamorphoses. Il y avait dans tout cela assez de religion, de mensonge et de poésie, pour s'instruire, s'égarer et se consoler.

GOUVERNEMENT[1]

Les Natchez
Despotisme dans l'état de nature

Presque toujours on a confondu l'état de nature avec l'état sauvage : de cette méprise il est arrivé qu'on s'est figuré que les Sauvages n'avaient point de gouvernement, que chaque famille était simplement conduite par son chef ou par son père ; qu'une chasse ou une guerre réunissait occasionnellement les familles dans un intérêt commun ; mais que cet intérêt satisfait, les familles retournaient à leur isolement et à leur indépendance.

Ce sont là de notables erreurs. On retrouve parmi les Sauvages le type de tous les gouvernements connus des peuples civilisés, depuis le despotisme jusqu'à la république, en passant par la monarchie limitée ou absolue, élective ou héréditaire.

Les Indiens de l'Amérique septentrionale connaissent les monarchies et les républiques représentatives ; le fédéralisme était une des formes politiques les plus communes employées par eux : l'étendue de leur désert avait fait pour la science de leurs gouvernements ce que l'excès de la population a produit pour les nôtres.

L'erreur où l'on est tombé relativement à l'existence politique du gouvernement sauvage, est d'autant plus singulière que l'on aurait dû être éclairé par l'histoire des Grecs et des Romains : à la naissance de leur empire, ils avaient des institutions très compliquées.

Les lois politiques naissent chez les hommes avant les lois civiles, qui sembleraient néanmoins devoir précéder les premières ; mais il est de fait que le *pouvoir* s'est réglé avant le *droit*, parce que les hommes ont besoin de se défendre contre l'arbitraire avant de fixer les rapports qu'ils ont entre eux.

Les lois politiques naissent spontanément avec l'homme, et s'établissent sans antécédents ; on les rencontre chez les hordes les plus barbares.

Les lois civiles, au contraire, se forment par les usages : ce qui était une coutume religieuse pour le mariage d'une fille et d'un garçon, pour la naissance d'un enfant, pour la mort d'un chef de famille, se transforme en loi par le laps de temps. La propriété particulière, inconnue des peuples chasseurs, est encore une source de lois civiles qui manque à l'état de nature. Aussi n'existait-il point chez les Indiens de l'Amérique septentrionale de code de délits et de peines. Les crimes contre les choses et les personnes étaient punis par la famille, non par la loi. La vengeance était la justice : le droit naturel poursuivait, chez l'homme sauvage, ce que le droit public atteint chez l'homme policé.

Rassemblons d'abord les traits communs à tous les gouvernements des Sauvages, puis nous entrerons dans le détail de chacun de ces gouvernements.

Les nations indiennes sont divisées en tribus ; chaque tribu a un chef héréditaire différent du chef militaire, qui tire son droit de l'élection comme chez les anciens Germains.

Les tribus portent un nom particulier : la tribu de l'Aigle, de l'Ours, du Castor, etc[1]. Les emblèmes qui servent à distinguer les tribus deviennent des enseignes à la guerre, des sceaux au bas des traités.

Les chefs des tribus et des divisions de tribus tirent leurs noms de quelque qualité, de quelque défaut de leur esprit ou de leur personne, de quelque circonstance de leur vie. Ainsi l'un s'appelle *le bison blanc*, l'autre *la jambe cassée, la bouche plate, le jour sombre, le dardeur, la belle voix, le tueur de castors, le cœur de feu*, etc.

Il en fut ainsi dans la Grèce : à Rome, Coclès tira son nom de ses yeux rapprochés, ou de la perte de son œil, et Cicéron, de la verrue ou de l'industrie de son aïeul. L'histoire moderne compte ses rois et ses guerriers, *Chauve, Bègue, Roux, Boiteux, Martel* ou *marteau, Capet* ou *grosse tête*, etc.

Les conseils des nations indiennes se composent des chefs des tribus, des chefs militaires, des matrones, des orateurs, des prophètes ou jongleurs, des médecins ; mais ces conseils varient selon la constitution des peuples.

Le spectacle d'un conseil de Sauvages est très pittoresque. Quand la cérémonie du calumet est achevée, un orateur prend la parole. Les membres du conseil sont assis ou couchés à terre dans diverses attitudes : les uns, tout nus, n'ont pour s'envelopper qu'une peau de buffle ; les autres, tatoués de la tête aux pieds, ressemblent à des statues égyptiennes ; d'autres entremêlent, à des ornements sauvages, à des plumes, à des becs d'oiseau, à des griffes d'ours, à des cornes de buffle, à des os de castor, à des dents de poisson, entremêlent, dis-je, des ornements européens. Les visages sont bariolés de diverses couleurs, ou peinturés de blanc ou de noir. On écoute attentivement l'orateur ; chacune de ses pauses est accueillie par le cri d'applaudissement, *oah ! oah !*

Des nations aussi simples ne devraient avoir rien à débattre en politique ; cependant il est vrai qu'aucun peuple civilisé ne traite plus de choses à la fois. C'est une ambassade à envoyer à une tribu pour la féliciter de ses victoires, un pacte d'alliance à conclure ou à renouveler, une explication à demander sur la violation d'un territoire, une députation à faire partir pour aller pleurer sur la mort d'un chef, un suffrage à donner dans une diète, un chef à élire, un compétiteur à écarter, une médiation à offrir ou à accepter pour faire poser les armes à deux peuples, une balance à maintenir, afin que telle nation ne devienne pas trop forte et ne menace pas la liberté des autres. Toutes ces affaires sont discutées avec ordre ; les raisons pour et contre sont déduites avec clarté. On a connu des Sachems qui possédaient à fond toutes ces matières, et qui parlaient avec une profondeur de vue et de jugement dont peu d'hommes d'état en Europe seraient capables.

Les délibérations du conseil sont marquées dans des colliers de diverses couleurs ; archives de l'État qui renferment les traités de guerre, de paix et d'alliance, avec toutes les conditions et clauses de ces traités. D'autres colliers contiennent les harangues prononcées dans les divers conseils. J'ai mentionné ailleurs la mémoire artificielle dont usaient les Iroquois pour retenir un long discours. Le travail se partageait entre des guerriers qui, au moyen de quelques osselets, apprenaient par cœur, ou plutôt écrivaient dans leur mémoire, la partie du discours qu'ils étaient chargés de reproduire[*1].

Les arrêtés des Sachems sont quelquefois gravés sur des arbres en signes énigmatiques. Le temps, qui ronge nos vieilles chroniques, détruit également celles

---

* On peut voir dans *Les Natchez* la description d'un conseil de Sauvages, tenu sur le rocher du Lac : les détails en sont rigoureusement historiques.

des Sauvages, mais d'une autre manière ; il étend une nouvelle écorce sur le papyrus qui garde l'histoire de l'Indien : au bout d'un petit nombre d'années, l'Indien et son histoire ont disparu à l'ombre du même arbre.

Passons maintenant à l'histoire des institutions particulières des gouvernements indiens, en commençant par le despotisme.

Il faut remarquer d'abord que partout où le despotisme est établi, règne une espèce de civilisation *physique*, telle qu'on la trouve chez la plupart des peuples de l'Asie, et telle qu'elle existait au Pérou et au Mexique. L'homme qui ne peut plus se mêler des affaires publiques, et qui livre sa vie à un maître comme une brute ou comme un enfant, a tout le temps de s'occuper de son bien-être matériel. Le système de l'esclavage soumettant à cet homme d'autres bras que les siens, ces machines labourent son champ, embellissent sa demeure, fabriquent ses vêtements et préparent son repas. Mais, parvenue à un certain degré, cette civilisation du despotisme reste stationnaire ; car le tyran supérieur, qui veut bien permettre quelques tyrannies particulières, conserve toujours le droit de vie et de mort sur ses sujets, et ceux-ci ont soin de se renfermer dans une médiocrité qui n'excite ni la cupidité, ni la jalousie du pouvoir.

Sous l'empire du despotisme, il y a donc commencement de luxe et d'administration, mais dans une mesure qui ne permet pas à l'industrie de se développer, ni au génie de l'homme d'arriver à la liberté par les lumières.

Ferdinand de Soto trouva des peuples de cette nature dans les Florides, et vint mourir au bord du Mississipi. Sur ce grand fleuve s'étendait la domination des Natchez. Ceux-ci étaient originaires du Mexique, qu'ils ne quittèrent qu'après la chute du trône de Montezume. L'époque de l'émigration des Natchez concorde avec celle des Chicassais qui venaient du Pérou, également

chassés de leur terre natale par l'invasion des Espagnols.

Un chef surnommé *le Soleil*[1] gouvernait les Natchez :
ce chef prétendait descendre de l'astre du jour. La succession au trône avait lieu par les femmes : ce n'était
pas le fils même du *Soleil* qui lui succédait, mais le fils
de sa sœur ou de sa plus proche parente. Cette *Femme-
Chef*, tel était son nom, avait avec le *Soleil* une garde
de jeunes gens appelés *Allouez*.

Les dignitaires au-dessous du *Soleil* étaient les deux
chefs de guerre, les deux prêtres, les deux officiers pour
les traités, l'inspecteur des ouvrages et des greniers
publics, homme puissant, appelé le *Chef de la farine*[2],
et les quatre maîtres des cérémonies.

La récolte, faite en commun et mise sous la garde
du *Soleil*, fut dans l'origine la cause principale de l'établissement de la tyrannie. Seul dépositaire de la fortune publique, le monarque en profita pour se faire des
créatures : il donnait aux uns aux dépens des autres ; il
inventa cette hiérarchie de places qui intéressent une
foule d'hommes au pouvoir, par la complicité dans
l'oppression. Le *Soleil* s'entoura de satellites prêts à
exécuter ses ordres. Au bout de quelques générations,
des classes se formèrent dans l'État : ceux qui descen-
daient des généraux ou des officiers des *Allouez* se prétendirent nobles ; on les crut. Alors furent inventées
une multitude de lois : chaque individu se vit obligé de
porter au *Soleil* une partie de sa chasse ou de sa pêche.
Si celui-ci commandait tel ou tel travail, on était tenu
de l'exécuter sans en recevoir de salaire. En imposant la
corvée, le *Soleil* s'empara du droit de juger. « Qu'on me
défasse de ce chien », disait-il, et ses gardes obéissaient.

Le despotisme du *Soleil* enfanta celui de la *Femme-
Chef*, et ensuite celui des nobles. Quand une nation
devient esclave, il se forme une chaîne de tyrans depuis
la première classe jusqu'à la dernière. L'arbitraire du

pouvoir de la *Femme-Chef* prit le caractère du sexe de cette souveraine ; il se porta du côté des mœurs. La *Femme-Chef* se crut maîtresse de prendre autant de maris et d'amants qu'elle le voulut : elle faisait ensuite étrangler les objets de ses caprices. En peu de temps il fut admis que le jeune *Soleil*, en parvenant au trône, pouvait faire étrangler son père, lorsque celui-ci n'était pas noble.

Cette corruption de la mère de l'héritier du trône descendit aux autres femmes. Les nobles pouvaient abuser des vierges, et même des jeunes épouses, dans toute la nation. Le *Soleil* avait été jusqu'à ordonner une prostitution générale des femmes, comme cela se pratiquait à certaines initiations babyloniennes.

À tous ces maux il n'en manquait plus qu'un, la superstition : les Natchez en furent accablés. Les prêtres s'étudièrent à fortifier la tyrannie par la dégradation de la raison du peuple. Ce devint un honneur insigne, une action méritoire pour le ciel que de se tuer sur le tombeau d'un noble : il y avait des chefs dont les funérailles entraînaient le massacre de plus de cent victimes. Ces oppresseurs, semblaient n'abandonner le pouvoir absolu dans la vie que pour hériter de la tyrannie de la mort : on obéissait encore à un cadavre, tant on était façonné à l'esclavage ! Bien plus, on sollicitait quelquefois, dix ans d'avance, l'honneur d'accompagner le *Soleil* au pays des âmes. Le ciel permettait une justice : ces mêmes *Allouez*, par qui la servitude avait été fondée, recueillaient le fruit de leurs œuvres : l'opinion les obligeait de se percer de leur poignard aux obsèques de leur maître ; le suicide devenait le digne ornement de la pompe funèbre du despotisme. Mais que servait au souverain des Natchez d'emmener sa garde au-delà de la vie ? pouvait-elle le défendre contre l'éternel vengeur des opprimés ?

Une *Femme-Chef* étant morte, son mari, qui n'était

pas noble, fut étouffé. La fille aînée de la Femme-Chef, qui lui succédait en dignité, ordonna l'étranglement de douze enfants : ces douze corps furent rangés autour de ceux de l'ancienne *Femme-Chef* et de son mari. Ces quatorze cadavres étaient déposés sur un brancard pompeusement décoré.

Quatorze *Allouez* enlevèrent le lit funèbre. Le convoi se mit en marche : les pères et les mères des enfants étranglés ouvraient la marche, marchant lentement deux à deux, et portant leurs enfants morts dans leurs bras. Quatorze victimes qui s'étaient dévouées à la mort suivaient le lit funèbre, tenant dans leurs mains le cordon fatal qu'elles avaient filé elles-mêmes. Les plus proches parents de ces victimes les environnaient. La famille de la *Femme-Chef* fermait le cortège.

De dix pas en dix pas, les pères et les mères qui précédaient la théorie[1], laissaient tomber les corps de leurs enfants ; les hommes qui portaient le brancard marchaient sur ces corps, de sorte que quand on arriva au temple, les chairs de ces tendres hosties tombaient en lambeaux.

Le convoi s'arrêta au lieu de la sépulture. On déshabilla les quatorze personnes dévouées ; elles s'assirent à terre ; un *Allouez* s'assit sur les genoux de chacune d'elles, un autre leur tint les mains par derrière ; on leur fit avaler trois morceaux de tabac et boire un peu d'eau ; on leur passa le lacet au cou, et les parents de la *Femme-Chef* tirèrent en chantant, sur les deux bouts du lacet.

On a peine à comprendre comment un peuple chez lequel la propriété individuelle était inconnue, et qui ignorait la plupart des besoins de la société, avait pu tomber sous un pareil joug. D'un côté des hommes nus, la liberté de la nature ; de l'autre des exactions sans exemple, un despotisme qui passe ce qu'on a vu de plus formidable au milieu des peuples civilisés ; l'innocence et les vertus primitives de l'état politique à son berceau, la corruption et les crimes d'un gouvernement décrépit : quel monstrueux assemblage !

Une révolution simple, naturelle, presque sans effort, délivra en partie les Natchez de leurs chaînes. Accablés du joug des nobles et du *Soleil*, ils se contentèrent de se retirer dans les bois ; la solitude leur rendit la liberté. Le *Soleil*, demeuré au *grand village*, n'ayant plus rien à donner aux *Allouez*, puisqu'on ne cultivait plus le champ commun, fut abandonné de ces mercenaires. Ce *Soleil* eut pour successeur un prince raisonnable. Celui-ci ne rétablit point les gardes ; il abolit les usages tyranniques, rappela ses sujets, et leur fit aimer son gouvernement. Un conseil de vieillards formé par lui détruisit le principe de la tyrannie, en réglant d'une manière nouvelle la propriété commune.

Les nations sauvages, sous l'empire des idées primitives, ont un invincible éloignement pour la propriété particulière, fondement de l'ordre social. De là, chez quelques Indiens, cette propriété commune, ce champ public des moissons, ces récoltes déposées dans des greniers où chacun vient puiser selon ses besoins ; mais de là aussi la puissance des chefs qui veillent à ces trésors, et qui finissent par les distribuer au profit de leur ambition.

Les Natchez régénérés trouvèrent un moyen de se mettre à l'abri de la propriété particulière, sans tomber dans l'inconvénient de la propriété commune. Le champ public fut divisé en autant de lots qu'il y avait de familles. Chaque famille emportait chez elle la moisson contenue dans un de ces lots. Ainsi le grenier public fut détruit, en même temps que le champ commun resta, et comme chaque famille ne recueillait pas précisément le produit du carré qu'elle avait labouré et semé, elle ne pouvait pas dire qu'elle avait un droit particulier à la jouissance de ce qu'elle avait reçu. Ce ne fut plus la communauté de la terre, mais la communauté du travail qui fit la propriété commune.

Les Natchez conservèrent l'extérieur et les formes de leurs anciennes institutions : ils ne cessèrent point d'avoir une monarchie absolue, un *Soleil*, une *Femme-Chef*, et différents ordres ou différentes classes d'hommes ; mais ce n'était plus que des souvenirs du passé ; souvenirs utiles aux peuples, chez lesquels il n'est jamais bon de détruire l'autorité des aïeux. On entretint toujours le feu perpétuel dans le temple ; on ne toucha pas même aux cendres des anciens chefs déposées dans cet édifice, parce qu'il y a crime à violer l'asile des morts, et qu'après tout, la poussière des tyrans donne d'aussi grandes leçons que celle des autres hommes.

Les Muscogulges[1]
Monarchie limitée dans l'état de nature

À l'orient du pays des Natchez accablés par le despotisme, les Muscogulges présentaient dans l'échelle des gouvernements des Sauvages la monarchie constitutionnelle ou limitée.

Les Muscogulges forment avec les Siminoles, dans l'ancienne Floride, la confédération des Creeks. Ils ont un chef appelé Mico[2], roi ou magistrat.

Le Mico, reconnu pour le premier homme de la nation, reçoit toutes sortes de marques de respect. Lorsqu'il préside le conseil, on lui rend des hommages presque abjects ; lorsqu'il est absent, son siège reste vide.

Le Mico convoque le conseil pour délibérer sur la paix et sur la guerre ; à lui s'adressent les ambassadeurs et les étrangers qui arrivent chez la nation.

La royauté du Mico est élective et inamovible. Les vieillards nomment le Mico ; le corps des guerriers confirme la nomination. Il faut avoir versé son sang dans les combats, ou s'être distingué par sa raison, son génie, son éloquence, pour aspirer à la place de Mico. Ce souverain, qui ne doit sa puissance qu'à son mérite, s'élève sur la confédération des Creeks, comme le soleil pour animer et féconder la terre.

Le Mico ne porte aucune marque de distinction : hors du conseil, c'est un simple Sachem qui se mêle à la foule, cause, fume, boit la coupe avec tous les guerriers : un étranger ne pourrait le reconnaître. Dans le conseil même, où il reçoit tant d'honneurs, il n'a que sa voix ; toute son influence est dans sa sagesse : son avis est généralement suivi, parce que son avis est presque toujours le meilleur.

La vénération des Muscogulges pour le Mico est extrême. Si un jeune homme est tenté de faire une chose déshonnête, son compagnon lui dit : « Prends garde, le Mico te voit », et le jeune homme s'arrête : c'est l'action du despotisme invisible de la vertu.

Le Mico jouit cependant d'une prérogative dangereuse. Les moissons chez les Muscogulges se font en commun. Chaque famille, après avoir reçu son lot, est obligée d'en porter une partie dans un grenier public, où le Mico puise à volonté. L'abus d'un pareil privilège produisit la tyrannie des *Soleils* des Natchez, comme nous venons de le voir.

Après le Mico, la plus grande autorité de l'État réside dans le conseil des vieillards. Ce conseil décide de la paix et de la guerre, et applique les ordres du Mico : institution politique singulière. Dans la monarchie des peuples civilisés, le roi est le pouvoir exécutif, et le conseil, ou l'assemblée nationale, le pouvoir législatif ; ici, c'est l'opposé ; le monarque fait des lois et le conseil les exécute. Ces Sauvages ont peut-être pensé qu'il y avait moins de péril à investir un conseil de vieillards du pouvoir exécutif, qu'à remettre ce pouvoir aux mains d'un seul homme. D'un autre côté, l'expérience ayant prouvé qu'un seul homme d'un âge mûr, d'un esprit réfléchi, élabore mieux des lois qu'un corps délibérant, les Muscogulges ont placé le pouvoir législatif dans le roi.

Mais le conseil des Muscogulges a un vice capital ; il est sous la direction immédiate du grand jongleur qui le conduit par la crainte des sortilèges et par la divination des songes. Les prêtres forment chez cette nation un collège redoutable qui menace de s'emparer des divers pouvoirs.

Le chef de guerre, indépendant du Mico, exerce une puissance absolue sur la jeunesse armée. Néanmoins, si la nation est dans un péril imminent, le Mico devient pour un temps limité général au-dehors, comme il est magistrat au-dedans.

Tel est, ou plutôt tel était, le gouvernement muscogulge, considéré en lui-même et à part. Il a d'autres rapports comme gouvernement fédératif.

Les Muscogulges, nation fière et ambitieuse[1], vinrent de l'ouest et s'emparèrent de la Floride après en avoir extirpé les Yamases*, ses premiers habitants. Bientôt après, les Siminoles, arrivant de l'est, firent alliance avec les Muscogulges. Ceux-ci étant les plus forts, forcèrent ceux-là d'entrer dans une confédération, en vertu de laquelle les Siminoles envoient des députés au grand village des Muscogulges, et se trouvent ainsi gouvernés en partie par le Mico de ces derniers.

---

* Ces traditions des migrations indiennes sont obscures et contradictoires. Quelques hommes instruits regardent les tribus des Florides comme un débris de la nation des Allighewis qui habitait les vallées du Mississipi et de l'Ohio, et que chassèrent vers les douzième et treizième siècles les Lennilénaps (les Iroquois et les Sauvages Delaware), horde nomade et belliqueuse, venue du nord et de l'ouest, c'est-à-dire, des côtes voisines du détroit de Behring.

Les deux nations réunies furent appelées par les Européens la nation des Creeks, et divisées par eux en Creeks supérieurs, les Muscogulges, et en Creeks inférieurs, les Siminoles. L'ambition des Muscogulges n'étant pas satisfaite, ils portèrent la guerre chez les Chéroquois et chez les Chicassais, et les obligèrent d'entrer dans l'alliance commune ; confédération aussi célèbre dans le midi de l'Amérique septentrionale, que celle des Iroquois dans le nord. N'est-il pas singulier de voir des Sauvages tenter la réunion des Indiens dans une république fédérative, au même lieu où les Européens devaient établir un gouvernement de cette nature ?

Les Muscogulges, en faisant des traités avec les blancs, ont stipulé que ceux-ci ne vendraient point d'eau-de-vie aux nations alliées. Dans les villages des Creeks on ne souffrait qu'un seul marchand européen : il y résidait sous la sauvegarde publique. On ne violait jamais à son égard les lois de la plus exacte probité ; il allait et venait, en sûreté de sa fortune comme de sa vie.

Les Muscogulges sont enclins à l'oisiveté et aux fêtes ; ils cultivent la terre ; ils ont des troupeaux, et des chevaux de race espagnole ; ils ont aussi des esclaves. Le serf travaille aux champs, cultive dans le jardin les fruits et les fleurs, tient la cabane propre et prépare les repas. Il est logé, vêtu et nourri comme ses maîtres. S'il se marie, ses enfants sont libres ; ils rentrent dans leur droit naturel par la naissance. Le malheur du père et de la mère ne passe point à leur postérité ; les Muscogulges n'ont point voulu que la servitude fût héréditaire : belle leçon que des Sauvages ont donnée aux hommes civilisés !

Tel est néanmoins l'esclavage : quelle que soit sa douceur, il dégrade les vertus. Le Muscogulge, hardi, bruyant, impétueux, supportant à peine la moindre contradiction, est servi par le Yamase, timide, silencieux,

patient, abject. Ce Yamase, ancien maître des Florides,
est cependant de race indienne ; il combattit en héros
pour sauver son pays de l'invasion des Muscogulges ;
mais la fortune le trahit. Qui a mis entre le Yamase
d'autrefois et le Yamase d'aujourd'hui, entre ce Yamase
vaincu et ce Muscogulge vainqueur, une si grande différence ? Deux mots : liberté et servitude.

Les villages muscogulges sont bâtis d'une manière
particulière : chaque famille a presque toujours quatre
maisons ou quatre cabanes pareilles. Ces quatre cabanes
se font face les unes aux autres, et forment entre elles
une cour carrée d'environ un demi-arpent : on entre
dans cette cour par les quatre angles. Les cabanes,
construites en planches, sont enduites en dehors et en
dedans d'un mortier rouge qui ressemble à de la terre
de brique. Des morceaux d'écorces de cyprès, disposés
comme des écailles de tortue, servent de toiture aux
bâtiments.

Au centre du principal village, et dans l'endroit le
plus élevé, est une place publique environnée de quatre
longues galeries. L'une de ces galeries est la salle du
conseil, qui se tient tous les jours pour l'expédition des
affaires. Cette salle se divise en deux chambres par une
cloison longitudinale : l'appartement du fond est ainsi
privé de lumière ; on n'y entre que par une ouverture
surbaissée, pratiquée au bas de la cloison. Dans ce
sanctuaire sont déposés les trésors de la religion et de
la politique : les chapelets de corne de cerf, la coupe à
médecine, les chichikoués, le calumet de paix, l'étendard national fait d'une queue d'aigle. Il n'y a que le
Mico, le chef de guerre et le grand prêtre qui puissent
entrer dans ce lieu redoutable.

La chambre extérieure de la salle du conseil est coupée en trois parties, par trois petites cloisons transversales, à hauteur d'appui. Dans ces trois balcons s'élèvent
trois rangs de gradins appuyés contre les parois du

sanctuaire. C'est sur ces bancs couverts de nattes que s'asseyent les Sachems et les guerriers.

Les trois autres galeries, qui forment avec la galerie du conseil l'enceinte de la place publique, sont pareillement divisées chacune en trois parties ; mais elles n'ont point de cloison longitudinale. Ces galeries se nomment *galeries du banquet* : on y trouve toujours une foule bruyante occupée de divers jeux.

Les murs, les cloisons, les colonnes de bois de ces galeries sont chargés d'ornements hiéroglyphiques qui renferment les secrets sacerdotaux et politiques de la nation. Ces peintures représentent des hommes dans diverses attitudes, des oiseaux et des quadrupèdes à tête d'hommes, des hommes à tête d'animaux. Le dessin de ces monuments est tracé avec hardiesse et dans les proportions naturelles ; la couleur en est vive, mais appliquée sans art. L'ordre d'architecture des colonnes varie dans les villages selon la tribu qui habite ces villages : à Otasses, les colonnes sont tournées en spirale, parce que les Muscogulges d'Otasses sont de la tribu du Serpent.

Il y a chez cette nation une ville de paix et une ville de sang. La ville de paix est la capitale même de la confédération des Creeks, et se nomme Apalachucla. Dans cette ville on ne verse jamais le sang ; et quand il s'agit d'une paix générale, les députés des Creeks y sont convoqués.

La ville de sang est appelée Coweta ; elle est située à douze milles d'Apalachucla : c'est là que l'on délibère de la guerre.

On remarque, dans la confédération des Creeks, les Sauvages qui habitent le beau village d'Uche, composé de deux mille habitants, et qui peut armer cinq cents guerriers. Ces Sauvages parlent la langue *savanna* ou *savantica*, langue radicalement différente de la langue muscogulge. Les alliés du village d'Uche, sont ordinairement dans le conseil d'un avis différent des autres alliés qui les voient avec jalousie ; mais on est assez sage de part et d'autre pour n'en pas venir à une rupture.

Les Siminoles, moins nombreux que les Muscogulges, n'ont guère que neuf villages, tous situés sur la rivière Flint. Vous ne pouvez faire un pas dans leur pays sans découvrir des savanes, des lacs, des fontaines, des rivières de la plus belle eau. Le Siminole respire la gaieté, le contentement, l'amour ; sa démarche est légère ; son abord ouvert et serein ; ses gestes décèlent l'activité et la vie : il parle beaucoup et avec volubilité ; son langage est harmonieux et facile[1]. Ce caractère aimable et volage est si prononcé chez ce peuple, qu'il peut à peine prendre un maintien digne, dans les assemblées politiques de la confédération.

Les Siminoles et les Muscogulges sont d'une assez grande taille, et, par un contraste extraordinaire, leurs femmes sont la plus petite race de femmes connue en Amérique : elles atteignent rarement la hauteur de quatre pieds deux ou trois pouces ; leurs mains et leurs pieds ressemblent à ceux d'une Européenne de neuf ou dix ans. Mais la nature les a dédommagées de cette espèce d'injustice : leur taille est élégante et gracieuse ; leurs yeux sont noirs, extrêmement longs, pleins de langueur et de modestie. Elles baissent leurs paupières avec une sorte de pudeur voluptueuse : si on ne les voyait pas, lorsqu'elles parlent, on croirait entendre des enfants qui ne prononcent que des mots à moitié formés.

Les femmes Creeks travaillent moins que les autres femmes indiennes : elles s'occupent de broderies, de teinture et d'autres petits ouvrages. Les esclaves leur épargnent le soin de cultiver la terre ; mais elles aident pourtant, ainsi que les guerriers, à recueillir la moisson.

Les Muscogulges sont renommés pour la poésie et

pour la musique. La troisième nuit de la fête du maïs nouveau, on s'assemble dans la galerie du conseil ; on se dispute le prix du chant. Ce prix est décerné à la pluralité des voix, par le Mico : c'est une branche de chêne vert ; les Hellènes briguaient une branche d'olivier. Les femmes concourent et souvent obtiennent la couronne : une de leurs odes est restée célèbre :

Chanson de la Chair blanche[1].

« *La Chair blanche vint de la Virginie. Elle était riche : elle avait des étoffes bleues, de la poudre, des armes et du poison français*. La Chair blanche vit Tibeïma, l'Ikouessen**.*

« *"Je t'aime, dit-elle à la fille peinte : quand je m'approche de toi, je sens fondre la moelle de mes os ; mes yeux se troublent ; je me sens mourir."*

« *La fille peinte, qui voulait les richesses de la Chair blanche, lui répondit : "Laisse-moi graver mon nom sur tes lèvres ; presse mon sein contre ton sein."*

« *Tibeïma et la Chair blanche bâtirent une cabane. L'Ikouessen dissipa les grandes richesses de l'étranger, et fut infidèle. La Chair blanche le sut ; mais elle ne put cesser d'aimer. Elle allait de porte en porte mendier des grains de maïs pour faire vivre Tibeïma. Lorsque la Chair blanche pouvait obtenir un peu de feu liquide***, elle le buvait pour oublier sa douleur.*

« *Toujours aimant Tibeïma, toujours trompé par elle, l'homme blanc perdit l'esprit et se mit à courir dans les bois. Le père de la fille peinte, illustre Sachem, lui fit des réprimandes : le cœur d'une femme qui a cessé d'aimer est plus dur que le fruit du papaya.*

« *La Chair blanche revint à sa cabane. Elle était nue ; elle portait une longue barbe hérissée ; ses yeux étaient creux, ses lèvres pâles : elle s'assit sur une natte pour demander*

---

* Eau-de-vie.
** Courtisane.
*** Eau-de-vie.

l'hospitalité dans sa propre cabane. L'homme blanc avait faim : comme il était devenu insensé, il se croyait un enfant, et prenait Tibeïma pour sa mère.

« *Tibeïma, qui avait retrouvé des richesses avec un autre guerrier dans l'ancienne cabane de la Chair blanche, eut horreur de celui qu'elle avait aimé. Elle le chassa. La Chair blanche s'assit sur un tas de feuilles à la porte, et mourut. Tibeïma mourut aussi. Quand le Siminole demande quelles sont les ruines de cette cabane recouverte de grandes herbes, on ne lui répond point.* »

Les Espagnols avaient placé, dans les beaux déserts de la Floride, une fontaine de Jouvence. N'étais-je donc pas autorisé à choisir ces déserts pour le pays de quelques autres illusions ?

On verra bientôt ce que sont devenus les Creeks et quel sort menace ce peuple qui marchait à grands pas vers la civilisation.

Les Hurons et les Iroquois
République dans l'état de nature

Si les Natchez offrent le type du despotisme dans l'état de nature, les Creeks, le premier trait de la monarchie limitée ; les Hurons et les Iroquois présentaient, dans le même état de nature, la forme du gouvernement républicain. Ils avaient, comme les Creeks, outre la constitution de la nation proprement dite, une assemblée générale représentative, et un pacte fédératif.

Le gouvernement des Hurons différait un peu de celui des Iroquois. Auprès du conseil des tribus s'élevait un chef héréditaire dont la succession se continuait par les femmes, ainsi que chez les Natchez. Si la ligne de ce chef venait à manquer, c'était la plus noble matrone de la tribu qui choisissait un chef nouveau. L'influence des femmes devait être considérable chez une nation où la politique et la nature leur donnaient tant de droits. Les historiens attribuent à cette influence une partie des bonnes et des mauvaises qualités du Huron.

Chez les nations de l'Asie, les femmes sont esclaves, et n'ont aucune part au gouvernement ; mais, chargées des soins domestiques, elles sont soustraites, en général, aux plus rudes travaux de la terre.

Chez les nations d'origine germanique, les femmes étaient libres, mais elles restaient étrangères aux actes de la politique, sinon à ceux du courage et de l'honneur.

Chez les tribus du nord de l'Amérique, les femmes participaient aux affaires de l'État, mais elles étaient employées à ces pénibles ouvrages qui sont dévolus aux hommes dans l'Europe civilisée. Esclaves et bêtes de somme dans les champs et à la chasse, elles devenaient libres et reines dans les assemblées de la famille, et dans les conseils de la nation. Il faut remonter aux Gaulois pour retrouver quelque chose de cette condition des femmes chez un peuple.

Les Iroquois ou les Cinq nations*, appelés, dans la langue algonquine, les *Agannonsioni*, étaient une colonie des Hurons. Ils se séparèrent de ces derniers à une époque ignorée ; ils abandonnèrent les bords du lac Huron, et se fixèrent sur la rive méridionale du fleuve Hochelaga (le Saint-Laurent), non loin du lac Champlain. Dans la suite, ils remontèrent jusqu'au lac Ontario, et occupèrent le pays situé entre le lac Érié et les sources de la rivière d'Albany.

Les Iroquois offrent un grand exemple du changement que l'oppression et l'indépendance peuvent opérer dans le caractère des hommes. Après avoir quitté les Hurons, ils se livrèrent à la culture des terres, devinrent

* Six, selon la division des Anglais.

une nation agricole et paisible, d'où ils tirèrent leur nom d'*Agannonsioni*.

Leurs voisins, les *Adirondacs*, dont nous avons fait les *Algonquins*, peuple guerrier et chasseur qui étendait sa domination sur un pays immense, méprisèrent les Hurons émigrants dont ils achetaient les récoltes. Il arriva que les Algonquins invitèrent quelques jeunes Iroquois à une chasse ; ceux-ci s'y distinguèrent de telle sorte que les Algonquins jaloux les massacrèrent.

Les Iroquois coururent aux armes pour la première fois : battus d'abord, ils résolurent de périr jusqu'au dernier, ou d'être libres. Un génie guerrier, dont ils ne s'étaient pas doutés, se déploya tout à coup en eux. Ils défirent à leur tour les Algonquins, qui s'allièrent avec les Hurons dont les Iroquois tiraient leur origine. Ce fut au moment le plus chaud de cette querelle, que Jacques Cartier et ensuite Champlain, abordèrent au Canada. Les Algonquins s'unirent aux étrangers, et les Iroquois eurent à lutter contre les Français, les Algonquins et les Hurons.

Bientôt les Hollandais arrivèrent à Manhatte (New-York)[1]. Les Iroquois recherchèrent l'amitié de ces nouveaux Européens, se procurèrent des armes à feu, et devinrent, en peu de temps, plus habiles au maniement de ces armes que les blancs eux-mêmes. Il n'y a point, chez les peuples civilisés, d'exemple d'une guerre aussi longue et aussi implacable que celle que firent les Iroquois aux Algonquins et aux Hurons. Elle dura plus de trois siècles. Les Algonquins furent exterminés, et les Hurons réduits à une tribu réfugiée sous la protection du canon de Québec. La colonie française du Canada, au moment de succomber elle-même aux attaques des Iroquois, ne fut sauvée que par un calcul de la politique de ces Sauvages extraordinaires*.

---

* D'autres traditions, comme on l'a vu, font des Iroquois une colonne de cette grande migration des Lennilénaps, venus des

Il est probable que les Indiens du nord de l'Amérique furent gouvernés d'abord par des rois, comme les habitants de Rome et d'Athènes, et que ces monarchies se changèrent ensuite en républiques aristocratiques : on retrouvait, dans les principales bourgades huronnes et iroquoises, des familles nobles ordinairement au nombre de trois. Ces familles étaient la souche des trois tribus principales : l'une de ces tribus jouissait d'une sorte de prééminence ; les membres de cette première tribu se traitaient de *frères*, et les membres des deux autres tribus de *cousins*.

Ces trois tribus portaient le nom des tribus huronnes : la tribu du Chevreuil, celle du Loup, celle de la Tortue. La dernière se partageait en deux branches, la grande et la petite Tortue.

Le gouvernement, extrêmement compliqué, se composait de trois conseils : le conseil des assistants, le conseil des vieillards, le conseil des guerriers en état de porter les armes, c'est-à-dire du corps de la nation.

Chaque famille fournissait un député au conseil des assistants ; ce député était nommé par les femmes qui choisissaient souvent une femme pour les représenter. Le conseil des assistants était le conseil suprême : ainsi la première puissance appartenait aux femmes dont les hommes ne se disaient que les lieutenants ; mais le conseil des vieillards prononçait en dernier ressort, et devant lui étaient portées en appel les délibérations du conseil des assistants.

Les Iroquois avaient pensé qu'on ne se devait pas priver de l'assistance d'un sexe dont l'esprit délié et

---

bords de l'océan Pacifique. Cette colonne des Iroquois et des Hurons aurait chassé les peuplades du nord du Canada, parmi lesquels se trouvaient les Algonquins, tandis que les Indiens Delaware, plus au midi, auraient descendu jusqu'à l'Atlantique, en dispersant les peuples primitifs établis à l'est et à l'ouest des Alleghanys.

ingénieux est fécond en ressources, et sait agir sur le cœur humain ; mais ils avaient aussi pensé que les arrêts d'un conseil de femmes pourraient être passionnés ; ils avaient voulu que ces arrêts fussent tempérés et comme refroidis par le jugement des vieillards. On retrouvait ce conseil des femmes chez nos pères les Gaulois.

Le second conseil ou le conseil des vieillards était le modérateur entre le conseil des assistants et le conseil composé du corps des jeunes guerriers.

Tous les membres de ces trois conseils n'avaient pas le droit de prendre la parole : des orateurs choisis par chaque tribu traitaient devant les conseils des affaires de l'État : ces orateurs faisaient une étude particulière de la politique et de l'éloquence.

Cette coutume, qui serait un obstacle à la liberté chez les peuples civilisés de l'Europe, n'était qu'une mesure d'ordre chez les Iroquois. Parmi ces peuples, on ne sacrifiait rien de la liberté particulière à la liberté générale. Aucun membre des trois conseils ne se regardait lié individuellement par la délibération des conseils. Toutefois il était sans exemple qu'un guerrier eût refusé de s'y soumettre.

La nation iroquoise se divisait en cinq cantons : ces cantons n'étaient point dépendants les uns des autres ; ils pouvaient faire la paix et la guerre séparément. Les cantons neutres leur offraient, dans ces cas, leurs bons offices.

Les cinq cantons nommaient de temps en temps des députés qui renouvelaient l'alliance générale. Dans cette diète, tenue au milieu des bois, on traitait de quelques grandes entreprises pour l'honneur et la sûreté de toute la nation. Chaque député faisait un rapport relatif au canton qu'il représentait, et l'on délibérait sur des moyens de prospérité commune.

Les Iroquois étaient aussi fameux par leur politique

que par leurs armes. Placés entre les Anglais et les Français, ils s'aperçurent bientôt de la rivalité de ces deux peuples. Ils comprirent qu'ils seraient recherchés par l'un et par l'autre : ils firent alliance avec les Anglais qu'ils n'aimaient pas contre les Français qu'ils estimaient, mais qui s'étaient unis aux Algonquins et aux Hurons. Cependant ils ne voulaient pas le triomphe complet d'un des deux partis étrangers : ainsi les Iroquois étaient prêts à disperser la colonie française du Canada, lorsqu'un ordre du conseil des Sachems arrêta l'armée et la força de revenir ; ainsi les Français se voyaient au moment de conquérir la Nouvelle-Jersey, et d'en chasser les Anglais, lorsque les Iroquois firent marcher leurs cinq nations au secours des Anglais, et les sauvèrent.

L'Iroquois ne conservait de commun avec le Huron que le langage : le Huron, gai, spirituel, volage, d'une valeur brillante et téméraire, d'une taille haute et élégante, avait l'air d'être né pour être l'allié des Français.

L'Iroquois était au contraire d'une forte stature : poitrine large, jambes musculaires, bras nerveux. Les grands yeux ronds de l'Iroquois étincellent d'indépendance ; tout son air était celui d'un héros ; on voyait reluire sur son front les hautes combinaisons de la pensée et les sentiments élevés de l'âme. Cet homme intrépide ne fut point étonné des armes à feu, lorsque, pour la première fois, on en usa contre lui ; il tint ferme au sifflement des balles et au bruit du canon, comme s'il les eût entendus toute sa vie ; il n'eut pas l'air d'y faire plus d'attention qu'à un orage. Aussitôt qu'il se put procurer un mousquet, il s'en servit mieux qu'un Européen. Il n'abandonna pas pour cela le casse-tête, le couteau, l'arc et la flèche ; mais il y ajouta la carabine, le pistolet, le poignard et la hache : il semblait n'avoir jamais assez d'armes pour sa valeur. Doublement paré des instruments meurtriers de l'Europe et de l'Amérique, avec sa tête ornée de panaches, ses oreilles découpées, son visage barbouillé de noir, ses bras teints de sang, ce noble champion du Nouveau Monde devint aussi redoutable à voir qu'à combattre sur le rivage qu'il défendit pied à pied contre l'étranger.

C'était dans l'éducation[1] que les Iroquois plaçaient la source de leur vertu. Un jeune homme ne s'asseyait jamais devant un vieillard : le respect pour l'âge était pareil à celui que Lycurgue avait fait naître à Lacédémone. On accoutumait la jeunesse à supporter les plus grandes privations, ainsi qu'à braver les plus grands périls. De longs jeûnes commandés par la politique au nom de la religion, des chasses dangereuses, l'exercice continuel des armes, des jeux mâles et virils, avaient donné au caractère de l'Iroquois quelque chose d'indomptable. Souvent de petits garçons s'attachaient les bras ensemble, mettaient un charbon ardent sur leurs bras liés, et luttaient à qui soutiendrait plus longtemps la douleur. Si une jeune fille commettait une faute et que sa mère lui jetât de l'eau au visage, cette seule réprimande portait quelquefois la jeune fille à s'étrangler.

L'Iroquois méprisait la douleur comme la vie : un Sachem de cent années affrontait les flammes du bûcher ; il excitait les ennemis à redoubler de cruauté ; il les défiait de lui arracher un soupir. Cette magnanimité de la vieillesse n'avait pour but que de donner un exemple aux jeunes guerriers, et de leur apprendre à devenir dignes de leurs pères.

Tout se ressentait de cette grandeur chez ce peuple : sa langue, presque toute aspirée, étonnait l'oreille. Quand un Iroquois parlait, on eût cru ouïr un homme qui, s'exprimant avec effort, passait successivement des intonations les plus sourdes aux intonations les plus élevées.

Tel était l'Iroquois, avant que l'ombre et la destruction de la civilisation européenne se fussent étendues sur lui.

Bien que j'aie dit que le droit civil et le droit criminel sont à peu près inconnus des Indiens, l'usage, en quelques lieux, a suppléé à la loi.

Le meurtre, qui chez les Francs se rachetait par une composition pécuniaire en rapport avec l'état des personnes, ne se compense, chez les Sauvages, que par la mort du meurtrier. Dans l'Italie du moyen âge, les familles respectives prenaient fait et cause pour tout ce qui concernait leurs membres ; de là ces vengeances héréditaires qui divisaient la nation, lorsque les familles ennemies étaient puissantes.

Chez les peuplades du nord de l'Amérique, la famille de l'homicide ne vient pas à son secours, mais les parents de l'homicidé se font un devoir de le venger. Le criminel que la loi ne menace pas, que ne défend pas la nature, ne rencontrant d'asile, ni dans les bois où les alliés du mort le poursuivent, ni chez les tribus étrangères qui le livreraient, ni à son foyer domestique qui ne le sauverait pas, devient si misérable qu'un tribunal vengeur lui serait un bien. Là au moins il y aurait une forme, une manière de le condamner ou de l'acquitter : car si la loi frappe, elle conserve, comme le temps qui sème et moissonne. Le meurtrier indien, las d'une vie errante, ne trouvant pas de famille publique pour le punir, se remet entre les mains d'une famille particulière qui l'immole : au défaut de la force armée, le crime conduit le criminel aux pieds du juge et du bourreau.

Le meurtre involontaire s'expiait quelquefois par des présents. Chez les Abénakis, la loi prononçait : on exposait le corps de l'homme assassiné sur une espèce de claie en l'air ; l'assassin attaché à un poteau était condamné à prendre sa nourriture, et à passer plusieurs jours à ce pilori de la mort.

ÉTAT ACTUEL DES SAUVAGES
DE L'AMÉRIQUE SEPTENTRIONALE[1]

Si je présentais au lecteur ce tableau de l'Amérique sauvage, comme l'image fidèle de ce qui existe aujourd'hui, je tromperais le lecteur : j'ai peint ce qui fut beaucoup plus que ce qui est. On retrouve sans doute encore plusieurs traits du caractère indien dans les tribus errantes du Nouveau Monde, mais l'ensemble des mœurs, l'originalité des coutumes, la forme primitive des gouvernements, enfin le génie américain a disparu. Après avoir raconté le passé, il me reste à compléter mon travail en retraçant le présent.

Quand on aura retranché du récit des premiers navigateurs et des premiers colons qui reconnurent et défrichèrent la Louisiane, la Floride, la Géorgie, les deux Carolines, la Virginie, le Maryland, la Delaware, la Pensylvanie, le New-Jersey, le New-York, et tout ce qu'on appela la Nouvelle-Angleterre, l'Acadie et le Canada, on ne pourra guère évaluer la population sauvage comprise entre le Mississipi et le fleuve Saint-Laurent, au moment de la découverte de ces contrées, au-dessous de trois millions d'hommes.

Aujourd'hui la population indienne de toute l'Amérique septentrionale, en n'y comprenant ni les Mexicains ni les Esquimaux, s'élève à peine à quatre cent mille âmes. Le recensement des peuples indigènes de cette partie du Nouveau Monde n'a pas été fait ; je vais le faire. Beaucoup d'hommes, beaucoup de tribus manqueront à l'appel : dernier historien de ces peuples[1], c'est leur registre mortuaire que je vais ouvrir.

En 1534, à l'arrivée de Jacques Cartier au Canada, et à l'époque de la fondation de Québec par Champlain en 1608, les Algonquins, les Iroquois, les Hurons, avec leurs tribus alliées ou sujettes, savoir, les Etchemins, les Souriquois, les Bersiamites, les Papinaclets, les Montaguès, les Attikamègues, les Nipissings, les Temiscamings, les Amikouès, les Cristinaux, les Assiniboils, les Pouteouatamis, les Nokais, les Otchagras, les Miamis, armaient à peu près cinquante mille guerriers ; ce qui suppose chez les Sauvages une population d'à peu près deux cent cinquante mille âmes. Au dire de Lahontan, chacun des cinq grands villages iroquois renfermait quatorze mille habitants. Aujourd'hui on ne rencontre dans le bas Canada que six hameaux de Sauvages devenus chrétiens : les Hurons de Corette, les Abénakis de Saint-François, les Algonquins, les Nipissings, les Iroquois du lac des deux montagnes, et les Osouékatchies ; faibles échantillons de plusieurs races qui ne sont plus, et qui, recueillis par la religion, offrent la double preuve de sa puissance à conserver et de celle des hommes à détruire.

Le reste des cinq nations iroquoises est enclavé dans les possessions anglaises et américaines, et le nombre de tous les Sauvages que je viens de nommer est tout au plus de deux mille cinq cents à trois mille âmes.

Les Abénakis qui, en 1587, occupaient l'Acadie (aujourd'hui le Nouveau-Brunswick et la Nouvelle-Écosse), les Sauvages du Maine qui détruisirent tous les établissements des blancs en 1675, et qui continuèrent leurs ravages jusqu'en 1748 ; les mêmes hordes qui firent subir le même sort au New-Hampshire, les Wampanoags, les Nipmucks, qui livrèrent des espèces de batailles rangées

aux Anglais, assiégèrent Hadley, et donnèrent l'assaut
à Brookfield dans le Massachusetts ; les Indiens qui,
dans les mêmes années 1673 et 1675, combattirent les
Européens ; les Pequots du Connecticut ; les Indiens qui
négocièrent la cession d'une partie de leurs terres avec les
États de New-York, de New-Jersey, de la Pensylvanie, de
la Delaware ; les Pyscataways du Maryland ; les tribus qui
obéissaient à Powhatan dans la Virginie ; les Paraoustis
dans les Carolines ; tous ces peuples ont disparu*[1].

Des nations nombreuses que Ferdinand de Soto rencontra dans les Florides (et il faut comprendre sous
ce nom tout ce qui forme aujourd'hui les États de la
Géorgie, de l'Alabama, du Mississipi et du Tennessée),
il ne reste plus que les Creeks, les Chéroquois et les
Chicassais**.

Les Creeks dont j'ai peint les anciennes mœurs ne
pourraient mettre sur pied dans ce moment deux mille
guerriers. Des vastes pays qui leur appartenaient, ils ne
possèdent plus qu'environ huit mille milles carrés dans
l'État de Géorgie, et un territoire à peu près égal dans
l'Alabama. Les Chéroquois et les Chicassais, réduits à
une poignée d'hommes, vivent dans un coin des États
de Géorgie et de Tennessée, les derniers sur les deux
rives du fleuve Hiwassée.

Tout faibles qu'ils sont, les Creeks ont combattu vail-
lamment les Américains dans les années 1813 et 1814.
Les généraux Jackson, White, Clayborne, Floyd[2], leur

---

* La plupart de ces peuples appartenaient à la grande nation
de Lennilénaps, dont les deux branches principales étaient les
Iroquois et les Hurons au nord, et les Indiens Delaware au midi.
** On peut consulter avec fruit, pour la Floride, un ouvrage
intitulé : *Vue de la Floride occidentale, contenant sa géographie,
sa topographie, etc., suivie d'un appendice sur ses antiquités, les
titres de concession des terres et des canaux, et accompagné d'une
carte de la côte, des plans du Pensacola et de l'entrée du port*, Philadelphie, 1817.

firent éprouver de grandes pertes à Talladega, Hillabes, Autossée, Bécanachaca et surtout à Entonopeka[1]. Ces Sauvages avaient fait des progrès sensibles dans la civilisation, et surtout dans l'art de la guerre, employant et dirigeant très bien l'artillerie. Il y a quelques années qu'ils jugèrent et mirent à mort un de leurs Micos ou rois[2], pour avoir vendu des terres aux blancs sans la participation du conseil national.

Les Américains, qui convoitent le riche territoire où vivent encore les Muscogulges et les Siminoles, ont voulu les forcer à le leur céder pour une somme d'argent, leur proposant de les transporter ensuite à l'occident du Missouri. L'État de Géorgie a prétendu qu'il avait acheté ce territoire ; le congrès américain a mis quelque obstacle à cette prétention ; mais tôt ou tard les Creeks, les Chéroquois et les Chicassais, serrés entre la population blanche du Mississipi, du Tennessée, de l'Alabama et de la Géorgie, seront obligés de subir l'exil ou l'extermination.

En remontant le Mississipi depuis son embouchure jusqu'au confluent de l'Ohio, tous les Sauvages qui habitaient ces deux bords, les Biloxis, les Torimas, les Kappas, les Sotouïs, les Bayagoulas, les Colapissas, les Tansas, les Natchez et les Yazous ne sont plus.

Dans la vallée de l'Ohio, les nations qui erraient encore le long de cette rivière et de ses affluents se soulevèrent en 1810 contre les Américains. Elles mirent à leur tête un jongleur ou prophète qui annonçait la victoire, tandis que son frère, le fameux Thécumseh, combattait : trois mille Sauvages se trouvèrent réunis pour recouvrer leur indépendance. Le général américain Harrison marcha contre eux avec un corps de troupes ; il les rencontra, le 6 novembre 1811, au confluent du Tippacanoé et du Wabash. Les Indiens montrèrent le plus grand courage, et leur chef Thécumseh déploya une habileté extraordinaire : il fut pourtant vaincu[3].

La guerre de 1812, entre les Américains et les Anglais, renouvela les hostilités sur les frontières du désert ; les Sauvages se rangèrent presque tous du parti des Anglais, Thécumseh était passé à leur service : le colonel Proctor, Anglais, dirigeait les opérations[1]. Des scènes de barbarie eurent lieu à Cikago et aux forts Meigs et Milden : le cœur du capitaine Wells fut dévoré dans un repas de chair humaine[2]. Le général Harrison accourut encore, et battit les Sauvages à l'affaire du Thames. Thécumseh y fut tué : le colonel Proctor dut son salut à la vitesse de son cheval[3].

La paix ayant été conclue entre les États-Unis et l'Angleterre en 1814[4], les limites des deux empires furent définitivement réglées : les Américains ont assuré par une chaîne de postes militaires leur domination sur les Sauvages.

Depuis l'embouchure de l'Ohio jusqu'au saut de Saint-Antoine sur le Mississipi, on trouve sur la rive occidentale de ce dernier fleuve les Saukis, dont la population s'élève à quatre mille huit cents âmes, les Renards à mille six cents âmes, les Winebegos, à mille six cents, et les Ménomènes à mille deux cents. Les Illinois sont la souche de ces tribus.

Viennent ensuite les Sioux de race mexicaine divisés en six nations : la première habite, en partie, le haut Mississipi ; la seconde, la troisième, la quatrième et la cinquième tiennent les rivages de la rivière Saint-Pierre ; la sixième s'étend vers le Missouri. On évalue ces six nations siouses à environ quarante-cinq mille âmes.

Derrière les Sioux, en s'approchant du Nouveau-Mexique, se trouvent quelques débris des Osages, des Cansas, des Octotatas, des Mactotatas, des Ajouès et des Panis.

Les Assiboins errent sous divers noms depuis les sources septentrionales du Missouri jusqu'à la grande rivière Rouge, qui se jette dans la baie d'Hudson : leur population est de vingt-cinq mille âmes.

Les Cypowois, de race algonquine et ennemis des Sioux, chassent au nombre de trois ou quatre mille guerriers dans les déserts qui séparent les grands lacs du Canada du lac Winnepic.

Voilà tout ce que l'on sait de plus positif sur la population des Sauvages de l'Amérique septentrionale. Si l'on joint à ces tribus connues les tribus moins fréquentées, qui vivent au-delà des montagnes Rocheuses, on aura bien de la peine à trouver les quatre cent mille individus mentionnés au commencement de ce dénombrement. Il y a des voyageurs qui ne portent pas à plus de cent mille âmes la population indienne en deçà des montagnes Rocheuses, et à plus de cinquante mille au-delà de ces montagnes, y compris les Sauvages de la Californie.

Poussées par les populations européennes vers le nord-ouest de l'Amérique septentrionale, les populations sauvages viennent, par une singulière destinée, expirer au rivage même sur lequel elles débarquèrent dans des siècles inconnus, pour prendre possession de l'Amérique. Dans la langue iroquoise, les Indiens se donnaient le nom d'*hommes de toujours*, ONGOUE-ONOUE : Ces *hommes de toujours* ont passé, et l'étranger ne laissera bientôt aux héritiers légitimes de tout un monde que la terre de leur tombeau.

Les raisons de cette dépopulation sont connues : l'usage des liqueurs fortes, les vices, les maladies, les guerres, que nous avons multipliés chez les Indiens, ont précipité la destruction de ces peuples ; mais il n'est pas tout à fait vrai que l'état social, en venant se placer dans les forêts, ait été une cause efficiente de cette destruction.

L'Indien n'était pas *sauvage* ; la civilisation européenne n'a point agi sur *le pur état de nature*, elle a agi sur *la civilisation américaine commençante* ; si elle n'eût rien rencontré, elle eût créé quelque chose ; mais elle a trouvé des mœurs et les a détruites, parce qu'elle était plus forte, et qu'elle n'a pas cru se devoir mêler à ces mœurs.

Demander ce que seraient devenus les habitants de l'Amérique, si l'Amérique eût échappé aux voiles de nos navigateurs, serait sans doute une question inutile, mais pourtant curieuse à examiner. Auraient-ils péri en silence, comme ces nations plus avancées dans les arts, qui, selon toutes les probabilités, fleurirent autrefois dans les contrées qu'arrosent l'Ohio, le Muskingum, le Tennessée, le Mississipi inférieur et le Tumbecbee ?

Écartant un moment les grands principes du christianisme, mettant à part les intérêts de l'Europe, un esprit philosophique aurait pu désirer que les peuples du Nouveau Monde eussent eu le temps de se développer hors du cercle de nos institutions. Nous en sommes réduits partout aux formes usées d'une civilisation vieillie (je ne parle pas des populations de l'Asie, arrêtées depuis quatre mille ans dans un despotisme qui tient de l'enfance) : on a trouvé chez les Sauvages du Canada, de la Nouvelle-Angleterre et des Florides, des commencements de toutes les coutumes et de toutes les lois des Grecs, des Romains et des Hébreux[1]. Une civilisation d'une nature différente de la nôtre, aurait pu reproduire les hommes de l'antiquité, ou faire jaillir des lumières inconnues d'une source encore ignorée. Qui sait si nous n'eussions pas vu aborder un jour à nos rivages quelque Colomb américain venant découvrir l'Ancien Monde ?

La dégradation des mœurs indiennes a marché de pair avec la dépopulation des tribus. Les traditions religieuses sont devenues beaucoup plus confuses ; l'instruction répandue d'abord par les missionnaires du Canada, a mêlé des idées étrangères aux idées natives des indigènes : on aperçoit aujourd'hui, au travers des fables grossières, les croyances chrétiennes défigurées. La plupart des Sauvages portent des croix pour ornements, et les traiteurs protestants leur vendent ce que leur donnaient les missionnaires catholiques[1]. Disons, à l'honneur de notre patrie et à la gloire de notre religion, que les Indiens s'étaient fortement attachés aux Français ; qu'ils ne cessent de les regretter, et qu'*une robe noire* (un missionnaire) est encore en vénération dans les forêts américaines. Si les Anglais, dans leurs guerres avec les États-Unis, ont vu presque tous les Sauvages s'enrôler sous la bannière britannique, c'est que les Anglais de Québec ont encore parmi eux des descendants des Français, et qu'ils occupent le pays qu'*Ononthio** a gouverné[2]. Le Sauvage continue de nous aimer dans le sol que nous avons foulé, dans la terre où nous fûmes ses premiers hôtes, et où nous avons laissé des tombeaux : en servant les nouveaux possesseurs du Canada, il reste fidèle à la France dans les ennemis des Français.

Voici ce qu'on lit dans un *Voyage* récent fait aux sources du Mississipi. L'autorité de ce passage est d'autant plus grande, que l'auteur, dans un autre endroit de son *Voyage*, s'arrête pour argumenter contre les jésuites de nos jours :

« Pour rendre justice à la vérité, les missionnaires français, en général, se sont toujours distingués partout par une vie exemplaire et conforme à leur état. Leur bonne foi religieuse, leur charité apostolique, leur douceur insinuante, leur patience héroïque, et leur éloignement du fanatisme et du rigorisme, fixent dans ces contrées des époques édifiantes dans les fastes du christianisme, et pendant que la mémoire des del Vilde, des Vodilla, etc., sera toujours en exécration dans

---

* La grande Montagne. Nom sauvage des gouverneurs français du Canada.

tous les cœurs vraiment chrétiens, celle des Daniel, des Brébeuf[1], etc., ne perdra jamais de la vénération, que l'histoire des découvertes et des missions leur consacre à juste titre. De là cette prédilection que les Sauvages témoignent pour les Français, prédilection qu'ils trouvent naturellement dans le fond de leur âme, nourrie par les traditions que leurs pères ont laissées en faveur des premiers apôtres du Canada, alors la Nouvelle-France*[2]. »

Cela confirme ce que j'ai écrit autrefois sur les missions du Canada. Le caractère brillant de la valeur française, notre désintéressement, notre gaîté, notre esprit aventureux, sympathisaient avec le génie des Indiens ; mais il faut convenir aussi que la religion catholique est plus propre à l'éducation du Sauvage que le culte protestant.

Quand le christianisme commença au milieu d'un monde civilisé et des spectacles du paganisme, il fut simple dans son extérieur, sévère dans sa morale, métaphysique dans ses arguments, parce qu'il s'agissait d'arracher à l'erreur des peuples séduits par les sens, ou égarés par des systèmes de philosophie. Quand le christianisme passa des délices de Rome et des écoles d'Athènes aux forêts de la Germanie, il s'environna de pompes et d'images, afin d'enchanter la simplicité du Barbare. Les gouvernements protestants de l'Amérique se sont peu occupés de la civilisation des Sauvages ; ils n'ont songé qu'à trafiquer avec eux : or, le commerce qui accroît la civilisation parmi les peuples déjà civilisés, et chez lesquels l'intelligence a prévalu sur les mœurs, ne produit que la corruption chez les peuples où les mœurs sont supérieures à l'intelligence. La religion est évidemment la loi primitive : les pères Jogues, Lallemant et Brébeuf étaient des législateurs

* *Voyage de Beltrami*, 1823.

d'une tout autre espèce que les traiteurs anglais et américains.

De même que les notions religieuses des Sauvages se sont brouillées, les institutions politiques de ces peuples ont été altérées par l'irruption des Européens. Les ressorts du gouvernement indien étaient subtils et délicats ; le temps ne les avait point consolidés ; la politique étrangère, en les touchant, les a facilement brisés. Ces divers conseils balançant leurs autorités respectives, ces contrepoids formés par les assistants, les Sachems, les matrones, les jeunes guerriers, toute cette machine a été dérangée : nos présents, nos vices, nos armes, ont acheté, corrompu ou tué les personnages dont se composaient ces pouvoirs divers.

Aujourd'hui les tribus indiennes sont conduites tout simplement par un chef : celles qui se sont confédérées se réunissent quelquefois dans des diètes générales ; mais aucune loi ne réglant ces assemblées, elles se séparent presque toujours sans avoir rien arrêté : elles ont le sentiment de leur nullité et le découragement qui accompagne la faiblesse.

Une autre cause a contribué à dégrader le gouvernement des Sauvages : l'établissement des postes militaires américains et anglais au milieu des bois. Là, un commandant se constitue le protecteur des Indiens dans le désert ; à l'aide de quelques présents, il fait comparaître les tribus devant lui ; il se déclare leur père et l'envoyé d'un des *trois mondes blancs* ; les Sauvages désignent ainsi les Espagnols, les Français et les Anglais. Le commandant apprend à ses *enfants rouges* qu'il va fixer telles limites, défricher tel terrain, etc. Le Sauvage finit par croire qu'il n'est pas le véritable possesseur de la terre dont on dispose sans son aveu ; il s'accoutume à se regarder comme d'une espèce inférieure au blanc ; il consent à recevoir des ordres, à chasser, à combattre pour des maîtres.

Qu'a-t-on besoin de se gouverner, quand on n'a plus qu'à obéir ?

Il est naturel que les mœurs et les coutumes se soient détériorées avec la religion et la politique, que tout ait été emporté à la fois.

Lorsque les Européens pénétrèrent en Amérique, les Sauvages vivaient et se vêtissaient du produit de leurs chasses, et n'en faisaient entre eux aucun négoce. Bientôt les étrangers leur apprirent à le troquer pour des armes, des liqueurs fortes, divers ustensiles de ménage, des draps grossiers et des parures. Quelques Français, qu'on appela *coureurs de bois*[1], accompagnèrent d'abord les Indiens dans leurs excursions. Peu à peu il se forma des compagnies de commerçants qui poussèrent des postes avancés et placèrent des factoreries au milieu des déserts. Poursuivis par l'avidité européenne et par la corruption des peuples civilisés, jusqu'au fond de leurs bois, les Indiens échangent, dans ces magasins, de riches pelleteries contre des objets de peu de valeur, mais qui sont devenus, pour eux, des objets de première nécessité. Non seulement ils trafiquent de la chasse faite, mais ils disposent de la chasse à venir, comme on vend une récolte sur pied.

Ces avances accordées par les traiteurs plongent les Indiens dans un abîme de dettes : ils ont alors toutes les calamités de l'homme du peuple de nos cités, et toutes les détresses du Sauvage. Leurs chasses, dont ils cherchent à exagérer les résultats, se transforment en une effroyable fatigue : ils y mènent leurs femmes ; ces malheureuses, employées à tous les services du camp, tirent les traîneaux, vont chercher les bêtes tuées, tannent les peaux, font dessécher les viandes. On les voit, chargées des fardeaux les plus lourds, porter encore leurs petits enfants à leurs mamelles, ou sur leurs épaules. Sont-elles enceintes et près d'accoucher, pour hâter leur délivrance et retourner plus vite à l'ouvrage, elles s'appliquent le ventre sur une barre de bois élevée à quelques pieds de terre ; laissant pendre en bas leurs jambes et leur tête, elles donnent ainsi le jour à une misérable créature, dans toute la rigueur de la malédiction : *In dolore paries filios*[1] !

Ainsi la civilisation, en entrant, par le commerce, chez les tribus américaines, au lieu de développer leur intelligence, les a abruties. L'Indien est devenu perfide, intéressé, menteur, dissolu : sa cabane est un réceptacle d'immondices et d'ordure. Quand il était nu, ou couvert de peaux de bêtes, il avait quelque chose de fier et de grand ; aujourd'hui, des haillons européens, sans couvrir sa nudité, attestent seulement sa misère : c'est un mendiant à la porte d'un comptoir ; ce n'est plus un Sauvage dans ses forêts[2].

Enfin il s'est formé une espèce de peuple métis, né du commerce des aventuriers européens et des femmes sauvages. Ces hommes, que l'on appelle *bois brûlé*[3], à cause de la couleur de leur peau, sont les gens d'affaires ou les courtiers de change entre les peuples dont ils tirent leur double origine : parlant à la fois la langue de leurs pères et de leurs mères, interprètes des traiteurs auprès des Indiens, et des Indiens auprès des traiteurs, ils ont les vices des deux races. Ces bâtards de la nature civilisée et de la nature sauvage se vendent tantôt aux Américains, tantôt aux Anglais, pour leur livrer le monopole des pelleteries ; ils entretiennent les rivalités des compagnies anglaises de la *baie d'Hudson*, du *Nord-Ouest* et des compagnies américaines, *Fur Columbian American Company*, *Missouri's Fur Company*, et autres : ils font eux-mêmes des chasses au compte des traiteurs, et avec des chasseurs soldés par les compagnies[4].

Le spectacle est alors tout différent des chasses indiennes : les hommes sont à cheval ; il y a des fourgons qui transportent les viandes sèches et les fourrures ; les femmes et les enfants sont traînés sur de petits chariots, par des chiens. Ces chiens, si utiles dans les contrées septentrionales, sont encore une charge pour leurs maîtres ; car ceux-ci ne pouvant les nourrir pendant l'été, les mettent en pension, à crédit, chez des gardiens, et contractent ainsi de nouvelles dettes. Les dogues affamés sortent quelquefois de leur chenil ; ne pouvant aller à la chasse, ils vont à la pêche ; on les voit se plonger dans les rivières, et saisir le poisson jusqu'au fond de l'eau.

On ne connaît en Europe que cette grande guerre de l'Amérique qui a donné au monde un peuple libre. On ignore que le sang a coulé pour les chétifs intérêts de quelques marchands fourreurs. La Compagnie de la baie d'Hudson vendit, en 1811, à lord Selkirk, un grand terrain sur le bord de la *rivière Rouge* ; l'établissement se fit en 1812. La Compagnie du Nord-Ouest, ou du Canada, en prit ombrage : les deux compagnies, alliées à diverses tribus indiennes, et secondées des *Bois brûlés*, en vinrent aux mains. Cette petite guerre domestique, qui fut horrible, avait lieu dans les déserts glacés de la baie d'Hudson : la colonie de lord Selkirk[1] fut détruite au mois de juin 1815, précisément au moment où se donnait la bataille de Waterloo. Sur ces deux théâtres si différents par l'éclat et par l'obscurité, les malheurs de l'espèce humaine étaient les mêmes. Les deux compagnies épuisées ont senti qu'il valait mieux s'unir que se déchirer : elles poussent aujourd'hui de concert leurs opérations, à l'ouest, jusqu'à Colombia, au nord, jusque sur les fleuves qui se jettent dans la mer Polaire.

En résumé, les plus fières nations de l'Amérique septentrionale n'ont conservé de leur race que la langue et le vêtement ; encore celui-ci est-il altéré : elles ont un peu appris à cultiver la terre et à élever des troupeaux. De guerrier fameux qu'il était, le Sauvage du Canada est devenu berger obscur ; espèce de pâtre extraordinaire,

conduisant ses cavales avec un casse-tête, et ses moutons avec des flèches. Philippe, successeur d'Alexandre,
mourut greffier à Rome[1] ; un Iroquois chante et danse
pour quelques pièces de monnaie à Paris[2] : il ne faut
pas voir le lendemain de la gloire.

En traçant ce tableau d'un monde sauvage, en parlant
sans cesse du Canada et de la Louisiane, en regardant
sur les vieilles cartes l'étendue des anciennes colonies
françaises dans l'Amérique, j'étais poursuivi d'une idée
pénible ; je me demandais comment le gouvernement
de mon pays avait pu laisser périr ces colonies qui
seraient aujourd'hui pour nous une source inépuisable
de prospérité[3].

De l'Acadie et du Canada à la Louisiane, de l'embouchure du Saint-Laurent à celle du Mississipi, le territoire de la *Nouvelle-France* entourait ce qui forma dans
l'origine la confédération des treize premiers États-
Unis. Les onze autres États, le district de la Colombie,
les territoires du Michigan, du Nord-Ouest, du Missouri, de l'Orégon et d'Arkansa, nous appartenaient
ou nous appartiendraient comme ils appartiennent
aujourd'hui aux États-Unis par la cession des Anglais
et des Espagnols, nos premiers héritiers dans le Canada
et dans la Louisiane.

Prenez votre point de départ entre le 43e et le
44e degré de latitude nord, sur l'Atlantique, au cap
Sable de la Nouvelle-Écosse, autrefois l'Acadie ; de
ce point, conduisez une ligne qui passe derrière les
premiers États-Unis, le Maine, Vernon[4], New-York,
la Pensylvanie, la Virginie, la Caroline et la Géorgie ;
que cette ligne vienne par le Tennessée chercher le
Mississipi et la Nouvelle-Orléans ; qu'elle remonte
ensuite du 29e degré (latitude des bouches du Mississipi), qu'elle remonte par le territoire d'Arkansa à celui
de l'Orégon ; qu'elle traverse les montagnes Rocheuses,
et se termine à la pointe Saint-Georges sur la côte de

l'océan Pacifique, vers le 42ᵉ degré de latitude nord : l'immense pays compris entre cette ligne, la mer Atlantique au nord-est, la mer Polaire au nord, l'océan Pacifique et les possessions russes au nord-ouest, le golfe Mexicain au midi, c'est-à-dire plus des deux tiers de l'Amérique septentrionale, reconnaîtraient les lois de la France.

Que serait-il arrivé si de telles colonies eussent été encore entre nos mains au moment de l'émancipation des États-Unis ? cette émancipation aurait-elle eu lieu ? notre présence sur le sol américain l'aurait-elle hâtée ou retardée ? La *Nouvelle-France* elle-même serait-elle devenue libre ? pourquoi non ? Quel malheur y aurait-il pour la mère patrie à voir fleurir un immense empire sorti de son sein, un empire qui répandrait la gloire de notre nom et de notre langue dans un autre hémisphère ?

Nous possédions au-delà des mers de vastes contrées qui pouvaient offrir un asile à l'excédent de notre population, un marché considérable à notre commerce, un aliment à notre marine ; aujourd'hui nous nous trouvons forcés d'ensevelir dans nos prisons des coupables condamnés par les tribunaux, faute d'un coin de terre pour y déposer ces malheureux. Nous sommes exclus du nouvel univers, où le genre humain recommence. Les langues anglaise et espagnole servent en Afrique, en Asie, dans les îles de la mer du Sud, sur le continent des deux Amériques, à l'interprétation de la pensée de plusieurs millions d'hommes ; et nous, déshérités des conquêtes de notre courage et de notre génie, à peine entendons-nous parler dans quelques bourgades de la Louisiane et du Canada, sous une domination étrangère, la langue de Racine, de Colbert et de Louis XIV[1] ; elle n'y reste que comme un témoin des revers de notre fortune et des fautes de notre politique.

Ainsi donc, la France a disparu de l'Amérique septentrionale, comme ces tribus indiennes avec lesquelles elle sympathisait, et dont j'ai aperçu quelques débris. Qu'est-il arrivé dans cette Amérique du Nord depuis l'époque où j'y voyageais ? c'est maintenant ce qu'il faut dire. Pour consoler les lecteurs, je vais, dans la conclusion de cet ouvrage, arrêter leurs regards sur un tableau miraculeux : ils apprendront ce que peut la liberté pour le bonheur et la dignité de l'homme, lorsqu'elle ne se sépare point des idées religieuses, qu'elle est à la fois intelligente et sainte.

CONCLUSION[1]

ÉTATS-UNIS

Si je revoyais[2] aujourd'hui les États-Unis, je ne les reconnaîtrais plus : là où j'ai laissé des forêts, je trouverais des champs cultivés ; là où je me suis frayé un chemin à travers les halliers[3], je voyagerais sur de grandes routes. Le Mississipi, le Missouri, l'Ohio, ne coulent plus dans la solitude ; de gros vaisseaux à trois mâts les remontent ; plus de deux cents bateaux à vapeur en vivifient les rivages. Aux Natchez, au lieu de la hutte de Céluta, s'élève une ville charmante d'environ cinq mille habitants. Chactas pourrait être aujourd'hui député au Congrès et se rendre chez Atala par deux routes, dont l'une mène à Saint-Étienne[4], sur le Tumbec-bee, et l'autre aux Natchitochès : un livre de poste lui indiquerait les relais au nombre de onze : Washington, Franklin, Homochitt, etc.

L'Alabama et le Tennessée sont divisés, le premier en trente-trois comtés, et il contient vingt et une villes ; le second en cinquante et un comtés, et il renferme quarante-huit villes. Quelques-unes de ces villes, telles que Cahawba, capitale de l'Alabama, conservent leur dénomination sauvage, mais elles sont environnées d'autres villes différemment désignées : il y a chez les Muscogulges, les Siminoles, les Chéroquois et les Chicassais, une cité d'Athènes, une autre de Marathon, une autre de Carthage, une autre de Memphis, une autre de Sparte, une autre de Florence, une autre d'Hampden, des comtés de Colombie et de Marengo : la gloire de tous les pays a placé un nom dans ces mêmes déserts où j'ai rencontré le père Aubry et l'obscure Atala.

Le Kentucky montre un Versailles ; un comté appelé Bourbon, a pour capitale Paris. Tous les exilés, tous les opprimés qui se sont retirés en Amérique, y ont porté la mémoire de leur patrie.

> *... Falsi Simoentis ad undam*
> *Libabat cineri Andromache*[1].

Les États-Unis offrent donc dans leur sein, sous la protection de la liberté, une image et un souvenir de la plupart des lieux célèbres de l'ancienne et de la moderne Europe ; semblables à ce jardin de la campagne de Rome, où Adrien avait fait répéter les divers monuments de son empire[2].

Remarquons qu'il n'y a presque point de comtés qui ne renferment une ville, un village, ou un hameau de Washington ; touchante unanimité de la reconnaissance d'un peuple.

L'Ohio arrose maintenant quatre États : le Kentucky, l'Ohio, proprement dit, l'Indiana et l'Illinois. Trente députés et huit sénateurs sont envoyés au Congrès par ces quatre États : la Virginie et le Tennessée touchent l'Ohio sur deux points ; il compte sur ses bords cent quatre-vingt-onze comtés et deux cent huit villes. Un canal que l'on creuse au portage de ses rapides, et qui sera fini dans trois ans, rendra le fleuve navigable pour de gros vaisseaux, jusqu'à Pittsbourg.

Trente-trois grandes routes sortent de Washington,

comme autrefois les voies romaines partaient de Rome, et aboutissent, en se partageant, à la circonférence des États-Unis. Ainsi on va de Washington à Dover, dans la Delaware ; de Washington à la Providence, dans le Rhode-Island ; de Washington à Robbinstown, dans le district du Maine, frontière des États britanniques au nord ; de Washington à Concorde ; de Washington à Montpellier, dans le Connecticut[1] ; de Washington à Albany, et de là à Montréal et à Québec ; de Washington au Havre de Sackets, sur le lac Ontario ; de Washington à la chute et au fort de Niagara ; de Washington, par Pittsbourg, au Détroit et à Michilimackinac, sur le lac Érié ; de Washington, par Saint-Louis sur le Mississipi, à Councile-Bluffs, du Missouri ; de Washington à la Nouvelle-Orléans et à l'embouchure du Mississipi ; de Washington aux Natchez ; de Washington à Charlestown, à Savannah et à Saint-Augustin ; le tout formant une circulation intérieure de routes de vingt-cinq mille sept cent quarante-sept milles.

On voit, par les points où se lient ces routes, qu'elles parcourent des lieux naguère sauvages, aujourd'hui cultivés et habités. Sur un grand nombre de ces routes, les postes sont montées : des voitures publiques vous conduisent d'un lieu à l'autre à des prix modérés. On prend la diligence pour l'Ohio ou pour la chute du Niagara, comme, de mon temps, on prenait un guide ou un interprète indien. Des chemins de communication s'embranchent aux voies principales et sont également pourvus de moyens de transport. Ces moyens sont presque toujours doubles, car des lacs et des rivières se trouvant partout, on peut voyager en bateaux à rames et à voiles, ou sur des bateaux à vapeur.

Des embarcations de cette dernière espèce font des passages réguliers de Boston et de New-York à la Nouvelle-Orléans ; elles sont pareillement établies sur les lacs du Canada, l'Ontario, l'Érié, le Michigan, le

Champlain, sur ces lacs où l'on voyait à peine, il y a trente ans, quelques pirogues de Sauvages, et où des vaisseaux de ligne se livrent maintenant des combats[1].

Les bateaux à vapeur aux États-Unis servent non seulement au besoin du commerce et des voyageurs, mais on les emploie encore à la défense du pays : quelques-uns d'entre eux, d'une immense dimension, placés à l'embouchure des fleuves, armés de canons et d'eau bouillante, ressemblent à la fois à des citadelles modernes et à des forteresses du moyen âge.

Aux vingt-cinq mille sept cent quarante-sept milles de routes générales, il faut ajouter l'étendue de quatre cent dix-neuf routes cantonales, et celle de cinquante-huit mille cent trente-sept milles de routes d'eau. Les canaux augmentent le nombre de ces dernières routes : le canal de Middlesex joint le port de Boston avec la rivière Merrimack ; le canal Champlain fait communiquer ce lac avec les mers canadiennes ; le fameux canal Érié, ou de New-York, unit maintenant le lac Érié à l'Atlantique ; les canaux Sautee, Chesapeake et Albemarne sont dus aux États de la Caroline et de la Virginie ; et, comme de larges rivières coulant en diverses directions, se rapprochent par leurs sources, rien de plus facile que de les lier entre elles. Cinq chemins sont déjà connus pour aller à l'océan Pacifique ; un seul de ces chemins passe à travers le territoire espagnol.

Une loi du Congrès de la session de 1824 à 1825 ordonne l'établissement d'un poste militaire à l'Orégon. Les Américains, qui ont un établissement sur la Colombia, pénètrent ainsi jusqu'au grand Océan entre les Amériques anglaise, russe et espagnole, par une zone de terre d'à peu près six degrés de large.

Il y a cependant une borne naturelle à la colonisation. La frontière des bois s'arrête à l'ouest et au nord du Missouri, à des steppes immenses qui n'offrent pas un seul arbre, et qui semblent se refuser à la culture, bien que l'herbe y croisse abondamment. Cette Arabie verte sert de passage aux colons qui se rendent en caravanes aux montagnes Rocheuses et au Nouveau-Mexique ; elle sépare les États-Unis de l'Atlantique des États-Unis de la mer du Sud, comme ces déserts qui, dans l'Ancien Monde, disjoignent des régions fertiles. Un Américain a proposé d'ouvrir à ses frais un grand chemin ferré, depuis Saint-Louis sur le Mississipi jusqu'à l'embouchure de la Colombia, pour une concession de dix milles en profondeur qui lui serait faite par le Congrès, des deux côtés du chemin : ce gigantesque marché n'a pas été accepté.

Dans l'année 1789, il y avait seulement soixante-quinze bureaux de poste aux États-Unis : il y en a maintenant plus de cinq mille.

De 1790 à 1795, ces bureaux furent portés de soixante-quinze à quatre cent cinquante-trois ; en 1800, ils étaient au nombre de neuf cent trois ; en 1805, ils s'élevaient à quinze cent cinquante-huit ; en 1810, à deux mille trois cents ; en 1815, à trois mille ; en 1817, à trois mille quatre cent cinquante-neuf ; en 1820, à quatre mille trente ; en 1825, à près de cinq mille cinq cents.

Les lettres et dépêches sont transportées par des malles-poste qui font environ cent cinquante milles par jour, et par des courriers à cheval et à pied.

Une grande ligne de malles-poste s'étend depuis Anson, dans l'État du Maine, par Washington, à Nashville, dans l'État du Tennessée ; distance, quatorze cent quarante-huit milles. Une autre ligne joint Highgate, dans l'État de Vermont, à Sainte-Marie en Géorgie ; distance, treize cent soixante-neuf milles. Des relais de malles-poste sont montés depuis Washington à Pittsbourg ; distance, deux cent vingt-six milles : ils seront bientôt établis jusqu'à Saint-Louis du Mississipi, par Vincennes, et jusqu'à Nashville, par Lexington,

Kentucky. Les auberges sont bonnes et propres, et quelquefois excellentes.

Des bureaux pour la vente des terres publiques sont ouverts dans les États de l'Ohio et d'Indiana, dans le territoire du Michigan, du Missouri et des Arkansas, dans les États de la Louisiane, du Mississipi et de l'Alabama. On croit qu'il reste plus de cent cinquante millions d'acres de terre propre à la culture, sans compter le sol des grandes forêts. On évalue ces cent cinquante millions d'acres à environ un milliard cinq cent millions de dollars, estimant les acres l'un dans l'autre à 10 dollars, et n'évaluant le dollar qu'à 3 fr., calcul extrêmement faible sous tous les rapports.

On trouve dans les États du nord vingt-cinq postes militaires, et vingt-deux dans les États du midi.

En 1790, la population des États-Unis était de trois millions neuf cent vingt-neuf mille trois cent vingt-six habitants ; en 1800, elle était de cinq millions trois cent cinq mille six cent soixante-six ; en 1810, de sept millions deux cent trente-neuf mille neuf cent trois ; en 1820, de neuf millions six cent neuf mille huit cent vingt-sept. Sur cette population, il faut compter un million cinq cent trente-un mille quatre cent trente-six esclaves.

En 1790, l'Ohio, l'Indiana, l'Illinois, l'Alabama, le Mississipi, le Missouri, n'avaient pas assez de colons pour qu'on les pût recenser. Le Kentucky seul, en 1800, en présentait soixante-treize mille six cent soixante-dix-sept, et le Tennessée, trente-cinq mille six cent quatre-vingt-onze. L'Ohio, sans habitants en 1790, en comptait quarante-cinq mille trois cent soixante-cinq, en 1800, deux cent trente mille sept cent soixante, en 1810, et cinq cent quatre-vingt-un mille quatre cent trente-quatre en 1820 ; l'Alabama, de 1810 à 1820, est monté de dix mille habitants à cent vingt-sept mille neuf cent un.

Ainsi, la population des États-Unis s'est accrue de dix ans en dix ans, depuis 1790 jusqu'à 1820, dans la proportion de trente-cinq individus sur cent. Six années sont déjà écoulées des dix années qui se compléteront en 1830, époque à laquelle on présume que la population des États-Unis sera à peu près de douze millions huit cent soixante-quinze mille âmes ; la part de l'Ohio sera de huit cent cinquante mille habitants, et celle du Kentucky de sept cent cinquante mille.

Si la population continuait à doubler tous les vingt-cinq ans, en 1855 les États-Unis auraient une population de vingt-cinq millions sept cent cinquante mille âmes ; et vingt-cinq ans plus tard, c'est-à-dire en 1880, cette population s'élèverait au-dessus de cinquante millions.

En 1821, le produit des exportations des productions indigènes et étrangères des États-Unis a monté à la somme de 64 974 382 dollars ; le revenu public, dans la même année, s'est élevé à 14 264 000 dollars ; l'excédent de la recette sur la dépense a été de 3 334 826 dollars. Dans la même année encore, la dette nationale était réduite à 89 204 236 dollars.

L'armée a été quelquefois portée à cent mille hommes : onze vaisseaux de ligne, neuf frégates, cinquante bâtiments de guerre de différentes grandeurs composent la marine des États-Unis.

Il est inutile de parler des constitutions des divers États ; il suffit de savoir qu'elles sont toutes libres.

Il n'y a point de religion dominante[1] ; mais chaque citoyen est tenu de pratiquer un culte chrétien : la religion catholique fait des progrès considérables dans les États de l'ouest.

En supposant, ce que je crois la vérité, que les résumés statistiques publiés aux États-Unis soient exagérés par l'orgueil national, ce qui resterait de prospérité dans l'ensemble des choses, serait encore digne de toute notre admiration.

Pour achever ce tableau surprenant, il faut se représenter des villes comme Boston, New-York, Philadelphie, Baltimore, Savannah, la Nouvelle-Orléans, éclairées la nuit, remplies de chevaux et de voitures, offrant toutes les jouissances du luxe qu'introduisent dans leurs ports des milliers de vaisseaux ; il faut se représenter ces lacs du Canada, naguère si solitaires, maintenant couverts de frégates, de corvettes, de cutters[1], de barques, de bateaux à vapeur, qui se croisent avec les pirogues et les canots des Indiens, comme les gros navires et les galères avec les pinques[2], les chaloupes et les caïques[3] dans les eaux du Bosphore. Des temples et des maisons embellis de colonnes d'architecture grecque s'élèvent au milieu de ces bois, sur le bord de ces fleuves, antiques ornements du désert. Ajoutez à cela de vastes collèges, des observatoires élevés pour la science dans le séjour de l'ignorance sauvage, toutes les religions, toutes les opinions vivant en paix, travaillant de concert à rendre meilleure l'espèce humaine et à développer son intelligence : tels sont les prodiges de la liberté[4].

L'abbé Raynal* avait proposé un prix pour la solution de cette question : « Quelle sera l'influence de la découverte du Nouveau Monde sur l'Ancien Monde[5] ? »

Les écrivains se perdirent dans des calculs relatifs à l'exportation et l'importation des métaux, à la dépopulation de l'Espagne, à l'accroissement du commerce, au perfectionnement de la marine : personne, que je sache, ne chercha l'influence de la découverte de l'Amérique sur l'Europe, dans l'établissement des républiques américaines. On ne voyait toujours que les anciennes monarchies, à peu près telles qu'elles étaient, la société stationnaire, l'esprit humain n'avançant ni ne reculant ; on n'avait pas la moindre idée de la révolution qui, dans l'espace de quarante années, s'est opérée dans les esprits.

Le plus précieux des trésors que l'Amérique renfermait dans son sein, c'était la liberté ; chaque peuple est appelé à puiser dans cette mine inépuisable. La découverte de la république représentative aux États-Unis est un des plus grands événements politiques du monde : cet événement a prouvé, comme je l'ai dit ailleurs[1], qu'il y a deux espèces de liberté praticables : l'une appartient à l'enfance des peuples ; elle est fille des mœurs et de la vertu ; c'était celle des premiers Grecs et des premiers Romains, c'était celle des Sauvages de l'Amérique ; l'autre naît de la vieillesse des peuples ; elle est fille des lumières et de la raison : c'est cette liberté des États-Unis qui remplace la liberté de l'Indien. Terre heureuse, qui, dans l'espace de moins de trois siècles, a passé de l'une à l'autre liberté presque sans effort, et par une lutte qui n'a pas duré plus de huit années !

L'Amérique conservera-t-elle sa dernière espèce de liberté ? Les États-Unis ne se diviseront-ils pas ? N'aperçoit-on pas déjà les germes de ces divisions ? Un représentant de la Virginie n'a-t-il pas déjà soutenu la thèse de l'ancienne liberté grecque et romaine avec le système d'esclavage, contre un député du Massachusetts qui défendait la cause de la liberté moderne sans esclaves[2], telle que le christianisme l'a faite ?

Les États de l'ouest, en s'étendant de plus en plus, trop éloignés des États de l'Atlantique, ne voudront-ils pas avoir un gouvernement à part ?

Enfin les Américains sont-ils des hommes parfaits, n'ont-ils pas leurs vices comme les autres hommes, sont-ils moralement supérieurs aux Anglais, dont ils tirent leur origine ? Cette émigration étrangère qui coule sans cesse dans leur population de toutes les parties de l'Europe, ne détruira-t-elle pas à la longue l'homogénéité de leur race ? L'esprit mercantile ne les dominera-t-il pas ? L'intérêt ne commence-t-il pas à devenir chez eux le défaut national dominant[3] ?

Il faut encore le dire avec douleur : l'établissement des républiques du Mexique, de la Colombie, du Pérou, du Chili, de Buenos-Ayres, est un danger pour les États-Unis. Lorsque ceux-ci n'avaient auprès d'eux que les colonies d'un royaume transatlantique, aucune guerre n'était probable. Maintenant des rivalités ne naîtront-elles point entre les anciennes républiques de l'Amérique septentrionale, et les nouvelles républiques de l'Amérique espagnole ? Celles-ci ne s'interdiront-elles pas des alliances avec des puissances européennes ? Si de part et d'autre on courait aux armes ; si l'esprit militaire s'emparait des États-Unis, un grand capitaine pourrait s'élever : la gloire aime les couronnes ; les soldats ne sont que de brillants fabricants de chaînes, et la liberté n'est pas sûre de conserver son patrimoine sous la tutelle de la victoire.

Quoi qu'il en soit de l'avenir, la liberté ne disparaîtra jamais tout entière de l'Amérique ; et c'est ici qu'il faut signaler un des grands avantages de la liberté fille des lumières, sur la liberté fille des mœurs.

La liberté fille des mœurs périt quand son principe s'altère, et il est de la nature des mœurs de se détériorer avec le temps.

La liberté fille des mœurs commence avant le despotisme aux jours d'obscurité et de pauvreté ; elle vient se perdre dans le despotisme et dans les siècles d'éclat et de luxe.

La liberté fille des lumières brille après les âges d'oppression et de corruption ; elle marche avec le principe qui la conserve et la renouvelle ; les lumières dont elle est l'effet, loin de s'affaiblir avec le temps, comme les mœurs qui enfantent la première liberté, les lumières, dis-je, se fortifient au contraire avec le temps ; ainsi elles n'abandonnent point la liberté qu'elles ont produite ; toujours auprès de cette liberté, elles en sont à la fois la vertu générative et la source intarissable.

Enfin les États-Unis ont une sauvegarde de plus : leur population n'occupe pas un dix-huitième de leur territoire. L'Amérique habite encore la solitude ; longtemps encore ses déserts seront ses mœurs, et ses lumières sa liberté[1].

Je voudrais pouvoir en dire autant des républiques espagnoles de l'Amérique. Elles jouissent de l'indépendance ; elles sont séparées de l'Europe : c'est un fait accompli, un fait immense sans doute dans ses résultats, mais d'où ne dérive pas immédiatement et nécessairement la liberté.

RÉPUBLIQUES ESPAGNOLES[1]

Lorsque l'Amérique anglaise se souleva contre la Grande-Bretagne, sa position était bien différente de la position où se trouve l'Amérique espagnole. Les colonies qui ont formé les États-Unis avaient été peuplées à différentes époques, par des Anglais mécontents de leur pays natal, et qui s'en éloignaient afin de jouir de la liberté civile et religieuse. Ceux qui s'établirent principalement dans la Nouvelle-Angleterre, appartenaient à cette secte républicaine fameuse[2] sous le second des Stuarts.

La haine de la monarchie se conserva dans le climat rigoureux du Massachusetts, du New-Hampshire et du Maine ; quand la révolution éclata à Boston[3], on peut dire que ce n'était pas une révolution nouvelle, mais la révolution de 1649 qui reparaissait après un ajournement d'un peu plus d'un siècle, et qu'allaient exécuter les descendants des Puritains de Cromwell. Si Cromwell lui-même, qui s'était embarqué pour la Nouvelle-Angleterre, et qu'un ordre de Charles Ier contraignit de débarquer ; si Cromwell avait passé en Amérique, il fût demeuré obscur, mais ses fils auraient joui de cette liberté républicaine qu'il chercha dans un crime, et qui ne lui donna qu'un trône.

Des soldats royalistes faits prisonniers sur le champ

de bataille, vendus comme esclaves par la faction parlementaire, et que ne rappela point Charles II, laissèrent
aussi dans l'Amérique septentrionale des enfants indifférents à la cause des rois.

Comme Anglais, les colons des États-Unis étaient
déjà accoutumés à une discussion publique des intérêts du peuple, aux droits du citoyen, au langage et à
la forme du gouvernement constitutionnel. Ils étaient
instruits dans les arts, les lettres et les sciences ; ils
partageaient toutes les lumières de leur mère patrie.
Ils jouissaient de l'institution du jury ; ils avaient de
plus dans chacun de leurs établissements, des chartes
en vertu desquelles ils s'administraient et se gouvernaient. Ces chartes étaient fondées sur des principes si
généreux, qu'elles servent encore aujourd'hui de constitutions particulières aux différents États-Unis. Il résulte
de ces faits que les États-Unis ne changèrent pour ainsi
dire pas d'existence au moment de leur révolution ;
un Congrès américain fut substitué à un parlement
anglais ; un président à un roi ; une chaîne du feudataire[1] fut remplacée par le lien du fédéraliste, et il se
trouva par hasard un grand homme pour serrer ce lien.

Les héritiers de Pizarre et de Fernand Cortez
ressemblent-ils aux enfants des *frères* de Penn et aux
fils des *indépendants*[2] ? Ont-ils été dans les vieilles
Espagnes élevés à l'école de la liberté ? Ont-ils trouvé
dans leur ancien pays, les institutions, les enseignements, les exemples, les lumières qui forment un
peuple au gouvernement constitutionnel ? Avaient-ils
des chartes dans ces colonies soumises à l'autorité militaire, où la misère en haillons était assise sur des mines
d'or ? L'Espagne n'a-t-elle pas porté dans le Nouveau
Monde sa religion, ses mœurs, ses coutumes, ses idées,
ses principes, et jusqu'à ses préjugés ? Une population
catholique, soumise à un clergé nombreux, riche et
puissant ; une population mêlée de deux millions neuf

cent trente-sept mille blancs[1], de cinq millions cinq cent dix-huit mille nègres et mulâtres libres ou esclaves, de sept millions cinq cent trente mille Indiens ; une population divisée en classes noble et roturière ; une population disséminée dans d'immenses forêts, dans une variété infinie de climats, sur deux Amériques et le long des côtes de deux océans ; une population presque sans rapports nationaux et sans intérêts communs, est-elle aussi propre aux institutions démocratiques que la population homogène, sans distinction de rangs, et aux trois quarts et demi protestante, des dix millions de citoyens des États-Unis ? Aux États-Unis l'instruction est générale ; dans les républiques espagnoles la presque totalité de la population ne sait pas même lire ; le curé est le savant des villages ; ces villages sont rares, et pour aller de telle ville à telle autre, on ne met pas moins de trois ou quatre mois. Villes et villages ont été dévastés par la guerre ; point de chemins, point de canaux ; les fleuves immenses qui porteront un jour la civilisation dans les parties les plus secrètes de ces contrées n'arrosent encore que des déserts.

De ces Nègres, de ces Indiens, de ces Européens, est sortie une population mixte, engourdie dans cet esclavage fort doux que les mœurs espagnoles établissent partout où elles règnent. Dans la Colombie il existe une race née de l'Africain et de l'Indien, qui n'a d'autre instinct que de vivre et de servir. On a proclamé le principe de la liberté des esclaves, et tous les esclaves ont voulu rester chez leurs maîtres.

Dans quelques-unes de ces colonies oubliées même de l'Espagne, et qu'opprimaient de petits despotes appelés gouverneurs, une grande corruption de mœurs s'était introduite ; rien n'était plus commun que de rencontrer des ecclésiastiques entourés d'une famille dont ils ne cachaient pas l'origine. On a connu un habitant qui faisait une spéculation de son commerce avec des négresses, et qui s'enrichissait en vendant les enfants qu'il avait de ces esclaves.

Les formes démocratiques étaient si ignorées, le nom même d'une république était si étranger dans ces pays, que, sans un volume de l'histoire de Rollin[1], on n'aurait pas su au Paraguay ce que c'était qu'un dictateur, des consuls et un sénat. À Guatimala ce sont deux ou trois jeunes étrangers qui ont fait la constitution. Des nations chez lesquelles l'éducation politique est si peu avancée laissent toujours des craintes pour la liberté.

Les classes supérieures au Mexique sont instruites et distinguées ; mais comme le Mexique manque de ports, la population générale n'a pas été en contact avec les lumières de l'Europe.

La Colombie, au contraire, a par l'excellente disposition de ses rivages plus de communications avec l'étranger, et un homme remarquable s'est élevé dans son sein[2]. Mais est-il certain qu'un soldat généreux puisse parvenir à imposer la liberté aussi facilement qu'il pourrait établir l'esclavage ? La force ne remplace point le temps ; quand la première éducation politique manque à un peuple, cette éducation ne peut être que l'ouvrage des années. Ainsi la liberté s'élèverait mal à l'abri de la dictature, et il serait toujours à craindre qu'une dictature prolongée ne donnât à celui qui en serait revêtu le goût de l'arbitraire perpétuel. On tourne ici dans un cercle vicieux. Une guerre civile existe dans la république de l'Amérique centrale.

La République bolivienne et celle du Chili ont été tourmentées de révolutions : placées sur l'océan Pacifique, elles semblent exclues de la partie du monde la plus civilisée*.

---

* Au moment où j'écris, les papiers publics de toutes les opinions annoncent les troubles, les divisions, les banqueroutes de ces diverses républiques.

Buenos-Ayres a les inconvénients de sa latitude : il est trop vrai que la température de telle ou telle région peut être un obstacle au jeu et à la marche du gouvernement populaire. Un pays où les forces physiques de l'homme sont abattues par l'ardeur du soleil, où il faut se cacher pendant le jour, et rester étendu presque sans mouvement sur une natte, un pays de cette nature ne favorise pas les délibérations du forum. Il ne faut sans doute exagérer en rien l'influence des climats ; on a vu tour à tour, au même lieu, dans les zones tempérées, des peuples libres et des peuples esclaves ; mais sous le cercle polaire et sous la ligne, il y a des exigences de climat incontestables, et qui doivent produire des effets permanents. Les Nègres, par cette nécessité seule, seront toujours puissants, s'ils ne deviennent pas maîtres dans l'Amérique méridionale.

Les États-Unis se soulevèrent d'eux-mêmes, par lassitude du joug et amour de l'indépendance : quand ils eurent brisé leurs entraves, ils trouvèrent en eux les lumières suffisantes pour se conduire. Une civilisation très avancée, une éducation politique de vieille date, une industrie développée, les portèrent à ce degré de prospérité où nous les voyons aujourd'hui, sans qu'ils fussent obligés de recourir à l'argent et à l'intelligence de l'étranger.

Dans les républiques espagnoles les faits sont d'une tout autre nature.

Quoique misérablement administrées par la mère patrie, le premier mouvement de ces colonies fut plutôt l'effet d'une impulsion étrangère, que l'instinct de la liberté. La guerre de la révolution française le produisit. Les Anglais, qui, depuis le règne de la reine Élisabeth, n'avaient cessé de tourner leurs regards vers les Amériques espagnoles, dirigèrent, en 1804, une expédition sur Buenos-Ayres ; expédition que fit échouer la bravoure d'un seul Français, le capitaine Liniers[1].

La question, pour les colonies espagnoles, était alors de savoir si elles suivraient la politique du cabinet espagnol, alors allié à Buonaparte, ou si, regardant cette alliance comme forcée et contre nature, elles se détacheraient du *gouvernement espagnol* pour se conserver *au roi d'Espagne*.

Dès l'année 1790, Miranda avait commencé à négocier avec l'Angleterre l'affaire de l'émancipation. Cette négociation fut reprise en 1797, 1801, 1804 et 1807, époque à laquelle une grande expédition se préparait à Corck pour la Terre-Ferme. Enfin Miranda fut jeté en 1809 dans les colonies espagnoles ; l'expédition ne fut pas heureuse pour lui ; mais l'insurrection de Venezuela prit de la consistance, Bolivar l'étendit[1].

La question avait changé pour les colonies et pour l'Angleterre ; l'Espagne s'était soulevée contre Buonaparte ; le régime constitutionnel avait commencé à Cadix, sous la direction des Cortès ; ces idées de liberté étaient nécessairement reportées en Amérique par l'autorité des Cortès mêmes[2].

L'Angleterre de son côté ne pouvait plus attaquer ostensiblement les colonies espagnoles, puisque le roi d'Espagne, prisonnier en France, était devenu son allié ; aussi publia-t-elle des bills afin de défendre aux sujets de S. M. B. de porter des secours aux Américains ; mais en même temps six ou sept mille hommes, enrôlés malgré ces bills diplomatiques, allaient soutenir l'insurrection de la Colombie.

Revenue à l'ancien gouvernement, après la restauration de Ferdinand, l'Espagne fit de grandes fautes : le gouvernement constitutionnel, rétabli par l'insurrection des troupes de l'île de Léon, ne se montra pas plus habile ; les Cortès furent encore moins favorables à l'émancipation des colonies espagnoles, que ne l'avait été le gouvernement absolu. Bolivar, par son activité et ses victoires, acheva de briser des liens qu'on n'avait pas cherché d'abord à rompre. Les Anglais, qui étaient partout, au Mexique, à la Colombie, au Pérou, au Chili avec lord Cochrane[1], finirent par reconnaître publiquement ce qui était en grande partie leur ouvrage secret.

On voit donc que les colonies espagnoles n'ont point été, comme les États-Unis, poussées à l'émancipation par un principe puissant de liberté ; que ce principe n'a pas eu, à l'origine des troubles, cette vitalité, cette force qui annonce la ferme volonté des nations. Une impulsion venue du dehors, des intérêts politiques et des événements extrêmement compliqués, voilà ce qu'on aperçoit au premier coup d'œil. Les colonies se détachaient de l'Espagne, parce que l'Espagne était envahie ; ensuite elles se donnaient des constitutions, comme les Cortès en donnaient à la mère patrie ; enfin on ne leur proposait rien de raisonnable, et elles ne voulurent pas reprendre le joug. Ce n'est pas tout ; l'argent et les spéculations de l'étranger tendaient encore à leur enlever ce qui pouvait rester de natif et de national à leur liberté.

De 1822 à 1826 dix emprunts ont été faits en Angleterre pour les colonies espagnoles, montant à la somme de 20 978 000 liv. sterl. Ces emprunts, l'un portant l'autre, ont été contractés à 75 c. Puis on a défalqué, sur ces emprunts, deux années d'intérêts à 6 pour 100 ; ensuite on a retenu pour 7 000 000 de liv. sterl. de fournitures. De compte fait, l'Angleterre a déboursé une somme réelle de 7 000 000 de liv. sterl., ou 175 000 000 de francs ; mais les républiques espagnoles n'en restent pas moins grevées d'une dette de 20 978 000 liv. sterl.

À ces emprunts, déjà excessifs, vinrent se joindre cette multitude d'associations ou de compagnies destinées à exploiter les mines, pêcher les perles, creuser les canaux, ouvrir les chemins, défricher les terres de ce nouveau monde qui semblait découvert pour la première fois. Ces compagnies s'élevèrent au nombre de vingt-neuf, et le capital nominal des sommes employées par elles, fut de 14 767 500 liv. sterl. Les souscripteurs ne fournirent qu'environ un quart de cette somme ; c'est donc 3 000 000 sterl. (ou 75 000 000 de francs) qu'il faut ajouter aux 7 000 000 sterl. (ou 175 000 000 de francs) des emprunts : en tout 250 000 000 de francs avancés par l'Angleterre aux colonies espagnoles, et pour lesquelles elle répète une somme nominale de 35 745 500 liv. sterl., tant sur les gouvernements que sur les particuliers.

L'Angleterre a des vice-consuls dans les plus petites baies, des consuls dans les ports de quelque importance, des consuls généraux, des ministres plénipotentiaires à la Colombie et au Mexique. Tout le pays est couvert de maisons de commerce anglaises, de commis voyageurs anglais, agents de compagnies anglaises pour l'exploitation des mines, de minéralogistes anglais, de militaires anglais, de fournisseurs anglais, de colons anglais à qui l'on a vendu 3 schellings l'acre de terre qui revenait à 12 sous et demi à l'actionnaire. Le pavillon anglais flotte sur toutes les côtes de l'Atlantique et de la mer du Sud ; des barques remontent et descendent toutes les rivières navigables, chargées des produits des manufactures anglaises ou de l'échange de ces produits ; des paquebots, fournis par l'amirauté, partent régulièrement chaque mois de la Grande-Bretagne pour les différents points des colonies espagnoles.

De nombreuses faillites ont été la suite de ces entreprises immodérées ; le peuple, en plusieurs endroits, a brisé les machines pour l'exploitation des mines ; les mines vendues ne se sont point trouvées ; des procès ont commencé entre les négociants américains-espagnols et les négociants anglais, et des discussions se sont élevées entre les gouvernements, relativement aux emprunts.

Il résulte de ces faits, que les anciennes colonies

de l'Espagne, au moment de leur émancipation, sont devenues des espèces de colonies anglaises. Les nouveaux maîtres ne sont point aimés, car on n'aime point les maîtres ; en général l'orgueil britannique humilie ceux mêmes qu'il protège ; mais il n'en est pas moins vrai que cette espèce de suprématie étrangère comprime, dans les républiques espagnoles, l'élan du génie national.

L'indépendance des États-Unis ne se combina point avec tant d'intérêts divers : l'Angleterre n'avait point éprouvé, comme l'Espagne, une invasion et une révolution politique, tandis que ses colonies se détachaient d'elle. Les États-Unis furent secourus militairement par la France qui les traita en alliés ; ils ne devinrent pas, par une foule d'emprunts, de spéculations et d'intrigues, les débiteurs et le marché de l'étranger.

Enfin, l'indépendance des colonies espagnoles n'est pas encore reconnue par la mère patrie. Cette résistance passive du cabinet de Madrid a beaucoup plus de force et d'inconvénient qu'on ne se l'imagine ; le droit est une puissance qui balance longtemps le fait, alors même que les événements ne sont pas en faveur du droit : notre restauration l'a prouvé. Si l'Angleterre, sans faire la guerre aux États-Unis, s'était contentée de ne pas reconnaître leur indépendance, les États-Unis seraient-ils ce qu'ils sont aujourd'hui ?

Plus les républiques espagnoles ont rencontré et rencontreront encore d'obstacles dans la nouvelle carrière où elles s'avancent, plus elles auront de mérite à les surmonter. Elles renferment dans leurs vastes limites tous les éléments de prospérité : variété de climat et de sol, forêts pour la marine, ports pour les vaisseaux, double océan qui leur ouvre le commerce du monde. La nature a tout prodigué à ces républiques ; tout est riche en dehors et en dedans de la terre qui les porte ; les fleuves fécondent la surface de cette terre, et l'or en fertilise

le sein. L'Amérique espagnole a donc devant elle un
propice avenir ; mais lui dire qu'elle peut y atteindre
sans efforts, ce serait la décevoir, l'endormir dans une
sécurité trompeuse : les flatteurs des peuples sont aussi
dangereux que les flatteurs des rois. Quand on se crée
une utopie, on ne tient compte ni du passé, ni de l'histoire, ni des faits, ni des mœurs, ni du caractère, ni
des préjugés, ni des passions : enchanté de ses propres
rêves, on ne se prémunit point contre les événements,
et l'on gâte les plus belles destinées.

J'ai exposé avec franchise les difficultés qui peuvent
entraver la liberté des républiques espagnoles ; je dois
indiquer également les garanties de leur indépendance.

D'abord, l'influence du climat, le défaut de chemins
et de culture rendraient infructueux les efforts que l'on
tenterait pour conquérir ces républiques. On pourrait
occuper un moment le littoral, mais il serait impossible
de s'avancer dans l'intérieur.

La Colombie n'a plus sur son territoire d'Espagnols
proprement dits ; on les appelait les *Goths* ; ils ont péri
ou ils ont été expulsés. Au Mexique, on vient de prendre
des mesures contre les natifs de l'ancienne mère patrie.

Tout le clergé, dans la Colombie, est américain ;
beaucoup de prêtres, par une infraction coupable à
la discipline de l'Église, sont pères de famille comme
les autres citoyens ; ils ne portent même pas l'habit de
leur ordre. Les mœurs souffrent sans doute de cet état
de choses ; mais il en résulte aussi que le clergé, tout
catholique qu'il est, craignant des relations plus intimes
avec la cour de Rome, est favorable à l'émancipation.
Les moines ont été dans les troubles, plutôt des soldats
que des religieux. Vingt années de révolution ont créé
des droits, des propriétés, des places qu'on ne détruirait
pas facilement ; et la génération nouvelle, née dans le
cours de la révolution des colonies, est pleine d'ardeur

pour l'indépendance. L'Espagne se vantait jadis que le soleil ne se couchait par sur ses États : espérons que la liberté ne cessera plus d'éclairer les hommes.

Mais, pouvait-on établir cette liberté dans l'Amérique espagnole, par un moyen plus facile et plus sûr que celui dont on s'est servi : moyen qui, appliqué en temps utile lorsque les événements n'avaient encore rien décidé, aurait fait disparaître une foule d'obstacles ? je le pense.

Selon moi, les colonies espagnoles auraient beaucoup gagné à se former en monarchies constitutionnelles[1]. La monarchie représentative est, à mon avis, un gouvernement fort supérieur au gouvernement républicain, parce qu'il détruit les prétentions individuelles au pouvoir exécutif, et qu'il réunit l'ordre et la liberté.

Il me semble encore que la monarchie représentative eût été mieux appropriée au génie espagnol, à l'état des personnes et des choses, dans un pays où la grande propriété territoriale domine, où le nombre des Européens est petit, celui des Nègres et des Indiens considérable, où l'esclavage est d'usage public, où la religion de l'État est la religion catholique, où l'instruction surtout manque totalement dans les classes populaires.

Les colonies espagnoles indépendantes de la mère patrie, formées en grandes monarchies représentatives, auraient achevé leur éducation politique, à l'abri des orages qui peuvent encore bouleverser les républiques naissantes. Un peuple qui sort tout à coup de l'esclavage, en se précipitant dans la liberté, peut tomber dans l'anarchie, et l'anarchie enfante presque toujours le despotisme.

Mais s'il existait un système propre à prévenir ces divisions, on me dira sans doute : « Vous avez passé au pouvoir : vous êtes-vous contenté de désirer la paix, le bonheur, la liberté de l'Amérique espagnole ? Vous êtes-vous borné à de stériles vœux ? »

Ici, j'anticiperai sur mes *Mémoires*, et je ferai une confession.

Lorsque Ferdinand fut délivré à Cadix, et que Louis XVIII eut écrit au monarque espagnol pour l'engager à donner un gouvernement libre à ses peuples, ma mission me sembla finie[1]. J'eus l'idée de remettre au roi le portefeuille des Affaires étrangères, en suppliant Sa Majesté de le rendre au vertueux duc de Montmorency. Que de soucis je me serais épargnés ! que de divisions j'aurais peut-être épargnées à l'opinion publique ! L'amitié et le pouvoir n'auraient pas donné un triste exemple. Couronné de succès, je serais sorti de la manière la plus brillante du ministère, pour livrer au repos le reste de ma vie.

Ce sont les intérêts de ces colonies espagnoles, desquelles mon sujet m'a conduit à parler, qui ont produit le dernier bond de ma quinteuse[2] fortune. Je puis dire que je me suis sacrifié à l'espoir d'assurer le repos et l'indépendance d'un grand peuple.

Quand je songeai à la retraite, des négociations importantes avaient été poussées très loin ; j'en avais établi et j'en tenais les fils ; je m'étais formé un plan que je croyais utile aux deux Mondes ; je me flattais d'avoir posé une base où trouveraient place à la fois et les droits des nations, l'intérêt de ma patrie et celui des autres pays. Je ne puis expliquer les détails de ce plan, on sent assez pourquoi.

En diplomatie, un projet conçu, n'est pas un projet exécuté : les gouvernements ont leur routine et leur allure ; il faut de la patience : on n'emporte pas d'assaut des cabinets étrangers, comme M. le Dauphin prenait des villes ; la politique ne marche pas aussi vite que la gloire à la tête de nos soldats. Résistant, par malheur, à ma première inspiration, je restai afin d'accomplir mon ouvrage. Je me figurai que l'ayant préparé, je le connaîtrais mieux que mon successeur ; je craignis aussi que le portefeuille ne fût pas rendu à M. de Montmorency, et qu'un autre ministre n'adoptât quelque système suranné pour les possessions espagnoles. Je me laissai séduire à l'idée d'attacher mon nom à la liberté de la seconde Amérique, sans compromettre cette liberté dans les colonies émancipées, et sans exposer le principe monarchique des États européens.

Assuré de la bienveillance des divers cabinets du continent, un seul excepté, je ne désespérais pas de vaincre la résistance que m'opposait en Angleterre l'homme d'État qui vient de mourir[1] ; résistance qui tenait moins à lui qu'à la mercantile fort mal entendue de sa nation. L'avenir connaîtra peut-être la correspondance particulière qui eut lieu sur ce grand sujet entre moi et mon illustre ami. Comme tout s'enchaîne dans les destinées d'un homme, il est possible que M. Canning, en s'associant à des projets, d'ailleurs peu différents des siens, eût trouvé plus de repos, et qu'il eût évité les inquiétudes politiques qui ont fatigué ses derniers jours. Les talents se hâtent de disparaître ; il s'arrange une toute petite Europe à la guise de la médiocrité : pour arriver aux générations nouvelles, il faudra traverser un désert.

Quoi qu'il en soit, je pensais que l'administration dont j'étais membre me laisserait achever un édifice qui ne pouvait que lui faire honneur ; j'avais la naïveté de croire que les affaires de mon ministère, en me portant au-dehors, ne me jetaient sur le chemin de personne ; comme l'astrologue, je regardais le ciel, et je tombai dans un puits[2]. L'Angleterre applaudit à ma chute : il est vrai que nous avions garnison dans Cadix, sous le drapeau blanc, et que l'émancipation monarchique des colonies espagnoles, par la généreuse influence du fils aîné des Bourbons[1], aurait élevé la France au plus haut degré de prospérité et de gloire.

Tel a été le dernier songe de mon âge mûr : je me croyais en Amérique, et je me réveillai en Europe. Il me reste à dire comment je revins autrefois de cette même Amérique, après avoir vu s'évanouir également le premier songe de ma jeunesse[2].

FIN DU VOYAGE

En errant de forêts en forêts, je m'étais rapproché des défrichements américains. Un soir j'avisai au bord d'un ruisseau une ferme bâtie de troncs d'arbres. Je demandai l'hospitalité ; elle me fut accordée.

La nuit vint : l'habitation n'était éclairée que par la flamme du foyer ; je m'assis dans un coin de la cheminée. Tandis que mon hôtesse préparait le souper, je m'amusai à lire à la lueur du feu, en baissant la tête, un journal anglais tombé à terre. J'aperçus, écrits en grosses lettres, ces mots : FLIGHT OF THE KING, *fuite du roi*[1]. C'était le récit de l'évasion de Louis XVI, et de l'arrestation de l'infortuné monarque à Varennes. Le journal racontait aussi les progrès de l'émigration, et la réunion de presque tous les officiers de l'armée sous le drapeau des Princes français. Je crus entendre la voix de l'honneur, et j'abandonnai mes projets.

Revenu à Philadelphie, je m'y embarquai. Une tempête me poussa en dix-neuf jours sur la côte de France, où je fis un demi-naufrage entre les îles de Guernesey et d'Origny. Je pris terre au Havre. Au mois de juillet 1792, j'émigrai avec mon frère. L'armée des Princes était déjà en campagne, et, sans l'intercession de mon malheureux cousin, Armand de Chateaubriand, je n'aurais pas été reçu[2]. J'avais beau dire que j'arrivais tout exprès de

la cataracte de Niagara, on ne voulait rien entendre, et
je fus au moment de me battre pour obtenir l'honneur
de porter un havresac[1]. Mes camarades, les officiers
du régiment de Navarre, formaient une compagnie au
camp des Princes, mais j'entrai dans une des compagnies bretonnes. On peut voir ce que je devins, dans la
nouvelle préface de mon *Essai historique**[2].

Ainsi ce qui me sembla un devoir renversa les premiers desseins que j'avais conçus, et amena la première
de ces péripéties qui ont marqué ma carrière. Les Bourbons n'avaient pas besoin sans doute qu'un cadet de
Bretagne revînt d'outre-mer pour leur offrir son obscur
dévouement, pas plus qu'ils n'ont eu besoin de ses services lorsqu'il est sorti de son obscurité : si, continuant
mon voyage, j'eusse allumé la lampe de mon hôtesse
avec le journal qui a changé ma vie, personne ne se
fût aperçu de mon absence, car personne ne savait que
j'existais. Un simple démêlé entre moi et ma conscience
me ramena sur le théâtre du monde : j'aurais pu faire
ce que j'aurais voulu puisque j'étais le seul témoin du
débat ; mais, de tous les témoins, c'est celui aux yeux
duquel je craindrais le plus de rougir.

Pourquoi les solitudes de l'Érié et de l'Ontario se
présentent-elles aujourd'hui avec plus de charme à ma
pensée, que le brillant spectacle du Bosphore ?

C'est qu'à l'époque de mon voyage aux États-Unis,
j'étais plein d'illusion : les troubles de la France commençaient en même temps que commençait ma vie[3] ;
rien n'était achevé en moi ni dans mon pays. Ces jours
me sont doux à rappeler, parce qu'ils ne reproduisent
dans ma mémoire que l'innocence des sentiments inspirés par la famille, et par les plaisirs de la jeunesse.

Quinze ou seize ans plus tard, après mon second
voyage, la révolution s'était déjà écoulée : je ne me

* *Œuvres complètes.*

berçais plus de chimères ; mes souvenirs, qui prenaient alors leur source dans la société, avaient perdu leur candeur. Trompé dans mes deux pèlerinages, je n'avais point découvert le passage du Nord-Ouest ; je n'avais point enlevé la gloire du milieu des bois où j'étais allé la chercher, et je l'avais laissée assise sur les ruines d'Athènes.

Parti pour être voyageur en Amérique, revenu pour être soldat en Europe, je ne fournis jusqu'au bout, ni l'une ni l'autre de ces carrières : un mauvais génie m'arracha le bâton et l'épée, et me mit la plume à la main[1]. À Sparte, en contemplant le ciel pendant la nuit, je me souvenais des pays qui avaient déjà vu mon sommeil paisible ou troublé[2] : j'avais salué, sur les chemins de l'Allemagne, dans les bruyères de l'Angleterre, dans les champs de l'Italie, au milieu des mers, dans les forêts canadiennes, les mêmes étoiles que je voyais briller sur la patrie d'Hélène et de Ménélas. Mais que me servait de me plaindre aux astres, immobiles témoins de mes destinées vagabondes ? Un jour leur regard ne se fatiguera plus à me poursuivre ; il se fixera sur mon tombeau. Maintenant, indifférent moi-même à mon sort, je ne demanderai pas à ces astres malins de l'incliner par une plus douce influence, ni de me rendre ce que le voyageur laisse de sa vie dans les lieux où il passe[3].

NOTES DE CHATEAUBRIAND

P. 163-164, au bas de la note.

« Les Mémoires dont je parle sont peu connus et méritent de l'être : je les donne à la fin de ce volume. »
Voici ces Mémoires.

PREMIER MÉMOIRE[1]

Bacon, en parlant des antiquités, des histoires défigurées, des fragments historiques qui ont par hasard échappé aux ravages du temps, les compare à des planches qui surnagent après le naufrage, lorsque des hommes instruits et actifs parviennent, par leurs recherches soigneuses et par un examen exact et scrupuleux des monuments, des noms, des mots, des proverbes, des traditions, des documents et des témoignages particuliers, des fragments d'histoire, des passages de livres non historiques, à sauver et à recouvrer quelque chose du déluge du temps.

Les antiquités de notre patrie m'ont toujours paru plus importantes et plus dignes d'attention qu'on ne leur en a accordé jusqu'à présent. Nous n'avons, il est vrai, d'autres autorités écrites ou d'autres renseignements que les ouvrages des vieux auteurs français et hollandais ; et l'on sait bien que leur attention était presque uniquement absorbée par la poursuite de la richesse ou le soin de propager la religion, et que leurs opinions étaient modifiées par les préjugés régnants, fixés par des théories formées d'avance, contrôlées par la politique de leurs souverains, et obscurcies par les ténèbres qui alors couvraient encore le monde.

S'en rapporter entièrement aux traditions des Aborigènes pour des informations exactes et étendues, c'est s'appuyer sur un roseau bien frêle. Quiconque les a interrogés, sait qu'ils sont généralement aussi ignorants que celui qui leur adresse des questions, et que ce qu'ils disent est inventé à l'instant même, ou tellement lié à des fables évidentes, que l'on ne peut guère lui donner le moindre crédit. Dépourvus du secours de l'écriture pour soulager leur mémoire, les faits qu'ils connaissaient se sont, par la suite des temps, effacés de leur souvenir, ou bien s'y sont confondus avec de nouvelles impressions et de nouveaux faits qui les ont défigurés. Si, dans le court espace de trente ans, les boucaniers de Saint-Domingue perdirent presque toute trace du christianisme, quelle confiance pouvons-nous avoir dans des traditions orales qui nous sont racontées par des Sauvages dépourvus de l'usage des lettres, et continuellement occupés de guerre ou de chasse ?

Le champ des recherches a donc des limites extrêmement resserrées ; mais il ne nous est pas entièrement fermé. Les monuments qui restent offrent une ample matière aux investigations. On peut avoir recours au langage, à la personne, aux usages de l'homme rouge, pour éclaircir son origine et son histoire ; et la géologie du pays peut même, dans quelques cas, s'employer avec succès pour répandre la lumière sur les objets que l'on examine.

Ayant eu quelques occasions d'observer par moi-même et de faire d'assez fréquentes recherches, je suis porté à croire que la partie occidentale des États-Unis, avant d'avoir été découverte et occupée par les Européens, a été habitée par une nation nombreuse ayant des demeures fixes, et beaucoup plus avancée dans la civilisation que les tribus indiennes actuelles. Peut-être ne se hasarderait-on pas trop en disant que son état ne différait pas beaucoup de celui des Mexicains et des Péruviens, quand les Espagnols les visitèrent pour la première fois. En cherchant à éclaircir ce sujet, je me bornerai à cet état ; quelquefois, je porterai mes regards au-delà, et j'éviterai, autant que je le pourrai, de traiter les points qui ont déjà été discutés.

Le Township de Pompey, dans le comté d'Onondaga, est sur le terrain le plus élevé de cette contrée ; car il sépare les eaux qui coulent dans la baie de Chesapeak de celles qui vont se rendre dans le golfe Saint-Laurent. Les parties les plus hautes de ce Township offrent des restes d'anciens établissements, et l'on reconnaît, dans différents endroits, des vestiges d'une population nombreuse. Environ à deux milles au sud de Manlieu-Ignare, j'ai examiné, dans le Township de Pompey, les restes d'une ancienne cité ; ils sont indiqués d'une manière visible par de grands espaces de terreau noir disposés par intervalles réguliers à peu de distance les uns des autres, où j'ai observé des ossements d'animaux, des cendres, des haricots, ou des grains de maïs carbonisés, objets qui dénotent tous la demeure de créature humaine. Cette ville a dû avoir une étendue au moins d'un demi-mille de l'est à l'ouest, et de trois quarts de mille du nord au sud ; j'ai pu la déterminer avec assez d'exactitude, d'après mon examen ; mais quelqu'un d'une véracité reconnue m'a assuré que la longueur est d'un mille de l'est à l'ouest. Or, une ville qui couvrait plus de cinq cents acres doit avoir contenu une population qui surpasserait toutes nos idées de crédibilité.

À un mille à l'est de l'établissement, se trouve un cimetière de trois à quatre acres de superficie, et il y en a un autre contigu à l'extrémité occidentale. Cette ville était située sur un terrain élevé, à douze milles à peu près des sources salées de l'Onondaga, et bien choisi pour la défense.

Du côté oriental, un escarpement perpendiculaire de cent pieds de hauteur aboutit à une profonde ravine où coule un ruisseau ; le côté septentrional en a un semblable. Trois forts, éloignés de huit milles l'un de l'autre, forment un triangle qui environne la ville ; l'un est à un mille au sud du village actuel de Jamesville, et l'autre au nord-est et au sud-est dans Pompey : ils avaient probablement été élevés pour couvrir la cité et pour protéger ses habitants contre les attaques d'un ennemi. Tous ces forts sont de forme circulaire ou elliptique ; des ossements sont épars sur leur emplacement ; on coupa un frêne qui s'y trouvait ; le nombre de ses couches concentriques fit connaître qu'il était âgé de quatre-vingt-treize ans. Sur un tas de cendres consumées, qui formait l'emplacement d'une grande maison, je vis un pin blanc qui avait huit pieds et demi de circonférence, et dont l'âge était au moins de cent trente ans.

La ville avait probablement été emportée d'assaut par le côté du nord. Il y a, à droite et à gauche, des tombeaux tout près du précipice ; cinq ou six corps ont quelquefois été jetés pêle-mêle dans la même fosse. Si les assaillants avaient été repoussés, les habitants auraient enterré leurs morts à l'endroit accoutumé ; mais ces tombeaux, qui se trouvent près de la ravine et dans l'enceinte du village, me donnent lieu de croire que la ville fut prise. Sur le flanc méridional de cette ravine, on a découvert un canon de fusil, des balles, un morceau de plomb, et un crâne percé d'une balle. Au reste, on trouve des canons de fusil, des haches, des houes et des épées dans tout le voisinage. Je me suis procuré les objets suivants, que je fais passer à la Société, pour qu'elle les dépose dans sa collection : deux canons de fusil mutilés, deux haches, une houe, une cloche sans battant, un morceau d'une grande cloche, un anneau, une lame d'épée, une pipe, un loquet de porte, des grains de verroterie, et plusieurs autres petits objets. Toutes ces choses prouvent des communications avec l'Europe ; et, d'après les efforts visibles qui ont été faits pour rendre les canons de fusil inutiles en les limant, on ne peut guère douter que les Européens qui s'étaient établis dans ce lieu n'aient été défaits et chassés du pays par les Indiens.

Près des restes de cette ville, j'ai observé une grande forêt qui, précédemment, était un terrain nu et cultivé. Voici les circonstances qui me firent tirer cette conséquence ; il ne s'y trouvait ni tertres, ni buttes, qui sont toujours produites par les arbres déracinés, ou tombant de vétusté, point de souches, point de sous-bois ; les arbres étaient âgés en général de cinquante à soixante ans. Or, il faut qu'un très grand nombre d'années s'écoule avant qu'un pays se couvre de bois ; ce n'est que lentement que les vents et les oiseaux apportent des graines. Le Township de Pompey abonde en forêts qui sont d'une nature semblable à celle dont je viens de parler : quelques-unes ont quatre milles de long et deux de large. Elle renferme un grand nombre de lieux de sépulture : je l'ai entendu estimer à quatre-vingts. Si la population blanche de ce pays était emportée tout entière, peut-être, dans la suite des siècles, offrirait-il des particularités analogues à celles que je décris.

Il me paraît qu'il y a deux ères distinctes dans nos antiquités ; l'une comprend les restes d'anciennes fortifications et d'établissements qui existaient antérieurement à l'arrivée des Européens ; l'autre se rapporte aux établissements et aux opérations des Européens ; et comme les blancs, de même que les Indiens, devaient fréquemment avoir recours à ces vieilles fortifications, pour y trouver un asile, y demeurer, ou y chasser, elles doivent nécessairement renfermer plusieurs objets de manufactures d'Europe ; c'est ce qui a donné lieu à beaucoup de confusion, parce qu'on a mêlé ensemble des périodes extrêmement éloignées l'une de l'autre.

Les Français avaient vraisemblablement des établissements considérables sur le territoire des six nations. Le père Du Creux, jésuite, raconte, dans son *Histoire du Canada*, qu'en 1655 les Français établirent une colonie dans le territoire d'Onondaga ; et voici comme il décrit ce pays singulièrement fertile et intéressant : « Deux jours après, le père Chaumont fut mené par une troupe nombreuse à l'endroit destiné à l'établissement et à la demeure des Français : c'était à quatre lieues du village où il s'était d'abord arrêté. Il est difficile de voir quelque chose de mieux soigné par la nature, et si l'art y eût, comme en France et dans le reste de l'Europe, ajouté son secours, ce lieu pourrait le disputer à Baies. Une prairie immense est ceinte de tous côtés d'une forêt peu élevée, et se prolonge jusqu'aux bords du lac Gannéta, où les quatre nations principales des Iroquois peuvent facilement arriver avec leurs pirogues, comme au centre du pays, et d'où elles peuvent de même aller sans difficulté les unes chez les autres, par des rivières et des lacs qui entourent ce canton. L'abondance du gibier y égale celle du poisson ; et, pour qu'il n'y manque rien, les tourterelles y arrivent en si grande quantité au retour du printemps qu'on les prend avec des filets. Le poisson y est si commun que des pêcheurs y prennent, dit-on, mille anguilles à l'hameçon, dans l'espace d'une nuit. Deux sources d'eau vive, éloignées l'une de l'autre d'une centaine de pas, coupent cette prairie ; l'eau salée fournit en abondance du sel excellent ; l'eau de l'autre est douce et bonne à boire, et ce qui est admirable, toutes deux sortent de la même colline*. » Charlevoix nous apprend qu'en 1654 des missionnaires furent envoyés à Onontagué (Onondaga) ; qu'ils y construisirent une chapelle, et y firent un établissement ; qu'une colonie française y fut fondée en 1658, et que les missionnaires abandonnèrent le pays en 1668. Quand Lasalle partit du Canada, pour descendre le Mississipi, en 1679, il découvrit, entre le lac Huron et le lac Illinois, une grande prairie, dans laquelle se trouvait un bel établissement appartenant aux jésuites.

Les traditions des Indiens s'accordent, jusqu'à un certain point, avec les relations des Français. Ils racontent que leurs ancêtres soutinrent plusieurs combats sanglants contre les Français, et finirent par les obliger de quitter le pays : ceux-ci, poussés dans leur dernier fort, capitulèrent et consentirent à s'en aller, pourvu qu'on leur fournît des vivres ; les Indiens remplirent leurs sacs de cendres, qu'ils couvrirent de maïs, et les Français périrent la plupart de faim dans un endroit nommé dans leur langue *Anse de famine*, et dans la nôtre *Hungry-Bay*, qui est sur le lac Ontario. Un monticule dans Pompey porte le nom de *Bloody-Hill* (colline du Sang) ; les Indiens qui le lui ont donné ne veulent jamais le visiter. Il est surprenant que l'on ne trouve jamais dans ce pays des armes d'Indiens, telles que des couteaux, des haches, et des pointes de flèches en pierre. Il paraît que tous ces objets furent remplacés par d'autres en fer venant des Français.

Les vieilles fortifications ont été élevées avant que le pays eût des relations avec les Européens. Les Indiens ignorent à qui elles doivent leur origine. Il est probable que dans

---

* *Historiae Canadensis, seu Novae-Franciae, libri decem* ; auctore P. Francisco Creuxio, Parisiis 1664, 1 vol. in-4°, p. 760.

les guerres qui ravagèrent ce pays, elles servirent de forteresses ; et il ne l'est pas moins qu'il peut s'y trouver aussi
des ruines d'ouvrages européens de construction différente,
tout comme on voit dans la Grande-Bretagne des ruines
de fortifications romaines et bretonnes, à côté les unes des
autres. Pennant, dans son *Voyage en Écosse*, dit : « Sur une
colline, près d'un certain endroit, il y a un retranchement
de Bretons, de forme circulaire ; l'on me parla de quelques
autres de forme carrée qui se trouvent à quelques milles de
distance, et que je crois romains. » Dans son voyage du pays
de Galles, il décrit un poste breton fortifié, situé sur le sommet d'une colline ; il est de forme circulaire, entouré d'un
grand fossé et d'une levée. Au milieu de l'enceinte se trouve
un monticule artificiel. Cette description convient exactement à nos vieux forts. Les Danois, ainsi que les nations qui
élevèrent nos fortifications, étaient, suivant toute probabilité, d'origine scythe. Suivant Pline le nom de Scythe était
commun à toutes les nations qui vivaient dans le nord de
l'Europe et de l'Asie.

Dans le Township de Camillus, situé aussi dans le comté
d'Onondaga, à quatre milles de la rivière Seneca, à trente
milles du lac Ontario, et à dix-huit de Salina, il y a deux
anciens forts, sur la propriété du gnje Mamo, établi en ce
lieu depuis dix-neuf ans. Un de ces forts est sur une colline
très haute ; son emplacement couvre environ trois acres. Il a
une porte à l'est, et une autre ouverture à l'ouest pour communiquer avec une source éloignée d'une dizaine de rods
(160 pieds) du fort, dont la forme est elliptique. Le fossé
était profond, le mur oriental avait dix pieds de haut. Il y
avait dans le centre une grande pierre calcaire de figure irrégulière, qui ne pouvait être soulevée que par deux hommes ;
la base était plate et longue de trois pieds. Sa surface présentait, suivant l'opinion de M. Manro, des caractères inconnus
distinctement tracés dans un espace de dix-huit pouces de
long sur trois pouces de large. Quand je visitai ce lieu, la
pierre ne s'y trouvait plus. Toutes mes recherches pour la
découvrir furent inutiles. Je vis sur le rempart une souche
de chêne noir, âgé de cent ans. Il y a dix-neuf ans on voyait
des indices de deux arbres plus anciens.

Le second fort est presque à un demi-mille de distance, sur un terrain plus bas ; sa construction ressemble à celle de l'autre, il est de moitié plus grand. On distingue, près du grand fort, les vestiges d'un ancien chemin, aujourd'hui couvert par des arbres. J'ai vu aussi, dans différents endroits de cette ville, sur des terrains élevés, une chaîne de renflements considérables qui s'étendaient du sommet des collines à leur pied, et que séparaient des rigoles de peu de largeur. Ce phénomène se présente dans les établissements très anciens où le sol est argileux et les collines escarpées ; il est occasionné par des crevasses que produisent et qu'élargissent les torrents. Cet effet ne peut avoir lieu quand le sol est couvert de forêts ; ce qui prouve que ces terrains étaient anciennement découverts. Quand nous nous y sommes établis, ils présentaient la même apparence qu'à présent, excepté qu'ils étaient couverts de bois ; et, comme on aperçoit maintenant des troncs d'arbres dans les rigoles, il est évident que ces élévations et les petites racines qui les séparent n'ont pas pu être faites depuis la dernière époque où le terrain a été éclairci. Les premiers colons observèrent de grands amas de coquillages accumulés dans différents endroits, et de nombreux fragments de poterie. M. Manro, en creusant la cave de sa maison, rencontra des morceaux de brique. Il y avait çà et là de grands espaces de terreau noir et profond, l'existence d'anciens bâtiments et de constructions de différents genres. M. Manro, apercevant quelque chose qui ressemblait à un puits, c'est-à-dire un trou profond de dix pieds, où la terre avait été extrêmement creusée, y fit fouiller à trois pieds de profondeur, et arriva à un amas de cailloux, au-dessous desquels il trouva une grande quantité d'ossements humains, qui, exposés à l'air, tombèrent en poudre. Cette dernière circonstance fournit un témoignage bien fort de la destruction d'un ancien établissement. La manière dont les morts étaient enterrés prouvait qu'ils l'avaient été par un ennemi qui avait fait une invasion.

Suivant la tradition, une bataille sanglante s'est livrée sur le Boughton's-Hill, dans le comté d'Ontario. Or, j'ai observé sur cette colline des espaces de terreau noir, à des intervalles irréguliers, séparés par de l'argile jaune. La fortification la plus orientale que l'on a jusqu'à présent découverte dans cette contrée, est à peu près à dix-huit milles de Manlius-Square, excepté cependant celle d'Oxford, dans le comté de Chenango, dont je parlerai plus bas. Dans le nord, on en a rencontré jusqu'à Sandy-Creek, à quatorze milles de Sackets-Hardour. Près de cet endroit, il y en a une dont l'emplacement couvre cinquante acres ; cette montagne contient de nombreux fragments de poterie. À l'ouest, on voit beaucoup de ces fortifications ; il y en a une dans le Township d'Onondaga, une dans Scipio, deux près d'Auburn, trois près de Canandaïga, et plusieurs entre les lacs Seneca et Cayaga, où l'on en compte trois à un petit nombre de milles l'une de l'autre.

Le fort qui se trouve dans Oxford est sur la rive orientale de Chenango, au centre du village actuel qui est situé des deux côtés de cette rivière. Une pièce de terre de deux à trois acres est plus haute de trente pieds que le pays plat qui l'entoure. Ce terrain élevé se prolonge sur la rive du fleuve, dans une étendue d'une cinquantaine de rods. Le fort était situé à son extrémité sud-ouest ; il comprenait une surface de trois rods ; la ligne était presque droite du côté de la rivière, et la rive presque perpendiculaire.

À chacune des extrémités nord et sud, qui étaient près de la rivière, se trouvait un espace de dix pieds carrés où le sol n'avait pas été remué ; c'étaient sans doute des entrées ou des portes par lesquelles les habitants du fort sortaient et entraient, surtout pour aller chercher de l'eau. L'enceinte est fermée, excepté aux endroits où sont les portes, par un fossé creusé avec régularité ; et quoique le terrain sur lequel le fort est situé, fût, quand les blancs commencèrent à s'y établir, autant couvert de bois que les autres parties de la forêt, cependant on pouvait suivre distinctement les lignes des ouvrages à travers les arbres, et la distance, depuis le fond du fossé jusqu'au sommet de la levée, qui est, en général, de quatre pieds. Voici un fait qui prouve évidemment l'ancienneté de cette fortification. On y trouva un grand pin, ou plutôt un tronc mort, qui avait une soixantaine de pieds de hauteur ; quand il fut coupé, on distingua très facilement, dans le bois, cent quatre-vingt-quinze couches concentriques, et on ne put pas en compter davantage, parce qu'une grande partie de l'aubier n'existait plus. Cet arbre était probablement âgé de trois à quatre cents ans ; il en avait certainement plus de deux cents. Il avait pu rester sur pied cent ans, et même plus, après avoir acquis tout son accroissement. On ne peut donc dire avec certitude quel temps s'était écoulé, depuis que le fossé avait été creusé, jusqu'au moment où cet arbre avait commencé à pousser. Il est sûr, du moins, qu'il ne se trouvait pas dans cet endroit quand la terre fut jetée hors du trou ; car il était placé sur le sommet de la banquette du fossé, et ses racines en avaient suivi la direction en se prolongeant par-dessous le fond, puis se relevant de l'autre côté, près de la surface de la terre, et s'étendant ensuite en ligne horizontale. Ces ouvrages étaient probablement soutenus par des piquets ; mais l'on n'y a découvert aucun reste de travail en bois. La situation en était excellente ; car elle était très saine ; on y jouissait de la vue de la rivière au-dessus et au-dessous du fort, et les environs n'offrent aucun terrain élevé assez proche pour que la garnison pût être inquiétée. L'on n'a pas rencontré de vestiges d'outils ni d'ustensiles d'aucune espèce, excepté quelques morceaux de poterie grossière qui ressemble à la plus commune dont nous fassions usage, et qui offre des ornements exécutés avec rudesse. Les Indiens ont une tradition que la famille des Antonès, que l'on suppose faire partie de la nation Tuscarora, descend des habitants de ce fort, à la septième génération ; mais ils ne savent rien de son origine.

On voit aussi à Norwich, dans le même comté, un lieu situé sur une élévation au bord de la rivière. On le nomme *le Château* : les Indiens y demeuraient à l'époque où nous nous sommes établis dans le pays ; l'on y distingue quelques traces de fortifications, mais, suivant toutes les apparences, elles sont beaucoup plus modernes que celles d'Oxford.

L'on a découvert à Ridgeway, dans le comté de Genessy, plusieurs anciennes fortifications et des sépultures. À peu près à six milles de la route de Ridge, et au sud du grand coteau, on a, depuis deux à trois mois, trouvé un cimetière dans lequel sont déposés des ossements d'une longueur et d'une grosseur extraordinaires. Sur ce terrain était couché le tronc d'un châtaignier qui paraissait avoir quatre pieds de diamètre à sa partie supérieure. La cime et les branches de cet arbre avaient péri de vétusté. Les ossements étaient posés confusément les uns sur les autres : cette circonstance et les restes d'un fort dans le voisinage donnent lieu de supposer qu'ils y avaient été déposés par les vainqueurs ; et le fort étant situé dans un marais, on croit qu'il fut le dernier refuge des vaincus, et probablement le marais était sous l'eau à cette époque.

Les terrains réservés aux Indiens à Buffaldo offrent des clairières immenses, dont les Senecas ne peuvent donner raison. Leurs principaux établissements étaient à une grande distance à l'est, jusqu'à la vente de la majeure partie de leur pays, après la fin de la guerre de la révolution.

Au sud du lac Érié on voit une suite d'anciennes fortifications qui s'étendent depuis la crique de Catteragus jusqu'à la ligne de démarcation de Pensylvanie, sur une longueur de cinquante milles ; quelques-unes sont à deux, trois et quatre milles l'une de l'autre ; d'autres à moins d'un demi-mille ; quelques-unes occupent un espace de cinq acres. Les remparts ou retranchements sont placés sur des terrains où il paraît que des criques se déchargeaient autrefois dans les lacs, ou bien dans les endroits où il y avait des baies ; de sorte que l'on en conclut que ces ouvrages étaient jadis sur le bord du lac Érié, qui en est aujourd'hui à deux et à cinq milles au nord. On dit que plus au sud il y a une autre chaîne de forts, qui court parallèlement à la première, et à la même distance de celle-ci que celle-ci l'est du lac. Dans cet endroit le sol offre deux différents plateaux ou partages du sol, qui est une vallée intermédiaire ou terre d'alluvion ; l'un, le plus voisin du lac, est le plus bas, et, si je puis m'exprimer ainsi, le plateau secondaire ; le plus élevé, ou plateau primaire, est borné au sud par des collines et des vallées, où la nature offre son aspect ordinaire. Le terrain d'alluvion primaire a été formé par la première retraite du lac, et l'on suppose que la première ligne de fortifications fut élevée alors. Dans la suite des temps, le lac se retira plus au nord, laissant à sec une autre portion de plateau sur lequel fut placée l'autre ligne d'ouvrages. Les sols des deux plateaux

diffèrent beaucoup l'un de l'autre ; l'inférieur est employé en
pâturages, le second est consacré à la culture des grains ;
les espèces d'arbres varient dans le même rapport. La rive
méridionale du lac Ontario présente aussi deux formations
d'alluvion ; la plus ancienne est au nord de la route des
collines ; on n'y a pas découvert de forts. J'ignore si on en a
rencontré sur le plateau primaire ; on en a observé plusieurs
au sud de la chaîne de collines.

Il est important pour la géologie de notre patrie d'observer que les deux formations d'alluvion citées plus haut
sont, généralement parlant, le type caractéristique de toutes
les terres qui bornent les eaux occidentales. Le bord des
eaux orientales n'offre, au contraire, à peu d'exceptions
près, qu'un seul terrain d'alluvion. Cette circonstance peut
s'attribuer à la distance où le fleuve Saint-Laurent et le Mississipi sont de l'Océan ; ils ont, à deux périodes différentes,
aplani les obstacles et les barrières qu'ils rencontraient ;
et en abaissant ainsi le lit dans lequel ils coulaient, ils ont
produit un épuisement partiel des eaux plus éloignées. Ces
deux formations distinctes peuvent être considérées comme
de grandes bornes chronologiques. L'absence de forts sur
les formations secondaires ou primaires d'alluvion du lac
Ontario est une circonstance bien forte en faveur de la haute
antiquité de ceux des plateaux au sud ; car s'ils avaient été
élevés après la première ou la seconde retraite du lac, ils
auraient probablement été placés sur les terrains laissés
alors à sec, comme plus convenables et mieux adaptés, pour
s'y établir, y demeurer, et s'y défendre.

Les Iroquois, suivant leurs traditions, demeuraient jadis
au nord des lacs. Quand ils arrivèrent dans le pays qu'ils
occupent aujourd'hui, ils en extirpèrent le peuple qui l'habitait. Après l'établissement des Européens en Amérique, les
confédérés détruisirent* les Ériés, ou Indiens du Chat, qui
vivaient au sud du lac Érié. Mais les nations qui possédaient
nos provinces occidentales, avant les Iroquois, avaient-elles
élevé ces fortifications pour les protéger contre les ennemis
qui venaient les attaquer, ou bien, des peuples plus anciens

* Vers 1655.

les ont-ils construites ? Ce sont des mystères que la sagacité humaine ne peut pénétrer. Je ne prétends pas décider non plus si les Ériés, ou leurs prédécesseurs, ont dressé ces ouvrages pour la défense de leur territoire ; toutefois, je crois en avoir assez dit pour démontrer l'existence d'une population nombreuse, établie dans des villes, défendue par des forts, exerçant l'agriculture, et plus avancée dans la civilisation que les peuples qui ont habité ce pays depuis sa découverte par les Européens.

Albany, 7 octobre 1817.

MONUMENTS D'UN PEUPLE INCONNU
TROUVÉS SUR LES BORDS DE L'OHIO[1]

L'*Archæologia Americana*, ouvrage qui porte aussi le titre de *Transactions de la Société des antiquaires américains* (imprimé à Worcester, dans le Massachusets, 1820 ; 1 vol. in-8°), contient des notices très étendues sur les monuments laissés sur les bords de l'Ohio par un peuple qui avait occupé cette contrée avant l'arrivée des Indiens Delawares ou *Leni-Lenaps*, et des Iroquois ou *Mingoné*, qui les en chassèrent un ou deux siècles avant Christophe Colomb. Parmi ces monuments, on s'était jusqu'à présent occupé des débris d'édifices, de camps fortifiés, et d'autres objets qui n'offraient pas un caractère particulier. Mais voici deux figures de divinités qui, au premier aspect, rappellent la mythologie de l'Asie.

L'une est une idole à trois têtes, semblable (sauf les six mains qui manquent) aux figures de la *Trimurti* ou Trinité indienne, telles qu'on en trouve dans toutes les collections des monuments de l'Inde ; elle rappelle aussi l'image de *Triglaff* chez les Vendes. Il y a sur deux faces quelques traces d'un tatouage ou peinture par incision dans la peau, semblable à ce qu'on voit dans l'Océanie et sur la côte nord-ouest de l'Amérique.

L'autre figure, à cela près qu'elle est nue, ressemble, par les traits et l'attitude, aux images des *Burkhans* ou esprits

célestes, telles qu'on en trouve chez les Buriaites, les Kal-
mouks et d'autres tribus mongoles, et dont Pallas a donné la
gravure. Les deux traits parallèles sur la poitrine pourraient
bien être les restes d'un caractère tibétain.

Je serais peut-être autorisé à m'écrier : Voici deux monuments qui prouvent l'invasion des peuples asiatiques dans
l'Amérique septentrionale, invasion que j'ai conclue de
l'identité d'un certain nombre de mots principaux, communs à quelques langues d'Asie et d'Amérique. Mais je ne
conclus encore rien, me réservant à discuter à loisir toute
cette question.

DEUXIÈME MÉMOIRE

DESCRIPTION DES MONUMENTS
TROUVÉS DANS L'ÉTAT DE L'OHIO
ET AUTRES PARTIES DES ÉTATS-UNIS

par M. Caleb-Atwater, etc.
Traduit de l'anglais*[1].

Un grand nombre de voyageurs ont signalé nos antiquités : il en est peu qui les aient vues ; ou, marchant à la hâte,
ils n'ont eu ni les occasions favorables, ni les connaissances
nécessaires pour en juger, ils ont entendu les contes que leur
en faisaient des gens ignorants ; ils ont publié des relations
si imparfaites, si superficielles, que les personnes sensées
qui sont sur les lieux mêmes auraient de la peine à deviner
ce qu'ils ont voulu décrire.

Il est arrivé parfois qu'un voyageur a vu quelques restes
d'un monument qu'un propriétaire n'avait fait conserver que
pour son amusement ; il a conclu que c'était le seul qu'on
trouvât dans le pays. Un autre voit un retranchement avec
un pavé mi-circulaire à l'est ; il décide avec assurance que

---

* *Archeologia americana*, ou *Transactions de la Société d'antiquaires
américains*. Vol. I, p. 109. Worcester, en Massachussets, 1820.

tous nos anciens monuments étaient des lieux de dévotion consacrés au culte du soleil. Un autre tombe sur les restes de quelques fortifications, et en infère, avec la même assurance, que tous nos anciens monuments ont été construits dans un but purement militaire. Mais en voilà un qui, trouvant quelque inscription, n'hésite pas à décider qu'il y a eu là une colonie de Welches ; d'autres encore, trouvant de ces monuments, ou près de là des objets appartenant évidemment à des Indiens, les attribuent à la race des Scythes : ils trouvent même parfois des objets dispersés ou réunis, qui appartiennent non seulement à des nations, mais à des époques différentes, très éloignées les unes des autres, et les voilà se perdant dans un dédale de conjectures. Si les habitants des pays occidentaux disparaissaient tout à coup de la surface du monde, avec tous les documents qui attestent leur existence, les difficultés des antiquaires futurs seraient sans doute plus grandes, mais néanmoins de la même espèce que celles qui embarrassent si fort nos superficiels observateurs. Nos antiquités n'appartiennent pas seulement à différentes époques, mais à différentes nations ; et celles qui appartiennent à une même ère, à une même nation, servaient sans doute à des usages très différents.

Nous diviserons ces antiquités en trois classes : celles qui appartiennent, 1° aux Indiens ; 2° aux peuples d'origine européenne ; et 3° au peuple qui construisit nos anciens forts et nos tombeaux.

I. *Antiquités des Indiens de la race actuelle*

Ces antiquités, qui n'appartiennent proprement qu'aux Indiens de l'Amérique septentrionale, sont en petit nombre et peu intéressantes : ce sont des haches et des couteaux de pierre, ou des pilons servant à réduire le maïs, ou des pointes de flèches et quelques autres objets exactement semblables à ceux que l'on trouve dans les États atlantiques, et dont il est inutile de faire la description. Celui qui cherche des établissements indiens en trouvera de plus nombreux et de plus intéressants sur les bords de l'océan Atlantique, ou des grands fleuves qui s'y jettent à l'orient des Alleghanis.

La mer offre au Sauvage un spectacle toujours solennel. Dédaignant les arts et les bienfaits de la civilisation, il n'estime que la guerre et la chasse. Quand les Sauvages trouvent l'Océan, ils se fixent sur ses bords, et ne les abandonnent que par excès de population ou contraints par un ennemi victorieux ; alors ils suivent le cours des grands fleuves, où le poisson ne peut leur manquer ; et tandis que le chevreuil, l'ours, l'élan, le renne ou le buffle, qui passent sur les collines, s'offrent à leurs coups, ils prennent tout ce que la terre et l'eau produisent spontanément, et ils sont satisfaits. Notre histoire prouve que nos Indiens doivent être venus par le détroit de Behring, et qu'ils ont naturellement suivi la grande chaîne nord-ouest de nos lacs, et leurs bords jusqu'à la mer. C'est pourquoi les Indiens que nos ancêtres trouvèrent offraient une population beaucoup plus considérable au nord qu'au midi, à l'orient qu'à l'occident des États-Unis d'aujourd'hui : de là ces vastes cimetières, ces piles immenses d'écailles d'huîtres, ces amas de pointes de flèches et autres objets que l'on trouve dans la partie orientale des États-Unis, tandis que la partie occidentale en renferme très peu : là, nous voyons que les Indiens y habitaient depuis les temps les plus reculés ; ici, tout annonce une race nouvelle ; on reconnaît aisément la fosse d'un Indien : on les enterrait ordinairement assis ou debout. Partout où l'on voit des trous irréguliers d'un à deux pieds de diamètre, si l'on creuse à quelques pieds de profondeur, on est sûr de tomber sur les restes d'un Indien. Ces fosses sont très communes sur les rives méridionales du lac Érié, jadis habitées par les Indiens nommés *Cat*, ou *Ottoway*. Ils mettent ordinairement dans la tombe quelque objet cher au défunt ; le guerrier emporte sa hache d'armes ; le chasseur, son arc et ses flèches, et l'espèce de gibier qu'il préférait. C'est ainsi que l'on trouve dans ces fosses tantôt les dents d'une loutre, tantôt celles d'un ours, d'un castor, tantôt le squelette d'un canard sauvage, et tantôt des coquilles ou des arêtes de poisson.

II. *Antiquités de peuples provenant d'origine européenne*

Au titre de cette division, l'on sourira peut-être, en se rappelant qu'à peine trois siècles se sont écoulés depuis que les Européens ont pénétré dans ces contrées : cependant on me permettra de le conserver, parce qu'on trouve quelquefois des objets provenant des relations établies, depuis plus de cent cinquante années, entre les indigènes et diverses nations européennes, et que ces sujets sont souvent confondus avec d'autres qui sont réellement très anciens. Les Français sont les premiers Européens qui aient parcouru le pays que comprend aujourd'hui l'État d'Ohio. Je n'ai pu m'assurer exactement de l'époque ; mais nous savons, par des documents authentiques, publiés à Paris, dans le dix-septième siècle[1], qu'ils avaient, en 1655, de vastes établissements dans le territoire Onondaga, appartenant aux six nations.

Charlevoix, dans son *Histoire de la Nouvelle-France*, nous apprend que l'on envoya, en 1654, à Onondaga, des missionnaires qui y bâtirent une chapelle ; qu'une colonie française s'y établit, en 1656, sous les auspices de M. Dupuys, et se retira en 1658. Quand Lasalle partit du Canada et redescendit le Mississipi, en 1679, il découvrit une vaste plaine, entre le lac des Hurons et des Illinois, où il trouva un bel établissement appartenant aux jésuites.

Dès lors, les Français ont parcouru tous les bords du lac Érié, du fleuve Ohio et des grandes rivières qui s'y jettent ; et, suivant l'usage des Européens d'alors, ils prenaient possession du pays, au nom de leur souverain : et souvent, après un *Te Deum*, ils consacraient le souvenir de l'événement par quelque acte solennel, comme de suspendre les armes de France, ou déposer des médailles ou des monnaies dans les anciennes ruines, ou de les jeter à l'embouchure des grandes rivières.

Il y a quelques années que M. Grégory a trouvé une de ces médailles à l'embouchure de la rivière de Murkingum. C'est une plaque de plomb de quelques pouces de diamètre, portant d'un côté le nom français, *Petite-Belle-Rivière*, et de l'autre, celui de *Louis XIV*.

Près de Portsmouth, à l'embouchure du Scioto, on a trouvé, dans une terre d'alluvion, une médaille franc-maçonnique représentant, d'un côté, un cœur d'où sort une branche de casse, et de l'autre, un temple dont la coupole est surmontée d'une aiguille portant un croissant.

À Trumbull, on a trouvé des monnaies de Georges II ; et, dans le comté d'Harrison, des pièces de Charles.

On m'a dit que l'on a trouvé, il y a quelques années, à l'embouchure de Darby-Creek, non loin de Cheleville, une médaille espagnole bien conservée ; elle avait été donnée par un amiral espagnol à une personne qui était sous les ordres de Desoto, qui débarqua dans la Floride en 1538. Je ne vois pas qu'il soit bien difficile d'expliquer comment cette médaille s'est trouvée près d'une rivière qui se jette dans le golfe du Mexique, quelle que soit sa distance de la Floride, si l'on se rappelle qu'un détachement de troupes que Desoto envoya pour reconnaître le pays, ne revint plus auprès de lui, et qu'on n'en entendit plus parler. Ainsi cette médaille peut avoir été apportée et perdue dans le lieu même où on l'a trouvée par la personne à qui elle avait été donnée ou par quelque Indien.

On trouve souvent sur les rives de l'Ohio des épées, des canons de fusil, des haches d'armes, qui sans doute ont appartenu à des Français, dans le temps où ils avaient des forts à Pittsbourg, Ligonier, Saint-Vincent, etc.

On dit qu'il y a dans le Kentucky, à quelques milles sud-est de Portsmouth, une fournaise de cinquante chaudières ; je ne doute pas qu'elle ne remonte à la même époque et à la même origine.

On dit que l'on a trouvé, près de Nashville, dans la province de Tennessy, plusieurs monnaies romaines, frappées peu de siècles après l'ère chrétienne, et qui ont beaucoup occupé les antiquaires ; ou elles peuvent avoir été déposées à dessein par celui qui les a découvertes, comme il est arrivé bien souvent, ou elles ont appartenu à quelque Français.

En un mot, je ne crains pas d'avancer qu'il n'est dans toute l'Asie, dans toute l'Amérique septentrionale, médaille ou monnaie portant une ou plusieurs lettres d'un alphabet quelconque, qui n'ait été apportée ou frappée par des Européens ou leurs descendants.

III. *Antiquités du peuple qui habitait jadis les parties occidentales des États-Unis*

Cette classe, sans contredit la plus intéressante pour l'antiquaire et le philosophe, comprend tous les anciens forts, des tombeaux, quelquefois très vastes, élevés en terre ou en pierres, des cimetières, des temples, des autels, des camps, des villes, des villages, des arènes et des tours, des remparts entourés de fossés ; enfin des ouvrages qui annoncent un peuple beaucoup plus civilisé que ne le sont les Indiens d'aujourd'hui, et cependant bien inférieur, sous ce rapport, aux Européens. En considérant la vaste étendue de pays couverte par ces monuments, les travaux qu'ils ont coûté, la connaissance qu'ils supposent des arts mécaniques, la privation où nous sommes de toute notion historique et même de toute tradition, l'intérêt que les savants y ont pris, les opinions fausses que l'on a débitées, enfin la dissolution complète de ce peuple, j'ai cru devoir employer mon temps et porter mon attention à rechercher particulièrement cette classe de nos antiquités dont on a tant parlé et que l'on a si peu comprise.

Ces anciens ouvrages sont répandus en Europe, dans le nord de l'Asie ; on pourrait en commencer le tracé dans le pays de Galles ; de là traversant l'Irlande, la Normandie, la France, la Suède, une partie de la Russie, jusqu'à notre continent. En Afrique, les pyramides ont la même origine ; on en voit en Judée, dans la Palestine et dans les stepps (plaines désertes) de la Turquie.

C'est au sud du lac Ontario, non loin de la rivière Noire (Black-river) que l'on trouve le plus reculé de ces monuments dans la direction nord-est ; un autre, sur la rivière de Chenango, vers Oxford, est le plus méridional, à l'est des Alleghanis. Ces deux ouvrages sont petits, très anciens, et semblent indiquer dans cette direction les bornes des établissements du peuple qui les érigea. Ces peuplades venant de l'Asie, trouvant nos grands lacs et suivant leurs bords,

ont-elles été repoussées par nos Indiens, et les petits forts
dont nous avons parlé ont-ils été construits dans la vue de
les protéger contre les indigènes qui s'étaient établis sur les
côtes de l'océan Atlantique ? En suivant la direction occidentale du lac Érié, à l'ouest de ces ouvrages, on en trouve çà et
là, surtout dans le pays de Genesée, mais en petit nombre
et peu étendus, jusqu'à ce qu'on arrive à l'embouchure du
Catarangus-Creek, qui sort du lac Érié, dans le pays de New-
Yorck ; c'est là que commence, suivant M. Clinton, une ligne
de forts qui s'étend au sud à plus de cinquante milles sur
quatre milles de largeur. On dit qu'il y a une autre ligne
parallèle à celle-là, mais qui n'est que de quelques arpents,
et dont les remparts n'ont que quelques pieds de hauteur. Le
Mémoire de M. Clinton, renfermant une description exacte
des antiquités des parties occidentales de New-Yorck, nous
ne répéterons point ici ce qu'il a si bien dit.

Si, en effet, ces ouvrages sont des forts, ils doivent avoir
été construits par un peuple peu nombreux, et ignorant
complètement les arts mécaniques. En avançant au sud-
ouest, on trouve encore plusieurs de ces forts ; mais lorsque
l'on arrive vers le fleuve Leicking, près Newark, on en voit
de très vastes et très intéressants, ainsi qu'en s'avançant vers
Circleville. Il y en avait quelques-uns à Chillicoche, mais
ils ont été détruits. Ceux que l'on trouve sur les bords de
Point-Creek surpassent à quelques égards tous les autres, et
paraissent avoir renfermé une grande ville ; il y en a aussi
de très vastes à l'embouchure du Scioto et du Muskingum ;
enfin, ces monuments sont très répandus dans la vaste
plaine qui s'étend du lac Érié au golfe du Mexique, et offrent
de plus grandes dimensions à mesure que l'on avance, vers
le sud, dans le voisinage des grands fleuves, et toujours dans
des contrées fertiles. On n'en trouve point dans les prairies
de l'Ohio, rarement dans des terrains stériles ; et si l'on en
voit, ils sont peu étendus et situés à la lisière dans un terrain
sec. À Salem, dans le comté d'Ashtabula, près la rivière de
Connaught, à trois milles environ du lac Érié, on en voit
un de forme circulaire, entouré de deux remparts parallèles séparés par un fossé. Ces remparts sont coupés par
des ouvertures et une route dans le genre de nos grandes

routes modernes, qui descend la colline et va jusqu'au fleuve par une pente douce, et telle qu'une voiture attelée pourrait facilement la parcourir, et ce n'est que par là que l'on peut entrer sans difficulté dans ces ouvrages. La végétation prouve que dans l'intérieur le sol était beaucoup meilleur qu'à l'extérieur.

On trouve dans l'intérieur des cailloux arrondis tels qu'on en voit sur les bords du lac ; mais ils semblent avoir subi l'action d'un feu ardent ; des fragments de poterie d'une structure grossière et sans vernis. Mon correspondant me dit que l'on y a trouvé parfois des squelettes d'hommes d'une petite taille ; ce qui prouverait que ces ouvrages ont été construits par le même peuple qui a érigé nos tombeaux. La terre végétale qui forme la surface de ces ouvrages a au moins dix pouces de profondeur ; on y a trouvé des objets évidemment confectionnés par les Indiens, ainsi que d'autres qui décèlent leurs relations avec les Européens. Je rapporte ce fait ici pour éviter de le répéter quand je décrirai en détail ces monuments, surtout ceux que l'on voit sur les bords du lac Érié, et sur les rivages des grandes rivières. On trouve toujours des antiquités indiennes à la surface ou enterrées dans quelque tombe, tandis que les objets qui ont appartenu au peuple qui a érigé ces monuments sont à quelques pieds de profondeur ou dans le lit des rivières.

En continuant d'aller au sud-ouest, on trouve encore ces ouvrages ; mais leurs remparts, qui ne sont élevés que de quelques pieds, leurs fossés peu profonds et leurs dimensions décèlent un peuple peu nombreux.

On m'a dit que, dans la partie septentrionale du comté de Médina (Ohio), on a trouvé, près de l'un de ces monuments une plaque de marbre polie. C'est sans doute une composition de terre glaise et de sulfate de chaux, ou de plâtre de Paris, comme j'en ai vu souvent en longeant l'Ohio. Un observateur ordinaire à dû s'y méprendre.

Anciens ouvrages près Newark

En arrivant vers le sud, ces ouvrages, qui se trouvent en plus grand nombre, plus compliqués et plus vastes,

annoncent une population plus considérable et un progrès de connaissances. Ceux qui sont sur les deux rives
du Licking, près Newark, sont les plus remarquables. On
y reconnaît :

1° Un fort qui peut avoir quarante acres, compris dans
ses remparts, qui ont généralement environ dix pieds de
hauteur. On voit dans ce fort huit ouvertures (ou portes)
d'environ quinze pieds de largeur, vis-à-vis desquelles est
une petite élévation de terre, de même hauteur et épaisseur que le rempart extérieur. Cette élévation dépasse de
quatre pieds les portes que probablement elle était destinée
à défendre. Ces remparts, presque perpendiculaires, ont
été élevés si habilement que l'on ne peut voir d'où la terre
a été enlevée.

2° Un fort circulaire, contenant environ trente acres, et
communiquant au premier fort par deux remparts semblables.

3° Un observatoire construit, partie en terre, partie en
pierres, qui dominait une partie considérable de la plaine,
sinon toute la plaine, comme on pourrait s'en convaincre en
abattant les arbres qui s'y sont élevés depuis. Il y avait sous
cet observatoire un passage, secret peut-être, qui conduisait
à la rivière, qui, depuis, s'est creusé un autre lit.

4° Autre fort circulaire, contenant environ vingt-six acres,
entouré d'un rempart qui s'élevait, et d'un profond intérieur. Ce rempart a encore trente-cinq à quarante pieds de
hauteur, et quand j'y étais, le fossé était encore à moitié
rempli d'eau, surtout du côté de l'étang*[1]. Il y a des remparts
parallèles qui ont cinq à six perches de largeur, et quatre ou
cinq pieds de hauteur.

5° Un fort carré, contenant une vingtaine d'acres, et dont
les remparts sont semblables à ceux du premier.

6° Un intervalle formé par le Racoon et le bras méridional de la Licking. Nous avons lieu de présumer que, dans
le temps où ces ouvrages étaient occupés, ces deux eaux

---

* Cet étang couvre cent cinquante à deux cents acres ; il était à sec
il y a quelques années, en sorte que l'on fit une récolte de blé là où
l'on voit aujourd'hui dix pieds d'eau ; quelquefois cet étang baigne les
remparts du fort : il atteignait les remparts parallèles.

baignaient le pied de la colline : et ce qui le prouve, ce sont les passages qui y conduisent.

7° L'ancien bord des rivières qui se sont fait un lit plus profond qu'il ne l'était quand les eaux baignaient le pied de la colline : ces ouvrages étaient dans une grande plaine élevée de quarante ou cinquante pieds au-dessus de l'intervalle qui est maintenant tout unie, et des plus fertiles. Les tours d'observation étaient à l'extrémité des remparts parallèles, sur le terrain le plus élevé de toute la plaine ; elles étaient entourées de remparts circulaires qui n'ont aujourd'hui que quatre ou cinq pieds de hauteur.

8° Deux murs parallèles qui conduisent probablement à d'autres ouvrages.

Le plateau, près Newark, semble avoir été le lieu, et c'est le seul que j'ai vu, où les habitants de ces ouvrages enterraient leurs morts. Quoique l'on en trouve d'autres dans les environs, je présumerais qu'ils n'étaient pas très nombreux, et qu'ils ne résidèrent pas longtemps dans ces lieux. Je ne m'étonne pas que ces murs parallèles s'étendent, d'un point de défense à l'autre, à un espace de trente milles, traversant toute la route, jusqu'au Hockboking, et, dans quelques points, à quelques milles au nord de Lancastre. On a découvert, en divers lieux, de semblables murs, qui, selon toute apparence, en faisaient partie, et qui s'étendaient à dix ou douze milles ; ce qui me porte à croire que les monuments de Licking ont été érigés par un peuple qui avait des relations avec celui qui habitait les rives du fleuve Hockboking, et que leur route passait au travers de ces murs parallèles.

S'il m'était permis de hasarder une conjecture sur la destination primitive de ces monuments, je dirais que les plus vastes étaient en effet des fortifications ; que le peuple habitait dans l'enceinte, et que les murs parallèles servaient au double but de protéger, en temps de danger, ceux qui passaient de l'un de ces ouvrages dans l'autre, et de clore leurs champs.

On n'a point trouvé d'âtres, de charbons, de braises, de bois, de cendres, etc., objets que l'on a trouvés ordinairement dans de semblables lieux, cultivés aujourd'hui. Cette plaine était probablement couverte de forêts, je n'y ai trouvé que quelques pointes de flèches.

Toutes ces ruines attestent la sollicitude qu'ont mise leurs habitants à se garantir des attaques d'un ennemi du dehors ; la hauteur des sites, les mesures prises pour s'assurer la communication de l'eau, ou pour défendre ceux d'entre eux qui allaient en chercher ; la fertilité du sol, qui me paraît avoir été cultivé ; enfin, toutes ces circonstances, qu'il ne faut pas perdre de vue, font foi de la sagacité de ce peuple.

À quelques milles au-dessus de Newark, sur la rive méridionale de Licking, on trouve des trous profonds que l'on appelle vulgairement des puits, mais qui n'ont point été creusés dans le dessein de se procurer de l'eau fraîche ou salée.

Il y a au moins un millier de ces trous dont quelques-uns ont encore aujourd'hui une trentaine de pieds de profondeur. Ils ont excité vivement la curiosité de plusieurs personnes : l'une d'elles s'est ruinée dans l'espoir d'y trouver des métaux précieux. M'étant procuré des échantillons de tous les minéraux qui se trouvent dans ces trous et aux environs, j'ai vu qu'ils se bornaient à quelques beaux cristaux de roche, à une espèce de pierre (arrowstone) propre à faire des pointes de flèches et des lances, à un peu de plomb, de soufre et de fer, et je suis d'avis qu'en effet les habitants, en creusant ces trous, n'avaient aucun but que de se procurer ces objets, sans contredit très précieux pour eux. Je présume que, si l'on ne trouve pas dans ces rivières des objets faits en plomb, c'est que ce métal s'oxyde facilement.

Monuments du comté de Perry (Ohio)

Au sud de ces monuments, à quatre ou cinq milles au nord-ouest de Sommerset, on trouve un ancien ouvrage construit en pierres.

C'est une élévation en forme de pain de sucre, qui peut avoir douze à quinze pieds de hauteur ; il y a un petit tombeau en pierres dans le mur de clôture.

Un rocher est en face de l'ouverture du mur extérieur. Cette ouverture offre un passage entre deux rochers qui sont dans le mur, et qui ont de sept à dix pieds d'épaisseur. Ces rocs présentent à l'extérieur une surface perpendiculaire de dix pieds de hauteur ; mais après s'être étendus à une cinquantaine d'acres dans l'intérieur, ils sont de niveau avec le terrain. Il y a une issue.

On y voit aussi un petit ouvrage dont l'aire est d'un demi-acre. Des remparts sont en terre, et hauts de quelques pieds seulement. Le grand ouvrage en pierres renferme dans ses murs plus de quarante acres de terrain ; les murs sont construits de grossiers fragments de rochers, et l'on n'y trouve point de ferrure. Ces pierres, qui sont entassées dans le plus grand désordre, formeraient, irrégulièrement placées, un mur de sept à huit pieds de hauteur, et de quatre à six d'épaisseur. Je ne pense pas que cet ouvrage ait été élevé dans un but militaire ; mais, dans le cas de l'affirmative, ce ne peut avoir été qu'un camp provisoire. Des tombeaux de pierres, tels qu'on les érigeait anciennement, ainsi que des autels ou des monuments qui servaient à transmettre le souvenir de quelque événement mémorable, me font présumer que c'était une enceinte sacrée où le peuple célébrait, à certaines époques, quelque fête solennelle. Le sol élevé et le manque d'eau rendaient ce lieu peu propre à être longtemps habité.

Monuments que l'on trouve à Marietta (Ohio)

En descendant la rivière de Muskingum, à son embouchure à Marietta, on voit plusieurs ouvrages très curieux, qui ont été bien décrits par divers auteurs. Je vais rassembler ici tous les renseignements que j'ai pu en recueillir, en y ajoutant mes propres observations.

Ces ouvrages occupent une plaine élevée au-dessus du rivage actuel de Muskingum, à l'orient et à un demi-mille de sa jonction avec l'Ohio ; ils consistent en murs et en remparts alignés, et de forme circulaire et carrée.

Le grand fort carré, appelé par quelques auteurs *la Ville*, renferme quarante acres entourés d'un rempart de cinq à dix pieds de hauteur, et de vingt-cinq à trente pieds de largeur ; douze ouvertures pratiquées à distances égales semblent

avoir été des portes. Celle du milieu, du côté de la rivière,
est la plus grande ; de là, à l'extérieur, est un chemin couvert
formé par deux remparts intérieurs[1], est de vingt-un pieds
de hauteur, et de quarante-deux pieds de largeur à sa base ;
mais à l'extérieur, ils n'ont que cinq pieds de hauteur. Cette
partie forme un passage d'environ trois cent soixante pieds
de longueur, qui, par une pente graduelle, s'étend dans la
plaine et atteignait sans doute jadis les bords de la rivière.
Ses remparts commencent à soixante pieds des remparts du
fort, et s'élèvent à mesure que le chemin descend du côté de
la rivière, et le sommet est couronné par un grand chemin
bien construit.

Dans les murs du fort, au nord-ouest, s'élève un rectangle
long de cent quatre-vingt-huit, large de cent trente-deux, et
haut de neuf pieds, uni au sommet, et presque perpendiculaire aux côtés. Au centre de chacun des côtés, on voit des
degrés, régulièrement disposés, de six pieds de largeur, qui
conduisent au sommet. Près du rempart méridional, s'élève
un autre carré de cent cinquante pieds sur cent vingt, et de
huit pieds de hauteur, semblable au premier, à la réserve
qu'au lieu de monter au côté, il descend par un chemin
creux large de dix à vingt pieds du centre, d'où il s'élève
ensuite, par des degrés, jusqu'au sommet. Au sud-est, on
voit s'élever encore un carré de cent huit sur quatre-vingt-
quatorze pieds, avec des degrés à ses côtés, mais qui ne sont
ni aussi élevés, ni aussi bien construits que les précédents ;
un, au sud-ouest du centre du fort, est une élévation circulaire d'environ trente pieds de diamètre et de cinq pieds de
hauteur, près de laquelle on voit quatre petites excavations
à distances égales, et opposées l'une à l'autre. À l'angle, au
sud-ouest du fort, est un parapet circulaire avec une élévation qui défend l'ouverture du mur. Vers le sud-est est un
autre fort plus petit contenant vingt acres, avec une porte
au centre de chaque côté et de chaque angle. Cette porte est
défendue par d'autres élévations circulaires.

À l'extérieur du plus petit fort est une élévation en forme
de pain de sucre d'une grandeur et d'une hauteur étonnantes ; sa base est un cercle régulier de cent quinze pieds
de diamètre, sa hauteur perpendiculaire est de trente pieds ;

elle est entourée d'un fossé de quatre pieds de profondeur sur quinze pieds de largeur, défendu par un parapet de quatre pieds de hauteur, coupé, du côté du fort, par une porte large de vingt pieds. Il y a encore d'autres murs, des élévations, et des excavations moins bien conservées.

La principale excavation, ou le puits de soixante pieds de diamètre, doit avoir eu, dans le temps de sa construction, vingt pieds de profondeur au moins ; elle n'est aujourd'hui que de douze à quatorze pieds, par suite des éboulements causés par les pluies. Cette excavation a la forme ancienne ; on y descendait par des marches, pour pouvoir puiser l'eau à la main.

Le réservoir que l'on voit près de l'angle septentrional du grand fort avait vingt-cinq pieds de diamètre, et ses côtés s'élevaient, au-dessus de la surface, par un parapet de trois à quatre pieds de hauteur. Il était rempli d'eau dans toutes les saisons ; mais aujourd'hui il est presque comblé, parce qu'en nettoyant la place, on y a jeté des décombres et des feuilles mortes. Cependant, l'eau monte à la surface et offre l'aspect d'un étang stagnant. L'hiver dernier, le propriétaire de ce réservoir a entrepris de le dessécher, en ouvrant un fossé dans le petit chemin couvert : il est arrivé à douze pieds de profondeur, et ayant laissé couler l'eau, il a trouvé que les parois du réservoir n'étaient point perpendiculaires, mais inclinées vers le centre en forme de cône renversé, et enduites d'une croûte d'argile fine et colorée, de huit à dix pouces d'épaisseur. Il est probable qu'il y trouvera des objets curieux qui ont appartenu aux anciens habitants de ces lieux.

J'ai trouvé, hors du parapet et près du carré long, un grand nombre de fragments d'ancienne poterie : ils étaient ornés de figures curieuses et faits d'argile ; quelques-uns étaient vernis intérieurement ; leur cassure était noire et parsemée de parcelles brillantes ; la matière en est généralement plus dure que celle des fragments que j'ai trouvés près des rivières. On a trouvé, à différentes époques, plusieurs objets de cuivre, entre autres une coupe.

M. Duna a trouvé, dernièrement à Waterford, à peu de distance de Muskingum, un amas de lances et de pointes de flèches : elles occupaient un espace de huit pouces de longueur sur dix-huit de largeur, à deux pieds de profondeur d'un côté, et à dix-huit pouces de l'autre ; il paraît qu'elles avaient été mises dans une caisse dont un côté s'est affaissé : elles paraissent n'avoir point servi. Elles ont de deux à six pouces de longueur ; elles n'ont point de bâtons, et sont de figure presque triangulaire.

Il est remarquable que les terres des remparts et les élévations n'ont point été tirées des fossés, mais apportées d'assez loin ou enlevées uniformément de la plaine, comme dans les ouvrages de Licking, dont nous avons parlé plus haut. On a trouvé surprenant que l'on n'ait découvert aucun des instruments qui doivent avoir servi à ces constructions ; mais des pelles de bois suffisent.

Monuments trouvés à Circleville (Ohio)

À vingt milles au sud de Columbus, et près du point où il se jette dans la baie de Hangus, on trouve deux forts, l'un circulaire et l'autre carré ; le premier est entouré de deux murs séparés par un fossé profond ; le dernier n'a qu'un mur et point de fossé : le premier avait soixante-neuf pieds de diamètre ; le dernier, cinquante-cinq perches. Les remparts du fort circulaire avaient au moins vingt pieds de hauteur avant qu'on eût construit la ville de Circleville. Le mur intérieur était d'une argile que l'on avait, selon toute apparence, prise au nord du fort, où l'on voit encore que le terrain est le plus bas ; le rempart extérieur est formé de la terre d'alluvion enlevé du fossé, qui a plus de cinquante pieds de profondeur. Aujourd'hui, la partie extérieure du rempart a cinq à six pieds de hauteur, et le fossé de la partie intérieure a encore plus de quinze pieds. Ces monuments perdent tous les jours, et seront bientôt entièrement détruits. Les remparts du fort carré ont encore plus de dix pieds de hauteur : ce fort avait huit portes ; le fort circulaire n'en avait qu'une. On voit aussi, en face de chacune de ces portes, une élévation qui servait à les défendre.

Comme ce fort était un carré parfait, ses portes étaient à distances égales ; ses élévations étaient en ligne droite.

Il devait y avoir une élévation remarquable avec un pavé mi-circulaire dans sa partie orientale, en face de l'unique porte ; le contour du pavé se voit encore en quelques endroits que le temps et la main des hommes ont respectés.

Le fort carré joignait au fort circulaire dont nous avons parlé. Le mur qui environne cet ouvrage a encore dix pieds de hauteur ; sept portes conduisent dans ce fort, outre celle qui communique avec le fort carré ; devant chacune de ces portes était une élévation en terre, de quatre à cinq pieds, pour les défendre.

Les auteurs de ces ouvrages ont mis beaucoup plus de soin à fortifier le fort circulaire que le fort carré ; le premier est protégé par deux remparts ; le second par un seul ; le premier est entouré d'un fossé profond ; le dernier n'en a point ; le premier n'est accessible que par une porte ; le dernier en avait huit, et qui avaient plus de vingt pieds de largeur. Les rues de Circleville couvrent aujourd'hui tout le fort rond et plus de la moitié du fort carré. La partie de ces fortifications qui renfermaient l'ancienne ville ne tardera pas à disparaître.

Ce qu'il y a de plus remarquable dans ces ouvrages, ce sont la précision et l'exactitude de leurs dimensions, qui prouvent que leurs fondateurs avaient des connaissances bien supérieures à celles de la race actuelle de nos Indiens ; et leur position, qui coïncidait avec la déclinaison de la boussole a fait présumer à plusieurs auteurs qu'ils devaient avoir cultivé l'astronomie.

Monuments sur les bords du Point-Creek (Ohio)

Les premiers que l'on rencontre sont à onze, et les autres à quinze milles à l'ouest de la ville de Chillicoche.

L'un de ces ouvrages a beaucoup de portes ; elles ont de huit à vingt pieds de largeur ; leurs remparts ont encore dix pieds de hauteur, à partir des portes ; ils ont été construits de la terre enlevée au lieu même. La partie de l'ouvrage carré a huit portes ; les côtés du carré ont soixante-six pieds de longueur, et renferment une aire de vingt-sept acres et 2/10. Cette partie communique par trois portes au plus

grand ouvrage ; l'une est entourée de deux remparts parallèles de quatre pieds de hauteur. Un petit ruisseau, qui coule
au sud-ouest, traverse la plus grande partie de cet ouvrage,
en passant par le rempart. Quelques personnes présument
que cette cascade était, dans l'origine, un ouvrage de l'art ;
elle a quinze pieds de profondeur et trente-neuf de surface ;
il y a deux monticules, l'un est intérieur, l'autre extérieur ;
ce dernier a environ vingt pieds de hauteur.

D'autres fortifications sont contiguës à celle-là ; l'ouvrage
carré est exactement semblable à celui que nous venons de
décrire.

Il n'y a point d'élévations dans l'intérieur des remparts ;
mais on en trouve une de dix pieds de hauteur, à une centaine de perches à l'ouest. La grande partie irrégulière
du grand ouvrage renferme soixante-dix-sept acres ; ses
remparts ont huit portes, outre celle que nous venons de
décrire ; ces portes, très différentes entre elles, ont d'une
à six perches de largeur. Au nord-ouest, on voit une autre
élévation qui est jointe par une porte au grand ouvrage,
et qui a soixante perches de diamètre. À son centre est un
autre cercle de six perches de diamètre, et dont les remparts
ont encore quatre pieds de hauteur. On y remarque trois
anciens puits, l'un dans l'intérieur, les autres hors du rempart. Dans le grand ouvrage de forme irrégulière, on trouve
des élévations elliptiques ; la plus considérable, qui est près
du centre, a vingt-cinq pieds de hauteur ; son grand axe
est de vingt ; son petit de dix perches ; son aire est de cent
cinquante-neuf perches carrées. Cet ouvrage est presque
entièrement construit en pierres, qui doivent y avoir été
transportées de la colline voisine ou du lit de la baie ; il
est rempli d'ossements humains ; il y a des personnes qui
n'ont pas hésité à y voir les restes des victimes qui ont été
sacrifiées dans ce lieu.

L'autre ouvrage elliptique a deux rangs ; l'un a huit, l'autre
a quinze pieds de hauteur ; la surface des deux est unie. Ces
ouvrages ne sont pas aussi communs ici qu'au Mississipi et
plus au sud.

Il y a un ouvrage en forme de demi-lune dont les bords
sont construits en pierres que l'on aura sans doute prises

à un mille de là. Près de cet ouvrage il y a une élévation haute de cinq pieds, et de trente pieds de diamètre, et tout entière formée d'une ocre rouge que l'on trouve à peu de distance de là.

Les puits dont nous avons parlé plus haut sont très larges ; l'un a six et l'autre dix perches de contour ; le premier a encore quinze, l'autre dix pieds de profondeur ; on y trouve de l'eau ; on voit encore quelques autres de ces puits sur la route.

Un troisième ouvrage encore plus remarquable est situé sur une colline haute, à ce qu'on dit, de plus de trois cents pieds, et presque perpendiculaire en plusieurs points. Ses remparts sont des pierres dans leur état naturel, qui ont été portées sur le sommet que ce rempart couronne. Cet ouvrage avait, dans le principe, deux portes qui se trouvaient aux seuls points accessibles. À la porte du nord, on voit encore un amas de pierres qui auraient suffi à construire deux grandes tours. De là à la baie, on voit un chemin qui, peut-être, a été construit jadis, dont les pierres sont parsemées sans ordre, et dont la quantité aurait suffi pour en élever un mur de quatre pieds d'épaisseur sur dix de hauteur. Dans l'intérieur du rempart on voit un endroit qui semble avoir été occupé par des fours ou des forges ; on y trouve des cendres à plusieurs pieds de profondeur. Ce rempart renferme une aire de cent trente acres. C'était une des places les plus fortes.

Les chemins du rempart répondent à ceux du sommet de la colline, et l'on trouve la plus grande quantité de pierres à chaque porte, et à chaque détour du rempart, comme si elles avaient été entassées dans la vue d'en construire des tours et des créneaux. Si c'est là que furent les *enceintes sacrées*, elles étaient en effet défendues par les plus forts ouvrages ; nul militaire ne pourrait choisir une meilleure position pour protéger ses compatriotes, ses autels et ses dieux.

Dans le lit de la Pint, qui baigne le pied de la colline, on trouve quatre puits remarquables ; ils ont été creusés dans un roc pyriteux, où l'on trouve beaucoup de fer. Lorsqu'ils furent découverts, par une personne qui passait en canot, ils étaient couverts de pierres semblables à nos meules,

percées au centre ; le trou avait quatre pouces de diamètre,
et semble avoir servi à y passer une anse pour pouvoir les
ôter à volonté. Ces puits avaient plus de trois pieds de diamètre, et avaient été construits en pierres bien jointes.

L'eau étant très large, je pus bien examiner ces puits ;
leurs couvercles sont cassés en morceaux, et les puits mêmes
sont comblés de pierres. Il n'est pas douteux qu'ils n'aient
été construits de main d'homme ; mais on s'est demandé
quel peut avoir été le but de leur construction, puisqu'ils
sont dans le fleuve même ? On pourrait répondre que probablement l'eau ne s'étendait pas alors jusqu'à cet endroit.
Quoi qu'il en soit, ces puits ressemblent à ceux que l'on a
détruits, en parlant des patriarches : ne remontaient-ils pas
à cette époque ?

On reconnaît un ouvrage circulaire d'environ sept à huit
acres d'étendue, dont les remparts n'ont aujourd'hui que dix
pieds de hauteur et qui sont entourés d'un fossé, excepté en
une partie large de deux perches, où l'on voit une ouverture
semblable à celles des barrières de nos grandes routes, qui
conduit dans un embranchement de la baie. À l'extrémité
du fossé*, qui rejoint le rempart de chaque côté de cette
route, on trouve une source d'une eau excellente ; et, en
descendant vers le plus considérable, on découvre la trace
d'un ancien chemin. Ces sources, ou plutôt le terrain où
elles se trouvent, a été creusé à une grande profondeur par
la main des hommes.

La maison du général William-Vance occupe aujourd'hui
cette porte, et son verger *l'enceinte sacrée*.

Monuments de Portsmouth (Ohio)

À l'embouchure du Scioto, on voit encore un ancien
ouvrage de fortification qui s'étend sur la côte de Kentucky,
près de la ville d'Alexandrie. Le peuple qui habitait ce pays
paraît avoir apprécié l'importance de cette position.

Du côté de Kentucky sur l'Ohio, vis-à-vis de l'embouchure
du Scioto, est un vaste fort avec une grande élévation en

---

* Turnpike road.

terre près de l'angle extérieur du sud-ouest, et des remparts parallèles. Les remparts parallèles orientaux ont une porte qui conduit à la rivière par une pente très rapide de plus de dix perches : ils ont encore de quatre à six pieds de hauteur, et communiquent avec le fort par une porte. Deux petits ruisseaux se sont creusé, autour de ces remparts, depuis qu'ils sont abandonnés, des lits de dix à vingt pieds de profondeur ; ce qui peut faire juger de l'antiquité de ces ouvrages.

Le fort, presque carré, a cinq portes ; ses remparts en terre ont encore de quatorze à vingt pieds de hauteur.

De la porte à l'angle nord-ouest du fort s'étendent, presque jusqu'à l'Ohio, deux remparts parallèles en terre, et vont se perdre dans quelques bas-fonds près du bord. La rivière paraît avoir un peu changé son cours depuis que ces remparts ont été élevés. On voit un monticule à l'angle extérieur sud-ouest du fort. Il ne semble pas qu'il ait été destiné à servir de lieu de sépulture : il est trop vaste. C'est un grand ouvrage qui s'élève à plus de vingt pieds, et dont la surface, très unie, peut avoir un demi-acre ; il me paraît avoir été destiné au même usage que les carrés de Marietta. Entre cet ouvrage et l'Ohio, on voit une belle pièce de terre. On a trouvé dans les remparts de ce fort une grande quantité de haches, d'armes, de pelles, de canons de fusil, qui ont évidemment été enfouis par les Français, lorsqu'ils fuyaient devant les Anglais et Américains victorieux, à l'époque de la prise du fort Duquesne, nommé plus tard fort Pitt. On aperçoit, dans ces remparts et aux environs, les traces des fouilles que l'on a faites pour chercher ces objets.

Plusieurs tombeaux ont été ouverts ; on y a trouvé des objets qui ne laissent, à mon avis, aucun doute sur leurs auteurs et sur l'époque où ils ont été déposés.

Il y a, sur la rive septentrionale de la rivière, des ouvrages plus vastes encore et plus imposants que ceux que nous venons de citer.

En commençant par le bas-fond, près de la rive actuelle de Scioto, qui semble avoir changé un peu son cours depuis que ces fortifications ont été élevées, on voit deux remparts parallèles en terre, semblables à ceux qui se trouvent de

402 Voyage en Amérique

l'autre côté de l'Ohio, que nous avons décrits. De la rive
de Scioto, ils s'étendent vers l'orient à huit ou dix perches,
puis s'élargissent peu à peu, de distance en distance, de la
maison de M. John Brown, et s'élèvent à vingt perches. Cette
colline est très escarpée, et peut avoir quarante à cinquante
pieds de hauteur ; le plateau offre un terrain uni, fertile, et
formé par les alluvions de l'Ohio. On y voit un puits qui
peut avoir aujourd'hui vingt-cinq pieds de profondeur ; mais
l'immense quantité de cailloux et de sable que l'on trouve
après la couche de terreau, peut faire juger que l'eau de
ce puits était jadis de niveau avec la rivière, même dans le
temps où ces eaux étaient basses.

Il reste quelques traces de trois tombeaux circulaires
élevés de six pieds au-dessus de la plaine, et renfermant
chacun près d'un acre. Non loin de là est un ouvrage semblable, mais beaucoup plus élevé, qui peut avoir encore
vingt pieds de hauteur perpendiculaire et contenir un acre
de terrain. Il est circulaire, et l'on y voit des remparts qui
conduisent jusqu'au sommet, mais ce n'était point un cimetière. Cependant il y en a un près de là, de forme conique,
dont le sommet a au moins vingt-cinq pieds de hauteur, et
qui est rempli de cendres du peuple qui construisit ces fortifications ; on en trouve un semblable au nord-ouest, qui est
entouré d'un fossé d'environ six pieds de profondeur, avec
un trou au milieu. Deux autres puits, qui ont encore dix ou
douze pieds de profondeur, me paraissent avoir été creusés
pour servir de réservoir d'eau, et ressemblent à ceux que
j'ai décrits plus haut. Près de là, on voit un rempart d'un
accès facile, mais élevé si haut, qu'un spectateur, placé à
son sommet, verrait tout ce qui se passe.

Deux remparts parallèles, longs de deux milles, et hauts
de six à dix pieds, conduisent de ces ouvrages élevés au bord
de l'Ohio ; ils se perdent sur les bas-fonds près la rivière, qui
semble s'en être éloignée depuis l'époque de leur construction. Entre ces remparts et le fleuve, il y a des terres aussi
fertiles que toutes celles que l'on trouve dans la belle vallée de l'Ohio, et qui, cultivées, ont pu suffire aux besoins
d'une nombreuse population. La surface de la terre, entre
tous ces remparts parallèles, est unie, et semble même avoir

été aplanie par l'art. C'était la route pour aller aux *hautes places* ; les remparts auront servi à défendre et clore les terres cultivées.

Je n'ai vu, dans le pays bas, qu'un de ces cimetières, peu large, et qui paraît avoir été celui du peuple qui habitait la plaine.

Monuments qu'on voit sur les bords du Petit-Miami

Ces fortifications, dont plusieurs voyageurs ont parlé, sont dans une plaine presque horizontale, à deux cent trente-six pieds au-dessus du niveau de la rivière, entre deux rives très escarpées. Des portes, ou, pour mieux dire, des embrasures, conduisent dans les remparts. La plaine s'étend à un demi-mille à l'est de la route. Toutes ces fortifications, excepté celles de l'est et de l'ouest, où passe la route, sont entourées de précipices. La hauteur du rempart dans l'intérieur varie suivant la forme du terrain extérieur, étant, en général, de huit à dix pieds ; mais, dans la plaine, elle est de dix-neuf pieds et demi, et la base de quatre perches et demie. Dans quelques endroits, les terres semblent avoir été entraînées par les eaux qui filtrent de l'intérieur.

À une vingtaine de perches, à l'est de la porte par laquelle la route passe, on voit, à droite et à gauche, deux tertres d'environ onze pieds de hauteur, dont descendent des gouttières qui paraissent avoir été faites à dessein pour communiquer avec les branches de la rivière, de chaque côté. Au nord-est de ces élévations, et dans la plaine, on voit deux chemins, larges d'une perche, et hauts de trois pieds, qui, parcourant presque parallèlement un espace d'un quart de mille, vont former un demi-cercle irrégulier autour d'une petite élévation. À l'extrémité sud-ouest de l'ouvrage forti-fié, on trouve trois routes circulaires, de trente et quarante perches de longueur, taillées dans le précipice entre le rem-part et la rivière. Le rempart est en terre. On a fait beaucoup de conjectures sur le but que s'étaient proposé les construc-teurs de cet ouvrage, qui n'a pas moins de cinquante-huit portes ; il est possible que plusieurs de ces ouvertures soient l'effet de l'eau qui, rassemblée dans l'intérieur, s'est frayé un passage. Dans d'autres parties, le rempart peut n'avoir point été achevé.

Quelques voyageurs ont supposé que cet ouvrage n'avait eu d'autre but que l'amusement. J'ai toujours douté qu'un peuple sensé ait pris tant de peine pour un but si frivole. Il est probable que ces ouvertures n'étaient point des portes, qu'elles n'ont pu même être produites par l'action des eaux ; mais que l'ouvrage, pour d'autres causes, n'a pas été terminé.

Les trois chemins, creusés avec de grands efforts dans le roc, et le sol pierreux, parallèlement au Petit-Miami, paraissent avoir été destinés à servir de portes pour inquiéter ceux qui passeraient la rivière. J'ai appris que, dans toutes leurs guerres, les Indiens font usage de semblables chemins. Quoi qu'il en soit, je ne déciderai pas si (comme on le croit assez généralement) toutes ces fortifications sont l'ouvrage d'un même peuple et d'une même époque.

Quant aux routes, assez semblables à nos grandes routes, si elles étaient destinées à la course, il est probable que les tertres servaient de point de départ et d'arrivée, et que les athlètes en faisaient le tour. Le terrain que les remparts embrassent, aplanis par l'art, peut avoir été l'arène ou le lieu où l'on célébrait les jeux. Nous ne l'affirmerons pas ; mais Rome et l'ancienne Grèce offrent de semblables ouvrages.

Le docteur Daniel Drake, dit, dans la *Description de Cincinnati* : « Il n'y a qu'une seule excavation ; elle a douze pieds de profondeur, son diamètre en a cinquante ; elle ressemble à un puits à demi rempli. »

On a trouvé quatre pyramides ou monticules dans la plaine ; la plus considérable est à l'ouest de l'enclos, à la distance de cinq cents *yards* (aunes) ; elle a aujourd'hui trente-sept pieds de hauteur ; c'est une ellipse dont les axes sont dans la proportion de 1 à 2 ; sa base a cent cinquante pieds de circonférence ; la terre qui l'entoure étant de trente ou quarante aunes de distance plus basse que la plaine, il est probable qu'elle a été enlevée pour sa construction ; ce qui, d'ailleurs, est confirmé par sa structure intérieure. On a pénétré presque jusqu'au centre, composé de marne et de bois pourri ; on n'y a trouvé que quelques ossements d'hommes, une partie d'un bois de cerf et un pot de terre renfermant des coquilles. À cinq cents pieds de cette pyramide, au nord-ouest, il y en a une autre d'environ neuf pieds de hauteur, de forme circulaire, et presque aplatie au sommet : on n'y a trouvé que quelques ossements et une poignée de grains de cuivre qui avaient été enfilés. Le monticule qui se voit à l'intersection des deux rues dites Thiri et Main, est le seul qui coïncide avec les lignes fortifiées que nous avons décrites ; il a huit pieds de hauteur, cent vingt de longueur et soixante de largeur ; sa figure est ovale, et ses axes répondent aux quatre points cardinaux. Sa construction est bien connue, et tout ce qu'on y a trouvé a été soigneusement recueilli. Sa première couche était de gravier élevé au milieu ; la couche suivante, formée de gros cailloux, était convexe et d'une épaisseur uniforme ; sa dernière couche consistait en marne et en terre. Ces couches étaient entières, et doivent avoir été construites après que l'on eut déposé dans ce tombeau ces objets que l'on y a trouvés. Voici le catalogue des plus remarquables :

1° Des morceaux de jaspe, de cristal de rocher, de granit, et cylindriques aux extrémités, et rebombés au milieu, terminés par un creux, en forme d'anneaux.

2° Un morceau de charbon rond, percé au centre comme pour y introduire un manche, avec plusieurs trous régulièrement disposés sur quatre lignes.

3° Un autre d'argile, de la même forme, ayant huit rangs de trous, et bien poli.

4° Un os orné de plusieurs figures, que l'on présume des hiéroglyphes.

5° Une figure sculptée, représentant la tête et le bec d'un oiseau de proie (qui est peut-être un aigle).

6° Un morceau de mine de plomb (*galena*), comme on en a trouvé dans d'autres tombeaux.

7° Du talc (*mica menbranacea*).

8° Un morceau ovale de cuivre avec deux trous.

9° Un plus grand morceau du même métal avec des creux et des rainures.

Ces objets ont été décrits dans les quatrième et cinquième volumes des *Transactions philosophiques américaines...* Le professeur Barton présume qu'ils ont servi d'ornements, ou qu'on les employait dans les cérémonies superstitieuses.

M. Drake a découvert depuis, dans ce monument :

10° Une quantité de grains ou de fragments de petits cylindres creux, qui paraissent faits d'os ou d'écailles.

11° Une dent d'un animal carnivore, qui paraît être celle d'un ours.

12° Plusieurs coquilles, qui semblent du genre *buccinum*, et taillées de manière à servir aux usages ordinaires de la vie, et presque calcinées.

13° Plusieurs objets en cuivre, composés de deux plaques circulaires concaves-convexes, réunies par un axe creux, autour duquel il a trouvé le fil ; le tout est tenu par les os d'une main d'homme. On en a trouvé de semblables dans plusieurs endroits de la ville. La matière dont ils sont faits est de cuivre pur et de la rosette ; ils sont couverts de vert-de-gris. Après avoir enlevé ce carbonate, on a trouvé que leur gravité spécifique était de 7,545, et de 7,857. Ils sont plus durs que les feuilles de cuivre ordinaire ; mais on n'y voit aucune figure, aucun ornement.

14° Des ossements humains. On n'a pas découvert plus de vingt ou trente squelettes dans tous ces monuments ; quelques-uns étaient renfermés dans de grossiers cercueils de pierre, et généralement entourés de cendres et de chaux.

Ces ouvrages ne me paraissent pas avoir été des fortifications construites dans un but militaire ; leur site n'est point une raison suffisante ; on sait que la plupart des lieux destinés au culte religieux, en Grèce, à Rome, en Judée, étaient situés sur les hauteurs. M. Drake croit que les anciens ouvrages que l'on trouve dans le pays de Miami sont les vestiges des villes qu'habitaient ces peuples dont nous ne retrouvons plus d'autre trace, et son opinion me paraît très probable.

SUR L'ORIGINE ET L'ÉPOQUE
DES MONUMENTS ANCIENS DE L'OHIO

par M. Malte-Brun[1]

Nous n'entreprenons pas d'établir une hypothèse affirmative sur le peuple qui a pu construire les soi-disant fortifications disséminées sur l'Ohio, ni sur l'époque à laquelle ces monuments remontent ; notre but est plutôt négatif, et nous chercherons à réduire à leur juste valeur les notions exagérées que les Américains se sont formées de ces restes d'une civilisation antérieure à l'arrivée des colonies européennes. Le déluge, l'Atlantide avec ses empires, les Celtes, les Phéniciens, les dix tribus d'Israël, les Scandinaves, même la migration des peuples aztèques, lorsqu'ils fondèrent le royaume d'Anahuac, ne nous paraissent pas présenter des rapports nécessaires avec ces monuments d'une nature simple et rustique, mais surtout locale. Considérons de sang-froid tous les caractères de ces monuments et des objets qu'on a trouvés dans leur enceinte ; le lecteur judicieux formera ensuite lui-même son opinion.

Forme et situation des enceintes

Rien dans l'élévation des remparts ni dans le choix des positions n'indique chez le peuple auteur de ces enceintes un caractère plus belliqueux, ni un degré de puissance supérieur à ce qu'on verrait encore aujourd'hui chez les tribus iroquoises, chipperaies ou autres, si elles jouissent de leur liberté entière, loin de la suprématie des Anglo-Américains. Ces enceintes ne sont nullement comparables aux Théocallis du Mexique, ni pour l'élévation, ni pour la masse. Le seul trait de régularité, c'est la réunion d'une enceinte carrée avec une autre circulaire, surtout Point-Creek et Marietta, près Newark, et cette circonstance a probablement fait naître l'idée d'une destination religieuse. Nous trouvons bien plus naturel de considérer dans les trois cas indiqués, le fort rond comme la demeure du cacique et de sa famille, tandis que l'enceinte carrée paraît avoir enfermé les huttes de la peuplade. C'est ainsi que, dans le Siam, dans le Japon et dans les îles Océaniques, nous trouvons la famille régnante logée dans des enceintes séparées, et pourtant attenantes aux villes ou villages. Les fortifications sur le Petit-Miami offrent des entrées extrêmement étroites, et disposées de manière qu'un ennemi ne puisse pas facilement les reconnaître. Si on suppose l'ensemble de l'enceinte entourée de broussailles, ce sont les clôtures des villages décrites par Gili, dans sa description de la Guyane. Enfin, tous ces forts sont placés de manière à avoir deux sorties, l'une sur l'eau, l'autre sur les champs, ce qui achève de leur donner le caractère de villages fortifiés. Si c'étaient des temples, ils seraient en moindre nombre et dans des positions plus saillantes.

Mais nous ne prétendons pas adopter exclusivement cette explication. Le fort rond de Circleville étant égal en superficie à l'enceinte carrée, peut, avec raison, faire naître l'idée d'un sanctuaire précédé d'une enceinte où le peuple était admis. Les élévations centrales, avec des parements, présentent l'apparence, soit d'un autel, soit d'un siège de juge ; mais ces relations manquent dans les autres ronds.

Dans les trois élévations rondes réunies au temple, près *Portsmouth*, au confluent de Scioto et d'Ohio, nous sommes d'autant plus tentés de voir des places de sacrifices, que rien dans ce lieu n'indique une enceinte d'habitation.

Deux collines rondes, renfermées dans le milieu d'une grande enceinte, près Chillicoche (*Archæologia Americana*), réunissent peut-être les deux destinations ; l'une a pu servir de base à quelque autel ou à quelque autre construction religieuse ; l'autre, enfermer une demeure de cacique. Il nous semble que ces distinctions méritent quelque attention de la part des antiquaires américains, et qu'en observant ces monuments ils devraient, autant que possible, faire creuser le sol, pour vérifier s'il ne reste pas quelque trace de la destination spéciale de chacun.

Rapports *entre les* tumuli *et les* fortifications

Les antiquaires américains ont quelquefois voulu distinguer le peuple auteur des *tumuli*, ou colonnes artificielles coniques, d'avec les fondateurs des forts *circulaires* ou anguleux ; mais les faits qu'ils citent ne sont pas très concluants.

D'abord il est certain que les collines sépulcrales de forme conique couvrent toute la Russie et une partie de la Sibérie, sans que les doctes travaux de Pallas, de Kappen et d'autres, aient pu établir aucune distinction bien nette entre les diverses nations dont ces simples et imposants monuments recouvrent les cendres. On assure que ces *tumuli* se retrouvent depuis les monts Rocky, dans l'ouest, jusqu'aux monts Alleghany dans l'est*.

Ceux sur la rivière Muskingum ont une base formée de briques bien cuites, sur lesquelles on trouve des ossements humains calcinés entremêlés de charbons. Ainsi les peuples qui les ont élevés brûlaient d'abord les corps de leurs morts, et les recouvraient ensuite de terre.

Près Circleville, un *tumulus* avait près de trente pieds de haut, et renfermait divers objets dont nous parlerons dans la suite.

En descendant l'Ohio, les *tumuli* augmentent en nombre. Il y en a quelques-uns en pierres ; mais ils paraissent appartenir à la race d'Indiens actuellement subsistante.

Nous parlerons des squelettes trouvés dans ces *tumuli* ; mais en nous bornant à considérer la position relative des *tumuli* et des *forts*, nous ne pouvons guère douter de l'identité du peuple qui a élevé les uns et les autres.

Ni les uns, ni les autres ne supposent une population nombreuse, puissante, civilisée ; ils ne supposent qu'une possession tranquille du pays, telle que, selon les traditions indigènes rapportées par Heckwelder, les *Allighewi* ou *Alleghany* en avaient avant l'invasion des Lennilénaps et des Iroquois.

Le rapprochement de ces collines funéraires, de ces

* *Archeologia.*

villages fortifiés, de ces enceintes privilégiées de caciques, de ces autels ou places de sacrifices, nous paraît indiquer le séjour prolongé d'un seul et même peuple sur les bords de l'Ohio.

Squelettes trouvés dans les tumuli

Les squelettes trouvés dans les *tumuli*, nous dit M. Atwater*, ne sauraient appartenir à la race actuelle des Indiens. Ceux-ci ont la taille élevée, un peu mince, et les membres droits et longs ; les squelettes appartiennent à des hommes petits, mais carrés. Ils n'avaient que cinq pieds, en général, et très rarement six. Leur front était abaissé (avec une saillie au-dessus des yeux), les os de pommette étaient saillants, la face courte, mais large par le bas, les yeux grands, le menton proéminent**.

Ce signalement ne convient pas à la race iroquoise, algonquine, nadowessienne, à cette race qui domine dans la partie septentrionale des bassins du Mississipi et du Missouri, mais elle répond sur beaucoup de points à la configuration des indigènes de la Floride et du Brésil.

Un crâne humain très grand, figuré dans l'*Archæologia*, présente beaucoup de caractères de la race nègre africaine.

Corps trouvés dans les cavernes du Kentucky

Les rochers calcaires du Kentucky renferment de nombreuses et de grandes cavernes où abonde le nitre, et où règne d'ailleurs une grande sécheresse. On y découvre beaucoup de corps humains de tout âge et des deux sexes, quelquefois légèrement enterrés au-dessus de la surface du sol, mais couverts avec soin de plusieurs enveloppes. Un de ces corps en avait quatre ; la première d'une peau de cerf séchée, et rendue lisse par le frottement ; la seconde était également de peau, mais on n'avait fait qu'en enlever les poils avec un instrument tranchant ; la troisième couverture

---

* *Archeologia*, I.
** *Archeologia*.

était d'une toile grossière, et la quatrième était de la même matière, mais ornée d'un plumage artificiellement arrangé, de manière à mettre le porteur à l'abri du froid et de l'humidité ; enfin, c'était un *habit de plumes*, tel qu'on en fait encore sur la côte nord-ouest*. Le corps était conservé dans un état de sécheresse qui le fait ressembler à une momie ; mais nulle part on n'y trouva des substances aromatiques ni bitumineuses ; il n'y avait point d'incision au ventre par où les entrailles auraient pu être extraites. Point de bandages ; la peau était entière et d'une teinte noirâtre ou brune (*dusky*). Le corps était dans la position d'un homme huché sur les pieds et le derrière, ayant un bras autour de la cuisse et l'autre sous le siège**.

Le savant américain qui nous a fourni ce fait pense avoir observé, dans les formes de ce squelette, et surtout de l'angle facial, une grande similitude « avec la race des *Malais* qui peuple les îles du grand océan Pacifique ».

De semblables *momies* (comme on les appelle en Amérique) ont été trouvées dans le Tennessée oriental***. La couverture en plumes n'y manquait pas, mais la toile était une espèce de papier fait de feuilles de plantes. On avait placé beaucoup de ces corps dans de petites chambres carrées, formées de dalles de pierre. Dans un de ces rapports, on dit que leurs mains paraissent avoir été de petite dimension, chose qui ne convient pas au Malais.

La position des corps et les chambres de pierres planes rappellent bien le *monument de Kiwik*, en Scanie, dont nous avons donné la description dans les *Anciennes Annales des voyages* ; mais ces deux traits peuvent être communs à beaucoup de peuples : d'ailleurs, les corps de Kiwik étaient sans couvertures, et leur position était bien plus courbée ; la chambre était bien plus grande et au-dessus de la surface du sol.

Si les squelettes présentent l'angle facial des Malais et les petites mains des Hindous, il est impossible de trouver rien

---

* Nous reviendrons sur cette circonstance.
** Lettre de M. *Mitchill, Archeologia*, pag. 318.
*** *Idem*, page 302.

de plus opposé au caractère physique des Scandinaves, des Germains, des Goths et des Celtes.

Idoles et objets sacrés

Nous avons donné* une figure d'une idole ou vase sacré à trois têtes, trouvée sur la branche *Cany* de la rivière de Cumberland ; nous sommes d'accord avec les antiquaires américains, qui y voient une trace de cette idée de Trinité divine, si généralement répandue en Asie, spécialement dans l'Inde. Mais nous devons leur rappeler que, chez un peuple malais, les Otaïtiens, il existe aussi la doctrine d'une sorte de Trinité, composée d'*Oromatta*, *Meidia* et *Aroa-te-Mani*. Il serait important d'en rechercher les traces chez les habitants des îles Carolines, des îles Sandwich, et de la côte nord-ouest.

Cette idole trinitaire, au surplus, n'a rien dans la physionomie qui soit précisément mongole ou tartare, quoi qu'en dise l'*Archæologia*. Le caractère est plutôt indien ou malais.

Il en est de même à l'égard de l'idole trouvée à Lexington (Kentucky), et figurée dans l'*Archæologia*, p. 211. Il est vrai que la manière d'arranger les cheveux et l'espèce de *placenta* placé sur la tête rappelle une figure trouvée dans la Russie méridionale, et dessinée dans Pallas ; mais la physionomie diffère de celles de toutes les races tartares.

Nous devons signaler, par exception, l'idole figurée dans les *Nouvelles Annales des voyages*, et qui, selon notre conjecture, approuvée par le savant M. de Humboldt, représente un *Burkhan* ou esprit céleste. Elle a une physionomie mongole très marquée**.

Un trait important distingue des idoles mongoles, chinoises et malaises, les figures considérées comme idoles des peuples anciens sur l'Ohio ; les premières ont l'air furieux, le visage en contorsion, et les traits difformes ; les secondes ont la physionomie douce et tranquille.

---

* *Nouvelles Annales des voyages*, tom. XIX, pag. 248 ; *Archeologia*, pag. 238, 239.
** *Nouvelles Annales des voyages*, l. c. : *Archeologia*, pag. 215.

Il est bien à déplorer que plusieurs de ces monuments, aussitôt trouvés, sont détruits par l'ignorance et par une avidité mal éclairée. Un des plus curieux de ceux qu'on a trouvés dans le Tennessée a subi ce sort : c'était le buste d'un homme en marbre, tenant devant lui un vase en forme hémisphérique *(bowl)*, où il y avait un poisson*. Il est des idoles chinoises et indiennes qui portent également un poisson.

On ne cite aucune idole *armée* et *cuirassée*, comme l'étaient celles des Scandinaves.

Ouvrages de l'Art

L'*Archæologia* donne le dessin de plusieurs haches, pointes de javelots, et d'autres instruments de guerre en granit et autres rochers, ainsi que des cristaux qui ont servi d'ornements : elle parle aussi des miroirs en *mica lamellaire*, et de divers ornements en or, argent et cuivre ; mais elle n'en donne pas la figure. L'art le plus répandu et le plus perfectionné chez ces anciens peuples a dû être celui du potier. L'*Archæologia* a figuré quelques pots et autres vases en terre argileuse assez bien formés, et qui ont été cuits dans le feu**. Les urnes paraissent faites d'une composition semblable à celle dont nous faisons nos creusets.

On a trouvé des vases artistement taillés dans une espèce de *talc graphique*, semblable à celui dont sont faites les idoles chinoises ; cette roche n'est pas comme à l'ouest des monts Alleghany, et ces vases ont dû venir de loin.

Ils faisaient de bonnes briques ; du moins, on en trouve d'excellentes dans les *tumuli* ; mais elles manquent dans les enceintes fortifiées, dont les remparts, après examen, n'ont présenté que des couches de terre, de pierre et de bois. Peut-être les briques n'étaient-elles pas assez abondantes pour être employées à ces constructions ; peut-être l'invention de l'art de les cuire est-elle postérieure à l'époque des fortifications. On est fondé à croire qu'ils ne bâtissaient pas de

---

* Lettre de M. Fiske dans l'*Archeologia*, pag. 307.
** *Archeologia*, pag. 233 et suiv.

maisons en briques, puisqu'on n'en a pas trouvé de restes. Les emplacements des maisons, ou plutôt des cabanes, ne sont reconnaissables que par des espèces de parvis en terre battue, qui ont dû servir de parquet. Ces cabanes paraissent avoir été rangées en lignes parallèles*.

Mais, de tous les détails relatifs aux arts de cet ancien peuple, voici le trait le plus positif : les tissus couverts de plumes, dans lesquels les corps morts desséchés se trouvent enveloppés, ressemblent parfaitement aux tissus du même genre rapportés, par les navigateurs américains, des îles Sandwich, des îles Fidgi et de Wastash ou de Noutka-Sound**. Même adresse à rattacher chaque plume à un fil sortant du tissu ; même effet à l'égard de l'eau qui passe par-dessus sans le mouiller, comme par-dessus le dos d'un canard. La guerre qui eut lieu dans l'île de *Toconraba*, une des Fidgi, fut décidée par l'intervention de quelques Américains qui rapportèrent à New-York un certain nombre d'objets manufacturés, soit aux îles Fidgi, soit dans d'autres îles de la mer du sud. Non seulement les tissus, mais aussi divers échantillons de sculpture en bois, furent confrontés avec des objets semblables, trouvés dans les cavernes du Kentucky et les *tumuli* d'Ohio***.

Cette donnée serait plus précieuse encore, si les antiquaires américains avaient eu soin de faire dessiner et graver ces objets empreints d'un caractère plus spécial que les haches, les pots et d'autres objets bien moins caractérisés.

CONCLUSION

Nous avons réuni tout ce qui, dans les divers rapports sur les antiquités de l'Ohio, du Kentucky et du Tennessée, nous a paru propre à donner à ces divers restes d'anciens habitants un caractère historique spécial. Nous pensons

---

* *Archeologia*, pag. 226, 314, etc.
** *Mitchill*, dans l'*Archeologia*, pag. 319.
*** *Medical Repository* (de New-York), vol. XVIII, pag. 187.

que nos lecteurs seront d'accord avec nous sur la difficulté extrême de trouver, dans le caractère vague de ces monuments simples et rustiques, aucun indice certain sur leur origine et leur époque.

Les objets qu'on a cru devoir rapporter à un culte religieux quelconque nous ont offert un caractère asiatique.

Les objets d'art les mieux caractérisés nous ont présenté un caractère polynésien ou malais. Ces deux indices peuvent se ramener à un seul point de vue. Les peuples de l'Océanie ont vécu en commun avec ceux de l'Asie orientale et avec ceux de la côte nord-ouest de l'Amérique.

Tout détail ultérieur sur la migration de ce peuple pour arriver sur les bords de l'Ohio serait entièrement hasardé et inutile dans l'état actuel des connaissances.

La réunion de ce peuple en villages considérables, placés près les fleuves, dans des positions agréables, sur un sol fertile, semble indiquer une nation agricole, et qui avait, du moins en grande partie, abandonné la vie du chasseur. Il ne paraît pas même que dans les objets trouvés dans les *tumuli*, ni dans les cavernes, rien ne rappelle les instruments de la chasse. Pourtant il paraît qu'ils ne possédaient aucune espèce de bestiaux, on n'en retrouve ni cornes ni cuirs.

Les vases sculptés en talc graphique semblent indiquer un commerce avec la Chine, et par conséquent un état de paix et de tranquillité. Mais qui sait si on ne découvrira pas dans un pays plus voisin cette espèce de pierre ?

L'époque de la construction de ce qu'on doit appeler les enceintes de villages ne peut guère remonter à plus de huit ou neuf cents ans ; car, en Europe, les vestiges de remparts en terre ne sont guère visibles après ce laps de temps. La tradition des Lennilénaps, qui place entre l'an 11 ou 1200 l'expulsion des *Allighewis*, par les hordes nomades et belliqueuses venues du nord, mérite donc beaucoup de confiance ; elle mérite au moins infiniment plus d'attention que les vaines hypothèses des antiquaires américains, sur les dix tribus d'Israël, les Tartares, les Scandinaves et les Mexicains.

Les raisonnements de quelques observateurs américains, sur l'âge des arbres croissant sur ou dans les enceintes, tendent à limiter à un millier d'années l'époque de leur construction ;

mais c'est un indice équivoque ; car, peut-on décider si ces arbres ne croissaient pas auparavant sur l'emplacement ?

La retraite des Allighewis *vers le sud*, après la destruction de leurs villages, retraite signalée par la tradition des Lenni-lénaps, ne suppose pas nécessairement qu'ils se soient sauvés jusque dans le Mexique, ni même dans ce qu'on appelle à présent la Floride. Il serait impossible que le lieu de leur retraite fût dans les deux Carolines, où les premiers colons rencontrèrent de nombreuses tribus indigènes.

L'absence des inscriptions quelconques, quoique le pays soit riche en ardoises, prouve que les Allighewis ne connaissaient pas l'écriture. S'ils eussent été Scandinaves, non seulement ils se seraient sauvés vers le nord, du côté de la Nouvelle-Angleterre, mais ils auraient connu l'usage des *runes*, et on trouverait sur l'Ohio des pierres runiques, comme on en a trouvé dans le Groënland.

Telles sont les conclusions très limitées que nous croyons qu'une saine critique puisse tirer de ces monuments, trop pompeusement annoncés dans quelques écrits américains.

Page 347.

« Tels sont les prodiges de la liberté. »

La vérité de ces prodiges est prouvée par des documents authentiques. Voici deux messages du président des États-Unis : l'un de 1825, et l'autre de 1826.

Washington, 10 décembre 1825.

Message du Président des États-Unis, communiqué au Sénat et à la Chambre des Représentants, à l'ouverture de la première session du dix-neuvième Congrès.

« Concitoyens du Sénat et de la Chambre des Représentants, en passant en revue les intérêts de notre chère patrie, dans leurs rapports avec les choses qui touchent au bien-être commun, le premier sentiment qui frappe l'esprit, c'est celui de la reconnaissance envers le Tout-Puissant, dispensateur du bien, pour la continuation des bénédictions signalées de sa providence, et principalement pour la plus grande santé dont notre pays a joui, et pour cette abondance qui, au milieu des vicissitudes des saisons, s'est répandue sur notre terre avec profusion. C'est encore lui que nous devons glorifier s'il nous a été permis de jouir des bontés de sa main en paix et en tranquillité : en paix avec les autres nations de la terre, en tranquillité parmi nous. Il y a eu rarement dans l'histoire du monde civilisé une époque où la condition générale des nations chrétiennes ait été plus satisfaisante. L'Europe, à quelques malheureuses exceptions près, a joui depuis dix ans d'une paix durant laquelle tous les gouvernements, quelle que soit la théorie de leurs constitutions, ont appris successivement que le but de leur institution est le bonheur du peuple, et que l'exercice du pouvoir parmi les hommes ne peut être justifié que par les avantages qu'il confère à ceux sur lesquels il s'étend.

« Pendant cette même période de dix années, nos relations avec toutes les nations ont été pacifiques et amicales, et elles continuent de l'être : depuis la clôture de la dernière session, ces relations n'ont éprouvé aucun changement notable. Des changements importants dans les règlements municipaux du système commercial et maritime de la Grande-Bretagne ont été sanctionnés par des actes du parlement : leurs effets sur les intérêts des autres nations, et en particulier de la nôtre, n'ont pas encore reçu tout leur développement. Dans le renouvellement récent des missions diplomatiques entre les deux gouvernements, des assurances ont été données et reçues de la continuation, de l'augmentation de cette confiance et de cette cordialité mutuelles qui ont déjà amené l'arrangement de plusieurs points en litige, et qui donnent tout lieu d'espérer qu'il en sera de même pour tous ceux qui existent encore ou qui pourraient se présenter à l'avenir.

« La politique des États-Unis, dans les rapports de commerce avec les nations étrangères, a toujours été de la nature la plus libérale. Dans l'échange mutuel de leurs productions respectives, nous nous sommes abstenus de toute espèce de prohibition, et nous nous sommes interdit le pouvoir de lever des taxes sur les exportations. Cette conduite a été strictement suivie, et quand nous avons cru devoir favoriser notre marine par une préférence particulière, ou des privilèges exclusifs dans nos ports, ce n'a été que dans la vue de contrebalancer des mesures semblables décrétées par les Puissances avec lesquelles nous faisons le commerce, en faveur de leur marine et au désavantage de la nôtre.

« Immédiatement après la fin de la dernière guerre, le Congrès, par un acte du 3 mars 1815, fit avec franchise la proposition à toutes les nations maritimes d'abandonner le système de restrictions et d'exclusions réciproques, et, de part et d'autre, de placer la navigation sur le pied de l'égalité pour les droits de tonnage et d'importation. Cette offre fut successivement acceptée par la Grande-Bretagne, la Suède, les Pays-Bas, les villes Anséatiques, la Prusse, la Sardaigne, le duché d'Oldembourg et la Russie : elle fut aussi agréée avec certaines modifications dans notre dernier traité de commerce avec la France ; et par l'acte du Congrès du 8 janvier 1824, cette proposition a reçu une nouvelle sanction de toutes les nations qui y ont consenti, et a été soumise de nouveau à toutes celles qui sont ou pourraient être dans l'intention d'adopter le même système. Mais toutes ces mesures, soit qu'elles se trouvent stipulées dans un traité, ou simplement dans des actes municipaux, sont toujours subordonnées à une seule mais importante restriction.

« Cette réciprocité de droits de tonnage ou d'importation est limitée aux produits du sol ou des manufactures du pays auquel le bâtiment appartient, ou aux articles qui sont le plus ordinairement embarqués dans ses ports. Le Congrès devra examiner sérieusement s'il ne faut pas renoncer même à cette dernière restriction, et si la proposition d'une égale concurrence, faite dans l'acte du 8 janvier 1824, ne pourrait pas s'étendre à tous les articles de marchandise non prohibée, n'importe de quelque pays ou de quelque manufacture qu'ils sortent. Des ouvertures à cet égard nous ont déjà été faites par plus d'un gouvernement européen ; et il est probable que si cette mesure se trouvait une fois adoptée par un État maritime important, l'évidence de ses avantages ne tarderait pas à engager tous les autres États à suivre son exemple.

« La convention de commerce et de navigation conclue entre les États-Unis et la France, le 24 juin 1822, n'était, du consentement des deux parties, qu'un arrangement temporaire nécessité par des circonstances très urgentes ; elle fut limitée à deux ans, à partir du 1ᵉʳ octobre 1822, avec la réserve qu'elle continuerait d'être en vigueur jusqu'à la conclusion d'un traité général et définitif, à moins qu'une des deux parties n'en notifiât la cessation six mois à l'avance. Cette convention a été avantageuse aux deux parties, et elle continuera d'être en vigueur d'un commun accord ; mais elle laisse en litige divers objets d'une grande importance pour les citoyens des deux pays, et particulièrement une masse de réclamations pour des sommes considérables de la part des citoyens des États-Unis envers le gouvernement français ; réclamations qui ont pour objet d'obtenir une indemnité pour des propriétés saisies ou détruites dans des circonstances de la nature la plus désagréable. Pendant le long espace de temps que nous avons adressé de vives représentations sur ce sujet à la France, et que nous en avons appelé à son équité et à sa magnanimité, la justice de ces réclamations n'a pas été et ne pouvait être niée. On espérait que l'avènement d'un nouveau Souverain au trône aurait fourni une occasion favorable de présenter ces réclamations à son gouvernement : elles l'ont effectivement été, mais sans succès. Les représentations réitérées de notre ministre auprès de la cour de France sont demeurées jusqu'à présent sans réponse. Si les demandes réciproques des nations étaient susceptibles d'être décidées par la sentence d'un tribunal impartial, il y a longtemps qu'elles l'auraient été en notre faveur, et que nous eussions obtenu l'indemnité réclamée.

« Il existe aussi une foule de réclamations de la même nature sur les Pays-Bas, sur Naples et sur le Danemarck. Quant à celles sur l'Espagne, antérieures à 1819, l'indemnité a été obtenue, après plusieurs années d'attente et de patience ; et les réclamations sur la Suède viennent d'être

terminées par un arrangement particulier, auquel les récla-
mants ont eux-mêmes consenti. On a dernièrement rappelé
aux gouvernements de Danemarck et de Naples celles qui
existent encore contre eux, et on n'en oubliera aucune, tant
qu'on conservera l'espoir d'obtenir ce qu'on demande par les
moyens qui dépendent du pouvoir constitutionnel de l'exécutif, et sans être réduit à se faire justice soi-même, mesure
qui est, quant au temps, aux circonstances et à l'occasion
qui la motivent, de la compétence exclusive de la législature.

« C'est avec une grande satisfaction que j'ai vu l'esprit libé-
ral avec lequel la république de Colombie a fait droit à des
réclamations d'une nature semblable. Parmi les papiers que
je soumets aujourd'hui au Congrès, il remarquera un traité
de commerce et de navigation avec cette république, dont
les ratifications ont été échangées depuis le dernier ajournement de la législature. Nous avons l'intention de négocier
de semblables traités avec toutes les autres républiques du
Sud, et nous espérons y parvenir avec le même succès. La
base proposée par les États-Unis pour tous ces traités est
formée de deux principes, l'un d'une réciprocité absolue,
l'autre de l'obligation mutuelle des deux parties de se placer
constamment l'une et l'autre sur le pied des nations les plus
favorisées ; et, en effet, ses principes sont indispensables
pour compléter l'affranchissement de l'hémisphère américain, et l'arracher pour jamais à la servitude des monopoles,
des exclusions et de la colonisation.

« Ce grand et utile résultat des lumières se réalise de jour
en jour ; et la résistance qu'on oppose encore dans certaines
parties de l'Europe à la reconnaissance des républiques de
l'Amérique du Sud, comme États indépendants, contri-
buera plus efficacement à le compléter. Il fut un temps, et
ce temps n'est pas encore éloigné, où quelques-uns de ces
États, dans leur vif désir d'obtenir une reconnaissance nominale, auraient accepté une indépendance nominale, entravée
par des conditions gênantes et des privilèges commerciaux
accordés à leur ancienne métropole, au détriment des autres
nations. Elles savent très bien aujourd'hui que de pareilles
concessions à une nation européenne seraient incompatibles
avec l'indépendance qu'elles ont déclarée et maintenue.

« Parmi les mesures que leur ont suggérées leurs nouvelles relations mutuelles, et qui résultent naturellement de leur changement de condition, est celle d'assembler à l'isthme de Panama un Congrès où chacune d'elles serait représentée, pour délibérer sur les objets importants au bien-être de toutes. Les républiques de Colombie, du Mexique et de l'Amérique centrale, ont déjà député des plénipotentiaires à cette assemblée, et elles ont invité les États-Unis à s'y faire représenter par des ministres : cette invitation a été acceptée, et des ministres seront nommés pour assister aux délibérations et y prendre part, en tant qu'elles seront compatibles avec la neutralité de laquelle il n'est ni dans notre intention, ni dans le désir des autres États américains, que nous nous départions.

« Les commissions, nommées d'après le 7ᵉ article du traité de Gand, ont presque terminé leurs travaux relatifs à la délimitation des frontières entre les États-Unis et les possessions anglaises de l'Amérique du Nord ; et, d'après le rapport reçu de l'agent des États-Unis, il y a lieu d'espérer que la commission sera dissoute à leur prochaine session, fixée au 22 mai de l'année 1826.

« L'autre commission, instituée pour fixer l'indemnité due pour les esclaves enlevés aux États-Unis, vers la fin de la dernière guerre, a rencontré quelques obstacles qui ont arrêté les progrès de cette enquête : on a adressé, à ce sujet, quelques observations au gouvernement anglais ; et on espère qu'il s'occupera de hâter la décision des commissaires.

« Parmi les pouvoirs spécialement accordés au Congrès par la constitution, se trouve celui pour établir des lois uniformes sur les banqueroutes dans tous les États-Unis, et celui pour prendre des mesures afin d'organiser, d'armer, de discipliner les milices, et de commander celles d'entre elles qui pourraient être employées au service des États-Unis. La grandeur et la complication des intérêts que doivent toucher les lois sur ces deux objets, expliquent suffisamment pourquoi ces graves questions ont si longtemps occupé l'attention du Congrès, et donné lieu à des débats si animés, et pourquoi on n'a pas encore présenté de systèmes capables de remplir à la satisfaction de la république les devoirs que la concession de tels pouvoirs impose au Congrès.

« Concilier les droits que possède chaque citoyen à la jouissance de la liberté individuelle avec l'obligation effective des engagements particuliers, tel est le problème que doit résoudre une loi sur la banqueroute. Cette loi est du plus grand intérêt pour la société ; elle touche à tout ce qu'il y a de précieux dans l'existence des masses d'individus, dont un grand nombre se trouve dans les classes essentiellement dépendantes et sans ressources, dans les intérêts de l'âge qui a besoin qu'on le nourrisse, du sexe qui a droit à ce qu'on le protège, privés tous deux qu'ils sont de l'action libre du père et du mari.

« L'organisation de la milice est encore plus nécessaire aux libertés du pays. C'est seulement avec une milice agissante que nous pouvons à la fois goûter le repos de la paix et braver toute agression étrangère. C'est par la milice que nous serons constitués en nation armée, se montrant, toujours et à toutes les nations de la terre, prête à se défendre. Pour atteindre ce but, il serait indispensable de lui donner une organisation propre à concentrer et à développer davantage son énergie. Il existe des lois pour établir une milice uniforme dans tous les États-Unis, et pour l'armer et l'équiper au grand complet. Mais ce n'est cependant qu'un corps dont les membres sont épars, sans la vigueur que donne l'unité, et n'ayant d'uniforme que le nom. Donner à cette institution si importante tout le pouvoir dont elle est susceptible, la rendre propre à la défense de l'Union, en épargnant le plus de temps, le plus d'hommes et le plus d'argent possible, voilà un des principaux bienfaits qu'on doit attendre des délibérations et de la persévérance du Congrès.

« Une des preuves incontestables de notre prospérité nationale, c'est sans contredit l'état florissant de nos finances. Les recettes du trésor, depuis le 1er janvier jusqu'au 13 septembre, indépendamment de la dernière moitié de l'emprunt de 5 millions de dollars, autorisé par l'acte du 26 mai 1824, sont évaluées à 16 millions 500 mille dollars, et l'on estime que celles du trimestre courant excéderont 5 millions de dollars, ce qui formera un total de 22 millions, indépendamment de l'emprunt. Les dépenses de l'année n'auront pas dépassé cette somme de plus de 2 millions, et sur ces dépenses, près de 8 millions de dollars ont été employés à racheter une portion du capital de la dette publique. Près d'un million et demi a été consacré à payer la dette de la reconnaissance envers les guerriers de la révolution, et une somme presque égale a été appliquée à la construction de fortifications, ainsi qu'à l'acquisition d'un nombreux matériel d'artillerie et d'autres dispositions permanentes pour la défense de la nation. Un demi-million a servi à augmenter notre marine, un autre demi-million à acquérir des Indiens des portions de territoire, et à leur payer des annuités ; enfin, plus d'un million a été employé à des améliorations intérieures autorisées par des actes spéciaux du dernier Congrès. Si l'on ajoute à ces dépenses 4 millions de dollars pour le paiement des intérêts de la dette publique, il restera une somme d'environ 7 millions, qui a couvert tous les frais du gouvernement dans les branches législative, exécutive et judiciaire, y compris l'entretien des forces militaires et navales, et toutes les dépenses accidentelles d'un État aussi étendu que celui de l'Union américaine.

« Le montant des droits assurés sur marchandises importées depuis le commencement de l'année, est d'environ 25 millions et demi ; et on estime à 5 millions et demi l'accroissement qui aura lieu pendant le quartier courant. De ces 31 millions, déduisant les restitutions estimées à moins de 7 millions, une somme excédant 24 millions constituera le revenu de l'année, et en surpassera toutes les dépenses. Le montant total de la dette publique, au 1er janvier prochain, ne sera pas de 81 millions de dollars.

« Par un acte du Congrès du 3 mars dernier, un emprunt de 12 millions de dollars a été autorisé à 4 1/2 pour 100, afin de créer un fonds pour éteindre une égale quotité de la dette publique, portant intérêt de 6 pour 100, remboursable en 1826. Le compte des mesures prises pour l'exécution de cet acte sera mis devant vous par le secrétaire de la trésorerie. Comme l'objet qu'il a eu en vue n'est que partiellement accompli, le Congrès examinera si le pouvoir dont il a investi l'autorité exécutive ne devra pas être renouvelé dans les premiers jours de cette session, et d'après quelles modifications.

« L'acte du Congrès du 3 mars dernier, qui charge le secrétaire de la trésorerie de souscrire, au nom et à l'usage des États-Unis, pour 1,500 actions de la compagnie du canal de la Chesapeack et de la Delaware, a été exécuté, et d'autres mesures ont été adoptées par ce fonctionnaire, d'après les intentions manifestées dans l'acte. Les derniers rapports, reçus sur cette importante entreprise autorisent à la regarder comme étant en plein succès.

« Les paiements au trésor provenant de la vente de terres publiques, pendant la présente année, furent estimés à un million de dollars. La recette des deux premiers trimestres n'est pas restée beaucoup au-dessous de cette somme ; on ne présume pas que le reste de l'année soit aussi productif, mais on peut admettre que le produit total de cette branche de revenu sera d'un million et demi. L'acte du Congrès du 18 mai 1824, sur l'extinction de la dette des acheteurs de terres publiques envers les États-Unis, était limité, quant à ses dispositions de faveur pour les débiteurs, au terme du 10 avril passé. Ses effets ont été de réduire la dette de 10 millions à 7. C'est par des lois semblables antérieures que la dette avait été réduite de 22 millions à 10. Il est extrêmement à désirer que cette dette puisse être entièrement éteinte ; c'est dans ce but que je recommande au Congrès le renouvellement pour une année de plus de l'acte du 18 mai 1824, avec les modifications qui seraient jugées nécessaires pour mettre l'État à l'abri des fraudes qu'on pourrait commettre en revendant des terres abandonnées.

« Les acheteurs de terres publiques sont au nombre de nos citoyens les plus utiles ; et depuis que le système des paiements en numéraire a été introduit, on a justement montré une grande indulgence envers ceux qui avaient acheté antérieurement à crédit. La dette contractée sous le système des ventes à crédit était devenue une masse si peu maniable, que son extinction était également avantageuse au public et aux acheteurs. Depuis que notre système de ventes a été mûri par l'expérience et adapté aux besoins du temps, les terres publiques continuent à être une source abondante

de revenus ; et lorsque après le remboursement de la dette
nationale, elles cesseront d'être hypothéquées à nos créan-
ciers, le flux des richesses dont elles remplissent le trésor
commun pourra être dirigé vers plusieurs canaux, pour
servir à des améliorations immanquables depuis l'Océan
Atlantique jusqu'à l'Océan Pacifique.

« L'état des différentes branches du service public dépendant du département de la guerre, et leur administration
pendant l'année présente, seront l'objet d'un rapport du
secrétaire d'État pour la guerre, qui vous communiquera
les documents y relatifs. L'organisation et la discipline de
l'armée sont satisfaisantes dans leurs effets. Pour arrêter la
désertion, assez commune parmi les troupes, on a proposé
de retenir une petite portion de leur solde mensuelle, jusqu'à
l'époque de leur décharge finale. Il paraîtrait aussi nécessaire de trouver moyen de conserver, parmi les officiers,
l'art du cavalier, afin que nous ne fussions pas surpris au
commencement d'une guerre n'ayant pas un seul corps de
cavalerie. L'académie militaire à West-Point, placée sous
une surveillance sévère, mais paternelle, se recommande de
plus en plus à la protection nationale : le nombre d'officiers
de mérite que cette académie forme et fournit successivement au service public donne les moyens d'entreprendre
des travaux publics pour lesquels les études de l'académie
sont requises. L'école d'artillerie établie au Fort-Monroë est
propre au même but, et mérite quelque nouvel appui législatif. Les rapports des officiers à la tête des divers services
militaires, relatifs au logement, à l'habillement, aux subsis-
tances, à la santé et à la paie de l'armée, démontrent leur
vigilante assiduité dans l'exécution de leurs devoirs, ainsi
que la responsabilité sévère établie dans toutes les parties
de notre système.

« Nos relations avec les nombreuses tribus d'indigènes de
l'Amérique disséminées sur ce vaste territoire et dépendant
de nous, même pour leur subsistance, ont offert un très
haut intérêt pendant cette année. Un acte du Congrès du
25 mai 1824 destine une somme à défrayer les dépenses de
traités d'amitié et de commerce avec les tribus indiennes
au-delà du Mississipi. Un acte du 3 mai 1825 autorise la

conclusion des traités avec les Indiens pour leur consentement à la confection d'une route depuis la frontière du Missouri jusqu'à celle du Nouveau-Mexique. Un autre acte de la même date pourvoit aux dépenses nécessaires pour maintenir les traités avec les Sioux, les Chippeway, les Menomeuses, les Sanks, les Foxes, pour fixer les limites et conserver la paix entre ces tribus. Le premier et le dernier de ces objets sont remplis ; le second est considérablement avancé. Conformément à la constitution, on mettra sous les yeux du Sénat plusieurs traités avec diverses tribus indiennes par lesquels nous avons acquis des territoires considérables, réglé des limites, et établi une paix permanente entre des peuplades engagées longtemps dans des guerres sanglantes.

« Le 12 février passé, un traité fut signé à Indian-Springs entre des commissaires des États-Unis et plusieurs chefs des Indiens Creeks. Ce traité ne fut reçu au siège du gouvernement que peu de jours avant la clôture de la dernière session et de la dernière administration. Le Sénat y donna son adhésion le 3 mars ; il était trop tard pour que le président des États-Unis d'alors pût y donner sa sanction. Je l'ai ratifié le 7 mars, dans la persuasion qu'il avait été conclu de bonne foi, et en me fiant à l'opinion émise par le Sénat. Les transactions subséquentes relatives à ce traité seront l'objet d'un message particulier*.

« Les sommes assignées par le Congrès, tant pour ses ouvrages d'utilité générale que pour la construction des fortifications, ont été fidèlement employées. Leurs progrès ont éprouvé des retards, parce qu'il manque des officiers capables de les surveiller. Mon prédécesseur avait déjà recommandé au Congrès, dans sa dernière session, l'augmentation des corps d'ingénieurs militaires et topographiques. Les motifs de cette proposition subsistent dans toute leur force, et en ont même acquis une nouvelle. Il serait utile d'organiser les ingénieurs-topographes dans un corps spécial. L'académie militaire de West-Point fournira

---

* C'est ce traité qui a amené les violentes déclarations de l'État de Géorgie contre le Gouvernement central.

des sujets propres à cet emploi parmi les cadets auxquels elle donne des grades.

« Le bureau des ingénieurs chargé de mettre à exécution l'acte du Congrès du 30 avril 1824, qui ordonne de faire les plans, les estimations et les examens des routes et des canaux, s'est occupé avec activité de ce service depuis la clôture de la dernière session du Congrès. Ils ont achevé des explorations nécessaires pour s'assurer qu'un canal de la baie de Chesapeack à la rivière de l'Ohio est praticable, et ils préparent un rapport sur cet objet. Quand il sera achevé, il sera mis sous vos yeux. Les mêmes explorations se font en ce moment relativement à deux autres objets d'une importance nationale : la possibilité d'une route nationale de cette ville à la Nouvelle-Orléans, et la possibilité d'unir les eaux du lac Memphramagog avec la rivière Connecticut, et d'améliorer la navigation de cette rivière. Les travaux de cette exploration sont presque terminés, et l'on peut attendre le rapport bien avant la fin de la présente session du Congrès.

« Les actes du Congrès, dans la dernière session, relatifs à la surveillance, à la désignation ou à l'ouverture des routes dans les territoires de la Floride, d'Arkansas, de Michigan, de Missouri à Mexico, et à la continuation de la route de Cumberland, sont les uns entièrement exécutés, les autres en train de l'être. Les travaux pour compléter ou commencer les fortifications, ont été différés uniquement parce que le corps des ingénieurs n'a pas pu fournir un assez grand nombre d'officiers pour la surveillance nécessaire des ouvrages. D'après l'acte confirmatif des statuts de la Virginie et du Maryland, qui réunit les compagnies de la Chesapeack et du canal de l'Ohio, trois commissaires des États-Unis ont été nommés pour ouvrir des registres et recevoir des souscriptions, d'accord avec un pareil nombre de commissaires nommés par chacun de ces États. La réunion des commissaires a été différée pour attendre le rapport définitif du bureau des ingénieurs. Les phares et les établissements pour la sûreté de notre commerce et de nos marins, les ouvrages pour la sûreté de Plymouth-Beach, et pour la préservation des îles dans le port de Boston, ont été suivis avec l'attention exigée par les lois. La continuation de la route de Cumberland, la plus importante de toutes, après qu'on a eu surmonté des difficultés considérables pour en fixer la direction, s'exécute sous les auspices les plus favorables, grâce aux améliorations d'une invention récente dans le mode de construction, et avec l'avantage d'une grande réduction dans les dépenses.

« L'opération des lois concernant les pensionnaires de la révolution mérite d'être prise de nouveau en considération par le Congrès. L'acte du 18 mars 1818, en pourvoyant aux besoins de tant de bons citoyens réduits au dénuement après avoir servi dans la guerre de l'indépendance, ouvrait la porte à de nombreux abus et à des fraudes. Pour y remédier, l'acte du 1er mai 1820 exigea des preuves d'une indigence absolue, telles que beaucoup d'individus réellement dans le besoin ne pouvaient pas les administrer, et que toutes les personnes susceptibles de cette délicatesse qui est toujours la compagne des vertus, devaient éprouver une extrême répugnance à produire. De là est résulté que quelques-uns parmi ceux qui les méritaient le moins ont été maintenus sur la liste, et que d'autres qui réunissaient à la fois les conditions du mérite et du besoin en ont été effacés. Puisque le nombre de ces vénérables vétérans d'un siècle qui n'est plus diminue sans cesse, tandis que l'affaiblissement des facultés physiques et morales et de la fortune de ceux qui survivent doit augmenter d'après le cours ordinaire de la nature, pourquoi ne les traiterait-on pas avec plus de libéralité et d'indulgence ?

« Dans la plupart des cas, ne doit-on pas trouver la preuve de la situation nécessiteuse dans la demande même qui est faite, lorsque d'ailleurs la preuve des services est acquise ? Ne faut-il pas épargner aux derniers jours de l'infirmité humaine la mortification d'acheter un faible secours au prix de la douleur d'exposer son état fâcheux ? Je soumets au Congrès l'alternative, soit de venir au secours des individus de cette classe par une loi spéciale, soit de réviser l'acte du 1er mai 1820, à l'effet de mitiger la rigueur de ses dispositions en faveur des personnes pour qui la charité qu'on leur accorde actuellement est à peine l'accomplissement d'une juste dette.

« La portion des forces navales de l'Union en service actuel a été principalement employée dans trois stations, la Méditerranée, les côtes de l'Amérique méridionale sur l'Océan Pacifique, et les Indes occidentales. Une croisière a été extraordinairement envoyée sur celles des côtes d'Afrique qui sont le plus souillées par le trafic des esclaves. Un vaisseau armé a été mis en station sur la côte de notre frontière orientale, pour croiser le long des pêcheries de la baie d'Hudson, et sur la côte du Labrador.

« Le premier service d'une frégate toute neuve a été employé à rendre à son sol natal et aux jouissances de la vie domestique le héros vétéran qui a librement consacré sa jeunesse, son sang et sa fortune pour la cause de l'indépendance de notre pays, et dont la vie tout entière a été une suite de sacrifices... et de sacrifices à l'amélioration du sort de ses semblables. La visite du général Lafayette, également honorable pour lui-même et pour notre pays, a fini comme elle avait commencé, par les témoignages les plus touchants d'un attachement dévoué de sa part, et du côté de ce peuple par les témoignages d'une reconnaissance sans bornes. Ce sera dans la suite des temps un glorieux épisode pour les annales de notre Union. Il donnera à l'histoire véritable l'intérêt profond du roman, et signalera l'inappréciable tribut payé par les affections sociales d'une grande nation au champion désintéressé des libertés du genre humain.

« Le maintien constant d'une petite escadre dans la Méditerranée nous a dégagés de l'alternative humiliante de payer un tribut pour la sûreté de notre commerce dans cette mer, et pour obtenir une paix précaire, à la merci des moindres caprices des quatre États barbaresques qui peuvent la violer. Un motif de plus pour y conserver une force respectable à l'époque actuelle résulte de la guerre maritime qui continue avec tant de fureur entre les Grecs et les Turcs, et qui expose sans cesse la navigation neutre de notre Union à des déprédations et à des outrages. Il existe un petit nombre d'exemples de ces déprédations commises sur nos vaisseaux marchands par des forbans ou pirates portant le pavillon grec, mais sans aucune autorisation réelle du gouvernement grec, ou de tout autre. Les efforts héroïques des Grecs eux-mêmes, en excitant en nous le plus vif intérêt, comme hommes libres et comme chrétiens, ont continué de se soutenir avec des vicissitudes de revers et de succès.

« De pareils motifs ont fait juger utile d'entretenir des forces de la même nature sur les côtes du Pérou et du Chili dans l'Océan Pacifique. Le caractère irrégulier et convulsif de la guerre sur ces rivages s'est étendu aux combats livrés sur l'Océan lui-même. Depuis plusieurs années les hostilités y continuent avec activité, mais avec des succès variés, quoique généralement à l'avantage des patriotes américains. Cependant leurs forces navales n'ont pas toujours été soumises à l'action de leur propre gouvernement : des blocus que ne saurait justifier aucun des principes reconnus par le droit des gens ont été proclamés par des officiers-commandants ; et, quoiqu'ils se soient vus désavoués par l'autorité suprême, la nécessité de protéger notre commerce contre de tels actes a été l'objet de plaintes et d'imputations erronées contre les plus braves officiers de notre marine. Des reproches aussi peu fondés ont été faits par les commandants des forces royales espagnoles dans ces mêmes mers ; mais la protection la plus efficace pour notre commerce a été le pavillon et la fermeté de nos officiers-commandants. La cessation de la guerre, par le triomphe complet de la cause patriotique, a écarté, il faut l'espérer, toutes causes de dissension d'un côté, et tout vestige de force de l'autre.

« Mais une côte de plusieurs degrés de latitude, qui fait partie de notre territoire, qui offre un commerce florissant et des pêcheries abondantes, qui s'étend jusqu'aux îles de l'Océan Pacifique et jusqu'en Chine, et dont le gouvernement n'est point encore organisé, exige que les forces protectrices de l'Union y soient déployées sous son pavillon, tant sur terre que sur mer.

« L'objet de l'escadre de l'Inde occidentale a été de faire exécuter les lois pour la suppression de la traite des nègres, de protéger notre commerce contre les vaisseaux des pirates, porteurs de commissions délivrées par l'une ou l'autre des parties belligérantes, de le protéger contre les pirates à découvert. Cet objet a été rempli pendant cette année avec plus de succès qu'il ne l'avait encore été. Notre pavillon est depuis longtemps interdit au commerce des esclaves de l'Afrique ; et si quelques-uns de nos concitoyens ont continué à fouler aux pieds les lois de l'Union et celles de la nature et de l'humanité, en persévérant dans cet abominable trafic, ils n'ont pu le faire qu'en se cachant sous les pavillons des autres nations, moins empressées que nous à détruire ce commerce.

« Les corsaires ont été, pendant cette dernière année, à peu près éloignés de ces mers ; et les pirates, pendant ces derniers mois, ont été presque entièrement chassés des bords des deux îles espagnoles situées dans ces régions. L'active et persévérante énergie du capitaine Warington, des officiers et des troupes sous son commandement, employés dans ce périlleux service, a été couronnée d'un succès signalé, et a droit à l'approbation de leur patrie ; mais l'expérience a montré que toute suspension, que tout relâchement temporaire dans cette station, ne pouvait avoir lieu sans reproduire la piraterie et les meurtres dans toute leur horreur. Il n'est pas probable qu'encore pendant plusieurs années notre immense et productif commerce dans ces mers puisse se faire en sûreté, sans le maintien d'une force armée uniquement dévouée à sa protection.

« Ce serait, en vérité, une vaine et dangereuse illusion de croire que dans la condition présente ou probable de la société humaine, un commerce aussi étendu et aussi riche que le nôtre pût exister et être fait en sûreté sans l'appui permanent d'une marine militaire, seule armée par laquelle la puissance de cette confédération puisse être appréciée ou sentie par les nations étrangères, et la seule force militaire permanente qui ne puisse jamais être dangereuse à nos propres libertés dans l'intérieur. Un établissement naval et permanent de paix, adapté à notre état présent, et susceptible de s'adapter à cette croissance gigantesque vers laquelle cette nation s'avance, est au nombre des grands objets qui ont déjà occupé la prévoyante sagesse des derniers Congrès, et mérite d'occuper vos plus sérieuses délibérations. Notre marine, commencée dès les premiers temps de notre organisation politique actuelle, sur une échelle proportionnée à l'énergie, mais aussi aux faibles ressources, à l'indigence comparative de notre enfance, s'est cependant trouvée capable de lutter avec toutes les puissances barbaresques, hors une, et avec l'une des principales puissances maritimes de l'Europe ; à une époque plus avancée, mais avec une faible augmentation de forces, elle a non seulement soutenu avec honneur la lutte la plus inégale, mais elle s'est couverte et elle a couvert la patrie d'une gloire immortelle. Mais ce n'est que depuis la fin de la dernière guerre que, par le nombre et la force des vaisseaux, elle a mérité le nom de marine. Cependant elle conserve à peu près la même organisation que lorsqu'elle consistait en cinq frégates. Les lois et les règlements qui la régissent appellent une urgente révision ; et le besoin d'une école navale d'instruction correspondante à l'Académie militaire de West-Point, pour former des officiers savants et accomplis, se fait sentir tous les jours davantage.

« L'acte du Congrès du 26 mai 1824, qui autorise la visite et la surveillance du port de Charlestown, dans la Caroline méridionale ; de Sainte-Marie, dans la Géorgie ; et de la côte des Florides, a été exécuté aussitôt que la chose a été possible. Les actes du 3 mars dernier, qui autorisent l'établissement d'un chantier et d'un dépôt de marine sur la côte des Florides, dans le golfe du Mexique, la construction de dix sloops de guerre, sont en pleine exécution. Pour les autres objets relatifs à ce département, j'en réfère au rapport du secrétaire de la marine, qui vous a été communiqué.

« Un rapport du maître général des postes vous est encore soumis ; il expose l'état florissant actuel de ce département. Pour la première fois, depuis bien des années, la recette de l'année, terminée au 1er juillet passé, a excédé la dépense de 45 000 dollars. Voici d'autres faits également honorables à cette administration : c'est qu'en deux ans, à partir du 1er juillet 1823, il a été effectué, dans ses affaires pécuniaires, une amélioration de plus de 185 000 dollars ; c'est que dans le même intervalle, l'accroissement dans les voyages de la malle s'est élevé à plus d'un million 500 000 milles, et qu'il a été établi 1 040 nouveaux bureaux de postes. Il est donc prouvé que, sous une conduite judicieuse, on peut compter sur le produit de cet établissement comme complètement suffisant pour en couvrir les frais, et qu'en abandonnant les routes de postes non productives, on peut en ouvrir d'autres plus utiles, jusqu'à ce que la circulation de la malle soit au niveau de l'extension de notre population, de manière que les bienfaits d'une correspondance amicale, les changes réciproques du commerce intérieur et les lumières de la presse périodique se répandent jusqu'aux parties les plus reculées de l'Union, à un taux à peine sensible aux individus, et qui ne coûte pas un dollar au trésor public.

« Comme c'est la première fois que j'ai l'honneur de parler au corps législatif de l'Union, en lui présentant l'exécution, autant qu'elle a eu lieu, de ses mesures pour l'amélioration de l'état intérieur du pays, je ne saurais terminer cette communication sans rappeler un principe général à leur considération calme et persévérante. Le grand objet de l'institution du gouvernement civil est d'améliorer la condition de ceux qui sont parties intéressées au contrat social : aucun gouvernement, quelle que soit sa forme, ne remplit son but légitime qu'à mesure qu'il améliore l'état de ceux sur lesquels il est établi. Des routes et des canaux, en multipliant et facilitant les communications entre les lieux éloignés et les multitudes d'hommes, sont au nombre des moyens d'amélioration les plus importants. Mais l'amélioration morale, politique, intellectuelle, est un devoir prescrit par l'Auteur de notre existence, non moins à l'homme social qu'à l'homme individuel. C'est pour remplir ce devoir que les gouvernements sont investis du pouvoir, et l'exercice de ce pouvoir délégué pour l'amélioration de l'état des gouvernés est un devoir aussi indispensable, aussi sacré que l'usurpation d'un pouvoir non délégué est criminel et odieux. Un des premiers moyens, peut-être le premier, pour améliorer l'état des hommes, c'est le savoir, et pour acquérir beaucoup de connaissances nécessaires aux besoins, aux jouissances, aux agréments de la vie, il faut nécessairement des institutions d'enseignement public et des séminaires de science. Le premier de mes prédécesseurs dans cette place, celui qui tient le premier rang dans la mémoire de ses concitoyens, comme pendant sa vie il le tenait dans leurs cœurs, était si convaincu de cette vérité, que dans toutes ses communications aux divers Congrès avec lesquels il coopérait au service public, il ne manquait jamais de recommander avec instance l'établissement de deux séminaires de science, propres à prévenir les besoins de l'État en temps de paix et en temps de guerre, savoir, une *université nationale* et une *académie militaire*. S'il vivait aujourd'hui, en tournant ses yeux sur l'institution existante à West-Point, il verrait l'accomplissement d'un de ces vœux. Mais en regardant la cité honorée de son nom, il verra encore vide et nue la place qu'il avait léguée à sa patrie pour servir d'emplacement à une université.

« En prenant son rang parmi les nations civilisées du globe, notre pays semble avoir contracté l'engagement de fournir son contingent de pensées, de recherches et de dépenses à l'amélioration de ces branches de connaissances qui ne peuvent être acquises par des efforts individuels ; c'est désigner particulièrement les sciences géographiques et astronomiques. En jetant un regard en arrière sur le demi-siècle écoulé depuis la déclaration de notre indépendance ; en observant la généreuse émulation avec laquelle les gouvernements de France, de la Grande-Bretagne et de Russie ont consacré le génie, l'habileté et les trésors de leurs nations respectives aux progrès communs du genre humain dans ces branches de sciences, ne vous paraît-il pas urgent pour nous de considérer si nous n'avons pas la haute et honorable obligation de contribuer, par notre énergie et nos efforts, à ces fonds communs ? Les voyages de découvertes, exécutés aux frais des nations que je viens de nommer, ont en même temps accru leur gloire et étendu les connaissances humaines. Nous avons profité de cette amélioration, et nous avons non seulement à remplir le devoir sacré de la reconnaissance, mais encore celui d'une activité égale ou proportionnelle pour la cause commune. Si l'on ne veut considérer que les frais d'armement, d'équipement et de voyage, si ces expéditions n'entraînaient d'autres charges, il serait indigne d'une grande et généreuse nation d'y réfléchir deux fois. Cent voyages autour du monde, comme ceux de Cook et de La Pérouse, ne surchargeraient pas autant les finances de la nation qui les entreprendrait, que le feraient les frais d'une seule campagne de guerre. Mais si nous prenons en considération que la vie de ces bienfaiteurs du genre humain fut trop souvent le prix de leurs nobles services, comment évaluerons-nous les dépenses de ces entreprises héroïques ? Quelle compensation offrirons-nous à eux, à leur pays ? Conservons la mémoire chérie de leurs noms ; surtout imitons leur exemple ! Aidons nos compatriotes à s'élancer dans la même carrière et à risquer leur vie pour la même cause !

« En appelant l'attention du Congrès sur les améliorations intérieures d'après un plan aussi étendu, mon dessein n'est pas de recommander l'équipement d'une expédition destinée à faire le tour du globe pour faire des recherches et des découvertes scientifiques. Nous avons près de nous des objets d'investigation utile auxquels nos soins peuvent être plus avantageusement employés. L'intérieur de notre territoire n'a été jusqu'ici que bien imparfaitement exploré. Nos côtes, le long de l'Océan Pacifique, dans une latitude de plusieurs degrés, quoique très fréquentées par l'activité de nos bâtiments de commerce, n'ont reçu que de simples visites par nos vaisseaux du gouvernement. La rivière de l'Ouest, dont la première découverte a été faite, et sur laquelle la première navigation a été tentée par l'un de nos compatriotes, porte encore le nom du vaisseau sur lequel il monta son cours, et réclame pour son embouchure la protection d'une flotte nationale armée. Outre l'établissement d'un poste militaire en cet endroit, ou sur quelque autre point de la côte, que mon prédécesseur avait déjà recommandé, et qui a fait le sujet des délibérations du dernier Congrès, je crois devoir vous proposer l'équipement d'un bâtiment public pour l'exploration de toute la côte nord-ouest de ce continent.

« L'établissement d'un mode uniforme de poids et de mesures a été un des points principaux arrêtés à l'origine de votre constitution, et le droit de fixer ce mode est un des pouvoirs délégués en termes exprès au Congrès, par cet acte fondamental. Les gouvernements de la Grande-Bretagne et de la France n'ont point cessé de s'occuper de recherches et de spéculations sur le même sujet depuis l'existence de notre constitution, et indépendamment de ces recherches on en a tenté à grands frais de profondes et de laborieuses pour déterminer la figure de la terre, et la longueur comparative du pendule frappant les secondes sous des latitudes différentes, depuis le pôle jusqu'à l'équateur. Le résultat de ces recherches est consigné dans plusieurs ouvrages qui ont été publiés et qui sont du plus haut intérêt pour la cause de la science. Ces expériences ont encore besoin d'être perfectionnées. Quelques-unes d'elles ont été faites sur nos propres rivages, dans l'enceinte de l'habitation de l'un de nos collègues, et en grande partie par l'un de nos plus dignes concitoyens. Il serait honorable pour notre pays que la suite des mêmes expériences fût encouragée par le patronage de notre gouvernement, comme elles l'ont été par celui des gouvernements de France et d'Angleterre.

« Liée avec l'établissement d'une Université, ou séparée de lui, on pourrait entreprendre l'érection d'un Observatoire astronomique, avec des fonds pour l'entretien d'un astronome qui serait chargé de suivre et d'observer les phénomènes célestes, ainsi que pour la publication périodique de ses observations. Ce n'est pas avec un sentiment d'orgueil pour un Américain que l'on peut faire cette remarque, que, sur le territoire comparativement si petit de l'Europe, il existe plus de cent trente de ces Observatoires, tandis que dans tout le territoire américain il n'y en a pas un seul. Si nous réfléchissons un moment aux découvertes qui ont été faites pendant les siècles derniers sur la constitution physique de l'univers, par le moyen de ces sortes de bâtiments et des observateurs qui y sont placés, peut-on révoquer en doute l'utilité dont ils sont pour chaque nation ? et, quand une année passe à peine sur nos têtes sans qu'elle révèle quelque nouvelle découverte astronomique que nous sommes contraints de ne recevoir d'Europe que de la seconde main, n'avons-nous pas à nous reprocher de ne pouvoir rendre lumière pour lumière, parce que, sur cette moitié du globe, nous ne possédons ni Observatoire ni observateur, et qu'ainsi la terre roule à nos yeux indifférents dans une éternelle obscurité ?

« Lorsque le 25 octobre 1791, celui qui occupa le premier la présidence des États-Unis annonça au Congrès le résultat du premier dénombrement des habitants de l'Union, il déclara que la population des États-Unis était à peu près de quatre millions. Trente ans plus tard, le dernier dénombrement, fait il y a cinq ans, présentait une population d'environ dix millions d'habitants. De tous les signes du bonheur et de la prospérité d'une société humaine, la rapidité de l'accroissement de la population est peut-être le moins équivoque. Mais la preuve de notre prospérité ne repose pas seulement sur cette indication. Notre commerce, nos richesses, l'extension de notre territoire, ont suivi les mêmes proportions d'agrandissement, et les communautés indépendantes qui sont entrées dans notre union fédérale ont à peu près, depuis cette époque, doublé de nombre. La représentation législative des États et du peuple dans les deux Chambres du Congrès s'est accrue avec l'accroissement des corps constituants. La Chambre, qui alors n'était que de soixante-cinq membres, en compte aujourd'hui plus de deux cents. Le Sénat, qui n'avait que vingt-six membres, en a aujourd'hui quarante-huit. Mais le pouvoir exécutif et le pouvoir judiciaire sont restés l'un et l'autre strictement renfermés dans leur organisation primitive, et ils ne sont plus en état de suffire aux besoins d'une communauté toujours croissante.

« Les armements maritimes qui, dans l'origine de l'Union, lui avaient été commandés par des circonstances impérieuses, ont bientôt amené à la création d'un ministère de la marine. Mais les départements des affaires étrangères et de l'intérieur, qui, quelque temps après la formation du gouvernement, avaient été réunis en un seul, ont continué jusqu'à ce moment à être unis, au détriment évident du service public. La multiplication de nos relations avec les peuples et les gouvernements de l'Ancien Monde a maintenu en paix notre population et notre commerce ; cependant, dans ces dix dernières années, une nouvelle famille de nations, dans notre propre hémisphère, s'est élevée parmi les habitants de la terre, et nos rapports de commerce et de politique avec les nouvelles nations pourraient occuper un ministère actif et intelligent. La constitution des corps judiciaires, déjà imparfaite dans l'enfance de notre gouvernement, est encore plus insuffisante à administrer la justice nationale, parvenus que nous sommes à notre état de maturité ; neuf années se sont écoulées depuis que l'un de nos prédécesseurs, l'un de nos concitoyens qui ont peut-être le plus contribué à la création et à l'établissement de notre constitution, dans son adresse d'adieu au Congrès qui précéda immédiatement sa retraite de la vie publique, recommanda avec instance la révision de l'organisation judiciaire et l'établissement d'un ministère additionnel dans le pouvoir exécutif.

« Les besoins du service public et les lacunes qui s'y rencontrent, et qu'il est impossible d'éviter dans l'organisation actuelle, ont ajouté chaque année de nouvelles forces aux considérations sur lesquelles il appuyait ses propositions ; et, en recommandant cet objet à vos délibérations, je suis heureux de pouvoir étayer d'une autorité aussi respectable la conviction que je dois à mon expérience personnelle.

« Les lois relatives à l'administration des brevets d'invention sont dignes d'être prises en considération, et peut-être susceptibles de quelques améliorations. L'acte qui accorde au Congrès le pouvoir de statuer à cet égard, l'a en même temps régularisé, en spécifiant le but que l'on voulait atteindre, et les moyens que l'on devait employer pour y parvenir, c'est-à-dire pour encourager les progrès des sciences et des arts utiles, en assurant pour un temps limité, aux auteurs et aux inventeurs, un droit exclusif sur leurs ouvrages et sur leurs découvertes. Si un noble orgueil est permis quand on réfléchit que, dans les archives de ce bureau, sont déjà déposées des inventions égales aux plus belles qu'ait déjà faites l'esprit humain, n'y a-t-il pas un motif de le tempérer, lorsque l'on est obligé d'examiner si les lois ont effectivement assuré aux inventeurs la récompense qui leur est attribuée par la constitution, c'est-à-dire un terme, même limité, à leurs droits exclusifs sur leurs découvertes ?

« Le 24 décembre 1799, il fut résolu par le Congrès qu'un monument de marbre serait élevé par les États-Unis au Capitole, dans la ville de Washington ; que la famille du général Washington serait priée de permettre que son corps fût déposé sous ce monument, et que le monument serait destiné à rappeler les grands événements de sa vie politique et militaire. En rappelant au Congrès cette résolution, en lui rappelant que ce monument est resté jusqu'ici sans exécution, je me permettrai seulement la remarque que les ouvrages du Capitole sont sur le point d'être terminés ; que le consentement de la famille, demandé par la résolution, a été réclamé et obtenu ; qu'un monument a été récemment élevé dans la ville, aux frais de la nation, sur les restes mortels d'un autre patriote distingué de la révolution, et qu'une place a été réservée dans cette enceinte où vous délibérez pour le bonheur de cet âge et des âges à venir ; place où doit reposer la dépouille mortelle de celui dont l'âme plane sur vous, et où il entend avec transport chaque acte de la représentation nationale qui peut tendre à élever, à embellir son pays et le vôtre.

« La constitution en vertu de laquelle vous êtes assemblés est une Charte de pouvoirs limités. Après une délibération pleine et solennelle sur la totalité ou sur une partie des objets que, pressé par un sentiment irrésistible de mon devoir, j'ai soumis à votre attention, si vous arriviez à cette conclusion, que, quelque désirables qu'ils soient en eux-mêmes, le droit de les réduire en forme de lois surpasse les pouvoirs qui vous ont été attribués par ce pacte vénérable que nous sommes tous obligés de défendre, qu'aucune considération ne vous engage à prendre des pouvoirs qui ne vous auraient pas été accordés par le peuple. Mais le pouvoir d'exercer dans tous les cas une législation exclusive sur le district de Colombie, si le pouvoir d'établir et de recueillir les taxes, les contributions, les impôts et les excises, de payer les dettes, de pourvoir à la commune défense et au bien-être des États-Unis, si le pouvoir de régulariser le commerce avec les nations étrangères, et parmi quelques États et quelques tribus indiennes ; de déterminer les poids et les mesures, d'établir des bureaux et des routes de poste ; de déclarer la guerre, de lever et d'introduire des armées ; d'avoir une marine et de la fournir de toutes les choses nécessaires ; de créer les règles et de prendre les mesures avantageuses au territoire des États-Unis et aux autres propriétés qui leur appartiennent, et enfin de faire toutes les lois nécessaires à l'exécution de ces différentes mesures, si ces pouvoirs et d'autres énumérés dans la constitution peuvent être mis en action par des lois favorables au progrès de l'agriculture, du commerce et des manufactures, à la pratique et à l'encouragement des arts mécaniques et des beaux-arts, au progrès de la littérature et des sciences profondes comme des sciences agréables ; se refuser à les exercer dans l'intérêt du peuple, ce serait enfouir dans la terre le trésor qui vous est confié ; ce serait trahir les plus sacrés de vos devoirs.

« L'esprit d'amélioration est répandu sur la terre ; il stimule le cœur, il sollicite toutes les facultés, non seulement de nos concitoyens, mais de toutes les nations de l'Europe et de leurs chefs. Tout en considérant avec satisfaction, avec plaisir, la supériorité de nos institutions, n'oublions pas que la liberté est la puissance ; que la nation qui jouit de la plus grande portion de liberté doit être, proportionnellement à son nombre, la nation la plus puissante de la terre, et que l'homme ne peut exercer le pouvoir, selon les vues morales de la Providence, que dans des fins de bienfaisance, pour améliorer sa condition et celle de ses semblables.

« Tandis que des nations, moins favorisées que nous de cette liberté qui est la puissance, avancent à pas de géant dans la carrière des améliorations, si nous nous endormions dans l'indolence, ou si nous croisions nos bras, et si nous proclamions à la face du monde que nous sommes paralysés par la volonté de nos commettants, ne serait-ce pas dédaigner les bienfaits de la Providence, et nous vouer nous-mêmes à une perpétuelle infériorité ?

« Dans le courant de cette année, qui est sur le point de finir, nous avons vu, sous les auspices et aux dépens d'un État de l'Union, une Université nouvelle ouvrir ses portiques aux enfants de la science, et offrir le flambeau du perfectionnement aux yeux qui cherchent la lumière ; nous avons vu, grâce aux efforts constants et éclairés d'un autre État, les eaux de nos lacs occidentaux mêlées avec celles de l'Océan. Si des entreprises pareilles ont été accomplies dans l'espace de peu d'années, pouvons-nous, nous, les autorités représentatives de toute l'Union, rester en arrière de nos concitoyens dans l'emploi de dépôt qui nous est confié pour l'avantage de notre commun souverain, et ne pas achever des ouvrages importants à tous, et pour l'accomplissement desquels ni l'autorité, ni les ressources d'aucun autre État en particulier ne pourraient suffire.

« Enfin, chers concitoyens, j'attendrai avec confiance et une fidèle coopération le résultat de vos délibérations, assuré que je suis que, sans empiéter sur les pouvoirs réservés aux États respectifs, ou au peuple, avec le sentiment de vos obligations envers votre pays, et de la haute responsabilité qui pèse sur vous, vous rendrez efficaces les moyens qui vous ont été confiés pour le bien commun. Et puisse celui qui sonde les cœurs des enfants des hommes rendre heureux vos efforts pour assurer à votre pays les bienfaits de la paix et le plus haut degré de prospérité !

« *Signé* JOHN QUINCY ADAMS. »

Message du président des États-Unis aux deux Chambres du Congrès, au commencement de la deuxième session du dix-neuvième Congrès (1826).

Concitoyens du Sénat et de la Chambre
des représentants,

« Cette nouvelle assemblée des représentants de l'Union dans les deux Chambres du Congrès s'ouvre dans des circonstances qui plus que jamais appellent nos actions de grâces envers le Tout-Puissant. À l'exception des incidents qui se rencontrent au milieu des conditions les plus prospères de l'existence humaine, nous continuons à être favorisés de tout ce qui constitue le bonheur public et particulier. Dans nos relations politiques et civiles nous jouissons d'une profonde paix. Comme nation nous ne cessons de croître en nombre ; nos ressources s'augmentent dans une progression moins rapide. Quelles que soient entre nous les différences d'opinion relativement au meilleur moyen de faire tourner à notre avantage les bienfaits de la Providence, nous sommes tous d'accord pour ne nous point exposer à ce que cette suprême protection ne s'étende pas en vain sur nous, et c'est à travailler sans relâche au bien général que nous faisons consister notre reconnaissance.

« Il a été statué sur quelques-uns des différents objets recommandés au Congrès dans sa dernière session ; d'autres seront de nouveau soumis à vos délibérations sans que j'aie plus à vous en parler. Je me propose seulement dans cette communication de vous exposer l'état actuel de nos affaires, et de vous rendre compte des mesures qui ont été prises en exécution des dernières lois portées par la législature.

« Dans nos relations avec les autres nations de la terre, nous avons toujours le bonheur de jouir avec toutes de la paix et d'une bonne intelligence, modifiées cependant dans quelques cas importants par des collisions d'intérêt et de justes réclamations auxquelles on n'a pas fait droit, et pour l'ajustement desquelles l'intervention constitutionnelle de la législature pourra en définitive devenir indispensable.

« Par le décès de l'empereur Alexandre de Russie, décès arrivé en même temps que le commencement de la dernière session du Congrès, les États-Unis ont perdu un ami solide, fidèle et longtemps éprouvé. Appelé par sa naissance à hériter d'un pouvoir absolu, et élevé à l'école de l'adversité, dont aucun pouvoir sur la terre, quelque absolu qu'il soit, n'est exempt, ce monarque avait appris, dès sa jeunesse, à sentir la force et le prix de l'opinion publique et à connaître que l'intérêt de son propre gouvernement serait bien servi par des relations franches et amicales avec cette république, de même que celui de son peuple serait favorisé par des rapports commerciaux d'une nature libérale avec notre pays. Un échange de sentiments sincères et confidentiels entre ce souverain et le gouvernement des États-Unis sur les affaires de l'Amérique du Sud eut lieu peu de temps avant sa mort, et contribua à fixer une marche politique qui ne laissait aux autres gouvernements de l'Europe d'autre alternative que celle de reconnaître tôt ou tard l'indépendance de nos voisins du Sud, reconnaissance dont l'exemple avait déjà été donné par les États-Unis. Nous avons reçu les assurances les plus positives que les sentiments de l'empereur Nicolas, son successeur, envers les États-Unis sont entièrement conformes à ceux qui ont si longtemps et si constamment animé son frère ; et nous avons sujet d'espérer qu'ils contribueront à cimenter entre les deux nations cette harmonie et cette bonne intelligence qui, fondées sur des intérêts communs, ne peuvent manquer d'avoir pour résultat le progrès du bonheur et de la prospérité de l'une et l'autre.

« Par l'effet de la convention du 24 juin 1822, nos relations du commerce et de la navigation avec la France sont dans un état d'amélioration graduelle et progressive. Convaincus par toute notre expérience non moins que par les principes de réciprocité juste et libérale que les États-Unis ont constamment proposés aux autres nations de la terre, comme étant la règle de relations de commerce qu'elles devraient universellement préférer ; convaincus, dis-je, qu'une concurrence franche et égale est plus avantageuse aux intérêts des deux parties, les États-Unis, dans la négociation de cette convention, ont fortement insisté pour une renonciation mutuelle aux droits et taxes différentiels dans les ports des deux pays. Dans l'impossibilité d'obtenir la reconnaissance de ce principe dans toute son étendue, après avoir diminué les droits différentiels autant que cela fut jugé praticable, il fut convenu qu'à l'expiration de deux années, à partir du 1er octobre 1822, époque à laquelle la convention devait être mise à exécution, à moins qu'il ne fût donné, six mois d'avance, avis par l'une des deux puissances à l'autre que la convention devait cesser d'avoir son effet, les droits seraient diminués d'un quart, et que cette réduction serait répétée, d'année en année, jusqu'à ce que toute inégalité cessât, tandis que la convention elle-même continuerait d'être en vigueur. Par l'effet de cette stipulation, les trois quarts des droits différentiels qui avaient été perçus par chacune des parties sur les bâtiments de l'autre, dans ses ports, ont déjà été supprimés ; et le 1er octobre prochain, si la convention est encore en vigueur, le quart restant cessera d'être payé. Les bâtiments français chargés de produits français seront reçus dans nos ports aux mêmes conditions que nos propres navires, et les nôtres jouiront en retour des mêmes avantages dans les ports de France. Par ce rapprochement vers une égalité de droits et de taxes, non seulement le commerce entre les deux pays a prospéré, mais les dispositions

amicales ont été des deux côtés encouragées et favorisées.
Ces dispositions continueront d'être cultivées de la part des
États-Unis. Il m'eût été agréable de pouvoir ajouter que les
réclamations adressées à la justice du gouvernement français, réclamations qui intéressent la fortune et le bien-être
d'un si grand nombre de nos concitoyens, et sur lesquelles
nous insistons depuis si longtemps et si fortement, sont
dans un meilleur train d'ajustement qu'à l'époque de notre
dernière session, mais les choses restent encore à cet égard
dans le même état.

« Avec le gouvernement des Pays-Bas, l'abandon mutuel
des droits différentiels avait été réglé de deux côtés par des
actes législatifs. L'acte du Congrès du 20 avril 1818 abolis-
sant tous les droits différentiels de douane et de tonnage
sur les navires et produits des Pays-Bas dans les ports des
États-Unis, d'après l'assurance donnée par le gouvernement
des Pays-Bas, que tous droits semblables sur les navires et
le commerce des États-Unis dans ce royaume avaient été
abolis, ces règlements réciproques avaient continué d'être
en vigueur pendant plusieurs années, quand le principe différentiel fut repris par les Pays-Bas sous une forme nouvelle
et indirecte, par une prime de 10 pour 100, sous la forme
de remise de droits accordée à leurs navires nationaux, et
à laquelle il n'était pas permis à ceux des États-Unis de
participer. Par l'acte du Congrès du 7 janvier 1824, tous les
droits différentiels ont été de nouveau suspendus aux États-
Unis, en ce qui a rapport aux navires et aux produits des
Pays-Bas, aussi longtemps que l'exemption réciproque sera
étendue aux bâtiments et aux produits des États-Unis dans
les Pays-Bas ; mais le même acte ordonne que dans le cas
d'un rétablissement de droits différentiels sur les navires et
le commerce des États-Unis dans quelqu'un des pays étrangers y mentionnés, la suspension des droits différentiels en
faveur de la navigation d'un tel pays cesserait, et toutes les
dispositions de l'acte qui impose des droits différentiels de
douane et de tonnage aux étrangers dans les ports des États-
Unis seraient remises en pleine vigueur à l'égard de ce pays.

« Dans la correspondance avec le gouvernement des
Pays-Bas sur ce sujet, il a soutenu que la faveur accordée

à ses propres navires par cette prime sur leur tonnage ne devait pas être considérée comme un droit différentiel ; mais on ne peut nier qu'elle produit tous les mêmes effets. Si l'abolition mutuelle avait été stipulée par un traité, une prime semblable sur les navires nationaux n'aurait guère pu être accordée sans manquer à la bonne foi. Cependant comme l'acte du Congrès du 7 janvier 1824 n'a pas expressément autorisé le pouvoir exécutif à déterminer ce qui devait être considéré comme un rétablissement des droits différentiels par un gouvernement étranger, au préjudice des États-Unis ; et comme des mesures de représailles de notre part, quelque justes et nécessaires qu'elles soient, peuvent tendre plutôt à ce conflit de législation que nous blâmons qu'à ce concert auquel nous invitons toutes les nations commerçantes, comme plus avantageuses à leurs intérêts et aux nôtres, j'ai pensé qu'il était plus conforme à l'esprit de nos institutions de soumettre de nouveau ce sujet à l'autorité de la législature, afin qu'elle décide quelle mesure la circonstance peut exiger, plutôt que de mettre tout à coup à exécution la disposition comminatoire de l'acte de 1824.

« Durant la dernière session du Congrès, des traités d'amitié, de navigation et de commerce ont été négociés et signés à Washington avec le gouvernement de Danemarck en Europe, et avec la fédération de l'Amérique centrale dans cet hémisphère. Ces traités ont ensuite reçu la sanction du Sénat par le consentement donné à leur ratification ; ils ont été, en conséquence, ratifiés par les États-Unis, et depuis la dernière session du Congrès, ils l'ont été également par les autres parties contractantes. Ces traités ont établi entre les parties contractantes les principes d'égalité et de réciprocité dans leur plus large et plus libérale étendue. Chaque puissance admet les navires de l'autre dans ses ports, chargés de produits ou de marchandises de tout pays du globe, moyennant le paiement des mêmes droits de douane et de tonnage que ceux imposés sur ses propres navires. On y stipule en outre que les parties contractantes n'accorderont par la suite aucune faveur de navigation ou de commerce à aucune autre nation qui ne leur sera pas accordée à l'une et l'autre aux mêmes conditions, et qu'elles n'imposeront point sur les denrées et marchandises l'une de l'autre des droits plus élevés que ceux qui le sont sur les mêmes articles, produits du sol ou des manufactures de tout autre pays. Il y a dans la convention avec le Danemarck une exception à ces principes à l'égard des colonies de ce royaume dans les mers arctiques ; mais aucune à l'égard de ces colonies aux Indes occidentales.

« Notre situation n'a pas matériellement changé depuis la dernière session du Congrès, avec la Prusse, l'Espagne, le Portugal, et en général tous les pouvoirs européens avec lesquels les États-Unis d'Amérique étaient en relation d'amitié. Je regrette de ne pouvoir vous en dire autant relativement aux relations commerciales avec les colonies de la Grande-Bretagne en Amérique ; des négociations de la plus haute importance dans nos intérêts communs ont été depuis plusieurs années en discussion entre les deux gouvernements, et ont été invariablement suivies de la part des États-Unis, dans un esprit de franchise et de conciliation. Des intérêts d'une grande importance et d'une nature délicate ont été réglés par les conventions de 1815 et 1818 ; et celle de 1822, dans laquelle l'empereur Alexandre était médiateur, semblait promettre une transaction satisfaisante, relativement aux réclamations que le gouvernement des États-Unis devait soutenir par intérêt et en esprit de justice, pour une classe nombreuse de citoyens. Mais relativement aux affaires commerciales entre les États-Unis et les colonies anglaises en Amérique, il a été jusqu'à présent impossible de rien arranger de satisfaisant pour les deux puissances. La position géographique et les différents produits de la nature ont constitué des éléments de commerce entre les États-Unis et le continent et les îles de l'Amérique anglaise importants aux deux nations. Mais ce commerce a été prohibé par la Grande-Bretagne ; elle s'appuie d'un principe jusqu'à présent pratiqué par toutes les nations de l'Europe qui possèdent les colonies, celui de monopoliser le commerce de ces colonies.

« Après la fin de la guerre dernière, cette prohibition a été renouvelée, et le gouvernement anglais a refusé d'insérer dans la convention de 1815 une exception pour les États-Unis de l'Amérique anglaise. Le commerce n'est exclusivement fait que sur les bâtiments anglais jusqu'à la promulgation de l'acte du Congrès sur la navigation en 1818, et l'acte supplémentaire de 1820, qui répondirent à la prohibition par une mesure semblable de la part des États-Unis. Ces mesures, que nous ne considérons point comme des représailles, mais comme défensives, furent promptement suivies d'un acte du parlement qui ouvrait certains ports des colonies aux bâtiments des États-Unis venant directement de ce pays-ci ; l'importation de certains articles qui payaient des droits exorbitants était permise, mais en prohibant les articles les plus précieux que nous puissions exporter. Les États-Unis ouvrirent leurs ports aux bâtiments anglais venant des colonies, sous des conditions absolument semblables à celles exprimées dans l'acte du parlement, autant que notre position respective pouvait le permettre. Alors une négociation s'ouvrit, d'un commun accord, dans l'espoir, au moins de notre part, que l'importance reconnue de ce commerce pour les deux nations ferait que l'on pourrait arriver à un arrangement satisfaisant pour les deux gouvernements. Dans cette vue, le gouvernement des États-Unis avait décidé de sacrifier quelque chose de cette entière réciprocité avec laquelle on a droit d'être traité et de faire des concessions désavantageuses pour nous, plutôt que de perdre le bénéfice d'un arrangement qui pût régler les intérêts des deux nations. La négociation, souvent suspendue par des causes étrangères, fut enfin déclarée suspendue d'un commun accord, mais devait être reprise sous peu de temps. En même temps, parut un autre acte du parlement, si équivoque qu'il ne fut pas même compris par les officiers des colonies dans lesquelles il devait être exécuté, lequel ouvrit de nouveau certains ports des colonies, sous de nouvelles conditions, avec menaces de les fermer à toutes nations qui refuseraient d'accepter les conditions prescrites par le gouvernement anglais. Cet acte, qui fut promulgué en juillet 1825, qui ne fut jamais communiqué au gouvernement des États-Unis, ni compris par les officiers des douanes des colonies, fut cependant examiné par le Congrès à la dernière session. Connaissant qu'une négociation était entamée sur ce sujet, que l'on avait promis de la reprendre sous peu, on pensa qu'il fallait attendre le résultat de cette négociation plutôt que de s'en rapporter à un acte qui n'était pas clair, et que les autorités anglaises dans cet hémisphère ne pouvaient ni comprendre ni expliquer.

« Immédiatement après la clôture de la dernière session, un de nos citoyens les plus distingués fut envoyé comme ambassadeur extraordinaire et plénipotentiaire en Angleterre ; il avait des instructions telles que nous ne pouvions pas douter qu'enfin cette longue discussion serait terminée. À son arrivée, et avant qu'il eût délivré ses lettres de créance, il trouva un ordre du conseil prohibant, depuis et après le 1er décembre courant, l'entrée des ports et des colonies aux vaisseaux américains, à l'exception de ceux immédiatement sur nos frontières. À ces représentations, notre envoyé reçut une réponse que, par une ancienne maxime de politique en Europe, tout le commerce des colonies appartenait à la mère patrie, que toute participation à ce commerce par une autre nation était une faveur qui ne pouvait former un sujet de négociation, mais qui pouvait être réglée par les actes législatifs concernant les colonies ; que le gouvernement anglais refusait donc d'entrer en négociation sur ce sujet, et que comme les États-Unis n'avaient pas accepté purement et simplement les conditions par l'acte du parlement de juillet 1815, la Grande-Bretagne ne voulait plus admettre les bâtiments des États-Unis, même sous les conditions que ces ports étaient ouverts aux autres nations.

« Nous avions été habitués à considérer le commerce avec les colonies anglaises plutôt comme un échange de bénéfices que comme une faveur reçue ; et qu'enfin nous avions donné un ample équivalent. Nous avons vu toutes les autres nations qui ont des colonies négocier avec les autres gouvernements, et leur accorder librement admission dans leurs colonies par un traité ; et les autres nations de l'Europe, loin de nous refuser l'entrée de leurs colonies, nous ont assuré ce privilège par des traités. Mais la Grande-Bretagne ne nous laisse d'autre alternative, en refusant de négocier, que de régler ou prohiber entièrement son commerce, suivant que ces mesures peuvent affecter les intérêts de notre pays. Je vous recommande de n'avoir que cet objet

en vue dans la discussion à laquelle vous allez vous livrer
à ce sujet.

« Nous espérons que nos tentatives, infructueuses pour
régler les intérêts dont nous venons de parler, n'auront pas
d'effet sur les autres points en discussion entre les deux
gouvernements. Nos limites au nord et au sud ne sont
point encore déterminées. La commission qui doit régler
les indemnités pour l'enlèvement des esclaves n'est pas sûre
de réussir. Nos dispositions sont amicales et conciliantes,
et nous ne pouvons abandonner sans beaucoup de peine
l'espoir qu'enfin nous obtiendrons, non des faveurs, que
nous ne demandons ni ne désirons, mais une réciprocité
de bons offices.

« Nos relations avec les gouvernements américains de cet
hémisphère sont toujours amicales : notre commerce avec
eux augmente et sera avantageux pour les deux pays. Le
congrès assemblé à Panama s'est ajourné, pour se réunir
de nouveau dans un temps plus favorable au Mexique. La
mort d'un de nos ministres dans son voyage à l'isthme, et
les obstacles ordinaires dans la saison, qui empêchèrent le
départ de l'autre, furent cause que nous ne fûmes pas repré-
sentés au premier congrès. Mais aucun acte de ce congrès
n'appelait sérieusement la présence d'un de nos ministres.
Le membre survivant de l'ambassade, nommé pendant la
session dernière, est parti pour sa destination ; et un successeur à son digne collègue, si justement regretté, sera nommé
par le sénat.

« Un traité d'amitié, de commerce et de navigation a été
conclu l'été dernier par nos ministres plénipotentiaires, avec
les États-Unis du Mexique ; il sera mis sous les yeux du
Sénat pour recevoir son avis relativement à la ratification.

« Notre situation financière, l'état de nos revenus se présentent au premier coup d'œil comme moins favorables que
l'année dernière à pareille époque. Les malheurs éprouvés
par les classes commerçantes et manufacturières de la
Grande-Bretagne ont eu leur contrecoup dans ce pays. La
diminution dans les importations de l'extérieur a nécessairement entraîné une diminution dans les recettes du trésor. Ainsi le revenu net de cette année ne sera point égal à

celui de l'année dernière. Cette diminution est toutefois en partie causée par l'état florissant de quelques-unes de nos manufactures, et c'est ainsi une compensation bien profitable à la nation. Il est aussi très rassurant pour nous de reconnaître que, malgré le déficit courant, 11 000 000 ont été cette année employés à l'acquittement des intérêts de la dette publique, et 7 000 000 à l'extinction du capital de cette dette. La balance du trésor au 1er janvier dernier était de 5 201 650 dollars et 43/100. Les recettes depuis ce temps jusqu'au 30 septembre dernier ont été de 19 585 932 dollars et 50/100. Les recettes du trimestre courant, estimées à 6 000 000 de dollars, composeront avec les sommes perçues dans les trois premiers trimestres un revenu d'environ 25 000 000 1/2 pour cette année. Les dépenses pendant les trois premiers trimestres se sont élevées à 16 714 226 dollars 66/100. Les dépenses pour le quartier courant, en y comprenant les 2 000 000 à payer sur le capital de la dette, balanceront la recette. Ainsi les dépenses de l'année restant de plus de 1 000 000 au-dessous de la recette produiront dans la balance du trésor, au 1er janvier 1827, une augmentation proportionnelle. Au lieu de 6 200 000 dollars qui existaient l'année dernière, ce sera cette année 6 400 000 dollars.

« Le montant des droits perçus sur les marchandises importées depuis le commencement de l'année jusqu'au 30 septembre est estimé 21 250 000 dollars, et ce que doit fournir le trimestre courant est évalué à 4 250 000, faisant pour toute l'année 25 000 000 1/2. De cette somme, toute déduction faite, il reste 20 400 000 dollars pour le revenu net des douanes au commencement de 1827. Le produit de la vente des domaines publics, celui des dividendes des banques, et d'autres recettes accidentelles, portent à 23 000 000 de dollars cette somme, qui n'est guère inférieure au montant des dépenses de l'année que d'un peu plus que la portion de ces dépenses appliquée à l'amortissement de la dette publique d'après l'appropriation annuelle de 10 000 000 décrétée par l'acte du 3 mars 1827. Lorsqu'on passa cet acte, la dette publique s'élevait à 123 000 000 1/2. Au 1er janvier prochain, cette dette ne sera plus que de 74 000 000. Dans l'espace de dix ans nous aurons donc éteint 50 000 000

de la dette publique, plus la charge annuelle de 5 000 000
d'intérêt qui portait sur eux. En 1817, sur les 10 000 000
alloués, il n'y en eut que 3 employés à l'extinction de la
dette, 7 furent absorbés pour le paiement des intérêts. Des
mêmes 10 000 000 il n'y en a que 4, cette année, affectés
au paiement des intérêts, les 6 autres le sont à l'extinction
du capital. Nous avons déjà fait l'expérience qu'un revenu
presque uniquement fondé sur les droits d'entrée et de tonnage est susceptible d'éprouver des accroissements et des
diminutions considérables, suivant les fluctuations qui se
font sentir dans le commerce du monde entier. Nous nous
rappelons fort bien que même pendant les dix dernières
années, les recettes du trésor n'ont pas toujours couvert
ses dépenses, pendant que deux années consécutives il a
fallu avoir recours à des emprunts pour remplir les obligations nationales. Les années suivantes comblèrent ce déficit
jusqu'à ce qu'une nouvelle vicissitude fît encore décliner le
revenu. Ces alternatives de hausse et de baisse, suivant les
bonnes et les mauvaises saisons, la marche des gouvernements étrangers, les révolutions politiques, nuisent à l'accroissement comme au mauvais succès des manufactures,
aux résultats des spéculations commerciales, et à quantité
de causes qui se combinent diversement. Nos diverses fluctuations embrassent plusieurs périodes distinctes de deux
à trois années. La dernière période de dépression a été de
1819 à 1822. Le mouvement inverse de hausse s'est maintenu depuis 1823 jusqu'au commencement de cette année.
Nous n'avons plus à craindre une baisse comparable à celle
de la première période, ou seulement assez forte pour nous
rendre gênante l'application annuelle des 10 000 000 à la
réduction de la dette. Toutefois il est bon que nous nous
persuadions combien il nous importe de travailler à la fois,
par la plus stricte économie et par tous les moyens honorables, à l'entière extinction de la dette.

« Outre les 7 000 000 des emprunts de 1822, qui auront été
éteints dans le cours de la présente année, il y a 9 000 000
qui, aux termes des marchés, seraient et sont déjà rachetables ; de plus, 13 000 000 de l'emprunt de 1814 seront
rachetables à la fin du présent mois, et 9 autres millions à

452   Voyage en Amérique

la fin de cette année. Le tout forme une masse de 31 000 000 de dollars portant un intérêt de 6 pour 100, et dont plus de 20 000 000 sont immédiatement rachetables, les 11 autres dans un peu plus d'un an. Qu'on laisse de ce total 15 000 000 continuer à l'intérêt de 6 pour 100 jusqu'à ce qu'on puisse les racheter dans le courant de 1827 ou 1828, il n'y a pas de doute que les 16 000 000 restant d'ici à quelques mois pourront être rachetés au moyen d'un emprunt à 5 pour 100 remboursable en 1829 et en 1830. Par cette opération on épargnera à la nation une somme d'un demi-million de dollars, et le remboursement de la totalité des 31 000 000 pendant ces quatre années sera grandement facilité, si ce n'est entièrement effectué.

« Un acte du Congrès du 3 mars 1825 autorisa pour une semblable opération un emprunt à 4 1/2 pour 100 ; mais alors tout l'argent en circulation était absorbé par les spéculations commerciales, et la mesure ne réussit qu'imparfaitement. Pendant la dernière session du Congrès, la situation des fonds n'était pas plus favorable à l'opération ; mais dans le prompt changement qui suivit, si l'on eût été autorisé à racheter par un échange d'actions ou un emprunt à 5 pour 100 les 9/1000 actuellement remboursables, il est moralement sûr qu'on eût gagné au profit du trésor 90 000 dollars.

« D'après les rapports des secrétaires de la guerre et de la marine, on verra quelle est la situation actuelle de nos forces sur terre et sur mer. L'organisation de l'armée n'ayant éprouvé aucun changement depuis 1821, je me bornerai à dire qu'elle est convenable à tous les objets pour lesquels une armée permanente en temps de paix peut être utile. On verra, par les rapports dont je viens de parler, que toutes les branches du service militaire se font remarquer par l'ordre et la discipline ; que depuis le général en chef jusqu'au dernier des grades, tous les officiers sentent qu'ils ont été citoyens avant d'être soldats, et que la gloire d'une armée républicaine doit consister dans l'esprit de liberté et de patriotisme dont elle est animée. La construction des fortifications décrétées par le Congrès, et destinées à garantir nos rivages d'une invasion, la distribution des marques de reconnaissance et de justice aux pensionnaires de la guerre de la révolution, le maintien de nos relations pacifiques avec les tribus indiennes, ainsi que les travaux des routes et des canaux, qui ont déjà tant occupé l'attention du Congrès, l'occuperont encore dans cette session.

« Cinq millions de dollars seront demandés cette année pour le département de la guerre. Moins de 2/5 de cette somme seront employés à l'entretien de l'armée, 1 000 000 1/2 consacré aux pensions militaires est une faible récompense des services anciennement rendus à la nation. Une somme égale doit être employée aux fortifications, aux travaux intérieurs, aux diverses entreprises qui ont pour but d'assurer le repos et le bien-être des générations à venir. Les appropriations destinées à indemniser ces débris infortunés d'une race qui ne peut ni s'accommoder de la civilisation, ni résister à ses progrès, produisent des avantages capables de compenser ce qu'elles ont d'onéreux pour le trésor.

« Les allocations estimées nécessaires aux divers services du département de la marine paraissent devoir s'élever à 3 000 000 de dollars. À peu près moitié de cette somme est réclamée pour les dépenses courantes de notre marine : le reste constitue un fonds de propriété nationale, garantie de notre gloire et de notre force pour l'avenir. Ce fut à peine une année après la fin de la dernière guerre, et dans le temps où les charges les plus pesantes portaient sur le pays, que le Congrès, par son acte du 29 avril 1816, vota l'allocation annuelle de 1 000 000 de dollars pendant huit ans, pour l'accroissement graduel de la navigation. Depuis lors l'allocation a été réduite à un demi-million pour six années, dont celle-ci est la dernière. La première appropriation de 1 000 000 par année a été rétablie par l'allocation faite il y a deux ans pour la construction de deux sloops de guerre ; nous avons les résultats sous les yeux. Notre armée navale se compose de douze vaisseaux de ligne, vingt frégates, et un nombre proportionné de sloops ; ces vaisseaux formeraient au besoin autour de nos côtes une ligne de fortifications flottantes combinée avec celles qui ont été commencées sur terre. L'accroissement graduel de la marine est un principe dont l'acte du 26 avril 1816 a été le premier développement, cet acte a commencé l'exécution d'un système destiné à influer sur le caractère et l'histoire de notre pays pendant une longue suite de siècles.

« Le Congrès a déclaré à nos concitoyens et à la postérité qu'il était dans la destinée et le devoir de notre Confédération de devenir, avec le temps et par un progrès rapide, une grande puissance navale. Il n'y a peut-être aucune partie de l'exercice des pouvoirs constitutionnels du gouvernement fédéral qui ait causé plus de satisfaction au peuple de l'Union américaine. Nous avons maintenu durant la paix des escadres dans l'Océan Pacifique, dans les mers des Indes occidentales et dans la Méditerranée, ainsi qu'une petite division établie en croisière sur les côtes orientales de l'Amérique du Sud. La piraterie, qui pendant plusieurs années a désolé les mers des Indes occidentales, a complètement cessé ; dans la Méditerranée elle s'est accrue d'une manière affligeante pour les autres nations, et probablement sans la présence de notre escadre notre commerce aurait eu également à en souffrir. La guerre qui a éclaté malheureusement entre le Brésil et la république de Buenos-Ayres a donné lieu à de très grandes violations des principes de la part des officiers brésiliens, qui ont mis en avant, touchant le blocus et la navigation des neutres, des maximes et des usages auxquels nos commandants n'ont pas dû souscrire, et qui les ont mis dans la nécessité de résister. D'après les dispositions amicales que l'empereur du Brésil a toujours manifestées à l'égard des États-Unis, et les avantages que ses provinces retirent de leurs relations commerciales avec notre pays, il y a tout lieu de croire qu'il ne refusera pas d'accorder une juste réparation des dommages causés à plusieurs de nos concitoyens par ses officiers.

« Le rapport du directeur général des postes présente des résultats qui prouvent la bonne administration de cette branche. Pendant la seconde moitié de 1824 et la première de 1825, les recettes excédèrent les dépenses d'une somme de plus de 45 000 dollars ; l'année suivante fut encore plus productive, et l'augmentation des recettes dans l'année qui s'est terminée au 1er juillet dernier a été de 136 000 dollars.

Dans le courant de cette année, sept cents nouveaux bureaux de poste ont été établis. Quand on réfléchit sous combien de rapports il importe d'étendre et d'activer le service des dépêches, on ne peut que se féliciter de l'accroissement de cette branche. Il n'y a plus un coin du pays qui soit privé de ce précieux moyen de communication, et plus la population s'accroît, plus le bienfait devient général.

« D'après les traités avec la France et l'Espagne, cédant respectivement la Louisiane et les Florides aux États-Unis, des dispositions devaient être prises pour fixer les titres de propriété émanés des gouvernements de ces nations. Quelques réclamations se sont élevées, et la foi publique, les droits des individus, aussi bien que l'intérêt de la communauté, exigent que je recommande cet objet à l'attention de la législature.

« Conformément aux dispositions de l'acte du 20 mai dernier, relatif à l'érection d'une maison de correction (*penitentiary*), et à d'autres objets, il a été nommé trois commissaires chargés de choisir un site convenable à l'érection d'une maison de correction pour le district, et d'une prison pour le comté d'Alexandria : ce choix a été fait, et la construction du *penitentiary* s'avance avec une telle rapidité qu'elle sera probablement terminée avant la réunion du prochain Congrès. Cette considération vous montre combien il est urgent de préparer dans la session présente les règlements de cette prison, et de déterminer la classe de délits qui entraînera la réclusion dans cet édifice.

« En terminant cette communication, qu'il me soit permis de jeter un coup d'œil sur la carrière que nous avons parcourue depuis l'époque de notre origine comme confédération nationale jusqu'au temps présent. Depuis votre dernière réunion, le cinquantième anniversaire du jour où notre indépendance fut déclarée a été célébré sur tous les points de l'Union ; et dans ce jour où tous les cœurs se livraient à la joie, où toutes les voix s'ouvraient pour exprimer le bonheur au milieu des fêtes de la liberté et de l'indépendance, deux des principaux acteurs de notre auguste révolution, celui dont la main traça l'immortelle déclaration, et celui dont la voix éloquente la défendit à la tribune, ont été simultanément appelés au pied de l'Éternel pour rendre compte de leur conduite sur la terre. Ils sont partis accompagnés des bénédictions de leur patrie, à laquelle ils laissent l'héritage de deux grands noms, et le souvenir des plus brillants exemples. Si nous détournons nos pensées vers la condition de leur pays, quel contraste heureux ne voyons-nous pas entre le premier et le dernier jour de cette moitié d'un siècle, quelle transition sublime de l'obscurité à la gloire ! Si nous examinons la condition des individus aux deux extrémités du même espace de temps, nous les voyons au premier jour pleins de vigueur et de jeunesse, dévouer leurs vies, leur fortune et leurs talents à la cause de la liberté et de l'humanité ; nous les voyons au dernier jour, alors qu'étendus sur un lit d'agonie il leur reste à peine le sentiment de l'existence, consacrer à la patrie leur dernière prière. Ne pouvons-nous espérer que pour eux aussi ce fut une époque de transition de l'obscurité à la gloire ? et qu'au moment où leur dépouille mortelle entrait dans la tombe, leurs âmes affranchies volaient au sein de la Divinité ? »

Page 352-353.

« Une population mêlée de deux millions neuf cent trente-sept mille blancs, etc. »

L'illustre et savant M. de Humboldt a donné ainsi le calcul des populations américaines espagnoles.

Lettre de M. Alex. de Humboldt *à* M. Ch. Coquerel, *pasteur à Amsterdam*[1]

« Vous désirez connaître, Monsieur, le rapport entre le nombre des habitants de l'Amérique qui appartiennent aux différentes communautés chrétiennes. Je crois posséder des matériaux assez précis sur les rapports des catholiques romains et des protestants ; mais je n'entrerai pas aujourd'hui dans le détail des divisions de l'Église protestante ou évangélique. Voici les résultats auxquels je crois pouvoir m'arrêter provisoirement, d'après les recherches laborieuses que j'ai faites, dans ces dernières années, sur la population du nouveau continent. Quelques évaluations partielles, par exemple, le nombre des catholiques dans la Louisiane, dans le Maryland et dans le Bas Canada anglais, sont peut-être un peu incertaines ; mais ces incertitudes affectent des quantités qui ont une faible influence sur le résultat définitif. Je pense que le nombre des protestants, dans toute l'Amérique continentale et insulaire, depuis l'extrémité méridionale du Chili jusqu'au Groënland, est à celui des catholiques romains comme 1 est à 2. Il existe, sur la côte occidentale de l'Amérique du Nord, quelques milliers d'individus qui suivent le culte grec. J'ignore le nombre de juifs répandus sur la surface des États-Unis et dans plusieurs des îles Antilles. Leur nombre est peu considérable. Les Indiens indépendants qui n'appartiennent à aucune communauté chrétienne sont à la population chrétienne comme 1 est à 42. Les éléments numériques sur lesquels se fonde le tableau suivant se trouvent exposés en détail dans le volume III de mon *Voyage aux régions équinoxiales*, livre IX, chapitre XXVI, qui va paraître incessamment.

Population totale de l'Amérique, 34 284 000

I. Catholiques romains		22 177 000
a. Amérique espagnole continentale		15 985 000
Blancs	2 937 000	
Indiens	7 530 000	
Races mixtes et nègres	5 518 000	
	15 985 000	
b. Amérique portugaise		4 000 000
Blancs	920 000	
Nègres	1 960 600	
Races mixtes et Indiens.	1 120 000	
	4 000 000	

c. *États-Unis*, Bas Canada

et Guyane française	538 000	
Haïti, Porto-Rico, et Antilles françaises	1 639 000	
	22 177 000	

II. Protestants		11 287 000
a. États-Unis	9 990 000	
b. Canada anglais, Nouvelle-Écosse, Labrador	260 000	
c. Guyane anglaise et hollandaise	220 000	
d. Antilles anglaises	734 500	
e. Antilles hollandaises, danoises, etc.	82 500	
	11 287 000	

III. Indiens indépendants, non chrétiens		820 000
		34 284 000

« Dans l'état actuel des choses*, la population protestante augmente beaucoup plus rapidement dans le Nouveau Monde que la population catholique. Il est probable que, malgré l'état de prospérité à laquelle l'indépendance et des institutions libres vont élever l'Amérique espagnole, le Brésil et l'île d'Haïti, le rapport de 1 à 2 se trouvera, en moins d'un demi-siècle, considérablement modifié en faveur des communautés protestantes. Je crois qu'en Europe on peut compter (sur une population de 198 millions) à peu près 103 millions de catholiques romains, 52 millions de protestants, 38 millions qui suivent le rite grec, et 5 millions de mahométans. Le rapport numérique des protestants aux membres des Églises catholiques romaine et grecque, est, par conséquent, approximativement comme 1 est à 2 7/10. Le rapport des protestants aux catholiques romains seuls est le même en Europe qu'en Amérique. Comme les différences de race et d'origine, l'individualité du langage et l'état de liberté domestique influent puissamment sur

---

* En admettant 34 284,000 pour la population entière de l'Amérique, on trouve d'après mes calculs, au nord de l'isthme de Panama, 12,161,000 ; dans l'Amérique insulaire, 2,473,000 habitants sur 371,380 lieues carrées de 20 au degré. Toute l'Amérique a 1,186,930 de ces lieues : l'Europe en renferme 304,700. (*Note de M. de Humboldt.*)

les dispositions des hommes pour tel ou tel culte, je vous communique en même temps, monsieur, quelques résultats de mes recherches les plus récentes sur ces divers objets.

« La population de l'Amérique offre actuellement :

Blancs	13 162 000	— 38 pour 100.
Indiens	8 610 000	— 25 — —
Nègres	6 223 000	— 18 — —
Races mixtes	6 289 000	— 19 — —
	34 284 000	

« La population noire de 6 223 000 (sans mélange avec les blancs et les Indiens), se compose de 1 144 000 *noirs libres*, et 5 079 000 *noirs esclaves* ; de ces derniers, il y en a 1 152 000 dans l'archipel des Antilles ; 1 620 000 dans les États-Unis, et 1 800 000 au Brésil. Le tableau suivant fait connaître approximativement la prépondérance des langues réparties en Amérique.

Langues anglaise, parlée par	11 297 500	individus.
— espagnole	10 174 000	—
— indiennes	7 800 000	—
— portugaise	3 740 000	—
— française	1 058 000	—
— hollandaise, danoise, suédoise et russe	214 500	—
	34 284 000	

« D'où résulte pour les

Langues de l'Europe latine	14 930 000	Total pour les langues euro-	
Langues du rameau germanique	11 512 000	péennes.	26 442 000
Pour les langues indiennes			7 842 000

« On n'a pas fait mention séparément de l'allemand, du gâle (irlandais) ou du basque, parce que les individus qui conservent la connaissance de ces trois langues mères savent en même temps l'anglais ou le castillan. Le nombre d'individus qui parlent usuellement les langues indiennes est dans ce moment, au nombre d'individus qui se servent des langues d'Europe, comme 1 est à 3 2/5. Par l'accroissement plus rapide de la population aux États-Unis, les langues du rameau germanique vont gagner insensiblement, dans le rapport numérique total, sur les langues de l'Europe latine ; mais ces dernières se répandront en même temps, par l'effet de la civilisation croissante des peuples des races espagnole et portugaise, dans les villages indiens, dont à peine un vingtième de la population entend quelques mots de castillan ou de portugais. Je crois qu'il existe encore plus de sept millions et demi d'indigènes, en Amérique, qui ont conservé l'usage de leurs propres langues, et qui ignorent presque entièrement les idiomes européens. Telle est aussi l'opinion de M. l'archevêque de Mexico et de plusieurs ecclésiastiques très respectables, qui ont longtemps habité le Haut Pérou, et que j'ai pu consulter à ce sujet. Le petit nombre d'Indiens (un million peut-être) qui ont entièrement oublié les langues indigènes, habitent les grandes villes et les villages très populeux qui entourent ces villes. Parmi les individus qui parlent français dans le nouveau continent, on trouve plus de 700 000 nègres de race africaine, circonstance qui, malgré les efforts très louables du gouvernement haïtien pour l'instruction populaire, ne contribue pas à maintenir la pureté du langage. On peut admettre qu'en général, dans l'Amérique continentale et insulaire, il y a, sur 6 223 000 noirs, plus d'un tiers (au moins 2 360 000) qui parlent anglais, plus qu'un quart qui parlent portugais, et un huitième qui parlent français.

« Ces tableaux de la population américaine considérée sous les rapports de la différence des cultes, des langues et des idiomes, se composent d'éléments très variables ; ils représentent approximativement l'état de la société américaine vers la fin de l'année qui vient de s'écouler. Il ne s'agit ici que des grandes masses ; les évaluations partielles pourront gagner peu à peu une précision plus rigoureuse ; il en est ainsi de tous les éléments numériques des sciences. »

ALEXANDRE DE HUMBOLDT.

Page 354.

« Des nations chez lesquelles l'éducation politique est si peu avancée, laissent toujours des craintes pour la liberté. »

Il est difficile de douter de la vérité des récits qui peignent les mœurs de l'Amérique espagnole : la plupart des auteurs de ces récits sont des Anglais qui auraient un intérêt naturel à dissimuler l'état des choses dans ces républiques, en grande partie leur ouvrage. L'un est le colonel Hamilton, commissaire principal de S. M. B. dans la Colombie ; l'autre est un M. Miers, passé au Chili avec de l'argent, des ouvriers et des machines pour faire fortune. Le colonel Hamilton fut témoin d'une fête à Bogota ; il s'exprime ainsi :

« Les officiers de l'état civil et militaire se rendirent en grand apparat du palais à la cathédrale pour rendre des actions de grâces à l'occasion de la victoire de Bojarca, remportée par Bolivar sur le général espagnol Don Josè-Maria Barreyo, dans le mois d'août 1819 ; ensuite ce général fut fusillé sur la grande place, ainsi que trente-huit officiers espagnols. Un moine qui s'était montré turbulent, et qui avait déployé beaucoup de zèle en faveur des Espagnols, fut réuni à ces victimes, ce qui faisait quarante hommes à fusiller. Il est vraiment effrayant de reposer ses idées sur la manière horrible dont se faisait la guerre entre les deux partis. Les dames de Bogota me parurent très sensibles au sort du général Barreyo. Il avait autrefois commandé la garnison de cette place : c'était un très bel homme, âgé de trente ans au plus, et renommé pour sa bravoure et sa galanterie ; on l'avait surnommé *el Adonis de las mugeras*,

l'Adonis des dames. Il montra beaucoup de courage lorsqu'on le fusilla.

« Le 9 août, toutes les troupes de la garnison s'assem-
blèrent à une lieue et demie de la route de Maracaïbo, et y
firent la petite guerre en l'honneur de la victoire de Bojarca.
Le vice-président commandait une partie des troupes, et
le colonel Paris était à la tête de l'autre. Le terrain était
montueux, inégal et semé de grosses roches ; il était particulièrement favorable aux mouvements des troupes légères ;
comme il était en descendant, les spectateurs placés en bas
pouvaient voir aisément tous les mouvements. Deux ou trois
accidents sérieux eurent lieu : quelques hommes de la milice
avaient chargé leurs fusils avec de petits cailloux, qui bles-
sèrent gravement plusieurs canonniers. Lorsque cette nouvelle parvint au milieu des spectateurs, ils s'empressèrent de
se tenir à une distance respectueuse des deux armées. Nous
fûmes bien étonnés de voir le colonel Blanco, ci-devant
moine, à cheval, ayant le juge suprême de la haute cour en
croupe. Que dirait le bon peuple de Londres s'il voyait le
lord chancelier en croupe derrière l'adjudant-général, à une
revue passée par Sa Majesté dans la plaine de Hounslow ?
Ici cela ne semblait pas extraordinaire. Il faisait un fort
beau temps : un grand nombre de dames à cheval s'étaient
rendues sur le lieu, pour être témoins du combat.

« À Tocayan, en passant devant la prison, je fus surpris
de la voir remplie de jeunes gens ; j'en fis l'observation au
commandant, ajoutant que je supposais qu'il s'était commis
un bon nombre de vols dans le voisinage. "Non, répliqua-
t-il, nos habitants sont très honnêtes et très tranquilles ;
ces prisonniers sont seulement de jeunes volontaires de la
province de Neyra, qui vont rejoindre un régiment nouvellement formé à Bogota ; on les enferme pendant la nuit pour
qu'ils ne désertent pas." »

Le sang-froid avec lequel le voyageur raconte la fusillade de
quarante personnes sur la grande place de Bogota est véritablement remarquable. Un commissaire de S.M. B. n'était-il
pas assez puissant auprès de la république colombienne
pour faire parler les droits de l'humanité ?

M. Head, trompé comme M. Miers, n'a vu dans le Chili

qu'un champ de carnage et de désolation. La Conception, capitale de la belle province du même nom, a vu périr les trois quarts de sa population, et n'est plus qu'un monceau de ruines. M. Miers affirme que le trésor public est pillé, que les places sont à l'encan, que le péculat et la corruption règnent partout, et qu'il n'y a ni bonne foi ni probité dans le gouvernement. Ces paroles sont dures ; peut-être l'humeur les a-t-elle dictées en partie ; mais les autres voyageurs font à peu près le même tableau du Chili, et la Grande-Bretagne n'a point reconnu l'indépendance de cette république.

Écoutons maintenant MM. Rengger et Longchamp sur la révolution du Paraguay.

« Un gouvernement où la mésintelligence s'était introduite dès le principe ne pouvait être de longue durée. La Junte sentit elle-même la nécessité d'un changement ; mais, rejetant les fautes commises sur la forme vicieuse de l'administration, elle déclara qu'elle n'avait que des éloges à donner aux fonctionnaires qu'elle avait employés ; après quoi elle décréta un nouveau Congrès et fit immédiatement procéder aux élections dans tout le pays. Ce fut à cette occasion qu'eut lieu une allocution bien propre à faire connaître l'état intellectuel des habitants. À Yquamandiu un capitaine des milices, qui s'était signalé par son zèle révolutionnaire, voulait expliquer à ses compatriotes ce que c'était que la liberté ; or, après avoir probablement repassé dans son esprit toutes les définitions qu'il en avait entendu donner, il ne trouva rien de mieux à leur dire, sinon que c'était la foi, l'espérance et la charité. Les chefs de la révolution, qui n'étaient guère plus instruits que ce capitaine, désiraient cependant se constituer en république ; mais qu'était-ce qu'une république ? comment se gouvernait-elle ? ils l'ignoraient. Heureusement pour eux, ils possédaient un exemplaire de l'*Histoire romaine* de Rollin, premier bon livre qui eût pénétré dans le pays : ils résolurent aussitôt de la consulter. L'institution des magistrats temporaires, celle des consuls obtint leurs suffrages. Il n'en fut pas de même du sénat ; ce corps constitué leur déplut. Peut-être ne le repoussèrent-ils que parce qu'ils n'auraient su où trouver des sénateurs.

« Quoi qu'il en soit, le nouveau Congrès se rassembla à

l'Assomption en 1813. Jamais assemblée chargée de jeter les bases d'un gouvernement et de donner des chefs à l'État ne fut plus mal composée. Quoiqu'il y eût au Paraguay des hommes, sinon instruits, du moins doués d'un jugement sain, la plupart des choix tombèrent sur ce qu'il y avait au monde de plus inepte. Ces députés passaient leur temps dans les tavernes ; et comme ils n'avaient aucune opinion propre sur les affaires qui allaient se traiter, ils se faisaient instruire par d'autres sur ce qu'ils devaient dire ou voter. Le docteur Francia, à raison de ses connaissances, fut plus consulté que personne, et se créa ainsi une grande clientèle. Après quelques séances, le Congrès, espèce de caricature digne du pinceau d'un Hogarth, abolit le gouvernement existant, et lui substitua, mais pour un an seulement, deux consuls, le docteur Francia et don Fulgencio Yegros, qui réunirent tous les pouvoirs. Habitués au régime d'un gouverneur, dont la volonté leur servait de loi, les Paraguays s'inquiétaient fort peu de bien définir le pouvoir des consuls, et de limiter leur autorité ; c'était comme une horde d'Indiens qui choisissait ses caciques. Les consuls prirent possession de leurs places ; le docteur Francia fit pressentir dès cette circonstance le sort qu'il réservait à son collègue. On leur avait préparé deux chaises curules, c'est-à-dire deux fauteuils recouverts en cuir, qui portaient les noms, l'un de César, l'autre de Pompée : Francia s'empara du premier et laissa le second à Yegros, qui ne fut pas mieux traité dans la distribution du pouvoir. Après quelques débats il eut, à la vérité, la moitié des troupes sous ses ordres ; mais chacun d'eux devant alternativement exercer, tous les quatre mois, l'autorité suprême, Francia s'arrangea si bien, qu'il commença cette rotation de manière que les quatre premiers et les quatre derniers mois de l'année lui étaient dévolus ; après quoi le Congrès devait de nouveau se rassembler.

« Les affaires prirent, sous ce régime, une marche plus régulière. On établit une secrétairerie d'État. La *cabildo* rentra en activité comme tribunal de première instance, et ses membres furent en outre chargés de nouveau des diverses fonctions de police et de judicature, que chacun remplissait déjà en particulier. On surveilla les commandants des *villas* et de la campagne. Les finances, qui avaient été négligées sous l'administration précédente, furent réglées. La troupe de ligne et la milice furent mieux organisées. Le docteur Francia surtout consacrait son temps et ses soins à exercer ses soldats et à se les attacher. Pour ôter aux Espagnols toute influence politique, les consuls rendirent, en mars 1814, un décret qui les frappait de mort civile, et leur défendait d'épouser des femmes blanches ; acte auquel la jalousie n'était peut-être pas étrangère.

« Les relations, jusque-là amicales, avec les pays voisins, devinrent équivoques. Le gouvernement de Buenos-Ayres cherchait à se faire un parti dans le Paraguay, et à mettre ce nouvel État sous sa dépendance : le docteur Francia repoussa avec force les insinuations des envoyés de cette république. Il n'en était pas de même de son collègue ; pour son malheur Yegros n'était que trop enclin à les écouter. Le premier redoutait la domination de Buenos-Ayres autant que celle des Espagnols, et sut même éloigner du pays plusieurs personnes notables qui étaient disposées à une réunion. D'un autre côté les différends de Buenos-Ayres avec Artigas, et la guerre que celui-ci faisait aux Portugais, pouvaient avoir des suites fâcheuses pour le Paraguay.

« Quoiqu'il se commît toujours des actes arbitraires par des magistrats dont le pouvoir était si peu déterminé, cela se faisait avec quelque apparence de formes ; en sorte que, pour un pays comme le Paraguay, ce consulat pouvait passer pour un gouvernement assez régulier. Mais le docteur Francia n'était point fait pour partager l'autorité suprême avec personne, et surtout avec un homme qu'il méprisait, autant qu'il redoutait son parti.

« Son ambition ne tarda pas à se mettre dans tout son jour, lorsqu'en 1814 le Congrès se réunit pour renouveler le gouvernement. Afin de se débarrasser de son adversaire, il engagea l'assemblée à confier la direction de la république à un seul magistrat, à l'imitation des provinces voisines, qui avaient à leur tête soit un gouverneur, soit un directeur. Il proposa, en s'appuyant sur l'exemple des Romains, la dictature, comme unique moyen de sauver la république menacée au-dehors. Voyant, le premier jour, que les voix se portaient sur don Fulgencio Yegros, il eut l'adresse d'empêcher qu'on ne passât au scrutin. Menacé du même résultat à la seconde séance, il usa du même artifice. Enfin le troisième jour, les députés comprirent le motif qui faisait ajourner l'élection ; et, las de vivre à leurs dépens dans la capitale, las surtout d'assister au Congrès, où ils ne faisaient que s'ennuyer, ils votèrent à une grande majorité pour le docteur Francia. Celui-ci ne dut pas tout cependant à la lassitude ; le soin qu'il eut de faire arriver, au moment le plus critique, une garde d'honneur de quelques centaines d'hommes dévoués, qui cernèrent l'église où siégeaient ces messieurs, lui valut sans doute plus d'un suffrage. Toutes ces raisons se réunirent pour faire nommer le docteur Francia dictateur pendant trois ans. À peine s'il y avait alors, je ne dirai pas au Congrès, mais dans tout le Paraguay, une vingtaine de personnes qui sussent ce que le mot *dictateur* signifie ; l'on n'y attachait d'autre sens que celui de gouverneur : ces hommes simples ne se doutaient pas qu'ils allaient être pris au mot si cruellement. Le Congrès attribua en même temps à Francia le titre d'Excellence avec un traitement de 9 000 piastres, dont il ne voulut accepter que le tiers, disant que l'État avait plus besoin d'argent que lui : marque d'un désintéressement dont il ne s'est jamais départi. »

ANNEXES

LETTRE À CHRÉTIEN-GUILLAUME
LAMOIGNON DE MALESHERBES (1791[1])

J'ai écrit de Philadelphie et de New-York à mon illustre et vénérable maître ; je lui ai dit que nous avions eu une longue traversée et que je n'ai trouvé jusqu'ici ni renseignement ni encouragement pour mon voyage : j'ai bien peur qu'il n'avorte et qu'il ne soit qu'une reconnaissance dans le désert, mais enfin il me familiarisera avec la vie que je dois mener ; je me ferai aux coutumes des Indiens, aux privations de tous genres ; je deviendrai un coureur de bois avant de devenir le Christophe Colomb de l'Amérique polaire. Au surplus, je suis content de ce que je vois, et si le découvreur s'afflige, le poète s'applaudit. Je tâche de ramasser des plantes ; mais je ne m'y connais guère, et on se moquera de moi.

Je suis maintenant chez les Sauvages du Niagara à cinq ou six lieues de la cataracte que j'entends comme si j'étais au bord.

Vous avez revu les épreuves d'*Émile*. Pourquoi ne jetteriez-vous pas les yeux sur une page où il s'agit d'éducation ? Traitez-moi comme un petit Jean-Jacques : je ne m'élèverai pas si haut que lui, et je ne vous parlerai que des bambins

1. *Correspondance générale*, Paris, Gallimard, 1977, t. I, lettre n° 15, p. 60-63.

iroquois. Il faut que je vous raconte ce qui s'est passé ce matin même chez mes hôtes.

L'herbe était encore couverte de rosée, le vent sortait des forêts tout parfumé, les feuilles du mûrier sauvage se repliaient sur les cocons d'une espèce de ver à soie et les plantes à coton du pays renversant leurs capsules ressemblaient à des rosiers blancs.

Les Indiennes s'occupaient de divers ouvrages, réunies au pied d'un gros hêtre pourpre. Leurs nourrissons étaient suspendus dans des roseaux aux branches de l'arbre.

Nous étions assis à part, l'interprète et moi, avec les guerriers, au nombre de sept ; nous avions tous une longue pipe à la bouche : deux ou trois de ces Indiens parlaient anglais. À quelque distance, de jeunes garçons s'ébattaient, mais au milieu de leurs jeux, ils ne prononçaient pas un mot. On n'entendait point l'étourdissante criaillerie des enfants européens. Ces adolescents bondissaient comme des chevreuils, et ils étaient muets comme eux. Un garçon de sept ou huit ans, se détachant de la troupe, venait téter sa mère.

L'enfant n'est jamais sevré de force ; après s'être nourri d'autres aliments, il épuise le sein de sa mère, comme la coupe que l'on vide à la fin d'un banquet. Quand la nation entière meurt de faim, l'enfant trouve encore au sein maternel la source de vie. Cette coutume est peut-être une des causes qui empêchent les tribus américaines de s'accroître autant que les familles européennes.

Les pères ont parlé aux enfants et les enfants ont répondu aux pères : je me suis fait rendre compte du colloque ; voici ce qui s'est passé :

Un Sauvage d'une trentaine d'années a appelé son fils et l'a invité à sauter moins fort ; l'enfant a répondu : *c'est raisonnable*. Et, sans faire ce que le père lui disait, il a sauté plus fort.

Le grand-père de l'enfant l'a appelé à son tour et lui a dit : *Fais cela* ; et le petit garçon s'est soumis. Ainsi l'enfant a désobéi à son père qui le priait, et il a obéi à son aïeul qui lui commandait.

On n'inflige jamais une punition à l'enfant : il ne reconnaît

que l'autorité de l'âge et celle de sa mère. Lorsqu'elle est
devenue vieille, il la nourrit.

À l'égard du père, tant qu'il est jeune, l'enfant le compte
pour rien ; mais lorsqu'il avance dans la vie, son fils l'honore,
non comme un père, mais comme un vieillard, c'est-à-dire
comme une homme de bon conseil et d'expérience.

Cette manière d'élever les enfants devrait les rendre sujets
à l'humeur et aux caprices ; cependant les enfants des Sauvages n'ont ni caprices ni humeur parce qu'ils ne désirent
que ce qu'ils savent pouvoir obtenir. S'il arrive à une enfant
de pleurer pour quelque chose que sa mère n'a pas, on lui
dit d'aller prendre cette chose où il l'a vue ; or comme il
n'est pas le plus fort et qu'il sent sa faiblesse, il oublie l'objet de sa convoitise. Si l'enfant sauvage n'obéit à personne,
personne ne lui obéit.

Les Indiens ne se querellent point, ne se battent point :
ils ne sont ni bruyants, ni tracassiers, ni hargneux ; ils ont
dans l'air je ne sais quoi de sérieux comme le bonheur, de
noble comme l'indépendance.

Quand l'adolescent commence à sentir le goût de la pêche,
de la chasse, de la guerre, de la politique, il étudie et imite
les arts qu'il voit pratiquer : il apprend à coudre un canot, à
tresser un filet, à manier l'arc, le fusil, le casse-tête, la hache,
à couper un arbre, à bâtir une hutte, à expliquer *les colliers*.
Ce qui est un amusement pour le fils est une autorité pour
le père : le droit de la force et de l'intelligence de celui-ci
est reconnu, et ce droit le conduit peu à peu au pouvoir du
Sachem.

Les filles jouissent de la même liberté que les garçons ;
elles font à peu près ce qu'elles veulent, mais elles restent
davantage avec leurs mères qui leur enseignent les travaux
du ménage. Lorsqu'une jeune Indienne a mal agi, sa mère
se contente de lui jeter des gouttes d'eau au visage et de
lui dire : Tu me fais honte. Ce reproche manque rarement
son effet.

Nous sommes restés jusqu'à midi à la porte de la cabane :
le soleil était devenu brûlant. Un de nos hôtes s'est avancé
vers les petits garçons et leur a dit : *Le soleil vous mangera
la tête, allez dormir*. Ils se sont tous écriés : *C'est juste !* et

pour toute marque de soumission, ils ont continué leurs divertissements.

Les femmes se sont levées alors, l'une montrant de la *sagamité* dans un vase de bois, l'autre un fruit, une troisième déroulant une natte ; elles ont appelé la troupe obstinée en joignant à chaque nom un mot de tendresse. À l'instant les enfants ont volé à leurs mères comme une couvée d'oiseaux. Les femmes les ont saisis, et chacune d'elles a emporté avec assez de peine son fils qui mangeait dans les bras maternels ce qu'on venait de lui donner.

Mais au milieu de quels événements ces détails viendront-ils vous surprendre ? et sais-je si cette lettre écrite du fond des bois vous arrivera jamais ? Chargez-vous, je vous prie, de mes souvenirs et de mes amitiés pour votre petite-fille et pour mon frère.

NOTE SUR LES QUAKERS[1]

Une étincelle de l'incendie allumé sous Charles Ier, tombe en Amérique en 1637 (émigration des Puritains), l'embrase en 1765, repasse l'Océan en 1789 pour ravager de nouveau l'Europe. Il y a quelque chose d'incompréhensible dans ces générations de malheurs.

En songeant à l'empire américain d'aujourd'hui, on ne peut s'empêcher de jeter les yeux en arrière sur son origine. C'est une chose désolante et amusante à la fois, que de contempler les pauvres humains jouets de leurs propres folies, et conduits aux mêmes résultats par les préjugés les plus opposés. Les Puritains avaient demandé à Dieu, avec prières, qu'il les dirigeât dans leur pieuse émigration, et Dieu les conduisit au cap Cod, où ils périrent presque tous de faim et de misère. Bientôt après, leurs ennemis mortels, les Catholiques, viennent débarquer auprès d'eux sur les mêmes rivages. Une cargaison de graves fous, avec

---

1. *Essai sur les révolutions*, *op. cit.*, Ire partie, chap. XXXIII, note F, p. 147-148.

de grands chapeaux et des habits sans boutons, descendent ensuite sur les bords de la Delaware, etc. Que devait penser un Indien regardant, tour à tour, les étranges histrions de cette grande farce tragi-comique que joue sans cesse la société ? En voyant des hommes brûler leurs frères dans la Nouvelle-Angleterre, pour l'amour du ciel ; une autre race en Pennsylvanie, faisant profession de se laisser couper la gorge sans se défendre ; une troisième dans le Maryland, accompagnée de prêtres bigarrés, couverts de croix, de grimoires, et professant tolérance universelle ; une quatrième en Virginie avec des esclaves noirs et des docteurs persécuteurs en grandes robes ; cet Indien, sans doute, ne pouvait s'imaginer que ces gens-là venaient d'un même pays ? Cependant, tous sortaient de la petite île d'Angleterre, tous ne formaient qu'une seule et même nation. Quand on songe à la variété et à la complication de maladies qui fermentent dans un corps politique, on comprend à peine son existence.

Sur la foi des livres et des intéressés, au seul nom des Américains, nous nous enthousiasmons de ce côté-ci de l'Atlantique. Nos gazettes ne nous parlent que des Romains de Boston et des tyrans de Londres. Moi-même, épris de la même ardeur, lorsque j'arrivai à Philadelphie, pleine de mon Raynal, je demandai en grâce qu'on me montrât un de ces fameux Quakers, vertueux descendants de Guillaume Penn. Quelle fut ma surprise quand on me dit que, si je voulais me faire duper, je n'avais qu'à entrer dans la boutique d'un Frère ; et que si j'étais curieux d'apprendre jusqu'où peut aller l'esprit d'intérêt et d'immoralité mercantile, on me donnerait le spectacle de deux Quakers, désirant acheter quelque chose l'un de l'autre, et cherchant à se leurrer mutuellement. Je vis que cette société si vantée, n'était, pour la plupart, qu'une compagnie de marchands avides, sans chaleur et sans sensibilité, qui se sont fait une réputation d'honnêteté, parce qu'ils portent des habits différents de ceux des autres, ne répondent jamais ni oui, ni non, n'ont jamais deux prix, parce que le monopole de certaines marchandises vous forcent d'acheter avec eux au prix qu'ils veulent, en un mot, de froids comédiens qui jouent sans cesse une farce de probité, calculée à un immense intérêt, et chez qui la vertu est une affaire d'agiotage*.

Chaque jour, voyant ainsi, l'une après l'autre, se dissiper mes chimères, et cela me faisait grand mal. Lorsque par la suite je connus davantage les Américains, j'ai parfois dit à quelques-uns d'entre eux, devant qui je pouvais ouvrir mon âme : « J'aime votre pays et votre gouvernement, mais je ne vous aime point » : et ils m'ont entendu.

NOTE SUR SON VOYAGE EN AMÉRIQUE[1]

Dans l'*Essai sur les révolutions* (édition Ladvocat, 1826), Chateaubriand présente sa note sur l'Amérique en ces termes :

« Voici, à propos d'Abailard, un assez long morceau de mes voyages en Amérique. On y retrouve la description de la cataracte de Niagara, description que j'ai transportée dans *Atala*. J'entre dans un récit assez circonstancié sur mes projets de découverte dans l'Amérique septentrionale. Ce ne sont donc ni les voyages de Mackenzie ni les dernières expéditions des Anglais, qui m'ont fait dire que j'avais voulu autrefois tenter la découverte du passage dans les mers polaires, au nord-ouest du Canada, découverte que poursuit dans ce moment même le capitaine Franklin. Mon projet avait précédé toutes ces entreprises ; en voilà la preuve consignée dans l'Essai publié à Londres en 1797, il y a vingt-neuf ans. C'est ainsi que la Providence m'a placé plusieurs fois à l'entrée de diverses carrières où j'ai toujours eu en perspective le but le plus difficile et le plus éloigné ;

---

* Cette note a paru dans le temps assez piquante, mais le ton en est peu convenable : c'est de la philosophie impie et l'histoire à la manière de Voltaire. Les États-Unis et les Américains ont pris entre les gouvernements et les nations un rang qui ne permet plus de parler d'eux avec cette légèreté (*nouv. éd.*).

1. *Ibid.*, II⁰ partie, chap. XXIII, note A, p. 351-354. Chateaubriand date lui-même la note de 1794 : voir l'« introduction » du *Voyage en Amérique*, p. 112.

elle m'a mis tour à tour à la main le bâton de voyageur, l'épée de soldat, la plume de l'écrivain et le portefeuille du ministre (*nouv. éd.*). »

J'ai bien éprouvé une fois dans ma vie cet effet d'un nom. C'était en Amérique. Je partais alors pour le pays des Sauvages, et je me trouvais embarqué sur le paquebot qui remonte de New York à Albany par la rivière d'Hudson. La société des passagers était nombreuse et aimable, consistant en plusieurs femmes et quelques officiers américains. Un vent frais nous conduisait mollement à notre destination. Vers le soir de la première journée, nous nous assemblâmes sur le pont, pour prendre une collation de fruits et de lait. Les femmes s'assirent sur les bancs du gaillard et les hommes se mirent à leurs pieds. La conversation ne fut pas longtemps bruyante : j'ai toujours remarqué qu'à l'aspect d'un beau tableau de la nature, on tombe involontairement dans le silence. Tout à coup je ne sais qui de la compagnie s'écria : « C'est auprès de ce lieu que le Major André fut exécuté. » Aussitôt voilà mes idées bouleversées ; on pria une Américaine très jolie de chanter la romance de l'infortuné jeune homme ; elle céda à nos instances, et commença à faire entendre une voix timide, pleine de volupté et d'émotion. Le soleil se couchait ; nous étions alors entre de hautes montagnes. On apercevait çà et là, suspendus sur ces abîmes, des cabanes rares qui disparaissaient et reparaissaient tour à tour entre les nuages, mi-partie blancs et roses, qui filaient horizontalement à la hauteur de ces habitations. Lorsqu'au-dessus de ces mêmes nuages on découvrait la cime des rochers et les sommets chevelus des sapins, on eût cru voir de petites îles flottantes dans les airs. La rivière majestueuse, tantôt coulant Nord et Sud, s'étendait en ligne droite devant nous, encaissée entre deux rives parallèles, comme une table de plomb ; puis tout à coup, tournant à l'aspect du couchant, elle courbait ses flots d'or autour de quelque mont qui, s'avançant dans le fleuve avec toutes ses plantes, ressemblait à un gros bouquet de verdure, noué au pied d'une zone bleue et aurore. Nous gardions un profond silence ; pour moi, j'osais à peine respirer. Rien n'interrompait le chant plaintif de la jeune passagère, hors le bruit insensible que le vaisseau, poussé par une légère brise, faisait en glissant sur l'onde. Quelquefois la voix se renflait un peu davantage lorsque nous rasions de plus près la rive ; dans deux ou trois endroits elle fut répétée par un faible écho : les Anciens se seraient imaginé que l'âme d'André, attirée par cette mélodie touchante, se plaisait à en murmurer les derniers sons dans les montagnes. L'idée de ce jeune homme, amant, poète, brave et infortuné, qui, regretté de ses concitoyens, et honoré des larmes de Washington, mourut dans la fleur de l'âge pour son pays, répandait sur cette scène romantique une teinte encore plus attendrissante. Les officiers américains et moi nous avions les larmes aux yeux ; moi, par l'effet du recueillement délicieux où j'étais plongé ; eux, sans doute, par le souvenir des troubles passés de la patrie, qui redoublait le calme du moment présent. Ils ne pouvaient contempler, sans une sorte d'extase de cœur ; ces lieux naguère chargés de bataillons étincelants et retentissants du bruit des armes, maintenant ensevelis dans une paix profonde, éclairés des derniers feux du jour, décorés de la pompe de la nature, animés du doux sifflement des cardinaux et du roucoulement des ramiers sauvages, et dont les simples habitants, assis sur la pointe du roc, à quelque distance de leurs chaumières, regardaient tranquillement notre vaisseau passer sur le fleuve au-dessous d'eux.

Au reste, ce voyage que j'entreprenais alors, n'était que le prélude d'un autre bien plus important, dont à mon retour j'avais communiqué les plans à M. de Malesherbes, qui devait les présenter au gouvernement. Je ne me proposais rien de moins que de déterminer par terre la grande question du passage de la mer du Sud dans l'Atlantique par le Nord. On sait que malgré les efforts du capitaine Cook, et des navigateurs subséquents, il est toujours resté un doute. Un vaisseau marchand, en 1786, prétendit avoir entré, par les 48° latit. N., dans une mer intérieure de l'Amérique septentrionale, et que tout ce qu'on avait pris pour la côte au nord de la Californie, n'était qu'une longue chaîne d'îles extrêmement serrées. D'une autre part, un voyageur, parti de la baie d'Hudson, a vu la mer par les 72ᵉ de latit. Nord, à l'embouchure de la rivière du *Cuivre*. On dit qu'il est arrivé l'été dernier une frégate, que l'Amirauté d'Angleterre avait chargée de vérifier la découverte du vaisseau marchand dont j'ai parlé, et que cette frégate confirme la vérité des rapports de Cook : quoi qu'il en soit, voici sommairement le plan que je m'étais tracé.

Si le gouvernement avait favorisé mon projet, je me serais embarqué pour New-York. Là, j'eusse fait construire deux immenses chariots couverts, traînés par quatre couples de bœufs. Je me serais procuré en outre six petits chevaux, pareils à ceux dont je me suis servi dans mon premier voyage. Trois domestiques européens, et trois Sauvages des Cinq-Nations, m'eussent accompagné. Quelques raisons m'empêchent de m'étendre davantage sur les plans que je comptais suivre : le tout forme un petit volume en ma possession, qui ne serait pas inutile à ceux qui explorent des régions inconnues. Il me suffira de dire que j'eusse renoncé à parcourir les déserts de l'Amérique, s'il eût dû coûter une larme à leurs simples habitants. J'aurais désiré que parmi ces nations sauvages, *l'homme à longue barbe*, longtemps après mon départ, eût voulu dire, l'ami, le bienfaiteur des hommes.

Enfin, tout étant préparé, je me serais mis en route, marchant directement à l'Ouest, en longeant des lacs du Canada jusqu'à la source du Mississippi, que j'aurais reconnue. De là, descendant par les plaines de la haute Louisiane, jusqu'au 40ᵉ degré de latitude Nord, j'eusse repris ma route à l'Ouest, de manière à attaquer la côte de la mer du Sud, un peu au-dessus de la tête du golfe de Californie. Suivant ici le contour des côtes, toujours en vue de la mer, j'aurais remonté droit au Nord, tournant le dos au Nouveau-Mexique. Si aucune découverte n'eût altéré ma marche, je me fusse avancé jusqu'à l'embouchure de la grande rivière de *Cook*, et de là jusqu'à celle de la rivière du *Cuivre*, par les 72 degrés de latitude septentrionale. Enfin, si nulle part je n'eusse trouvé un passage, et que je n'eusse pu doubler le cap le plus Nord de l'Amérique, je serais rentré dans les États-Unis par la baie d'Hudson, le Labrador et le Canada.

Tel était l'immense et périlleux voyage que je me proposais

d'entreprendre pour le service de ma patrie et de l'Europe. Je calculais qu'il m'eût retenu (tout accident à part) de cinq à six ans. On ne saurait mettre en doute son utilité. J'aurais donné l'histoire des trois règnes de la nature, dessiné les principales vues, etc., etc.

Quant à ce qui est des risques du voyage, ils sont grands, sans doute ; mais je suppose que ceux qui calculent tous les dangers ne vont guère voyager chez les Sauvages. Cependant on s'effraie trop sur cet article. Lorsque je me suis trouvé exposé en Amérique, le péril venait toujours du local, et de ma propre imprudence, mais presque jamais des hommes. Par exemple, à la cataracte de Niagara, l'échelle indienne, qui s'y trouvait jadis, était rompue, je voulus, en dépit des représentations de mon guide, me rendre au bas de la chute par un rocher à pic d'environ deux cents pieds de hauteur. Je m'aventurai dans la descente. Malgré les rugissements de la cataracte et l'abîme effrayant qui bouillonnait au-dessous de moi, je conservai ma tête, et parvins à une quarantaine de pieds du fond. Mais ici le rocher lisse et vertical n'offrait plus ni racines, ni fentes où pouvoir reposer mes pieds. Je demeurai suspendu par la main à toute ma longueur, ne pouvant ni remonter, ni descendre, sentant mes doigts s'ouvrir peu à peu de lassitude sous le poids de mon corps, et voyant la mort inévitable : il y a peu d'hommes qui aient passé dans leur vie deux minutes comme je les comptai alors, suspendu sur le gouffre de Niagara. Enfin, mes mains s'ouvrirent et je tombai. Par le bonheur le plus inouï, je me trouvai sur le roc vif, où j'aurais dû me briser cent fois, et cependant je ne me sentais pas grand mal ; j'étais à un demi-pouce de l'abîme, et je n'y avais pas roulé : mais lorsque le froid de l'eau commença à me pénétrer, je m'aperçus que je n'en étais pas quitte à aussi bon marché que je l'avais cru d'abord. Je sentis une douleur insupportable au bras gauche ; je l'avais cassé au-dessus du coude. Mon guide, qui me regardait d'en haut, et auquel je fis signe, courut chercher quelques Sauvages qui, avec beaucoup de peine, me remontèrent avec des cordes de bouleau, et me trans-portèrent chez eux.

Ce ne fut pas le seul risque que je courus à Niagara :

en arrivant, je m'étais rendu à la chute, tenant la bride de mon cheval entortillée à mon bras. Tandis que je me penchais pour regarder en bas, un serpent à sonnette remua dans les buissons voisins ; le cheval s'effraie, recule en se cabrant et en approchant du gouffre ; je ne puis désengager mon bras des rênes, et le cheval, toujours plus effarouché, m'entraîne après lui. Déjà ses pieds de devant quittaient la terre, et accroupi au bord de l'abîme, il ne s'y tenait plus que par force de reins. C'en était fait de moi, lorsque l'animal, étonné lui-même du nouveau péril, fait un dernier effort, s'abat en dedans par une pirouette, et s'élance à dix pieds loin du bord.

Lorsque j'ai commencé cette note, je ne comptais la faire que de quelques lignes ; le sujet m'a entraîné ; puisque la faute est commise, une demi-page de plus ne m'exposera pas davantage à la critique, et le lecteur sera peut-être bien aise qu'on lui dise un mot de cette fameuse cataracte du Canada, la plus belle du monde connu.

Elle est formée par la rivière Niagara, qui sort du lac Érié, et se jette dans l'Ontario. À environ neuf milles de ce dernier lac se trouve la chute : sa hauteur perpendiculaire peut être d'environ deux cents pieds. Mais ce qui contribue à la rendre si violente, c'est que, depuis le lac Érié jusqu'à la cataracte, le fleuve arrive toujours en déclinant par une pente rapide, dans un cours de près de six lieues ; en sorte qu'au moment même du saut, c'est moins une rivière qu'une mer impétueuse, dont les cent mille torrents se pressent à la bouche béante d'un gouffre. La cataracte se divise en deux branches, et se courbe en un fer à cheval d'environ un demi-mille de circuit. Entre les deux chutes s'avance un énorme rocher creusé en dessous, qui pend, avec tous ses sapins, sur le chaos des ondes. La masse du fleuve qui se précipite au midi, se bombe et s'arrondit comme un vaste cylindre au moment qu'elle quitte le bord, puis se déroule en nappe de neige, et brille au soleil de toutes les couleurs du prisme. Celle qui tombe au nord, descend dans une ombre effrayante, comme une colonne d'eau du déluge. Des arcs-en-ciel sans nombre se courbent et se croisent sur l'abîme, dont les terribles mugissements se font entendre à soixante

milles à la ronde. L'onde, frappant le roc ébranlé, rejaillit
en tourbillons d'écume qui, s'élevant au-dessus des forêts,
ressemblent aux fumées épaisses d'un vaste embrasement.
Des rochers démesurés et gigantesques, taillés en forme de
fantômes, décorent la scène sublime ; des noyers sauvages,
d'un aubier rougeâtre et écailleux, croissent chétivement
sur ces squelettes fossiles. On ne voit auprès aucun animal
vivant, hors des aigles qui, en planant au-dessus de la cataracte où ils viennent chercher leur proie, sont entraînés par
le courant d'air, et forcés de descendre en tournoyant au
fond de l'abîme. Quelque *carcajou* tigré se suspendant par
sa longue queue à l'extrémité d'une branche abaissée, essaie
d'attraper les débris des corps noyés des élans et des ours
que le remole jette à bord ; et les serpents à sonnette font
entendre de toutes parts leurs bruits sinistres.

NOTE SUR TULLOCH, LES AÇORES ET TERRE-NEUVE[1]

L'histoire de ce jeune homme est trop singulière pour
n'être pas racontée, surtout écrivant en Angleterre, où elle
peut intéresser plusieurs personnes. J'invite le lecteur à la
parcourir avant de continuer la lecture du chapitre.

M. T. était né d'une mère écossaise et d'un père anglais,
ministre, je crois, de W. (quoique j'aie fait en vain des
démarches pour trouver celui-ci, et que je puis d'ailleurs
avoir oublié les vrais noms). Il servait dans l'artillerie, où
son mérite l'eût sans doute bientôt fait distinguer. Peintre,
musicien, mathématicien, parlant plusieurs langues, il réunissait aux avantages d'une taille élevée et d'une figure charmante, les talents utiles et ceux qui nous font rechercher
de la société.

M. N..., supérieur de Saint..., étant venu à Londres,
je crois en 1790, pour ses affaires, fit la connaissance de
T. À l'esprit rusé d'un vieux prêtre, M. N... joignait cette

1. *Ibid.*, IIᵉ partie, chap. LIV, note A, p. 421-423.

chaleur d'âme qui fait aisément des prosélytes parmi des hommes d'une imagination aussi vive que celle de T. Il fut donc résolu que celui-ci passerait à Paris, renverrait de là sa commission au duc de Richmond, embrasserait la religion romaine, et, entrant dans les Ordres, suivrait M. N... en Amérique. La chose fut exécutée ; et T..., en dépit des lettres de sa mère, qui lui tiraient des larmes, s'embarqua pour le Nouveau Monde.

Un de ces hasards qui décident de notre destinée, m'amena sur le même vaisseau où se trouvait ce jeune homme. Je ne fus pas longtemps sans découvrir cette âme, si mal assortie avec celles qui l'environnaient ; et j'avoue que je ne pouvais cesser de m'étonner de la chance singulière qui jetait un Anglais, riche et bien né, parmi une troupe de prêtres catholiques. T., de son côté, s'aperçut que je l'entendais : il me recherchait, mais il craignait M. N., qui marquait de moi une juste défiance, et redoutait une trop grande intimité entre moi et son disciple.

Cependant notre voyage se prolongeait, et nous n'avions pu encore nous ouvrir l'un à l'autre. Une nuit enfin nous restâmes seuls sur le gaillard, et T. me conta son histoire. Je lui représentais que s'il croyait la religion romaine meilleure que la protestante, je n'avais rien à dire à cet égard ; mais que d'abandonner sa patrie, sa famille, sa fortune pour aller courir à l'autre bout du monde avec un séminaire de prêtres, me paraissait une insigne folie dont il se repentirait amèrement. Je l'engageai à rompre avec M. N. : comme il lui avait confié son argent, et qu'il craignait de ne pouvoir le ravoir, je lui dis que nous partagerions ma bourse ; que mon dessein était de voyager chez les Sauvages, aussitôt que j'aurais remis mes lettres de recommandation au général Washington ; que s'il voulait m'accompagner dans cette intéressante caravane, nous reviendrions ensemble en Europe ; que je passerais par amitié pour lui en Angleterre, et que j'aurais le plaisir de le remettre moi-même au sein de sa famille. Je me chargeai en même temps d'écrire à sa mère, et de lui annoncer cette heureuse nouvelle. T. me promit tout, et nous nous liâmes d'une tendre amitié.

T. était, comme moi, épris de la nature. Nous passions
des nuits entières à causer sur le pont, lorsque tout dormait
dans le vaisseau, qu'il ne restait plus que quelques matelots
de quart ; que, toutes les voiles étant pliées, nous roulions au
gré d'une lame sourde et lente, tandis qu'une mer immense
s'étendait autour de nous dans les ombres, et répétait l'illu-
mination magnifique d'un ciel chargé d'étoiles. Nos conversations alors n'étaient peut-être pas tout à fait indignes du
grand spectacle que nous avions sous les yeux ; et il nous
échappait de ces pensées qu'on aurait honte d'énoncer dans
la société, mais qu'on serait trop heureux de pouvoir saisir,
et d'écrire. Ce fut dans une de ces belles nuits, qu'étant à
environ cinquante lieues des côtes de la Virginie, et cinglant
sous une légère brise de l'ouest, qui nous apportait l'odeur
aromatique de la terre, il composa, pour une romance française, un air qui exhalait le sentiment entier de la scène
qui l'inspira. J'ai conservé ce morceau précieux, et lorsqu'il
m'arrive de le répéter dans les circonstances présentes, il
fait naître en moi des émotions que peu de gens pourraient
comprendre.

Avant cette époque, le vent nous ayant forcés de nous
élever considérablement dans le Nord, nous nous étions
trouvés dans la nécessité de faire une seconde relâche à l'île
Saint-Pierre*. Durant les quinze jours que nous passâmes
à terre, T. et moi nous allions courir dans les montagnes
de cette île affreuse ; nous nous perdions au milieu des
brouillards dont elle est sans cesse couverte. L'imagination
sensible de mon ami se plaisait à ces scènes sombres et
romantiques : quelquefois, errant au milieu des nuages et
des bouffées de vent, en entendant les mugissements d'une
mer que nous ne pouvions découvrir, égarés sur une bruyère
laineuse et morte, au bord d'un torrent rouge qui roulait
entre des rochers, T. s'imaginait être le Barde de Cona ;
et, en sa qualité de demi-Écossais, il se mettait à déclamer
des passages d'*Ossian*, pour lesquels il improvisait des airs
sauvages, qui m'ont plus d'une fois rappelé le « *'t was like
the memory of joys that are past, pleasing and mournful to the*

---

* Sur la côte de Terre-Neuve.

soul ». Je suis bien fâché de n'avoir pas noté quelques-uns de ces chants extraordinaires, qui auraient étonné les amateurs et les artistes. Je me souviens que nous passâmes toute une après-dînée à élever quatre grosses pierres en mémoire d'un malheureux célébré dans un petit épisode à la manière d'*Ossian**. Nous nous rappelions alors Rousseau s'amusant à lever des roches dans son île, pour regarder ce qui était dessous : si nous n'avions pas le génie de l'auteur de l'*Émile*, nous avions du moins sa simplicité. D'autres fois nous herborisions.

Mais je prévis dès lors que T. m'échapperait. Nos prêtres se mirent à faire des processions, et voilà mon ami qui se monte la tête, court se placer dans les rangs, se met à chanter avec les autres. J'écrivis aussi de Saint-Pierre à la mère de T. Je ne sais si ma lettre lui aura été remise, comme le gouverneur me l'avait promis ; je désire qu'elle se soit perdue, puisque j'y donnais des espérances qui n'ont pas été réalisées.

Arrivé à Baltimore, sans me dire adieu, sans paraître sensible à notre ancienne liaison, à ce que j'avais fait pour lui (m'étant attiré la haine des prêtres), T. me quitta un matin, et je ne l'ai jamais revu depuis. J'essayai, mais en vain, de lui parler ; le malheureux était circonvenu, et il se laissa aller. J'ai été moins touché de l'ingratitude de ce jeune homme que de son sort : depuis ma retraite en Angleterre, j'ai fait de vaines recherches pour découvrir sa famille. Je n'avais d'autre envie que d'apprendre qu'il était heureux, et de me retirer ; car, quand je le connus, je n'étais pas ce que je suis ; je rendais alors des services, et ce n'est pas ma manière de rappeler des liaisons passées avec les riches, lorsque je suis tombé dans l'infortune. Je me suis présenté chez l'évêque de Londres, et sur les registres qu'on m'a permis de feuilleter, je n'ai pu trouver le nom du ministre T. Il faut que je l'orthographie mal. Tout ce que je sais, c'est que T. avait un frère, et que deux de ses sœurs étaient placées à la cour. J'ai peu trouvé d'hommes dont le cœur fût mieux en harmonie

---

* Il était tiré de mes *Tableaux de la Nature*, que quelques gens de lettres ont connus, et qui ont péri comme je le rapporte ci-après.

avec le mien que celui de T. ; cependant mon ami avait dans les yeux une arrière-pensée que je ne lui aurais pas voulue*.

LE VOYAGE AUX AÇORES[1]

Manquant d'eau et de provisions fraîches, et nous trouvant au printemps de 1791 par la hauteur des Açores, il fut résolu que nous y relâcherions. Dans le vaisseau sur lequel je passais en Amérique, il y avait plusieurs prêtres français qui émigraient à Baltimore, sous la conduite du supérieur de S^t..., M. N. Parmi ces prêtres se trouvaient quelques étrangers, en particulier M. T., jeune Anglais d'une excellente famille, qui s'était nouvellement converti à la religion romaine.

Le 6 mai, vers les huit heures du matin, nous découvrîmes le pic de l'île du même nom, qui, dit-on, surpasse en hauteur celui de Ténériffe ; bientôt nous aperçûmes une terre plus basse, et, entre onze heures et midi, nous jetâmes l'ancre dans une mauvaise rade, sur un fond de roches, par quarante-cinq brasses d'eau.

L'île *Graciosa*, devant laquelle nous étions mouillés, se forme de petites collines un peu renflées au sommet, comme les belles courbes de vases corinthiens. Elles étaient alors couvertes de la verdure naissante des blés, d'où s'exhalait une odeur suave, particulière aux moissons des Açores. On voyait paraître, au milieu de ces tapis onduleux, les divisions symétriques des champs, formées de pierres volcaniques mi-partie blanches et noires, et entassées les unes sur les

* Il n'y a de passable dans cette note que mes descriptions comme voyageur. Il fallait bien, au reste, puisque j'étais philosophe, que j'eusse tous les caractères de ma secte : la fureur du propagandisme et le penchant à calomnier les prêtres. J'ai été plus heureux comme ambassadeur, que je ne l'avais été comme émigré. J'ai retrouvé à Londres, en 1822, M. T., il ne s'est point fait prêtre ; il est resté dans le monde ; il s'est marié ; il est devenu vieux comme moi ; il n'a plus d'*arrière-pensée dans les yeux* : son roman, ainsi que le mien, est fini. (*nouv. éd.*).

1. *Ibid.*, IIe partie, chap. LIV, p. 421-427.

autres, comme des murs à hauteur d'appui bâtis à froid.
Des figuiers sauvages, avec leurs feuilles violettes, et leurs
petites figues pourprées arrangées comme des nœuds de
chapelets sur les branches, étaient semés çà et là dans la
campagne. Une abbaye se montrait au haut d'un mont ;
au pied de ce mont, dans une anse caillouteuse, apparaissaient les toits rouges de la petite ville de Santa-Cruz. Toute
l'île, avec ses découpures de baies, de caps, de criques, de
promontoires, répétait son paysage inverti dans les flots.
De grands rochers nus, verticaux au plan des vagues, lui
servaient de ceinture extérieure, et contrastaient par leurs
couleurs enfumées, avec les festons d'écume qui s'y appendaient au soleil comme une dentelle d'argent. Le pic de l'île
du même nom, par-delà Graciosa, s'élevait majestueusement
dans le fond du tableau au-dessus d'une coupole de nuages.
Une mer couleur d'émeraude, et un ciel du bleu le plus pur,
formaient la tenture de la scène ; tandis que des goélands,
des mauves blanches, des corneilles marbrées des Açores
planaient pesamment en criant au-dessus du vaisseau à
l'ancre, coupaient la surface des vagues avec leurs grandes
ailes recourbées en manière de faux, et augmentaient autour
de nous le bruit, le mouvement et la vie.

Il fut décidé que j'irais à terre comme interprète avec T.,
un autre jeune homme, et le second capitaine ; on mit la
chaloupe en mer, et nos matelots ramèrent vers le rivage,
dont nous étions à environ deux milles. Bientôt nous aperçûmes du mouvement sur la côte, et un large canot s'avança
vers nous. Aussitôt qu'il parvint à la portée de la voix, nous
distinguâmes une quantité de moines. Ils nous hélèrent en
portugais, en italien, en anglais, et nous répondîmes, dans
ces trois langues, que nous étions français. L'alarme régnait
dans l'île : notre vaisseau était le premier bâtiment d'un
grand port qui y eût jamais abordé et qui eût osé mouiller
dans la rade dangereuse où nous nous trouvions ; d'une
autre part, notre pavillon tricolore n'avait point encore flotté
dans les parages, et l'on ne savait si nous sortions d'Alger ou
de Tunis. Quand on vit que nous portions figures humaines,
et que nous entendions ce qu'on nous disait, la joie fut universelle : les moines nous firent passer dans leur bateau, et

nous arrivâmes à Santa-Cruz, où nous débarquâmes avec difficulté, à cause d'un ressac assez violent qui se forme à terre.

Toute l'île accourt pour nous voir. Quatre ou cinq malheureux, qu'on avait armés de vieilles piques à la hâte, s'emparèrent de nous. L'uniforme de Sa Majesté m'attirant particulièrement les honneurs, je passai pour l'homme important de la députation. On nous conduisit chez le Gouverneur, dans une misérable maison où son Éminence*, vêtue d'un méchant habit vert autrefois galonné d'or, nous donna notre audience de réception. Il nous permit d'acheter les différents articles dont nous nous faisions besoin.

On nous relâcha après cette cérémonie, et nos fidèles religieux nous menèrent à un hôtel large, commode et éclairé, qui ressemblait bien plus à celui du Gouverneur que le véritable.

T… avait trouvé un compatriote. Le principal Frère, qui se donnait tous les mouvements pour nous, était un matelot de Jersey, dont le vaisseau avait péri sur Graciosa plusieurs années auparavant. Lorsqu'il se fut sauvé seul à terre, ne manquant pas d'intelligence, il s'aperçut qu'il n'y avait qu'un métier dans l'île, celui de moine. Il se résolut de le devenir ; il se montra extrêmement docile aux leçons des bons Pères, apprit le portugais, et à lire quelques mots de latin ; enfin, sa qualité d'Anglais parlant pour lui, on sacra cette brebis ramenée au bercail. Le matelot jerseyais, nourri, logé, chauffé, à ne rien faire, et à boire du *fayal*, trouvait cela beaucoup plus doux, que d'aller ferler la misaine sur le bout de la vergue.

Il se ressouvenait encore de son ancien métier. Ayant été longtemps sans parler sa langue, il était enchanté de trouver enfin quelqu'un qui l'entendît ; il riait, jurait, nous racontait en vrai marin l'histoire scandaleuse du Père tel, qui se trouvait présent, et qui ne se doutait guère du genre

---

* Cet habit vert aurait dû m'avertir que le Gouverneur n'était pas cardinal, et que je ne devais pas l'appeler son *Éminence*. La faute est peut-être au prote anglais, qui aura pris une *Excellence* pour une *Éminence*. On ne sait pas trop distinguer ces choses-là en Angleterre (*nouv. éd.*).

de conversation dont le Frère anglais nous régalait. Il nous promena ensuite dans l'île, et à son couvent.

La moitié de Graciosa, sans beaucoup d'exagération, me sembla peuplée de moines ; et le reste des habitants doit aussi leur appartenir par de tendres liens. De cela j'ai non seulement l'aveu de plusieurs femmes, mais ce que j'ai vu de mes yeux ne peut me laisser là-dessus aucun doute. Je passe plusieurs anecdotes plaisantes*, et je m'en tiens à ce qui regarde le clergé.

Le soir étant venu, on nous servit un excellent souper. Nous eûmes pour échansons de très jolies filles ; il fallut avaler du *fayal* à grands flots. On prévoit assez ce qui nous arriva : à une heure du matin pas un convive ne pouvait se tenir dans sa chaise. À six heures, notre moine de Jersey nous déclara en balbutiant, et avec un serment anglais fort connu, qu'il prétendait dire sur-le-champ la messe : nous l'accompagnâmes à l'église, où dans moins de cinq minutes il eut expédié le tout. Plusieurs Portugais assistèrent très dévotement au Saint-Sacrifice, et en nous en retournant nous rencontrâmes beaucoup de peuple, qui

---

* Deux traits peuvent servir à donner aux lecteurs une idée de l'ignorance, de l'oisiveté, de l'espèce d'enfance dans laquelle ces bons moines sont restés à la fin du dix-huitième siècle.

On nous avait menés mystérieusement à un petit buffet d'orgue de paroisse, pensant que nous n'avions jamais vu un si rare instrument. L'organiste, d'un air triomphant, se mit à toucher une misérable kyrielle de plain-chant, cherchant à voir dans nos yeux notre admiration. Nous parûmes extrêmement surpris ; T. s'approcha modestement, et fit semblant de peser sur les touches avec le plus grand respect ; l'organiste lui faisait des signes, avec l'air de lui dire : « Prenez garde ! » Tout à coup T. déploya l'harmonie d'un célèbre passage de Pleyel. Il serait difficile d'imaginer une scène plus plaisante : l'organiste en était à moitié tombé par terre ; les moines, la figure pâle et allongée, ouvraient une bouche béante, tandis que les Frères servants faisaient les gestes d'étonnement les plus ridicules autour de nous.

La seconde anecdote n'est pas aussi gaie, mais elle montre le moine. On nous présenta un Père, dont l'air réservé et important annonçait la savantasse de son cloître. Il tira de sa manche un *Cœur de Jésus*, tout barbouillé de grimoires : mes voisins n'y entendaient rien ; la curiosité me parvint à mon tour. Je ne sais pourquoi, un jour en France, que je n'avais rien à faire, il m'était tombé dans la tête qu'il serait bon que j'apprisse l'hébreu ; je savais donc un peu le lire.

baisait religieusement la manche du Père. L'impudence avec laquelle ce matelot, encore épris de vin et de débauche, présentait son bras à la foule, me divertissait, en même temps que je ne pouvais m'empêcher de déplorer au fond du cœur la stupidité humaine.

Ayant embarqué nos provisions vers les midi, nous retournâmes nous-mêmes à bord accompagnés de nos inséparables religieux, qui nous présentèrent un compte énorme, qu'il fallut payer ; ils se chargèrent ensuite de nos lettres pour l'Europe, et nous quittèrent avec de grandes protestations d'amitié. Le vaisseau s'était trouvé en danger la nuit précédente, par la levée d'une forte brise de l'est ; on voulut virer l'ancre ; mais, comme on s'y attendait, on la perdit. Telle fut la fin de notre expédition.

« NUIT CHEZ LES SAUVAGES
DE L'AMÉRIQUE[1] »

C'est un sentiment naturel aux malheureux de chercher à rappeler les illusions du bonheur, par le souvenir de leurs plaisirs passés. Lorsque j'éprouve l'ennui d'être, que je me sens le cœur flétri par le commerce des hommes, je détourne involontairement la tête, et je jette en arrière un œil de regret. Méditations enchantées ! charmes secrets et ineffables d'une âme jouissante d'elle-même, c'est au sein des immenses déserts de l'Amérique que je vous ai goûtés à longs traits ! On se vante d'aimer la liberté, et presque personne n'en a une juste idée. Lorsque, dans mes voyages parmi les nations indiennes du Canada, je quittai les habitations européennes et me trouvai, pour la première fois, seul au milieu d'un océan de forêts, ayant pour ainsi dire la nature entière prosternée à mes pieds, une étrange révolution s'opéra dans mon intérieur. Dans l'espèce de délire qui me saisit, je ne suivais aucune route ; j'allais d'arbre en arbre, à droite et à gauche indifféremment, me disant en moi-même : « Ici, plus

---

1. *Ibid.*, IIe partie, chap. LVII, p. 441-448.

de chemins à suivre, plus de villes, plus d'étroites maisons, plus de Présidents, de Républiques, de Rois, surtout plus de Lois, et plus d'Hommes. Des hommes ? si : quelques bons Sauvages* qui ne s'embarrassent de moi, ni moi d'eux ; qui, comme moi encore, errent libres où la pensée les mène, mangent quand ils veulent, dorment où et quand il leur plaît. » Et pour essayer si j'étais enfin rétabli dans mes droits originels, je me livrais à mille actes de volonté, qui faisaient enrager le grand Hollandais qui me servait de guide, et qui, dans son âme, me croyait fou.

Délivré du joug tyrannique de la société, je compris alors les charmes de cette indépendance de la nature, qui surpassent de bien loin tous les plaisirs dont l'homme civil peut avoir l'idée. Je compris pourquoi pas un Sauvage ne s'est fait Européen, et pourquoi plusieurs Européens se sont faits Sauvages ; pourquoi le sublime *Discours sur l'inégalité des conditions*, est si peu entendu de la plupart de nos philosophes. Il est incroyable combien les nations et leurs institutions les plus vantées, paraissent petites et diminuées à mes regards ; il me semblait que je voyais les royaumes de la terre avec une lunette invertie, ou plutôt, moi-même agrandi et exalté, je contemplais d'un œil de géant le reste de ma race dégénérée.

Vous, qui voulez écrire des hommes, transportez-vous dans les déserts ; redevenez un instant enfant de la nature, alors, et seulement alors, prenez la plume.

Parmi les innombrables jouissances que j'éprouvai dans ces voyages, une surtout a fait une vive impression sur mon cœur**.

---

* De *bons* Sauvages qui mangent leurs voisins (*nouv. éd.*).
** Tout ce qui suit, à quelques additions près, est tiré du manuscrit de ces voyages, qui a péri avec plusieurs autres ouvrages commencés, tels que les *Tableaux de la Nature*, l'histoire d'une nation sauvage du Canada, sorte de roman dont le cadre totalement neuf, et les peintures naturelles étrangères à notre climat, auraient pu mériter l'indulgence du lecteur. [Il s'agit des *Natchez*. J'ai déjà dit que les premières ébauches des *Natchez* avaient péri, mais que j'avais retrouvé le manuscrit de cet ouvrage, écrit à Londres sur le souvenir récent de ces ébauches. Dans la présente édition de mes Œuvres, je vais publier en deux volumes, sous le nom des *Natchez*, ce manuscrit, dont j'ai déjà

J'allais alors voir la fameuse cataracte de Niagara, et j'avais pris ma route à travers les nations indiennes qui habitent les déserts à l'ouest des plantations américaines. Mes guides étaient le soleil, une boussole de poche et le Hollandais dont j'ai déjà parlé ; celui-ci entendait parfaitement cinq dialectes de la langue huronne. Notre équipage consistait en deux chevaux auxquels nous attachions le soir une sonnette au cou, et que nous lâchions ensuite dans la forêt : je craignais d'abord un peu de les perdre, mais mon guide me rassura en me faisant remarquer que, par un instinct admirable, ces bons animaux ne s'écartaient jamais hors de la vue de notre feu.

Un soir que, par approximation ne nous estimant plus qu'à environ huit ou neuf lieues de la cataracte, nous nous préparions à descendre de cheval avant le coucher du soleil, pour bâtir notre hutte et allumer notre bûcher de nuit à la manière indienne, nous aperçûmes, dans le bois, les feux de quelques Sauvages, qui étaient campés un peu plus bas, au bord du même ruisseau où nous nous trouvions. Nous allâmes à eux. Le Hollandais leur ayant demandé par mon ordre la permission de passer la nuit avec eux, ce qui fut accordé sur-le-champ, nous nous mîmes alors à l'ouvrage avec nos hôtes. Après avoir coupé des branches, planté des jalons, arraché des écorces pour couvrir notre palais, et rempli quelques autres travaux publics, chacun de nous vaqua à ses affaires particulières. J'apportai ma selle, qui me servit de fidèle oreiller durant tout le voyage ; le guide pansa mes chevaux ; et quant à son appareil de nuit, comme il n'était pas si délicat que moi, il se servait ordinairement de quelque tronçon d'arbre sec. L'ouvrage étant fini, nous

---

tiré *Atala* et *René* (*nouv. éd.*).] On a bien voulu donner quelque louange à ma manière de peindre la nature ; mais si l'on avait vu ces divers morceaux écrits sur mes genoux, parmi les Sauvages mêmes, dans les forêts et au bord des lacs de l'Amérique, j'ose présumer qu'on y eût peut-être trouvé des choses plus dignes du public. De tout cela, il ne m'est resté que quelques feuilles détachées, entre autres la *Nuit*, qu'on donne ici. J'étais destiné à perdre dans la Révolution, fortune, parents, amis, et ce qu'on ne recouvre jamais lorsqu'on l'a perdu, le fruit des travaux de la pensée, seul bien peut-être qui soit réellement à nous.

nous assîmes tous en rond, les jambes croisées à la manière de tailleurs, autour d'un feu immense, afin de rôtir nos quenouilles de maïs, et de préparer le souper. J'avais encore un flacon d'eau-de-vie, qui ne servit pas peu à égayer nos Sauvages ; eux se trouvaient avoir des jambons d'oursons, et nous commençâmes un festin royal.

La famille était composée de deux femmes avec deux petits enfants à la mamelle, et de trois guerriers : deux d'entre eux pouvaient avoir de quarante à quarante-cinq ans, quoiqu'ils parussent beaucoup plus vieux ; le troisième était un jeune homme.

La conversation devint bientôt générale, c'est-à-dire, par quelques mots entrecoupés de ma part, et par beaucoup de gestes : langage expressif que ces nations entendent à merveille, et que j'avais appris parmi elles. Le jeune homme seul gardait un silence obstiné ; il tenait constamment les yeux attachés sur moi. Malgré les raies noires, rouges, bleues, les oreilles découpées, la perle pendante au nez dont il était défiguré, on distinguait aisément la noblesse et la sensibilité qui animaient aisément son visage. Combien je lui savais gré de ne pas m'aimer ! Il me semblait lire dans son cœur l'histoire de tous les maux dont les Européens ont accablé sa patrie.

Les deux petits enfants, tout nus, s'étaient endormis à nos pieds, devant le feu ; les femmes prirent doucement dans leurs bras, et les couchèrent sur des peaux, avec ces soins de mère, si délicieux à voir chez ces prétendus Sauvages : la conversation mourut ensuite par degrés, et chacun s'endormit dans la place où il se trouvait.

Moi seul je ne pus fermer l'œil : entendant de toutes parts les aspirations profondes de mes hôtes, je levai la tête, et, m'appuyant sur le coude, contemplai à la lueur rougeâtre du feu mourant, les Indiens étendus autour de moi et plongés dans le sommeil. J'avoue que j'eus peine à retenir des larmes. Bon jeune homme, que ton repos me parut touchant ! toi, qui semblais si sensible aux maux de ta patrie, tu étais trop grand, trop supérieur, pour te défier de l'étranger. Européens, quelle leçon pour nous ! Ces mêmes Sauvages que nous avons poursuivis avec le fer et la flamme ; à qui notre avarice ne laisserait pas même une pelletée de terre, pour couvrir leurs cadavres, dans tout cet univers, jadis leur vaste patrimoine ; ces mêmes Sauvages, recevant leur ennemi sous leurs huttes hospitalières, partageant avec lui leur misérable repas, leur couche infréquentée du remords, et dormant auprès de lui du sommeil profond du juste ! ces vertus-là sont autant au-dessus de nos vertus convention-nelles, que l'âme de ces hommes de la nature est au-dessus de celle de l'homme de la société.

Il faisait clair de lune. Échauffé de mes idées, je me levai et fus m'asseoir, à quelque distance, sur une racine qui tra-çait au bord du ruisseau : c'était une de ces nuits améri-caines que le pinceau des hommes ne rendra jamais, et dont je me suis rappelé cent fois le souvenir avec délices.

*La lune était au plus haut point du ciel : on voyait çà et là, dans de grands intervalles épurés, scintiller mille étoiles. Tantôt la lune reposait sur un groupe de nuages, qui ressemblait à la cime de hautes montagnes couronnées de neige ; peu à peu ces nues s'allongeaient, se déroulaient en zones diaphanes et onduleuses de satin blanc, ou se transformaient en légers flocons d'écume, en innombrables troupeaux errant dans les plaines bleues du firmament. Une autre fois, la voûte aérienne paraissait changée en une grève où l'on distinguait les couches horizontales, les rides parallèles tracées comme par le flux et le reflux régulier de la mer : une bouffée de vent venait encore déchirer le voile, et partout se formaient dans les cieux de grands bancs d'une ouate éblouissante de blancheur, si doux à l'œil, qu'on croyait ressentir leur mollesse et leur élasticité. La scène sur la terre n'était pas moins ravissante : le jour céruséen et velouté de la lune, flottait silencieusement sur la cime des forêts, et descendant dans les intervalles des arbres, poussait des gerbes de lumière jusque dans l'épaisseur des plus pro-fondes ténèbres. L'étroit ruisseau qui coulait à mes pieds,

---

* Ici commence la description d'une nuit que l'on retrouve dans le *Génie du christianisme*, liv. V, chap. XII, intitulé : *Deux perspectives de la nature*. On peut, en comparant les deux descriptions, voir ce que le goût m'a fait changer ou retrancher dans mon second travail (*nouv. éd.*).

s'enfonçant tour à tour sous des fourrés de chênes-saules et d'arbres à sucre, et reparaissant un peu plus loin dans des clairières tout brillant des constellations de la nuit, ressemblait à un ruban de moire et d'azur, semé de crachats de diamants, et coupé transversalement de bandes noires. De l'autre côté de la rivière, dans une vaste prairie naturelle, la clarté de la lune dormait sans mouvement sur les gazons où elle était étendue comme des toiles. Des bouleaux dispersés çà et là dans la savane, tantôt, selon le caprice des brises, se couvrant d'obscurité, et formant comme des îles d'ombres flottantes sur une mer d'immobile lumière. Auprès, tout était silence et repos, hors la chute de quelques feuilles, le passage brusque d'un vent subit, les gémissements rares et interrompus de la hulotte ; mais au loin, par intervalle, on entendait les roulements solennels de la cataracte de Niagara, qui dans le calme de la nuit, se prolongeaient de désert en désert, et expiraient à travers les forêts solitaires.

La grandeur, la mélancolie de ce tableau, ne sauraient s'exprimer dans les langues humaines ; les plus belles nuits en Europe ne peuvent en donner une idée. Au milieu de nos champs cultivés, en vain l'imagination cherche à s'étendre, elle rencontre de toutes parts les habitations des hommes ; mais, dans ces pays déserts, l'âme se plaît à s'enfoncer, à se perdre dans un océan d'éternelles forêts ; elle aime à errer, à la clarté des étoiles, aux bords des lacs immenses, à planer sur le gouffre mugissant des terribles cataractes, à tomber avec la masse des ondes, et pour ainsi dire à se mêler, à se fondre avec toute une nature sauvage et sublime.

Ces jouissances sont trop poignantes : telle est notre faiblesse, que les plaisirs exquis deviennent des douleurs, comme si la nature avait peur que nous oubliassions que nous sommes hommes. Absorbé dans mon existence, ou plutôt répandu tout entier hors de moi, n'ayant ni sentiment, ni pensée distincte, mais un ineffable je ne sais quoi qui ressemblait à ce bonheur mental dont on prétend que nous jouirons dans l'autre vie, je fus tout à coup rappelé à celle-ci. Je me sentis mal, et je vis qu'il fallait finir. Je retournai à notre Ajouppa, où, me couchant auprès des Sauvages, je tombai bientôt dans un profond sommeil.

Le lendemain, à mon réveil, j'aperçus la troupe déjà prête pour le départ. Mon guide avait sellé les chevaux ; les guerriers étaient armés, et les femmes s'occupaient à rassembler les bagages, consistant en peaux, en maïs, en ours fumés. Je me levai, et tirant de mon porte-manteau un peu de poudre et de balles, du tabac et une boîte de gros rouge, je distribuai ces présents parmi nos hôtes, qui parurent bien contents de ma générosité. Nous nous séparâmes ensuite, non sans des marques d'attendrissement et de regret, touchant nos fronts et notre poitrine, à la manière de ces hommes de la nature, ce qui me paraissait bien valoir nos cérémonies. Jusqu'au jeune Indien, qui prit cordialement la main que je lui tendais, nous nous quittâmes tous les cœurs pleins les uns des autres. Nos amis prirent leur route au nord, en se dirigeant par les mousses, et nous à l'ouest, par ma boussole. Les guerriers partirent devant, poussant le cri de marche ; les femmes cheminaient derrière, chargées des bagages, et des petits enfants qui, suspendus dans des fourrures aux épaules de leurs mères, se détournaient en souriant pour nous regarder. Je suivis longtemps des yeux cette marche touchante et maternelle, jusqu'à ce que la troupe entière eût disparu lentement entre les arbres de la forêt.

Bienfaisants Sauvages ! vous qui m'avez donné l'hospitalité, vous que je ne reverrai sans doute jamais, qu'il me soit permis de vous payer ici un tribut de reconnaissance. Puissiez-vous jouir longtemps de votre précieuse indépendance, dans vos belles solitudes où mes vœux pour votre bonheur ne cessent de vous suivre ! Inséparables amis, dans quel coin de vos immenses déserts habitez-vous à présent ? Êtes-vous toujours ensemble, toujours heureux ? Parlez-vous quelquefois de l'étranger de la forêt ? Vous dépeignez-vous les lieux qu'il habite ? Faites-vous des souhaits pour son bonheur au bord de vos fleuves solitaires ? Généreuse famille, son sort est bien changé depuis la nuit qu'il passa avec vous ; mais du moins est-ce une consolation pour lui, si, tandis qu'il existe au-delà des mers, persécuté des hommes, de son pays, son nom, à l'autre bout de l'univers, au fond de quelque solitude ignorée, est encore prononcé avec attendrissement, par de pauvres Indiens*.

« DEUX PERSPECTIVES DE LA NATURE[1] »

Ce que nous venons de dire des animaux et des plantes, nous mène à considérer les tableaux de la nature sous un rapport plus général. Tâchons de faire parler ensemble ces merveilles qui, prises séparément, nous ont déjà dit tant de choses de la Providence.

Nous présenterons aux lecteurs deux perspectives de la nature, l'une marine et l'autre terrestre ; l'une, au milieu des mers Atlantiques ; l'autre, dans les forêts du Nouveau Monde, afin qu'on ne puisse attribuer la majesté de ces scènes aux monuments des hommes.

Le vaisseau sur lequel nous passions en Amérique, s'étant élevé au-dessus du gisement des terres, bientôt l'espace ne fut plus tendu que du double azur de la mer et du ciel, comme une toile préparée à recevoir les futures créations de quelque grand peintre. La couleur des eaux devint semblable à celle du verre liquide. Une grosse houle venait du couchant, bien que le vent soufflât de l'est ; d'énormes ondulations s'étendaient du nord au midi, et ouvraient dans leurs vallées de longues échappées de vue sur les déserts de l'Océan. Ces mobiles paysages changeaient d'aspect à toute minute : tantôt une multitude de tertres verdoyants représentaient des sillons de tombeaux dans un cimetière immense ; tantôt les lames, en faisant moutonner leurs

---

* C'est à peu près l'apostrophe aux sauvages qui termine *Atala*.
Et moi je termine ici le pénible travail que m'a imposé mon devoir et ma conscience. Me voilà tout entier devant les hommes, tel que j'ai été au début de ma carrière, tel que je suis au terme de cette carrière ; qu'ils me jugent, si je vaux la peine qu'ils s'occupent de moi : puis viendra sur nous tous l'arrêt suprême qui nous placera comme nous demeurerons (*nouv. éd.*).

1. *Génie du christianisme*, *op. cit.*, Ire partie, livre V, chap. XII, p. 589-592.

cimes, imitaient des troupeaux blancs répandus sur des bruyères : souvent l'espace semblait borné, faute de point de comparaison ; mais si une vague venait à se lever, un flot à se courber comme une côte lointaine, un escadron de chiens de mer à passer à l'horizon, l'espace s'ouvrait subitement devant nous. On avait surtout l'idée de l'étendue, lorsqu'une brume légère rampait à la surface de la mer, et semblait accroître l'immensité même. Oh ! qu'alors les aspects de l'Océan sont grands et tristes ! Dans quelles rêveries ils vous plongent, soit que l'imagination s'enfonce sur les mers du Nord au milieu des frimas et des tempêtes, soit qu'elle aborde sur les mers du Midi, à des îles de repos et de bonheur !

Il nous arrivait souvent de nous lever au milieu de la nuit, et d'aller nous asseoir sur le pont, où nous ne trouvions que l'officier de quart, et quelques matelots, qui fumaient leurs pipes en silence. Pour tout bruit on entendait le froissement de la proue sur les flots, tandis que des étincelles de feu couraient avec une blanche écume le long des flancs du navire. Dieu des chrétiens ! c'est surtout dans les eaux de l'abîme, et dans les profondeurs des cieux, que tu as gravé bien fortement les traits de ta toute-puissance ! Des millions d'étoiles rayonnant dans le sombre azur du dôme céleste, la lune au milieu du firmament, une mer sans rivage, l'infini dans le ciel et sur les flots ! Jamais tu ne m'as plus troublé de ta grandeur, que dans ces nuits où, suspendu entre les astres et l'Océan, j'avais l'immensité sur ma tête, et l'immensité sous mes pieds !

Je ne suis rien ; je ne suis qu'un simple solitaire ; j'ai souvent entendu les savants disputer sur le premier Être, et je ne les ai point compris : mais j'ai toujours remarqué que c'est à la vue des grandes scènes de la nature, que cet Être inconnu se manifeste au cœur de l'homme. Un soir (il faisait un profond calme), nous nous trouvions dans ces belles mers qui baignent les rivages de la Virginie : toutes les voiles étaient pliées : j'étais occupé sous le pont, lorsque j'entendis la cloche qui appelait l'équipage à la prière ; je me hâtai d'aller mêler mes vœux à ceux de mes compagnons de voyage. Les officiers étaient sur le château de poupe avec les passagers ; l'aumônier, un livre à la main, se tenait un peu en avant d'eux, les matelots étaient répandus pêle-mêle sur le tillac ; nous étions tous debout, le visage tourné vers la proue du navire, qui regardait l'occident.

Le globe du soleil, prêt à se plonger dans les flots, apparaissait entre les cordages du navire, au milieu des espaces sans bornes. On eût dit, par les balancements de la poupe, que l'astre radieux changeait à chaque instant d'horizon. Quelques nuages étaient jetés sans ordre dans l'orient, où la lune montait avec lenteur ; le reste du ciel était pur : vers le nord, formant un glorieux triangle avec l'astre du jour et celui de la nuit, une trombe, brillante des couleurs du prisme, s'élevait de la mer comme un pilier de cristal, supportant la voûte du ciel.

Il eût été bien à plaindre celui qui, dans ce spectacle, n'eût point reconnu la beauté de Dieu. Des larmes coulèrent malgré moi de mes paupières, lorsque mes compagnons, ôtant leurs chapeaux goudronnés, vinrent à entonner d'une voix rauque leur simple cantique à *Notre-dame de Bon-Secours*, patronne des mariniers. Qu'elle était touchante, la prière de ces hommes qui, sur une planche fragile, au milieu de l'Océan, contemplaient le soleil couchant sur les flots ! Comme elle allait à l'âme, cette invocation du pauvre matelot à la Mère de Douleur ! La conscience de notre petitesse à la vue de l'infini, nos chants s'étendant au loin sur les vagues, la nuit s'approchant avec ses embûches, la merveille de notre vaisseau au milieu de tant de merveilles, un équipage religieux saisi d'admiration et de crainte, un prêtre auguste en prières, Dieu penché sur l'abîme, d'une main retenant le soleil aux portes de l'occident, de l'autre élevant la lune dans l'orient, et prêtant à travers l'immensité, une oreille attentive à la voix de sa créature : voilà ce qu'on ne saurait peindre, et ce que tout le cœur de l'homme suffit à peine pour sentir.

Passons à la scène terrestre.

Un soir je m'étais égaré dans une forêt, à quelque distance de la cataracte de Niagara ; bientôt je vis le jour s'éteindre autour de moi, et je goûtai, dans toute sa solitude, le beau spectacle d'une nuit dans les déserts du Nouveau-Monde.

Une heure après le coucher du soleil, la lune se montra

au-dessus des arbres, à l'horizon opposé. Une brise embaumée, que cette reine des nuits amenait de l'orient avec elle, semblait la précéder dans les forêts comme sa fraîche haleine. L'astre solitaire monta peu à peu dans le ciel : tantôt il suivait paisiblement sa course azurée ; tantôt il se reposait sur des groupes de nues qui ressemblaient à la cime de hautes montagnes couronnées de neige. Ces nues, ployant et déployant leurs voiles, se déroulaient en zones diaphanes de satin blanc, se dispersaient en légers flocons d'écume, ou formaient dans les cieux des bancs d'une ouate éblouissante, si doux à l'œil, qu'on croyait ressentir leur mollesse et leur élasticité.

La scène sur la terre n'était pas moins ravissante : le jour bleuâtre et velouté de la lune descendait dans les intervalles des arbres, et poussait des gerbes de lumière jusque dans l'épaisseur des plus profondes ténèbres. La rivière qui coulait à mes pieds, tour à tour se perdait dans le bois, tour à tour reparaissait brillante des constellations de la nuit, qu'elle répétait dans son sein. Dans une savane, de l'autre côté de la rivière, la clarté de la lune dormait sans mouvement sur les gazons : des bouleaux agités par les brises, et dispersés çà et là, formaient des îles d'ombres flottantes sur cette mer immobile de lumière. Auprès, tout aurait été silence et repos, sans la chute de quelques feuilles, le passage d'un vent subit, le gémissement de la hulotte ; au loin par intervalles, on entendait les sourds mugissements de la cataracte de Niagara, qui, dans le calme de la nuit, se prolongeaient de désert en désert, et expiraient à travers les forêts solitaires.

La grandeur, l'étonnante mélancolie de ce tableau ne sauraient s'exprimer dans les langues humaines ; les plus belles nuits en Europe ne peuvent en donner une idée. En vain, dans nos champs cultivés, l'imagination cherche à s'étendre ; elle rencontre de toutes parts les habitations des hommes : mais dans ces régions sauvages, l'âme se plaît à s'enfoncer dans un océan de forêts, à planer sur le gouffre des cataractes, à méditer au bord des lacs et des fleuves, et, pour ainsi dire, à se trouver seule devant Dieu.

« FRAGMENT D'UN ÉPISODE[1] »

L'étranger était assis sous un papaya, au bord du lac de Tindaré. Le jour approchait de sa fin, et tout était calme, superbe, solitaire et mélancolique au désert. Les montagnes de Jore, les forêts de cèdre des Chéroquois, les nuages dans les cieux, les roseaux dans les savanes, les fleuves dans les vallées, se rougissaient des feux du couchant. Par-delà les rivages du lac, le soleil s'enfonçait avec majesté derrière les montagnes. On le voyait encore suspendu à l'horizon entre la fracture de deux hauts rochers ; son globe élargi, d'un rouge pourpre mouvant et environné d'une auréole glorieuse, semblait osciller lentement dans un fluide d'or, comme le pendule de la grande horloge des siècles.

Prête à se livrer au silence, la solitude exécutait un dernier concert : les forêts, les eaux, les brises, les quadrupèdes, les oiseaux, les monstres, faisaient les diverses parties de chœur unique. La nonpareille chantait dans le copalme ; l'oiseau moqueur gazouillait dans le tulipier : on entendait à la fois et les flots expirant sur leurs grèves, et les crocodiles qui rugissaient sourdement. Nichées dans les feuillages des tamarins, des grenouilles d'un vert de porphyre imitaient par un cri singulier le tintement d'une petite cloche ; et de beaux serpents qui vivent sur les arbres, sifflaient suspendus aux dômes des bois, en se balançant dans les airs comme des festons de lianes. Enfin, de longues bandes de caribous, d'orignaux, de buffles sauvages, venaient en bramant, en mugissant, se baigner dans les eaux du lac. Toutes ces bêtes défilaient sous l'œil de l'universel Pasteur, qui conduit la chevrette de la montagne avec la même houlette dont il gouverne dans les plaines du ciel l'innombrable troupeau des astres.

Tandis que l'étranger contemplait ce rare spectacle, et les forêts autour de lui, et le soleil dans l'ouest, et le lac à ses pieds, il entendit marcher dans le bois : c'était le vieux

---

1. *Fragments du Génie du christianisme primitif, op. cit.*, p. 1361-1363.

Sauvage, son hôte. Outalissi s'avançait en s'appuyant sur son arc détendu, et ses cheveux, noués sur le sommet de sa tête avec des plumes d'aigle, ressemblaient à une touffe de filasse argentée ; il salua le jeune Européen selon la coutume du désert en l'agitant légèrement par l'épaule, il lui souhaita *un ciel bleu, beaucoup de chevreuils, un manteau de castor et l'espérance*. Il poussa la fumée du calumet de paix vers le soleil couchant et vers la terre : cela étant fait, il s'assit sous le papaya.

L'homme des forêts et l'homme des cités s'entretinrent des choses de la solitude ; ils louèrent le dieu des fleuves, le dieu des rochers, le dieu des hommes justes ; leurs pensées remontèrent vers le berceau du monde, vers ces temps où l'homme de trente années suçait encore le lait de sa mère, c'est-à-dire qu'il se nourrissait d'innocence, et l'étranger pria son hôte de lui raconter ce qu'il savait de l'*ancienne parole*.
— « Fils de l'étranger, enfant des mille cabanes, répondit le Sauvage, je te parlerai dans toute la sincérité de mon cœur ; mais je ne pourrai mettre dans ma *chanson* la cadence que j'y aurais mise autrefois, dans ce temps où mes cheveux ne comptaient encore que deux fois dix chutes de feuilles. J'ai bien changé depuis ces jours : les jarrets du vieux cerf se sont raidis, il a pris sa parure d'hiver, son poil est devenu blanc, et il va bientôt se retirer dans l'étroite caverne. Ô mon fils ! si je fleuris encore aujourd'hui, ce n'est plus que par la mémoire : un vieillard avec ses souvenirs ressemble à l'arbre décrépit de nos bois, qui ne se décore plus de son propre feuillage, mais qui couvre quelquefois sa nudité de la verdure des plantes qui ont végété sur ses antiques rameaux. »

L'ancien des hommes ayant ainsi fait l'apologie de son grand âge, avec cette douce prolixité si naturelle aux vieillards, commença son chant religieux. Son chef caduc se balançait sur ses épaules arrondies comme cette étoile du soir qui paraît trembler sur le dos des mers où elle est prête à s'éteindre.

D'abord il raconta les guerres du *Grand Esprit* contre le cruel *Kitchimanitou*, dieu du mal. Ensuite il célébra le jour fameux qui commence les temps, jour où le *Grand Lièvre*, au milieu des quadrupèdes de sa cour, se plut à former l'univers d'un grain de sable, qu'il tira du fond de l'abîme, et à transformer en homme les corps des animaux noyés. Il dit le premier homme et la belle *Atahensie*, la première de toutes les femmes, précipités pour avoir perdu l'innocence ; la terre rougie du sang fraternel ; *Jouskeka* l'impie, immolant le juste *Tahouitsavon* ; le déluge descendant à la voix du *Grand Esprit* pour punir la race de Jouskeka ; Massou sauvé seul, dans son canot d'écorce du naufrage du genre humain ; le corbeau envoyé à la découverte de la terre, et ce même corbeau revenant à son maître sans avoir trouvé où se reposer. Plus heureux que le volatile, le rat musqué rapporta à *Massou* un peu de terre pétrie dont *Massou* forma le nouvel univers. Ses flèches, lancées contre le tronc des arbres dépouillés, se changèrent en branches verdoyantes. *Massou*, par reconnaissance, épousa la femelle du rat musqué, et de cet étrange hyménée sortit la nouvelle race des hommes, qui tiennent de leur mère terrestre l'instinct et les passions animales, et se rapprochent de la divinité par l'âme et la raison qu'ils tiennent de leur père.

Tel fut le chant du vieux Sauvage, qui remplit d'étonnement l'Européen en retrouvant dans le plus profond des déserts, dans un monde séparé des trois autres parties de la terre, les traditions de notre sainte religion. Cependant la nuit américaine sortant de l'orient s'avançait sur les forêts du Nouveau Monde, dans toute la pompe de son costume sauvage, et l'on n'entendait plus que le roucoulement de la colombe de la Virginie. L'Indien et le voyageur se levèrent pour retourner à la cabane, ils passèrent près d'un tombeau qui formait la limite de deux nations dans la solitude : c'était celui d'un enfant ! On l'avait placé au bord du sentier public, afin que les jeunes femmes, en allant à la fontaine, pussent recevoir dans leur sein l'âme de l'innocente créature, et la rendre à la patrie. Il s'y trouvait alors une mère, toute semblable à Niobé, qui, à la clarté des étoiles, arrosait de son lait le gazon sacré et y déposait une gerbe de maïs et des fleurs de lis blanc. On y voyait aussi des épouses nouvelles qui, désirant les douceurs de la maternité, venaient puiser les semences de la vie à un tombeau et cherchaient, en entrouvrant leurs lèvres, à recueillir l'âme du petit enfant, qu'elles croyaient voir errer sur les fleurs.

J'admirai avec des pleurs dans les yeux ces mœurs très merveilleuses et ces dogmes attendrissants d'une religion qui semblait avoir été inventée par des mères...

Humbles monuments de l'art des Indiens ! vous n'invitez point une science fastueuse à vos tombes inconnues. Vous n'avez d'autres portiques que ceux des forêts, d'autres pilastres que le granit des rochers, d'autres ciselures que les splendides guirlandes des vignes et des scolopendres. L'Ohio, silencieux et rapide, coule nuit et jour à votre base ; un bois de sapins conduit à vos sépulcres, et ses colonnes, marbrées de vert et de feu, forment le péristyle de ce temple de la mort. Dans ce bois règne sans cesse un bruit solennel, comme le sourd mugissement de l'orgue ; mais lorsqu'on pénètre au fond du sanctuaire, on n'entend plus que le chant des oiseaux, qui célèbrent à la mémoire des morts une fête éternelle.

PROLOGUE D'*ATALA*[1]

La France possédait autrefois, dans l'Amérique septentrionale, un vaste empire qui s'étendait depuis le Labrador jusqu'aux Florides, et depuis les rivages de l'Atlantique jusqu'aux lacs les plus reculés du haut Canada.

Quatre grands fleuves, ayant leurs sources dans les mêmes montagnes, divisaient ces régions immenses : le fleuve Saint-Laurent qui se perd à l'est dans le golfe de son nom, la rivière de l'Ouest qui porte ses eaux à des mers inconnues, le fleuve Bourbon qui se précipite du midi au nord dans la baie d'Hudson, et le Meschacebé, qui tombe du nord au midi dans le golfe du Mexique.

Ce dernier fleuve, dans un cours de plus de mille lieues, arrose une délicieuse contrée que les habitants des États-Unis appellent le nouvel Éden, et à laquelle les Français

1. *Atala*, *op. cit.*, p. 33-37.

ont laissé le doux nom de Louisiane. Mille autres fleuves, tributaires du Meschacebé, le Missouri, l'Illinois, l'Akanza, l'Ohio, le Wabache, le Tenase, l'engraissent de leur limon et le fertilisent de leurs eaux. Quand tous ces fleuves se sont gonflés des déluges de l'hiver ; quand les tempêtes ont abattu des pans entiers de forêts, les arbres déracinés s'assemblent sur les sources. Bientôt les vases se cimentent, les lianes les enchaînent, et des plantes y prenant racine de toutes parts, achèvent de consolider ces débris. Charriés par les vagues écumantes, ils descendent au Meschacebé. Le fleuve s'en empare, les pousse au golfe mexicain, les échoue sur des bancs de sable et accroît ainsi le nombre de ses embouchures. Par intervalles, il élève sa voix, en passant sous les monts, et répand ses eaux débordées autour des colonnades des forêts et des pyramides des tombeaux indiens ; c'est le Nil des déserts. Mais la grâce est toujours unie à la magnificence dans les scènes de la nature : tandis que le courant du milieu entraîne vers la mer les cadavres des pins et des chênes, on voit sur les deux courants latéraux remonter le long des rivages, des îles flottantes de pistia et de nénuphar, dont les roses jaunes s'élèvent comme de petits pavillons. Des serpents verts, des hérons bleus, des flamants roses, de jeunes crocodiles s'embarquent passagers sur ces vaisseaux de fleurs, et la colonie, déployant au vent ses voiles d'or, va aborder endormie dans quelque anse retirée du fleuve.

Les deux rives du Meschacebé présentent le tableau le plus extraordinaire. Sur le bord occidental, des savanes se déroulent à perte de vue ; leurs flots de verdure, en s'éloignant, semblent monter dans l'azur du ciel où ils s'évanouissent. On voit dans ces prairies sans bornes errer à l'aventure des troupeaux de trois ou quatre mille buffles sauvages. Quelquefois un bison chargé d'années, fendant les flots à la nage, se vient coucher parmi de hautes herbes, dans une île du Meschacebé. À son front orné de deux croissants, à sa barbe antique et limoneuse, vous le prendriez pour le dieu du fleuve, qui jette un œil satisfait sur la grandeur de ses ondes, et la sauvage abondance de ses rives.

Telle est la scène sur le bord occidental ; mais elle change sur le bord opposé, et forme avec la première un admirable contraste. Suspendus sur les cours des eaux, groupés sur les rochers et sur les montagnes, dispersés dans les vallées, des arbres de toutes les formes, de toutes les couleurs, de tous les parfums, se mêlent, croissent ensemble, montent dans les airs à des hauteurs qui fatiguent les regards. Les vignes sauvages, les bignonias, les coloquintes, s'entrelacent au pied de ces arbres, escaladent leurs rameaux, grimpent à l'extrémité des branches, s'élancent de l'érable au tulipier, du tulipier à l'alcée, en formant mille grottes, mille voûtes, mille portiques. Souvent égarées d'arbre en arbre, ces lianes traversent des bras de rivières, sur lesquels elles jettent des ponts de fleurs. Du sein de ces massifs, le magnolia élève son cône immobile ; surmonté de ses larges roses blanches, il domine toute la forêt, et n'a d'autre rival que le palmier, qui balance légèrement auprès de lui ses éventails de verdure.

Une multitude d'animaux placés dans ces retraites par la main du Créateur, y répandent l'enchantement et la vie. De l'extrémité des avenues, on aperçoit des ours enivrés de raisins, qui chancellent sur les branches des ormeaux ; des caribous se baignent dans un lac ; des écureuils noirs se jouent dans l'épaisseur des feuillages ; des oiseaux-moqueurs, des colombes de Virginie de la grosseur d'un passereau, descendent sur les gazons rougis par les fraises ; des perroquets verts à tête jaune, des piverts empourprés, des cardinaux de feu, grimpent en circulant au haut des cyprès ; des colibris étincellent sur le jasmin des Florides, et des serpents-oiseleurs sifflent suspendus aux dômes des bois, en s'y balançant comme des lianes.

Si tout est silence et repos dans les savanes de l'autre côté du fleuve, tout ici, au contraire, est mouvement et murmure : des coups de bec contre le tronc des chênes, des froissements d'animaux qui marchent, broutent ou broient entre leurs dents les noyaux des fruits, des sourds bruissements d'ondes, de faibles gémissements, de sourds meuglements, de doux roucoulements, remplissent ces déserts d'une tendre et sauvage harmonie. Mais quand une brise vient à animer ces solitudes, à balancer ces corps flottants, à confondre ces masses de blanc, d'azur, de vert, de rose, à mêler toutes les couleurs, à réunir tous les murmures ; alors il sort de tels bruits au fond des forêts, il se passe de telles choses aux yeux, que j'essaierais en vain de les décrire à ceux qui n'ont point parcouru ces champs primitifs de la nature.

ÉPILOGUE D'*ATALA*[1]

Nous arrivâmes bientôt au bord de la cataracte, qui s'annonçait par d'affreux mugissements. Elle est formée par la rivière Niagara, qui sort du lac Érié, et se jette dans le lac Ontario ; sa hauteur perpendiculaire est de cent quarante-quatre pieds. Depuis le lac Érié jusqu'au moment de sa chute, c'est moins un fleuve qu'une mer, dont les torrents se pressent à la bouche béante d'un gouffre. La cataracte se divise en deux branches et se courbe en fer à cheval. Entre les deux chutes s'avance une île creusée en dessous, qui pend avec tous ses arbres sur le chaos des ondes. La masse du fleuve qui se précipite au midi, s'arrondit en un vaste cylindre, puis se déroule en nappe de neige, et brille au soleil de toutes les couleurs. Celle qui tombe au levant descend dans une ombre effrayante ; on dirait une colonne d'eau du déluge. Mille arcs-en-ciel se courbent et se croisent sur l'abîme. Frappant le roc ébranlé, l'eau rejaillit en tourbillons d'écume, qui s'élèvent au-dessus des forêts, comme des fumées d'un vaste embrasement. Des pins, des noyers sauvages, des rochers taillés en forme de fantômes, décorent la scène. Des aigles entraînés par le courant d'air, descendent en tournoyant au fond du gouffre ; et des carcajous se suspendent par leurs queues flexibles au bout d'une branche abaissée, pour saisir dans l'abîme, les cadavres brisés des élans et des ours.

---

1. *Ibid.*, p. 95-96.

« TRAVERSÉE DE L'OCÉAN[1] »

Le livre précédent se termine par mon embarquement à Saint-Malo. Bientôt nous sortîmes de la Manche, et l'immense houle de l'ouest nous annonça l'Atlantique.

Il est difficile aux personnes qui n'ont jamais navigué de se faire une idée des sentiments qu'on éprouve, lorsque du bord d'un vaisseau on n'aperçoit de toutes parts que la face sérieuse de l'abîme. Il y a dans la vie périlleuse du marin une indépendance qui tient de l'absence de terre ; on laisse sur le rivage les passions des hommes ; entre le monde que l'on quitte et celui que l'on cherche, on n'a pour amour et pour patrie que l'élément sur lequel on est porté : plus de devoirs à remplir, plus de visites à rendre, plus de journaux, plus de politique. La langue même des matelots n'est pas la langue ordinaire : c'est une langue telle que la parlent l'océan et le ciel, le calme et la tempête. Vous habitez un univers d'eau parmi les créatures dont le vêtement, les goûts, les manières, le visage ne ressemblent point aux peuples autochtones : elles ont la rudesse du loup marin et la légèreté de l'oiseau ; on ne voit point sur leur front les soucis de la société ; les rides qui le traversent ressemblent aux plissures de la voile diminuée, et sont moins creusées par l'âge que par la brise, ainsi que dans les flots. La peau de ces créatures, imprégnée de sel, est rouge et rigide, comme la surface de l'écueil battu de la lame.

Les matelots se passionnent pour leurs navires ; ils pleurent de regret en le quittant, de tendresse en le retrouvant. Ils ne peuvent rester dans leur famille ; après avoir juré cent fois qu'ils ne s'exposeraient plus à la mer, il leur est impossible de s'en passer, comme un jeune homme ne se peut arracher des bras d'une maîtresse orageuse et infidèle.

Dans les docks de Londres et de Plymouth, il n'est pas rare de trouver des *sailors* nés sur des vaisseaux depuis leur enfance jusqu'à leur vieillesse, ils ne sont jamais descendus

---

1. *Mémoires d'outre-tombe*, *op. cit.*, livre VI, chap. II, p. 321-327.

au rivage ; ils n'ont vu la terre que du bord de leur berceau
flottant, spectateurs du monde où ils ne sont point entrés.
Dans cette vie réduite à un si petit espace, sous les nuages
et sur les abîmes, tout s'anime pour le marinier : une ancre,
une voile, un mât, un canon, sont des personnages qu'on
affectionne et qui ont chacun leur histoire.

La voile fut déchirée sur la côte du Labrador ; le maître
voilier lui mit la pièce que vous voyez.

L'ancre sauva le vaisseau quand il eût chassé sur ses
autres ancres, au milieu des coraux des îles Sandwich.

Le mât fut rompu dans une bourrasque au cap de Bonne-
Espérance ; il n'était que d'un seul jet ; il est beaucoup plus
fort depuis qu'il est composé de deux pièces.

Le canon est le seul qui ne fut pas démonté au combat
de la Chesapeake.

Les nouvelles du bord sont des plus intéressantes : on
vient de jeter le loch ; le navire file dix nœuds.

Le ciel est clair à midi ; on a pris hauteur : on est à telle
latitude.

On a fait le point : il y a tant de lieues gagnées en bonne
route.

La déclinaison de l'aiguille est de tant de degrés : on s'est
élevé au nord.

Le sable des sabliers passe mal : on aura de la pluie.

On a remarqué des *procellaria* dans le sillage du vaisseau :
on essuiera un grain.

Des poissons volants se sont montrés au sud : le temps
va calmer.

Une éclaircie s'est formée à l'ouest dans les nuages : c'est
le pied du vent ; demain, le vent soufflera de ce côté.

L'eau a changé de couleur ; on a vu flotter du bois et des
goémons ; on a aperçu des mouettes et des canards ; un petit
oiseau est venu se percher sur les vergues : il faut mettre le
cap dehors, car on approche de terre, et il n'est pas bon de
l'accoster la nuit.

Dans l'épinette, il y a un coq favori et pour ainsi dire
sacré, qui survit à tous les autres ; il est fameux pour avoir
chanté pendant un combat, comme dans la cour d'une
ferme au milieu de ses poules. Sous les ponts habite un

chat : peau verdâtre zébrée, queue pelée, moustaches de crin, ferme sur ses pattes, opposant le contrepoids au tangage et le balancier au roulis ; il a fait deux fois le tour du monde, et s'est sauvé d'un naufrage sur un tonneau. Les mousses donnent au coq du biscuit trempé dans du vin, et Matou a le privilège de dormir, quand il lui plaît, dans le witchoura du second capitaine.

Le vieux matelot ressemble au vieux laboureur. Leurs moissons sont différentes, il est vrai : le matelot a mené une vie errante, le laboureur n'a jamais quitté son champ ; mais ils connaissent également les étoiles et prédisent l'avenir en creusant leurs sillons. À l'un, l'alouette, le rouge-gorge, le rossignol ; à l'autre, la procellaria, le courlis, l'alcyon ; — leurs prophètes. Ils se retirent le soir, celui-ci dans sa cabine, celui-là dans sa chaumière ; frêles demeures, où l'ouragan qui les ébranle, n'agite point les consciences tranquilles.

> If the wind tempestuous is blowing,
>   Still no danger they descry ;
> The guiltless heart its boon bestowing,
> Soothes them with its Lullaby, etc., etc.

« Si le vent souffle orageux, ils n'aperçoivent aucun danger ; le cœur innocent, versant son baume, les berce avec ses *dodo, l'enfant do ; dodo, l'enfant do, etc.* »

Le matelot ne sait où la mort le surprendra, à quel bord il laissera sa vie ; peut-être, quand il aura mêlé au vent son dernier soupir, sera-t-il lancé au sein des flots, attaché sur deux avirons, pour continuer son voyage, peut-être sera-t-il enterré dans un îlot désert que l'on ne retrouvera jamais, ainsi qu'il a dormi isolé dans son hamac, au milieu de l'océan.

Le vaisseau seul est un spectacle : sensible au plus léger mouvement du gouvernail, hippogriffe ou coursier ailé, il obéit à la main du pilote, comme un cheval à la main d'un cavalier. L'élégance des mâts et des cordages, la légèreté des matelots qui voltigent sur les vergues, les différents aspects dans lesquels se présente le navire, soit qu'il vogue penché par un autan contraire, soit qu'il fuie droit devant un aquilon favorable, font de cette machine savante une des merveilles du génie de l'homme. Tantôt la lame et son écume brisent et rejaillissent contre la carène ; tantôt l'onde paisible se divise, sans résistance, devant la proue. Les pavillons, les flammes, les voiles achèvent la beauté de ce palais de Neptune : les plus basses voiles, déployées dans leur largeur, s'arrondissent comme de vastes cylindres ; les plus hautes, comprimées dans leur milieu, ressemblent aux mamelles d'une sirène. Animé d'un souffle impétueux, le navire, avec sa quille, comme avec le soc d'une charrue, laboure à grand bruit le champ des mers.

Sur ce chemin de l'océan, le long duquel on n'aperçoit ni arbres, ni villages, ni villes, ni tours, ni clochers, ni tombeaux ; sur cette route sans colonnes, sans pierres milliaires, qui n'a pour bornes que les vagues, pour relais que les vents, pour flambeaux que les astres, la plus belle des aventures, quand on n'est pas en quête de terres et de mers inconnues, est la rencontre de deux vaisseaux. On se découvre mutuellement à l'horizon avec la longue vue ; on se dirige les uns vers les autres. Les équipages et les passagers s'empressent sur le pont. Les deux bâtiments s'approchent, hissent leur pavillon, carguent à demi leurs voiles, se mettent en travers. Quand tout est silence, les deux capitaines, placés sur le gaillard arrière, se hèlent avec le porte-voix : « le nom du navire ? De quel port ? Le nom du capitaine ? D'où vient-il ? Combien de jours de traversée ? La latitude et la longitude ? Adieu, va ! » on lâche les ris ; la voile retombe. Les matelots et les passagers des deux vaisseaux se regardent fuir, sans mot dire : les uns vont chercher le soleil de l'Asie, les autres le soleil de l'Europe, qui les verront également mourir. Le temps emporte et sépare les voyageurs sur la terre, plus promptement encore que le vent ne les emporte et ne les sépare sur l'océan ; on se fait un signe de loin : *Adieu, va !* Le port commun est l'Éternité.

Et si le vaisseau rencontré était celui de Cook ou de La Pérouse ?

Le maître de l'équipage de mon vaisseau malouin était un ancien subrécargue, appelé Pierre Villeneuve, dont le nom seul me plaisait à cause de la bonne Villeneuve. Il avait

servi dans l'Inde sous le bailli de Suffren, et en Amérique
sous le comte d'Estaing ; il s'était trouvé à une multitude
d'affaires. Appuyé sur l'avant du vaisseau, auprès du beaupré, de même qu'un vétéran assis sous la treille de son petit
jardin dans le fossé des Invalides, Pierre, en mâchant une
chique de tabac, qui lui enflait la joue comme une fluxion,
me peignait le moment du branle-bas, l'effet des détonations
de l'artillerie sous les ponts, le ravage des boulets dans leurs
ricochets contre les affûts, les canons, les pièces de char-
pente. Je le faisais parler des Indiens, des nègres, des colons.
Je lui demandais comment étaient habillés les peuples, comment les arbres faits, quelle couleur avaient la terre et le ciel,
quel goût les fruits ; si les ananas étaient meilleurs que les
pêches, les palmiers plus beaux que les chênes. Il m'expli-
quait tout cela par des comparaisons prises des choses que
je connaissais : le palmier était un grand chou, la robe d'un
Indien celle de ma grand'mère ; les chameaux ressemblaient
à un âne bossu ; tous les peuples de l'Orient, et notamment
les Chinois, étaient des poltrons et des voleurs. Villeneuve
était de Bretagne, et nous ne manquions pas de finir par
l'éloge de l'incomparable beauté de notre patrie.

La cloche interrompait nos conversations ; elle réglait les
quarts, l'heure de l'habillement, celle de la revue, celle des
repas. Le matin, à un signal, l'équipage, rangé sur le pont,
dépouillait la chemise bleue pour en revêtir une autre qui
séchait dans les haubans. La chemise quittée était immédiatement lavée dans des baquets, où cette pension de phoques
savonnait aussi des faces brunes et des pattes goudronnées.

Au repas du midi et du soir, les matelots, assis en rond
autour des gamelles, plongeaient l'un après l'autre, régulièrement et sans fraude, leur cuiller d'étain dans la soupe
flottante au roulis. Ceux qui n'avaient pas faim, vendaient,
pour un morceau de tabac ou pour un verre d'eau-de-vie,
leur portion de biscuit et de viande salée à leurs camarades.
Les passagers mangeaient dans la chambre du capitaine.
Quand il faisait beau, on tendait une voile sur l'arrière du
vaisseau, et l'on dînait à la vue d'une mer bleue, tachetée
çà et là de marques blanches par les écorchures de la brise.

Enveloppé de mon manteau, je me couchais la nuit sur le

tillac. Mes regards contemplaient les étoiles au-dessus de ma tête. La voile enflée me renvoyait la fraîcheur de la brise qui me berçait sous le dôme céleste : à demi assoupi et poussé par le vent, je changeais de ciel en changeant de rêve.

Les passagers, à bord d'un vaisseau, offrent une société différente de celle de l'équipage : ils appartiennent à un autre élément ; leurs destinées sont de la terre. Les uns courent chercher la fortune, les autres le repos ; ceux-là retournent à leur patrie, ceux-ci la quittent ; d'autres naviguent pour s'instruire des mœurs des peuples, pour étudier les sciences et les arts. On a le loisir de se connaître dans cette hôtellerie errante qui voyage avec le voyageur, d'apprendre maintes aventures, de concevoir des antipathies, de contracter des amitiés. Quant vont et viennent ces jeunes femmes nées du sang anglais et du sang indien, qui joignent à la beauté de Clarisse la délicatesse de Sacontala, alors se forment les chaînes que nouent et dénouent les vents parfumés de Ceylan, douces comme eux, comme eux légères.

« MON ACCOUTREMENT SAUVAGE[1] »

J'achetai des Indiens un habillement complet : deux peaux d'ours, l'une pour demi-toge, l'autre pour lit. Je joignis, à mon nouvel accoutrement, la calotte de drap rouge à côtes, la casaque, la ceinture, la corne pour rappeler les chiens, la bandoulière des coureurs de bois. Mes cheveux flottaient sur mon cou découvert ; je portais la barbe longue : j'avais du sauvage, du chasseur et du missionnaire. On m'invita à une partie de chasse qui devait avoir lieu le lendemain, pour dépister un carcajou.

Cette race d'animaux est presque entièrement détruite dans le Canada, ainsi que celle des castors.

Nous nous embarquâmes avant le jour, pour remonter une rivière sortant du bois où l'on avait aperçu le carcajou. Nous étions une trentaine, tant Indiens que coureurs de bois

1. *Ibid.*, livre VII, chap. IV, p. 362-363.

américains et canadiens : une partie de la troupe côtoyait, avec les meutes, la marche de la flottille, et des femmes portaient nos vivres.

Nous ne rencontrâmes pas le carcajou ; mais nous tuâmes des loups-cerviers et des rats musqués. Jadis les Indiens menaient un grand deuil, lorsqu'ils avaient immolé, par mégarde, quelques-uns de ces derniers animaux, la femelle du rat musqué étant, comme chacun sait, la mère du genre humain. Les Chinois, meilleurs observateurs, tiennent pour certain que le rat se change en caille, et la taupe en loriot.

Des oiseaux de rivière et des poissons fournirent abondamment à notre table. On accoutume les chiens à plonger ; quand ils ne vont pas à la chasse ils vont à la pêche : ils se précipitent dans les fleuves et saisissent le poisson jusqu'au fond de l'eau. Un grand feu autour duquel nous nous placions, servait aux femmes pour les apprêts de notre repas.

Il fallait nous coucher horizontalement, le visage contre terre, pour nous mettre les yeux à l'abri de la fumée, dont le nuage, flottant au-dessus de nos têtes, nous garantissait tellement quellement de la piqûre des maringouins.

Les divers insectes carnivores, vus au microscope, sont des animaux formidables, ils étaient peut-être ces dragons ailés dont on retrouve les anatomies : diminués de taille à mesure de la matière diminuait d'énergie, ces hydres, griffons et autres, se trouveraient aujourd'hui à l'état d'insectes. Les géants antédiluviens sont les petits hommes d'aujourd'hui.

LES FLORIDIENNES[1]

C'est une mère charmante que la terre ; nous sortons de son sein : dans l'enfance, elle nous tient à ses mamelles gonflées de lait et de miel ; dans la jeunesse et l'âge mûr, elle nous prodigue ses eaux fraîches, ses moissons et ses fruits ; elle nous offre en tous lieux l'ombre, le bain, la table et le lit ; à notre mort, elle nous rouvre ses entrailles, jette sur

---

1. *Ibid.*, livre VIII, chap. IV, p. 403-410.

notre dépouille une couverture d'herbe et de fleurs, tandis qu'elle nous transforme secrètement dans sa propre substance, pour nous reproduire sous quelque forme gracieuse. Voilà ce que je me disais en m'éveillant lorsque mon premier regard rencontrait le ciel, dôme de ma couche.

Les chasseurs étant partis pour les opérations de la journée, je restais avec les femmes et les enfants. Je ne quittais plus mes deux sylvaines : l'une était fière, et l'autre triste. Je n'entendais pas un mot de ce qu'elles me disaient, elles ne me comprenaient pas ; mais j'allais chercher l'eau pour leur coupe, les sarments pour leur feu, les mousses pour leur lit. Elles portaient la jupe courte et les grosses manches tailladées à l'espagnole, le corset et le manteau indiens. Leurs jambes nues étaient losangées de dentelles de bouleau. Elles nattaient leurs cheveux avec des bouquets ou des filaments de joncs ; elles se maillaient de chaînes et de colliers de verre. À leurs oreilles pendaient des graines empourprées ; elles avaient une jolie perruche qui parlait : oiseau d'Armide ; elles l'agrafaient à leur épaule en guise d'émeraude, ou la portaient chaperonnée sur la main comme les grandes dames du dixième siècle portaient l'épervier. Pour s'affermir le sein et les bras, elles se frottaient avec l'apoya ou souchet d'Amérique. Au Bengale, les bayadères mâchent le bétel, et dans le Levant, les almées sucent le mastic de Chio ; les Floridiennes broyaient, sous leurs dents d'un blanc azuré, des larmes de *liquidambar* et des racines de *libanis*, qui mêlaient la fragrance de l'angélique, du cédrat et de la vanille. Elles vivaient dans une atmosphère de parfums émanés d'elles, comme des orangers et des fleurs dans les pures effluences de leur feuille et de leur calice. Je m'amusais à mettre sur leur tête quelque parure : elles se soumettaient, doucement effrayées ; magiciennes, elles croyaient que je leur faisais un charme. L'une d'elles, la *fière*, priait souvent ; elle me paraissait demi-chrétienne. L'autre chantait avec une voix de velours, poussant à la fin de chaque phrase musicale un cri qui troublait. Quelquefois, elles se parlaient vivement : je croyais démêler des accents de jalousie, mais la triste pleurait, et le silence revenait.

Faible que j'étais, je cherchais des exemples de faiblesse,

afin de m'encourager. Camoëns n'avait-il pas aimé dans les Indes une esclave noire de Barbarie, et moi, ne pouvais-je pas en Amérique offrir des hommages à deux jeunes sultanes jonquilles ? Camoëns n'avait-il pas adressé à *Endechas*, ou des stances, à *Barbara escrava* ? Ne lui avait-il pas dit :

A quella captiva,
Que me tem captivo,
Porque nella vivo,
Já naõ quer que viva.
Eu nunqua vi rosa
Em suaves mólhos,
Que para meus olhos
Fosse mais formosa.
Pretidaõ de amor,
Taõ doce a figura,
Que a neve lhe jura
Que trocára a côr.
Léda mansidaõ,
Que o siso acompanha :
Bem parece estranha,
Mas Barbara naõ.

« Cette captive qui me tient captif, parce que je vis en elle, n'épargne pas ma vie. Jamais rose, dans de suaves bouquets, ne fut à mes yeux plus charmante. . . . .

Sa chevelure noire inspire l'amour ; sa figure est si douce que la neige a envie de changer de couleur avec elle ; sa gaieté est accompagnée de réserve : c'est une étrangère : une barbare, non. » [...]

Quitté de mes compagnes, je me reposai au bord d'un massif d'arbres : son obscurité, glacée de lumières, formait une pénombre où j'étais assis. Des mouches luisantes brillaient parmi les arbrisseaux encrêpés, et s'éclipsaient lorsqu'elles passaient dans les irradiations de la lune. On entendait le bruit du flux et du reflux du lac, les sauts du poisson d'or, et le cri rare de la cane plongeuse. Mes yeux étaient fixés sur les eaux ; je déclinais peu à peu vers cette somnolence connue des hommes qui courent les chemins du monde :

nul souvenir distinct ne me restait ; je me sentais vivre et
végéter avec la nature dans une espèce de panthéisme. Je
m'adossai contre le tronc d'un magnolia et je m'endormis ;
mon repos flottait sur un fond vague d'espérance.

Quand je sortis de ce Léthé, je me trouvai entre deux
femmes ; les odalisques étaient revenues ; elles n'avaient
pas voulu me réveiller, elles s'étaient assises en silence à
mes côtés ; soit qu'elles feignissent le sommeil, soit qu'elles
fussent réellement assoupies, leurs têtes étaient tombées
sur mes épaules.

Une brise traversa le bocage et nous inonda d'une pluie
de roses de magnolia. Alors la plus jeune des Siminoles se
mit à chanter : quiconque n'est pas sûr de sa vie se garde de
l'exposer ainsi jamais ! on ne peut savoir ce que c'est que la
passion infiltrée avec la mélodie dans le sein d'un homme.
À cette voix une voix rude et jalouse répondit : un *Bois-brûlé*
appelait les deux cousines ; elles tressaillirent, se levèrent :
l'aube commençait à poindre.

Aspasie de moins, j'ai retrouvé cette scène aux rivages
de la Grèce : monté aux colonnes du Parthénon avec l'aurore, j'ai vu le Cythéron, le mont Hymette, l'Acropolis de
Corinthe, les tombeaux, les ruines baignés dans une rosée
de lumière dorée, transparente, volage, que réfléchissaient
les mers, que répandaient comme un parfum les zéphirs de
Salamine et de Délos.

Nous achevâmes notre navigation sans paroles. À midi,
le camp fut levé pour examiner des chevaux que les Creeks
voulaient vendre et les trafiquants acheter. Femmes et
enfants, tous étaient convoqués comme témoins, selon la
coutume, dans les marchés solennels. Les étalons de tous
les âges et de tous les poils, les poulains et les juments avec
des taureaux, des vaches et des génisses, commencèrent
à fuir et à galoper autour de nous. Dans cette confusion,
je fus séparé des Creeks. Un groupe épais de chevaux et
d'hommes s'aggloméra à l'orée du bois. Tout à coup, j'aperçus de loin mes deux Floridiennes ; des mains vigoureuses
les asseyaient sur les croupes de deux barbes qui montaient
à cru un *Bois-Brûlé* et un Siminole. Ô Cid ! que n'avais-je
ta rapide Babieça pour les rejoindre ! Les cavales prennent

leur course, l'immense escadron les suit. Les chevaux ruent, sautent, bondissent, hennissent au milieu des cornes des buffles et des taureaux, leur soles se choquent en l'air, leurs queues et leurs crinières volent sanglantes. Un tourbillon d'insectes dévorants enveloppe l'orbe de cette cavalerie sauvage. Mes Floridiennes disparaissent comme la fille de Cérès, enlevée par le dieu des enfers.

Voilà comme tout avorte dans mon histoire, comme il ne me reste que des images de ce qui a passé si vite : je descendrai aux Champs-Élysées avec plus d'ombres qu'homme n'en a jamais emmené avec soi. La faute en est à mon organisation : je ne sais profiter d'aucune fortune ; je ne m'intéresse à quoi que ce soit qui intéresse les autres. Hors en religion, je n'ai aucune croyance. Pasteur ou roi qu'aurais-je fait de mon sceptre ou de ma houlette ? Je me serais également fatigué de la gloire et du génie, du travail et du loisir, de la prospérité et de l'infortune. Tout me lasse : je remorque avec peine mon ennui avec mes jours et je vais partout bâillant ma vie.

PERSPECTIVES SUR LES ÉTATS-UNIS[1]

Toutefois, il ne faut pas chercher aux États-Unis ce qui distingue l'homme des autres êtres de la création, ce qui est son extrait d'immoralité et l'ornement de ses jours : les lettres sont inconnues dans la nouvelle République, quoiqu'elles soient appelées par une foule d'établissements. L'Américain a remplacé les opérations intellectuelles par les opérations positives ; ne lui imputez point à infériorité sa médiocrité dans les arts, car ce n'est pas de ce côté qu'il a porté son attention. Jeté par différentes causes sur un sol désert, l'agriculture et le commerce ont été l'objet de ses soins ; avant de penser, il faut vivre ; avant de planter des arbres, il faut les abattre, afin de labourer. Les colons primitifs, l'esprit rempli de controverses religieuses, portaient, il est vrai, la passion de la dispute jusqu'au sein des forêts ;

1. *Ibid.*, livre VIII, chap. v, de « Toutefois... » à la fin, p. 417-422.

mais il fallait qu'ils marchassent d'abord à la conquête du désert la hache sur l'épaule ; n'ayant pour pupitre, dans l'intervalle de leurs labeurs, que l'orme qu'ils équarrissaient. Les Américains n'ont point parcouru les degrés de l'âge des peuples ; ils ont laissé en Europe leur enfance et leur jeunesse ; les paroles naïves du berceau leur ont été inconnues ; ils n'ont joui des douceurs du foyer qu'à travers le regret d'une patrie qu'ils n'avaient jamais vue, dont ils pleuraient l'éternelle absence et le charme qu'on leur avait raconté.

Il n'y a dans le nouveau continent ni littérature classique, ni littérature romantique, ni littérature indienne : classique, les Américains n'ont point de moyen âge ; indienne, les Américains méprisent les sauvages et ont horreur des bois comme d'une prison qui leur était destinée.

Ainsi, ce n'est donc pas la littérature à part, la littérature proprement dite, que l'on trouve en Amérique : c'est la littérature appliquée, servant aux divers usages de la société ; c'est la littérature d'ouvriers, de négociants, de marins, de laboureurs. Les Américains ne réussissent guère que dans la mécanique et dans les sciences, parce que les sciences ont un côté matériel : Franklin et Fulton se sont emparés de la foudre et de la vapeur au profit des hommes. Il appartenait à l'Amérique de doter le monde de la découverte par laquelle aucun continent ne pourra désormais échapper aux recherches du navigateur.

La poésie et l'imagination, partage d'un très petit nombre de désœuvrés, sont regardées aux États-Unis comme des puérilités du premier et du dernier âge de la vie : les Américains n'ont point eu d'enfance, ils n'ont point encore de vieillesse.

De ceci il résulte que les hommes engagés dans les études sérieuses ont dû nécessairement appartenir aux affaires de leur pays afin d'en acquérir la connaissance, et qu'ils ont dû de même se trouver acteurs dans leur révolution prompte du talent, depuis les premiers hommes des troubles américains, jusqu'aux hommes de ces derniers temps ; et cependant ces hommes se touchent. Les anciens présidents de la République ont un caractère religieux, simple, élevé, calme, dont on ne trouve aucune trace dans nos fracas sanglants de la

République et de l'Empire. La solitude dont les Américains
étaient environnés a réagi sur leur nature ; ils ont accompli
en silence leur liberté.

Le discours d'adieu du général Washington au peuple des
États-Unis, pourrait avoir été prononcé par les personnages
les plus graves de l'Antiquité :

« Les actes publics, dit le général, prouvent jusqu'à quel
point les principes que je viens de rappeler m'ont guidé
lorsque je me suis acquitté des devoirs de ma place. Ma
conscience me dit du moins que je les ai suivis. Bien qu'en
repassant les actes de mon administration, je n'aie connaissance d'aucune faute d'intention, j'ai un sentiment trop profond de mes défauts pour ne pas penser que probablement
j'ai commis beaucoup de fautes. Quelles qu'elles soient, je
supplie avec ferveur le Tout-Puissant d'écarter ou de dissiper les maux qu'elles pourraient entraîner. J'emporterai
aussi avec moi l'espoir que mon pays ne cessera jamais de
les considérer avec indulgence, et qu'après quarante-cinq
années de ma vie dévouées à son service avec zèle et droi-
ture, les torts d'un mérite insuffisant tomberont dans l'oubli,
comme je tomberai moi-même dans la demeure du repos. »

Jefferson, dans son habitation de Monticello, écrit, après
la mort de l'un de ses deux enfants :

« La perte que j'ai éprouvée est réellement grande.
D'autres peuvent perdre ce qu'ils ont en abondance ; mais
moi, de mon strict nécessaire, j'ai à déplorer la moitié. Le
déclin de mes jours ne tient plus que par le faible fil d'une
vie humaine. Peut-être suis-je destiné à voir rompre ce dernier lien de l'affection d'un père ! »

La philosophie, rarement touchante, l'est ici au souverain
degré. Et ce n'est pas là la douleur oiseuse d'un homme
qui ne s'était mêlé de rien : Jefferson mourut le 4 juillet 1826, dans la quatre-vingt-quatrième année de son âge,
et la cinquante-quatrième de l'indépendance de son pays.
Ses restes reposent, recouverts d'une pierre, n'ayant pour
épitaphe que ces mots : « THOMAS JEFFERSON, *auteur de la
Déclaration d'indépendance.* »

Périclès et Démosthène avaient prononcé l'oraison funèbre
des jeunes Grecs tombés pour un peuple qui disparut bientôt

après eux : Brackenbridge, en 1817, célébrait la mort des jeunes Américains dont le sang a fait naître un peuple.

On a une galerie nationale des portraits des Américains distingués, en quatre volumes in-octavo, et ce qu'il y a de plus singulier, une biographie contenant la vie de plus de cent principaux chefs indiens. Logan, chef de la Virginie, prononça devant lord Dunmore, ces paroles : « Au printemps dernier, sans provocation aucune, le colonel Crasp égorgea tous les parents de Logan : il ne coule plus une seule goutte de mon sang dans les veines d'aucune créature vivante. C'est là ce qui m'a appelé à la vengeance. Je l'ai cherchée ; j'ai tué beaucoup de monde. Est-il quelqu'un qui viendrait maintenant pleurer la mort de Logan ? Personne. »

Sans aimer la nature, les Américains se sont appliqués à l'étude de l'histoire naturelle. Townsend, parti de Philadelphie, a parcouru à pied les régions qui séparent l'Atlantique de l'océan Pacifique, en consignant dans son journal ses nombreuses observations. Thomas Say, voyageur dans les Florides et aux montagnes Rocheuses, a donné un ouvrage sur l'entomologie américaine. Wilson, tisserand devenu auteur, a des peintures assez finies.

Arrivés à la littérature proprement dite, quoiqu'elle soit peu de chose, il y a pourtant quelques écrivains à citer parmi les romanciers et les poètes. Le fils d'un quaker, Brown, est l'auteur de *Wieland*, lequel Wieland est la source et le modèle des romans de la nouvelle école. Contrairement à ses compatriotes, « j'aime mieux, assurait Brown, errer parmi les forêts que de battre le blé ». Wieland, le héros du roman, est un puritain à qui le ciel a commandé de tuer sa femme : « Je t'ai amenée ici, lui dit-il, pour accomplir les ordres de Dieu : c'est par moi que tu dois périr et je saisis ses deux bras. Elle poussa plusieurs cris perçants et voulut se dégager : — Wieland, ne suis-je pas ta femme ? et tu veux me tuer ; me tuer, moi, oh ! non, oh ! grâce ! — Tant que sa voix eut un passage, elle cria ainsi grâce et secours. » Wieland étrangle sa femme et éprouve d'ineffables délices auprès du cadavre expiré. L'horreur de nos inventions modernes est ici surpassée. Brown s'était formé à la lecture de Caleb Williams, et il imitait dans Wieland une scène d'Othello.

À cette heure, les romanciers américains, Cooper, Washington Irving, sont forcés de se réfugier en Europe, pour y trouver des chroniques et un public. La langue des grands écrivains de l'Angleterre s'est *créolisée, provincialisée, barbarisée*, sans avoir rien gagné en énergie au milieu de la nature vierge ; on a été obligé de dresser des catalogues des expressions américaines.

Quant aux poètes américains, leur langage a de l'agrément ; mais ils s'élèvent peu au-dessus de l'ordre commun. Cependant, l'*Ode à la Brise du soir*, le *Lever du soleil sur la montagne*, le *Torrent*, et quelques autres poésies méritent d'être parcourues. Halleck a chanté Botzaris expirant, et Georges Hill a erré parmi les ruines de la Grèce : « Ô Athènes ! dit-il, c'est donc toi, reine solitaire, reine détrônée !... Parthénon, roi des temples, tu as vu les monuments tes contemporains laisser au temps dérober leurs prêtres et leurs dieux. »

Il me plaît, à moi voyageur aux rives de l'Hellénie et de l'Atlantide, d'entendre la voix indépendante d'une terre inconnue à l'antiquité gémir sur la liberté perdue du vieux monde.

« DANGER POUR LES ÉTATS-UNIS[1] »

Mais l'Amérique conservera-t-elle la forme de son gouvernement ? Les États ne se diviseront-ils pas ? un député de la Virginie n'a-t-il pas déjà soutenu la thèse de la liberté antique avec des esclaves, résultat du paganisme, contre un député du Massachusetts, défendant la cause de la liberté moderne sans esclaves, telle que le Christianisme l'a faite ?

Les États du nord et du midi ne sont-ils pas opposés d'esprit et d'intérêts ? Les États de l'ouest, trop éloignés de l'Atlantique, ne voudront-ils pas avoir un régime à part ? D'un côté, si l'on augmente le pouvoir de la présidence, le despotisme n'arrivera-t-il pas avec les gardes et les privilèges du dictateur ?

1. *Ibid.*, livre VIII, chap. VI, p. 422-426.

L'isolement des États-Unis leur a permis de naître et de grandir : il est douteux qu'ils eussent pu vivre et croître en Europe. La Suisse fédérale subsiste au milieu de nous : pourquoi ? parce qu'elle est petite, pauvre, cantonnée au giron des montagnes ; pépinières de soldats pour les rois, but de promenade pour les voyageurs.

Séparée de l'ancien monde, la population des États-Unis habite encore la solitude ; ses déserts ont été sa liberté : mais déjà les conditions de son existence s'altèrent.

L'existence des démocraties du Mexique, de la Colombie, du Pérou, du Chili, de Buenos-Ayres, toutes troublées qu'elles sont, est un danger. Lorsque les États-Unis n'avaient auprès d'eux que les colonies d'un royaume transatlantique, aucune guerre sérieuse n'était probable ; maintenant des rivalités ne sont-elles pas à craindre ? que de part et d'autre on coure aux armes, que l'esprit militaire s'empare des enfants de Washington, un grand capitaine pourra surgir du trône : la gloire aime les couronnes.

J'ai dit que les États du nord, du midi et de l'ouest étaient divisés d'intérêts ; chacun le sait : ces États rompant l'union, les réduira-t-on par les armes ? Alors, quel ferment d'inimitiés répandu dans le corps social ! Les États dissidents maintiendront-ils leur indépendance ? Alors, quelles discordes n'éclateront-elles pas parmi ces États émancipés ! Ces républiques d'outre-mer, désengrenées, ne formeraient plus que des unités débiles de nul poids dans la balance sociale, ou elles seraient successivement subjuguées par l'une d'entre elles. (Je laisse de côté le grave sujet des alliances et des interventions étrangères.) Le Kentucky, peuplé d'une race d'hommes plus rustique, plus hardie et plus militaire, semblerait destiné à devenir l'État conquérant. Dans cet État qui dévorerait les autres, le pouvoir d'un seul ne tarderait pas à s'élever sur la ruine du pouvoir de tous.

J'ai parlé du danger de la guerre, je dois rappeler les dangers d'une longue paix. Les États-Unis, depuis leur émancipation, ont joui, à quelques mois près, de la tranquillité la plus profonde : tandis que cent batailles ébranlaient l'Europe, ils cultivaient leurs champs en sûreté. De là un débordement de population et de richesses, avec tous les inconvénients de la surabondance des richesses et des populations.

Si des hostilités survenaient chez un peuple imbelle, saurait-on résister ? Les fortunes et les mœurs consentiraient-elles à des sacrifices ? Comment renoncer aux usances câlines, au confort, au bien-être indolent de la vie ? La Chine et l'Inde, endormies dans leur mousseline, ont constamment subi la domination étrangère. Ce qui convient à la complexion d'une société libre, c'est un état de paix modéré par la guerre, et un état de guerre attrempé de paix. Les Américains ont déjà porté trop longtemps de suite la couronne d'olivier : l'arbre qui la fournit n'est pas naturel à leur rive.

L'esprit mercantile commence à les envahir ; l'intérêt devient chez eux le vice national. Déjà, le jeu des banques des divers États s'entrave, et des banqueroutes menacent la fortune commune. Tant que la liberté produit de l'or, une république industrielle fait des prodiges ; mais quand l'or est acquis ou épuisé, elle perd son amour de l'indépendance non fondé sur un sentiment moral, mais provenu de la soif du gain et de la passion de l'industrie.

De plus, il est difficile de créer une *patrie* parmi des États qui n'ont aucune communauté de religion et d'intérêts, qui, sortis de diverses sources en des temps divers, vivent sur un sol différent et sous un différent soleil. Quel rapport y a-t-il entre un Français de la Louisiane, un Espagnol des Florides, un Allemand de New-York, un Anglais de la Nouvelle-Angleterre, de la Virginie, de la Caroline, de la Georgie, tous réputés Américains ? Celui-là léger et duelliste ; celui-là catholique, paresseux et superbe, celui-là luthérien, laboureur et sans esclaves ; celui-là anglican et planteur avec des nègres ; celui-là puritain et négociant ; combien faudra-t-il de siècles pour rendre ces éléments homogènes !

Une aristocratie chrysogène est prête à paraître avec l'amour des distinctions et la passion des titres. On se figure qu'il règne un niveau général aux États-Unis : c'est une complète erreur. Il y a des sociétés qui se dédaignent et ne se voient point entre elles ; il y a des salons où la morgue des maîtres surpasse celle d'un prince allemand à seize quartiers. Ces nobles plébéiens aspirent à la caste, en dépit du progrès des Lumières qui les a faits égaux et libres. Quelques-uns d'entre eux ne parlent que de leurs aïeux, fiers barons, apparemment bâtards et compagnons de Guillaume-le-Bâtard. Ils étalent les blasons de chevalerie de l'ancien monde, ornés des serpents, des lézards et des perruches du nouveau monde. Un cadet de Gascogne abordant avec la cape et le parapluie au rivage républicain, s'il a soin de se surnommer *marquis*, est considéré sur les bateaux à vapeur.

L'énorme inégalité des fortunes menace encore plus sérieusement de tuer l'esprit d'égalité. Tel Américain possède un ou deux millions de revenu ; aussi, les Yankees de la grande société ne peuvent-ils déjà plus vivre comme Franklin : le vrai *gentleman*, dégoûté de son pays neuf, vient en Europe chercher du vieux ; on le rencontre dans les auberges, faisant comme les Anglais, avec l'extravagance ou le spleen, des *tours* en Italie. Ces rôdeurs de la Caroline ou de la Virginie achètent des ruines d'abbayes en France, et plantent, à Melun, des jardins anglais avec des arbres américains. Naples envoie à New-York ses chanteurs et ses parfumeurs, Paris ses modes et ses baladins, Londres ses grooms et ses boxeurs : joies exotiques qui ne rendent pas l'Union plus gaie. On s'y divertit en se jetant dans la cataracte de Niagara, aux applaudissements de cinquante mille planteurs, demi-sauvages que la mort a bien de la peine à faire rire.

Et ce qu'il y a d'extraordinaire, c'est qu'en même temps que déborde l'inégalité des fortunes et qu'une aristocratie commence, la grande impulsion égalitaire au dehors oblige les possesseurs industriels ou fonciers à cacher leur luxe, à dissimuler leurs richesses, de crainte d'être assommés par leurs voisins. On ne reconnaît point la puissance exécutive ; on chasse à volonté les autorités locales que l'on a choisies, et on leur substitue des autorités nouvelles. Cela ne trouble point l'ordre ; la démocratie pratique est observée, et l'on se rit des lois posées par la même démocratie, en théorie. L'esprit de famille existe peu ; aussitôt que l'enfant est en état de travailler, il faut, comme l'oiseau emplumé, qu'il vole de ses propres ailes. De ces générations émancipées dans un hâtif orphelinage et des émigrations qui arrivent de l'Europe, il se forme des compagnies nomades qui défrichent les terres, creusent des canaux et portent leur industrie partout sans s'attacher au sol ; elles commencent des maisons dans le désert où le propriétaire passager restera à peine quelques jours.

Un égoïsme froid et dur règne dans les villes ; piastres et dollars, billets de banque et argent, hausse et baisse des fonds, c'est tout l'entretien ; on se croirait à la Bourse ou au comptoir d'une grande boutique. Les journaux, d'une dimension immense, sont remplis d'expositions d'affaires et de caquets grossiers. Les Américains subiraient-ils, sans le savoir, la loi d'un climat où la nature végétale paraît avoir profité aux dépens de la nature vivante, loi combattue par des esprits distingués, mais que la réfutation n'a pas tout à fait mise hors d'examen ? On pourrait s'enquérir si l'Américain n'a pas été trop tôt usé dans la liberté philosophique, comme le Russe dans le despotisme civilisé.

En somme, les États-Unis donnent l'idée d'une colonie et non d'une patrie-mère : ils n'ont point de passé, les mœurs s'y sont faites par les lois. Ces citoyens du Nouveau-Monde ont pris rang parmi les nations au moment que les idées politiques entraient dans une phase ascendante : cela explique pourquoi ils se transforment avec une rapidité extraordinaire. La société permanente semble devenir impraticable chez eux, d'un côté par l'extrême ennui des individus, de l'autre par l'impossibilité de rester en place, et par la nécessité de mouvement qui les domine : car on n'est jamais bien fixe là où les pénates sont errants. Placé sur la route des océans, à la tête des opinions progressives aussi neuves que son pays, l'Américain semble avoir reçu de Colomb plutôt la mission de découvrir d'autres univers que de les créer.

« RETOUR EN EUROPE. — NAUFRAGE.[1] »

Revenu du désert à Philadelphie, comme je l'ai déjà dit, et ayant écrit sur le chemin à la hâte *ce que je viens de raconter*, comme le vieillard de La Fontaine, je ne trouvai pas les lettres de change que j'attendais ; ce fut le commencement des embarras pécuniaires où j'ai été plongé le reste de ma vie. La fortune et moi nous nous sommes pris en grippe aussitôt que nous nous sommes vus. Selon Hérodote, certaines fourmis de l'Inde ramassaient des tas d'or : d'après Athénée, le soleil avait donné à Hercule un vaisseau d'or pour aborder à l'île d'Érythia, retraite des Hespérides : bien que fourmi, je n'ai pas l'honneur d'appartenir à la grande famille indienne, et bien que navigateur, je n'ai jamais traversé l'eau que dans une barque de sapin. Ce fut un bâtiment de cette espèce qui me ramena d'Amérique en Europe. Le capitaine me donna mon passage à crédit. Le 10 décembre 1791, je m'embarquai avec plusieurs de mes compatriotes, qui, par divers motifs, retournaient comme moi en France. La destination du navire était Le Havre.

Un coup de vent d'ouest nous prit au débouquement de la Delaware, et nous chassa en dix-sept jours à l'autre bord de l'Atlantique. Souvent à mât et corde, à peine pouvions-nous mettre à la cape. Le soleil ne se montra pas une seule fois. Le vaisseau gouvernant à l'estime, fuyait devant la lame. Je traversai l'océan au milieu des ombres ; jamais il ne m'avait paru si triste. Moi-même, plus triste, je revenais trompé dès les premiers pas dans la vie : « On ne bâtit point de palais sur la mer », dit le poète persan Feryd-Eddin. J'éprouvais je ne sais quelle pesanteur de cœur, comme à l'approche d'une grande fortune. Promenant mes regards sur les flots, je leur demandais ma destinée, ou j'écrivais, plus gêné de leur mouvement qu'occupé de leur menace.

Loin de se calmer, la tempête augmentait à mesure que nous nous approchions de l'Europe, mais d'un souffle égal ;

---

1. *Ibid.*, livre VIII, chap. VII, p. 427-431.

il résultait de l'uniformité de sa rage une sorte de bonace furieuse dans le ciel hâve et la mer plombée. Le capitaine, n'ayant pu prendre hauteur, était inquiet ; il montait dans les haubans, regardait les divers points de l'horizon avec une lunette. Une vigie était placée sur le beaupré, une autre dans le petit hunier du grand mât. La lame devenait courte et la couleur de l'eau changeait, signes des approches de la terre : de quelle terre ? Les matelots bretons ont ce proverbe : « Celui qui voit Belle-Isle, voit son île ; celui qui voit Groie, voit sa joie ; celui qui voit Ouëssant, voit son sang. »

J'avais passé deux nuits à me promener sur le tillac, au glapissement des ondes dans les ténèbres, au bourdonnement du vent dans les cordages, et sous les sauts de la mer qui couvrait et découvrait le pont : c'était tout autour de nous une émeute de vagues. Fatigué des chocs et des heurts, à l'entrée de la troisième nuit, je m'allai coucher. Le temps était horrible ; mon hamac craquait et blutait aux coups du flot qui, crevant sur le navire, en disloquait la carcasse. Bientôt j'entends courir d'un bout du pont à l'autre et tomber des paquets de cordages : j'éprouve le mouvement que l'on ressent lorsqu'un vaisseau vire de bord. Le couvercle de l'échelle de l'entrepont s'ouvre ; une voix effrayée appelle le capitaine : cette voix, au milieu de la nuit et de la tempête, avait quelque chose de formidable. Je prête l'oreille ; il me semble ouïr des marins discuter sur le gisement d'une terre. Je me jette en bas de mon branle ; une vague enfonce le château de poupe, inonde la chambre du capitaine, renverse et roule pêle-mêle tables, lits, coffres, meubles et armes ; je gagne le tillac à demi-noyé.

En mettant la tête hors de l'entrepont, je fus frappé d'un spectacle sublime. Le bâtiment avait cessé de virer de bord ; mais n'ayant pu y parvenir, il s'était affalé sous le vent. À la lueur de la lune écornée, qui émergeait des nuages pour s'y replonger aussitôt, on découvrait sur les deux bords du navire, à travers une brume jaune, des côtes hérissées de rochers. La mer boursouflait ses flots comme des monts dans le canal où nous nous trouvions engouffrés ; tantôt ils s'épanouissaient en écumes et en étincelles ; tantôt ils n'offraient qu'une surface huileuse et vitreuse, marbrée de taches noires, cuivrées, verdâtres, selon la couleur des bas-fonds sur lesquels ils mugissaient. Pendant deux ou trois minutes, les vagissements de l'abîme et ceux du vent étaient confondus ; l'instant d'après, on distinguait le détaler des courants, le sifflement des récifs, la voix de la lame loin-taine. De la concavité du bâtiment sortaient des bruits qui faisaient battre le cœur aux plus intrépides matelots. La proue du navire tranchait la masse épaisse des vagues avec un froissement affreux, et au gouvernail des torrents d'eau s'écoulaient en tourbillonnant, comme à l'échappée d'une écluse. Au milieu de ce fracas, rien n'était aussi alarmant qu'un certain murmure sourd, pareil à celui d'un vase qui se remplit.

Éclairés d'un falot et contenus sous des plombs, des por-tulans, des cartes, des journaux de route étaient déployés sur une cage à poulets. Dans l'habitacle de la boussole, une rafale avait éteint la lampe. Chacun parlait diversement de la terre. Nous étions entrés dans la Manche, sans nous en apercevoir ; le vaisseau, bronchant à chaque vague, courait en dérive entre l'île de Guernesey et celle d'Aurigny. Le nau-frage parut inévitable, et les passagers serrèrent ce qu'ils avaient de plus précieux afin de le sauver.

Il y avait parmi l'équipage des matelots français ; un d'entre eux, au défaut d'aumônier, entonna ce cantique à *Notre-Dame de Bon-Secours*, premier enseignement de mon enfance ; je le répétai à la vue des côtes de la Bretagne, presque sous les yeux de ma mère. Les matelots américains protestants se joignaient de cœur aux chants de leurs cama-rades français-catholiques : le danger apprend aux hommes leur faiblesse et unit leurs vœux. Passagers et marins, tous étaient sur le pont, qui accroche aux manœuvres, qui au bordage, qui au cabestan, qui au bec des ancres pour n'être pas balayé de la lame ou versé à la mer par le roulis. Le capitaine criait : « Une hache ! » pour couper les mâts ; et le gouvernail dont le timon avait été abandonné, allait, tour-nant sur lui-même, avec un bruit rauque.

Un essai restait à tenter : la sonde ne marquait plus que quatre brasses sur un banc de sable qui traversait le chenal ; il était possible que la lame nous fît franchir le banc et nous portât dans une eau profonde : mais qui oserait saisir le gouvernail et se charger du salut commun ? Un faux coup de barre, nous étions perdus.

Un de ces hommes qui jaillissent des événements et qui sont les enfants spontanés du péril, se trouva : un matelot de New-York s'empare de la place désertée du pilote. Il me semble encore le voir en chemise, en pantalon de toile, les pieds nus, les cheveux épars et diluviés, tenant le timon dans ses fortes serres, tandis que, la tête tournée, il regardait à la poupe l'ondulée qui devait nous sauver ou nous perdre. Voici venir cette lame embrassant la largeur de la passe, roulant haut sans se briser, ainsi qu'une mer envahissant les flots d'une autre mer : de grands oiseaux blancs, au vol calme, le précèdent comme les oiseaux de la mort. Le navire touchait et talonnait, il se fit un silence profond ; tous les visages blêmirent. La houle arrive : au moment où elle nous attaque, le matelot donne le coup de barre ; le vaisseau, près de tomber sur le flanc, nous soulève. On jette la sonde ; elle rapporte vingt-sept brasses. Un huzza monte jusqu'au ciel et nous y joignons le cri de : *Vive le Roi !* il ne fut point entendu de Dieu pour Louis XVI ; il ne profita qu'à nous.

Dégagés de deux îles, nous ne fûmes pas hors de danger ; nous ne pouvions parvenir à nous élever au-dessus de la côte de Granville. Enfin la marée retirante nous emporta et nous doublâmes le cap de La Hougue. Je n'éprouvai aucun trouble pendant ce demi-naufrage et ne sentis point de joie d'être sauvé. Mieux vaut déguerpir de la vie quand on est jeune, que d'en être chassé par le temps. Le lendemain, nous entrâmes au Havre. Toute la population était accourue pour nous voir. Nos mâts de hune étaient rompus, nos chaloupes emportées, le gaillard d'arrière rasé, et nous embarquions l'eau à chaque tangage. Je descends à la jetée. Le 2 de janvier 1792, je foulai de nouveau le sol natal qui devait encore fuir sous mes pas. J'amenais avec moi, non des esquimaux des régions polaires, mais deux sauvages d'une espèce inconnue : Chactas et Atala.

DOSSIER

CHRONOLOGIE

ENFANCE ET JEUNESSE

1768. François-René de Chateaubriand naît à Saint-Malo le 4 septembre. Son père, René de Chateaubriand (1718-1786) et sa mère, Apolline de Bedée (1726-1798) ont déjà eu neuf enfants auparavant, dont quatre sont décédés à la naissance ou en bas âge. Chateaubriand est donc le cadet de la famille.

1768-1771. Chateaubriand est placé en nourrice à Plancoët, non loin de Dinan. Là réside également sa grand-mère.

1771-1777. Chateaubriand passe son enfance à Saint-Malo, en compagnie de ses « instituteurs sauvages », les « vents » et les « flots » dont il se sent le « compagnon[1] ». Il vit une première expérience de la liberté et de la sauvagerie en compagnie de son ami Gesril.

1777. Au mois de mai, la famille Chateaubriand s'installe au château de Combourg, que le père de Chateaubriand avait racheté en 1761.

1777-1781. Chateaubriand est scolarisé au collège de Dol jusqu'en juillet 1781.

1781-1782. Il poursuit sa scolarité au collège de Rennes (octobre 1781 - décembre 1782).

1783. Sans grande conviction, Chateaubriand prépare le

---

1. Toutes les citations de cette chronologie sont issues des *Mémoires d'outre-tombe* de Chateaubriand.

concours d'entrée au poste de garde de la marine à Brest. Il revient à Combourg sans s'y présenter. Il est alors inscrit au collège de Dinan et songe à entrer dans les ordres.

1784-1786. Chateaubriand vit une seconde expérience de liberté sauvage, ses « années de délire » dans les bois du domaine de Combourg : « révélation de la Muse » et de sa vocation d'écrivain. Il se rapproche de sa sœur Lucile. Il vit aussi ses premières frayeurs enfantines, avec l'expérience du donjon et des pas solennels de son père la nuit tombée, auprès du feu, deux scènes marquantes de son enfance retracées dans les *Mémoires d'outre-tombe*. Le soir de la Toussaint 1784, des capucins missionnaires viennent à Combourg et racontent leur vie en compagnie des Peaux-Rouges. Le récit fascine le jeune Chateaubriand.

1786. Au printemps 1786, Chateaubriand annonce à son père qu'il veut « aller au Canada défricher des forêts ». Le 9 août, il part pour Cambrai : son frère aîné Jean-Baptiste parvient à lui obtenir une place de « cadet volontaire » au sein du régiment de Navarre. Le 6 septembre, son père meurt.

1787-1790. Chateaubriand est officier au régiment de Navarre, nommé sous-lieutenant (le 12 septembre 1787). 19 février 1787 : il est présenté à la cour du roi à Versailles. En novembre 1787, son frère aîné Jean-Baptiste épouse Aline-Thérèse Le Peletier de Rosanbo, petite-fille de Malesherbes, qui jouera un grand rôle dans l'élan de curiosité et le goût des voyages qui pousseront Chateaubriand à partir en Amérique. Janvier 1789 : Rennes est secoué par des agitations annonçant la Révolution française et la prise de la Bastille le 14 juillet. Chateaubriand est pris dans des débordements et des agitations meurtrières. En congé à Fougères comme à Paris, il assiste à la montée en puissance de la Révolution ; il fréquente alors le milieu littéraire de la capitale. Le 11 septembre 1789, il est nommé chevalier de Malte. En mars 1790, il décide de se rendre en Amérique plutôt qu'à Saint-Domingue. Pendant tout l'été et l'automne 1790, Chateaubriand va voir tous les jours le vieux Malesherbes à son bureau : celui-ci joue le rôle de mentor et lui donne le goût des cartes, des voyages, de l'exotisme et de la botanique. Chateaubriand lit beaucoup d'ouvrages de botanique et de récits de voyageurs, qui le grisent et lui donnent l'envie de voyager en Amérique. Pour donner un « but utile » à son voyage et convaincre sa famille de le laisser partir, il envisage de trouver le passage du Nord-Ouest, lieu mythique non encore découvert par les explorateurs du Grand Nord. Malesherbes le conseille, l'aide à établir des plans. Il décide de suivre l'itinéraire déjà suivi en 1766 par Jonathan Carver, passant par Albany, Niagara, Érié pour rejoindre l'ouest du lac Supérieur par l'ancienne route des Grands Lacs.

VOYAGE EN AMÉRIQUE

1791. Revenu à Fougères à la fin de mars 1791, Chateaubriand sollicite le marquis de La Rouërie afin qu'il lui écrive une lettre d'introduction auprès de Washington, devenu président des États-Unis, aux côtés duquel La Rouërie avait combattu lors de la guerre d'indépendance. Chateaubriand repart avec cette lettre, datée du 22 mars 1791.
Le 5 avril 1791, il reçoit une lettre de son frère Jean-Baptiste qui annonce à sa mère la mort de Mirabeau le 2 avril à Paris.
8 avril 1791 : départ pour l'Amérique. Chateaubriand s'embarque sur le *Saint-Pierre*, un brigantin où avaient déjà embarqué un groupe de Sulpiciens venus s'établir en Amérique. Pendant la traversée, il se lie avec le jeune Tulloch qui fait partie du groupe des Sulpiciens.
Du 3 au 6 mai 1791 : escale aux Açores.
Du 23 mai au 8 juin : escale à l'île de Saint-Pierre.
10 juillet : arrivée au port de Baltimore.

11 juillet : départ de Baltimore en *stage-coach* (diligence).

12 juillet : arrivée à Philadelphie. Chateaubriand déclare qu'il rencontre Washington mais celui-ci, malade, ne pouvait recevoir de visites. Il l'a sans doute rencontré avant son départ d'Amérique, sur le chemin du retour.

11 août : Chateaubriand arrive à Niagara.

Jusqu'en septembre : Chateaubriand, blessé après une chute à Niagara, reste en convalescence au village avoisinant.

Mi-septembre : arrivée dans la région de Pittsburgh. La chronologie du voyage est plus difficile à établir, faute de documents attestant de l'avancée de Chateaubriand dans la *wilderness*. La période correspond à l'épisode du « Journal sans date ».

Octobre-novembre : Chateaubriand franchit les Appalaches jusqu'au Tennessee. À bout de ressources financières, il décide d'abandonner définitivement tout projet de découverte du passage du Nord-Ouest, d'autant qu'il vient d'apprendre la fuite de Varennes (« *Flight of the King* ») au hasard d'un journal qui lui tombe sous les yeux dans une auberge où il a trouvé refuge, selon la version qu'il donne de l'événement.

Autour du 20 novembre : retour de Chateaubriand à Philadelphie.

Entre le 20 novembre et le 10 décembre : rencontre probable de Chateaubriand et de Washington.

10 décembre : Chateaubriand s'embarque à destination du Havre.

1792. Chateaubriand accoste au port du Havre. De retour en Bretagne, ruiné, il se marie avec Céleste Buisson de la Vigne. Au printemps, il se trouve à Paris, face à la situation révolutionnaire.

Le 15 juillet, il rejoint le corps des volontaires royalistes du prince de Condé.

Le 6 septembre, blessé au siège de Thionville puis démobilisé, il s'apprête à émigrer contraint et forcé en Angleterre. Il y restera sept ans. Il parvient difficilement à gagner Ostende puis Jersey et se trouve dans un état de santé préoccupant (ayant contracté la petite vérole lors de sa traversée des Ardennes belges).

L'EXIL ANGLAIS ET LES TROUBLES
DE LA VIE POLITIQUE

1793-1800. Janvier-mai 1793 : à Saint-Hélier, Chateaubriand se remet lentement de son état.

À Londres, il rédige nombre de textes inspirés de son voyage en Amérique, qui constitueront le grand manuscrit des *Natchez*.

Mars 1797 : publication, à Londres, de l'*Essai historique sur les révolutions anciennes et modernes considérées dans leurs rapports avec la révolution française*. Chateaubriand commence à être connu au sein du milieu des exilés monarchistes de la capitale anglaise.

6 janvier 1798 : il envisage la publication, auprès d'un éditeur parisien, d'un roman portant sur l'Amérique. Il pense l'intituler *René et Céluta*. Au cours de l'année, Fontanes, qu'il rencontre dans le cercle des exilés, devient peu à peu son conseiller littéraire et son mentor. Il châtie le style de Chateaubriand, qui travaille alors à la rédaction d'une première version des *Natchez*, son épopée indienne. Il commence ensuite la rédaction du *Génie du christianisme*. Nombre des pages de ces ouvrages sont inspirées par son voyage américain et la splendeur des paysages exotiques qu'il y a perçus, teintés de spiritualité.

1800-1802. 1800 : Chateaubriand rentre en France et parvient à être radié de la liste des émigrés.

Avril 1801 : publication d'*Atala*, qui connaît un très grand succès.

Avril 1802 : publication du *Génie du christianisme*, avec le même succès qu'*Atala*.

1803-1805. 1803 : la seconde édition du *Génie du chris-
　　　　tianisme est dédicacée au Premier consul Napoléon
　　　　Bonaparte.
　　　　27 juin 1803 : Chateaubriand est nommé Pre-
　　　　mier Secrétaire de Légation à Rome par Napoléon
　　　　Bonaparte, sous la férule du cardinal Fesch. La mort
　　　　de Pauline de Beaumont (le 4 novembre) et le désin-
　　　　térêt pour la vie diplomatique l'engagent à quitter
　　　　Rome. Il songe alors pour la première fois à écrire
　　　　ses *Mémoires*.
1804. 21 mars : après son retour à Paris, Chateaubriand
　　　　apprend l'exécution du duc d'Enghien. Il y voit la
　　　　marque de Bonaparte. Il démissionne alors du poste
　　　　de ministre de France dans le Valais peu après y
　　　　avoir été nommé. 10 novembre : mort de sa sœur
　　　　Lucile.
　　　　À partir de décembre 1804, il commence la rédaction
　　　　des *Martyrs de Dioclétien*, une épopée chrétienne.
　　　　Août-septembre 1805 : voyage en Auvergne, dans les
　　　　Alpes et visite en Suisse, notamment à Coppet.
　　　　1806-1807. Voyage en Orient (du 13 juillet 1806 au
　　　　5 juin 1807).
　　　　4 juillet 1807 : Chateaubriand publie dans le *Mercure
　　　　de France* un article très engagé où il dénonce à mots
　　　　couverts le despotisme de Napoléon Bonaparte.
　　　　Août-septembre 1807 : Chateaubriand est condamné à
　　　　l'exil et demeure interdit de séjour à Paris. D'octobre
　　　　à décembre, il s'installe à La Vallée-aux-Loups, un
　　　　domaine situé à Châtenay, sorte de Thébaïde où il va
　　　　beaucoup écrire. Il y restera jusqu'en 1814.
1808-1814. Avril 1808 : Chateaubriand termine *Les Martyrs*,
　　　　qui paraîtront le 27 mars 1809. C'est un échec.
　　　　Mai-septembre 1809 : il rédige la « défense » des *Mar-
　　　　tyrs* et le préambule des *Mémoires de ma vie*, première
　　　　version des *Mémoires d'outre-tombe*.
　　　　26 février 1811 : pour compenser l'échec des *Mar-
　　　　tyrs*, Chateaubriand publie le récit de son voyage en
　　　　Orient, intitulé *Itinéraire de Paris à Jérusalem et de
　　　　Jérusalem à Paris*.

Mai 1812 : il achève la rédaction de sa tragédie en vers, *Moïse*.

Octobre 1812 : rédaction du 1er livre des *Mémoires de ma vie*, dont le livre II est rédigé en 1813.

1814-1826. Début de la carrière politique de Chateaubriand, qui prendra fin en 1830.

5 avril 1814 : alors que les alliés sont entrés à Paris le 31 mars et que Bonaparte a abdiqué, il publie une brochure anti-bonapartiste intitulée *De Buonaparte et des Bourbons et de la nécessité de se rallier à nos princes légitimes*.

8 juillet 1814 : Chateaubriand, nommé ambassadeur de Suède, ne pourvoit pas son poste.

20 mars 1815 : Napoléon revient de l'île d'Elbe et reprend le pouvoir à Paris. Chateaubriand suit Louis XVIII à Gand.

28 juin 1815 : la Restauration est proclamée et Chateaubriand nommé ministre d'État (9 juillet), puis Pair de France (17 août). Il porte désormais le titre de vicomte.

Septembre 1816 : il rentre en possession de sa malle oubliée en Angleterre, qu'il cherche à récupérer depuis longtemps. Elle contient en outre ses écrits sur l'Amérique, souvenirs rédigés en Angleterre de 1793 à 1799 durant son exil.

5 septembre 1816 : Chateaubriand publie *La Monarchie selon la Charte* mais le livre est saisi par la police et Chateaubriand destitué de son titre de ministre d'État.

1817 : ruiné, Chateaubriand est contraint de vendre la Vallée-aux-Loups ainsi que sa bibliothèque (du 28 avril au 1er mai). Il rédige le livre III des *Mémoires de ma vie* de juillet à août 1817.

1818-1820 : Chateaubriand écrit dans *Le Conservateur*, journal des ultra-royalistes, des articles engagés et polémiques.

1821 : il est nommé ambassadeur à Berlin puis à Londres (1822).

1823 : il est nommé ministre des Affaires étrangères et

s'engage en faveur de l'intervention française dans la
guerre d'Espagne.
6 juin 1824 : Chateaubriand est renvoyé brutalement
de son ministère.

LES *ŒUVRES COMPLÈTES*
ET LE *VOYAGE EN AMÉRIQUE*

1826-1829. 30 mars 1826 : Chateaubriand signe avec
l'éditeur Ladvocat un contrat de publication de ses
Œuvres complètes. Les volumes se succèdent jusqu'en
1828 mais Ladvocat est en difficultés financières et,
en novembre 1828, il cède ses droits. 26 volumes sur
31 sont alors parus. À l'occasion de la publication
de ses *Œuvres complètes*, Chateaubriand rédige la
fin des *Natchez*, non plus en livres mais dans une
suite en prose sans sections. Il rédige à la hâte son
Voyage en Amérique à partir des notes prises pendant
et après son voyage en Amérique (1791-1792), de
pages retraçant ses souvenirs américains et retrou-
vées dans sa malle récupérée en 1816. Il compose
également de nouveaux passages en ravaudant à la
hâte tous ces documents épars pour en faire un tout
homogène.
1826 : publication des *Natchez*, occupant les volumes XIX-XX
de l'édition des *Œuvres complètes* (Ladvocat).
1827 : publication du *Voyage en Amérique*, occupant les
volumes VI-VII de l'édition des *Œuvres complètes*
(Ladvocat), suivi de *Voyage en Italie*, *Cinq jours à
Clermont* et *Le Mont-Blanc*. Le *Voyage en Amérique*
passe inaperçu, occulté par la publication, la même
année, par Victor Hugo, de sa pièce *Cromwell* et de sa
fameuse préface. Chateaubriand écrit dans *Les Débats*
contre le ministère Villèle et pour la défense de la
liberté de la presse.
3 juin 1828 : Chateaubriand est nommé ambassadeur
à Rome auprès du Saint-Siège.

30 février 1829 : il démissionne après la formation du ministère Polignac.

1830 : Chateaubriand travaille à ses *Études historiques*. 7 août : dernier discours à la Chambre des pairs. Il refuse d'accorder la légitimité au régime de juillet qui vient d'advenir. Il n'a plus de revenus réguliers.

APRÈS 1830 : LE RETRAIT
ET LE CHANTIER DES *MÉMOIRES*

1833. 1er décembre : Chateaubriand termine la rédaction de la « Préface testamentaire » des *Mémoires d'outre-tombe*. À ce stade, il a achevé l'écriture de dix-huit livres.

1834-1847. Les *Mémoires d'outre-tombe* sont en chantier et en perpétuelle récriture. Chateaubriand y travaille avec constance dès qu'il est en congé de la vie politique.

Février-mars 1834 : lecture publique, chez Mme Récamier, de la Première partie des *Mémoires d'outre-tombe* (livres I à XII) ainsi que des passages concernant Prague et Venise (rédigés en 1833).

Printemps 1836 : Chateaubriand « hypothèqu[e] [s]a tombe » et signe un contrat par souscription pour la publication de ses *Mémoires d'outre-tombe* de manière posthume, afin de lui assurer une rente et le libérer des tracas financiers pour ses vieux jours.

25 juin 1836 : publication de sa traduction du *Paradis perdu* de John Milton, accompagnée d'un *Essai sur la littérature anglaise*, sous-titré « Considérations sur le génie des temps, des hommes et des révolutions ». Il y remploie des passages de ses *Mémoires d'outre-tombe*.

1839 : nouvelle édition des *Œuvres complètes* de Chateaubriand, en 36 volumes, chez l'éditeur Pourrat.

1840 : Chateaubriand affirme avoir fini ses *Mémoires d'outre-tombe* mais il ne cessera de les remanier jusqu'à sa mort.

27 août 1844 : Émile de Girardin, directeur de *La Presse*, rachète les droits de publication des *Mémoires d'outre-tombe* pour les publier en feuilleton dans son journal. Chateaubriand ne l'apprend qu'en décembre et se désole profondément de cette nouvelle.

1846 : Chateaubriand révise ses *Mémoires* et supprime leur division en quatre parties en les segmentant en quarante-deux livres. Il ajoute un « Avant-Propos » qui remplace la « Préface testamentaire » de 1833. Son voyage en Amérique est retracé aux livres VI à VIII des *Mémoires d'outre-tombe*. Chateaubriand reprend des passages de son récit de voyage de 1827, en réécrit une partie et ajoute d'autres éléments ou épisodes inédits, comme celui des « Floridiennes ».

1847 : Chateaubriand dépose auprès d'un notaire la dernière copie, texte définitif de ses *Mémoires d'outre-tombe*, dite « copie notariale », écrite sous sa dictée par son secrétaire Hyacinthe Pilorge.

8 février 1847 : mort de Mme de Chateaubriand.

1848-1850. 4 juillet 1848 : mort de Chateaubriand.

21 octobre 1848-5 juillet 1850 : parution des *Mémoires d'outre-tombe* en feuilleton dans *La Presse*.

Janvier 1849-octobre 1850 : publication des *Mémoires d'outre-tombe* en douze volumes.

NOTICE

L'ÉPOPÉE DU MANUSCRIT

Le manuscrit du *Voyage en Amérique* n'a pas été retrouvé : il a soit été égaré, soit détruit par l'auteur lui-même, qui n'avait pas pour habitude de conserver ses manuscrits une fois le texte de son œuvre imprimé[1]. Chateaubriand évoque lui-même un « manuscrit » mystérieux, aujourd'hui perdu, composé pendant son exil en Angleterre (1793-1800), encore sous l'influence récente de son voyage et dans la perspective de rédiger son « épopée de l'homme de la nature[2] », *Les Natchez*. Ce grand manuscrit des *Natchez*, contenant toute la matière américaine, aurait été utilisé et disséminé pour constituer des pages de l'*Essai sur la littérature anglaise* (1797), du *Génie du christianisme* (1802), d'*Atala* (1801), de

---

1. Voir Jean-Claude Berchet, « Les manuscrits de Chateaubriand », *Bulletin de la Société Chateaubriand*, Nouvelle Série, n° 50, 2008 (année 2007), La Vallée-aux-Loups, p. 133.
2. Voir la préface de la première édition d'*Atala* : « J'étais encore très jeune, lorsque je conçus l'idée de faire l'épopée de l'homme de la nature, ou de peindre les mœurs des Sauvages, en les liant à quelque événement connu. [...] Je jetai quelques fragments de cet ouvrage sur le papier mais je m'aperçus bientôt que je manquais des vraies couleurs, et que si je voulais faire une image semblable il fallait, à l'exemple d'Homère, visiter les peuples que je voulais peindre » (*Œuvres romanesques et voyages*, t. I, Paris, Gallimard, Bibliothèque de la Pléiade, 1969, p. 16).

René (1802) et de la première partie, en douze livres, des
Natchez, abandonnée en 1798 puis dotée, en 1825, d'une
seconde partie renonçant à la division en livres en vue de
son édition dans le cadre des *Œuvres complètes* chez Ladvocat. Le « manuscrit américain » composé en Angleterre
devient rapidement un « réservoir de textes[1] » : une fois que
Chateaubriand a remis la main sur le manuscrit composé
en Angleterre, ayant récupéré tardivement la malle qui les
contenait, bien après son retour d'exil (en 1816[2]), il se serait
servi de fragments tombés des *Natchez*, publiés peu d'années
auparavant, pour les replacer dans son *Voyage en Amérique*,
conformément à son mode de composition littéraire de
prédilection qui consiste à recycler ses propres textes, qui

1. Jean-Claude Berchet a par le passé opéré une remarquable synthèse des mésaventures de ce grand manuscrit, qui revient souvent
sous la plume de Chateaubriand : voir *Atala-René-Les Natchez*, édition
de Jean-Claude Berchet, Paris, Le Livre de Poche, 1989, p. 11-29. Les
formules citées sont de Jean-Claude Berchet, respectivement p. 19
et 24.
2. C'est ce que rappelle Marc Fumaroli, parlant du *Voyage en
Amérique* composé en 1827 : « Ce montage de fragments juxtapose
des extraits de vieux manuscrits des années 1791-1799, récupérés
en 1816 » (*Chateaubriand. Poésie et Terreur*, Paris, de Fallois, 2003 ;
rééd. Paris, Gallimard, coll. « Tel », 2006, p. 697-698). Jean-Claude
Berchet rappelle qu'au moment de revenir en France après son exil en
Angleterre, en 1800, Chateaubriand « enferma le reste de ses manuscrits (une masse considérable) dans une malle qu'il laissa en dépôt
chez ses hôtes londoniens » (*Chateaubriand*, Paris, Gallimard, 2012,
p. 304). Il ajoute : « Lorsqu'il avait quitté Londres en 1800, le "citoyen
Lassagne" avait laissé chez sa logeuse une malle remplie de papiers
et de manuscrits. Dès qu'il fut à nouveau possible de se rendre en
Angleterre sans difficulté, Chateaubriand fit faire des recherches pour
reprendre son bien. Au mois de novembre 1816, il réussit à récupérer
ce dépôt, comme il le raconte dans la préface des *Natchez*. Il y avait là,
en désordre, le reliquat de toutes ses productions de jeunesse : aussi
bien les notes documentaires du dossier américain (histoire naturelle,
mœurs des Indiens) reconstitué à Londres, que des fragments déjà
élaborés (séquences descriptives, comme le "journal sans date", ou
lyriques comme la danse et la chanson de Mila). Sans doute aussi
des recherches historiques sur la Révolution anglaise. Il y avait enfin
le manuscrit intégral des *Natchez* : pas moins de 2383 pages in-folio !
La redécouverte de ces écrits oubliés plongea le grand écrivain dans
une stupeur nostalgique » (*ibid.*, p. 733).

migrent d'une œuvre à l'autre. La « révision » du texte de son épopée indienne le conduit à « élaguer ce que le récit "romanesque" pouvait avoir de trop touffu. Le nombre et la longueur des descriptions, par exemple, constituaient des éléments parasites qui furent alors retranchés et mis de côté pour le *Voyage en Amérique* qui paraîtra un an plus tard, au mois de décembre 1827 (tome VI des *Œuvres complètes*[1]) ». Chateaubriand lui-même entretient l'hypothèse d'une composition de l'œuvre à partir du « manuscrit original » des *Natchez*, déclarant dans « l'Avertissement » du tome VI des *Œuvres complètes* Ladvocat (29 décembre 1827) : « Je n'ai rien à dire de particulier sur le *Voyage en Amérique* qu'on va lire ; le récit en est tiré, comme le sujet des *Natchez*, du manuscrit original des *Natchez* même : ce voyage porte en soi son commentaire et son histoire. » Reste à savoir ce qu'il entend par « tiré [de] ». La part du manuscrit, aujourd'hui perdu, est impossible à évaluer en l'état actuel des connaissances sur ce sujet. Tout cela participe du « statut trouble[2] » de l'œuvre et de son aspect mystérieux.

En tout état de cause, il ne nous reste actuellement que deux fragments manuscrits ayant servi à la composition du *Voyage en Amérique*, que Maurice Regard attribue à des mains étrangères à Chateaubriand[3]. Le premier est de la main d'un copiste, conservé à la Bibliothèque nationale de France (Manuscrit français 12454, folios 46-48) : il a servi à composer le fameux « Journal sans date ». Bernard Degout[4] émet l'hypothèse que la version donnée dans le *Voyage en Amérique* serait un remaniement de ce

1. *Atala-René-Les Natchez*, « introduction » de Jean-Claude Berchet, *op. cit.*, p. 29.
2. Selon la formule de Laurence Cossu, qui examine en détail la complexité de la genèse du *Voyage en Amérique* dans son article intitulé « Le "Voyage en Amérique" ou l'Amérique de Chateaubriand », revue *Atala*, n° 1, « Chateaubriand », 1998, p. 51-64 (p. 55).
3. Maurice Regard, dans Chateaubriand, *Œuvres romanesques et voyages*, t. I, *op. cit.*, p. 1252.
4. Bernard Degout, « De la remémoration d'outre-tombe : à propos du "journal sans date" du *Voyage en Amérique* », *Bulletin de la Société Chateaubriand*, Nouvelle Série, n° 41, 1999 (année 1998), La Vallée-aux-Loups, p. 102-108.

fragment qui n'est pas un original mais une copie, effectuée peut-être par un secrétaire, constituée à partir des
notes prises en Amérique, ou réélaborées en Angleterre.
Le second manuscrit, intitulé « Lettre écrite chez les Sauvages de Niagara », de la main d'un copiste, est conservé
également à la BnF aux Manuscrits français (12455, fol.
23-25). Il ne s'agit là que de fragments de textes qui ne
rendent pas compte de l'étendue de ce qu'aurait été le
manuscrit du *Voyage en Amérique* dans son ensemble, si
tant est qu'il y en ait eu un constitué à partir des bribes
que Chateaubriand dit avoir réemployées pour composer
sa mosaïque littéraire.

LA GENÈSE DU *VOYAGE EN AMÉRIQUE* : L'ODYSSÉE DE LA MATIÈRE AMÉRICAINE

Aux jointures de son *Voyage en Amérique*, Chateaubriand
évoque tour à tour « un commencement de journal » (le
célèbre « Journal sans date »), une « page détachée » décrivant les Appalaches, « court fragment » qui précède un
« morceau assez étendu » traitant des cours du Mississippi
et de l'Ohio et de ses ruines. Chateaubriand suivrait apparemment un « manuscrit » qui aurait aussi servi à composer certains tableaux et passages d'*Atala* et des *Natchez*
pour ce qui est de la description de la Louisiane. Avant de
peindre les paysages des Florides, dont on sait qu'il les a
élaborés de manière purement fictive, ne s'y étant jamais
rendu, il avoue mêler « quelques extraits des voyages de
Bartram, [qu'il avait] traduits avec assez de soin », avant
d'ajouter : « À ces extraits sont entremêlées mes rectifications, mes observations, mes réflexions, mes additions,
mes propres descriptions, à peu près comme les notes de
M. Ramond à sa traduction du *Voyage de Coxe en Suisse*.
Mais dans mon travail, le tout est beaucoup plus enchevêtré, de sorte qu'il est presque impossible de séparer ce
qui est de moi de ce qui est de Bartram, ni souvent même
de le reconnaître. Je laisse donc le morceau tel qu'il est

sous ce titre : Description de quelques sites dans l'inté-rieur des Florides[1]. » En réalité, si la genèse de l'œuvre reste très obscure — entre les déclarations d'affichage de l'auteur et le peu de preuves conservées —, les emprunts de Chateaubriand à ses devanciers, eux, ont été identifiés avec soin par la critique[2]. L'auteur du *Voyage en Amérique* masque très souvent ces emprunts par un effet de confu-sion avouée, réelle ou fictive, très bien analysé par Philippe Antoine qui montre combien le procédé de composition du *Voyage en Amérique* se rapproche de l'assemblage de fragments épars déjà à l'œuvre pour le *Voyage en Italie* (1806) : « Ce n'est pas un itinéraire en règle qu'a tracé Cha-teaubriand. Comme dans le *Voyage en Italie*, l'histoire de la publication explique en partie le caractère monstrueux de ce Voyage : composé sur le tard, le *Voyage en Amérique* reprend des écrits antérieurs et contient des fragments des *Mémoires* encore inédits. Il abonde enfin en renvois et en interventions auctoriales […] qui ont pour but pre-mier d'homogénéiser le récit, et de le rendre en quelque sorte lisible[3]. » Chateaubriand est coutumier de cette

1. Voir p. 179.
2. L'on peut, pour cela, se référer à l'article de Joseph Bédier (« Chateaubriand en Amérique : vérité et fiction », dans *Études cri-tiques*, Paris, Armand Colin, 1903, p. 125-294), à l'ouvrage de Gilbert Chinard, *L'Exotisme américain dans l'œuvre de Chateaubriand* (Paris, Hachette, 1918), ainsi qu'aux Éditions du *Voyage en Amérique* de Chateaubriand par Richard Switzer (Paris, Didier, 1964) et Maurice Regard (Chateaubriand, *Œuvres romanesques et voyages*, Paris, Gal-limard, Bibliothèque de la Pléiade, 1969, t. I). Sur ce sujet, voir nos articles analysant l'influence de Bartram sur l'œuvre américaine de Chateaubriand : « Imaginaires eschatologiques du paysage américain : Chateaubriand au miroir des *Voyages* de William Bartram », dans Marina Ortrud M. Hertrampf et Beatrice Nickel (éd.), *Imaginäre Kul-turlandschaften zwischen Dynamik, Begegnung und Migration*, Tübin-gen, Stauffenburg Verlag, 2018, p. 105-126) ; « Mésologie du Nouveau Monde : Chateaubriand face à la nature américaine », intervention au séminaire Mésologies à l'EHESS le 22 mai 2015, publié en ligne sur le site *Mésologiques — études des milieux* : http://ecoumene.blogspot. fr/2016/09/mesologie-du-nouveau-monde.html#more.
3. Philippe Antoine, *Les Récits de voyage de Chateaubriand. Contri-bution à l'étude d'un genre*, Paris, Honoré Champion, 1997, p. 37.

marqueterie littéraire, qui devient chez lui un principe de composition essentiel[1].

Étonnant récit de voyage qui vient en effet prendre forme plus de trente ans après le voyage effectif, alors que le *Voyage en Italie* (1806) ou l'*Itinéraire de Paris à Jérusalem* (1811) ont pour leur part été composés à une époque plus proche du voyage en lui-même. C'est que Chateaubriand, pressé par des nécessités financières, doit constituer les volumes de ses *Œuvres complètes* en cours de parution chez l'éditeur Ladvocat depuis 1826. Le *Voyage en Amérique* appartient à la onzième livraison des *Œuvres complètes*, publiée le 29 décembre 1827, après de nombreux autres volumes parus dans un ordre qui tient surtout compte d'intérêts commerciaux et d'« enjeux politiques et littéraires[2] ». Pour Chateaubriand, il s'agit de remplir les tomes VI et VII et de compléter, selon ses propres mots, la « collection de [s]es voyages[3] » en « tir[ant] » quelque peu « à la ligne », selon la formule de Marc Fumaroli[4]. Il fait donc fi de l'ordre chro-

---

1. Voir le volume collectif *Chateaubriand réviseur et annotateur de ses œuvres*, textes réunis par Patrizio Tucci, Paris, Honoré Champion, 2016.

2. Selon la formule de Soon-Hee Lee (p. 235), qui rappelle très bien le contexte de parution de ces volumes et les enjeux qui y sont liés dans son article intitulé « Cartographier les *Œuvres complètes* Ladvocat : organisation, articles de presse, réception et rééditions », *Bulletin de la Société Chateaubriand*, Nouvelle Série, n° 53, 2011 (année 2010), La Vallée-aux-Loups, p. 233-281.

3. « Avertissement » de l'édition Ladvocat, t. VI des *Œuvres complètes* : « Ces deux volumes avec les trois volumes de l'*Itinéraire*, déjà réimprimés dans les *Œuvres complètes*, forment et achèvent la collection de mes Voyages. »

4. « Tiré à la ligne pour augmenter le nombre de volume de ses *Œuvres complètes*, en 1827, à un moment où le ministre disgracié trois ans plus tôt devait de nouveau gagner sa vie avec sa plume, ce montage de fragments juxtapose des extraits de vieux manuscrits des années 1791-1798, récupérés en 1816. Pour introduire et étoffer ces reliques de sa jeunesse, Chateaubriand avait composé une longue préface, fastueuse d'érudition, situant ses notes américaines dans la tradition des récits de voyage depuis l'Antiquité. Pour achever de donner consistance et fraîcheur au volume, il avait inséré à la suite de la préface un long et beau fragment des *Mémoires de ma vie* récemment écrits, où il retrace sa traversée de l'océan en 1791 et son itinéraire sur

nologique des voyages effectifs et fait culminer les récits de
ses périples par le premier d'entre eux, qui fut le plus fondateur sur le plan de l'imaginaire. Opération de remplissage
donc, mais pas seulement : il s'agit d'opérer un lissage et un
polissage de textes migrant d'œuvres antérieures, récupérés dans ce nouveau contexte viatique, et d'y adjoindre des
passages originaux, créés pour l'occasion, qui seront repris
dans les *Mémoires d'outre-tombe*, où Chateaubriand ajoutera
encore d'autres épisodes. Le *Voyage en Amérique*, composé
en mosaïque, polarise donc des avant-textes et devient lui-
même à son tour un avant-texte, nouveau réservoir qui, à
peine rempli, lissé et structuré de manière plus ou moins
homogène, servira à abreuver la grande œuvre-somme de
sa vie, les *Mémoires*.

UNE RÉCEPTION DISCRÈTE
ET CONTROVERSÉE

Le *Voyage en Amérique* jouit d'un accueil critique discret
et complaisant qui serait dû, si l'on suit l'analyse de Maurice
Regard puis d'Henri Rossi[1], à une forme de lassitude devant
la succession des volumes parus à la suite depuis 1826 (onze
livraisons en comptant celle qui contient le *Voyage en Amérique*), conjuguée à la parution simultanée de la fameuse
« préface de Cromwell » de Victor Hugo, qui occupa la scène
critique et laissa l'œuvre de Chateaubriand dans l'ombre.
Il faut sans doute ajouter à cela la situation même de l'ouvrage, qui partage les deux volumes avec d'autres récits de
voyage plus brefs, le noyant quelque peu et donnant à l'ensemble l'impression d'une compilation faite pour combler le
second volume (t. VII). Si nombre de journaux s'intéressent

le sol américain. C'était la première publication fragmentaire avant
le recueil de 1834, du grand ouvrage posthume qui n'était alors qu'en
chantier et auquel il travaillera encore pendant vingt ans » (Marc
Fumaroli, *Chateaubriand. Poésie et terreur, op. cit.*, p. 697-698).
    1. Chateaubriand, *Œuvres romanesques et voyages*, t. I, *op. cit.*,
p. 611. — Chateaubriand, *Œuvres complètes*, t. VI-VII, *op. cit.*, p. 573.

malgré tout à la parution de cette œuvre, comme *Le Mercure
du XIXe siècle* (1827, t. XIX), tous ne font qu'évoquer l'œuvre,
ou la citer sans porter de réel jugement critique. Le compte
rendu du *Globe* (8 décembre 1827) sort du lot en ne se foca-
lisant pas essentiellement, comme le font nombre de journaux, sur le morceau de bravoure que constitue le parallèle
entre Washington et Bonaparte (ce que fait par exemple *Le
Courrier français* du 7 décembre 1827). Il détaille la composition du volume avec force éloges : « Nous avons entrevu
d'éblouissantes beautés. Il y a des pages qui nous paraissent
surtout précieuses comme indices de la manière dont s'est
formé l'auteur ; d'autres nous charmaient par elles-mêmes,
c'était la nature rendue à l'art [...]. » Cet article évoque aussi
le passage concernant les « Républiques espagnoles » et la
préface, « espèce d'histoire générale des voyages » qui a
comme intérêt de peindre « les grandes aventures de l'humanité [...] en images [...] poétiques ». Le critique retient
enfin la dimension visionnaire du texte, accrue dans le
contexte des *Mémoires d'outre-tombe* où la fin du *Voyage*
sera reprise, avec cette « doctrine de l'avenir » professée
par l'auteur. Alors que *La Quotidienne* (journal légitimiste)
loue, le 12 décembre 1827, « le talent de l'auteur d'*Atala*,
du *Génie du christianisme*, des *Martyrs* et de l'*Itinéraire* »
qui se retrouve dans ces volumes, le style « empreint d'une
grande énergie » et le « portrait de Bonaparte » qui « rappelle souvent la foudroyante brochure qui, en 1814, valut
une armée aux Bourbons » (*De Buonaparte et des Bourbons*),
le *Journal des Débats*, pour sa part, insiste, dans son numéro
du 8 décembre 1827 (rubrique « variétés »), sur le « don » de
Chateaubriand — son « incroyable puissance de travail » —
à quoi s'adjoint, citation extraite du parallèle de Washington
et Bonaparte à l'appui, « ce mélange de jeunesse, d'imagination et de maturité profonde qui caractérise l'inépuisable
talent du premier de nos écrivains ». Dans son numéro du
25 décembre 1827, le *Journal des Débats* revient sur ces
volumes pour mieux louer cette fois « les pages brillantes
de l'auteur » où se révèle « une vérité qui charme en même
temps qu'elle instruit ». Or cette vérité n'est pas sentie aussi
clairement par les censeurs de Chateaubriand, qui insistent

très tôt sur l'aspect mensonger de ce voyage, accusant l'auteur de n'être jamais allé en Amérique.

Dans son « Voyage sur le Mississipi », paru dans *La Revue des Deux Mondes* le 1ᵉʳ mars 1833, Eugène Ney est déçu de ne pas trouver le fleuve tel qu'il est décrit dans *Atala*, accusant alors Chateaubriand d'avoir inventé son voyage et de ne pas s'être rendu sur les lieux[1]. Le grief perdurera jusqu'au XXᵉ siècle et aura ses ardents défenseurs. Ainsi, un dénommé René de Mersenne, pseudonyme de Jacques-Benjamin de Saint-Victor (1772-1858), fit paraître en 1832 puis en 1835 deux compte rendus accusateurs prouvant que Chateaubriand n'était pas allé en Amérique, s'étant lui-même rendu sur les lieux pour vérifier ses propos. Il réunit ces textes sous le titre *Deux Lettres sur les voyages imaginaires de M. de Chateaubriand dans l'Amérique septentrionale* (Paris, Garnier, 1849[2]). Le *Voyage en Amérique* est donc sujet à

---

1. « Avant d'avoir vu le Mississipi, je ne m'en faisais pas une image moins séduisante que celle du Meschacebé d'*Atala*. Mais ce roman nous le montre sous de riantes couleurs qui ne lui vont nullement. C'est en vain que je cherchais à me reconnaître dans le pays que j'avais sous les yeux, par les descriptions du livre. J'avais surtout cette phrase présente à la mémoire : "On voit des îles flottantes de pistia et de nénuphar, dont les roses jaunes s'élèvent comme de petits pavillons ; des serpents verts, des hérons bleus, des flamants roses, de jeunes crocodiles s'embarquent passagers sur ces vaisseaux de fleurs, et la colonie, déployant aux vents ses ailes d'or, va aborder endormie dans quelque anse retirée du fleuve." Je le demande à quiconque a navigué sur le Mississipi, s'il a jamais rien vu de semblable. Je n'ai pas rencontré non plus *d'ours chancelant sur les branches des ormeaux, enivrés de raisins*. Les caribous ne s'y baignent pas davantage ; on ne commence à trouver ces animaux que par la latitude du Bas-Canada. J'étais réellement désappointé en me trouvant ainsi en face de la réalité. La description de ce fleuve, dans *Atala*, est faite par quelqu'un qui ne l'a jamais vu. Où sont aussi les rochers et les montagnes qui doivent se trouver sur le bord du Meschacebé ? Jusqu'à l'embouchure de l'Ohio tout est boue, excepté à Natchez et à Memphis, qui sont sur une éminence, mais où l'on ne voit pas de rochers. Il est très rare aussi de trouver de *jeunes* ou de *vieux* crocodiles dans le Mississipi, passé les Natchez » (Eugène Ney, « Voyage sur le Mississipi », *La Revue des Deux Mondes*, 1ᵉʳ mars 1833).
2. Il remet ainsi en cause avec virulence la véracité du propos tenu par Chateaubriand et la réalité même de son voyage

caution, présenté comme le récit d'un voyage inventé qui le
cautionnerait *a posteriori*, d'autant qu'il a été précédé d'écrits
fictionnels qui ont été trop souvent pris au pied de la lettre
comme des récits réalistes : le prologue d'*Atala* vaut alors à
lui seul pour une preuve éclatante, pour ses détracteurs, que
Chateaubriand a composé ce texte loin de l'Amérique, avec
pour seuls instruments son imagination fertile et quelques
livres bien documentés. C'est Sainte-Beuve, son meilleur
ennemi, qui l'a loué très souvent pour mieux le critiquer
vertement avec un soupçon de jalousie, qui le défend pourtant contre ceux qui le calomnient et crient au mensonge :
« On a fort critiqué, je le sais, les détails de ce voyage de
Chateaubriand en Amérique. Sa description des bords du
Meschacebé dans *Atala* a été particulièrement contestée ; on
a prétendu qu'il n'avait pas visité tous les lieux qu'il décrit,
et qu'il avait transporté aux uns ce qui n'est vrai que des
autres. On est même allé, en se prévalant des inexactitudes,
jusqu'à insinuer qu'il n'avait peut-être pas vu la cataracte de
Niagara. Quelques inadvertances de souvenirs ne surpren-
dront personne parmi ceux qui connaissent l'habitude à la
fois grandiose et négligente, le procédé composite et poétique de M. de Chateaubriand[1]. » Il décèle au contraire dans
le « Journal sans date », pourtant très poétique et désancré
et dont les passages ont depuis été rapportés en bonne partie
à une influence livresque, une « pleine vérité » : malgré « ces
forêts sans nom, en descendant ce fleuve qu'il ne nomme pas
davantage », l'auteur « abonde » et « nage en plein sentiment

---

américain : « J'affirmais, et j'affirme encore dans ces lettres, que tous
les voyages du célèbre écrivain, dans l'intérieur du continent américain, sur ses lacs et sur ses fleuves, sont de PURES FICTIONS, que je
pourrais accompagner d'amères épithètes ; et, ce que j'avance, je l'établis sur ce que j'ai vu de mes yeux, ce que j'ai en quelque sorte touché
de mes mains, sur des preuves positives, matérielles, accablantes, et
auxquelles il n'y a pas de réplique possible. Elles abondent surtout
dans ma seconde lettre, et le lecteur en jugera » (*Deux Lettres sur les
voyages imaginaires de M. de Chateaubriand dans l'Amérique septentrionale*, Paris, Garnier, 1849, « avertissement de l'auteur, p. VI-VII).
    1. Sainte-Beuve, *Chateaubriand et son groupe littéraire*, nouvelle édi-
tion revue, corrigée et augmentée de notes par l'auteur, Paris, Michel
Lévy, 1872, t. I, 4ᵉ leçon, p. 130-131.

de la nature américaine ». Malgré son fiel mêlé de miel à l'encontre de Chateaubriand, Sainte-Beuve perçoit comme souvent la justesse de ce qu'il faut voir dans les descriptions américaines : ce n'est pas tant l'exactitude référentielle qui atteste de la véracité du voyage mais le sentiment de vérité qui s'exprime à travers les descriptions et les sensations évoquées, qui trahissent le voyage véritablement vécu qui lui a servi de trame. Les admirateurs et successeurs de Chateaubriand en Amérique ne s'y tromperont d'ailleurs pas et, peu à peu, ceux qui dénigraient le menteur et l'illusionniste cèdent le pas à ceux qui sont tombés sous le charme de « l'Enchanteur ».

LA FORTUNE DU TEXTE :
ÉMULES ET ADMIRATEURS

Au cours du XIXᵉ siècle, de nombreux voyageurs ont voulu suivre les pas de Chateaubriand, comme pour l'*Itinéraire de Paris à Jérusalem*, en le prenant parfois en flagrant délit de mensonge. Édouard de Mondésir, dans ses *Souvenirs* (parus, de manière posthume, en 1942), démystifie le voyage en bateau vers l'Amérique, étant lui-même passager aux côtés de Chateaubriand, dont il a perçu la réelle attitude, excentrique et irréfléchie. Mais désormais, voyager en Amérique quand on est français ne peut plus se faire sans s'inscrire, même à son corps défendant, dans les pas de « l'Enchanteur ». L'Amérique d'alors, c'est d'abord Niagara, devenu peu à peu un lieu touristique à visiter à l'aune de la description spectaculaire que Chateaubriand en a faite dans l'*Essai sur les révolutions* puis *Atala*, non reprise dans le *Voyage en Amérique* et dans les *Mémoires d'outre-tombe*. Larochefoucauld-Liancourt, dans son *Voyage dans les États-Unis de l'Amérique* (1799), atteste déjà de la popularité de ce lieu, devenu un passage obligé du voyage américain. Prudent Forest dans son *Voyage aux États-Unis en 1831* (1832), contemplant le Mississipi, Abel-François Jouve dans son *Voyage en Amérique* (1853), Oscar Comettant dans son *Voyage pittoresque et anecdotique dans le nord et le sud des États-Unis d'Amérique* (1865) ou encore Henry Crosnier de Varigny dans *En Amérique, souvenirs de voyage et notes scientifiques* (1895) se souviendront tous de Chateaubriand comme d'un incontournable prédécesseur. Mais deux écrivains voyageurs du XIXᵉ siècle se distinguent particulièrement en la matière : Alexis de Tocqueville et Théodore Pavie.

Tocqueville, neveu par alliance de Chateaubriand, partit en Amérique en 1831 avec son ami Beaumont. Il ne put s'empêcher de se rendre dans la *wilderness* sur les pas de son auguste devancier, avec le souvenir ému des Mohicans de Fenimore Cooper. Il admire Chateaubriand et entend clairement marcher sur ses pas[1] : « J'étais plein des souvenirs de M. de Chat[eaubriand] et de Cooper et je m'attendais à voir dans les indigènes de l'Amérique des sauvages sur la figure desquels la nature avait laissé la trace de quelques-unes de ces vertus hautaines qu'enfante l'esprit de liberté[2]. » Or, il va au contraire déchanter, ne voyant les Indiens que dans leur décadence, comme une fin de race en passe de disparaître, minée par l'alcool et la corruption organisée par les colons et relayée par l'action des coureurs de bois et des marchands de pelleterie. Plus largement, Tocqueville se souviendra de Chateaubriand et de sa vision politique de l'Amérique lorsqu'il écrira son ouvrage majeur, *De la démocratie en Amérique* (1835 et 1840).

En 1829, Théodore Pavie, jeune voyageur angevin, était déjà parti en Amérique sur les traces du voyage de Chateaubriand en empruntant la vallée du Mississippi pour redescendre jusqu'en Louisiane. Il tint un journal de bord, publié sous le titre de *Souvenirs atlantiques* (1830), qui

1. Marc Fumaroli rappelle qu'il arrive à Tocqueville, « à lui et à ses deux amis les plus anciens et intimes, Gustave de Beaumont et Louis de Kergorlay, dans les lettres qu'ils échangent, de citer, invoquer, plagier Chateaubriand comme s'ils le savaient à peu près par cœur ». Chez Tocqueville et Beaumont en Amérique, « l'influence de Chateaubriand est si vive que les deux amis avaient dû se liguer pour tenter de l'atténuer » (Marc Fumaroli, *Chateaubriand. Poésie et terreur*, *op. cit.*, p. 698-699).
2. Alexis de Tocqueville, *Quinze jours dans le désert*, dans *Œuvres*, Paris, Gallimard, Bibliothèque de la Pléiade, 1991, t. I, p. 361.

connut un grand succès et fut réédité en 1833. Celui qui devint plus tard un grand orientaliste, occupant la chaire de sanscrit au Collège de France, s'y présente comme un jeune émule de Chateaubriand tout imprégné des pages du *Voyage en Amérique* et surtout d'*Atala* et des *Natchez*. Son style, emporté et lyrique, imite très souvent celui de son devancier et modèle, qu'il mentionne explicitement à plusieurs reprises, souvent pour constater, après un premier élan exalté, que ce qu'il a décrit n'existe plus[1]. L'expérience du désenchantement est commune avec celle de Tocqueville, et pourtant le charme opère toujours et le

1. « À mesure que nous descendions vers les prairies, le gazouille-ment des cardinaux s'élevait plus distinctement de la tête pyramidale des bouleaux et des saules ; on voyait le plumage éclatant de ces volées d'oiseaux briller sur les feuilles vertes, et sur les branches plus élevées qui surgissent du milieu des bois : je retrouvai ces serpents oiseleurs qui, selon la poétique expression de l'auteur d'*Atala*, sifflent à la cime des arbres en s'y balançant comme des lianes » (Théodore Pavie, *Souvenirs atlantiques*, t. I, Paris, Roret, 1833, p. 80) ; « Arrivé à la plus belle moitié de mon voyage, environné de ces lieux que j'ai tant de fois rêvés, de ces images fantastiques et réelles à la fois, je m'arrête ; la plume m'échappe :... Châteaubriand [*sic*] a passé par-là avec son génie et ses paroles de flamme ! » (*ibid.*, p. 114) ; « C'est aux environs des Natchez que commencent ces imposantes plantations, longues quelquefois d'un mille ; les Natchez, beau nom, plein de souvenirs, poétisé par Châteaubriand, lieu célèbre en Europe, idéal de la vie indienne. Eh bien vous qui avez lu *les Natchez*, ne passez point à ce village si vous voulez conserver des illusions » (*ibid.*, p. 157) ; « J'ouvris un volume de Châteaubriand, dont la lecture toujours pleine de charmes en avait encore de nouveaux dans ces lieux ; mille pensées se succédèrent rapidement dans mon esprit, mes souvenirs joints aux idées que faisaient naître en moi les Natchez m'oppressaient tellement que je remontai sur le pont » (*ibid.*, p. 166) ; « Chateaubriand, dans les *Natchez*, parle de la tribu des Mobiliens, chez lesquels se conservait le feu sacré ; aujourd'hui qu'ils ont entièrement disparu, il reste encore des traditions de cette peuplade vénérée » (*ibid.*, p. 200 201) ; « On remarque près du passage deux admirables magnolias, les plus beaux de toute la contrée, sur l'écorce desquels chaque voyageur a coutume d'écrire son nom ; j'y cherchai en vain celui de Châteaubriand, qui doit cependant s'y trouver, au dire des savants du pays » (*ibid.*, p. 226) ; « Rien n'est plus affreux, plus désolant, plus sublime d'horreur, que l'embouchure du Meschacebé ; je sais plus d'un Français qui, attiré par les descriptions de Châteaubriand, sur les rives du père des fleuves, a pleuré de désappointement en vue de la Balise » (*ibid.*, p. 305-306).

voyage en Amérique demeure inscrit en lettres de noblesse
dans la littérature française par le récit de Chateaubriand,
notamment par le relais des *Mémoires d'outre-tombe*, qui
en ont repris les plus belles pages pour les livrer à la postérité. Il s'est opéré, avec le temps, un singulier retourne-
ment : le retentissement de l'essai politique de Tocqueville
sur la démocratie américaine a fait de lui une référence
concernant la vision des États-Unis, devant Chateaubriand
qui, depuis, a été occulté par celui qui s'était pourtant
rendu sur ses pas, fasciné par ses descriptions du Nouveau
Monde. Il demeure cependant encore une trace, ici ou
là, dans les écrits de voyageurs contemporains en Amérique, de l'influence conjuguée de ces deux grands écrivains du XIXᵉ siècle, et de Chateaubriand en particulier.
Mais ce sont surtout les pages américaines des *Mémoires
d'outre-tombe* qui rappellent à la mémoire le voyage de
Chateaubriand dans l'esprit des critiques et écrivains du
XXᵉ siècle.

Si Théophile Gautier voyait en Chateaubriand un précurseur, « le Sachem du Romantisme en France[1] », ça n'est pas
en raison du *Voyage en Amérique* mais bien plus du *Génie du
christianisme*, des *Natchez* et de *René*. Les *Mémoires d'outre-
tombe*, comme Niagara, ont tout effacé : le plus grand de ses
commentateurs du XXᵉ siècle, Julien Gracq, retient moins la
religiosité poétique du *Génie du christianisme*, « l'exotisme
des savanes, la grande nature fermée qui se rouvre[2], ou la
cime indéterminée des forêts », moins le géographe et le
poète de la nature que le fossoyeur sublime de son temps,
« le poète inoubliable des relevailles chancelantes et du sang
perdu d'un monde accouché[3] ». Malgré les « voyages un peu
truqués[4] » de Chateaubriand, il demeure malgré tout sensible à la matière américaine, mais telle qu'elle s'exprime

1. Théophile Gautier, *Histoire du Romantisme* [1874], « Première
rencontre », Folio classique, p. 61.
2. Allusion à la formule de Théophile Gautier : « Dans *Les Natchez*,
il rouvrit la grande nature fermée » (*ibid.*, p. 61).
3. Julien Gracq, « Le Grand Paon » (1960), dans *Œuvres complètes*,
Paris, Gallimard, Bibliothèque de la Pléiade, t. I, 1989, p. 916.
4. *Ibid.*, p. 924.

plutôt dans la grandeur théâtrale d'opéra[1] du prologue d'*Atala* : « Rouvrons la description célèbre du Meschacebé qui commence *Atala* : elle ne découvre plus l'Amérique, mais elle a pris le charme inépuisable d'un douanier Rousseau[2]. »

Gracq a pris acte d'un fait indubitable, qui motive cette édition : le *Voyage en Amérique*, et plus largement la constellation des textes américains, ne sont plus guère lus, au profit des *Mémoires* qui en ont absorbé la matière pour l'orienter vers la transcendance du temps entrevu à la lueur des souvenirs, confondu dans ce grand fleuve qui conduit dans l'outre-monde en regardant en arrière. De nos jours pourtant, il n'y a pas jusqu'à Bernard-Henri Lévy qui, un brin poseur, se place dans la continuité de Tocqueville et de Chateaubriand, déclarant, dans *American Vertigo* (2006) : « Je voulais aller aussi, sur le port, jusqu'à la jetée, devenue une rade immense, où, un beau matin de 1791, en pleine Révolution française, accosta un autre grand écrivain, François-René de Chateaubriand, en provenance, lui, de Saint-Malo et qui, passé par les Açores, puis par Saint-Pierre, invente, quarante ans avant Tocqueville, le voyage littéraire en Amérique[3]. »

1. Voir *En lisant en écrivant*, dans *Œuvres complètes*, *ibid.*, t. II, 1995, p. 565.
2. Julien Gracq, « Le Grand Paon », *op. cit.*, p. 925.
3. Bernard-Henri Lévy, *American vertigo*, Paris, Grasset, 2006 ; Le Livre de Poche, 2007, p. 311.

BIBLIOGRAPHIE SÉLECTIVE

ÉDITIONS DE RÉFÉRENCE
DU *VOYAGE EN AMÉRIQUE*

Dans *Œuvres complètes*, Paris, Ladvocat, t. VI-VII, 1827. [Le tome VII contient également le *Voyage en Italie, Cinq jours à Clermont (Auvergne)* et *Le Mont-Blanc. Paysages de montagnes.*]

Voyage en Amérique, édition critique par Richard Switzer, Paris, Didier, 1964.

Dans *Œuvres romanesques et voyages*, édition de Maurice Regard, Paris, Gallimard, Bibliothèque de la Pléiade, t. I, 1969.

Voyage en Amérique, texte établi, présenté et annoté par Henri Rossi, dans *Œuvres complètes*, sous la direction de Béatrice Didier, Paris, Honoré Champion, t. VI-VII, 2008.

PRINCIPAUX OUVRAGES CRITIQUES
ET ARTICLES

Biographies

BERCHET, Jean-Claude, *Chateaubriand*, Paris, Gallimard, coll. « NRF Biographies », 2012.

PAINTER, George D., *Chateaubriand, une biographie*, t. I, *Les orages désirés (1768-1793)* [1977], traduit de l'anglais par Suzanne Nétillard, Paris, Gallimard, coll. « Leurs figures », 1979.

Ouvrages critiques

Enfance et voyages de Chateaubriand. Armorique, Amérique, actes du colloque de Brest, septembre 1998, textes réunis par Jean Balcou, Paris, Honoré Champion, 2001.

Chateaubriand avant le « Génie du Christianisme », actes du colloque de l'ENS Ulm, textes réunis par Béatrice Didier et Emmanuelle Tabet, Paris, Honoré Champion, 2006.

ANTOINE, Philippe, *Les Récits de voyage de Chateaubriand. Contribution à l'étude d'un genre*, Paris, Honoré Champion, 1997.

BAUDOIN, Sébastien, *Poétique du paysage dans l'œuvre de Chateaubriand*, Paris, Classiques Garnier, 2011.

CHINARD, Gilbert, *L'Exotisme américain dans l'œuvre de Chateaubriand*, Paris, Hachette, 1918.

FUMAROLI, Marc, *Chateaubriand. Poésie et Terreur*, Paris, de Fallois, 2003 ; rééd. Paris, Gallimard, coll. « Tel », 2006.

LEBÈGUE Raymond, *Aspects de Chateaubriand. Vie, Voyage en Amérique, Œuvres*, Paris, Nizet, 1979.

Articles ou chapitres d'ouvrage

ANTOINE, Philippe, « L'explorateur, le promeneur et le pèlerin : Chateaubriand et l'art de voyager », *Bulletin de la Société Chateaubriand (nouvelle série)*, Colloque « Chateaubriand historien et voyageur », n° 41, 1999, p. 54-60.

—, « Le paysage américain chez Chateaubriand », dans *Enfance et voyages de Chateaubriand. Armorique, Amérique*, actes du colloque de Brest, septembre 1998, textes réunis par Jean Balcou, Paris, Honoré Champion, 2001, p. 47-59.

—, « Chateaubriand globe-trotter », *L'Histoire*, n° 425-426 (« XIXᵉ siècle. Le monde est à nous »), juillet-août 2016, p. 52-54.

—, « Un maître de danse chez les sauvages », *Viatica*, n° 2, 2015, article publié en ligne à l'adresse : http://viatica. univ-bpclermont.fr/l-art-des-autres/dossier/un-maitre-de-danse-chez-les-sauvages.

—, « Voyage et intimité : le cas du « Journal sans date » de Chateaubriand », dans *Le Magasin du XIXᵉ siècle*, n° 5 (« America »), 2015, p. 281-283.

BARBÉRIS, Pierre, « Les réalités d'un ailleurs. Chateaubriand et le voyage en Amérique », *Littérature*, n° 21, février 1976, p. 91-104.

BASSAN, Fernande, « Le vertige du temps dans les récits de Chateaubriand de son voyage en Amérique », *Bulletin de la Société Chateaubriand (nouvelle série)*, Colloque « Chateaubriand historien et voyageur », n° 41, 1999, p. 96-100.

BAUDOIN, Sébastien, « Chateaubriand théoricien du paysage », dans *Chateaubriand et le paysage*, sous la direction de Philippe Antoine, Caen, Lettres Modernes Minard, 2009, p. 31-46.

—, « Des bois de Combourg aux forêts américaines, transfigurations du modèle sylvestre dans l'œuvre de Chateaubriand », dans *Eidôlon* n° 103, 2013 ; repris dans *La Forêt romantique*, volume édité par Vigor Caillet, Pessac, Presses universitaires de Bordeaux, 2013, p. 19-28.

—, « De la philosophie en Amérique : Chateaubriand, Tocqueville et Thoreau à l'épreuve de la *wilderness* », *Travaux de Littérature*, t. XXVII (« La littérature française et les philosophes »), sous la direction de Pierre-Jean Dufief, Genève, Droz, 2014, p. 265-282.

—, « Mésologie du Nouveau Monde : Chateaubriand face à la nature américaine », intervention au séminaire *Mésologies* à l'EHESS le 22 mai 2015, publié en ligne sur le site *Mésologiques — études des milieux* : http://ecoumene.blogspot. fr/2016/09/mesologie-du-nouveau-monde.html#more.

—, « Éden (dans l'œuvre de Chateaubriand) », dans *Dictionnaire littéraire des fleurs et jardins (XVIIIᵉ et XIXᵉ siècles)*, Paris, Honoré Champion, 2017, p. 178-182.

—, « Chateaubriand : La Flore du Nouveau Monde », dans *Dictionnaire littéraire des fleurs et jardins*, *op. cit.*, p. 78-82.

—, « Imaginaires eschatologiques du paysage américain : Chateaubriand au miroir des *Voyages* de William
Bartram », dans *Kultur — Landschaft — Raum, Dyna-
miken literarischer Inszenierungen von Kulturlandschauf-
ten*, dir. Marina Ortrud Hertrampf et Béatrice Nickel
(Hrsg.), Tübingen, Stauffenburg Verlag, 2018, p. 105-126.

BERCHET, Jean-Claude, « Chateaubriand poète de la nuit »
[1968], dans R. Switzer (éd.), *Chateaubriand. Actes du
congrès de Wisconsin*, Genève, Droz, 1970, p. 45-62 ; repris
dans Jean-Claude Berchet, *Chateaubriand ou les aléas du
désir*, chap. II, « Au cœur des ténèbres », Paris, Belin, 2012,
p. 44-77.

—, « Le voyageur et le poète. Chateaubriand et la découverte des mondes nouveaux », *Bulletin de la Société Chateaubriand (nouvelle série)*, n° 35, 1992, p. 35-39.

BUTOR, Michel, « Chateaubriand et l'ancienne Amérique »,
La Nouvelle Revue française, 1ᵉʳ décembre-1ᵉʳ janvier 1963,
p. 1015-1031 ; repris dans *Répertoire II* [1964], dans *Œuvres
complètes de Michel Butor*, sous la direction de Mireille
Calle-Gruber, Paris, La Différence, t. II, p. 491-524.

CATEL, Olivier, « La Couleur américaine ou la tentation panthéiste chez le jeune Chateaubriand », dans *Chateaubriand
et le paysage*, sous la direction de Philippe Antoine, Caen,
Lettres Modernes Minard, 2009, p. 47-66.

COSSU, Laurence, « Le "Voyage en Amérique" ou l'Amérique
de Chateaubriand », revue *Atala*, n° 1, « Chateaubriand »,
1998, p. 51-64.

DEGOUT, Bernard, « Les voyages de Chateaubriand. L'Amérique », *Magazine littéraire*, n° 366, juin 1998, p. 36-38.

—, « De la remémoration d'*outre-tombe* à propos du "Journal
sans date" du *Voyage en Amérique* », *Bulletin de la Société
Chateaubriand (nouvelle série)*, Colloque « Chateaubriand
historien et voyageur », n° 41, 1999, p. 102-108.

GILLET, Jean, « Chateaubriand, Volney, et le sauvage américain », *Romantisme*, n° 36, 1982, p. 15-26.

GUYOT, Alain, « Voyage imaginaire et rhétorique du réel.
La "description de quelques sites des Florides" dans le
Voyage en Amérique », *Bulletin de la Société Chateaubriand*

(nouvelle série), Colloque « Chateaubriand historien et voyageur », n° 41, 1999, p. 109-113.

HARTOG, François, « Les anciens, les modernes, les sauvages ou "le temps des sauvages" », dans *Chateaubriand. Le tremblement du temps*, éd. Jean-Claude Berchet et Philippe Berthier, Toulouse, Presses universitaires du Mirail, coll. « Cribles », 1994, p. 177-200.

MOISAN, Philippe, « Dérive et nomadisme », *Bulletin de la Société Chateaubriand (nouvelle série)*, n° 41, 1999, p. 62-69.

—, « Le Nouveau Monde et Chateaubriand : des alluvions à l'érosion », dans *Chateaubriand. La Fabrique du texte*, éd. Christine Montalbetti, Rennes, Presses universitaires de Rennes, coll. « Interférences », 1999.

MONTALBETTI, Christine, « Écritures de l'Amérique : Les aventures de la matière américaine : identité, variante et variation », in *Enfance et voyages de Chateaubriand. Armorique, Amérique*, actes du colloque de Brest, septembre 1998, textes réunis par Jean Balcou, Paris, Honoré Champion, 2001, p. 61-74.

PRINCIPATO, Aurelio, « Le premier Chateaubriand entre le sauvage et le héros antique », dans *Chateaubriand avant le « Génie du Christianisme »*, actes du colloque de l'ENS Ulm, textes réunis par Béatrice Didier et Emmanuelle Tabet, Paris, Honoré Champion, 2006, p. 45-61.

—, « Les Indiens du premier Chateaubriand » (Actes du Colloque international sur le « Primitivisme », Turin, octobre 2002), dans *Primitivi*, a cura di Cinzia Di Cuonzo e Lionello Sozzi, Torino, Rosemberg et Sellier, 2011, p. 106-117.

RIBERETTE, Pierre, « Chateaubriand et Beltrami », *Bulletin de la Société Chateaubriand (nouvelle série)*, n° 35, 1992, p. 40-47.

SMART, Annie K., « Re-reading Nature and Otherness in Chateaubriand's *Voyage en Amérique* : A case for the Biophilia Effect », *Studies in Eighteenth-Century Culture*, 42, 2013, p. 123-145.

SWITZER, Richard, « The fantastic voyage : Chateaubriand in America », dans *The New Land : studies in a Literary theme*, éd. Richard Chadhourne et Hallward Dahlie, Waterloo, Wilfrid Laurier University, University Press of Calgary Institute for the Humanities, 1978, p. 5-26.

TABET, Emmanuelle, « De la muse sauvage à la muse classique : mémoire antique et expérience intime chez Chateaubriand », *Bulletin de la Société Chateaubriand (nouvelle série)*, n° 58, 2015, p. 111-119.

TODOROV, Tzvetan, « Chateaubriand », dans *Nous et les autres. La réflexion française sur la diversité humaine*, Paris, Le Seuil, 1989, p. 315-340.

WHYTE, Peter, « L'enchanteur enchanté et désenchanté : Chateaubriand et le Nouveau Monde », dans *Nouveaux Mondes from the Twelth to the twentieth Century*, éd. Richard Maber, Durham, University of Durham, 1994, p. 71-88.

RÉPERTOIRE DES VOYAGEURS

Ce répertoire regroupe les principaux noms d'auteurs-voyageurs évoqués par Chateaubriand (et signalés dans le texte par des étoiles noires).

Les entrées reprennent la graphie donnée par l'auteur, qui peut parfois différer de la graphie exacte ou moderne.

A

ABULFÉDA

Abu'l-Fida (1273-1331) est un historien et géographe kurde, acteur du siège de Tripoli et de Saint-Jean d'Acre (1285). Son œuvre principale est un *Abrégé de l'histoire de la race humaine*, annale qui couvre la période allant de la création du monde à l'année 1329.

ABUZAÏD

Voyageur arabe du IXᵉ siècle, il se rendit en Chine avec Ibn Wahab. Ils furent redécouverts par Eusèbe Renaudot (1648-1720), abbé orientaliste qui édita leur relation sous le titre *Anciennes relations des Indes et de la Chine, de deux voyageurs mahométans qui y allèrent dans le IXᵉ siècle, traduits d'arabe avec des remarques sur les principaux endroits de ces Relations* (1718).

AGILES (Raymond d')

Raymond d'Agiles est l'auteur, au XIᵉ siècle, d'une *Histoire des Francs qui ont pris Jérusalem*, chronique des événements qu'il vit en accompagnant Pons de Balazun lors de la première croisade. Son texte a été réédité par François Guizot (1787-1874) dans la *Collection des Mémoires relatifs à l'histoire de France* (Paris, Brière, 1824).

AL-EDRISI

Al-Idrissi (Abu Abdallah Muhammad), géographe, a écrit une *Géographie* nommée aussi *Livre de Roger*, glorifiant le roi Roger II de Sicile. L'ouvrage tente de faire la synthèse intellectuelle de toutes les connaissances du monde. Il est imprimé pour la première fois en 1592 à Rome en caractères arabes et traduit en partie en latin en 1619.

ALFRED

Alfred le Grand (849-899), roi du Wessex (871-899).

ANDROSTÈNE

Avec Néarque et Onésicritus, il fut l'un des trois voyageurs qui accompagnèrent Alexandre le Grand (env. 350 - env. 323 av. J.-C.) dans sa conquête de l'Asie en 334 av. J.-C.

ANSCHAIRE

Saint Anschaire (801-865), partit dans le nord de l'Europe évangéliser la Scandinavie, d'abord au Danemark puis en Suède.

ANSON (George)

George Anson (1697-1762) marin et explorateur anglais, voyagea dans le Pacifique et fit le tour du monde entre 1740 et 1744. Il procéda à de nombreuses observations nautiques et s'illustra par la prise du Galion de Manille. Son *Voyage autour du monde, fait dans les années 1740, 41, 42, 43, 44* (1748) fut traduit en français dès 1749. Son récit influença les philosophes des Lumières en France, entre autres Voltaire, Montesquieu et Rousseau, séduits par le mythe du bon sauvage qui s'y trouve développé.

ARCULFE (saint)

Arculfe, évêque franc de la deuxième partie du VIIᵉ siècle accomplit en 670 un pèlerinage en Terre sainte. Il resta neuf mois à Jérusalem mais échoua, à son retour, sur les côtes d'Écosse. Il fut recueilli par Adaman d'Iona, abbé du monastère de l'île d'Iona. Arculfe lui fit le récit détaillé de son pèlerinage et Adaman le mit par écrit dans un ouvrage en trois volumes, intitulé *Adamnani De Locis Sanctis* (vers

670) décrivant les villes de Palestine, Jérusalem, Bethléem et Constantinople.

ASCELIN

Nicolas Anselme, dit Ascelin (XIIIe siècle), fut envoyé en mission par le pape Innocent IV en 1245 auprès des Mongols afin d'obtenir leur soutien pour lutter contre les musulmans. Il en fut tiré un ouvrage, le *Voyage de frère Ascelin et ses compagnons vers les Tartares, tiré des Mémoires de frère Simon de Saint-Quentin, dans Vincent de Beauvais* contenu dans le recueil de Pierre de Bergeron datant de 1637 et intitulé *Voyages de Benjamin de Tudelle, autour du monde, commencé l'an 1173. De Jean du Plan Carpin, en Tartarie. Du frère Ascelin et de ses compagnons vers la Tartarie. De Guillaume de Rubruquin, en Tartarie et en Chine, en 1253.* L'ouvrage fut réimprimé en 1830.

ASTOR (John Jacob)

John Jacob Astor (1763-1848), négociant en fourrures d'origine allemande, fut le premier millionnaire de l'histoire des États-Unis et fonda une dynastie. Il devint le principal négociant de fourrure à New York et donna son nom à un ensemble de cabanes, devenant par la suite une agglomération, à l'embouchure de la Columbia, Astoria, en 1811. C'est là que s'était établie la *Pacific Fur Company* que dirigeait Astor, six ans après le passage de Lewis et Clark.

B

BAFFIN (William)

William Baffin (1584-1622), explorateur anglais, est enrôlé comme pilote en chef en 1612 à bord du *Patience*. En 1615, il participe comme pilote à une expédition lancée par la « Compagnie des Marchands de Londres découvreurs du passage du Nord-Ouest » à bord du *Discovery* mais il ne découvre aucun passage. Sans le savoir, il est passé à côté de la voie qui permettait ce même passage, dans le bras de mer de Lancaster Sound qu'il ne jugea pas utile d'explorer. Il laisse son nom à une île (explorée par lui en 1615-1616) qui sera rebaptisée île de Baffin par

William Edward Parry au XIXe siècle (elle constitue la plus grande île du Canada, située au Nunavut) et à une baie, située entre cette île et le Groenland.

BARBARO (Josaphat)

Josaphat Barbaro (mort en 1494) est un explorateur vénitien, envoyé en 1436, par la République de Venise, comme ambassadeur à Tana (aujourd'hui Azov). Le récit de ses voyages a été publié en 1543.

BARBINAIS (Le Gentil de La)

Le Gentil de La Barbinais fit le tour du monde (1715-1717) et en tira un récit intitulé *Nouveau voyage autour du monde* (1728) en trois tomes et deux volumes.

BARRY

Giraud de Barri (vers 1145 - vers 1223), poète et écrivain gallois, auteur de *Topographia Hibernica* (1188) retraçant l'histoire de l'Irlande et sa topographie, *Itinerarium Cambriae* (1191) et *Descriptio Cambriae* (1194), où il retrace ses voyages en Galles.

BEAUFORT (Henri Grout de)

Henri Grout de Beaufort (1798-1825), explorateur français, prit la suite des explorations de Mungo Park mais périt avant d'atteindre Tombouctou.

BÈDE (le Vénérable)

Bède le Vénérable (env. 672-735) est considéré comme le premier historien d'Angleterre. Il fut surtout un commentateur de la Bible qui transmit et rassembla les interprétations des Pères de l'Église.

BEECHEY (Frederick William)

Frederick William Beechey (1796-1856), commandant britannique, servit William Parry en 1818-1819 lors de son expédition et commanda la sienne en 1825-1827, par laquelle il explora l'ouest de l'océan Arctique. Il découvre le Point Barrow (péninsule située sur la côte Arctique, point le plus au nord de l'Alaska).

BEHRING (Vitus)

Vitus Béring (1681-1741), explorateur danois enrôlé dans la marine russe par Pierre le Grand, découvrit la mer qui porte son nom, et qui unit l'Asie à l'Amérique, en 1728, lorsqu'il entra dans le détroit qui porte également son nom et qui sépare la Sibérie orientale de l'Alaska. Il la traversa en 1741. C'est le point de jonction entre l'océan Pacifique et l'océan Arctique.

BELTRAMI (Giacomo Costantino)

Giacomo Costantino Beltrami (1779-1855), explorateur et écrivain italien, crut découvrir les sources du Mississippi en 1823, lors de son voyage d'exploration des États-Unis. Il publia, en 1824, *La Découverte des sources du Mississippi*, que Chateaubriand cite et exploite comme une des sources importantes de son récit de voyage.

BELZONI (Giovanni Battista)

Giovanni Battista Belzoni (1778-1823) est un explorateur italien, égyptologue, dont les découvertes furent très importantes et eurent beaucoup de retentissement : il ouvrit en effet le premier le temple d'Abou Simbel et découvrit les tombes de la vallée des rois. Il publia *Voyages en Égypte et en Nubie* (traduit en français en 1821-1822).

BERNIER (François)

François Bernier (1625-1688) est un philosophe, médecin et voyageur français qui s'embarqua pour l'Orient en 1656 et devint le médecin du Grand Mogol de l'Inde. Il rentre en France en 1669 et publie l'*Histoire de la dernière révolution du Grand Mogol* (1670-1671).

BIANCO (André)

Cartographe du XVe siècle, il réalisa une célèbre mappemonde en 1436.

BIORN

Bjarn, marchand norvégien, aurait été déporté au Xe siècle, selon la « Saga des Groenlandais », par des vents du nord-est et aurait abordé au nord de l'Amérique. Il découvre ainsi ce nouveau continent en 1001.

BONIFACE (saint, dit Winfrid)

Saint Boniface (env. 675-754), en réalité Winfrid, moine anglo-saxon devenu archevêque de Mayence, réalisa l'évangélisation de la Germanie pour le pape Grégoire II et gagna ainsi le surnom de l'« apôtre des Germains ». Il est l'auteur de *Sermons* et de *Lettres*, sans doute les « espèces de mémoires » dont parle Chateaubriand. L'Esclavonie est l'ancien nom de la Slavonie, région du nord de la Yougoslavie.

BOUGAINVILLE (Louis-Antoine, comte de)

Louis-Antoine comte de Bougainville (1729-1811) fit le tour du monde à bord de la fameuse *Boudeuse* et de *L'Étoile* entre 1766 et 1769. Il est le premier navigateur français à réaliser une telle prouesse. Son *Voyage autour du Monde* (1771) connaît un immense succès et nourrit le mythe du bon sauvage et de la vie à l'état de nature, déjà entretenu par le récit d'Anson.

BOWDICH (Thomas-Edward)

Thomas-Edward Bowdich (1791-1824), explorateur et écrivain anglais, entra au service de l'African Company en 1814 puis se rendit en ambassade pour une mission diplomatique et commerciale à Kumassi en 1817 (actuel Ghana). Le compte rendu de sa mission, où il dresse le portrait du roi des Ashantis et décrit sa cour, paraît en 1819 sous le titre *Mission from Cape Coast Castle to Ashantee, etc.* À Paris, dans les années 1820-1822, il fréquente les grands savants et naturalistes de l'époque, Cuvier ou Alexandre de Humboldt. En 1822, il se rend à Lisbonne puis fait paraître l'ouvrage mentionné par Chateaubriand, sous le titre *An Account of the discoveries of the Portugese in the interior of Angola and Mozambique*. Il meurt lors d'une exploration en Gambie en 1824.

BRÊME

Adam de Brême (mort vers 1076) est l'auteur d'une *Histoire ecclésiastique des Églises de Hambourg et de Brême (de 788 à 1072)* en quatre volumes, retraçant l'influence du christianisme en Europe du Nord.

BROUGHTON (William Robert)

William Robert Broughton (1762-1821), officier naval anglais, commanda le brick *HMS Chatham* (HMS : *Her Majesty's Ship* : navires de guerre de la Royal Navy) qui accompagna le *HMS Discovery* à travers l'océan Pacifique lors de l'exploration de la côte ouest du nord de l'Amérique durant l'expédition menée par Vancouver (1791-1795).

BUTTON (Thomas)

Thomas Button (mort en 1634) est un navigateur anglais

chargé par Jacques Ier d'Angleterre de poursuivre les
découvertes d'Hudson. Il découvrit entre autres la
Nouvelle-Galles et les îles Mansfield, ainsi que la baie de
Button et chercha en vain le passage du Nord-Ouest, revenant bredouille en Angleterre en 1613.

BYRON (John)

John Byron (1723-1786), capitaine anglais, est le grand-
père de George Gordon Byron dit Lord Byron (1788-1824).
Il explora le Pacifique, missionné par George III, mais fit
naufrage à hauteur du Chili en 1741. Après avoir participé
à la guerre de Sept Ans, il s'aventura, en 1764-1765, sur
les mers du Pacifique sud jusqu'aux archipels de l'extrême
sud du continent sud-américain.

C

CABOT (Jean et Sébastien)

Sébastien Cabot (1474-1557), cosmographe et navigateur
vénitien, partit, en compagnie de son père Jean Cabot
(Giovanni Cabotto, 1450-1498), qui lança les premières
navigations anglaises dans l'Atlantique nord, cherchant
à rejoindre les Indes en passant par le nord-ouest de
l'Amérique. Ce fut la première tentative pour traverser le
passage du Nord-Ouest. Ce fut un échec mais il (re)décou-
vrit malgré tout Terre-Neuve, le Labrador et l'estuaire du
Saint-Laurent. Sébastien Cabot ne put pousser plus loin
les découvertes de son père.

CABRILLO (Juan)

Juan Cabrilho (1499-1543) fut le premier explorateur de
la côte californienne à partir de 1540.

CAEN (Raoul de)

Raoul de Caen (vers 1080-vers 1120) se rendit en 1107
en Syrie et participa à la première croisade. Il rédigea les
Faits et gestes du prince Tancrède, réédité par Guizot dans
la *Collection des Mémoires* (Paris, Brière, 1824).

CAILLAUD (Frédéric)

Frédéric Caillaud (1787-1869), archéologue et minéralo-
giste, explora l'Égypte (1821-1822) : il remonta la vallée
du Nil et se rendit jusqu'en Éthiopie.

CAMPBELL (John)

John Campbell (1766-1840), missionnaire écossais, fut envoyé au Cap pour inspecter les missions qui s'y trouvaient puis explora le nord de l'Afrique du Sud en 1813-1814. Il publia *Travels in South Africa, undertaken at the request of the Missionary Society* (Londres, 1815).

CANDISH (Thomas)

Thomas Cavendish (ou Candish, vers 1560-1592), troisième navigateur à réaliser un tour du monde (en 1586-1588), mourut au cours d'une seconde expédition le menant le long des côtes de l'Amérique du Sud.

CARPIN

Jean du Plan Carpin (env. 1182-1252) fut missionné par Innocent IV auprès du grand khan (1246-1247). Il destine à Innocent V son récit intitulé *Historia Mongolorum* (*Histoire des Mongols*).

CARTERET (Philip)

Philip Carteret (1733-1796) — de manière similaire à Byron, Wallis, Bougainville et Cook, de 1764 à 1768 — parcourt les mêmes régions du globe : ce navigateur britannique effectua un tour du monde de 1766 à 1769 et découvrit l'île Pitcaim, la Nouvelle-Bretagne et les îles de l'Amirauté. Le récit de ses voyages fut retracé avec ceux de Byron, Wallis et Cook dans l'ouvrage de J. Hawkesworth, *Relation des voyages entrepris par ordre de Sa Majesté Britannique actuellement régnante/successivement exécutés par le commodore Byron, le capitaine Carteret, le capitaine Wallis et le capitaine Cook... rédigée d'après les journaux tenus par les différentes commandants et les papiers de M. Banks* ([1773], traduit en français en 1774).

CARTIER (Jacques)

Jacques Cartier (1491-1557) part le 20 avril 1534 de Saint-Malo, sur ordre de François Ier, pour découvrir les Terres Neuves outre-Atlantique. Lors de son premier voyage, il baptise les terres découvertes « le pays de Canada » ; lors de son deuxième voyage, débutant en mai 1535, il remonte le Saint-Laurent (appelé alors la « Grande Rivière ») jusqu'à l'emplacement de l'actuel Québec puis poursuit sa route jusqu'à un village adossé à une colline qu'il nomme Mont Royal — Montréal. La recherche du fabuleux royaume de Saguenay, que les Indiens promettent regorgeant de richesses, échoue à cause de l'hiver, de la venue des glaces et d'une épidémie de scorbut qui se déclare. Rentré, Cartier se voit préférer Jean-François de la Rocque de Roberval (1500-1560), qui échoue lors d'une nouvelle exploration. Cartier publie le récit de ses voyages en 1545 sous le titre de *Bref récit et succincte narration de la navigation faicte es ysles de Canada*. On lui doit la découverte du Saint-Laurent, permettant à la France de s'implanter sur le continent américain et préparant la venue future de Champlain.

CASS (Lewis)

Lewis Cass (1782-1866), homme politique américain, devint gouverneur du Michigan (1813-1831). En 1820, il explora le nord du Minnesota (région septentrionale des Grands Lacs), récemment cédé aux États-Unis avec la Louisiane. Le fort Snelling, qui y fut construit, devint un lieu essentiel de la traite des fourrures. Lewis Cass fut chargé de cartographier la région mais aussi de trouver la source du Mississippi, qui fut découverte en 1823 par Schoolcraft.

CÉSAR (Jules)

Jules César (101-44 av. J.-C.) retraça, dans ses *Commentaires sur la guerre des Gaules*, ses campagnes victorieuses en Gaule (des années 58 à 52 av. J.-C.), décrivant également le cadre de ses conquêtes.

CHARAX (Isidore de)

Isidore de Charax, géographe du Ier siècle, avait voyagé jusqu'aux frontières de l'Inde, rédigeant *Les Étapes parthiques*, récit de son voyage et des contrées qu'il avait traversées du Levant à l'Inde. Il est également l'auteur d'une description du monde gréco-romain.

CHARDIN (Jean)

Jean Chardin (1643-1713), à ne pas confondre avec le peintre Jean-Baptiste Siméon Chardin (1699-1779), est un voyageur français qui se rendit en Inde et au Moyen-Orient. En 1665, il voyagea en Perse puis y retourna en 1671 pour finir par atteindre Ispahan en juin 1673. Il fut nommé agent de la Compagnie anglaise des Indes orientales en Hollande en 1683 et, en 1686, publia une partie de son *Voyage en Perse et aux Indes orientales*. L'ensemble de ses voyages parurent sous le titre *Journal du voyage du chevalier Chardin* (Amsterdam, 1711).

CHORENENZIS (Moses)
Moses Chorenensis est un prêtre et évêque arménien du Vᵉ siècle, auteur d'une *Histoire de l'Arménie*.

CLARKE (William)
En réalité Clark : voir Lewis (Meriwether).

CLAVIJO (Ruy Gonzalès de)
Ruy Gonzáles de Clavijo (? - 2 avril 1412), explorateur et écrivain espagnol, ambassadeur à la cour de Tamerlan, est l'auteur d'un récit de voyage publié à Séville en 1582.

COLOMB (Christophe)
Christophe Colomb (1541 ou 1542-1506) fut l'objet de nombreux récits de chroniqueurs de son époque et certains de ses écrits ont été rapportés, notamment par son fils Fernando Colombo (*Historia*) ou Bartolomé de Las Casas (*Historia de las Indias*, publié seulement en 1875, plus de trois siècles après sa rédaction). Ce fils d'un tisserand génois, après avoir appris le métier de navigateur, voyage en Méditerranée puis monte une expédition, financée par les Rois Catholiques espagnols : il part le 3 août 1492 et parvient aux Antilles le 12 octobre de la même année, passe par Cuba et Haïti et retourne en Espagne. Parti sur les routes des Indes galvanisé par la quête de l'or évoqué entre autres par les récits de Marco Polo, il renouvelle son expédition en 1493 puis en 1498 : le 5 août, il atteint le rivage américain. Après une ultime expédition lancée en 1502, il meurt en 1506.

CONDAMINE (Charles Marie de La)
Charles Marie de La Condamine (1701-1774), explorateur et scientifique français, qui explora le Levant et Constantinople (1731-1732). Il fut envoyé au Pérou pour vérifier, avec deux autres scientifiques, l'hypothèse de Newton selon laquelle la Terre s'aplatirait aux régions polaires ; une équipe mesure le pôle ; celle de La Condamine la région de l'équateur. Il embarque avec Jussieu en 1735

puis se rend à Quito en 1736. Après avoir effectué ses mesures et ses calculs, il rentre par la rivière Amazone en mai 1743, parvient en Guyane (août 1744) puis à Amsterdam (le 30 novembre 1744). Rentré à Paris en février 1745, il rapporte avec lui des spécimens et des notes qu'il confie à Buffon. Les calculs effectués confirment l'hypothèse de Newton et de l'aplatissement de la Terre aux pôles.

COOK (James)

James Cook (1728-1779), navigateur et scientifique anglais, s'embarque à bord de l'*Endeavour* en 1768 à Plymouth et se dirige au cap Horn où il essuie une terrible tempête et accoste à Tahiti. Il explore les îles alentour et leur donne le nom d'« îles de la Société ». Il établit ensuite la carte de la Nouvelle-Zélande puis prend possession du sud-est de l'Australie qu'il baptise « Nouvelle-Galles du Sud ». Il rentre en Angleterre en 1771. Son deuxième voyage le mène dans l'océan Antarctique (1772-1775) : il découvre la Nouvelle-Calédonie. Son troisième voyage lui sera fatal : parti en 1776, il fait la découverte d'un archipel d'îles qu'il nomme « îles Sandwich » (renommées depuis Hawaï), où il est mis à mort par les indigènes.

CORTERÉAL (Gaspar)

Gaspar Corte-Real (vers 1450-1501), explorateur portugais disparut lors de son expédition à la recherche du passage du Nord-Ouest en 1500, renvoyant deux de ses bateaux au Portugal avec ce qui semble avoir été les restes de l'expédition de Jean Cabot.

CORTÉS (Hernan/Ferdinand)

Hernán Cortés ou Ferdinand Cortez (env. 1485-1547), célèbre conquistador, domina l'empire Aztèque et s'empara du Mexique en 1523.

D

DAMPIER (William Cecil)

William Cecil Dampier (1651-1715) fut le premier anglais à fouler le sol australien. Il découvrit le détroit qui porte son nom, séparant la Nouvelle-Angleterre de la Nouvelle-Guinée. Il navigua autour du monde jusqu'à ce que le comte d'Oxford finance son exploration des côtes de l'Australie, où il espérait trouver de l'or. Il partit en 1699 et revint en 1703, après une expédition désastreuse et houleuse. Alexander Selkirk, un de ses marins, demanda même à être abandonné sur une île proche de Juan Fernández. Dampier revint le chercher et permit à l'histoire de ce naufragé de nourrir l'inspiration de Defoe et son *Robinson Crusoé*. Dampier publia *Nouveau Voyage autour du monde* (1697).

DAVIS (John)

John Davis (env. 1550-1605), explorateur anglais qui chercha le passage du Nord-Ouest. Il mena trois expéditions dans l'Arctique (1585-1587) et étudia les côtes du Groenland jusqu'au détroit qui porte son nom et l'entrée de la baie d'Hudson.

DENHAM (Dixon)

Avec Hugh Clapperton (1788-1827) et le docteur écossais Walter Oudney (1790-1824), Dixon Denham (1786-1828) explora le cours du Niger, le Bournou et le lac Tchad au cours de ses expéditions, de 1822 à 1825. Le récit de leur exploration a été édité en 1824 sous le titre *Narrative of Travels and Discoveries in Northern and Central Africa in the years 1822, 1823, and 1824*, et traduit en français en 1826.

DEUIL (Odon de)

Odon de Deuil (1100 ? - 1162) est un moine bénédictin ayant participé à la seconde croisade. Il est l'auteur d'une *Histoire de la croisade de Louis VII*.

DEVAULX-CERNAY (Pierre)

Le chroniqueur Pierre Des Vaux-de-Cernay est l'auteur, en 1218, d'une *Historia Albigensis*, *Histoire de l'hérésie des Albigeois et de la sainte guerre entreprise contre eux (de l'an 1203 à l'an 1218)*, éditée par Guizot dans sa *Collection des Mémoires* en 1824.

DIAZ (Barthélémi)

Bartolomeu Dias (vers 1450-1500), voyageur portugais, dépassa pour la première fois en 1487 le cap des Tempêtes (cap de Bonne-Espérance, que Chateaubriand désigne sous le nom de « cap des Tourmentes »).

DICÉARQUE

Dicéarque (env. 347 - env. 285 av. J.-C.) est un cartographe de l'antiquité.

DICUIL

Dicuil est un géographe irlandais, auteur, au IXe siècle, de
De mensura orbis terrae. En 1814, Antoine-Jean Letronne
en donne une analyse sous le titre *Recherches géographiques et critiques sur le livre De mensura orbis terrae*. Il
avait été auparavant publié par le baron Charles Athanase
Walckenaer en 1807.

DIODORE (de Sicile)

Diodore de Sicile a vécu entre 30 et 80 av. J.-C. et est l'auteur d'une *Bibliothèque historique* où il évoque le royaume
des Atlantes, « royaume africain magique » partagé entre
Atlas et Cronos, fils d'Hypérion (voir Pierre Vidal-Naquet,
L'Atlantide, *op. cit.*, p. 49-50).

DITMAR

Tiethmar (975-1018), évêque de Mersebourg (1018), est un
historien allemand du XIe siècle, auteur d'une chronique
intitulée *Histoire d'Allemagne* (vers 1015).

DORIA (Tedisio/Teodosio)

Tedisio (ou Teodosio) Doria finança l'expédition de
Vadino et Ugolino Vivaldi en 1291. Ils cherchèrent, en
pure perte, à rejoindre les Indes en contournant l'Afrique.

DRAKE (Francis)

Sir Francis Drake (1543-1596), navigateur anglais, fit
le tour du monde, prenant la suite de Magellan, entre
1577 et 1580. Le passé de corsaire de Drake le pousse
à lancer cette expédition, dans le but secret de piller les
richesses espagnoles, tout cela étant financé par la reine
d'Angleterre. Il pilla un navire espagnol regorgeant d'or
et d'argent puis repartit, à la latitude d'Acapulco, en suivant la route des Moluques, qu'avait suivie auparavant
Magellan. Il rentra en Angleterre triomphateur, anobli
et richissime.

DROVETTI (Bernardino)

Bernardino Drovetti (1776-1852), d'abord simple soldat de
Napoléon, sauva la vie de Murat et fut nommé par l'Empereur vice-consul (1803) puis consul (1810) d'Égypte. Il

s'attira alors les grâces de Méhémet Ali, pacha d'Égypte (1805-1849), et en profita pour se livrer au trafic d'objets d'antiquité pillés lors de fouilles archéologiques. Il se constitua ainsi une collection prestigieuse que le Louvre refusa d'acheter mais que le roi de Piémont, Victor-Emmanuel (1820-1878) acheta à prix d'or. Charles X lui acheta une seconde collection à destination du Louvre et de son fonds égyptien. C'est encore Drovetti qui favorisa l'arrivée à Saint-Cloud (après avoir traversé la France), le 9 juillet 1827, de la girafe Zarafa qui suscita un engouement passager mais ne put durablement sauver Charles X de l'impopularité.

DUPERRÉ (Louis Isidore)

Louis Isidore Duperrey (1786-1865) partit en expédition scientifiques de 1822 à 1824 sur la *Coquille* et explora le Pacifique et la Polynésie française (1822).

E

ÉGINHARD

Éginhard (env. 770-840) est l'auteur de la *Vita Caroli Magni* (830-836).

ELLIS (William)

William Ellis (1756-1785), médecin, s'engagea dans la troisième expédition de Cool et y réalisa une partie de l'iconographie avec John Webber.

ENTRECASTEAUX (Antoine-Raymond-Joseph Bruny, chevalier d')

Antoine-Raymond-Joseph Bruny, chevalier d'Entrecasteaux (1737-1793), gouverneur de l'île de France (actuelle île Maurice) de 1787 à 1789, dirigea l'expédition que Louis XIV et l'Assemblée constituante envoyèrent pour rechercher La Pérouse en 1791. Il parcourut pendant presque deux ans le Pacifique (1792-1793), sans retrouver La Pérouse mais en permettant de grandes avancées en matière cartographique (notamment concernant l'Océanic). Il tombe malade et meurt le 20 juillet 1793.

ÉRATOSTHÈNE

Ératosthène de Cyrène (275 (env.) - 195 (env.) av. J.-C.)

est le premier savant à avoir mesuré la circonférence de la Terre de manière très précise et fait ainsi progresser la science de la cartographie.

ERCYLLA (Alonso de)

Alonso de Ercilla y Zúñiga (1533-1594) est l'auteur, comme Camões, d'une épopée en vers. Son œuvre, *La Araucana* (1568-1587), est inspirée de la révolte des Indiens Araucans qui, au Chili, où Ercilla s'est rendu en 1555, ont assassiné le conquérant Valdivia.

ÉRIC (l'évêque)

Erik Gnupsson, évêque du Groenland (1112), partit en 1121 pour le Vinland, devenant le premier prêtre d'Amérique.

ESMÉNARD (M. le chevalier d')

Jean-Baptiste-Gaspard Esmenard (1771-1842) connut Chateaubriand, alors ambassadeur à Londres (12 décembre 1821-28 décembre 1822), et qui y séjourna d'avril à septembre 1822. Ses Mémoires sur la Colombie, notamment le chapitre portant sur les Républiques espagnoles, ont inspiré Chateaubriand.

EUDOXE (de Cnide)

Eudoxe de Cnide (env. 400 - env. 355 av. J.-C.) est un savant et mathématicien, disciple de Platon dont il épousa les visées astronomiques concernant le mouvement circulaire, uniforme et régulier des corps célestes.

EUDOXE (de Cyzique)

Eudoxe de Cyzique, voyageur grec vivant en Égypte, partit pour l'Inde sous l'impulsion de Ptolémée Evergète III. Il émit l'hypothèse que l'on pouvait parvenir en Inde en contournant l'Afrique et partit en expédition pour effectuer ce voyage. Il périt au large de l'Afrique occidentale.

EVHÉMÈRE

Evhémère, écrivain grec du IIIe siècle av. J.-C., est l'auteur d'un roman utopique nommé *Hiera Anagraphè* (*Histoire sacrée*), où il décrit un voyage imaginaire dans des îles paradisiaques (dont Panchaea) où la vie semble parfaite, régies par des dieux qui ne sont que d'anciens grands rois devenus des dieux après leur mort.

F

FERNANDÈS (Juan)

Juan Fernández (vers 1536 - vers 1604) découvrit par hasard les îles de l'archipel qui porte son nom en 1574 en face de la côte du Chili, à hauteur de Valparaíso. Cet archipel contient l'île Robinson Crusoe, où s'est échoué le navigateur Alexandre Selkirk pendant quatre ans et quatre mois et qui inspira le *Robinson Crusoé* de Defoe.

FLODOARD (de Reims)

Flodoard de Reims (894-966), chanoine de la cathédrale de Reims (919) est l'auteur d'une *Chronique* et d'une *Histoire de l'Église de Rheims*, rééditée par Guizot dans sa *Collection des Mémoires* en 1824.

FONTE (Bartholomée de)

Bartholomée de Fonte, navigateur espagnol, aurait atteint la côte nord-ouest de l'Amérique et découvert un passage entre l'océan Atlantique et l'océan Pacifique vers 1640. Le récit de son voyage parut dans une revue londonienne, le *Memoirs for the Curious* (*Mémoires des curieux*), en 1708. Cette lettre-récit est sujette à caution, attribuée depuis au directeur de la revue, James Petiver. Ce récit fantaisiste entraîna de vives controverses qui animèrent les milieux des géographes et des voyageurs jusqu'au milieu du XVIIIᵉ siècle.

FOULCHER (de Chartres)

Foucher de Chartres (1058-1127 ?), qui devint chapelain de Baudouin Iᵉʳ, premier roi de Jérusalem, est l'auteur d'une *Histoire des croisades*.

FOX / FOXE (Luke)

Luke Foxe/Fox (1585-1635), explorateur anglais, partit en 1631 en direction du pôle Nord. Il publia *North-west Fox, or, Fox from the North-west Passage* à Londres en 1635.

FRANCKLIN (John)

John Franklin (1786-1847), explorateur anglais, tenta plusieurs fois de trouver le passage du Nord-Ouest, sans succès. À l'âge de cinquante-neuf ans, la Navy lui propose de retenter une exploration : il se trouve alors à la tête d'une expédition polaire dont le but est de franchir le passage du Nord-Ouest pour la première fois et d'explorer l'Arctique. Elle débute en 1845 mais la remontée de la mer de Baffin puis le passage dans le détroit de Lancaster ayant été effectués, plus de traces de l'expédition ni de Franklin qui semblent avoir disparu. Lady Jane, l'épouse de Franklin, lance des expéditions pour les retrouver : on découvre des restes humains et des effets, dont un papier où est inscrit « tout va bien » à la date du 28 mai 1847 et un autre daté du 11 juin de la même année. Franklin est l'auteur d'un ouvrage retraçant sa première expédition : *Narrative of a Journey to the Shores of the Polar Sea in the Years 1818-1819* (Londres, 1823).

FREYCINET (Louis Claude de Saulces de)

Louis Claude de Saulces de Freycinet (1779-1842), scientifique et géographe français, prit part à une expédition scientifque dans les terres australes en compagnie du commandant Baudin (1800-1803) puis partit pour un tour du monde à bord de l'*Uranie* (1817-1820). Son *Voyage autour du monde* fut publié, en 4 volumes, de 1825 à 1840.

FROISSART

Jean Froissart (env. 1337 - apr. 1404) est un chroniqueur et poète qui entreprit, en 1370, de rédiger les *Croniques de France, d'Engleterre et des païs voisins*. Pendant ses voyages nombreux et grâce à ses multiples connaissances, il parvint à recueillir beaucoup de témoignages qui viennent nourrir son ouvrage.

FUCA (Juan de)

Juan de Fuca (1536-1602), appelé Apostolos Valerianos ou Phokus Valerianatos, marin et explorateur grec au service du roi d'Espagne : il remonta le long de la côte californienne, depuis le Mexique jusqu'au détroit d'Anian, que l'on disait unir les mers du Sud au passage du Nord-Ouest. Le détroit qui sépare Vancouver de la côte porte son nom mais ses propos, rapportés par écrit à la fin du XVIe siècle par Michaël Lok (vers 1532 - vers 1621), un marchand et voyageur anglais, prêtent à caution.

G

GAMA (Vasco de)

Vasco de Gama (env. 1469-1524) voyagea à de nombreuses reprises en direction de l'Inde (de 1497 à 1524) et ouvrit une nouvelle route maritime entre l'Europe et l'Orient, *via* le cap de Bonne-Espérance.

GAU (Franz Christian)

Franz Christian Gau (1790-1853), égyptologue et architecte allemand, devint français en 1825. Il visita la Nubie en 1817 et publia, en 1822, *Antiquités de la Nubie ou monuments inédits des bords du Nil, situés entre la première et la seconde cataracte, dessinés et mesurés en 1819*.

GEMELLI-CARRERI (Jean-François)

Jean-François Gemelli-Carreri (1651-1725), voyageur italien, fit le tour du monde et publia un ouvrage en six volumes intitulé *Giro del Mondo* (1699), traduit en français sous le titre *Voyage autour du Monde* en 1719.

GENGIS-KAN

Gengis Khan Temüjin, grand Khan des Mongols (1155/1167 ? - 1227) partit à la conquête du monde et, pendant vingt ans, étendit son empire en Asie, de la Chine du Nord à l'Europe de l'Est.

GERMANICUS (Julius Caesar)

Germanicus Julius Caesar (né en 19) prit la tête, en 14, de huit légions en Germanie et rétablit la paix dans cette région jusqu'à l'Elbe.

GILBERT (sir Humphrey)

Sir Humphrey Gilbert (1537-1583) émit le premier l'hypothèse d'un passage possible au Nord-Ouest dans son discours de 1576 intitulé « Discours tendant à prouver qu'il existe un passage pour aller au Cathay par le nord-ouest ». Le Cathay est l'ancien nom donné à la Chine.

GLABER (Raoul)

Raoul Glaber (fin Xe s. - env. 1049), moine de Bourgogne, est l'auteur d'une compilation historique retraçant les événements importants de l'Occident de 900 à 1044, intitulée *Chronique* ou *Histoire*.

GMELIN (Johann Georg)

Johann Georg Gmelin (1709-1755), voyageur, botaniste et chimiste allemand explora la Sibérie en 1733 en compagnie du Français Delisle.

GRAY (Robert)

Robert Gray (1755-1806), explorateur américain, découvrit le fleuve Columbia (baptisé du nom de son bateau, le *Columbia Rediviva*) et développa le commerce de fourrure dans le nord-ouest de l'Amérique du Nord.

H

HAMDOULLAH

Hamdullah-el-Müstevfi (1281-1340) est un historien et géographe arabe auteur de *Nezhehetü'l Kulub* (1339-1340), écrit en persan et qui décrit la ville d'Istanbul.

HANNON

Navigateur carthaginois, Hannon (Vᵉ s. av-J.-C.), fils du roi magonide Amilcar, entreprit une longue expédition vers les côtes africaines au milieu du Vᵉ siècle av.-J.-C.

HASTINGS (Warren)

Warren Hastings (1732-1818) fut le premier gouverneur général de l'Inde britannique (1774-1785). Il fut accusé de corruption mais son procès (1788-1795) le déclara innocent.

HAUK

Hauk Erlendsson (1265-1334) est un Islandais descendant des Vikings héros de son ouvrage, le *Livre de Hauk* (1306-1308), version tardive de la *Saga d'Erik le Rouge* (composée en 1265).

HEARN (Samuel)

Samuel Hearne (1745-1792), explorateur et trafiquant de pelleterie anglais, entra en 1766 à la Hudson's Bay Company et effectua de nombreux voyages dans la région du passage du Nord-Ouest pour chercher des mines de cuivre décrites par les Indiens d'Amérique et développer le commerce des peaux. Il a écrit *A Journey from Prince of Wales's Fort, in Hudson's Bay, to the Northern Ocean* (Londres, 1795 ; traduit en français en deux volumes en 1799).

HIPPALUS

Hippale, marin grec du Iᵉʳ siècle av.-J.-C., passe pour avoir été le découvreur du vent de la mousson mais aussi du passage menant de la mer Rouge à l'Inde.

HIPPARQUE (de Nicée/de Rhodes)

Hipparque de Nicée ou Hipparque de Rhodes (190 env. - 125 env. av. J.-C.) est un célèbre astronome qui découvrit la précession des équinoxes, à savoir la dérive du point vernal (nommé aussi gamma), indiquant la position du Soleil sur l'écliptique (orbite que parcourt la Terre dans sa révolution annuelle autour du Soleil). Il émit également l'hypothèse, reprise par Strabon et discutée par Alexandre de Humboldt, selon laquelle une terre encore inconnue joindrait l'Afrique à l'Asie orientale, favorisant la possibilité d'une circumnavigation autour de l'Afrique.

HIPPOCRATE

Hippocrate (460-377 av. J.-C.), médecin le plus connu de l'Antiquité, est connu comme étant le père de la médecine. Il suivit l'enseignement de médecins de renom et quitta son île de Cos pour visiter la Thrace, la Thessalie puis la Macédoine avant de gagner l'Asie Mineure (la Scythie) et revenir à Cos pour fonder une école de médecine vers l'an 420 av. J.-C. Ses voyages lui livrent des enseignements sur les maladies humaines et le conduisent à proposer une nouvelle médecine, fondée non plus sur le rapport aux dieux mais sur la préoccupation première pour le patient (fondements du serment d'Hippocrate que doivent à présent prononcer les médecins au début de leur carrière).

HORNEMANN (Frederik Konrad)

Frederik Konrad Hornemann (1772-1800), explorateur allemand mort au Niger, voyagea en Afrique intérieure jusqu'au Sahara et publia le *Journal* de ses voyages (1802, traduit en français en 1803).

HUDSON (Henri)

Henry Hudson (vers 1570-1611) fut embauché par la Muscovy Company en 1607 puis en 1608 pour rechercher le passage du Nord-Ouest. Lors de sa première expédition, son équipage refusant d'affronter le froid mortel du Grand Nord, il s'engagea en direction du Nouveau Monde, entra dans les estuaires de la Chesapeake et de la Delaware puis pénétra dans un fleuve qui porte depuis son nom (*Hudson river*). Lors de sa seconde expédition, à bord du *Discovery*, il finit par trouver le détroit qui lui ouvrit les portes du passage du Nord-Ouest (aujourd'hui « détroit d'Hudson ») mais il se retrouva prisonnier des glaces dans la baie James. Une mutinerie éclata lorsque le bateau parvint à se libérer : Hudson, son fils et quelques hommes furent ligotés et jetés dans une barque avec quelques vivres alors que l'équipage repartit avec le *Discovery* pour regagner l'Angleterre.

HUMBOLDT (Alexandre de)

Alexandre de Humboldt (1769-1859), grand savant, naturaliste et explorateur, voyagea en Amérique centrale et en Amérique du Sud et découvrit quantité de nouvelles espèces de plantes et d'insectes. Il est l'auteur d'un ouvrage monumental en 33 volumes qui passionna Chateaubriand et eut un grand retentissement sur les naturalistes et voyageurs de son époque : *Voyage aux régions équinoxiales du Nouveau Continent, fait de 1799 à 1804* (1814-1815). Sommité de son temps qui connaissait nombre de scientifiques et de célébrités littéraires, il entretint une correspondance avec Mme de Duras, amie proche de Chateaubriand (voir Alexandre de Humboldt, *Lettres à Claire de Duras (1814-1828)*, éd. Marie-Bénédicte Diethelm, Paris, Manucius, 2016).

I

IBN-ALOUARDI

Abu Hafs Umar Ibn al-Wardi (1292-1349) est un géographe et historien arabe, auteur de *La Perle des merveilles et l'Unicité des choses étranges* (*Kharîdat al-'Ajâ'ib wa faridat al-gharâib*), qui comporte une carte du monde et fait la synthèse des connaissances géographiques de ce temps concernant le monde arabe.

IBN-HAUKAL

Ibn Hawqal est un géographe arabe du Xe siècle, auteur du *Livre de la configuration de la terre* où il constitue la représentation cartographique du monde musulman, issue de ses voyages dans ses provinces.

J

JAMES (Thomas)
Thomas James (1593-1635) explora la baie d'Hudson en vue de trouver le passage du Nord-Ouest.

JOINVILLE
Jean de Joinville (1224-1317) participa, en 1248, à la septième croisade. Sur la demande de la reine Jeanne de Navarre, il rédigea un témoignage concernant le roi Louis IX intitulé *Mémoires du sire de Joinville ou Histoire de Saint Louis*.

JORNANDÈS
Jordanès, connu aussi sous le nom donné par Chateaubriand, Jornandès, historien du VIᵉ siècle et évêque de Ravenne, est l'auteur d'une *Histoire des Goths* (552) et de *De gestibus romanorum*, rebaptisé improprement *De origine mundi*, titre que retient Chateaubriand.

K

KOTZEBUE (Otto de)
Otto de Kotzebue (1787-1846), explorateur allemand balte, se mit au service de la Russie et explora la mer de Béring ainsi que l'ouest de l'Alaska. Sa première expédition, en 1815-1818, est suivie d'une nouvelle en 1823-1826. Elles le conduisent en Océanie puis vers l'océan Arctique. Au nord de l'Amérique, il découvre le passage nommé depuis *mer de Kotzebue*.

KUBLAÏ-KAN
Kubilay Khan (1215-1294) est le neveu d'Ögedeï khaan et fils de Mangu Khan (autre fils de Gengis Khan) : à la tête de l'Empire chinois, il fonde la dynastie Yuan.

L

LAING (Alexander Gordon)
Alexander Gordon Laing (1793-1826), capitaine dans le Corps royal des colonies d'Afrique, part en Sierra Leone

en 1822, découvre le premier les sources du Niger et Tombouctou en 1826.

LA PÉROUSE (Jean François de Galaup, comte de)

Jean François de Galaup, comte de La Pérouse (1741-1788) fut envoyé par Louis XVI dans une exploration autour du monde en 1785 à bord de deux frégates, la *Boussole* et l'*Astrolabe*. Il franchit le cap Horn en février 1786, parvient à l'île de Pâques le 9 avril puis se dirige vers l'Alaska. Son voyage permet de rectifier des données erronées sur la position de certaines îles ou la conformation des côtes. Il franchit un détroit qui porte depuis son nom entre Sakhaline et Okkaidō et rejoint le Kamtchatka. Les dernières nouvelles de La Pérouse sont obtenues d'Australie, promettant un retour en France pour 1789 mais il ne revint jamais. La perte de son expédition fut entérinée en 1791.

LEIF

Leif Erikson (vers 970 - vers 1020) est le fils d'Erik Thorvaldson, dit Erik le Rouge (env. 940 - env. 1010), qui partit en exploration au Groenland, dont il fit la découverte à partir de 982. Il revint en Islande en 986. La Saga d'Erik le Rouge retrace ses voyages et ses découvertes. Les explorations des Vikings se poursuivent après lui et son fils Leif serait l'un des premiers Européens à avoir abordé l'Amérique du Nord en 1000. Il baptise les terres qu'il découvre le Vinland (pays des vignes, correspondant sans doute à la Nouvelle-Écosse actuelle), le Helluland (l'île de Baffin ou le nord du Labrador) et le Markland (probable Labrador actuel).

LEMAIRE (Jakob)

Navigateur hollandais, il partit en expédition avec Wilhelm Schouten depuis les Pays-Bas de 1615 à 1617. Ils traversèrent le pacifique en passant par le cap Horn afin de trouver une nouvelle voie de passage menant aux Indes. Le cap Horn tient son nom de la ville natale de William Schouten (Hoorn).

LEMOINE (Robert)

Robert Le Moine (vers 1080-1131) est un chroniqueur, auteur d'une *Histoire de la Première Croisade*. Guizot l'édite et le traduit également dans sa *Collection des Mémoires* (Paris, Brière, 1824).

LEWIS (Meriwether)

Meriwether Lewis (1774-1809) et William Clark (1770-1838) furent des pionniers de la traversée des États-Unis jusqu'au Pacifique, menant une expédition de 1804 à 1806. Soutenus par Thomas Jefferson, qui organise l'expédition, et dont Lewis était le secrétaire particulier, ils sont chargés d'explorer l'ouest du Mississippi et le Missouri, tout en cherchant une voie d'accès vers le Pacifique au moyen de ce fleuve. C'est une étape fondamentale de la conquête de l'Ouest : en 1803, les États-Unis venaient d'acheter à la France la Louisiane et entendent continuer sur leur lancée en explorant l'Ouest américain. En décembre 1805, débouchant à l'estuaire de la Columbia, Lewis et Clarke fondent le Fort Clastop. Des sept journaux tenus par les membres de l'expédition, dont un a été perdu, constituant des dizaines de milliers de pages, l'on tira de multiples récits : Nicholas Biddle le résuma en deux mille pages et Elliot Coues, en 1894, en proposa une version de mille deux cents pages. Michel Le Bris a donné récemment une nouvelle édition en deux volumes de ce voyage (M. Lewis et W. Clark, *Far West, Journal de la première traversée du continent nord-américain, 1804-1806*, t. I, *La Piste de l'Ouest*, t. II, *Le Grand Retour*, Paris, Phebus, coll. « Libretto », 1993).

LYON (George Francis)

George Francis Lyon (1795-1832), officier anglais, explora le nord de l'Afrique et l'Arctique, accompagnant Parry dans son expédition polaire. Il tenta également de franchir le passage du Nord-Ouest. Il publia *The Private Journal of Captain G. F. Lyon* (London, 1824).

M

MACKENZIE (Alexander)

Alexander Mackenzie (1764-1820), explorateur canadien, employé de la North West Company, accomplit en 1789 un voyage d'exploration vers le nord et découvrit le

10 juillet de la même année le fleuve qui porte son nom.
Il navigua en canoé sur le fleuve dans l'espoir de trouver
l'océan Pacifique mais débouche sur l'océan Arctique. En
1792, il traversa le Canada en franchissant les montagnes
Rocheuses.

MACLEOD (John)

John Macleod (1795-1842), explorateur canadien d'origine écossaise, pratiqua le commerce de fourrure pour
la North West Company et l'Hudson's Bay Company. Il
lança une exploration en 1831 où il remonta un affluent
de la Mackenzie River puis se déplaça entre l'Arctique et
le Pacifique, découvrant des tribus indiennes et étendant
le commerce de fourrures jusqu'en Californie et dans le
Wyoming.

MAGELLAN (Fernand de)

Fernand de Magellan (vers 1480-1521), explorateur
portugais, battit pavillon portugais (1505-1512) puis
espagnol (1519-1521). Il partit d'Espagne puis longea
l'Amérique du Sud, découvrant, le 21 octobre 1520, le
détroit qui porte à présent son nom. Il accomplit le
premier tour du monde mais périt aux Philippines. Il
nomma *Terre de Feu*, en raison de son aridité et de ses
conditions venteuses et tempétueuses, la terre qu'il longea en Amérique du Sud et que l'on imaginait alors être
la *Terra Australis*.

MALDONADO (Lorenzo Ferrer)

Lorenzo Ferrer Maldonado (mort en 1625), navigateur
espagnol, aurait, d'après un récit, traversé le passage du
Nord-Ouest lors de l'hiver 1588 mais sa *Relación*, premièrement éditée en 1788, plusieurs fois rééditée, s'avère
peu fiable et sans doute apocryphe, attribuée, à la fin du
XIXᵉ siècle, à Juan de Fuca et Bartholomée de Fonte.

MANDEVILLE (Jean de)

Jean de Mandeville (1300-1372), médecin, savant et explorateur d'origine anglaise, aurait fourni un récit de ses
voyages resté aussi célèbre que celui de Marco Polo, récit
qui lui est attribué et qui circula sous la forme de nombreux manuscrits, sous le titre de *Livre de Jean de Mandeville* (1356) puis de *Voyages* au milieu du XVIᵉ siècle. Il

décrit la Terre sainte et les itinéraires qui y mènent, ainsi que l'Asie, l'Inde, la Chine et le nord de l'Afrique.

MANGU

Möngke (1208 env. - 1259) est le petit-fils de Gengis Khan. Il hérite de l'Empire mongol en 1251 et régnera en tant que grand Khan des Mongols de 1251 à 1259. Avec ses armées, il s'empare de Bagdad en 1258.

MARTENS (Frédéric)

Frédérich Martens (1635-1699) naturaliste et médecin, voyagea au Spitzberg en 1671 sur un baleinier. Son récit de voyage au Groenland fut publié en 1675 sous le titre *Spitzbergische oder groenlandische Reise Beschreibung.*

MASSUDI

Husayn al-Mas'udi (915-956), né à Bagdad, est un historien, géographe et voyageur, auteur des *Prairies d'or et mines de pierres précieuses* (Muruj-ad-dahab wa-ma'adin al-jawhar).

MELA (Pomponius)

Pomponius Mela (Ier s. env.) est l'auteur de *Géographie*, ouvrage en trois livres rédigé sous la forme d'un récit de voyage autour de la Méditerranée.

MONTE CORVINO (Jean de)

Jean de Montecorvino (1247-1328) fut nommé, en 1307, archevêque de Khanbalik (Pékin) par le pape Clément V. Il mourut à Pékin.

MONTE-CRUCIS (Ricold de)

Ricoldo da Monte Croce (1243-1320) voyagea en Orient. Il est l'auteur de *Liber peregrinationis* (1288-1291).

MOORCROFT (William)

William Moorcroft (1765-1825), voyageur anglais, se lança dans une expédition au Tibet (1811-1812) puis y retourna et explora la vallée de Bamiyan en Inde à partir de 1819, rejoignant le Cachemire (1822) puis Kaboul (1824) et Bokhara (1825, actuel Boukhara en Ouzbékistan). L'expédition de Moorcroft était surtout à but commercial pour le gouvernement anglais, qui cherchait à identifier l'espèce de chèvre qui produisait de la laine de Cachemire.

MUNGO-PARK

Mungo Park (1771-1806), explorateur écossais, parcourut

en 1795 les régions situées entre la Gambie et le Niger pour étudier l'écoulement du fleuve Niger. Il disparaît lors d'une navigation sur le Niger en 1805-1806, probablement aux rapides de Boussa.

MUNK (Jen Eriksen)

Jen Eriksen Munk (1579-1628), voyageur danois, partit à la recherche du passage du Nord-Ouest dans son expédition de 1619, sous l'égide du roi du Danemark Christian IV, mais les tempêtes, les maladies et la famine entraînèrent la déroute de sa flotte.

N

NÉARQUE

Avec Androstène et Onésicritus, il fut l'un des trois voyageurs qui accompagnèrent Alexandre le Grand (env. 350 - env. 323 av. J.-C.) dans sa conquête de l'Asie en 334 av. J.-C.

NICANOR (Séleucus)

Séleucos Ier Nicator (env. 356 - env. 281 av. J.-C.) est évoqué par Tacite (*Annales*, VI, 42) comme le fondateur de la dynastie des Séleucides. Il poussa ses guerres de conquête jusqu'en Inde et aux rivages du Gange.

NIÉBHUR (Barthold Georg)

Barthold Georg Niebhur (1776-1831), historien allemand, renouvela la critique des sources. Spécialiste de la Rome antique, il est l'auteur d'une *Histoire romaine* qui paraît en 1811-1812 puis en 1827-1832.

NITHARD

Nithard (vers 800-845 ou 859 ?) est un historien laïc, de noble extraction et descendant (illégitime) de Charlemagne. Il est l'auteur d'une *Histoire des dissensions des fils de Louis le Débonnaire*. Il y retranscrit notamment le texte des *Serments de Strasbourg* (842), où paraissent les premières lignes écrites en langue française, aussi est-il réputé comme étant le premier écrivain français.

NOORT (Olivier van)

Olivier van Noort (1558-1627) fut le premier Hollandais à entreprendre une circumnavigation (1598-1601). Il navigua le long des côtes du Brésil, de Rio de Janeiro au détroit de Magellan.

NORDEN (Frédéric-Louis)

Frédéric-Louis Norden (1708-1742), voyageur danois, fut pionnier du voyage en Égypte, où il se rendit en 1732-1733, missionné par le roi du Danemark. Il en tira un récit de voyage intitulé *Voyage d'Égypte et de Nubie* (1755, publié en France en 1795).

NUGUEZ BALBOA (Vasco)

Vasco Núñez de Balboa (env. 1475-1519), conquistador espagnol, découvrit le Pacifique, d'abord appelé la « mer du Sud », qu'il atteignit le 29 septembre 1513.

NUTTALL (Thomas)

Thomas Nuttall (1786-1859), naturaliste et explorateur américain, arriva à Philadelphie en 1808 et partit en 1809 collecter des plantes dans le Delaware et la baie de Chesapeake ; pendant l'été 1810, il étudia la flore et la végétation de la région des Grands Lacs, puis visita l'Arkansas et le futur Oklahoma (1819). Outre des ouvrages de botanique, il publia en 1821 un journal intitulé *Journal of Travels into the Arkansas Territory, during the Year 1819, with Occasional Observations on the Manners of the Aborigines* (1821).

O

ODERIC

Odoric de Pordenone (1286-1331) est un moine franciscain qui voyagea en Asie au XIVe siècle, auteur de l'*Itinerarium Odorici socii militis Mandavili per Indiam* (1330).

OKTAÏ-KAN

Ögedeï Khaan (1189-1241), fils de Gengis Khan, régna de 1227 à 1241.

ONÉSICRITUS

Avec Androstène et Néarque, il fut l'un des trois voyageurs qui accompagnèrent Alexandre le Grand (env. 350 - env. 323 av. J.-C.) dans sa conquête de l'Asie en 334 av. J.-C.

OTHER

Other, ancien voyageur norvégien qui navigua au sud jusqu'au nord du Danemark et au nord jusqu'à la mer

Blanche et au cap Nord. Le roi Alfred mit par écrit la
Relation des Voyages d'Other en langue anglo-saxonne.

OTTON

Otto von Bamberg (1060-1139), évêque de Bamberg
(1002), prit part à la réforme de l'Église et séjourna en
Pologne. Il assista l'évêque Bernhard dans l'évangélisation
de la Poméranie.

P

PALLAS (Peter Simon)

Peter Simon Pallas (1741-1811), explorateur et naturaliste
allemand, voyagea en Russie (1768-1773) jusqu'au lac Baï-
kal et à la Bouriatie, limitrophe de la Mongolie. Le récit
de son voyage fut traduit sous le titre *Voyages de M. P. S.
Pallas en différentes provinces de l'Empire de Russie et dans
l'Asie septentrionale* (1788-1793).

PARRY (William Edward)

William Edward Parry (1790-1855), explorateur polaire et
hydrographe britannique, fut d'abord lieutenant de John
Ross et partit le 11 mai 1819 dans le Lancaster Sound
(détroit de Lancaster, situé entre l'île de Baffin et l'île
Devon), constatant que Ross s'était bel et bien abusé en
croyant percevoir des montagnes en ces lieux. Il organise,
pendant l'hivernage sur le navire, des réjouissances, des
danses et des représentations théâtrales et revient triomphateur à Londres, à la fonte des glaces, en août 1819.
Parry tenta par la suite d'aller plus loin que les explorateurs qui l'avaient précédé et se lança en tout dans quatre
expéditions, la seconde en 1821, la troisième entre 1824
et 1825 et la dernière, avec Ross comme second, en 1827.

PAUL (Marc)

Marco Polo (1254/1255 ? - 1324) fut emmené dès son
jeune âge par son père et son oncle à la cour de Kublaï
Khan pour lui porter un message de la part du pape. Ils y
restent dix-sept ans. Il est l'auteur du *Livre des merveilles*.

PAUSANIAS

Pausanias est un écrivain grec du IIᵉ siècle, auteur de la
Périégèse de la Grèce.

PEGOLETTI (Francisco Balducci)

Francisco Balducci Pegoletti (1310 ? - 1347), marchand et voyageur florentin, il dirigea le comptoir de Londres. Il publia *La Pratica della mercatura* (1335-1343), qui décrit les villes commerçantes et les routes commerciales de Perse et de Chine.

PENN (William)

William Penn (1644-1718), quaker anglais, fonda la Pennsylvanie, colonie qu'il institua après l'achat en 1680 puis l'agrandissement en 1681 d'une partie de la province du New Jersey. Il dote sa colonie d'une Constitution et veille à l'accroissement de Philadelphie.

PÉRIÉGÈTE (Denys le)

Denys le Périégète, auteur du Ier siècle, fait partie des auteurs regroupés sous le nom de « petits géographes grecs », auteur d'une *Description de la terre habitée*, œuvre en vers latins qui livre un état des lieux des terres et des mers connues à cette époque.

PHILIPP / PHIPPS (Constantine John)

Henri Rossi remarque avec justesse une erreur de Chateaubriand (Chateaubriand, *Œuvres complètes*, volumes VI-VII, *op. cit.*, p. 119) qui désigne sous le nom « Philipp » sans doute l'explorateur Constantine John Phipps (1744-1792), explorateur et naturaliste britannique qui voyagea au pôle Nord en 1773. Il est l'auteur d'un récit de voyage intitulé *A Voyage Towards the North Pole : undertaken by His Majesty's command, 1773* (Londres, 1774).

PIKE (Zebulon Montgomery)

Zebulon Montgomery Pike (1779-1813), explorateur américain, cartographia les territoires du Texas, du Colorado, du Kansas et du Nouveau-Mexique, à l'issue de la vente par la France de la Louisiane en 1803. Dans le sillage de l'expédition Lewis et Clark, James Wilkinson, nouveau gouverneur du territoire de Haute-Louisiane, lui demande de trouver les sources du Mississippi (1805-1806), ce qui fut un échec. En 1806, il repart à la tête de l'expédition Pike jusqu'aux montagnes Rocheuses. Le récit de son exploration, *An Account of Expeditions to the Sources of*

Mississippi and Through the Western Parts of Louisiana (1810), fut traduit en français en 1812.

PIZARRE (Francisco)

Francisco Pizarro (1475-1541), partit à la conquête du Pérou et de l'Empire inca (1524-1529) mais une bataille éclate entre Diego de Almagro (1475-1538) et Pizarro pour la direction de Cuzco et de son empire. La bataille de Las Salinas (26 avril 1538) aboutit à la mise à mort d'Almagro mais Pizarro meurt assassiné à l'instigation du fils d'Almagro le 26 juin 1541. Gonzalo Pizzaro (env. 1502-1548), demi-frère de Francisco, est envoyé par lui à la recherche d'or et de cannelle, sans doute aussi de la mythique cité d'El Dorado en 1541 : il rentre bredouille, la quasi-totalité des Indiens et des Espagnols qui l'accompagnaient étant décimés. Il n'a pu que reconnaître les rives de l'Amazone.

PLAISANCE (Antonin de)

Antonin de Plaisance, soldat chrétien et martyr de la légion thébéenne du IVe siècle, se vit attribuer un pèlerinage légendaire à Jérusalem relaté dans l'*Itinerarium Antonini*. La basilique de Plaisance entretint son culte du IVe au VIe siècle.

PLINE (l'Ancien)

Pline l'Ancien (23-79), surnommé Pline le Naturaliste, a laissé une monumentale *Histoire naturelle* où il traite de manière encyclopédique de tous les savoirs de l'époque.

POITIERS (Guillaume de)

Guillaume de Poitiers (vers 1071-1127) est un poète et grand seigneur, duc d'Aquitaine et comte de Poitiers, qui partit aux croisades en 1101-1102. On a retrouvé onze de ses chansons.

POLYBE

Polybe (entre 210 et 202 - env. 126 av. J.-C.), historien grec, retraça, dans son *Histoire générale*, la conquête du bassin méditerranéen par Rome au IIe siècle av. J.-C. Rome avait alors été victorieuse de Carthage à la fin du IIIe siècle et s'était lancée dans une expansion de son empire.

PONCE DE LÉON (Juan)

Juan Ponce de León (1460-1521) accompagna Christophe Colomb lors de sa deuxième expédition au Nouveau

Monde en 1495. Après avoir exploré Porto Rico (1508-1509), il découvrit la Floride (1513), qui tient son nom de la fête des Rameaux, période de sa découverte (*Pascua florida* en espagnol) et descend jusqu'aux Keys et Charlotte Harbour.

PTOLÉMÉE (Claudius)

Claudius Ptolemaeus (env. 90 - env. 168) est connu pour son système astronomique qui plaçait la Terre, immobile, au centre de l'Univers (modèle géocentrique). Cette conception fut ensuite contesté par Copernic à l'aide de sa théorie de l'héliocentrisme. Ptolémée, astronome et astrologue grec, fut aussi et surtout mathématicien ainsi que géographe, auteur d'une *Géographie*.

PTOLÉMÉE (Philadelphe)

Ptolémée II Philadelphe (env. 308 - env. 246) fut roi d'Égypte de 282 (env.) à 246 (env.) av. J.-C.

PYTHÉAS (de Marseille)

Pythéas de Marseille (IVe s. av. J.-C.), explorateur grec originaire de Massilia (nom antique de Marseille) explora le nord de l'Europe jusqu'en Scandinavie mais il ne fut pas cru lorsqu'il raconta ce qu'il avait vu.

R

RALEIGH (Walter)

Sir Walter Raleigh (1552-1618), poète et explorateur anglais, favori de la reine Élisabeth Ire, entreprit, en mai 1585, la fondation de la première colonie anglaise en Amérique du Nord, à Roanoke. En 1616, il lança une deuxième expédition à la recherche d'El Dorado qui se solda par un échec.

RAUDA (Éric)

Erik le Rouge : voir Leif.

RAYNAL (Guillaume-Thomas, dit l'abbé)

Guillaume-Thomas Raynal (1713-1796) est resté célèbre en tant qu'auteur de l'*Histoire des deux Indes* (1770) que Chateaubriand dit avoir lu avec engouement lors de sa jeunesse à Combourg, empruntant ce volume à son père. L'abbé Raynal s'affranchit rapidement de l'Église pour entreprendre des activités littéraires et intellectuelles d'envergure : d'abord rédacteur au *Mercure de France*, il se consacra à des travaux d'histoire et de philosophie mais c'est son immense ouvrage de compilation, dont le titre complet est *Histoire philosophique et politique des établissements et du commerce des Européens dans les deux Indes* (paru en dix volumes), qui a influencé nombre d'auteurs contemporains. Mais son ouvrage, polémique et anticolonial comme antiesclavagiste, lui valut d'être contraint à l'exil.

RENELL (James)

Le major James Renell (1742-1830) est un géographe et océanographe anglais de renom qui donna la première cartographie de l'Inde et du Bengale qu'il publia en 1779 (*A Bengal Atlas*). Chateaubriand fait sans doute référence à ses *Mémoires sur la géographie de l'Afrique* (1790-1798).

ROSS (John)

John Ross (1777-1856), explorateur anglais, s'engagea très tôt dans la Navy, dès 1786, et parvint au poste de commandant en 1812. En 1819, il dirigea une expédition, en 1818, chargée de découvrir le passage du Nord-Ouest mais ne put y parvenir. Il se livra à une nouvelle tentative en 1829-1830. À l'âge de soixante-douze ans, en 1850, il tenta de porter secours au capitaine Franklin en Arctique, mais en vain. Il est l'auteur de *Voyage vers le pôle Arctique* (traduit en français en 1819) et de *Voyage à la recherche d'un passage au pôle* (1835).

RUBRUQUIS

Guillaume de Rubrouck ou Rubroek (env. 1215 - apr. 1295), proche de Saint Louis, fut nommé ambassadeur du roi de France auprès du grand Khan de Mongolie, dans la perspective de convertir les Mongols au christianisme mais c'est un échec. Le rapport détaillé fourni au roi de son voyage et de sa mission est publié sous la forme d'une lettre intitulée *Itinerarium ad partes orientales*.

S

SARMIENTO (Pedro)

Pedro Sarmiento de Gamboa (1530 ? - 1592 ?) explora le Pacifique sud, notamment le détroit de Magellan, à la suite de Francis Drake.

SCHOOLCRAFT (Henry Rowe)

Henry Rowe Schoolcraft (1793-1864), ethnologue et géologue américain, étudia les peuples primitifs d'Amérique et découvrit les sources du Mississippi, le lac Itasca, en 1823. Il participa, comme géologue, à l'expédition de Lewis Cass. Il est l'auteur d'un ouvrage, que cite par la suite Chateaubriand : *Narrative Journal of Travels from Detroit North-West, through the Great Chain of American Lakes, to the Sources of Mississippi River in the Year 1820* (Albany, 1821), traduit en français et publié dans les *Nouvelles Annales des voyages* (1ʳᵉ série, 1821, XI, p. 57-208, XII, p. 5-20) sous le titre *Voyage de Détroit à travers la grande chaîne des lacs de l'Amérique septentrionale aux sources du Mississippi, fait en 1820*.

SCYLAX (de Caryanda)

Scylax de Caryanda (VIᵉ s. av. J.-C.) mena une exploration au service de Darios Iᵉʳ, explorant le cours de l'Indus pour se rendre en Égypte, à Suez. Un recueil intitulé le *Périple de Scylax* a été publié au IVᵉ siècle et lui a été attribué. Il est mentionné par Hérodote.

SEBOSUS (Statius)

Le nom de Statius Sebosus nous est parvenu par Pline l'Ancien qui le mentionne à plusieurs reprises dans son *Histoire naturelle* aux livres I, VI et IX. Ce voyageur semble avoir vécu sous le règne d'Auguste et aurait été l'auteur d'un recueil dont on a perdu la trace, intitulé *Mirabilia*.

SHAW (Thomas)

Thomas Shaw (1694-1751) est un voyageur anglais qui explora la Tunisie et l'Algérie, le premier à nommer « kabyles » les Berbères vivant en Algérie septentrionale dans ses *Travels*, traduit en français sous le titre de *Voyage dans plusieurs provinces de la Barbarie et du Levant* (1743).

SHOUTEN (William)

Voir Lemaire.

SMITH (William)

William Smith (1790-1847) marin anglais, découvrit les îles Shetland du Sud non loin de l'Antarctique le 16 octobre 1819.

SOLIS (Juan Díaz de)

Juan Díaz de Solís (mort en 1516) voyagea en Amérique en 1508 et explora une partie de l'Amérique du Sud ; il partit ensuite d'Espagne le 8 octobre 1515, rejoignant l'estuaire de Río de la Plata, nommé par lui « Mar Dulce ».

SOTO (Ferdinand de)

Hernando de Soto (vers 1500-1542) aida Pizzaro à conquérir le Pérou en 1531 mais fut surtout le découvreur du Mississippi, cherchant de l'or en traversant le sud-est du continent américain en direction de l'ouest. Il ouvre ainsi une nouvelle voie de communication. Il conquit également la Floride, découverte auparavant par Ponce de León.

SPILBERG (Georg)

Georg Spilberg, navigateur allemand, voyagea également vers le détroit de Magellan puis longea les côtes de l'Amérique du Sud (1614-1617).

STRABON

Strabon (env. 63 - env. 25 av. J.-C.), historien et géographe grec originaire d'Asie Mineure, commença d'abord par être historien et rédigea une suite de l'œuvre de Polybe en 47 livres de *Commentaires historiques*. Mais il est surtout demeuré célèbre pour son ouvrage monumental, sa *Géographie* en 17 livres, traitant de géographie générale et de cosmographie, fournissant une description précieuse du monde connu alors, au moment des débuts de l'ère chrétienne, surtout centrée sur l'espace méditerranéen.

STUART (Robert)

Robert Stuart (1785-1848), membre de la *North West Company*, fut recruté par John Jacob Astor pour développer la *Pacific Fur Company*. Pendant dix mois (de juin 1812 à avril 1813), une troupe, sous les ordres de Robert Stuart, se rendit de la côte du Pacifique à Saint Louis : ils avaient découvert une voie de passage du col des Rocheuses (*South Pass*) et emprunté ce qui deviendra la piste de l'Oregon. Le commerce des fourrures pouvait d'autant mieux s'étendre par ces voies d'accès.

T

TACITE

Tacite (env. 55-120) est célèbre pour ses écrits historiques, les *Annales* et les *Histoires*, où il retrace également les voyages et les expéditions menées par les empereurs romains. En cela, il contribue aux avancées de la science géographique.

TASMAN (Abel)

Abel Tasman (1603-1659), explorateur et navigateur hollandais, explora l'Indonésie, le Japon, le Cambodge et Sumatra. Il se rendit ensuite plus loin dans l'hémisphère Sud, afin d'explorer l'océan Indien en direction de l'est, plus au sud, avec pour charge de découvrir un point de passage vers le Chili et d'explorer la Nouvelle-Guinée pour valider ensuite l'hypothèse d'un continent austral. Au cours de son voyage de 1642-1643, il découvrit l'île qui porte son nom, la Tasmanie, puis la Nouvelle-Zélande et les îles Tonga, sur son chemin de retour.

TAVERNIER (Jean-Baptiste)

Jean-Baptiste Tavernier (1605-1689) est un voyageur qui explora la Turquie, la Perse, l'Inde et en tira un ouvrage intitulé *Les Six Voyages de Jean-Baptiste Tavernier* (1676).

TIETHMAR

Voir Ditmar.

TIMOSTHÈNE

Timosthène commandait les flottes de Ptolémée II. Il est l'auteur d'un *Traité des ports* constitué de dix livres (qui n'a pas été retrouvé), évoqué par Strabon, *Géographie* (IX, IV, « Description de la Phocide »).

TOOLE

Toole (1802-1824) fut un très jeune voyageur, enseigne de régiment qui explora le Loggoun, au sud du lac Tchad en 1824 en compagnie du major Dixon Denham (1786-1828), officier et explorateur anglais, mais mourut avant ses vingt-deux ans. Denham l'évoque et loue son courage et ses qualités au tome 2 de ses *Voyages et découvertes dans le nord et dans les parties centrales de l'Afrique* ([Londres, 1825] traduit en français en 1826).

TOURNEFORT (Joseph Pitton de)
Joseph Pitton de Tournefort (1656-1708), botaniste réputé, fut chargé par Louis XIV, en 1700, d'étudier la flore du Levant mais il est contraint de rebrousser chemin en Égypte, où sévit une épidémie de peste, ayant tout de même exploré la Grèce, Constantinople, allant jusqu'à la mer Noire et revenant par Smyrne. Il publie en 1717 une *Relation d'un voyage au Levant fait par ordre du Roy*.

TUDÈLE (Benjamin de)
Benjamin de Tudèle (XIIe siècle), voyageur juif de Navarre est le précurseur des voyageurs européens en Chine. Son *Livre des voyages* (*Séfer ha massa'ot*), rédigé en hébreu fut imprimé dans son édition princeps à Constantinople en 1543, dresse un panorama des communautés juives. Il servit de guide touristique par ses descriptions du monde médiéval vers 1170. Son ouvrage fut traduit en français en 1735 par Pierre Bergeon sous le titre de *Voyage du célèbre Benjamin autour du monde*.

TYR (Guillaume de)
Guillaume de Tyr (1130 - env. 1185), archidiacre (1167) puis archevêque de Tyr (1174), prit part au concile de Latran (1179). Il rédigea une chronique, *Historia regum in partibus transmarinis gestarum* (1184), une des sources importantes concernant la fondation du royaume de Jérusalem. Traduite au XIIIe siècle, elle a été rééditée par Guizot dans sa *Collection des Mémoires* en 1825.

V

VANCOUVER (George)
George Vancouver (1757-1798), navigateur britannique, participa d'abord aux expéditions de Cook (ses deuxième et troisième) puis fit le premier relevé exact de la côte ouest canadienne (1791-1795). Il publia *Voyage de découvertes à l'océan Pacifique et autour du monde* (1798).

VARNEFRID
Paul Diacre, dit Paul Warnefrid (env. 720-787), hagiographe, poète du Frioul, apprécié de Charlemagne, écrivit une *Histoire des Lombards* et une *Histoire de Rome*.

VÉGÈSE

Végèse est l'auteur, au IVe siècle, du *De re militari* (*Traité de l'art militaire*).

VESPUCE (Améric)

Amerigo Vespucci (1454-1512), navigateur florentin au service de Laurent de Médicis, entreprit de nombreux voyages entre 1497 et 1504, dans le sillage des explorations de Christophe Colomb, qui croyait avoir découvert les Indes. C'est ainsi que, d'après ses nombreux récits, notamment le *Mondus Nuovo*, un moine et géographe allemand, Waldseemüller (vers 1470-1518 / 1521) lui attribue en 1507, carte de l'Amérique à l'appui, la découverte de ce « Nouveau Monde » rebaptisé *Amérique* du prénom de Vespucci.

VILLE-HARDOUIN

Geoffroi de Villehardouin (1148-1213) mena la quatrième croisade, conduisant à la prise de Constantinople par les chrétiens d'Occident (1204) puis à la création de l'Empire latin d'Orient. Il écrivit une *Histoire de la conquête de Constantinople* (vers 1207).

VITRY (Jacques de)

Jacques de Vitry (vers 1160-1240), prédicateur, fut incité par Raymond d'Uzès, légat pontifical, à prêcher la croisade contre les Albigeois. Nommé évêque de Saint-Jean d'Acre, il rejoint son évêché en 1216, accueille les premiers croisés (1217) puis suit l'armée en Égypte (de 1218 à 1221). Il est l'auteur d'une *Histoire de Jérusalem abrégée*, rédigée entre 1220 et 1225.

VIVALDI (Vadino et Ugolino)

Voir Doria.

VORAZANI (Giovanni da)

Giovanni da Verrazano (1485-1528), explorateur italien, poursuivit, en 1524, les recherches pour tenter de trouver le passage du Nord-Ouest, à l'initiative de Jean Ango et de François Ier. La route des Indes *via* l'Amérique n'est toujours pas trouvée mais Verrazano cartographie l'Amérique.

W

WAHAB

Ibn Wahab, voyageur arabe du IXᵉ siècle, se rendit en Chine avec Abu Zayd. Ils furent redécouverts par Eusèbe Renaudot (1648-1720), abbé orientaliste qui édita leur relation sous le titre *Anciennes relations des Indes et de la Chine, de deux voyageurs mahométans qui y allèrent dans le IXᵉ siècle, traduits d'arabe avec des remarques sur les principaux endroits de ces Relations* (1718).

WALID

Al Walid II (708/709-744), calife omeyyade (743), fut rapidement assassiné en 744 et ne régna que peu de temps. Il fut à la fois un prince réputé pour ses débauches mais aussi un protecteur des arts, célèbre pour ses innovations en matière de poésie.

WALLIS (Samuel)

Le voyageur anglais Samuel Wallis (1728-1795) découvrit l'île d'Otaheite (Thaïti) à bord du *Dolphin*, avec lequel il avait entrepris un tour du monde en 1767. Toujours en 1767, Wallis découvrit un archipel situé au nord-est des Fidji auquel il donna son nom (Wallis-et-Futuna).

WEERT (Sebald de)

Sebald de Weert (1567-1603), navigateur hollandais, explora le détroit de Magellan lors de son expédition dans le Pacifique, de 1598 à 1600. Il donna son nom aux îles Sebaldines.

WOODROGERS

Woode Rogers (1697 ? - 1732) s'engagea en 1707 avec William Dampier afin de mener une expédition contre les Espagnols et le suivit dans son second tour du monde. Il devint ensuite gouverneur des Bahamas (1718). Il publia, en 1712, un *Voyage autour du monde, commencé en 1708 et fini en 1711*, en deux tomes.

WULFSTAN

Wulfstan, comme Other, était un voyageur norvégien du IXᵉ siècle. Il voyagea dans le nord de l'Europe jusqu'en Pologne.

X

XÉNOPHON

Xénophon (env. 426 - env. 354 av. J.-C.), disciple de Socrate, retrace dans les *Helléniques* les conquêtes armées des Grecs et les voyages entrepris par les soldats en Méditerranée.

Z

ZENI (Nicolo et Antonio)

Les frères Zéni, Nicolo (env. 1330-1395) et Antonio (mort en 1418), étaient deux voyageurs aristocrates vénitiens du XIVᵉ siècle. Ils auraient atteint l'Estotiland (région située à Terre-Neuve ou au Labrador) à la fin du XIVᵉ siècle. Ils sont célèbres pour leur carte de l'Atlantique nord (dite « Carte Zeno »), jointe à la relation de leur voyage écrite par un membre de leur famille en 1588, en se fondant sur leurs lettres, et intitulée *Dello scoprimento dell' isole Frislanda, Eslanda, Engrouelanda, Estotilanda e Icaria fatto sotto il Polo artico, da' due fratelli Zeni, M. Nicolo il K. e M. Antonio.*

NOTES

REMARQUES SUR LES NOTES

Les notes qui suivent ne mentionnent les sources de l'auteur que lorsque cela s'avère nécessaire ou pertinent pour comprendre comment l'auteur les utilise et les dépasse en les combinant à sa propre rêverie et en les fondant dans son style. Les éditions scientifiques successives du *Voyage en Amérique* de Chateaubriand, par Richard Switzer (Paris, Marcel Didier/STFM, 1964, t. I et II) et surtout par Maurice Regard (Chateaubriand, *Voyage en Amérique*, dans *Œuvres romanesques et voyages*, t. I, Paris, Gallimard, 1969), ont identifié avec précision la très grande majorité des sources de Chateaubriand. La récente édition du *Voyage en Amérique* par Henri Rossi, parue dans le cadre de la publication des *Œuvres complètes* de Chateaubriand aux Éditions Honoré Champion (2008) vient encore compléter ce travail et le parachever. Nous lui devons un bon nombre de nos remarques. Nous n'indiquerons donc que quelques passages significatifs repris par Chateaubriand ainsi que quelques nouvelles sources non encore découvertes. Les passages repris dans les *Mémoires d'outre-tombe* ne seront pas non plus systématiquement signalés, de même pour les variantes, qui alourdiraient trop l'appareil de notes. Ce travail a déjà été, par ailleurs, scrupuleusement effectué par Jean-Claude Berchet dans son édition des *Mémoires d'outre-tombe* de

Chateaubriand (Paris, Classiques Garnier, 1989 ; Le Livre
de Poche, coll. « La Pochothèque », 1998).

AVERTISSEMENT

Page 57.

1. *Manuscrit original des Natchez même* : deux ans avant
la publication du *Voyage en Amérique* dans les volumes de
ses *Œuvres complètes* publiées chez Ladvocat (1827), Chateaubriand s'était replongé dans son épopée indienne, *Les
Natchez*, dont il avait interrompu la rédaction au début de
1799, alors qu'il était en exil à Londres, sans doute pour
s'adonner à des travaux plus alimentaires. Il en écrit la suite
non plus en livres, sur le modèle épique traditionnel, mais en
prose, d'un seul tenant. *Les Natchez* paraissent ainsi en 1826.
Le fameux manuscrit des *Natchez* n'a jamais été retrouvé.
Chateaubriand l'évoque dans les *Mémoires d'outre-tombe* en
ces termes : « Je détachai des *Natchez* les esquisses d'*Atala*
et de *René* ; j'enfermai le reste du manuscrit dans une malle
dont je confiai le dépôt à mes hôtes, à Londres » (*Mémoires
d'outre-tombe* [1850], Paris, Classiques Garnier, 1989 ; Le
Livre de Poche, coll. « La Pochothèque », 1998, t. I, livre II,
chap. VI, p. 593). Il reprend seulement possession de cette
malle, déposée en avril 1800, en novembre 1816, lorsque
les communications entre l'Angleterre et la France sont
rétablies. Il cherche alors à utiliser « le reliquat de toutes
ses productions de jeunesse » et notamment des fragments
réemployés dans *Voyage en Amérique* comme dans son
« épopée de l'homme de la nature », *Les Natchez*, à savoir,
selon Jean-Claude Berchet, « aussi bien les notes documentaires du dossier américain (histoire naturelle, mœurs des
Indiens) reconstitué à Londres, que des fragments déjà
élaborés (séquences descriptives, comme le "journal sans
date" [...] » (Jean-Claude Berchet, *Chateaubriand*, Paris,
Gallimard, 2012, p. 733). Dans la préface des *Natchez*,
Chateaubriand donne plus de détails sur la teneur de ce
manuscrit mystérieux : « Un manuscrit, dont j'ai pu tirer

Atala, *René* et plusieurs descriptions placées dans le *Génie du christianisme*, n'est pas tout à fait stérile. Il se compose, comme je l'ai dit ailleurs [Avertissement des *Œuvres complètes*], de deux mille trois cent quatre-vingt-trois pages in-folio. Ce premier manuscrit est écrit de suite sans section ; tous les sujets y sont confondus : voyages, histoire naturelle, partie dramatique, etc. ; mais auprès de ce manuscrit d'un seul jet, il en existe un autre partagé en livres, qui malheureusement n'est pas complet, et où j'avais commencé à établir l'ordre » (*Les Natchez* [1826], préface, dans *Œuvres romanesques et voyages*, Paris, Gallimard, Bibliothèque de la Pléiade, 1969, t. I, p. 161-162). Selon un procédé de composition qui lui est familier, Chateaubriand recompose son récit de voyage à partir de la matière documentaire qu'il a accumulée et des manuscrits rédigés sans souci de composition. Il a ainsi écrit *Itinéraire de Paris à Jérusalem* (1811) dans le sillage des *Martyrs* (1809), son épopée chrétienne. Pour plus de précisions sur ce sujet, voir la Notice, p. 541.

2. Outre *Atala* (1801) et *René* (1802), fragments détachés de la version primitive des *Natchez* (1826) rapatriés au sein du *Génie du christianisme* (1802), qui contient quelques pages inspirées par le voyage au Nouveau Monde, la description de la nuit dans les forêts américaines demeure l'extrait le plus célèbre de ces pages disséminées au gré des œuvres de Chateaubriand : on en trouve entre autres une version dans l'*Essai sur les révolutions* (François-René de Chateaubriand, *Essai sur les révolutions/Génie du christianisme*, Paris, Gallimard, Bibliothèque de la Pléiade, « Nuit chez les Sauvages de l'Amérique », 1978, p. 441-448) et une autre dans le *Génie du christianisme* combinant cette nuit près de Niagara à l'expérience de la solitude au sein de l'océan, vécue lors de la traversée de l'Atlantique (*ibid.*, « Deux perspectives de la nature », p. 589-592). Dans ses *Mémoires d'outre-tombe*, Chateaubriand reprendra d'ailleurs les pages les plus réussies et célèbres de son voyage américain pour en donner une nouvelle version, notamment de sa navigation, des forêts américaines et de la cataracte de Niagara, que l'on retrouve dans *Les Natchez* et *Atala*. Nous plaçons dans la section « Annexes » quelques-unes de ces

pages célèbres relatives au voyage américain, non reprises dans le *Voyage en Amérique*.

3. *Mémoires de ma vie* : c'est le titre que donne Chateaubriand à la première version de ce qui deviendra plus tard les *Mémoires d'outre-tombe*, une fois ces pages réécrites et l'ouvrage poursuivi. Les *Mémoires de ma vie* relatent la jeunesse de Chateaubriand, correspondant aux huit premiers livres, soit la première partie des *Mémoires d'outre-tombe* (jusqu'à son retour d'exil en Angleterre, en 1800). La rédaction en est achevée en 1822, alors que Chateaubriand n'envisageait pas encore un ouvrage autobiographique de plus ample dimension. Seuls les trois premiers livres ont été retrouvés, le manuscrit, ou une copie de ces *Mémoires* encore alors en cours de rédaction, ayant été confié à Mme Récamier par Chateaubriand en 1817 (pour plus de détails, voir Jean-Claude Berchet, « Notice des *Mémoires de ma vie* », dans François-René de Chateaubriand, *Mémoires d'outre-tombe*, t. I, *op. cit.*, p. 3-4).

4. En 1827, Chateaubriand n'a plus d'activité politique. Nommé ministre des Affaires étrangères le 28 décembre 1822, il est brutalement renvoyé le 6 juin 1824, malgré son succès dans la gestion de l'intervention française en Espagne (1822-1824). Il entre alors dans l'opposition contre le ministre Villèle, qui finit par démissionner le 2 décembre 1827.

Page 58.

1. Pour constituer cette préface, très érudite, Chateaubriand s'inspire grandement du *Précis de géographie universelle* de Conrad Malte-Brun (1810). Il consulte aussi les *Nouvelles Annales des voyages*, périodique publié à partir de 1819 et qui prit la suite des *Annales des voyages de la géographie et de l'histoire*, publiées de 1808 à 1814 et dirigées par Malte-Brun.

2. Publié dans le cadre de ses *Œuvres complètes* chez l'éditeur Ladvocat (de 1826 à 1831), le *Voyage en Amérique* de Chateaubriand occupait, avec le *Voyage en Italie* et d'autres récits de voyage plus brefs, les tomes VI et VII, publiés en 1827. L'*Itinéraire de Paris à Jérusalem* (1811) fut revu par

l'auteur et publié dans le cadre des *Œuvres complètes* aux tomes VIII-IX-X.

Page 60.

1. On attribue en effet, encore de nos jours, sans certitude absolue, à l'aède Homère, ayant vécu au VIIIe s. av. J.-C. et réputé pour avoir été aveugle, la paternité de l'*Iliade* et de l'*Odyssée*. Chateaubriand en reparlera dans l'*Essai sur la littérature anglaise* (1836) pour affirmer fortement sa croyance en la fable homérique : « Qu'Homère n'ait pas existé ; que ce soit la Grèce entière qui chante au lieu d'un de ses fils, je pardonne aux érudits cette poétique hérésie ; mais toutefois je ne veux rien perdre des aventures d'Homère. [...] Je tiens que la vie du père des fables a été retracée par Hérodote, père de l'histoire. [...] Des traditions relatives au chantre de l'Odyssée, je ne repousse que celle qui fait du poète un Hollandais » (*Essai sur la littérature anglaise* [1836], Paris, STFM / Garnier, 2012, p. 250).

2. Chateaubriand évoque Hérodote (484-406 av. J.-C.) dans l'*Essai sur les révolutions* (1797) et le *Génie du christianisme* (1801). Il le présentera, dans l'*Essai sur la littérature anglaise* (1836), par une formule semblable, comme le « père de l'histoire » et le garant de la vie d'Homère, « père des fables » (voir la note précédente). Il était d'usage, depuis l'Antiquité, de considérer Hérodote comme le « père de l'histoire », selon une formule consacrée.

3. *D'après ses récits* : contenus dans son unique œuvre, *Histoire*, parfois traduit par *L'Enquête*.

4. Comme l'indique la note de Chateaubriand renvoyant à l'*Essai historique*, c'est-à-dire l'*Essai sur les révolutions*, Chateaubriand a cité, dans cet ouvrage, un extrait de l'œuvre d'Hannon (*Essai sur les révolutions*, *op. cit.*, Ire partie, chap. xxv, p. 157-159). Chateaubriand avait déjà évoqué le *Périple* d'Hannon dans son article intitulé « Sur le voyage pittoresque et historique de l'Espagne par M. Alexandre de

Laborde » qui lui valut, à l'époque de sa première publication, le 4 juillet 1807, dans le *Mercure de France*, d'être banni
de Paris par Bonaparte car il y dénonçait à mots couverts
le despotisme de l'Empereur (par les figures de Néron et de
Tacite) : « L'antiquité ne nous a laissé qu'un modèle de ce
genre d'histoire : c'est le voyage de Pausanias ; car le Journal
de Néarque et le Périple d'Hannon sont des ouvrages d'un
ordre différent. »

Page 61.

1. Platon a inventé le mythe de l'Atlantide dans le *Cri-
tias*. Chateaubriand fait allusion à l'ouvrage de Cornélius de
Pauw, *Recherches philosophiques sur les Américains* (1768)
où l'auteur envisage l'Atlantide comme n'étant autre que
l'Amérique submergée jadis par les eaux. Dans le *Génie du
christianisme* (1802), Chateaubriand évoque l'Atlantide à
propos des ruines américaines qu'il contemple en « amant
solitaire de la nature » : « On a découvert, depuis quelques
années, dans l'Amérique septentrionale, des monuments
extraordinaires sur les bords du Muskingum, du Miami, du
Wabache, de l'Ohio, et surtout du Scioto, où ils occupent un
espace de plus de vingt lieues en longueur. [...] Quelles que
soient les conjectures sur ces ruines américaines, quand on
y joindrait les visions d'un monde primitif, et les chimères
d'une Atlantide, la nation civilisée qui a peut-être promené
la charrue dans la plaine où l'Iroquois poursuit aujourd'hui
les ours, n'a pas eu besoin pour consommer ses destinées,
d'un temps plus long que celui qui a dévoré les empires de
Cyrus, d'Alexandre et de César » (*Génie du christianisme,
op. cit.*, Ire partie, livre IV, chap. III, p. 546). Le « monde
primitif » ferait allusion soit à l'*Histoire du monde primitif
ou des Atlantes* (1780) publiée par Delisle de Sales, proche
du jeune Chateaubriand, soit au *Monde primitif* (1773-1782)
publié par Court de Gébelin, selon l'hypothèse de Pierre
Vidal-Naquet (*L'Atlantide, petite histoire d'un mythe platoni-
cien*, Paris, Les Belles Lettres, 2005 ; Le Seuil, coll. « Points
Essais », 2006, p. 169, note 9).

2. *Androstène, Néarque et Onésicritus* : Jacques Matter,
dans son *Essai historique sur l'école d'Alexandrie* (Paris, chez

F. G. Levrault, 1820, t. I, p. 30, note 1) évoque ces voyageurs ensemble, comme Chateaubriand le fera, en condensant Malte-Brun : « Les connaissances géographiques de l'école d'Alexandrie restèrent longtemps très imparfaites quant aux régions de l'Asie, quoique Ptolémée lui-même eût été de l'expédition d'Alexandre ; quoique Androstène, Néarque et Onésicrite eussent été chargés par Alexandre de reconnaître par mer les côtes méridionales de l'Asie. »

3. *Patrocle* est évoqué par Strabon, et cité par Alexandre de Humboldt dans son *Examen critique de l'histoire de la géographie du nouveau continent* (Paris, Librairie de Gide, 1836, t. I, p. 265-266). Humboldt exprime ses doutes sur la possibilité réelle que Patrocle soit allé jusqu'en Inde en arguant des « fausses idées que, depuis l'expédition d'Alexandre, on se formait sur la communication de la Caspienne avec l'Océan septentrional, et que l'on substituait malencontreusement à celles qu'Hérodote avait recueillies à Olbia et sur les bords de l'Hypanis » (*ibid*., p. 264). Il affirme alors que c'est Pline qui aurait rendu certain l'incertaine navigation de Patrocle dans l'océan indien : « Strabon revient sur cette possibilité. "Le fait, dit-il, que certains navigateurs se soient rendus par mer de l'Inde dans l'Hyrcanie n'est pas regardé comme certain, mais que cela soit possible, Patrocle nous l'assure." Strabon qui, en général, consultait peu les auteurs latins, n'avait donc aucune connaissance de ce prétendu voyage des négociants indiens amenés dans les Gaules. Pline, souvent très inexact dans les notes qu'il recueillait presque en courant (*adnotabat et quidem cursim*, dit son neveu), convertit la conjecture de Patrocle en un fait circonstancié. Selon lui, toute la partie de l'Océan comprise entre l'Inde et la mer Caspienne (c'est-à-dire et son embouchure), a été explorée par les Macédoniens sous les règnes de Seleucus et d'Antiochus » (*ibid*., p. 265-266).

Page 62.

1. *Pythéas de Marseille* : Malte-Brun, dans son *Précis de géographie universelle*, retrace son périple et fait le point sur ses découvertes, ainsi que sur la part de mythe et de réalité liés à son voyage à la lumière de Strabon (*Précis de*

géographie universelle, Paris, Buisson, 1810, t. I, p. 101-107).
Il mentionne le fait que ce même Strabon « dédaigne de discuter le voyage de Pythéas ; et quittant les îles britanniques qui sont pour lui l'extrémité du monde, il s'en retourne vers le midi pour décrire les *Alpes* et les contrées situées entre les branches de cette chaîne de montagnes » (*ibid.*, p. 107).

2. La polémique dont fait mention Chateaubriand est évoquée par Malte-Brun (*Précis de géographie universelle, op. cit.*, t. I, p. 99). Chateaubriand évoque fréquemment Strabon dans son œuvre, notamment dans *Itinéraire de Paris à Jérusalem* (1811).

Page 63.

1. *Hippalus* : les *Annales des voyages*, autre source majeure de Chateaubriand dans cette préface, en parlent en ces termes : « Mais dès le premier siècle de l'ère chrétienne, les navigateurs s'aperçurent que des vents réguliers et durables régnaient sur ces mers, qu'ils formaient ce que nous avons appelé *les moussons*. Un pilote, nommé Hippalus, profitant de cette observation, osa le premier s'écarter des côtes de l'Arabie, s'abandonner à ces vents annuels qui le portèrent en pleine mer et le firent aborder sur les côtes de l'Inde, comme il l'avait prévu. Ses contemporains reconnaissants donnèrent le nom d'*Hippalus* à l'aire de vent qui l'avait conduit ; c'est le leuconotus des Grecs et des Romains, et notre mousson du sud-ouest qui règle invariablement la navigation de l'Inde lorsqu'on y arrive par l'Occident. D'après l'exacte périodicité de ces vents, on peut tracer aujourd'hui la marche d'Hippalus et celle de ceux qui l'ont suivi, avec la même certitude que s'ils en avaient laissé des mémoires » (*Annales des voyages, de la géographie et de l'histoire*, publiées par M. Malte-Brun, Paris, Buisson, 1809, t. VIII, p. 266).

2. Le *Périple de la mer Érythréenne* est un texte grec anonyme. Pline aborde le sujet évoqué par Chateaubriand au livre VI de son ouvrage : « On commence à naviguer au milieu de l'été, avant le lever du Chien [18 juillet] ou aussitôt après, et on arrive vers le trentième jour à Océlis en Arabie ou à Cané, dans la région qui produit l'encens. Il y a aussi

un troisième port appelé Muza, qui n'est pas utilisé pour la route maritime vers l'Inde et n'est pratiqué que par les marchands d'encens et de parfums d'Arabie » (Pline l'Ancien, *Histoire naturelle*, traduction de Stéphane Schmitt, livre VI, XXVII-XXVIII [104], Paris, Gallimard, Bibliothèque de la Pléiade, 2013, p. 282). Les *Annales des voyages* (*op. cit.*, p. 266-267) évoquent également le *Périple de la mer Érythréenne*, en mentionnant les analyses de Pascal-François Gosselin (1751-1830), géographe éminent de l'époque et auteur d'une *Géographie des Grecs analysée* (1790) où il discute les « systèmes » d'Ératosthène, de Strabon et de Ptolémée : « De tous les itinéraires de l'Inde qui furent publiés dès le règne de Ptolémé Philadelphe, il ne nous reste que le Périple de la Mer-Érythrée. M. Gosselin, qui s'en est servi dans ses recherches précédentes, et a fait voir que les mesures qu'il renferme sont de la plus grande exactitude pour les côtes du golfe Arabique, de l'Afrique Orientale et du midi de l'Arabie, y revient encore pour celles de l'Inde ; il les parcourt dans le plus grand détail avec l'auteur de ce Périple, vérifie et reconnaît toutes les particularités qu'offraient les côtes de l'Inde, les ports, les anses, les promontoires, les villes, et trouvant partout la même exactitude, ils se voit conduit à relever les erreurs considérables où le savant d'Auville est tombé relativement à la situation de plusieurs de ces même lieux, croyant réparer le désordre dans lequel il supposait que l'auteur du Périple et Ptolémée les avaient mis. »

3. *Denis le Périégète, Pomponius Mela, Isidore de Charax, Tacite et Pline* : Chateaubriand mentionne Pomponius Mela à plusieurs reprises dans son *Itinéraire de Paris à Jérusalem* (1811). Dans le « premier mémoire » de son Introduction de l'œuvre, il déclare : « Pomponius Méla écrivait vers le temps de l'empereur Claude. Il se contente de nommer Athènes en décrivant la côte de l'Attique » (François-René de Chateaubriand, *Itinéraire de Paris à Jérusalem*, dans *Œuvres romanesques et voyages*, t. II, Paris, Gallimard, Bibliothèque de la Pléiade, 1969, p. 713). Dans la préface des *Martyrs* (1809), son épopée chrétienne, Chateaubriand place Pomponius Mela parmi les sources géographiques employées pour composer le cadre de son œuvre : « Quant

aux curiosités géographiques touchant les Gaules, la Grèce, la Syrie, l'Égypte, elles sont tirées de Jules César, de Diodore de Sicile, de Pline, de Strabon, de Pausanias, de l'Anonyme de Ravenne, de Pomponius Méla, de la collection des Panégyristes, de Libanius dans son *Discours de Constantin*, et dans son livre intitulé *Basilicus*, de Sidoine Apollinaire, enfin de mes propres voyages » (*Les Martyrs*, préface, dans *Œuvres romanesques et voyages*, t. II, *ibid.*, p. 35). On reconnaît là plusieurs des auteurs évoqués dans la préface du *Voyage en Amérique*.

4. Chateaubriand fait référence à ce passage de l'*Histoire naturelle* de Pline où celui-ci s'appuie sur les travaux (perdus) de Sebosus pour situer les îles Fortunées : « Il y a des gens qui pensent qu'au-delà de ces îles [les Autololes] se trouvent les îles Fortunées et quelques autres ; de ce nombre est le même Sébosus, qui a été jusqu'à inclure les distances dans son ouvrage […] » (Pline l'Ancien, *Histoire naturelle*, livre VI, XXXVII, 202, *op. cit.*, p. 305).

Page 64.

1. *Des espèces de livres de poste* : Chateaubriand qualifie son *Itinéraire de Paris à Jérusalem* de « livre de poste des ruines » (*Itinéraire de Paris à Jérusalem*, préface de 1826, Folio classique, p. 68), constatant que son livre, « à peine publié », « servit de guide à une foule de voyageurs », revendiquant son « exactitude », ce qui motive le parallèle avec le livre de poste, registre qui recense l'état général des postes, à savoir chacun des relais de chevaux placés le long d'une route, assurant le transport des voyageurs mais aussi le transfert du courrier. Le livre de poste désigne également un registre de comptabilité où l'on inscrit chacune des opérations effectuées. Le voyageur Chateaubriand s'apparente alors à un recenseur méticuleux, induisant le rapprochement, nourri au cours de l'œuvre, avec la figure de l'archéologue.

2. L'Itinéraire d'Antonin, *Itinerarium proviinciarum Antonini Augusti*, date du début du IVe siècle et répertorie les voies de communication de l'époque impériale romaine. — L'*Itinéraire de Bordeaux à Jérusalem* a été composé par un

pèlerin bordelais en 333 sous le titre *Itinerarium a Burdigala Hierusalem usque*, et a constitué le principal guide utilisé par les voyageurs s'engageant dans un pèlerinage vers la Terre sainte. Chateaubriand le mentionne comme pièce justificative à la fin de son *Itinéraire de Paris à Jérusalem* (dans *Œuvres romanesques et voyages*, t. II, *ibid.*, p. 1217-1238). — *La Table de Peutinger* est la copie médiévale d'une carte datant en toute probabilité du IVᵉ siècle. Son nom vient de Konrad Peutinger (1469-1547) qui la reçut de Celtis Porticius en 1507. Cette carte représente un itinéraire menant de l'Espagne (*Hispania*) à l'Inde (*India*) et mesure 6,80 m de longueur sur 33 cm de largeur.

3. *Ptolémée* : Chateaubriand rappelle encore les « erreurs de Ptolémée », concernant cette fois la localisation des sources du Danube dans les *Mémoires d'outre-tombe* (*op. cit.*, t. II, livre XXXVI, chap. VII, p. 676).

4. Le *stade* est une ancienne mesure de longueur qui équivaut à 600 pieds grecs (185 mètres environ). La longitude de la Terre, selon ces mesures, aurait donc été de 14 393 000 mètres.

Page 65.

1. *Pausanias* est souvent convoqué par Chateaubriand, notamment dans l'*Itinéraire de Paris à Jérusalem*, lorsqu'il visite Argos, Mycènes et qu'il cherche désespérément la tombe de Léonidas. Dans la 22ᵉ remarque sur le livre XIV des *Martyrs*, il déclare : « J'ai cherché longtemps cette tombe, un Pausanias à la main » (*Les Martyrs*, *op. cit.*, p. 635). Pausanias figure ainsi pour lui un guide de voyage essentiel lors de son voyage en Grèce en 1806.

Page 66.

1. La révolution grecque, qui dura de 1823 à 1829, battait son plein au moment où Chateaubriand écrivait ces lignes et le préoccupait beaucoup, lui qui avait dénoncé de manière virulente, dans *Itinéraire de Paris à Jérusalem*, le joug turc qu'il avait vu réduire la Grèce à un désert silencieux, muet sous l'oppression du despotisme. Byron avait pris les armes et était venu soutenir l'indépendance grecque aux côtés des

insurgés contre le joug turc, mais il mourut à Missolonghi le 19 avril 1824.

Page 67.

1. *L'Anonyme de Ravenne* : désigne un ouvrage de géographie en cinq volumes trouvé à Ravenne et d'auteur inconnu, qui traite de cosmographie et donne surtout une description de l'Asie, de l'Afrique et de l'Europe, envisageant notamment la Méditerranée.

Page 68.

1. *Saint Jérôme assure* : dans la version de ce passage utilisée pour le premier mémoire de l'introduction à son *Itinéraire de Paris à Jérusalem* (dans *Œuvres romanesques et voyages*, t. II, *op. cit.*, p. 755), Chateaubriand précise la source de son propos : la lettre XXII de saint Jérôme (env. 347-419/420), qui traduisit l'Ancien Testament en latin d'après l'hébreu, texte nommé La Vulgate et qui influença grandement tout l'Occident. Grand voyageur, Jérôme opère le lien entre l'Orient et l'Occident et joue un rôle essentiel dans le passage d'une langue et d'une culture à l'autre par ses traductions et ses commentaires.

2. Chateaubriand évoque *Arculfe* dans l'introduction d'*Itinéraire de Paris à Jérusalem* (dans *Œuvres romanesques et voyages*, t. II, *op. cit.*, p. 759).

Page 69.

1. Saint Guillebaud est évoqué, de même que Bède, Bernard le Moine, Olderic et Pierre l'Hermite dans l'introduction de l'*Itinéraire de Paris à Jérusalem* (*ibid.*, p. 760-761) : « Nous avons, au VIIIᵉ siècle, deux relations du *Voyage à Jérusalem* de Saint Guillebaud : toujours description des mêmes lieux, toujours même fidélité des traditions. » — Saint Guillebaud se rendit à Jérusalem vers 722 et resta sept ans en Palestine. — Bernard le Moine arriva à Jérusalem en 870. L'abbé Olderic (Odolric) fut évêque d'Orléans de 1022 à (env.) 1033. Pierre l'Hermite (1053-115) fut fortement engagé dans les croisades. Son nom reviendra sous la plume de Chateaubriand dans l'*Essai sur la littérature anglaise* (1836) pour en faire le modèle du voyageur chrétien, sur le patron duquel les aventuriers des mers sont

perçus : « Un esprit d'aventures agitait la nation comme à l'époque des guerres de Palestine : des volontaires croisés protestants s'embarquaient pour aller combattre les *idolâtres*, c'est-à-dire les *catholiques* ; ils suivaient sur l'océan sir Francis Drake, sir Walter Raleigh, ces Pierre l'ermite des mers, amis du Christ, ennemis de la croix » (*op. cit.*, p. 290).

2. *Saladin* (1137-1193), roi musulman, reprit Jérusalem au nom de l'Islam en 1187. Comme il l'indique dans sa note, Chateaubriand, sans vouloir être exhaustif, donne la liste des voyageurs ayant décrit les lieux saints, de Phocas à « Pococke, Shaw et Hallesquist », dans le 2e Mémoire de l'introduction de l'*Itinéraire de Paris à Jérusalem* (*ibid.*, p. 762).

3. *Foulcher de Chartres et Odon de Deuil* : leurs deux œuvres, évoquées par Chateaubriand, ont été éditées par Guizot dans sa *Collection des Mémoires* (*op. cit.*, 1825).

4. Dans les *Mémoires d'outre-tombe*, Chateaubriand fait de *Villehardouin* un précurseur en matière d'écriture historiographique française (« Villehardouin, qui commença notre langue et nos mémoires », *op. cit.*, t. II, p. 854). — Chateaubriand cite également les *Mémoires* de *Joinville* avec émotion en évoquant la mort de Saint Louis, lors de son passage à Tunis, au retour de son voyage méditerranéen de 1806-1807, modèle à ses yeux de la belle mort, « si touchante, si vertueuse, si tranquille » (*Itinéraire de Paris à Jérusalem*, Folio classique, p. 540 ; p. 534-540 pour les passages de Joinville). Dans la « Préface testamentaire » (1er décembre 1833) des *Mémoires d'outre-tombe*, Chateaubriand fait de Villehardouin, de Joinville, de Froissard et des « anciens historiens qui chantaient et écrivaient au milieu des pèlerinages et des combats » les modèles de son écriture mémorialiste (*op. cit.*, t. I, p. 1541).

Page 70.

1. *Froissart* est très souvent convoqué par Chateaubriand pour spécifier l'orthographe de « Combour » (Combourg) sous sa plume (*Mémoires d'outre-tombe*, t. I, *op. cit.*, livre I, chap. III, p. 129) ou pour nourrir le rêve impossible d'être

logé dans le même hôtel que lui dans le sud de la France, de passage à Tarbes (« À Tarbes, j'aurais voulu héberger à l'hôtel de l'*Étoile* où Froissart descendit avec Messire Espaing de Lyon », *ibid.*, t. II, livre trente et unième, chap. 1, p. 347). En Angleterre, à Windsor, Froissart revient de nouveau le hanter, Chateaubriand évoquant les fêtes d'Édouard III en faveur d'Alix de Salisbury et la réparation, pour l'occasion, de Windsor, le chroniqueur rappelant les origines de Windsor et la fondation de la Table ronde par Arthur en ces lieux (*ibid.*, t. II, p. 1281). Froissart paraît ainsi à Chateaubriand à la fois son double dans le passé et le conteur des origines médiévales, qui vient donner de l'épaisseur et de la perspective à la réalité vécue en l'ancrant dans un ailleurs historique prestigieux.

Page 71.

1. Dans son *Tableau des révolutions de l'Europe* (Paris, Schoell/Nicolle, t. I, 1807, p. 90-91), Christophe-Guillaume Koch (1737-1813) rappelle le contexte de ces navigations norvégiennes : « Deux Normands, Wulfstan et Other, l'un du Jutland et l'autre de la Norwège septentrionale, entreprirent dans le cours du neuvième siècle, des voyages sur mer, principalement dans la vue de faire des découvertes maritimes. Wulfstan alla visiter cette partie de la Prusse ou de l'Estonie des anciens, qui était renommée pour l'ambre jaune. Other ne se borna pas à parcourir les côtes de la Baltique : en sortant des ports du Halgoland, sa patrie, il doubla le cap du Nord et poussa jusqu'à la Biarmie, à l'embouchure de la Dwina, dans le gouvernement actuel d'Archangel. Lui, aussi bien que Wulfstan, communiquèrent des détails de leurs voyages à Alfred-le-Grand, qui en fit usage dans sa traduction anglo-saxonne d'Orosius. » Paulus Orosius (vers 385-420) est l'auteur de *Historiam adversum paganos*.

Page 72.

1. *Despotat* : pendant la période de l'empire byzantin, ce nom fut donné à des États dirigés par des despotes.
2. *Turcomans* : désigne l'ensemble du peuple de race turque qui se dissémina en Asie centrale.

3. *Kanats* : titre porté par le chef politique, religieux dans l'empire mongol ou soumis à son influence, notamment en Inde.

Page 75.

1. Cette *statue équestre* marque beaucoup Chateaubriand par son symbole grandiose et majestueux. Il la décrit dans le cadre de son « épopée de l'homme de la nature », *Les Natchez* (1826) et place l'Indien Chactas face à elle, après avoir effectué la traversée de l'Atlantique en des conditions semblables, décrites en des termes proches de ceux de Chateaubriand parvenant lui-même en Amérique : « Arrivé à l'extrémité opposée, mes yeux découvrent une statue portée sur un cheval de bronze : de sa main droite, elle montrait les régions du couchant » (*Œuvres romanesques et voyages*, t. I, *op. cit.*, p. 281). Dans les *Mémoires d'outre-tombe*, Chateaubriand mentionne cette statue équestre : « Les navigateurs modernes qui abordèrent les premiers à cette île trouvèrent, dit-on, une statue équestre, le bras droit étendu et montrant du doigt l'Occident, si toutefois cette statue n'est pas la gravure d'invention qui décore les anciens portulans » (*op. cit.*, t. I, livre VI, chap. IV, p. 332). Dans le *Génie du christianisme*, il évoquait déjà ce miracle du surgissement inopiné d'une statue pointant l'horizon : « Que dans une île déserte, au milieu de l'Océan, on trouve tout à coup une statue de bronze, dont le bras déployé montre les régions où le soleil se couche, et dont la base soit chargée d'hiéroglyphes, et rongée par la mer et le temps, quelle source de méditations pour le voyageur ! » (*Génie du christianisme*, Iʳᵉ partie, livre I, chap. II, « De la nature du mystère », *op. cit.*, p. 473).

2. *Mare vidit et fugit* : citation de la Vulgate, Psaume 113, 3 (passage de la mer Rouge et du Jourdain).

Page 76.

1. Cette citation est extraite des *Lusiades* (1572) du poète portugais Luís Vaz de Camões (1525 ?-1580), « le poète du Tage » évoqué un peu plus loin. Le passage cité est extrait du cinquième chant des *Lusiades*, dans la traduction

donnée par Jean-Baptiste Joseph Millié (t. I, Paris, Didot, 1825, strophe 39-60, p. 299-305). Une traduction moderne a été récemment donnée par Hyacinthe Garin (Luís de Camões, *Les Lusiades*, Paris, Gallimard, coll. « Poésie/Gallimard », 2015, p. 208-215). Dans son *Essai sur la littérature anglaise*, Chateaubriand évoque fréquemment ce poète épique qu'il place parmi les génies qu'il célèbre aux côtés de Shakespeare (il fait partie des « astres » qui sont « dignes de son firmament », *op. cit.*, p. 287). Mais il rapproche surtout Camões de Cervantès, étant tous deux des « poètes-soldats » qui « montraient les cicatrices glorieuses de leur courage et de leur infortune » (*ibid.*, « seconde partie », p. 296).

Page 77.

1. Homère, dans l'*Odyssée*, désigne l'emplacement de l'Élysée par le biais de Protée, qui déclare à Ménélas : « aux Champs Élysées, tout au bout de la terre, chez le blond Rhadamanthe, où la plus douce vie est offerte aux humains, où sans neige, sans grand hiver, toujours sans pluie, on ne sent que zéphyrs, dont les risées sifflantes montent de l'Océan pour rafraîchir les hommes, les dieux t'emmèneront » (*Odyssée*, traduction de Philippe Brunet, Folio classique, livre IV, v. 563-568, p. 95-96).

2. Dans la mythologie grecque, les *Hespérides* désignent des vierges gardant un jardin où poussaient des pommes d'or. Chez Ovide, l'Hespérie désigne les terres du couchant, l'Occident, là où se termine la terre et où commence l'Océan. Dans *Les Métamorphoses*, il représente ainsi un lieu interstitiel où la Nuit s'immerge dans les flots alors que le soleil paraît en face. Ovide décrit ces terres en traitant du mythe de Phaéton : « Tandis que je parle, la nuit humide a touché les bornes qui se dressent sur le rivage de l'Hespérie » (*Les Métamorphoses*, traduction de Georges Lafaye, Folio classique, livre II, v. 142, p. 77). — Les *Îles Fortunées* désignent en réalité les îles Canaries, nommées ainsi par Hannon, amiral carthaginois (qui débuta sa circumnavigation en 465 av. J.-C.) en raison de sa riche végétation.

Page 78.

1. En réalité, il ne s'agit pas d'Aristote qui, comme le montre Pierre Vidal-Naquet (*L'Atlantide, op. cit.*, p. 46-48), n'évoque jamais directement l'Atlantide, mais bien plutôt du « Pseudo-Aristote », auteur anonyme d'un recueil de *Mirabilia* issu de Théopompe et faussement attribué à Aristote. Pierre Vidal Naquet remarque d'ailleurs qu'« un texte tout à fait analogue se trouve dans Diodore de Sicile, V, 19 » (*ibid.*, p. 48), que Chateaubriand évoque ensuite, et que ce passage a été identifié comme faussement attribué par Michel de Montaigne dans le chapitre « Des Cannibales » de ses *Essais* (dont il cite le passage, *ibid.*, p. 48).

2. Formule reprise dans les *Mémoires d'outre-tombe* (voir p. 75, n. 1). — Un *portulans* désigne un document de navigateur vénitien ou génois, aux XIIIᵉ et XIVᵉ siècles, où étaient décrits, parfois accompagnés d'une carte, les ports, les côtes et tout ce qui est nécessaire à la navigation.

Page 79.

1. *Îles Féroer* : aujourd'hui îles Féroé, appartenant au Danemark.

2. *Biorn* : dans les *Mémoires d'outre-tombe*, Chateaubriand évoque « Biorn le Scandinave », en faisant un pionnier oublié de la découverte du Nouveau Monde. Comme l'indique judicieusement Jean-Claude Berchet, il en fait un double de lui-même, appelé à dormir pour l'éternité sur le rocher du Grand Bé à Saint-Malo (*Mémoires d'outre-tombe, op. cit.*, t. I, p. 1444) : « Savez-vous quelles sont les premières cendres européennes qui reposent en Amérique ? Ce sont celles de Biorn le Scandinave : il mourut en abordant à Vinland, et fut enterré par ses compagnons sur un promontoire. Qui sait cela ? Qui connaît celui dont la voile devança le vaisseau du pilote génois au Nouveau-Monde ? Biorn dort sur la pointe d'un cap ignoré, et depuis mille ans son nom ne nous est transmis que par les sagas des poètes, dans une langue qu'on ne parle plus » (*ibid.*, t. I, p. 680).

3. *Le commerce de pelleterie* : commerce de peaux de bêtes

à poils, destinées à la confection de fourrures (loutre, castor, raton-laveur, loup, ours marin).

Page 82.

1. *Vidit Deus quod esset bonum* : formule biblique issue de la Vulgate (Genèse, I, 10) : « Et il vit que cela était bon » (traduction de la Bible de Lemaître de Sacy).

2. Chateaubriand est fasciné par Christophe *Colomb* (1451 ou 1452-1506), en qui il voit un démiurge et surtout un double idéalisé de lui-même, comme Napoléon sur le plan politique, la légende noire en moins (Chateaubriand se livre même à un parallèle entre Colomb et Bonaparte dans leur arrivée respective sur leurs terres d'exil pour l'un, de découverte pour l'autre dans les *Mémoires d'outre-tombe*, *op. cit.*, t. I, livre XXIV, chap. IX, p. 1236). Colomb revient hanter le texte des *Mémoires d'outre-tombe*, Chateaubriand surnommant Jacques Cartier « le Christophe Colomb de France, qui découvrit le Canada » (*ibid.*, t. I, I, 4, p. 140) et reprenant ce passage de la préface du *Voyage en Amérique* pour l'insérer lors du récit de son arrivée aux Açores, tissant implicitement un rapprochement entre ses propres sensations à l'arrivée de la côte et celles de son illustre prédécesseur Colomb (*ibid.*, t. I, VI, III, p. 328-329). Colomb représente alors la quintessence de l'esprit d'aventure, conférant aux Américains son audace d'explorateur : « Placé sur la route des océans, à la tête des opinions progressives aussi neuves que son pays, l'Américain semble avoir reçu de Colomb plutôt la mission de découvrir d'autres univers que de les créer » (*ibid.*, VIII, 6, p. 426).

Page 83.

1. Étant malouin, *Cartier* est cher au cœur de Chateaubriand, qui le mentionne souvent dans son œuvre, évoquant la « mâle poitrine de Jacques Cartier » (*Mémoires d'outre-tombe, op. cit.*, t. I, livre I, chap. IV, p. 144), avec qui il partage la même « patrie », Saint-Malo (*ibid.*, p. 140). Terre-Neuve devient alors le territoire de l'explorateur, « cette île de Jacques Cartier » dont les chemins sont « battus » par les ours (*ibid.*, t. I, livre VI, chap. V, p. 339).

2. *Thulé* : île signalée par Pythéas de Marseille, qui la situa proche du cercle polaire. Elle marqua longtemps la limite du monde connu et fut sujette à de nombreuses interrogations : était-ce la Suède, la Norvège ou l'Islande ? L'antique Thulé est désormais assimilée à l'une des îles de l'archipel des Féroé.

Page 85.

1. *Le palmier au sagou* : palmier qui produit une fécule, substance de couleur jaune, rouge ou brune, utilisée en cuisine.

Page 86.

1. Le *forban* désigne un marin qui exerce la piraterie pour son compte, à la différence du corsaire, qui travaille au bénéfice d'un roi ou d'un gouvernement. — Un flibustier fait partie d'une association de pirates (terme employé pour désigner les pirates d'Amérique).

Page 87.

1. Georges Louis Leclerc, comte de Buffon (1707-1788) décrit le Kamichi dans son *Histoire naturelle* (t. VII, chap. XXII, p. 335-340). Il y évoque avec lyrisme et emphase « les grands effets des variétés de la Nature », les « sables brûlants de la Torride » et les « glacières des Pôles » (*ibid.*, p. 335-336).

2. La citation provient en réalité d'un autre article de Buffon consacré au Paille-en-queue, l'oiseau du tropique. Chateaubriand déforme quelque peu les propos exacts du naturaliste, qui sont les suivants : « [...] celui-ci semble au contraire être attaché au char du soleil sous la zone brûlante que bornent les tropiques. Volant sans cesse sous le ciel enflammé, sans s'écarter des deux limites extrêmes de la route du grand astre, il annonce aux navigateurs leur prochain passage sous ces lignes célestes [...] » (Buffon, *Histoire naturelle des oiseaux*, t. VIII, Paris, Imprimerie royale, 1781, p. 348).

3. En réalité, Colomb envoya des lettres au pape, reproduites dans l'ouvrage de M. de Navaratte, *Édition des*

Voyages de Colomb. Les *Nouvelles Annales des voyages* l'ont annoncé (1825, 1re série, t. XXVII, p. 140-142 ; 1826, t. XIX, p. 419 et suivantes).

4. *Cœli enarrant gloriam Dei* : « Les cieux racontent la gloire de Dieu » (Psaume XVIII, 1, traduction de Lemaître de Sacy). — Agostino Pantaleone Giustiniani (1470-1536), moine dominicain à partir de 1494, publia en août 1516 le *Psalterium hebræum, græcum, arabicum, chaldaicum, cum tribus latinus interpretationibus et glossis*.

Page 88.

1. Chateaubriand évoque *Tavernier* dans les *Mémoires d'outre-tombe* lorsqu'il dépeint la scène fameuse où, sur l'étang de Combourg, il prête l'oreille au chant des hirondelles, précisant : « Tavernier enfant était moins attentif au récit d'un voyageur » (*Mémoires d'outre-tombe, op. cit.*, t. I, livre III, chap. X, p. 214).

2. *Niébuhr* : Chateaubriand évoque *Niébuhr* dans les *Mémoires d'outre-tombe* (*ibid.*, t. II, livre XXIX, chap. V, p. 201).

3. Les *Lettres édifiantes et curieuses écrites des missions étrangères par quelques missionnaires de la Compagnie de Jésus*, recueil de lettres de missionnaires jésuites du monde entier, ont été publiées de 1703 à 1776. Elles exercèrent une grande influence par tous les renseignements fournis sur les peuples et les pays encore peu connus à travers le monde.

4. *Wallis* : dans le chapitre « Otaïti » du *Génie du christianisme* (*op. cit.*, IVe partie, livre II, chap. V, p. 930-931), Chateaubriand rêve encore sur l'arrivée possible et les premiers spectacles offerts aux regards des navigateurs qui découvrirent cette île encore sauvage et ses habitants polynésiens, associant « Willis » (Wallis) à Cook et Bougainville (*ibid.*, p. 931).

5. Comme Colomb, *Cook* hante l'œuvre de Chateaubriand en tant que génie de l'exploration. Dans les *Mémoires d'outre-tombe*, il l'associe souvent à La Pérouse dans un commun rêve idéalisé d'exploration, au point que, lors de la traversée de l'océan qu'il retrace au chapitre 2 du livre sixième, il se demande si les bateaux qu'il a croisés ne portaient

pas à leur bord l'un de ces deux mythiques explorateurs :
« Et si le vaisseau rencontré était celui de Cook ou de La
Pérouse ? » (*Mémoires d'outre-tombe, op. cit.*, t. I, p. 326).
Lorsqu'il introduit le récit de l'« itinéraire de Julien » dans
le cadre de son itinéraire le menant de Paris à Jérusalem,
il le présente en ces termes : « Le petit manuscrit qu'il met
à ma disposition servira de contrôle à ma narration : je
serai Cook, il sera Clerke » (*Mémoires d'outre-tombe, ibid.*,
t. I, livre XVIII, chap. I, p. 794). Ce rêve de rencontre ou
d'identification trahit la fascination de Chateaubriand pour
le voyage par la médiation des grands explorateurs : ainsi,
Sainte-Hélène désertée après la mort de Napoléon est une
image de l'esprit de Chateaubriand, hanté par des chimères :
« Inutilement le vainqueur veut ici se substituer au vaincu,
sous la protection du rameau de la Terre-Sainte et du souvenir de Cook ; il suffit qu'on retrouve à Sainte-Hélène la
solitude, l'Océan et Napoléon » (*Mémoires d'outre-tombe,
ibid.*, t. I, livre XXIV, chap. XV, p. 1254). Une dernière mention de Cook dans les *Mémoires* confirme l'identification à
laquelle aime se livrer Chateaubriand : « Délité le 22 à sept
heures, un bain emporta le reste de ma fatigue, et je ne fus
plus occupé que de ma bourgade, comme le capitaine Cook
d'un îlot découvert par lui dans l'océan Pacifique » (*ibid.*,
t. II, livre XXXVI, chap. XI, p. 689).

6. Chateaubriand rappelle, dans les *Mémoires d'outre-
tombe*, qu'il entrevit *La Pérouse* alors qu'il était accompagné
de son oncle, le comte de Boisteilleul, épisode qui cristallise
sa fascination grandissante pour les voyages d'exploration :
« Mon oncle me montra la Pérouse dans la foule, nouveau
Cook dont la mort est le secret des tempêtes. J'écoutais tout,
je regardais tout, sans dire une parole ; mais la nuit suivante,
plus de sommeil : je la passais à livrer en imagination des
combats, ou à découvrir des terres immenses » (*Mémoires
d'outre-tombe, op. cit.*, t. I, livre II, chap. IX, p. 189-190).

7. Dans sa note, Chateaubriand mentionne plusieurs
voyageurs plus récents : Julien, Caillaud, Gau, Drovetti.
Comme le suggère Henri Rossi (Chateaubriand, *Œuvres
complètes*, t. VI-VII, Paris, Honoré Champion, 2008, p. 113),
le nom de Julien aurait été confondu avec celui de Gaspard

Théodore Mollien (1796-1872) qui poursuivit les explorations de Mungo-Park et visita le Sénégal et la Gambie. Chateaubriand a rencontré Drovetti en Égypte et l'évoque dans l'*Itinéraire de Paris à Jérusalem*, où il fait de lui un portrait élogieux : « [...] je me fis conduire chez M. Drovetti, consul de France à Alexandrie. [...] Je dirai que j'ai contracté avec M. Drovetti une liaison qui est devenue une véritable amitié. M. Drovetti, militaire distingué et né dans la belle Italie, me reçut avec cette simplicité qui caractérise le soldat, et cette chaleur qui tient à l'influence d'un heureux soleil. [...] le temps n'affaiblit point chez moi les sentiments ; [...] je n'ai point oublié l'attendrissement qu'il me montra lorsqu'il me dit adieu au rivage : attendrissement bien noble, quand on en essuie comme lui les marques avec une main mutilée au service de son pays ! Je n'ai ni crédit, ni protecteurs, ni fortune ; mais, si j'en avais, je ne les emploierais pour personne avec plus de plaisir que pour M. Drovetti » (*Itinéraire de Paris à Jérusalem*, Folio classique, p. 460).

8. Les explorations françaises qui se poursuivent en Inde dans les années 1818-1832 attestent de la fascination persistante des explorateurs pour ce pays encore peu connu. Victor Jacquemont (1801-1832), explorateur et naturaliste français, après avoir voyagé en Amérique en 1826, se rend à partir de 1828 au Cap, à l'île Bourbon puis à Calcutta en mai 1829. Il meurt d'une infection en 1832 mais prend soin d'envoyer auparavant ses travaux au Muséum d'Histoire naturelle de Paris. Alfred Duvaucel (1793-1824), naturaliste français, précéda Jacquemont en Inde, à Calcutta, où il parvint en 1818, explorant ensuite le Bengale, où il identifia de nouvelles espèces animales. Les lettres de ces voyageurs et naturalistes seront publiées dans la *Revue des Deux Mondes* en juin 1833. Chateaubriand mentionne une lettre de « l'infortuné Jacquemont » dans *Essai sur la littérature anglaise* [1836] (*op. cit.*, p. 537-538).

Page 89.

1. *Webb, Raper, Hearsay et Hodgson* : Chateaubriand puise de nouveau sa matière dans un numéro des *Nouvelles Annales des voyages* de Malte-Brun, qui évoquent le « Voyage fait en 1808 pour reconnaître les sources du Gange

par MM. Webb, Raper et Hearsay » (article de J. B. B. Eyriès, t. I, Paris, Gide fils, 1819, p. 105-238) et le « Voyage au lac Manasarovar, situé dans l'Oundès, province du petit Tibet, fait en 1812 par MM. Moorcroft et Hearsay », article de J. B. B. Eyriès (*ibid.*, p. 239-408). Hodgson et Herbert furent les découvreurs, en 1817, des sources du Gange. Dans *Les Voyageurs au XIXᵉ siècle*, Jules Verne décrit cet événement en ces termes : « Le capitaine Webb avait, par lui-même, comme nous l'avons dit, reconnu le cours de ce fleuve depuis la vallée de Dhoun jusqu'à Cadjani, près de Reital. Le capitaine Hodgson partit de cet endroit, le 28 mai 1817, et parvint, trois jours après, à la source du Gange, au-delà de Gangautri. Il vit le fleuve sortir d'une voûte basse, au milieu d'une masse énorme de neige glacée, qui avait plus de trois cents pieds de hauteur perpendiculaire. Le cours d'eau était déjà respectable, n'ayant pas moins de vingt-sept pieds de largeur moyenne et dix-huit pouces de profondeur » (Jules Verne, *Histoire générale des grands voyages et des grands voyageurs*, t. V, *Les voyageurs du XIXᵉ siècle*, Iʳᵉ partie, Paris, Hetzel, 1870, p. 87).

2. L'expédition du Major John *Peddie* et du capitaine Thomas Campbell les mena, en 1816, en Sierra-Leone et au Fouta-Djalon (massif montagneux guinéen). — Le docteur *Woodney* partit en expédition le long du fleuve Niger, en quête de son embouchure.

3. Les *montagnes bleues*, situées à une centaine de kilomètres à l'ouest de Sydney, tirent leur nom des essences d'eucalyptus volatiles des forêts qui recouvrent les montagnes et qui leur donnent, de loin, une coloration bleutée. Difficilement franchissables, elles furent enfin traversées en 1813 par Gregory Blaxland (1778-1853), William Wentworth (1790-1872) et William Lawson (1774-1850), trois explorateurs anglais. William Lawson tint un journal qui retrace son exploration, intitulé *Journal of an Expedition across the Blue Mountains* (1813), dont certaines pages sont consultables en ligne sur le site internet de la *State Library of New South Wales* (http://www.sl.nsw.gov.au/collection-items/william-lawson-journal-expedition-across-blue-mountains-11-may-6-june-1813-togeth-1).

Page 90.

1. Chateaubriand fait référence à l'ornithorynque, mammifère singulier au bec de canard, à la queue de castor et au corps de loutre, seul mammifère à pondre des œufs. Le mâle porte sur les pattes postérieures un aiguillon venimeux. Le premier ornithorynque fut découvert en 1798 et une description de l'animal fut donnée dans le *Naturalist's Miscellany* (1799) par George Kearsley Shaw (1751-1813), naturaliste et membre fondateur de la Linnean Society (1788).

2. *L'illustre Humboldt* : Chateaubriand noua une relation amicale avec Alexandre de Humboldt à partir de 1808, date de publication de ses *Tableaux de la nature* à Paris. Il écrivit un article sur Humboldt dans *Le Conservateur* en décembre 1819, publié ensuite dans ses *Mélanges littéraires* (1826) et intitulé « Sur un voyage de M. de Humboldt ». Il s'y montre sensible à son savoir « prodigieux » et à son art descriptif pour peindre ce que lui-même a décrit, à savoir « la nature américaine », « les fleuves », « la profondeur des bois qui n'ont d'autres limites que les rivages de l'Océan et la chaîne des Cordillères », ajoutant, « il nous fait voir les grands déserts dans tous les accidents de la lumière et de l'ombre, et toujours ses descriptions, se rattachant à un ordre de choses plus élevé, ramènent quelque souvenir de l'homme ou des réflexions sur la vie ». Ça n'est pas un hasard si Chateaubriand s'attarde justement sur ce qui, en Humboldt, ressemble à ce que lui-même a peint ou ce à quoi il a été sensible en Amérique. Humboldt, comme Colomb, Cook ou La Pérouse, figure à Chateaubriand un double idéalisé comme le laisse entendre l'adjectif « illustre » qui le caractérise ici. Dans les *Mémoires d'outre-tombe*, évoquant Bonaparte et décrivant l'île de Sainte-Hélène, il cite la description du déclin des étoiles aux régions équinoxiales par son « savant et célèbre ami M. de Humboldt » dans son non moins célèbre ouvrage (*Mémoires d'outre-tombe*, *op. cit.*, t. I, livre XXIV, chap. IX, p. 1234). Au tome II des *Mémoires*, il évoque sa rencontre à Berlin avec « M. Guillaume de Humboldt, frère de [s]on illustre ami le baron Alexandre » (*ibid.*, t. II, livre XXVI, chap. III, p. 54).

Page 91.

1. *La grande Océanique* : l'Océanie.

Page 92.

1. *La Nouvelle-Hollande* : ancien nom, donné par Tasman, à la partie occidentale connue de l'Australie en 1644. La découverte de la Nouvelle-Galles du sud date de 1788. Le nouveau nom — Australie — ne fut adopté qu'en 1824.

Page 94.

1. *L'Histoire générale des voyages* (1779, livre V, p. 63) mentionne Owin et Koscheley : « [En 1738] Owzin et Koscheley, partis de l'Oby, doublèrent non seulement le cap Matsol, situé à l'est du golfe de l'Oby, mais eurent encore le bonheur d'entrer dans le Ienissei sans obstacle. Ces navigations démontrent de manière incontestable que la Nouvelle-Zemble est une île. » La Nouvelle-Zemble est un archipel de l'océan Arctique russe, situé entre la mer de Barents et la mer de Kara.

2. *Le capitaine Parry* : Chateaubriand mentionne souvent Parry dans son œuvre, notamment dans les *Mémoires d'outre-tombe*. Avec d'autres voyageurs dont il parle dans la suite de cette préface, il fait de Parry le déclencheur de ses envies de départ en Amérique, par la médiation de l'initiateur Malesherbes : « C'est en m'entretenant avec lui [Malesherbes] que je conçus l'idée de faire un voyage dans l'Amérique du Nord pour découvrir la mer vue par Hearne et depuis par Mackenzie. » Une note de Chateaubriand, datée de 1831 et rédigée à Genève, ajoute : « Dans ces dernières années, naviguée par le capitaine Franklin et le capitaine Parry » (*Mémoires d'outre-tombe, op. cit.*, livre IV, chap. XIII, p. 265). Jules Verne rappelle l'anecdote des pièces jouées pendant l'hivernage de l'équipage de Parry dans ses *Aventures du capitaine Hatteras* (1866).

Page 95.

1. *Lucre* : profit, avantage matériel ou pécuniaire.

Page 96.

1. *Le chemin, qu'au dire de Milton, la Mort et le Mal*

construisirent sur l'abîme : allusion au livre X du *Paradis perdu* de Milton où le Péché et la Mort bâtissent un pont au-dessus du Chaos pour « suivre Satan dans la demeure de l'homme », selon les termes de la traduction de Chateaubriand : « Les deux Fantômes cimentèrent avec un bitume asphaltique le rivage ramassé, large comme les portes de l'enfer et profond comme ses racines. Le môle immense, courbé en avant, forma une arche élevée sur l'écumant abîme ; pont d'une longueur prodigieuse, atteignant à la muraille inébranlable de ce monde, à présent sans défense, confisqué au profit de la Mort : de là un chemin large, doux, commode, uni, descendit à l'enfer. Tel, si les petites choses peuvent être comparées aux grandes, Xerxès, parti de son grand palais Memnonien, vint de Suze jusqu'à la mer pour enchaîner la liberté de la Grèce ; il se fit, par un pont, un chemin sur l'Hellespont, joignit l'Europe à l'Asie, et frappa de verges les flots indignés. / La Mort et le Péché, par un art merveilleux, avaient maintenant poussé leur ouvrage (chaîne de rochers suspendus sur l'abîme tourmenté, en suivant la trace de Satan), jusqu'à la place même où Satan ploya ses ailes, et s'abattit, au sortir du Chaos, sur l'aride surface de ce monde sphérique » (John Milton, *Paradis perdu*, traduction de François-René de Chateaubriand [1836], Paris, Gallimard, coll. « Poésie/Gallimard », 1995, livre X, v. 298-318, p. 274-275).

2. Dans les *Mémoires d'outre-tombe*, Chateaubriand reprend ce passage concernant Hearne en donnant plus de précisions : « En 1772, Hearne avait découvert la mer à l'embouchure de la rivière de la Mine-de-Cuivre, par les 71 degrés 15 minutes de latitude nord, et les 119 degrés 15 minutes de longitude ouest de Greenwich » (*Mémoires d'outre-tombe*, op. cit., livre VII, chap. I, p. 355).

3. Chateaubriand écrivit un article sur *Mackenzie* et son livre, article intitulé « Alexander Mackenzie » daté de juillet 1801 et qui sera repris dans les *Mélanges littéraires* de 1834. Il dénonce cependant le « manque de méthode et de clarté » de l'ouvrage de Mackenzie mais établit surtout un parallèle entre lui et le voyageur à la fin de son long article, laissant poindre une légère amertume en ce que

Mackenzie a eu les moyens de réaliser ce que lui n'a pas pu exécuter lors de son voyage : « Me permettra-t-on une réflexion ? M. Mackenzie a fait au profit de l'Angleterre des découvertes que j'avais entreprises et proposées jadis au gouvernement pour l'avantage de la France. [...] En rendant compte des travaux de M. Mackenzie, j'ai donc pu mêler mes observations aux siennes, puisque nous nous sommes rencontrés dans les mêmes desseins, et qu'au moment où il exécutait son premier voyage, je parcourais aussi les déserts de l'Amérique ; mais il a été secondé dans son entreprise ; il avait derrière lui des amis heureux et une patrie tranquille : je n'ai pas eu le même bonheur. »

4. *Le capitaine Ross* : Chateaubriand mentionnera John Ross dans son *Essai sur la littérature anglaise* (1836), pris par un élan de nostalgie concernant ses anciennes errances de voyageur : il cite ainsi « quelques passages du journal du capitaine Ross » en se concentrant sur « ce monde arctique dont [il rêva] la découverte dans [sa] jeunesse » (*Essai sur la littérature anglaise, op. cit.*, p. 532 ; p. 533-537).

Page 104.

1. Chateaubriand donne la traduction du texte de Schoolcraft parue dans les *Nouvelles Annales des voyages* (*op. cit.*, t. XI, p. 173) mais change la ponctuation et supprime un fragment de phrase.

2. Mark Twain commencera *La Vie sur le Mississippi* (1883) sur des considérations historiques concernant l'origine et la découverte du grand fleuve américain qui occupe les deux premiers chapitres de l'ouvrage, concluant : « La Salle se retrouva à l'ombre de sa croix de confiscation, là où les eaux du Delaware, du lac Itaska [*sic*] et des chaînes montagneuses dominant le Pacifique rencontrent celles du golfe du Mexique, sa tâche achevée, sa prodigieuse aventure réalisée » (*La Vie sur le Mississippi*, dans Mark Twain, *Œuvres*, Paris, Gallimard, Bibliothèque de la Pléiade, 2015, p. 322). Twain arrête son histoire du Mississippi à La Salle, mentionnant tout de même le lac Itsaka, qu'il orthographie « Itaska », source du fleuve seulement authentifiée par Schoolcraft en 1832. Le Mississippi fascine Chateaubriand

par sa force et son étendue : il s'en inspire grandement pour inventer le fleuve Meschacebé de ses fictions indiennes (*Atala*, *René* et *Les Natchez*), empruntant là l'ancien nom du fleuve Mississippi. Dans le prologue d'*Atala*, il suit son cours depuis ses origines pour donner à l'entame de son récit une grandeur épique et une dimension étiologique comme paradisiaque.

3. *Une des principales sources du Mississipi* : le lac du Cèdre Rouge dans la langue des trappeurs français de l'époque, devenu depuis le Cass Lake (du nom de Lewis Cass), est traversé par le Mississippi. Lewis Cass, lors de son expédition de 1820, crut que c'était là la source du fleuve. Schoolcraft, qui avait participé à cette expédition, y retourna et parvint, plus en amont, à identifier la véritable source, le lac Itasca.

Page 105.

1. Chateaubriand suit toujours la traduction du texte de Schoolcraft parue dans les *Nouvelles Annales des voyages* (*op. cit.*, t. XI, p. 179-180).

Page 106.

1. Beltrami, *La Découverte des sources du Mississippi* (La Nouvelle-Orléans, Benjamin Lévy, 1824, p. 242-248). Chateaubriand en cite ici un florilège d'extraits.

2. Un *rhumb* de vent désigne une mesure correspondant à un angle d'un quart, dessinant une aire de vent mesurée au compas de marine à 11°15'.

3. La *folle-avoine*, plante herbacée de la famille des graminées, est souvent assimilée à une mauvaise herbe résistante. L'analogie des plaines à la mer ou à l'océan revient souvent sous la plume de Chateaubriand et poétise les descriptions par substitution des éléments. La folle-avoine tient une place particulière dans son œuvre en ce qu'elle symbolise les vertus de la Providence et la fertilité, distribuant l'abondance en terres de *wilderness* : « On arrive au lieu désigné : c'était une baie où la folle-avoine croissait en abondance. Ce blé, que la Providence a semé en Amérique pour le besoin des Sauvages, prend racine dans les eaux ; son grain est de la

nature du riz ; il donne une nourriture douce et bienfaisante. » Elle forme ainsi un « champ merveilleux » (*Les Natchez*, *op. cit.*, p. 380).

Page 107.

1. Depuis le début de ce paragraphe jusqu'à la fin de la préface, ce passage a été publié avant la parution en volume dans le *Mercure du XIXe siècle* (t. XIX, 1827, p. 243-247) ainsi que dans *Le Globe* (8 décembre 1827).

Page 108.

1. *Les distances ? elles ont disparu* : les progrès fulgurants des moyens de transport, la multiplication des bateaux à vapeur en particulier, raccourcissent en effet les distances et font du voyage sur le territoire américain un itinéraire de plus en plus fréquenté et banalisé tout au long du XIXe siècle. Sylvain Veynaire rappelle ainsi que, « dès la fin des années 1810, des armateurs américains ouvrirent ainsi, entre New-York et Liverpool, la *Black Ball Line* : pour la première fois des voiliers spécialisés dans le transport du courrier et des voyageurs partaient à dates et heures fixes — alors que, jusque-là, les navires de commerce, qui transportaient toutes sortes de cargaisons, attendaient pour prendre la mer que leurs cales fussent pleines, et les conditions de navigation favorables ». C'est la *Black Ball Line* qui lance ainsi le premier *packet boat*, qui donna naissance au mot « paquebot ». Sylvain Veynaire indique ainsi les transformations que cela implique sur le plan de la rapidité des voyages, montrant que se déroule, tout au long du XIXe siècle, une « épopée de la vitesse entre New-York et Liverpool » à laquelle Chateaubriand n'a pu assister que dans ses balbutiements : en 1838, il fallait ainsi quinze jours pour rallier Liverpool à New York, plus qu'un peu plus de quatre en 1909 (Sylvain Veynaire, *Panorama du voyage, 1780-1920*, Paris, Les Belles Lettres, 2012, p. 48-49).

INTRODUCTION

Page 112.

1. La préface à l'*Essai sur les révolutions* contenue au sein des *Œuvres complètes* de 1826 précise : « J'avais traversé l'Atlantique avec le dessein d'entreprendre un voyage dans l'intérieur du Canada, pour découvrir, s'il était possible, le passage au nord-ouest du continent américain » (*Essai sur les révolutions, op. cit.*, Préface, p. 5). La note qu'évoque Chateaubriand se situe au chapitre XXXII de la IIᵉ partie de l'*Essai sur les révolutions*, où il déclare que « le sujet [l'] a entraîné » et fait gonfler démesurément la note, qui va jusqu'à décrire ses diverses mésaventures en Amérique et se termine par une description de la cataracte de Niagara. Il y précise surtout les circonstances de son départ en ces termes : « Au reste, le voyage que j'entreprenais alors n'était que le préambule d'un autre bien plus important, dont à mon retour j'avais communiqué les plans à M. de Malesherbes, qui devait les présenter au gouvernement. Je ne me proposais rien de moins que de déterminer par terre la grande question du passage de la mer du Sud dans l'Atlantique par le Nord » (*ibid.*, p. 352, note A). Une fois en Amérique, Chateaubriand se rend cependant compte de l'utopie qu'il avait ainsi roulée dans son esprit, comme il le confie à Malesherbes dans une lettre datée de 1791 : « je deviendrai un coureur de bois avant de devenir le Christophe Colomb de l'Amérique polaire » (Chateaubriand, *Correspondance générale*, t. I, Paris, Gallimard, 1977, p. 60 ; voir ici en Annexes, p. 469). Dans les *Mémoires d'outre-tombe*, Chateaubriand confirme cette déconvenue, passage de l'idéalisation enthousiaste à la dure réalité : « Je ne trouvai aucun encouragement à Philadelphie. J'entrevis dès lors que le but de ce premier voyage serait manqué, et que ma course ne serait que le prélude d'un second et plus long voyage » (*Mémoires d'outre-tombe, op. cit.*, livre VII, chap. I, p. 357). Le « dessein » d'exploration est évoqué en ces termes dans les *Mémoires*, qui donnent plus de précisions sur la chimère qui prit alors de

l'empire sur son esprit : « Une idée me dominait, l'idée de
passer aux États-Unis : il fallait un but utile à mon voyage ;
je me proposais de découvrir (ainsi que je l'ai dit dans ces
Mémoires et dans plusieurs de mes ouvrages) le passage au
nord-ouest de l'Amérique. Ce projet n'était pas dégagé de
ma nature poétique. Personne ne s'occupait de moi ; j'étais
alors, ainsi que Bonaparte, un mince sous-lieutenant tout
à fait inconnu ; nous partions, l'un et l'autre, de l'obscurité à la même époque, moi pour chercher ma renommée
dans la solitude, lui sa gloire parmi les hommes. [...] M. de
Malesherbes me montait la tête sur ce voyage. J'allai le voir
le matin : le nez collé sur les cartes, nous comparions les
différents desseins de la coupole arctique ; nous supputions
les distances du détroit de Behring au fond de la baie d'Hudson ; nous lisions les divers récits des navigateurs et voyageurs anglais, hollandais, français, russes, suédois, danois ;
nous nous enquérions des chemins à suivre par terre pour
attaquer le rivage de la mer polaire ; nous devisions des
difficultés à surmonter, des précautions à prendre contre
la rigueur du climat, les assauts des bêtes, et le manque
de vivres. [...] Au sortir de ces conversations, je feuilletais
Tournefort, Duhamel, Bernard de Jussieu, Grew, Jacquin,
le Dictionnaire de Rousseau, les Flores élémentaires ; je
courais au Jardin du Roi, et déjà je me croyais un Linné »
(*ibid.*, t. I, livre V, chap. XV, p. 309-310). Ce qui pousse
Chateaubriand à partir en Amérique est aussi, de son propre
aveu, le rêve de gloire nourri à l'exemple des grands voyageurs dont il a lu les exploits, espérant prendre leur suite et
partager leur destin illustre : « En cas de succès, j'aurais eu
l'honneur d'imposer des noms français à des régions inconnues, de doter mon pays d'une colonie sur l'océan Pacifique,
d'enlever le riche commerce des pelleteries à une puissance
rivale, d'empêcher cette rivale de s'ouvrir un plus court chemin aux Indes, en mettant la France elle-même en possession de ce chemin » (*ibid.*, livre VII, chap. I, p. 356-357).
Aux raisons enthousiastes et rêveuses, Chateaubriand ajoute
les risques encourus par les nobles comme lui en période
révolutionnaire : « Enfin, au mois de janvier 1791, je pris
sérieusement mon parti. Le chaos augmentait : il suffisait

de porter un nom *aristocrate* pour être exposé aux persécutions [...] » (*ibid.*).

2. Dans la préface de la première édition d'*Atala* (1801), Chateaubriand déclare ainsi : « En 1789, je fis part à M. de Malesherbes du dessein que j'avais de passer en Amérique. Mais désirant en même temps donner un but utile à mon voyage, je formai le dessein de découvrir par terre le *passage* tant recherché et sur lequel Cook même avait laissé des doutes » (*Atala*, dans *Œuvres romanesques et voyages*, t. I, « Préface de la première édition », *op. cit.*, p. 16).

Page 113.

1. Chateaubriand évoque, dans les *Mémoires d'outre-tombe*, l'importance fondamentale de l'Amérique dans l'épanouissement de sa Muse, née à Combourg : « [...] je promis à la poésie ce qui serait perdu pour la science. En effet, si je ne rencontrai pas en Amérique ce que j'y cherchais, le monde polaire, j'y rencontrai une nouvelle muse » (*Mémoires d'outre-tombe*, *op. cit.*, livre VII, chap. I, p. 357). Dans l'*Essai sur les révolutions*, Chateaubriand rappelle combien la nature sauvage américaine constitue un lieu d'inspiration privilégié : « Vous, qui voulez écrire des hommes, transportez-vous dans les déserts ; redevenez un instant enfant de la nature, alors, et seulement alors, prenez la plume » (*Essai sur les révolutions*, IIᵉ partie, chap. LVII, *op. cit.*, p. 441).

Page 114.

1. Le trajet envisagé par Chateaubriand suit le parcours effectué par Lewis et Clarke puis prend à rebours le sens majoritairement adopté par les explorateurs dans l'extrême Nord américain (est-ouest) en débouchant sur la baie d'Hudson au lieu d'entrer par elle dans le passage du Nord-Ouest.

Page 115.

1. Retracée dans les *Mémoires d'outre-tombe*, la présentation à Louis XVI se produit par l'intermédiaire du maréchal de Duras, « qui tenait Combourg de sa femme, Maclovie de Coëtquen, née d'un Chateaubriand » et qui « s'arrangea »

avec le père de Chateaubriand pour lui céder Combourg. Chateaubriand poursuit : « Le même maréchal, en qualité de notre allié, nous présenta dans la suite à Louis XVI, mon frère et moi » (*Mémoires d'outre-tombe, op. cit.,* t. I, livre I, chap. III, p. 129-130).

2. Victurien Bonaventure Victor de Rochechouart, *marquis de Mortemart* (1753-1823), capitaine (1771) puis colonel-commandant du régiment de Navarre (1784), dirigea ce régiment dans lequel Chateaubriand avait servi avant de décider de partir en Amérique. Il émigra par la suite en 1791. Chateaubriand donne une vision plus détaillée de cette insurrection dans les *Mémoires d'outre-tombe* : « Mon régiment, en garnison à Rouen, conserva sa discipline assez tard. Il eut un engagement avec le peuple au sujet de l'exécution du comédien Bordier, qui subit le dernier arrêt de la puissance parlementaire ; pendu la veille, héros le lendemain, s'il eût vécu vingt-quatre heures de plus. Mais, enfin, l'insurrection se mit parmi les soldats de Navarre. Le marquis de Mortemart émigra ; les officiers le suivirent. Je n'avais adopté ni rejeté les nouvelles opinions ; aussi peu disposé à les attaquer qu'à les servir, je ne voulus ni émigrer ni continuer la carrière militaire : je me retirai » (*Mémoires d'outre-tombe, op. cit.,* t. I, livre V, chap. XV, p. 308).

3. Dans les *Mémoires d'outre-tombe,* Chateaubriand insiste sur cet esprit d'indépendance qui le caractérise dès sa prime jeunesse. C'est d'abord sur la grève de Saint-Malo, puis à l'épreuve des forêts et des champs qui entourent Combourg que se serait forgée cette nature d'enfant sauvage épris de liberté : les « tours de roue » de l'« énorme berline à l'antique » qui le mène à Combourg avec sa famille l'émerveillent et font naître en lui le « premier pas d'un Juif errant qui ne se devait plus arrêter » (*ibid.,* t. I, livre I, chap. VII, p. 156). Ce goût de la liberté remonte cependant, dans la mythologie personnelle de Chateaubriand, à bien plus loin et serait liée à sa condition noble : « Je suis né gentilhomme. Selon moi, j'ai profité du hasard de mon berceau, j'ai gardé cet amour ferme de la liberté qui appartient principalement à l'aristocratie dont la dernière heure est sonnée » (*ibid.,* livre I, chap. I, p. 117). Cette disposition se confirme sur la

grève de Saint-Malo, dans la lutte épique héroï-comique qui le confronte aux éléments tel un héros d'Homère : « Un des premiers plaisirs goûtés était de lutter contre les orages, de me jouer avec les vagues qui se retiraient devant moi, ou couraient après moi sur la rive » (*ibid.*, livre I, chap. IV, p. 141). Ce seraient ainsi les éléments marins de sa Bretagne qui l'auraient forgé tel qu'il est, farouche et indépendant : « Ces flots, ces vents, cette solitude qui furent mes premiers maîtres, convenaient peut-être mieux à mes dispositions natives ; peut-être dois-je à ces instituteurs sauvages quelques vertus que j'aurais ignorées » (*ibid.*, livre I, chap. VI, p. 151). Sur ce point, nous nous permettons de renvoyer à notre article, « L'enfance de Chateaubriand ou les itinéraires d'une errance intérieure » (dans *Enfance et errance dans la littérature européenne du XIXᵉ siècle*, sous la direction d'Isabelle Hervouet-Farrar, Clermont-Ferrand, PUBP, coll. « Littératures », 2011, p. 161-176).

4. À Coblence, en Allemagne, une armée d'émigrés s'opposant à la Révolution française s'était constituée autour de Condé à partir de 1791.

5. *Ceux qui fuyaient la liberté de leur patrie* : cette colonie française en Ohio s'appelait *Gallipolis*. Dans son article intitulé « Gallipolis, ou Colonie des Français sur l'Ohio », Volney, qui s'était rendu en Amérique en 1795, rappelle la propagande à laquelle s'était livrée « la compagnie du *Sioto*, qui, en 1790, ouvrit avec beaucoup d'éclat une vente de terres dans le plus beau canton des États-Unis, à six livres l'acre ». Mais Volney dévoile la supercherie à l'œuvre derrière les promesses d'un paradis utopique d'abondance et de quiétude car les colons spéculant sur la valeur de ces terres n'y trouveront que le labeur du défrichement, l'éloignement des « vivres », la pêche et la chasse qui ne sont plus un loisir mais une corvée et le voisinage dangereux des Indiens, en guerre contre les colons. Il rappelle également qu'« une sorte de contagion d'enthousiasme et de crédulité s'était emparée des esprits » devant la perspective d'une « vie champêtre et *libre* que l'on pouvait mener aux bords du *Sioto* » (dans Volney, *Œuvres*, t. II, Paris, Fayard, 1989, p. 301-302). Visitant les « huttes de tronc » ou « log-houses » des colons

français, Volney rapporte qu'« environ cinq cent colons, tous artistes ou artisans, ou bourgeois aisés et de bonnes mœurs, arrivèrent dans le cours de 1791 et 1792 aux ports de New-York, Philadelphie et Baltimore ; ils avaient payé chacun cinq à six cents livres de passage, et leurs voyages par terre, tant en France que dans les États-Unis, leur en avait coûté pour le moins autant » (*ibid.*, p. 304-305). Des cercles nobiliaires se développeront alors, dans les années qui suivent le voyage de Chateaubriand, regroupant les nobles exilés, hommes de lettres, hommes politiques ou intellectuels qui ont fui la Révolution et ses conséquences funestes, notamment autour de Médéric-Louis-Élie Moreau de Saint-Méry, où gravitent entre autres Volney, Noailles, Talleyrand, Larochefoucauld-Liancourt (sur ce point et plus généralement sur l'exil des nobles en Amérique pendant cette période, voir Doina Pasca Harsanyi, *Lessons for America. Liberal French Nobles in Exile, 1793-1798*, Pennsylvania State University, 2010).

6. Chateaubriand embarqua à bord du *Saint-Pierre* le 8 avril 1791.

7. *Marquis de La Rouairie* : Charles-Armand Tuffin de La Rouërie (1751-1793) participa, en Amérique, à la guerre d'indépendance sous le nom de « Colonel Armand » (formule que Chateaubriand place dans la bouche de Washington lors du récit de sa rencontre avec le président américain, un peu plus loin dans le *Voyage en Amérique*). De retour en France, il mène une forme de chouannerie bretonne, conjuration contre la Révolution qui finit par échouer : la suppression des lois et coutumes particulières à la Bretagne l'avait lancé dans la contre-révolution mais la conjuration, fondée en juin 1791 par La Rouërie, échoue et il meurt épuisé par des années de lutte au château de La Guyomarais le 30 janvier 1793. Comme il le rappelle dans les *Mémoires d'outre-tombe*, Chataubriand avait rencontré le marquis de La Rouërie à Fougères au cours du mois de janvier 1791 et lui demanda « une lettre pour le général Washington ». Il retrace alors son existence en un long paragraphe (*Mémoires d'outre-tombe*, *op. cit.*, t. I, livre V, chap. XV, p. 310). Une partie du contenu de cette lettre a été traduite par George

D. Painter dans sa biographie de Chateaubriand : La Rouërie y recommande un gentilhomme souhaitant « enrichir son esprit par l'active contemplation d'un pays si heureux et si capable d'émouvoir ; il veut aussi donner à son âme la satisfaction de voir l'homme extraordinaire et ces respectables citoyens qui se sont fait conduire par la main de la vertu au travers de la lutte la plus difficile et qui se sont choisi cette même vertu comme leur premier conseiller en établissant et en jouissant de leur liberté [...]. Sa famille, pour laquelle j'ai la plus haute estime, désire que je le recommande à l'attention de Votre Excellence. Je le fais avec plaisir parce que ce gentilhomme m'a toujours paru avoir vraiment droit à la réputation honorable dont il jouit. C'est un homme d'esprit et il consacre beaucoup de temps à la culture de ce don naturel » (cité par George D. Painter, *Chateaubriand, une biographie. Les orages désirés* [1977], Paris, Gallimard, 1979, p. 218-219).

Page 116.

1. *De jeunes séminaristes de Saint-Sulpice* : parmi eux se trouve Tulloch, qui sera mentionné dans les *Mémoires d'outre-tombe*, désigné par l'initiale de son prénom dès l'*Essai sur les révolutions*, et qui demeure, aux côtés du jeune Chateaubriand, un personnage important de la traversée jusqu'en Amérique et un ami de circonstance. Cette amitié n'est pas développée dans le *Voyage en Amérique*. George D. Painter a identifié les voyageurs et les sulpiciens accompagnant Chateaubriand dans son voyage (*Chateaubriand, une biographie, ibid.*, p. 220-221), parmi lesquels Édouard de Mondésir, « séminariste à Chartres », et qui laissa, dans ses *Souvenirs*, un portrait à charge contre le jeune Chateaubriand, « Don Quichotte, qui aimait à faire souvent des essais téméraires », qui n'hésite pas à déclamer les textes à haute voix ou à se baigner nu dans l'océan, ne pouvant tenir une seconde en place sur le bateau, tourmenté par sa « tête philosophique ». Le « supérieur », « homme de mérite » est M. Nagot. Selon Painter, Chateaubriand essaie d'extraire le jeune Tulloch de son influence (*ibid.*, p. 224-225).

2. Dans le *Génie du christianisme*, Chateaubriand évoque

les deux infinis de l'océan et du ciel qui le placent sur le
bateau au centre sublime, point de contact entre les éléments à perte de vue, formant un « double azur », « comme
une toile préparée pour recevoir les futures créations de
quelque grand peintre » (*Génie du christianisme, op. cit.*, Ire
partie, livre V, chap. XII, « Deux perspectives de la nature »,
p. 589). Ce passage sera repris dans les *Mémoires d'outre-
tombe*. Dans *Les Natchez*, la traversée de l'océan Atlantique par Chactas est en effet très proche de celle effectuée
par Chateaubriand, évoquant de nouveau cette euphorie
des grands espaces marins : « Je ne pouvais me rassasier
du spectacle de l'Océan » (*Les Natchez, op. cit.*, livre VII,
p. 280).

    3. Évoquant les « habitants des terres puniques » à propos
du chapitre traitant de Carthage, Chateaubriand rappelle
« l'état imparfait de la navigation » et « l'avarice, plus puissante que les inventions humaines » qui leur « avait servi
de boussole sur les déserts de l'océan » (*Essai sur les révolutions, op. cit.*, Ire partie, chap. XXX, p. 140). Dans *Itinéraire de Paris à Jérusalem*, Alexandrie lui semble produire
la même confusion, cette fois morne et mélancolique, de
la mer et du désert, ne formant plus qu'un même territoire
hybride : « Du haut de la terrasse de la maison du consul,
je n'apercevais qu'une mer nue, qui se brisait sur des côtes
basses encore plus nues, des ports presque vides et le désert
libyque s'enfonçant à l'horizon du midi. Ce désert semblait,
pour ainsi dire, accroître et prolonger la surface jaune et
aplanie des flots : on aurait cru voir une seule mer, dont une
moitié était agitée et bruyante, et dont l'autre moitié était
immobile et silencieuse » (*Itinéraire de Paris à Jérusalem*,
Folio classique, p. 479).

    4. Vers issus du *De rerum natura* [*La Nature des choses*]
de Lucrèce (livre V, v. 222-223) : « Et encore l'enfant, comme
le marin rejeté des ondes cruelles, il est là, gisant, tout nu, à
terre [...] » (traduction de Jackie Pigeaud, Paris, Gallimard,
coll. « Folio essais », 2010, p. 299).

Page 117.

    1. Ce passage a été repris et inséré par Chateaubriand

dans ses *Mémoires d'outre-tombe*, avec des modifications :
« [...] ces flots, ces vents, cette solitude qui furent mes premiers maîtres, convenaient peut-être mieux à mes dispositions natives ; peut-être dois-je à ces instituteurs sauvages
quelques vertus que j'aurais ignorées. La vérité est qu'aucun
système d'éducation n'est en soi préférable à un autre système : les enfants aiment-ils mieux leurs parents aujourd'hui
qu'ils les tutoyent et ne les craignent plus ? Gesril était gâté
dans la maison où j'étais gourmandé : nous avons été tous
deux d'honnêtes gens et des fils tendres et respectueux. Telle
chose que vous croyez mauvaise, met en valeur les talents
de votre enfant ; telle chose qui vous semble bonne, étouf-
ferait ces mêmes talents. Dieu fait bien ce qu'il fait ; c'est la
Providence qui nous dirige, lorsqu'elle nous destine à jouer
un rôle sur la scène du monde » (*Mémoires d'outre-tombe,
op. cit.*, livre I, chap. VI, p. 151). Dans *Mémoires de ma vie*,
avant-texte des *Mémoires d'outre-tombe*, Chateaubriand
avait donné une première version de ce passage : « Les flots,
les vents, cette solitude qui furent mes premiers maîtres,
convenaient peut-être mieux à la nature de mon esprit et
de mon cœur. Peut-être dois-je à cette éducation sauvage
quelques vertus que j'aurais ignorées. [...] Dieu fait bien tout
ce qu'il fait, et c'est sa providence qui nous dirige lorsqu'elle
nous réserve pour jouer un rôle sur la scène du monde »
(*Mémoires de ma vie*, dans *Mémoires d'outre-tombe, ibid.*,
p. 30). L'expression « Dieu fait bien tout ce qu'il fait » est
démarquée de La Fontaine : c'est le premier vers, comme
l'indique Jean-Claude Berchet (*Mémoires d'outre-tombe, op.
cit.*, p. 1272, note 11) de la fable intitulée « Le Gland et la
Citrouille ».

2. *Je n'ai revu Combourg que trois fois* : en mars 1787,
puis en décembre 1788, Chateaubriand s'était en effet rendu
de nouveau à Combourg mais l'acte manqué de son retour
impossible aux « champs paternels » a été en partie comblé par la fiction : dans *René* (1802), il fait en effet revenir son héros au château de son père, laissé à l'abandon,
constatant les ruines, la persistance de l'édifice et la reconquête de la nature sur l'œuvre des hommes. Ce retour au
domaine paternel est un élément récurrent dans l'œuvre de

Chateaubriand (nous nous permettons de renvoyer à notre article sur le sujet : « Le retour au lieu paternel, un thème obsédant de l'écriture de Chateaubriand », *Bulletin de la Société Chateaubriand* n° 50, La Vallée-aux-Loups, 2008, p. 37-49).

3. La petite-fille de Malesherbes fut exécutée le même jour que Chrétien Guillaume de Lamoignon de Malesherbes (1721-1794) lui-même, qui fut le protecteur des philosophes, bien que chef de la censure. Il défendra Louis XVI devant la Convention et son implication lui vaut d'être arrêté en décembre 1793 puis guillotiné en avril 1794. Il fut un protecteur du jeune Chateaubriand, l'encourageant à voyager en Amérique (pour plus de précisions, nous renvoyons à la préface de ce volume).

Page 118.

1. De nombreux écrivains se rendront en pèlerinage à Combourg, comme l'espérait à demi-mot Chateaubriand. Parmi eux, Flaubert et Du Camp, qui rendent compte, dans les « Carnets de Bretagne » en appendice à *Par les champs et par les grèves*, de leur enthousiasme face au château de Combourg, convenant au premier élan, romantique, du jeune Flaubert : « Combourg écrasé par le château : quatre tours réunies par des courtines, le tout recouvert d'un toit, de sorte que les baies supérieures ont un peu l'air (aux courtines surtout) des sabords d'un bâtiment. Pas de jardin, pas de parc. On entre par une grande cour de ferme, perron d'environ trente marches tout droit — le perron de René. Grands marronniers à gauche, qui montent jusqu'au haut du château. — Imbécile qui nous menait là en bas bleus et fumant sa pipe. Petite porte ; cour étroite enfouie entre les murailles, a l'air de la cour intérieure d'une prison. Au second, à gauche cette petite fenêtre carrée sous le toit est celle de la chambre de Chateaubriand enfant. [...] Le lac se rétrécit, s'atterrit ; nénuphars, grenouilles. Nous lisons *René* en face, le soir, dans une vieille édition du *Génie du christianisme* (1808) à gravures stupides, donnée par Mme de Marigny à M. Corvesier » (*Par les champs et par les grèves*, appendices, dans Flaubert, *Œuvres complètes*, t. II

(1845-1851), Paris, Gallimard, Bibliothèque de la Pléiade, 2013, p. 314).

2. Passage repris avec des modifications dans les *Mémoires d'outre-tombe* (*op. cit.*, livre III, chap. XIV, p. 222-224).

[VOYAGE EN AMÉRIQUE]

Page 119.

1. *Je m'embarquai donc à Saint-Malo* : Chateaubriand s'embarqua à bord du *Saint-Pierre*, qui quitta Saint-Malo le 8 avril 1791, brigantin (bateau disposant d'un seul pont et de deux mâts, aux voiles principales carrées) destiné, comme le rappelle George D. Painter, à « la pêche à la morue à Terre-Neuve ; petit (160 tonneaux), il était assez neuf (construit en Angleterre en 1783, c'était donc peut-être une prise de guerre) » (George D. Painter, *Chateaubriand, une biographie, op. cit.*, p. 218). À cette époque, il était fréquent que les navires marchands ou de pêche embarquent des voyageurs à destination de l'Amérique car les compagnies destinées aux voyages de tourisme en paquebots n'existaient pas encore, la révolution du voyage touristique se produisant à partir des années 1810 (voir Sylvain Veynaire, *Panorama du voyage, 1780-1920, ibid.*). Chateaubriand, dans les *Mémoires d'outre-tombe*, développe davantage le départ et la traversée de l'océan, notamment la scène de la tempête qu'il y vécut au retour, passée ici sous silence.

2. « Le 6 mai, vers les huit heures du matin, nous découvrîmes le pic de l'île du même nom, qui, dit-on, surpasse en hauteur celui de Ténérife ; bientôt nous aperçûmes une terre plus basse, et, entre onze heures et midi, nous jetâmes l'ancre dans une mauvais rade, sur un fond de roches, par quarante-cinq brasses d'eau./ L'île *Graciosa*, devant laquelle nous étions mouillés, se forme de petites collines un peu renflées au sommet, comme les belles courbes des vases corinthiens. Elles étaient alors couvertes de la verdure naissante des blés, d'où s'exhalait une odeur suave, particulière aux moissons des Açores. On voyait paraître, au milieu de

ces tapis onduleux, les divisions symétriques des champs,
formées de pierres volcaniques mi-partie blanches et noires,
et entassées les unes sur les autres, comme des murs à hauteur d'appui bâtis à froid. Des figuiers sauvages, avec leurs
feuilles violettes, et leurs petites figues pourprées arrangées
comme des nœuds de chapelets sur les branches, étaient
semés çà et là dans la campagne. Une abbaye se montrait
au haut d'un mont ; au pied de ce mont, dans une anse
caillouteuse, apparaissaient les toits rouges de la petite ville
de Santa-Cruz. Toute l'île, avec ses découpures de baies,
de caps, de criques, de promontoires, répétait son paysage
inversé dans les flots. De grands rochers nus, verticaux au
plan des vagues, lui servaient de ceinture extérieure, et
contrastaient par leurs couleurs enfumées, avec les festons
d'écume qui s'y appendaient au soleil comme une dentelle
d'argent. Le pic de l'île du même nom, par-delà Graciosa,
s'élevait majestueusement dans le fond du tableau au-dessus
d'une coupole de nuages. Une mer couleur d'émeraude,
et un ciel du bleu le plus pur, formaient la tenture de la
scène ; tandis que des goélands, des mauves blanches, des
corneilles marbrées des Açores planaient pesamment en
criant au-dessus du vaisseau à l'ancre, coupaient la surface
des vagues avec leurs grandes ailes recourbées en manière
de faux, et augmentaient autour de nous le bruit, le mouvement et la vie » (*Essai sur les révolutions*, *op. cit.*, IIe partie,
chap. LIV, p. 423-424). Dans les *Mémoires d'outre-tombe*,
Chateaubriand consacre tout un chapitre aux Açores et aux
îles Graciosa (*op. cit.*, livre VI, chap. IV, p. 330-333).

3. Sur cette *statue*, voir p. 75, n. 1.

Page 120.

1. *Essai sur les révolutions*, *op. cit.*, IIe partie, chap. LIV,
p. 421-423, note A. Chateaubriand y rappelle les péripéties vécues avec Tulloch, ici désigné par l'initiale « T ». Ce
jeune séminariste écossais, protestant converti au catho-
licisme, accompagnait le père Nagot et d'autres séminaristes en Amérique pour fonder le Séminaire Sainte-Marie.
Chateaubriand, une fois accosté en Amérique, ne revit plus
Tulloch, mais il mentionne une lettre qu'il lui a envoyée bien

plus tard, une fois qu'il était ambassadeur à Londres, lettre datée du 12 avril 1822 et citée dans les *Mémoires d'outre-tombe* (*op. cit.*, t. I, livre VI, chap. VI, p. 344-345).

2. « Nous allions souvent nous asseoir, dans l'île Saint-Pierre, sur la côte opposée à une petite île que les habitants ont appelée le Colombier, parce qu'elle en a la forme et qu'on y vient chercher des œufs au printemps » (*Génie du christianisme*, *op. cit.*, Ire partie, livre V, chap. VIII, p. 575).

3. Dans les *Mémoires d'outre-tombe*, Chateaubriand développe bien davantage sa visite à l'île de Saint-Pierre (*op. cit.*, t. I, livre VI, chap. V, p. 333-340). Il insiste notamment sur sa rencontre avec une « jeune marinière » lors d'une sortie solitaire au « Cap-à-l'Aigle » (*ibid.*, p. 337-338).

4. Le *calme* désigne une absence de vent dans l'atmosphère et une période de l'année dépourvue de vent.

Page 121.

1. *Génie du christianisme*, *op. cit.*, Ire partie, livre V, chap. XII, p. 591. Dans les *Mémoires d'outre-tombe*, les couchers de soleil flamboyants de cette région du globe aboutissent à une évocation de la sylphide de Combourg : « Les aubes et les aurores, les levers et les couchers du soleil, les crépuscules et les nuits étaient admirables. Je ne me pouvais rassasier de regarder Vénus, dont les rayons semblaient m'envelopper comme jadis les cheveux de ma sylphide » (*Mémoires d'outre-tombe*, *op. cit.*, livre VI, chap. VI, p. 340).

2. *Palan* : appareil permettant de lever et déplacer des charges lors du débarquement des marchandises. Sur un bateau, le palan permet aussi d'exécuter des manœuvres.

Page 122.

1. Cette première scène de témérité du jeune Chateaubriand (à laquelle s'ajouteront les péripéties vécues près du gouffre de Niagara) accentue la dimension romanesque du voyage entrepris mais correspond aussi à une réalité attestée par les *Souvenirs* de Mondésir qui insiste, avec ironie et dérision, sur l'inconscience du jeune voyageur : « Le chevalier, je dirais presque le Don Quichotte, qui aimait à

faire des essais souvent téméraires, voulut prendre un bain de mer dans l'Océan même. Les matelots eurent beau lui demander s'il en avait déjà pris, et, sur sa réponse que non, cherchèrent à le détourner d'une fantaisie dangereuse : il fallut lui céder. On nous fit descendre tous, prêtres et lévites, dans la chambre. Le baigneur se mit tout nu, on lui passa des sangles et des cordages sous les aisselles et il fut ainsi descendu sur le sol humide. À peine ses pieds y eurent-ils porté que le héros s'évanouit, et qu'il fallut se hâter de le hisser à bord, crainte aussi qu'un requin ne le coupât en deux. Revenu à lui sur le tillac, il se mit à dire : Eh bien, je sais maintenant à quoi m'en tenir » (Édouard de Mondésir, *Souvenirs*, Baltimore, Johns Hopkins University Press, 1942, p. 21).

2. « Le soir même, nous eûmes, comme disent les marins, connaissance de quelques palmiers qui se montraient dans le sud-ouest, et qui paraissaient sortir de la mer ; on ne voyait point le sol qui les portait » (*Itinéraire de Paris à Jérusalem*, Folio classique, p. 458).

Page 124.

1. *Stage* : transport collectif semblable à une diligence. Ce moyen de transport est souvent senti, par les voyageurs de cette époque, comme inconfortable.

2. La *Schuylkill* est un affluent du Delaware, qui se jette dans ce fleuve à hauteur de la ville de Philadelphie.

Page 125.

1. Chateaubriand, *Les Natchez*, *op. cit.*, p. 418.

2. Le Nouveau Monde est ainsi appelé en raison de l'impression qu'eurent les premiers voyageurs de découvrir un continent vierge de toute histoire, d'où la vision paradisiaque qui se surimposa sur ce territoire en réalité depuis longtemps colonisé par les peuplades indiennes, dont, à l'époque de Chateaubriand, l'on n'avait pas encore étudié en détail l'histoire, la culture et la richesse de la civilisation. L'absence de monument frappe les voyageurs (cela explique aussi la surprise de Chateaubriand lorsqu'il découvre les fameuses ruines de l'Ohio). Comme l'explique Roderick

Frazier Nash dans son livre *Wilderness and the American Mind* (Yale University Press [1967], rééd. 2001), la primitive sauvagerie des États-Unis est surtout une construction, une projection mentale de la part des hommes civilisés qui y perçoivent soit un chaos végétal hostile, soit un espace paradisiaque. Les monuments des États-Unis seront alors constitués par la nature même, sanctuarisés, sous l'impulsion de John Muir (1838-1914), écrivain américain et naturaliste, d'origine écossaise, à travers les parcs nationaux américains, aboutissant à la création du parc national de Yellowstone en 1872. Le monument américain s'inscrit dans la nature qui devient dès lors un patrimoine à part entière, préservé plus tard, au XXᵉ siècle, par l'adoption du *Wilderness Act*, qui permet de protéger de nombreuses forêts fédérales des déprédations humaines. *Monument Valley* est emblématique de cette manière de considérer la nature comme un monument puisque le site ainsi désigné est entièrement naturel, formé de buttes de roches oxydées sur le plateau du Colorado. Le mont Rushmore, ensemble de sculptures monumentales en granit, situé dans le Dakota du Sud et formant un mémorial constitué des bustes gigantesques de quatre présidents américains (Washington, Jefferson, Roosevelet, Lincoln) créés à partir de 1925, inscrit l'histoire du pays dans la roche d'un mont, sacré pour les Sioux.

3. Chateaubriand est conscient, avec la distance des années, de cette projection mentale qui le pousse à idéaliser le Nouveau Monde, à l'aune des références de l'Ancien Monde, encore tout imprégné de ses lectures d'Homère et des écrivains de l'Antiquité, lui que l'on surnommait « l'Élégiaque » lorsqu'il était écolier si l'on en croit le récit qu'il en fait dans les *Mémoires d'outre-tombe*. L'Antiquité romaine lui paraît l'âge d'or, la pureté originelle de la civilisation occidentale et son idéalisation de l'Amérique rejoint son rousseauisme car Rousseau lui aussi avait pour la rigueur des mœurs romaines une forme d'idéalisation qu'il érigeait en mode de vie et de conduite, selon le récit de sa jeunesse fait dans *Les Confessions*. La préface de 1826 à l'*Essai sur les révolutions* revient sur cette illusion de vouloir « juger les peuples modernes d'après les peuples anciens » (*op. cit.*,

p. 23). — Caton l'Ancien (234-149 av. J.-C.) représente le
sage vertueux par excellence, célébré par Cicéron dans son
De Senectute ou *Cato Maior* (44 av. J.-C.) ; Sénèque célèbre
Caton pour sa sagesse dans son *De constantia sapientis* (*De
la constance du sage*, entre 47 et 62).

4. *J'admirais beaucoup les républiques* : dans l'*Essai sur
les révolutions*, Chateaubriand traite notamment des républiques grecques et de la « révolution républicaine » (*op. cit.*,
livre I, chap. II-XII).

Page 126.

1. *Essai sur les révolutions*, *ibid.*, Iʳᵉ partie, chap. XXXIII,
p. 147-148, note F (note reproduite en Annexes, p. 472).

2. Philadelphie fut provisoirement capitale des États-
Unis, abritant le Congrès, de 1790 à 1800, laissant ensuite
la place à Washington.

3. *Quelques Français émigrés* : des colons avaient fui les
Antilles à partir de 1789. Des émigrés français, qui avaient
acheté des terres *via* la compagnie du *Sioto*, s'en trouvèrent
dépossédés par les Indiens, premiers occupants des lieux et
qui voulaient récupérer leurs terres indûment spoliées. Les
forces armées américaines furent vaincues par les Indiens
et les émigrés, dépossédés, se réfugièrent pour une partie
d'entre eux à Philadelphie.

4. *Albany* fut pendant longtemps un lieu stratégique pour
le commerce de fourrure avec Montréal, souvent de contre-
bande par le biais des Indiens.

5. *Le général Washington n'y était pas* : cet épisode de
la rencontre avec Washington a suscité de nombreuses
controverses dans le monde de la critique, certains ayant
mis en doute la réalité des faits. George D. Painter révèle
en effet que Washington n'était pas en voyage mais malade
lorsque Chateaubriand se présenta et qu'il ne pouvait donc
pas recevoir de visiteur. Un billet adressé par Washington
à La Rouërie, que cite Painter, atteste qu'il a bien reçu la
lettre de recommandation mais que Chateaubriand était
parti à Niagara le lendemain de sa venue (*Chateaubriand,
une biographie*, *op. cit.*, p. 244). La rencontre eut néanmoins

lieu, mais plus tardivement puisque G. D. Painter rappelle que « François-René fit un nouveau séjour de plusieurs semaines à Philadelphie avant de se rembarquer pour l'Europe le 10 décembre. Le président était alors dans la capitale, parfaitement remis, et recevait ses visiteurs comme à l'accoutumée » et comme « il n'y avait rien en Amérique que François-René souhaitât plus que de rencontrer le président Washington », qu'il décrit avec précision sa rencontre que rien n'empêchait plus, le biographe en conclut : « Nous pouvons être sûrs qu'il rencontra effectivement Washington, non en juillet, certes, mais à la fin de novembre ou au début de décembre [...] » (*ibid.*, p. 244-245). Jean-Claude Berchet situe la rencontre après le 5 septembre.

6. Washington, voyageant avec une certaine aisance et un certain luxe, ne correspond en effet pas au modèle antique de *Cincinnatus* (Ve s. av. J.-C.), symbole de la vertu et de la vie simple qui, paysan cultivant son sillon, fut nommé consul en 460 av. J.-C. et, une fois sa tâche accomplie, retourna à son champ.

Page 127.

1. La *clef de la Bastille* que Washington détenait lui avait été envoyée en 1789 par le marquis de La Fayette, qui avait participé à la guerre d'indépendance américaine aux côtés du futur président des États-Unis et était un de ses amis. Elle est aujourd'hui conservée au musée de Mount Vernon, ancienne résidence du président Washington.

Page 128.

1. *Si l'on compare Washington et Buonaparte* : à la manière de Plutarque, Chateaubriand affectionne les parallèles de grands hommes, auxquels il cédera dans l'*Essai sur la littérature anglaise* (1836) pour comparer les génies d'une même lignée littéraire, ainsi que dans les *Mémoires d'outre-tombe* (1848), allant jusqu'à se comparer lui-même à Napoléon ou à Byron. Ce parallèle répond à une logique du contraste, Washington représentant le grand homme bénéfique et Bonaparte le grand homme maléfique, désigné par son nom corse, accentuant son origine étrangère et

le discréditant (« Buonaparte » au lieu de « Bonaparte »).
Ce discrédit se situe dans la lignée de *De Buonaparte et
des Bourbons* (1814), pamphlet anti-bonapartiste de Chateaubriand qui alimenta la légende noire de l'empereur
déchu.

Page 129.

1. Citation approximative du Livre de Josué (x, 24) :
« Allez, et mettez le pied sur le cou de ces rois » (traduction
de Lemaître de Sacy).

2. Corneille, *Attila*, acte I, scène I, v. 2.

Page 130.

1. *Sous son toit paternel* : cette formule, souvent reprise
par Chateaubriand à son compte, dans les *Mémoires d'outre-
tombe*, pour désigner Combourg, rapproche Washington de
son idéal politique, héros civilisateur et humble, aux antipodes de Bonaparte.

2. Le ton de Chateaubriand, dans le portrait de
Bonaparte, renoue avec celui du polémiste. L'un des griefs
prononcés à l'encontre de Bonaparte dans *De Buonaparte et
des Bourbons* (1814) est le despotisme napoléonien, fondé
sur l'illégitimité de sa prise de pouvoir et la confiscation
de ce pouvoir à ses propres fins, à l'encontre des libertés
du peuple français.

3. *Pour quelques colons opprimés* : ce Français évoqué par Chateaubriand n'est autre que le marquis de La
Fayette (1757-1834), qui participa victorieusement à la
guerre d'indépendance américaine. Il revint en France en
1779, participa à la Révolution française puis se rendit une
seconde fois aux États-Unis en 1824-1825, sur l'invitation
du président James Monroe. Il fut accueilli en héros. Dans
les *Mémoires d'outre-tombe*, Chateaubriand consacrera un
chapitre entier à La Fayette, qui venait de mourir. Dans
cette oraison funèbre, le mémorialiste fait son éloge et rappelle « son ovation aux États-Unis » qui l'a « singulièrement
rehaussé » : « un peuple, en se levant pour le saluer, l'a couvert de l'éclat de la reconnaissance » (*op. cit.*, t. II, livre XLII,
chap. III, p. 958).

Page 132.

1. *Essai sur les révolutions*, *op. cit.*, Iʳᵉ partie, chap. XXXIII, p. 149.

2. *Ibid.*, IIᵉ partie, chap. XXIII, p. 351, note A.

3. *Un de ses frères* : il s'agit de Joseph Bonaparte, qui s'exila en Amérique après la bataille de Waterloo pour habiter au lieu nommé « Point Breeze » ou « Bonaparte's Park », le long de la rivière Delaware (et non Hudson, comme le déclare Chateaubriand).

4. Le major John André, soldat anglais né en 1750, fut pendu pour trahison le 2 octobre 1780. Il devint un héros en Angleterre et fut chanté dans une ballade intitulée « Ballade du Major André ». Comme le remarque Henri Rossi après Jean-Claude Berchet (Chateaubriand, *Œuvres complètes*, t. VI-VII, *op. cit.*, p. 164-165, note 37), Chateaubriand évoque l'*éloge* de la magnanimité de Washington dans l'éloge funèbre de Fontanes, mais elle concerne un autre officier anglais, Charles Asgill, qui avait été gracié par Washington sur la demande de Marie-Antoinette. La complainte d'Asgill est évoquée dans les *Mémoires d'outre-tombe* (*op. cit.*, livre VII, chap. II, p. 358).

5. Les Anglais détenaient le monopole du trafic des peaux : le Traité de Paris (1763) entraîne la perte des territoires français en Amérique du Nord et le début de la mainmise des Anglais sur le commerce dans cette région, notamment en liaison avec Montréal. Sur ce point, voir l'excellente étude de Gilles Havard, *Histoire des coureurs de bois. Amérique du Nord, 1600-1840* (Paris, Indes savantes, 2016).

Page 133.

1. *Le fameux canal de New-York* : en 1823, le canal Champlain relia le lac Champlain au fleuve Hudson mais Chateaubriand fait sans doute référence au canal Érié, édifié en 1825, et qui permit de relier l'Hudson river et le lac Érié, et plus largement l'océan atlantique aux Grands Lacs. Lorsque Chateaubriand débarqua en Amérique, ces canaux n'existaient pas encore mais l'idée en avait germé bien auparavant.

2. La rivière *Mohawk* est un affluent de l'Hudson river, du nom d'une nation indienne de la confédération des Iroquois.

Page 134

1. *Essai sur les révolutions*, *op. cit.*, IIe partie, chap. LVII : « Nuit chez les Sauvages de l'Amérique », p. 442. Ce texte est reproduit en Annexes, p. 488.

2. George D. Painter rappelle que les Indiens s'étaient retirés de ces terres, alors peuplées de colons, ce qui put entraîner une déconvenue certaine pour Chateaubriand, à la recherche de sauvages authentiques : « La piste des Iroquois n'avait jamais été aussi fréquentée que lorsque François-René s'y engagea cet été-là » (*Chateaubriand, une biographie*, *op. cit.*, p. 249).

3. George D. Painter, suivant les indications que donne Chateaubriand dans *Itinéraire de Paris à Jérusalem* sur M. Violet, rappelle ces informations : « Il avait été marmiton au mess du général Rochambeau pendant la guerre et il était resté après son départ pour faire l'éducation artistique des Américains. Il gagnait maintenant fort bien sa vie comme maître de danse chez les Iroquois, qui le payaient en peaux de castor et en jambon d'ours » (*ibid.*, p. 250). Painter ajoute en note que les « maîtres à danser français » étaient fréquents sur ces territoires américains, répartis « en divers endroits dans le nord de l'État de New-York » (*ibid.*, p. 374, note 7).

4. *Veste de droguet* : veste confectionnée dans une étoffe de bas prix, serge composée de fil et de laine, parfois totalement en laine. Dans un emploi péjoratif, le *Littré* indique l'expression « c'est du droguet » au sens de « c'est chose de peu de valeur ».

Page 135.

1. Chateaubriand avait donné une autre version de ce texte auparavant dans l'*Itinéraire de Paris à Jérusalem* (1811), condensant ici la scène décrite dans ce récit de voyage : « Je me trouvais en Amérique, sur la frontière du pays des Sauvages : j'appris qu'à la première journée je rencontrerais parmi les Indiens un de mes compatriotes. Arrivés chez

les Cayougas, tribu qui faisait partie de la nation des Iroquois, mon guide me conduisit dans une forêt. Au milieu de cette forêt, on voyait une espèce de grange ; je trouvai dans cette grange une vingtaine de Sauvages, hommes et femmes, barbouillés comme des sorciers, le corps demi-nu, les oreilles découpées, des plumes de corbeau sur la tête, et des anneaux passés dans les narines. Un petit Français poudré et frisé comme autrefois, habit vert pomme, veste de droguet, jabot et manchette de mousseline, raclait un violon de poche, et faisait danser *Madelon Friquet* à ces Iroquois. M. Violet (c'était son nom), était maître de danse chez les Sauvages. On lui payait ses leçons en peaux de castors et en jambons d'ours : il avait été marmiton au service du général Rochambeau, pendant la guerre d'Amérique. Demeuré à New-York après le départ de notre armée, il résolut d'enseigner les beaux-arts aux Américains. Ses vues s'étant agrandies avec ses succès, le nouvel Orphée porta la civilisation jusque chez les hordes errantes du Nouveau-Monde. En me parlant des Indiens, il me disait toujours : "Ces messieurs Sauvages et ces dames Sauvagesses." Il se louait beaucoup de la légèreté de ses écoliers : en effet, je n'ai jamais vu faire de telles gambades. M. Violet, tenant son petit violon entre son menton et sa poitrine, accordait l'instrument fatal ; il criait en iroquois : *À vos places !* Et toute la troupe sautait comme une bande de démons. Voilà ce que c'est que le génie des peuples » (*Itinéraire de Paris à Jérusalem*, Folio classique, p. 490). En ce qui concerne cet air de « Madelon Friquet », Maurice Regard, dans les notes de son édition de l'*Itinéraire de Paris à Jérusalem*, en donne le couplet et l'air, indiquant que cette chanson « paraît dans une pièce en un acte de Le Sage d'Orneval, créée pour le début de l'Opéra-comique à la foire Saint-Laurent en 1721 » (*Itinéraire de Paris à Jérusalem*, dans *Œuvres romanesques et voyages*, t. II, *op. cit.*, p. 1741).

2. Même si la composition du *Voyage en Amérique* peut en effet avoir pu s'établir à la hâte dans le contexte de la parution en volumes des *Œuvres complètes*, ces mentions visant à justifier un désordre apparent de l'œuvre peuvent également ressortir d'une rhétorique de la fausse négligence,

visant tout à la fois à donner à son propos plus d'authenticité (nous lisons, en toute apparence, les données brutes, laissées à l'état fragmentaire, du manuscrit, des lettres, d'un journal), mais peuvent aussi permettre d'excuser et d'expliquer au lecteur le passage d'un propos, d'un lieu, d'un genre à un autre, sans lien *a priori*. Nous renvoyons à notre préface pour l'analyse de ces procédés de commentaires autoréflexifs sur l'organisation des données textuelles.

LES ONONDAGAS

3. Les *Onondagas* sont une tribu indienne membre de la confédération iroquoise des Cinq-Nations, « gardiens du feu » et dépositaires des archives de la confédération.

4. *Maringouins* : gros moustiques abondants dans les pays chauds et également au Canada. Tocqueville, dans *Quinze jours dans le désert* (Paris, Gallimard, coll. « Folio », 2012, p. 73-74), décrit les maringouins en ces termes : « L'animal qu'on appelle *mosquito* en anglais, et *maringouin* en français canadien est un petit insecte semblable en tout au *cousin* de France dont il diffère seulement par la grosseur. Il est généralement plus grand et sa trompe est si forte et si acérée que les étoffes de laine peuvent seules vous garantir de ses piqûres. Ce petit moucheron est le fléau des solitudes de l'Amérique. Sa présence suffirait pour y rendre un long séjour insupportable. Quant à moi, je déclare n'avoir jamais éprouvé un tourment semblable à celui qu'il m'a fait souffrir pendant tout le cours de ce voyage et particulièrement durant notre séjour à Saginaw. Le jour ils nous empêchaient de dessiner, d'écrire, de rester un seul moment en place, la nuit ils circulaient par milliers autour de nous : chaque endroit du corps que vous laissiez découvert leur servait à l'instant de rendez-vous. Réveillés par la douleur que causait la piqûre nous nous couvrions la tête de nos draps, leur aiguillon passait à travers ; chassés, poursuivis ainsi par eux nous nous levions et nous allions respirer l'air du dehors jusqu'à ce que la fatigue nous procurât enfin un sommeil pénible et interrompu. »

Page 136.

1. *Ajoupa* : hutte indienne, recouverte de peaux, de branchages ou de feuilles et soutenue par des pieux.

2. Dans les *Mémoires d'outre-tombe*, Chateaubriand cite Malesherbes qui déplore l'impossibilité, due à son grand âge, de pouvoir l'accompagner en Amérique, mais aussi le peu de connaissances du jeune voyageur en matière de botanique, signifiant par là qu'il ne pourra pas tirer tout le profit qu'il devrait de son voyage : « C'est bien dommage que vous ne sachiez pas la botanique ! » (*Mémoires d'outre-tombe, op. cit.*, t. I, livre V, chap. XV, p. 310). Dans la lettre que Chateaubriand adresse à Malesherbes une fois arrivé aux États-Unis, il avoue sa méconnaissance en botanique et sa peur du ridicule en la matière : « Je tâche de ramasser des plantes ; mais je ne m'y connais guère, et on se moquera de moi » (Lettre à Chrétien-Guillaume de Lamoignon de Malesherbes, dans *Correspondance générale*, t. I, *op. cit.*, p. 60 ; cette lettre est reproduite en Annexes, p. 469). Chateaubriand, qui avoue avec distance ironique sa naïveté d'alors, se croyant déjà, après avoir feuilleté des ouvrages de botanique, un « nouveau Linné », de même qu'il herborise comme Rousseau, fait néanmoins, dans sa narration, un usage scientifique des noms de plantes et d'arbres, comme d'espèces animales afin de crédibiliser son propos et de se donner l'*ethos* et la noblesse d'un de ces voyageurs naturalistes comme Bartram ou Humboldt, qu'il admire beaucoup. Le prologue d'*Atala* est une illustration de ce procédé de scientificité. Il convient de noter que William Bartram, l'une des sources importantes de Chateaubriand, se livre, en naturaliste, à ce genre d'excursions, dans un contexte similaire à celui qu'évoque Chateaubriand dans son propre voyage : « Le lendemain du meurtre des ours, tandis que mes compagnons de voyage levaient nos tentes, et se préparaient à se rembarquer, je voulus faire seul une petite promenade botanique. » Plus loin dans son récit, Bartram réitère son expérience, qui devient une habitude de botaniste : « Je m'éloignai de mes compagnons pour me livrer, suivant mon usage à des recherches botaniques » (*Travels* [1790], traduits en français en 1808 ; *Voyages dans*

le sud de l'Amérique du Nord, op. cit., respectivement p. 21
et 64).

3. Le *passer nivalis* a été recensé par William Bartram
dans ses *Voyages*. Il s'agit de « l'oiseau de neige », le Junco
ardoisé (*Junco hyemalis hyemalis*) (William Bartram, *op.
cit.*, p. 266).

4. *Strix exclamator* : il s'agit sans doute du *strix acclama-
tor* ou *strix acclamatus/strix varia varia*, sous-espèce de la
chouette rayée, mentionnée par Bartram comme un oiseau
qui séjourne toute l'année en Pennsylvanie (*Voyages, ibid.*,
p. 257). Chateaubriand l'assimile à l'orfraie, or, l'orfraie
désigne la plupart du temps la pygargue à queue blanche,
un rapace diurne. Il confond sans doute (la confusion
est fréquente, due aux sonorités proches des deux mots)
avec la chouette effraie, dont le cri sinistre et aigu correspond davantage à la description donnée. Dans le texte des
Mémoires d'outre-tombe, Chateaubriand semble dissocier les
deux oiseaux : « J'entendis aussi l'orfraie, fort bien caractérisée par sa voix. Le vol de l'*exclamator* m'avait conduit à
un vallon resserré [...] » (*op. cit.*, livre VII, chap. IV, p. 365).

Page 138.

1. *Réclamer la justice en sa faveur* : Tocqueville, voyageant
avec Beaumont en Amérique en 1831 avec l'intention de se
plonger dans la *wilderness*, aura le même réflexe après avoir
vu un Indien saoul maltraité dans un fossé. Il se heurtera
à la même indifférence face à l'injustice : « Le soir nous
sortîmes de la ville et à peu de distance des dernières maisons nous aperçûmes un Indien couché sur le bord de la
route. C'était un jeune homme. Il était sans mouvement et
nous le crûmes mort. [...] Il vint enfin une jeune Indienne
qui d'abord sembla s'approcher avec un certain intérêt. Je
crus que c'était la femme ou la sœur du mourant. Elle le
considéra attentivement, l'appela à haute voix par son nom,
tâta son cœur et, s'étant assurée qu'il vivait, chercha à le
tirer de sa léthargie. Mais comme ses efforts étaient inutiles,
nous la vîmes entrer en fureur contre ce corps inanimé qui
gisait devant elle. Elle lui frappait la tête, lui tortillait le
visage avec ses mains, le foulait aux pieds. En se livrant

à ces actes de férocité, elle poussait des cris inarticulés et sauvages qui, à cette heure, semblent encore vibrer dans mes oreilles. Nous crûmes enfin devoir intervenir et nous lui ordonnâmes péremptoirement de se retirer. Elle obéit, mais nous l'entendîmes en s'éloignant pousser un éclat de rire barbare. / Revenus à la ville, nous entretînmes plusieurs personnes du jeune Indien. Nous parlâmes du danger imminent auquel il était exposé ; nous offrîmes même de payer sa dépense dans une auberge ; tout cela fut inutile. Nous ne pûmes déterminer personne à bouger » (Alexis de Tocqueville, *Quinze jours dans le désert*, op. cit., p. 12-13).

Page 139.

1. William Bartram mentionne également le chant du coucou des Carolines dans ses *Voyages* : « Le chant de la Grive des bois et du coucou de la Caroline dans l'épais feuillage du magnolia, de l'orme, du Liquidambar et du gigantesque *Fagus sylvatica*, avait un charme particulier pour des hommes qui venaient de traverser des sables brûlants » (*Voyages*, op. cit., p. 175).

2. Chateaubriand avait déjà décrit en termes semblables le jeune chef d'une famille indienne dans l'*Essai sur les révolutions* : « Le jeune homme seul gardait un silence obstiné ; il tenait constamment les yeux attachés sur moi. Malgré les raies noires, rouges, bleues, les oreilles découpées, la perle pendante au nez dont il était défiguré, on distinguait aisément la noblesse et la sensibilité qui animaient son visage » (*Essai sur les révolutions*, IIe partie, chap. LVII, p. 444). George D. Painter révèle que ce chef des Onondagas se nomme « Kahiktoton » (*Chateaubriand, une biographie*, op. cit., p. 253).

Page 140.

1. Gilles Havard et Cécile Vidal rappellent que les liens des Indiens avec les Français étaient plus proches qu'avec les Anglais, plus cruels avec eux, et avec qui ils entretenaient souvent de mauvaises relations. Il s'appuie ainsi sur le témoignage de Francis Parkman, « historien de Boston de la deuxième moitié du XIXe siècle » déclarant : « La

civilisation hispanique a écrasé l'Indien ; la civilisation britannique l'a méprisé et négligé ; la civilisation française l'a
adopté et a veillé sur lui » (Gilles Havard et Cécile Vidal,
Histoire de l'Amérique française, Paris, Flammarion [2003],
coll. « Champs histoire », 2008, p. 251 ; propos développé
p. 251-252). Cette « relation privilégiée » (*ibid.*) est fondée,
selon Chateaubriand, un peu plus loin dans le *Voyage en
Amérique*, sur d'autres raisons : « De tous les Européens,
mes compatriotes sont les plus aimés des Indiens. Cela
tient à la gaîté des Français, à leur valeur brillante, à leur
goût de la chasse et même de la vie sauvage ; comme si la
plus grande civilisation se rapprochait de l'état de nature »
(*ibid.*, p. 52-53). Dans *Un Yankee au Canada*, H. D. Thoreau
confirme ces bonnes relations entre colons français et
Indiens d'Amérique, fondées notamment sur l'ensauvagement des Français coureurs de bois, prenant les us et
coutumes des Indiens, ce que fera d'ailleurs Chateaubriand
lui-même en adoptant un accoutrement de coureur de
bois (Painter décrit son accoutrement sauvage dans *Chateaubriand, une biographie, op. cit.*, p. 251) : « Il convient
de dire au crédit des Français que ces derniers ont, dans
une certaine mesure, respecté les Indiens comme un peuple
à part et indépendant, et qu'ils ont parlé d'eux et se sont
comparés à eux comme les Anglais ne l'ont jamais fait »
(H. D. Thoreau, *Un Yankee au Canada*, traduction de Simon
Le Fournis, Rennes, La Part Commune, 2011, p. 119).

Page 141.

1. *Comme chez les Grecs* : l'analogie avec les mœurs des
Anciens, qui court dans tout le *Voyage en Amérique*, fait
renouer la vie et les coutumes des Indiens avec la simplicité
idyllique des coutumes antiques. Il les nommera et associera
plus loin par l'appellation de « peuples enfants ». Une même
analogie transfiguratrice des peuples primitifs se retrouve
dans les écrits de Thoreau pour désigner cette fois les bate-
liers, idéalisés par Thoreau comme des hommes libres, à
l'image des Indiens, en osmose avec la nature et le fleuve
Merrimack : « On peut difficilement imaginer d'emploi plus
sain ou plus propice à la contemplation et à l'observation

de la nature. [...] Ils ne sont pas soumis aux intempéries, comme les bûcherons du Maine, mais ils inhalent un air sain, ne sont guère gênés par leurs habits et restent souvent tête et pieds nus. [...] Les phénomènes qui l'entourent [le batelier] sont à la fois simples et grands, et il y a quelque chose d'impressionnant, voire de majestueux, dans le mouvement qu'il déclenche, qui se transmettra tout naturellement à son propre caractère. Et il sent, non sans fierté, ce lent courant irrésistible sous ses pieds comme si c'était sa propre énergie » (H. D. Thoreau, *Sept Jours sur le fleuve* [1849], traduction de Thierry Gillyboeuf, Paris, Fayard, 2012, p. 223-224).

2. James *Wolfe* (1727-1759), général britannique, mourut lors du siège de Québec, le 13 septembre 1759, siège qui entraîna la perte de la colonie française du Canada par le royaume de France. Chateaubriand reparlera du général Wolfe dans l'*Essai sur la littérature anglaise* en évoquant, à propos du « paysan vendéen », une des nombreuses œuvres d'art qui furent consacrées à la mort héroïque de Wolfe : « Dans un coin de cette foule était un homme de trente à trente-quatre ans, qu'on ne regardait point, et qui lui-même ne faisait attention qu'à une gravure de la mort du général Wolf » (*Essai sur la littérature anglaise, op. cit.*, p. 462).

Page 142.

1. Un voyageur anonyme, publiant en 1821 un *Voyage au Kentoukey*, décrit cette colonie du *Génésée*, telle qu'elle se présenta à lui en 1820, en ces termes : « Le Genesy est situé à trois degrés plus au midi que le pays de Vaud, néanmoins la température y est la même, parce que les contrées incultes, couvertes de forêts, doivent être plus froides que celles qui sont cultivées. Il est borné à l'est par une chaîne de montagnes qui le séparent de la Pennsylvanie ; à l'ouest il s'étend jusqu'aux confins du Canada supérieur, entre les lacs Érié et Ontario. Depuis ces lacs, les terres s'élèvent insensiblement. Cette contrée est, au surplus, un assemblage de vallons et de collines, dont la plupart sont légèrement inclinées. L'hiver commence à mi-décembre et finit mi-mars : la neige ne couvre la terre que pendant quatre à cinq semaines ;

les petites rivières gèlent parfois, et les grandes fort rarement. Le terrain y est très fertile et susceptible de produire en abondance toutes sortes de grains, fruits et légumes » (*Voyage au Kentoukey, et sur les bords du Genesée, précédé de conseils aux libéraux, et à tous ceux qui se proposent de passer aux États-Unis*, par M*******, Paris, Sollier, 1821, p. 182-183). La Genesee est aussi le nom d'une rivière qui traverse l'État de New York et se jette dans le lac Ontario.

2. *Les défrichements* : une formule semblable était employée par Chateaubriand pour commencer son tableau descriptif formant le cadre de l'aveu de René dans le récit du même nom : « Des tentes, des maisons à moitié bâties, des forteresses commencées, des défrichements couverts de nègres, des groupes de blancs et d'Indiens, présentaient, dans ce petit espace, le contraste des mœurs sociales et des mœurs sauvages » (*René*, dans *Œuvres romanesques et voyages*, t. I, *op. cit.*, p. 118). L'œuvre des colons et des pionniers, jusqu'à la frontière qui sépare des espaces sauvages — la *wilderness* gouvernée par les Indiens —, consiste à transformer la végétation naturelle, les arbres de la forêt, en terres cultivables où implanter les log-houses, maisons caractéristiques des pionniers américains. Dans *Les Pionniers* (1823), Fenimore Cooper condamne, par la voix de certains de ses personnages, cette destruction du paysage naturel par les colons. Alexis de Tocqueville, lors de son incursion dans la *wilderness*, obtiendra un témoignage de la part de son « hôte de Pontiac » qui explique notamment, à usage de ceux qui voudraient s'établir alors en Amérique, la complexité du défrichement : « La plus grande dépense est celle du défrichement. Si le pionnier arrive dans le désert avec une famille en état de l'aider dans ses premiers travaux, sa tâche est assez facile. Mais il en est rarement ainsi. En général l'émigrant est jeune et, s'il a déjà des enfants, ils sont en bas âge. Alors il lui faut pourvoir seul à tous les premiers besoins de sa famille, ou louer les services de ses voisins. Il en coûte de 3 à 4 dollars (de 15 à 20 francs) pour faire défricher une acre. Le terrain étant préparé, le nouveau propriétaire met une acre en pommes de terre, le reste en froment et en maïs. [...] Il n'y a rien de plus pénible à

passer que les premières années qui s'écoulent après le défrichement. Plus tard vient l'aisance et ensuite la richesse » (Alexis de Tocqueville, *Quinze jours dans le désert*, *op. cit.*, p. 34-35). Un même spectacle hybride, entre sauvagerie et civilisation, surprend Tocqueville dans les défrichements de l'ultime limite, à la frontière, à Saginaw, notamment face à la demeure d'un métis : « À l'autre bord de la Saginaw, près des défrichements européens et pour ainsi dire sur les confins de l'Ancien et du Nouveau Monde s'élève une cabane rustique plus commode que le wigwam du sauvage, plus grossière que la maison de l'homme policé. C'est la demeure du métis. Lorsque nous nous présentâmes pour la première fois à la porte de cette hutte à demi civilisée, nous fûmes tout surpris d'entendre dans l'intérieur une voix douce qui psalmodiait sur un air indien les cantiques de la pénitence. Nous nous arrêtâmes un moment. Les modulations des sons étaient lentes et profondément mélancoliques ; on reconnaissait aisément cette harmonie plaintive qui caractérise tous les chants de l'homme dans le désert » (Alexis de Tocqueville, *ibid.*, p. 81).

3. Tocqueville regrettera l'absence d'édifice chrétien dans ces terres de la frontière, à Saginaw : « De quelque côté que s'étendit la vue, l'œil cherchait en vain la flèche d'un clocher gothique, la croix de bois qui marque le chemin ou le seuil couvert de mousse du presbytère. Ces vénérables restes de l'antique civilisation chrétienne n'ont point été transportés dans le désert ; rien n'y réveille encore l'idée du passé ni de l'avenir » (Alexis de Tocqueville, *Quinze jours dans le désert*, *op. cit.*, p. 75). Dans le *Génie du christianisme*, la forêt était considérée par Chateaubriand comme une cathédrale en elle-même : « Les forêts ont été les premiers temples de la Divinité, et les hommes ont pris dans les forêts la première idée de l'architecture. [...] Les forêts des Gaules ont passé leur tour dans les temples de nos pères, et nos bois de chênes ont ainsi maintenu leur origine sacrée. Ces voûtes ciselées en feuillages, ces jambages qui appuient les murs, et finissent brusquement comme des troncs brisés, la fraîcheur des voûtes, les ténèbres du sanctuaire, les ailes obscures, les passages secrets, les portes abaissées, tout

retrace les labyrinthes des bois dans l'église gothique ; tout en fait sentir le religieuse horreur, les mystères et la Divinité » (*Génie du christianisme, op. cit.*, IIIe partie, livre I, chap. VIII, p. 801-802). Si, dans la pensée de Chateaubriand, la cathédrale gothique imite la forêt, inversement, la forêt imite les voûtes de la cathédrale, comme dans le prologue d'*Atala*, où la forêt qui baigne les rives du Meschacebé est décrite en termes architecturaux : « Les vignes sauvages, les bigonias, les coloquintes, s'entrelacent au pied de ces arbres, escaladent leurs rameaux, grimpent à l'extrémité des branches, s'élancent de l'érable au tulipier, du tulipier à l'alcée, en formant mille grottes, mille voûtes, mille portiques » (*Atala*, dans *Œuvres romanesques et voyages*, t. I, *op. cit.*, p. 34-35).

Page 143.

1. *Ce cabas hospitalier* : par analogie avec un panier emballant des fruits secs, constitué de fibres végétales, un cabas peut désigner un mauvais lit.

2. Chateaubriand rapporte en détail cet épisode dans le *Génie du christianisme*, où un Canadien parvient à dompter un serpent et à l'éloigner du camp où le voyageur se trouvait par le son de sa flûte envoûtant le reptile (*Génie du christianisme, op. cit.*, Ire partie, livre III, chap. III, p. 532-533).

3. Nous reproduisons les textes en question dans la partie « Documents » de cette édition, qui ont contribué à faire la renommée de Chateaubriand comme peintre des paysages et comme « enchanteur », textes extraits du *Génie du christianisme* (*ibid.*, Ire partie, livre V, chap. XII, p. 591-592) et de l'*Essai sur les révolutions* (*op. cit.*, IIe partie, chap. LVII, p. 445-446). La partie suivante du *Voyage en Amérique*, intitulée « Lettre écrite chez les Sauvages de Niagara », donne une troisième version de ce tableau descriptif.

Page 144.

1. George D. Painter rappelle la situation du « colonel Andrew Gordon, du 26e Cameronian, commandant les postes avancés d'Oswego, Fort Niagara, Fort Érié, Detroit et Michillimackinack » dans *Chateaubriand, une biographie*

(*op. cit.*, p. 259). Parmi les pèlerins ayant inscrit leur nom sur la porte de la chambre que Chateaubriand occupait à Jérusalem, il avait remarqué un certain « John Gordon », homonyme d'Andrew Gordon, dont la « date de [...] passage est de 1804 » et qui aurait « fait analyser à Londres une bouteille d'eau de la mer Morte », nous apprend la note de l'auteur (*Itinéraire de Paris à Jérusalem*, Folio classique, p. 410). Les détails de l'analyse de cette eau sont fournis en amont par Chateaubriand (*ibid.*, p. 319).

2. *La minute d'une lettre* : la première version, le brouillon, l'original d'une lettre.

LETTRE ÉCRITE DE CHEZ LES SAUVAGES
DE NIAGARA

3. Cette lettre est celle envoyée par Chateaubriand à Malesherbes en 1791, seule retrouvée parmi les lettres envoyées par le voyageur à son mentor et reproduite dans la *Correspondance générale*, t. I, *op. cit.*, lettre 15, p. 60-63. Dans la lettre originale, Chateaubriand présentait d'emblée le thème de l'éducation, au cœur de son propos, sous l'égide de Rousseau et de son traité d'éducation célèbre, l'*Émile*, en adoptant un ton facétieux : « Vous avez revu les épreuves de l'*Émile*. Pourquoi ne jetteriez-vous pas les yeux sur une page où il s'agit d'éducation ? traitez-moi comme un petit Jean-Jacques : je ne m'élèverai pas plus haut que lui, et je ne vous parlerai que des bambins iroquois » (*ibid.*, p. 61). Le texte de la lettre diffère quelque peu de celui, remanié, donné dans le *Voyage en Amérique*, texte qui sera repris en partie dans les *Mémoires d'outre-tombe* (*op. cit.*, livre VII, chap. VIII, p. 376-379). Il y précise qu'il resta « deux jours dans le village indien » où il écrivit la lettre à Malesherbes (*ibid.*, p. 376).

Page 146.

1. Volney rattache l'éducation des enfants indiens au contexte guerrier et en fait un des motifs de « férocité dans

les guerres des Sauvages », expliquant leur « caractère ». Il s'agirait, pour les Indiens d'Amérique, d'aguerrir les enfants au combat et à l'esprit d'indépendance en les forgeant dès la prime enfance aux valeurs héroïques. Volney s'appuie sur les propos de John Long : « "Dès le berceau, dit Jean Long (chap. VIII), les mères s'attachent à inculquer à leurs enfants des sentiments d'indépendance. Elles ne les frappent ni ne les grondent, de peur d'affaiblir leurs inclinations fières et martiales qui doivent faire l'ornement de leur vie et de leur caractère. Elles évitent même de les contrarier en rien, afin qu'ils s'accoutument à penser et agir avec la plus grande liberté." J'ajoute qu'ici, comme dans tout le système de la vie sauvage, c'est encore le mobile de la conservation qui agit, car c'est pour se donner des défenseurs plus intrépides que ces mères gâtent ainsi leurs enfants qui, un jour, selon la pratique générale de ces peuples, les mépriseront, les asserviront, et même les battront » (Volney, *Œuvres*, t. II, *op. cit.*, p. 378).

2. Les *colliers*, explique Lafitau, tiennent lieu de contrats ou de traités. Faits en porcelaine, ils ont une grande valeur chez les Indiens d'Amérique car ils sont « à la fois la mémoire et le lieu d'inscription de celle-ci » (Andreas Motsch, *Lafitau et l'émergence du discours ethnographique*, Paris, Septentrion/Presses de l'Université de Paris-Sorbonne, 2001, p. 259). Chateaubriand utilise les colliers dans *Les Natchez* pour décrire les tractations des Indiens en guerre contre les colons du fort Rosalie, usant des colliers comme des contrats, des documents transcrivant la mémoire de leurs peuples. Chactas, exilé à Paris, désigne aussi les œuvres littéraires des écrivains français par un effet pittoresque de langage exotique sous le terme de « colliers », référant aux *Lettres* de Mme de Sévigné ou aux Mémoires aristocratiques. « Collier » a alors le sens de livre, d'ouvrage (*Les Natchez*, *op. cit.*, livre VI, p. 254-255).

Page 147.

1. *La sagamité* : bouillie de maïs où l'on fait cuire de la viande. L'*Histoire générale des voyages* donne une description précise de la préparation de ce plat indien : « Enfin

la nourriture la plus commune des Sauvages est une préparation de maïs, qu'ils nomment Sagamité. Après avoir commencé par le griller, ils le pilent, ils en ôtent la paille ; et ce qui reste, étant cuit à l'eau, forme une espèce de bouillie fort insipide, lorsqu'elle n'est pas relevée par un mélange de viande ou de quelques fruits. D'autres le réduisent en farine, qui se nomment ici Farine froide ; et c'est une des meilleures provisions pour les voyages. On le fait bouillir aussi en épis tendres, qu'on fait ensuite griller légèrement, et qu'on égraine, pour faire sécher les grains au soleil. Il se conserve longtemps dans cet état et l'on assure que la sagamité qu'on en fait est de très bon goût. Des mets si simples ne donneraient pas une mauvaise idée de celui des Sauvages, s'ils n'y joignaient quelquefois des mélanges si révoltants, qu'on a de l'embarras à les nommer. Ils aiment aussi toute sorte de graisse : quelques livres de chandelle, dans une chaudière de sagamité, leur font un mets excellent » (*Histoire générale des voyages*, t. XV, Paris, Didot, 1759, p. 42).

2. Cette description de la cataracte de Niagara se situe à la fin du récit d'Atala (dans *Œuvres romanesques et voyages*, t. I, *op. cit.*, p. 91-92). Ce texte est reproduit en Annexes, p. 505.

3. La description de la cataracte de Niagara se situe dans la note déjà citée de l'*Essai sur les révolutions* (*op. cit.*, IIe partie, chap. XXIII, p. 354, note A). Le texte de cette note est reproduit en Annexes, p. 474.

4. Painter rappelle en effet que « l'échelle était généralement en moins bon état que celle qui se trouvait du côté canadien, et les voyageurs avisés apportaient leur corde ou s'abstenaient de prendre un tel risque » (*Chateaubriand, une biographie, op. cit.*, p. 261).

Page 148.

1. Painter rappelle la fréquence des serpents à sonnette dans les environs de Niagara à cette époque : « de nombreux voyageurs de cette décennie et de la suivante [...] mentionnent l'extrême abondance des serpents à sonnette dans la région de Niagara » (*ibid.*, p. 377).

2. Le texte des *Mémoires d'outre-tombe* précise qu'il resta

immobilisé douze jours, ce que Chateaubriand omet d'indiquer ici, précipitant l'avancée de son récit (*Mémoires d'outre-tombe*, *op. cit.*, livre VII, chap. IX, p. 380). Il ne repartirait donc que début septembre 1791 selon Jean-Claude Berchet (*ibid.*, p. 1348).

Page 149.

1. Painter nous renseigne sur ce changement de circonstances du voyage entrepris par Chateaubriand : après discussion avec « ses relations de Philadelphie et de Mr. Swift d'Albany » et d'autres événements combinés, le voyageur renonce à sa chimère d'« expédition à travers le continent » pour remonter vers le passage du Nord-Ouest. Dès lors, il envisage de se livrer à une « reconnaissance dans le désert ». Il décide alors de se joindre « à un de ces groupes qu'il voyait se diriger vers l'ouest ». Suivant cette famille qui se dirige à Saint Louis, « il partit avec eux, à cheval, sans doute le 25 août ou aux environs de cette date, son bras gauche encore douloureux mais utilisable, sur la piste qui suivait la rive sud du lac Érié » (*Chateaubriand, une biographie, op. cit.*, p. 263).

LACS DU CANADA

2. *La plante universelle* : Charlevoix, dans son *Histoire et description générale de la Nouvelle France*, décrit cette plante rapportée, selon son récit, par les Iroquois du « pays des Eriez » : « Ils en ont aussi rapporté une plante, que nous avons nommée Plante universelle, et dont les feuilles broyées referment toutes sortes de plaies. Ces feuilles sont de la largeur de la main, et ont la figure d'une fleur de lys. La racine de cette plante a l'odeur du laurier » (*Histoire et description générale de la Nouvelle France*, Paris, Ganeau, 1744, t. I, p. 272).

Page 150.

1. La scène de pêche sur le lac Érié dans la tempête, le

danger des serpents et la mention du *Cocyte* (fleuve des Enfers, affluent du Styx) donnent une dimension épique à ces scènes où les héros sont des Indiens, dignes d'une « épopée de l'homme de la nature » (préface de la première édition d'*Atala* [1801], *op. cit.*, p. 16), projet caressé par Chateaubriand et réalisé avec *Les Natchez* (1826). Jonathan Carver, dans son *Voyage dans les parties intérieures de l'Amérique septentrionale* (traduit par Kean Etienne Montcula, publié par Pissot, 1784, p. 114) décrit les serpents d'eau du lac Érié mais Chateaubriand met l'accent sur la dimension infernale et l'horreur, rendant les effets plus intenses que dans la simple description donnée par Carver. Nous avons analysé plus en détail les différences entre ces deux textes dans notre essai *Poétique du paysage dans l'œuvre de Chateaubriand* (Paris, Classiques Garnier, 2011, p. 473-474).

2. *L'artikamègue* : Charlevoix, dans son *Journal d'un voyage fait par ordre du roi dans l'Amérique septentrionale*, décrit ainsi l'astikamègue (avec un *s*) ou « poisson blanc » : « le plus fameux de tous est le poisson blanc : il est à peu près de la grosseur, et de la figure du maquereau, à l'eau et au sel, rien n'est meilleur en fait de poisson » (*Journal d'un voyage fait par ordre du roi dans l'Amérique septentrionale*, dans *Histoire de la Nouvelle France*, t. III, Paris, Nyon fils, 1744, p. 282).

3. Chateaubriand s'appuie de nouveau sur Charlevoix : « Les Amikoués faisaient autrefois leur demeure dans ces îles ; cette Nation est aujourd'hui réduite à un très-petit nombre de Familles, qui ont passé dans l'Île Manitoualin, au Nord du Lac Huron ; elle est pourtant une des plus nobles du Canada, suivant les Sauvages, qui la croyent descendue du Grand Castor, lequel est après Michabou ; ou le Grand Lièvre, leur principale Divinité, et dont elle porte le nom » (*Journal d'un voyage fait par ordre du roi dans l'Amérique septentrionale*, dans *Histoire de la Nouvelle France*, *ibid.*, p. 283).

Page 153.

1. *Le canard noir du Labrador* : le canard Labrador est réputé pour ses plumes noires aux reflets irisés et bleutés, vert émeraude pour le cou du mâle.

Page 154.

1. La comparaison des troncs à des colonnes se trouve déjà chez Bartram qui perçoit un ensemble d'arbres gigantesques, « dont les troncs, qui paraissent tous de la même hauteur, ressemblent à de superbes colonnes », des « lauriers ou magnolias », dont la « tige est droite, cylindrique » et « s'élève telle une belle colonne » et le *Fagus sylvatica*, « d'une grandeur prodigieuse : leurs troncs ressemblent à de majestueuses colonnes » (*Voyages*, *op. cit.*, respectivement, p. 58-59, 100 et 188). Chateaubriand amplifie l'analogie et fait de la nature sauvage un sanctuaire en ruine, lui conférant ainsi la mélancolique poésie des édifices tombés des hommes tout en y associant la pensée chrétienne de Dieu en grand architecte de la nature, idée centrale du *Génie du christianisme* où le génie de Dieu est prouvé par les merveilles naturelles. Cette idée de la présence de Dieu au sein de la nature est développée également par Bartram, mais sa vision est celle d'un quaker : le « glorieux assemblage de la main du Tout-Puissant » qu'est « le monde végétal » (*Voyages*, *ibid.*, introduction, p. 13-14), visité par Bartram, lui donne l'image d'un Dieu fait de bonté, de « toute puissance » qui doit susciter « à la fois notre admiration et notre reconnaissance » (*ibid.*, p. 15), illustre la « bonté » et la « sagesse » du « Créateur » (*ibid.*, p. 18), être « omnipotent » et « principe essentiel indicible qui [anime] de l'intérieur » la vie qui se manifeste dans le monde visible extérieur à travers la Nature contemplée par le naturaliste-voyageur (*ibid.*, p. 19). On voit combien ces théories, exposées par Bartram dans l'introduction de ses *Voyages*, sont proches de celles de Chateaubriand.

2. Les dénominations topographiques du village de la Mission, dans *Atala*, empruntent à cette toponymie indienne en donnant une coloration exotique au récit. Chateaubriand parle ainsi du « Ruisseau de la paix » qui sillonne les « Bocages de la mort » (*Atala*, *op. cit.*, p. 69), ramenant la vie au sein de la mort et assurant aux défunts un repos éternel. Cette association est ici réalisée au sein du toponyme « rivière du Tombeau ».

3. Le *fongus* est un nom savant pour désigner le champignon.

Page 155.

1. Ce schéma quadripartite des grands fleuves est repris, avec une dimension biblique, et avec quelques modifications, du prologue d'*Atala* : « Quatre grands fleuves, ayant leurs sources dans les mêmes montagnes, divisaient ces régions immenses : le fleuve Saint-Laurent qui se perd à l'est dans le golfe de son nom, la rivière de l'Ouest qui porte ses eaux à des mers inconnues, le fleuve Bourbon qui se précipite du midi au nord dans la baie d'Hudson, et le Meschacebé, qui tombe du nord au midi dans le golfe du Mexique./Ce dernier fleuve, dans un cours de plus de mille lieues, arrose une délicieuse contrée que les habitants des États-Unis appellent nouvel Éden et à laquelle les Français ont laissé le doux nom de Louisiane » (*Atala*, « prologue », *op. cit.*, p. 33). Sur la symbolique biblique du chiffre quatre et sa résonance dans l'œuvre de Chateaubriand, voir notamment Olivier Catel, *Peinture et esthétique religieuse dans l'œuvre de Chateaubriand*, Paris, Honoré Champion, 2016, p. 258, note 13 en particulier.

JOURNAL SANS DATE

2. Ce « Journal sans date » a fait couler beaucoup d'encre, d'autant qu'il subsiste un manuscrit, de la main d'un copiste, où se trouvent tels quels certains des passages repris par Chateaubriand dans le *Voyage en Amérique*. Après Maurice Levaillant et Maurice Regard, Jean-Claude Berchet, dans son édition des *Mémoires d'outre-tombe*, donne la retranscription de ce manuscrit, moins étayé que la version donnée dans le *Voyage en Amérique* (*Mémoires d'outre-tombe*, t. I, *op. cit.*, p. 1576-1578). L'absence de date donne à ce passage du récit de voyage une dimension poétique et métaphysique, plaçant d'emblée Chateaubriand entre le ciel et la terre, comme lors de la traversée de l'Atlantique, tout acquis aux

perceptions esthétiques et philosophiques qui lui viennent à l'esprit alors qu'il navigue sur l'Ohio en canot. Mais il ne faut pas s'y tromper et plusieurs passages de cette suite de petits poèmes en prose témoignent de réécritures influencées par d'autres auteurs. Il y procède surtout à une mise en scène du récit, avec de nombreux effets de théâtralisation que nous avons analysés ailleurs (voir *Poétique du paysage dans l'œuvre de Chateaubriand, op. cit.*, p. 286-291). Chateaubriand ne donne que peu d'informations sur la chronologie de son voyage et l'on ignore s'il est encore accompagné de la famille qu'il suivait jusqu'à Saint Louis ou s'il a décidé de leur fausser compagnie pour naviguer librement tout seul au milieu de la grande nature américaine. George D. Painter nous éclaire sur ce point même si, « à partir de ce moment son itinéraire devient vague, inexpliqué, flou, tandis qu'il abandonne la vérité réaliste et factuelle pour la vérité poétique » (*Chateaubriand, une biographie, op. cit.*, p. 264) : « À présent, il chevauche sur la Lake Shore Trail, piste utilisée de temps immémorial par les Indiens et les trafiquants, qui va jusqu'à Detroit, à trois cents milles de là, et suit la plupart du temps le sable ferme du rivage du lac Érié » (*ibid.*, p. 265). « Le sixième jour du voyage, une discussion s'éleva entre les compagnons de François-René au sujet de l'itinéraire, et les voyageurs se scindèrent en trois groupes. Il décida de se joindre à ceux qui allaient à Pittsburgh afin de descendre l'Ohio » (*ibid.*, p. 266). Chateaubriand quitte le bord de l'Érié : « à six jours de voyage de Buffalo, il se trouvait dans un lieu alors sans nom qui, trente ans plus tard [...] était devenu le site d'une ville prospère où débouchait un nouveau et célèbre canal » (*ibid.*, p. 267). « Ils remontèrent, dit-il, une rivière qui coulait au fond d'une vallée profonde et boisée » ; « à l'embouchure de cette rivière [...], le groupe de François-René n'eut aucune difficulté à se procurer un bateau » ; « ils remontèrent les gorges profondes et boisées de la Cuyahoga droit vers le sud pendant trente milles, jusqu'au site de l'actuelle ville d'Akron [...]. Ils laissèrent à leur droite la Petite Cuyahoga qui descend de Summit (aujourd'hui Springfield) Lake, situé à huit milles au sud, d'où un court portage conduisait au cours supérieur de la Tuscarawa, puis par le Muskingum, rejoignait l'Ohio à Marietta, trop en aval de Pittsburgh pour eux. À cinq milles plus haut sur la rivière leur navigation fut interrompue par un portage aux chutes de la Cuyahoga, où, par une série de rapides et de cascades, elle descend d'une hauteur de 200 pieds en deux milles. Le journal de François-René débute l'après-midi du lendemain [...] » (*ibid.*, p. 268-270).

3. Ce renouement avec la « liberté primitive » est teinté de rousseauisme, premiers élans avec lesquels Chateaubriand, en note, prend ses distances, de même que dans le reste de son œuvre. Il n'en reste pas moins que le voyage en Amérique est entrepris par le jeune Chateaubriand, en 1791, avec un idéal rousseauiste en tête, celui de retrouver l'homme primitif, vivant selon les lois de la nature, dans sa pureté originelle, qu'il mêle à une vision chrétienne d'Adam et du paradis perdu.

Page 157.

1. Chateaubriand semble s'être inspiré de ce passage de Bartram décrivant les dindons sauvages qu'il croise lors de l'un de ses voyages : « Après avoir passé une très bonne nuit, je fus réveillé, le matin, par le babil des Dindons sauvages, *Meleagris occidentalis*, qui se saluaient l'un l'autre des cimes élevées du *Cupressus disticha*, et du *Magnolia grandiflora*. Leur ramage, depuis le mois de mars jusqu'à la fin d'avril, commence à la pointe du jour, et dure jusqu'au lever du soleil. Les hautes forêts retentissent de ce chant qui ressemble à celui du coq domestique ; ce sont des espèces de sentinelles qui se transmettent le mot d'ordre de l'une à l'autre, à cent milles à la ronde. Pendant plus d'une heure, on n'entend que ce bruit dans tout le pays ; un peu après le lever du soleil, ils cessent leurs appels, quittent les hautes branches sur lesquelles ils ont couché, et descendent à terre, où, déployant leur queue argentée, ils se pavanent autour de leurs femelles, tandis que la forêt profonde semble frémir encore de leurs cris stridents » (*Voyages, op. cit.*, p. 98).

2. Après le Dieu architecte paraît le Dieu jardinier, ordonnateur de formes géométriques parfaites. Ce détail se retrouve chez William Bartram, décrivant « une forêt

d'*Agave vivipara* » : « Je donne le nom de forêt à ce groupe de plantes herbacées, parce que les hampes ou tiges de leurs fleurs avaient près de trente pieds de haut ; leurs sommités se divisaient symétriquement comme les branches d'un arbre pyramidal ; et ces plantes, très pressées l'une contre l'autre, occupaient un espace de plusieurs acres » (*Voyages, ibid.*, p. 21).

Page 158.

1. Ce passage est investi de références tacites à la Genèse, par l'image de la séparation de l'ombre et de la lumière, et de la vision d'une nature semblant à peine sortie de la Création divine. La Nature américaine est ainsi confirmée comme nouvel Éden, dans le sillage du prologue d'*Atala*. Chateaubriand adopte la position d'un Adam d'après la Chute qui revient visiter le paradis retrouvé, demeuré intact comme aux premiers jours de la naissance du monde.

2. *Dans ces solitudes* : le mot « solitude », précédé d'un article indéfini, prend le sens de lieu ou site isolé, peu fréquenté et quasi inhabité, proche du sens extensif du mot « désert », au XIXe siècle, avec la différence que le désert est vide d'homme alors que la solitude peut être légèrement peuplée. Mais surtout, une solitude implique une dimension individuelle, dans un retour sur soi, une perception humaine de l'espace, où l'on est ou l'on se sent seul, alors que le mot « désert » connote beaucoup moins cet aspect, laissant place au constat de vacuité. Les solitudes sont aussi des lieux où l'on cherche à se retirer loin du monde et à l'écart des hommes, comme un « solitaire », un ermite ou un personnage mélancolique et misanthrope à l'image du René de Chateaubriand, « sauvage parmi les sauvages » et qui cherche dans la logique du repli et du retrait une voie de salut loin des hommes comme une solution à son mal-être. S'enfoncer dans les solitudes, c'est donc aussi chercher à se retrouver, comme Chateaubriand lors de la remontée du fleuve, face à face avec la nature, sans la présence d'autrui qui pourrait ternir la pureté de cette rencontre, de ce renouement avec les origines. Dès lors, les « solitudes », non

plus subies mais recherchées, permettent une communion extatique avec le monde, comme l'éprouve Chateaubriand dans le « Journal sans date », ce que Thoreau réalisera en s'isolant dans sa cabane à Walden pour renforcer son lien avec la nature et vivre à son rythme, en son sein, en quittant sa nature d'homme civilisé pour redevenir quelque peu sauvage. Cet ensauvagement, qui est le propre du « coureur de bois », est aussi ce que recherche Chateaubriand en venant en Amérique et en arpentant ses bois et ses contrées dépeuplées.

3. *Dormir pour toujours* : il y a une obsession, chez Chateaubriand, pour les replis et les havres de paix, où s'isoler loin du tumulte du monde. Ainsi, le texte des *Mémoires d'outre-tombe* résonne de ce désir de retrait, afin de composer son œuvre dans un asile affranchi de la présence des hommes. Ainsi rêve-t-il de s'isoler dans une cellule à Rome pour terminer ses *Mémoires* : « Si j'ai le bonheur de finir mes jours ici, je me suis arrangé pour avoir à Saint-Onuphre un réduit joignant la chambre où le Tasse expira. Aux moments perdus de mon ambassade, à la fenêtre de ma cellule, je continuerai mes Mémoires. Dans un des plus beaux sites de la terre, parmi les orangers et les chênes verts, Rome entière sous mes yeux, chaque matin, en me mettant à l'ouvrage, entre le lit de mort et la tombe du poète, j'invoquerai le génie de la gloire et du malheur » (*Mémoires d'outre-tombe*, t. I, *op. cit.*, livre XXX, chap. XIV, p. 337). Cette logique du retrait trouve un prolongement éternel dans la tombe du Grand Bé, où Chateaubriand repose seul face à l'horizon pour l'éternité.

Page 159.

1. La *lueur scarlatine* renvoie à une lueur de couleur rouge écarlate. Chateaubriand emploie de nouveau ce terme pour désigner « la lumière scarlatine des tropiques » qui « se répand sur les eaux, les bois et les plaines » sous l'action de « l'ardente canicule » dans *Les Natchez* (*op. cit.*, livre X, p. 318).

Page 160.

1. *Cette grenouille qui imite les mugissements du tau-reau* : il s'agit de la grenouille-taureau, grenouille de très grosse taille qui vit en Amérique du Nord et qui tient en effet son nom de son cri, qui ressemble au mugissement du taureau.

2. *Le tintement funèbre d'une cloche* : ces sons de la civilisation, perçus dans une « solitude », loin de toute présence humaine, font toujours signe vers l'omniprésence du Dieu des chrétiens derrière la grande nature américaine, mais rappellent aussi les errances de René le réprouvé, qui perçoit au loin les cloches qui résonnent comme un appel auquel il ne peut répondre. Là encore, la nature médiatise, filtre le son de la cloche et accroît la dimension rêveuse du son : « Les dimanches et les jours de fête, j'ai souvent entendu, dans le grand bois, à travers les arbres, les sons de la cloche lointaine qui appelait au temple l'homme des champs. Appuyé contre le tronc d'un ormeau, j'écoutais en silence le pieux murmure. Chaque frémissement de l'airain portait à mon âme naïve l'innocence des mœurs champêtres, le calme de la solitude, le charme de la religion, et la délectable mélancolie des souvenirs de ma première enfance » (*René*, dans *Œuvres romanesques et voyages*, t. I, *op. cit.*, p. 120). Sur l'importance des cloches dans la société du XIXe siècle, voir l'ouvrage fondateur d'Alain Corbin, *Les Cloches de la terre* (Paris, Albin Michel, 1990 ; Flammarion, coll. « Champs », 1994).

3. La *gélinotte* est un gallinacé sauvage, proche de la perdrix qui vit dans les forêts et les régions montagneuses.

Page 161.

1. La carcasse de chien offerte aux dieux de la forêt rappelle les carcasses brisées des élans et des ours au fond du gouffre de Niagara, convoitées par le fameux Carcajou dans la description de Niagara située à l'épilogue d'*Atala*, image de la mort au fond de la vie qui parachève le tableau de la cataracte par une plongée descriptive spectaculaire : « Des aigles entraînés par le courant d'air, descendent en tournoyant au fond du gouffre ; et des carcajous se suspendent par leurs queues

flexibles au bout d'une branche abaissée, pour saisir dans l'abîme, les cadavres brisés des élans et des ours » (*Atala*, dans *Œuvres romanesques et voyages*, t. I, *op. cit.*, p. 96).

2. *Convolvulus* : terme scientifique désignant le liseron.

[PAGE DÉTACHÉE SUR LES APPALACHES]

Page 162.

1. Louis Ramond de Carbonnières (1755-1827), géologue et botaniste français que Chateaubriand évoque un peu plus loin dans son *Voyage en Amérique*, avait récemment étudié les Alpes et les Pyrénées, donnant lieu à la publication de ses *Observations faites dans les Pyrénées pour servir de suite à des observations sur les Alpes* (1789 ; publiées dans une édition critique : Paris, Flammarion, coll. « GF », 2015). Le regain d'intérêt porté pour les Alpes et les Pyrénées influence certainement Chateaubriand, qui avait déjà comparé les Appalaches aux montagnes françaises dans le *Voyage en Italie* : « En général, les Alpes, quoique plus élevées que les montagnes de l'Amérique septentrionale, ne m'ont pas paru avoir ce caractère original, cette virginité de site que l'on remarque dans les Apalaches, ou même dans les hautes terres du Canada [...] » (*Voyage en Italie*, « À M. Joubert — première lettre », dans *Œuvres romanesques et voyages*, t. II, *op. cit.*, p. 1453). Les Appalaches forment le cadre du tableau initial de la confession de René à Chactas et au père Souël dans *René*, avec une dimension éminemment picturale soulignée par les termes employés par Chateaubriand, tout en renvoyant à l'acte de l'écriture en dessinant un alphabet symbolique : « Vers l'orient, au fond de la perspective, le soleil commençait à paraître entre les sommets brisés des Appalaches, qui se dessinaient comme des caractères d'azur dans les hauteurs dorées du ciel [...] » (*René*, *op. cit.*, p. 118).

[LE COURS DE L'OHIO ET DU MISSISSIPPI]

Page 163.

1. Michel Guillaume Jean de Crèvecœur, dit St John de Crèvecœur (1735-1813), écrivit un *Voyage dans la Haute Pensylvanie et dans l'État de New-York, depuis l'année 1785 jusqu'en 1798, par un membre adoptif de la nation Onéida* (Paris, Maradan, 1801) où il mentionna ces ruines de l'Ohio, qu'il situe sur « la péninsule du Muskinghum », constituées de plusieurs enceintes fortifiées, également présentes « sur le Paint-Creek (branche du Scioto) » jusqu'au sud de l'Ohio (*Voyage dans la haute Pensylvanie, ibid.,* p. 30-31). Chateaubriand publia dans le *Mercure de France* du 8 octobre 1801 (*Mercure de France*, t. VI, Paris, Didot, an X, p. 115-119) une *Discussion historique sur les ruines trouvées au bord de l'Ohio, dans l'Amérique septentrionale, et dont il est parlé dans le Voyage en Pennsylvanie de M. Crèvecœur*, qu'il mentionne en note. Les *Mémoires* qu'il évoque dans cette même note sont regroupés à la fin de cette édition. D'autres ruines furent également découvertes par Carver. Elles appartiendraient à la civilisation indienne précolombienne Adena, qui vivait dans la vallée de l'Ohio de 1000 av. J.-C. au IIIe s. ap. J.-C. Les Adena bâtirent des « mounds », dômes ou pyramides en terre, semblables à des tumuli, dont le plus célèbre est celui du Grand Serpent, sculpture en argile de plus de 400 mètres qui prend la forme d'un serpent doté de sept anneaux encerclant les tombes des défunts. Vers 300, la culture Adena, en déclin, laissa place à la culture Hopewell.

2. *Une note sur ces monuments* : voici ce passage, extrait du *Génie du christianisme* : « On a découvert depuis quelques années, dans l'Amérique septentrionale, des monuments extraordinaires sur les bords du Muskingum, du Miami, du Wabache, de l'Ohio, et surtout du Scioto, où ils occupent un espace de plus de vingt lieues en longueur. Ce sont des murs de terre avec des fossés, des glacis, des lunes, demi-lunes et de grands cônes qui servent de sépulcres. On a demandé,

mais sans succès, quel peuple a laissé de pareilles traces.
L'homme est suspendu dans le présent, entre le passé et
l'avenir, comme sur un rocher entre deux gouffres ; derrière
lui, devant lui, tout est ténèbres ; à peine perçoit-il quelques
fantômes qui, remontant du fond des deux abîmes, surnagent un instant à leur surface, et s'y replongent.

Quelles que soient les conjectures sur ces ruines américaines, quand on y joindrait la vision d'un monde primitif,
et les chimères d'une Atlantide, la nation civilisée qui a peut-
être promené la charrue dans la plaine où l'Iroquois poursuit aujourd'hui les ours, n'a pas eu besoin pour consommer
ses destinées, d'un temps plus long que celui qui a dévoré
les empires de Cyrus, d'Alexandre et de César. Heureux du
moins ce peuple qui n'a point laissé de nom dans l'histoire,
et dont l'héritage n'a été recueilli que par les chevreuils des
bois et les oiseaux du ciel ! Nul ne viendra renier le Créateur dans ces retraites sauvages, et, la balance à la main,
peser la poudre des morts, pour prouver l'éternité de la
race humaine » (*Génie du christianisme*, Iʳᵉ partie, livre IV,
chap. III, p. 546 ; Chateaubriand débat plus longuement
de ces ruines du Scioto dans une note de l'ouvrage, *ibid.*,
p. 1130-1132, note VIII).

Les peuples oubliés et les vestiges mystérieux fascinent
Chateaubriand, dont la fibre archéologique s'est manifestée
de nouveau et s'est confirmée à Rome et lors de son voyage
en Orient. Il mentionne également les ruines de l'Ohio dans
Atala, formant l'étape d'un parcours menant aux *Bois du
sang* (*op. cit.*, p. 52) puis dans l'*Itinéraire de Paris à Jérusalem* (Folio classique, p. 469), face aux pyramides d'Égypte
qui réactivent en lui le souvenir de ces vestiges inconnus.

Page 164.

1. *Îles Cassitérides* : il s'agit des îles Sorlingues, surnom-
mées îles à étain (*kassitéros* en grec). On y pratiquait le
commerce de l'étain issu des mines du Devon et de Cornouailles, en Angleterre.

Page 165.

1. *L'Atlantide de Platon* : voir p. 61, n. 1.

Page 166.

1. Il convient de distinguer ce mythe de « l'Indien blanc »
de la dénomination qui s'est établie aux XVIIe-XVIIIe siècles
pour désigner les captifs européens des Indiens qui se
seraient accoutumés, de force ou de gré, au mode de vie
indien en l'adoptant. L'Indien blanc relève donc de l'ensauvagement et d'une visée d'assimilation que Gilles Havard
distingue en ces termes du « coureur de bois », trafiquant
de pelleteries : « Devenus membres à part entière de leur
groupe d'adoption, beaucoup de captifs, hommes comme
femmes, ont choisi de rester vivre en son sein, en dépit
de possibilités de retour dans leur société de naissance.
S'appuyant sur cette réalité historique, le topos de "l'Indien
blanc" a trouvé sa place dans la littérature coloniale à partir
de la fin du XVIIe siècle, avant d'alimenter la réflexion anthro-
pologique au cours du XVIIIe. Quitte à simplifier les choses,
il paraît pourtant utile de distinguer l'expérience des captifs
européens, soumis parmi les Indiens à de fortes contraintes
sociales et à un impératif absolu d'assimilation, de celle des
hivernants de la course des bois. Bien que la figure de l'"Indien blanc" puisse sans doute servir d'étalon, de repère dans
l'échelle des déplacements culturels, elle se fonde sur une
immersion différente de celle que connaissent les hommes
de la pelleterie qui, pour leur part, se rendent de plein gré
dans les communautés indiennes » (Gilles Havard, *Histoire
des coureurs de bois*, *op. cit.*, p. 423). L'un des plus célèbres
Indiens blancs est John Tanner (1780-1845), fils de pasteur,
qui fut capturé à l'âge de neuf ans par une tribu de Shawnee
et resta trente ans vivre au sein des populations indiennes. Il
en tira un récit autobiographique mis en forme par Edwin
James, intitulé *Narrative of the Captivity and Adventures
of John Tanner during Thirty Years Residence among the
Indians of the Interior of North America* (New York, Car-
vill, 1830), traduit en français par Ernest de Blosseville en
1835 et réédité sous le titre *La Ligne noire des bisons. Trente
années d'errance avec les Indiens ojibwa* (Paris, Le Passager
clandestin, 2012). Le thème du sauvage blanc a aussi été
récemment traité, dans un contexte d'ensauvagement australien, par François Garde dans son roman historique *Ce*

qu'il advint du sauvage blanc (Paris, Gallimard, 2012 ; coll. « Folio », 2015).

2. Dans sa *Discussion historique* parue le 8 octobre 1801 dans le *Mercure de France*, qu'il signe anonymement « un Canadien », Chateaubriand est plus précis sur les sources de cette tradition : « Les chroniques de Welches parlent d'un certain Madoc, fils d'un prince de Galles, qui, mécontent de son pays, s'embarqua en 1170, fit voile à l'ouest, en laissant l'Irlande du nord, découvrit une contrée fertile, revint en Angleterre d'où il repartit avec douze vaisseaux pour la terre qu'il avait trouvée. On prétend qu'il existe encore vers les sources du Missouri, des sauvages blancs qui parlent le celte et qui sont chrétiens. Que Madoc et sa colonie, supposé qu'ils aient abordé au Nouveau-Monde, n'aient pu construire les immenses ouvrages du Ohio ; c'est ce qui n'a pas besoin de discussion. » Quelques lignes plus loin, en note, Chateaubriand donne l'origine de ses informations : Paul-Henri Mallet, *Introduction à l'Histoire du Danemarck* [1755-1756] (*Mercure de France, op. cit.*, p. 117). Ce passage et sa référence ont aussi été repris dans la note VIII du *Génie du christianisme* (*op. cit*, p. 1131).

3. Le *Génie du christianisme* donnait une version différente de ce passage, insistant sur les origines nordiques et la culture chrétienne de ces sauvages blancs, en les ancrant davantage dans la réalité présente du moment d'énonciation : « On prétend qu'il existe encore, vers les sources du Missouri, des Sauvages blancs qui parlent le celte et qui sont chrétiens » (*Génie du christianisme, op. cit.*, p. 1131, note VIII). Chateaubriand a sans doute trouvé l'anecdote des Celtes dans le *Journal des voyages*, qui cite la lettre d'Owen Williams, « marchand de fourrures », qui atteste avoir rencontré en 1817 une « peuplade » étrange d'Indiens qui « parlent l'idiome gallois plus purement qu'on ne le parle dans la principauté de Galles, puisqu'ils n'y mêlent point d'anglicismes. Ils professent la religion chrétienne fortement nuancée de druidisme […] » (*Journal des voyages*, t. II, 1819, p. 127).

Page 167.

1. *Le tupelo* : il s'agit du tupelo aquatique (*nyssa aquatica*).

2. *La bourgène* : il s'agit du bourdaine, arbrisseau dont le bois sert à la fabrication de la poudre à chasse ou à canon.

Page 168.

1. *Les sassafras* : Chateaubriand aime beaucoup mentionner cet arbre, comme le liquidambar, sans doute pour la vertu euphonique, la poésie sonore et suggestive de leurs noms (le susurrement ou la liquidité). Le sassafras est un arbre de grande taille, doté de fleurs jaunes, dont les racines aromatiques sont employées dans le domaine de la parfumerie. On en tire ainsi une essence de sassafras ou une infusion à partir de son écorce.

2. *L'oiseau whet-shaw* : Cuvier le répertorie dans son *Dictionnaire des sciences naturelles* (Paris, Le Normant, 1825, t. XXXVII, p. 41) en se référant, comme le fait Chateaubriand, à Carver et à son *Voyage en Amérique septentrionale* (1784) qui déclare que le Ouetsah est un oiseau « qu'on nomme ainsi à cause de son cri qui ressemble au bruit d'une scie qu'on aiguise ». Il est « de la grosseur d'un coucou, et, comme lui, un oiseau solitaire, et qu'on voit rarement. Dans les mois d'été, on l'entend quelquefois dans les bocages pousser son cri mélancolique et désagréable » (*Voyage en Amérique septentrionale*, Paris, Pissot, 1784, p. 363-364).

3. *L'oiseau-chat* : petit oiseau (passereau) dont le cri imite le miaulement d'un chat. Carver ne mentionne pas cet oiseau mais il est répertorié et dessiné par le naturaliste anglais Mark Catesby (1683-1749) dans *The Natural History of Carolina, Florida and Bahama Islands* (1731, t. I, p. 66) sous le nom de « *Cat-Bird* » (« chat-oiseau »). Il en donne cette description, traduite en français en regard du texte anglais : « Cet oiseau est aussi gros, et même un peu plus gros qu'une alouette. Le dessus de sa tête est noir ; et le dessus de son corps, de ses ailes, et de sa queue est d'un brun foncé : sa queue surtout approche le plus du noir. Son cou, sa poitrine, et son ventre sont d'un brun plus clair. De l'anus, sous la queue, sortent quelques plumes d'un rouge sale. On ne voit point cet oiseau sur les grands arbres : il ne fréquente que les arbrisseaux, et les buissons ; et se nourrit d'insectes. Il n'a qu'un ton dans la voix, qui ressemble au

miaulement d'un chat ; et c'est de là qu'il a pris son nom. Il pond un œuf bleu, et quitte la Virginie en Hiver » (*ibid.*, p. 66). Ce livre est consultable en ligne sur le site de la University of North Carolina : http://www2.lib.unc.edu/dc/catesby/index.php.

Page 169.

1. *Le Lic des grands os* : *Big Bone Lick*, dans le Kentucky, était composé de marais contenant des minéraux et de l'eau salée qui attira de nombreux animaux préhistoriques, tels que des bisons, des mammouths et des mastodontes, qui y furent chassés et tués, ce qui explique la présence, dans ce lieu, de très nombreux ossements fossiles, préservés par les sédiments. Ce site fut découvert en 1739 par un explorateur canadien, Charles Le Moyne de Longueil (1687-1759) mais il était déjà connu des Indiens de la vallée de l'Ohio. Beaucoup de ces ossements furent envoyés en France pour être étudiés : Buffon puis Cuvier les examinèrent successivement, ce dernier concluant qu'il s'agissait là d'os de mastodontes. Le *Big Bone Lick State Park*, fondé en 1960 sur ces lieux, fait partie, depuis 2002, du *Lewis and Clarke Heritage Trail Site*. Bartram, dans ses *Voyages*, décrit un « Buffalo Lick » : « Ce lieu extraordinaire occupe plusieurs acres de terre ; au pied du promontoire sud, et de la grande chaîne qui, comme je l'ai dit, sépare les rivières Savanna et Alatamaha ; à son côté sud-est, s'étendent un grand marais de cannes, et des prairies qui forment une plaine immense. C'est, je crois, dans ce marais que les principales branches de la rivière Ogeeche prennent leur source ; l'endroit, particulièrement appelé le Lick, contient trois ou quatre acres. Il est presque de niveau, et se trouve entre la tête du grand marais de cannes, et le pied du coteau. La terre, depuis sa superficie jusqu'à une profondeur inconnue, est constituée d'une argile grasse, visqueuse et blanche ou cendrée, que toutes les espèces de bêtes à cornes lèchent avec une extrême avidité ; elles en suivent, avec soin, la veine dans de grandes excavations. Les habitants pensent que cette argile est imprégnée de vapeurs salines, qui s'élèvent, peut-être, de dépôts de sels profondément cachés sous la terre. Mais,

avec quelque attention que je l'aie goûté, je n'ai pu y trouver aucun goût salin. Il est d'une douceur absolument insipide » (Bartram, *Voyages*, *op. cit*., p. 60-61).

Page 170.

1. Le *Journal des voyages*, en 1820, signalait la découverte de fémurs de mammouths en Russie (t. V, mars 1820, « Description d'un fémur de mammouth ou éléphant fossile, pêché le 25 avril 1819, dans la rivière de Boug, à son embouchure dans la mer Noire », p. 269-276 ; t. VI, mai 1820, « Mammouth trouvé en Sibérie », p. 133-136).

2. *Rivière de sang* : en réalité, ce n'est qu'une des deux traductions possibles du nom « Kentucky », traduit de l'Iroquois *Ken-tah-ten* qui signifie aussi « terre de demain ».

Page 171.

1. La *Revue britannique*, mentionne, à l'article « État de Kentucky », les informations que Chateaubriand donne dans une formulation avoisinante : « En 1752, Louis Evans publia une carte des pays situés entre les rivières Ohio et Kentucky. Deux ans plus tard, Macbride visita ce pays et John Finley le traversa. Enfin, cet État fut exploré en 1769 par l'intrépide et persévérant Daniel Boone, qui, en 1773, fut le fondateur du Kentucky, malgré les Indiens que les Anglais excitèrent plus tard contre les plantations américaines sur toute l'étendue des frontières. » La traduction française date de 1830, postérieure à la parution du *Voyage en Amérique* (*Revue britannique, ou choix d'articles traduits des meilleurs écrits périodiques de la Grande-Bretagne*, tome vingt-huitième, Paris, Dondey-Dupré père et fils, 1830. Le paragraphe sur le Kentucky se trouve p. 360). Daniel Boone (1734-1820) explora le Tennessee, puis le Kentucky à partir de mai 1769 ; James Macbride (1788-1856), à partir de 1754, fut le premier à découvrir les territoires du Kentucky et aurait inscrit les initiales de son nom ainsi que la date sur un arbre.

2. Abraham *Wood* (1748-1823) était un pasteur américain qui œuvra dans le Kentucky ; *Simon Kenton* (1755-1836), pionnier américain, ami de Daniel Boone, fut attaqué autour

de son feu de camp pendant l'hiver 1773, en réchappa, se rendit en 1775 à Boonesborough, dans le Kentucky, puis fut fait prisonnier par les Indiens Shawnee en septembre 1778. Il fut sauvé par Simon Girty. Comme l'indique Richard Switzer (Chateaubriand, *Voyage en Amérique*, édition critique par Richard Switzer, Paris, Didier, 1964, t. I, p. 160, note 3), Chateaubriand s'appuie ici sur Beltrami : « Enfin les premiers hommes civilisés, qui descendirent l'Ohio, du fort Pitt, ne datent que de 1773. Ce furent le docteur Wood, et Simon Kenton » (Beltrami, *La Découverte des sources du Mississippi et de la rivière sanglante*, Nouvelle-Orléans/Paris, Levy, 1824, p. 19).

Page 174.

1. Bartram décrit en termes semblables la Floride orientale et occidentale peuplée par les Séminoles comme une terre prodigue : « Ce pays inégal et si bien arrosé, fournit d'ailleurs, une telle quantité d'aliments propres à divers animaux, que je ne crains pas de dire qu'aucune partie du monde ne contient autant de gibier ou d'animaux susceptibles de servir à la nourriture de l'homme » (*Voyages*, *op. cit.*, p. 199).

Page 175.

1. Dans le prologue d'*Atala*, Chateaubriand décrit ces îles de végétation et de fleurs, emportées par le débit du fleuve en crue : « [...] tandis que le courant du milieu entraîne vers la mer les cadavres des pins et des chênes, on voit sur les deux courants latéraux remonter le long des rivages, des îles flottantes de pistia et de nénuphar, dont les roses jaunes s'élèvent comme de petits pavillons. Des serpents verts, des hérons bleus, des flamants roses, de jeunes crocodiles s'embarquent passagers sur ces vaisseaux de fleurs, et la colonie, déployant au vent ses voiles d'or, va aborder endormie dans quelque anse retirée du fleuve » (*Atala*, « prologue », *op. cit.*, p. 34). L'analogie avec la navigation poétise ce phénomène naturel sans doute emprunté à William Bartram, qui note la présence du pistia, qui se retrouve mentionné dans *Atala* : « [...] quand les grosses pluies, les

grands vents font subitement élever les eaux de la rivière,
il se détache de la côte de grandes portions de ces îles flottantes, qui, poussées dans le milieu de l'eau, y errent, jusqu'à
ce qu'elles soient divisées par les vagues et les vents. Leurs
fragments, repoussés vers le rivage, s'arrêtent dans quelque
coin tranquille, y prennent pied ; et, formant de nouvelles
colonies, s'étendent et se multiplient de nouveau, jusqu'à
ce que d'autres accidents les brisent et les dispersent à leur
tour. Ces îlots mobiles offrent un très joli coup d'œil : ils
trompent réellement l'imagination, et persuadent le spectateur qu'il voit toute autre chose qu'un amas d'herbes. [...] Ils
sont même habités et peuplés d'alligators, de serpents, de
grenouilles, de loutres, de corbeaux, de hérons, de courlis,
de choucas, etc. Il ne manque au tableau qu'un canot ou
une hutte » (*Voyages, op. cit.*, p. 102-103 ; Bartram reparle
de ces îles aux p. 124, 135, 141 et 158). Ce phénomène est
cependant décrit par de multiples sources, comme le père
Paul du Poisson dans les *Lettres édifiantes et curieuses* ou
Malte-Brun dans son *Précis de géographie universelle*.

Page 176.

1. *L'état de nature* : voir p. 140, n. 1.

Page 177.

1. Chateaubriand est fasciné par les crues, qui témoignent
de la puissance dévastatrice de la nature et manifestent l'ambivalence du sublime, provoquant l'admiration et l'effroi. La
description inaugurale de la crue du Meschacebé, version
fictive du Mississippi, dans le prologue d'*Atala*, est employée
à des fins spectaculaires et épiques, instaurant d'emblée un
cadre démesuré où la mort et la vie sont étroitement asso-
ciées. Dans *La Vie sur le Mississippi*, Mark Twain décrit les
crues du Mississippi, donnant lieu à un tableau spectaculaire de table rase sublime : « La grande crue, comme je
l'ai dit, mit un monde nouveau sous mes yeux. Au moment
où le fleuve inondait ses rives, nous avions déjà abandonné
nos routes d'autrefois et nous passions sans arrêt sur des
barres qui auparavant se dressaient à dix pieds au-dessus
de l'eau ; nous rasions des rives hérissées de souches [...] ;

nous suivions à grand bruit des couloirs [...]. Certains de ces couloirs étaient d'absolues solitudes. Une forêt dense, inviolée, surplombait les rives du sinueux passage, et l'on aurait pu croire qu'aucun être humain n'avait jamais pénétré dans ces lieux. Les vignes se balançaient, les recoins herbus et les perspectives entraperçues au passage, les plantes grimpantes qui agitaient leurs fleurs rouges au sommet de troncs morts, la folle prodigalité de ces feuillages forestiers, tout cela était dispensé en pure perte. Les couloirs offraient de jolis endroits à la navigation ; ils étaient profonds, sauf en amont ; le courant était modéré ; sous les "pointes", l'eau était parfaitement immobile, et les berges invisibles si escarpées que, là où les bosquets de saules tendres faisaient saillie, on pouvait enfouir le flanc du bateau en passant rapidement, et l'on avait alors vraiment la sensation de voler » (*La Vie sur le Mississippi*, *op. cit.*, chap. IX, « le fleuve en crue », p. 408).

2. C'est ce dont témoigne Mark Twain dans *La Vie sur le Mississippi*, retraçant la course en avant des compagnies de bateaux à vapeur pour remonter le Mississippi de plus en plus rapidement.

3. Dans l'imaginaire de Chateaubriand, le Nil rejoint le Meschacebé dans le registre de la puissance dévastatrice. Le Meschacebé est ainsi désigné par périphrase comme « le Nil des déserts », contribuant à imiter le paysage égyptien dans le Nouveau Monde par la présence des « pyramides des tombeaux indiens » (*Atala*, « prologue », *op. cit.*, p. 34). Dans *Itinéraire de Paris à Jérusalem*, Chateaubriand s'attarde sur le nilomètre, qui permet de mesurer les crues du fleuve, « au milieu des ruines » et face au paysage sublime des pyramides qui « paraissaient d'une hauteur démesurée » (*Itinéraire de Paris à Jérusalem*, Folio classique, p. 472-473). Dès son arrivée à proximité, « en face même de l'embouchure du Nil, à Rosette », il constate que « l'eau du fleuve était dans cet endroit d'un rouge tirant sur le violet, de la couleur d'une bruyère en automne : le Nil, dont la crue était finie, commençait à baisser depuis quelque temps » (*ibid.*, p. 458). Plus loin, le Nil se confond avec une mer et révèle sa puissance intrinsèque dans le déroulé du panorama : « Pendant

le reste de notre navigation, qui dura encore près de huit heures, je demeurai sur le pont à contempler ces tombeaux ; ils paraissaient s'agrandir et monter dans le ciel à mesure que nous en approchions. Le Nil qui était alors comme une petite mer ; le mélange des sables du désert et de la plus fraîche verdure ; les palmiers, les sycomores, les dômes, les mosquées et les minarets du Caire ; les pyramides lointaines de Sacarah, d'où le fleuve semblait sortir comme de ses immenses réservoirs ; tout cela formait un tableau qui n'a point son égal sur la terre » (*ibid.*, p. 466).

Page 178.

1. Comme l'indique Maurice Regard (Chateaubriand, *Voyage en Amérique*, dans *Œuvres romanesques et voyages*, t. I, *op. cit.*, p. 1300), Chateaubriand s'appuie sur l'ouvrage de Thomas Hutchins (1730-1789), *An Historical Narrative and Topographical Description of Louisiana and West-Florida* (Philadelphie, 1784, p. 30), mais sans doute par l'intermédiaire de Imley (1754-1828) qui reprend ses informations (*Topographical Description of the Western Territory of North America*, Londres, 1793, p. 408). Hutchins dénombre les poissons du Mississippi : « The Mississippi furnishes in great plenty several sorts of fish, particularly perch, pike, sturgeon, eel, and calts of a monstruous size. » Si l'on suit l'ordre de l'énumération, Chateaubriand semble traduire par « colles » ce qui n'est autre que l'anguille (« eel ») mentionnée par Hutchins : est-ce une erreur de traduction ou une erreur de retranscription (*colle* pour *eel*) ? Dans son édition du *Voyage en Amérique* de Chateaubriand, Richard Switzer accroît cette confusion en reportant « elle » au lieu de « eel », citant en note le texte de Hutchins (*ibid.*, t. I, p. 172).

2. Louis Ramond de Carbonnières (voir p. 162, n. 1) avait traduit, accompagné de nombreux commentaires, les *Lettres de William Coxe à M. W. Melmoth sur l'état politique, civil et naturel de la Suisse* en 1782, qui connut un grand succès, l'ouvrage étant célébré par Buffon et Sainte-Beuve. Chateaubriand l'évoque dans le *Génie du christianisme* et cite une note de Ramond de Carbonnières, décrivant une vallée alpine, dans les *Lettres sur la Suisse de*

William Coxe (*op. cit.*, p. 1195, note XLV). Il cite également une autre note de Ramond de Carbonnières sur l'hospice du Saint-Gothard (*ibid.*, p. 1248-1249, note LVII).

DESCRIPTION DE QUELQUES SITES
DANS L'INTÉRIEUR DES FLORIDES

Page 179.

1. Chateaubriand ne s'est jamais rendu jusqu'en Floride : ses propos sont donc de pure recomposition littéraire, fondés en partie sur les *Voyages* de William Bartram qui a exploré le nord de la Floride. Il y mêle cependant la rêverie de l'écrivain et du poète et transfigure les données extraites de ses sources.

2. *L'agavé vivipare* : fleur décrite par Bartram ; voir p. 179, n. 2.

Page 180.

1. Originaire d'Europe puis naturalisée en Amérique du Nord, la *jacobée* (*Jacobae vulgaris*) est une plante vivace dont l'inflorescence produit des fleurs jaunes ; l'alcée est une mauve, plante herbacée et vivace qui pousse à l'état sauvage dans les régions chaudes ; le *lobélia* est une plante à fleurs en grappes, aux propriétés ornementales et médicinales. Ces trois fleurs sont citées par Bartram (*Voyages*, *op. cit.*, p. 114) mais il ne mentionne la couleur de leurs fleurs que pour l'alcée : Chateaubriand cherche davantage l'effet chromatique et esthétique, déroulant la palette du peintre pour éblouir le lecteur.

2. *La sénéka* : le polygale de Virginie (*Polygala senega*) est une plante herbacée répandue au Canada et aux États-Unis, dont on peut récolter la racine et qui a des vertus curatives et médicinales ; un scion est un jeune rameau.

3. *La serpentaire* : nom donné à diverses plantes, soit en raison de leur forme, serpentesque, soit parce qu'on leur attribuait la faculté de tuer les serpents ou de guérir leurs morsures.

4. *L'arctosta ou canneberge* : autrement nommée airelle des marais, elle produit des baies comestibles.

Page 181.

1. *Bourgène* : voir p. 167, n. 2.

Page 182.

1. *Une espèce d'œnothère pyramidale* : Bartram la décrit en ces termes : « [...] j'aperçus avec étonnement une plante en fleurs, dorée du jaune le plus éclatant. Étant monté sur la côte, je vis que c'était une espèce nouvelle *d'Oenothera*, la plus brillante, la plus belle peut-être que l'on connaisse ; *Oenothera grandiflora*. Elle est annuelle ou bisanuelle, et s'élève droite à 7 ou 8 pieds de haut. Elle pousse, depuis la terre jusqu'en haut, une foule de branches dont les plus basses s'étendent au loin, les autres par degrés, jusqu'au sommet de la plante, sont de plus en plus courtes ; le tout forme ainsi une figure pyramidale. Les feuilles sont d'un vert foncé, larges, lancéolées, dentées profondément en scie, et se terminent par une pointe mince et allongée. Les grandes fleurs ouvertes qui font la décoration de cette plante, sont d'un jaune éclatant. Mais lorsqu'avant de tomber elles se resserrent, le dessous des pétales, près du calice, devient d'une couleur de chair, tirant sur le rouge. Ces fleurs commencent à s'ouvrir le soir : elles s'épanouissent tout à fait dans la nuit, et sont le matin dans toute leur beauté ; mais elles se ferment, et se dessèchent avant la fin du jour. Elles se succèdent avec profusion pendant plusieurs semaines ; une seule plante en présente à la fois plusieurs centaines. J'ai mesuré quelques-unes de ces fleurs, qui avaient plus de cinq pouces de diamètre. Elles exhalent une odeur agréable » (Bartram, *Voyages, op. cit.*, p. 362-363). Chateaubriand condense la description de Bartram et lui donne une portée métaphysique et philosophique, ouvrant à une méditation sur le temps.

2. *Tout bordé de dionées* : la scène de la dionée et de ses proies se trouve aussi dans les *Voyages* de Bartram : « Ce qui est vraiment admirable, ce sont les propriétés de la *Dionnaea muscipula*. Avançons près de ce ruisseau qui en

est bordé : voyez s'ouvrir ces lobes vermeils ; leurs ressorts sont tendus, ils sont prêts à saisir l'insecte sans défiance ; voyez comme une des feuilles se replie sur une mouche, qui fait, pour s'échapper, de vains efforts. Une autre a pris un petit ver ; elle s'en saisit et ne le lâchera pas. Comment, en voyant ces jeux de la nature, n'être pas tenté de croire qu'elle a donné aux végétaux quelque sentiment, quelques facultés analogues à celles que nous admirons dans les animaux ? Ils ont, comme ceux-ci, l'action, la vie, le mouvement spontané. Nous trouvons dans cette plante tout ce qui indique l'intention et la volonté » (*Voyages*, *ibid.*, p. 17). Chateaubriand évoque de nouveau la dionée dans *Les Natchez* (livre X, *op. cit.*, p. 329).

Page 183.

1. *Le poisson d'or* : il s'agit de la brème jaune ou *Cyprinus coronarius*, évoquée une nouvelle fois par Bartram : « J'eus là l'occasion de voir le *Cyprinus coronarius*, brème jaune ou poisson du soleil, l'un des plus beaux poissons de ces contrées. [...] Ce poisson est dans l'eau d'une force et d'une activité prodigieuses ; c'est un guerrier revêtu d'une cotte de mailles travaillée en or. Il fait sa nourriture de petits poissons auxquels il ne donne ni repos ni quartier. Du reste, il est très abondant, et est lui-même un très bon manger » (*Voyages*, *ibid.*, p. 152-153). Chateaubriand le rebaptise « poisson d'or » et le couronne « roi », donnant à sa description une poésie qui magnifie une fois de plus les sites des Florides qu'il décrit.

2. Chateaubriand adapte de nouveau un paragraphe issu de Bartram : « Dans le même temps, on peut admirer une foule innombrable de poissons, dont quelques-uns sont revêtus des plus belles couleurs. On y voit le vorace crocodile, étendu sur le fond comme le tronc d'un grand arbre, l'avide orphie, la truite, et toutes les variétés, la brème diaprée, le poisson-chat barbu, la raie pastenague, la sole, la perche, le Rondeau mouton, l'inquiétant *tambour*, tous vont en troupes séparées, se mouvant tranquillement et sans crainte les uns face aux autres. On n'aperçoit entre eux aucun signe d'inimitié, aucune tentative pour s'attaquer

réciproquement. Chaque bande se promène en paix, et un peu à l'écart, comme pour laisser aux autres l'espace qui leur est nécessaire.

Un aspect encore plus singulier est de les voir descendre dans l'orifice de cette fontaine bouillonnante. Ils disparaissent. Reviendront-ils ? Bientôt, à une distance qui paraît infinie, on les aperçoit dans le lointain bleuâtre de ces eaux diaphanes » (*Voyages, ibid.*, p. 163). Le *bass* est en réalité la perche (« bass » en anglais ; Chateaubriand adopte littéralement le terme anglais sans le traduire). On ignore le poisson que Chateaubriand désigne sous le nom de *cannelet*.

Page 184.

1. *Azalea* est le terme anglais, que Chateaubriand reprend, désignant en français l'azalée, une plante aux feuilles vertes et luisantes et dont les fleurs, nombreuses, sont réputées pour leur rouge éclatant, formant des buissons colorés. Chateaubriand utilisera l'azalea comme élément de décor chatoyant dans le cadre de ses récits américains, *Atala*, où Chactas confectionne pour Atala des « colliers avec des graines rouges d'azalea » (*op. cit.*, p. 56) et *Les Natchez* où l'analogie avec le corail est reprise : « [...] des azaleas formaient un buisson de corail à leurs racines », scène bucolique et exotique présidant à la venue de René auprès de Céluta (*Les Natchez*, livre III, *op. cit.*, p. 200).

2. *Les papayas* : Bartram fait l'éloge du « *Carica papaya* » en ces termes : « Cet arbre est certainement le plus beau végétal que je connaisse. L'imposant magnolia, le majestueux palmier le surpassent en magnificence et en grandeur, mais ils ne l'égalent ni en grâce, ni en élégance ; il s'élève à la hauteur de quinze à vingt pieds ; sa tige, droite comme un cierge, est unie, d'un gris argenté et brillant, sur lequel on distingue les vestiges des feuilles qui s'en sont détachées. [...] Les feuilles inférieures sont les plus longues, et soutenues aussi sur les plus longs supports ; elles se relèvent avec grâce comme les branches d'un candélabre » (*Voyages, op. cit.*, p. 135). Chateaubriand ne reprend pas l'image du candélabre mais développe celle de l'urne, dans le droit-fil de sa pensée analogique établie entre le Nouveau Monde

et l'Antiquité de l'Ancien Monde, trouvant à se rejoindre dans une commune pureté originelle retrouvée. Pour une analyse plus détaillée de cette description du papaya par Chateaubriand, voir *Poétique du paysage dans l'œuvre de Chateaubriand*, *op. cit.*, p. 109-111.

3. Bartram traite souvent du *liquidambar*, parmi d'autres arbres, « dont les troncs, qui paraissent tous de la même hauteur, ressemblent à de superbes colonnes. [...] Le tulipier, le Liquidambar et le hêtre, n'étaient pas moins remarquables par leur grosseur et leur élévation » (*Voyages*, *op. cit.*, p. 58-59).

4. Ce passage, repris dans les *Mémoires d'outre-tombe* avec quelques modifications (*op. cit.*, livre VIII, chap. IV, p. 406-407), est influencé par Bernardin de Saint-Pierre (*Études de la Nature* [1784], étude X, et *Paul et Virginie* [1788]) comme l'a justement remarqué Jean-Claude Berchet (*ibid.*, p. 1354-1355). Nous avons analysé la manière dont, dans ce tableau, Chateaubriand dépassait son modèle dans *Poétique du paysage dans l'œuvre de Chateaubriand* (*op. cit.*, p. 80-82).

Page 185.

1. Dans *Atala*, et surtout dans *Les Natchez*, les sons émis par les crocodiles et le vol des cigognes seront employés par Chateaubriand pour constituer une chronologie naturelle conférant à ses récits une dimension exotique supplémentaire où la nature seule dicte le rythme du temps et fournit à l'homme des repères. Un peu plus loin dans le *Voyage en Amérique* (p. 187) il en donne l'illustration par l'attitude des « coureurs de bois » qui « prédisaient un orage, parce que le rat des savanes montait et descendait incessamment le long des branches du chêne vert ».

2. *Comme Charles et Jacques* : Charles II (1630-1685), roi d'Angleterre de 1660 à 1685, fut chassé d'Écosse en 1651 et dut s'exiler, notamment en Hollande. Il fut restauré dans ses droits légitimes en 1660 grâce à Monk et à la paix de Bréda. Chateaubriand le mentionne à de nombreuses reprises dans son œuvre, entre autres dans l'*Essai sur la littérature anglaise* (*op. cit.*, p. 468-473), où il traite également

de l'exil de Jacques II (1633-1701), qui fut roi d'Angleterre et d'Écosse (sous le nom de Jacques VII) de 1685 à 1688 (*op. cit.*, p. 482-484). Il fut capturé en juin 1646 lors de la guerre civile anglaise puis parvint à s'échapper en Hollande en avril 1648.

Page 186.

1. *Le bruit du flux et du reflux du lac* : il s'agit là d'une rêverie digne de Jean-Jacques Rousseau, qui emprunte parfois les mêmes termes. Ce passage semble en effet s'inscrire dans le sillage d'un extrait de la cinquième promenade des *Rêveries du Promeneur solitaire*, où Rousseau goûte une certaine quiétude au gré des battements de l'eau (*Les Rêveries du Promeneur solitaire*, Folio classique, p. 126-127). Ce passage de Rousseau est cité par Chateaubriand dans ses *Mélanges littéraires* et a donné lieu à une réécriture dans les *Mémoires d'outre-tombe* (*op. cit.*, livre VIII, chap. IV, p. 408). Voir l'analyse de ces textes dans *Poétique du paysage dans l'œuvre de Chateaubriand* (*op. cit.*, p. 245-246 ; p. 647 ; p. 692-693 pour la confrontation du texte, de sa variante et l'examen de son inspiration rousseauiste).

2. *Une île où vivent les plus belles femmes du monde* : Chateaubriand décrit une « île magique » de ce type dans *Les Natchez*, le personnage d'Imley (homonyme fictif du voyageur consulté par Chateaubriand) la décrit en ces termes à Céluta : « Vois-tu la cime argentée de ces copalmes, là-bas, sur les eaux ? Vois-tu tout auprès les ombres de ces hêtres pourpres, presque aussi belles que celles du front de ma maîtresse ? Vois-tu les deux colonnes de ces papayas entre lesquelles apparaît la face de la Lune, comme la tête de mon Izéphar entre ses deux bras levés pour me caresser ? Eh bien ! ce sont les arbres d'une île. Île de l'amour, île d'Izéphar, les ondes ne cesseront de baigner tes rivages, les oiseaux d'enchanter tes bois, et les brises d'y soupirer la volupté » (*Les Natchez*, *op. cit.*, p. 459). Ce passage singularise en Izéphar le rêve sensuel des Floridiennes que Chateaubriand retrace à la suite de sa récriture sous la forme d'un paradis des sens où il s'imagine, dans ses *Mémoires*, entouré de ces Indiennes belles et lascives, sylphides ou

« odalisques » sauvages (*Mémoires d'outre-tombe*, *op. cit.*, t. I, livre VIII, chap. IV, p. 408-409).

3. William Bartram, dans ses *Voyages*, évoque souvent non pas les caïmans mais les alligators (les caïmans ne vivent qu'en Amérique centrale et en Amérique du Sud). Il décrit un combat d'alligators (repris de manière analogique dans *Les Natchez*, par le motif du combat de deux crocodiles pour signifier la violence de la lutte engagée entre Ondouré et René dans le bocage de smilax, livre III, *op. cit.*, p. 212) puis comment il est attaqué par ces féroces animaux (*Voyages*, *op. cit.*, p. 125-126).

Page 187.

1. *Les enfants communs de la république de Platon* : analogie des mœurs des crocodiles à celles mentionnées par Platon au livre V de sa *République* : « Les enfants seront communs, et les parents ne connaîtront pas leurs enfants ni ceux-ci leurs parents » (457d).

Page 188.

1. *Comme un tonnerre répond à un autre tonnerre* : cette logique de l'écho, élément de poésie naturelle à laquelle Chateaubriand est sensible, établit une correspondance entre le ciel et le rugissement des crocodiles. Elle est tirée de Bartram, qui déclare : « [...] l'on entendait dans le lointain gronder sourdement le tonnerre. Les crocodiles par leurs rugissements, répondaient à ce murmure, présage infaillible de tempête » (*Voyages*, *op. cit.*, p. 141). Les rugissements des crocodiles sont mentionnés également dans *Atala* (*op. cit.*, p. 44), avec le même effet de sublime sombre et sonore que les « mugissements » lointains et « sourds » de la cataracte de Niagara (*Génie du christianisme*, *op. cit.* p. 591-592 ; *Mémoires d'outre-tombe*, livre VII, chap. VII, *op. cit.*, p. 374-375 ; *Atala*, *op. cit.*, p. 95 ; repris dans *Les Natchez*, *op. cit.*, p. 574).

2. Cette scène est constituée à partir d'indications fournies par Bartram (voir notre analyse dans *Poétique du paysage dans l'œuvre de Chateaubriand*, *op. cit.*, p. 127 ; une coquille indique « Journal sans date » alors que le texte est

issu de la partie intitulée « Description de quelques sites dans l'intérieur des Florides »). Sur la manière dont Chateaubriand exploite et recompose les passages de Bartram concernant la venue de l'orage, nous renvoyons au texte de notre communication intitulée « Mésologie du Nouveau Monde : Chateaubriand face à la nature américaine » (Intervention au séminaire « Mésologies » dirigé par Augustin Berque, EHESS, 22 mai 2015, publiée sur le site *Mésologiques — études des milieux* : http://ecoumene.blogspot.com/2016/09/mesologie-du-nouveau-monde.html).

Page 189.

1. *Le courlis* : oiseau échassier au bec arqué et long.

2. Bartram décrit ces *puits* naturels : « Mais ce qui me parut le plus singulier et le plus difficile à expliquer, ce fut le nombre de ces cavités, semblables à des entonnoirs, qui se trouvent jusqu'au sommet de ces collines, et dont quelques-unes ont dix, quinze et vingt toises de large, d'ailleurs aussi régulières dans leur contour, aussi parfaitement circulaires que si elles eussent été tracées avec un compas. [...] Dans le grand pertuis, et dans le canal qui y conduit, on voit une prodigieuse quantité de crocodiles. Quelques-uns sont énormes, et regardent le spectateur avec une audace et une avidité inquiétantes » (*Voyages, op. cit.*, p. 193-194). Bartram parle ensuite d'une « concavité fort curieuse, qu'on appelle le pertuis du crocodile, *alligator hole*, qui s'était formée depuis peu par une éruption d'eau extraordinaire. [...] Un énorme crocodile est à présent le despote de cette retraite : plusieurs y ont été tués ; mais le trône n'est jamais vacant, les vastes lacs du pays étant remplis de ces dangereux tyrans » (*ibid.*, p. 219-220). Cette association du puits et du crocodile est remployée par Chateaubriand dans *Atala* (*op. cit.*, p. 42) ; les puits naturels sont déjà mentionnés dans le *Génie du christianisme* (*op. cit.*, p. 582-583).

3. Dans *Atala*, Chateaubriand désigne *Cuscowilla* comme la « capitale des Siminoles », Indiens appartenant à « la confédération des Creeks » (*Atala, op. cit.*, p. 45). Cuscowilla se trouve dans l'État de Géorgie. Bartram évoque fréquemment cette ville dans ses *Voyages*.

Page 190.

1. *Apalachucla, la ville de la paix* : Apalachicola était la capitale de la confédération des Creeks ; atuellement, la ville se situe au sud de Phenix City, dans l'Alabama. Bartram en parle dans ses *Voyages* (*op. cit.*, p. 348-349 et 352-353).

Page 191.

1. Le manuscrit, présenté comme une source de textes que Chateaubriand utiliserait à sa guise et dans un ordre qui suit une logique quelque peu dilettante et lâche, n'est qu'un moyen pour l'auteur de mieux garantir un effet d'authenticité de son propos. En réalité, comme l'a très bien montré Philippe Antoine, un « principe de montage » (*Les Récits de voyage de Chateaubriand, contribution à l'étude d'un genre*, Paris, Honoré Champion, 1997, p. 24) est à l'œuvre dans tous les récits de voyage de Chateaubriand, y compris ceux qui semblent les moins composés comme le *Voyage en Italie* et le *Voyage en Amérique* face au structuré et chronologiquement très établi *Itinéraire de Paris à Jérusalem*, présenté comme « les mémoires d'une année de ma vie » par l'auteur (préface de la première édition, *op. cit.*, p. 55). Deux parties sont ainsi délimitées par Chateaubriand : une première partie subjective et autobiographique, où les données géographiques et scientifiques sont fondues dans une perception sensible de l'espace (« l'itinéraire ou mémoire des lieux parcourus ») et une seconde partie plus encyclopédique, objective, où l'auteur ne s'identifie plus au voyageur mais tient un propos plus rigoureusement scientifique, classifié comme une *Histoire naturelle* à la manière de Pline l'Ancien ou de Buffon. Les « séquences textuelles » (pour reprendre la terminologie de Philippe Antoine, *ibid.*, p. 26) sont désormais balisées selon un ordre rigoureux, au moyen d'entrées à la manière d'une encyclopédie de sciences naturelles ou d'ethnologie, lorsqu'il sera question des mœurs et de la société indienne. Cette structure bipartite serait en réalité tripartite si l'on suit toujours les analyses de Philippe Antoine : entre une préface substantielle et une conclusion, se succèdent en effet l'itinéraire, une « série d'études » puis des considérations politiques sur les États-Unis et « l'avenir

des Républiques espagnoles » (*Les Récits de voyage de Chateaubriand*, *ibid*., p. 34). Philippe Antoine rappelle cependant que cette structure du récit de voyage américain emprunte à d'autres modèles, ceux d'une « tradition scripturale » bien établie dans l'*Histoire générale des voyages*, traduite par Prévost, associant relation de voyage et observations, division de la matière que reprend aussi l'un des modèles de Chateaubriand, Carver, dans son *Voyage dans les parties intérieures de l'Amérique septentrionale* (*ibid*., p. 34-35). L'*Histoire générale des voyages* est d'ailleurs l'une des sources importantes de cette partie du *Voyage en Amérique*.

HISTOIRE NATURELLE

Page 192.

1. Pour ce développement sur les castors, Chateaubriand s'appuie principalement sur l'*Histoire générale des voyages* et sur Beltrami, *La Découverte des sources du Mississippi* (1824). Chateaubriand s'intéresse longuement au castor, qu'il envisage selon le point de vue d'une société humaine, régie par un système politique, à la manière des sociétés de l'Ancien Monde. Il fera de même pour les Indiens, dont il envisagera l'organisation politique à l'aune des modèles hérités des Lumières : la république, la tyrannie, la monarchie... L'intérêt pour les castors le pousse à leur donner un rôle essentiel dans l'intrigue des *Natchez* : c'est parce qu'il a tué une femelle castor, acte prohibé et maudit, que René se trouve au centre des tensions qui règnent au sein de la tribu des Natchez, confirmant par là la malédiction qu'il croit traîner toujours derrière ses pas : « Trois causes de guerre existent entre les sauvages : l'invasion des terres, l'enlèvement d'une famille, la destruction des femelles de castor. Ignorant du droit public des Indiens, et n'ayant point encore l'expérience d'un chasseur, René avait tué des femelles de castor » (*Les Natchez*, livre IX, *op. cit.*, p. 304).

2. Le travail des Français « sur le champ des combats » est explicitement rapproché du travail abattu par les castors

dans une longue analogie reprenant l'image du castor architecte dans *Les Natchez* (*op. cit.*, p. 331-332).

Page 197.

1. *Une autre étymologie à son nom* : Chateaubriand
reprend les remarques de Lahontan et Charlevoix. L'étymologie du mot « castor » est le latin *castor*, calqué sur le
grec *kastôr*, qui signifie « celui qui brille, se surpasse ». Il
en est venu à donner son nom au castor « à cause de sa
sécrétion utilisée dans les affections de l'utérus, le dioscure
Castor étant le protecteur des femmes » (*Robert historique
de la langue française*, t. A-E, Paris, Dictionnaire Le Robert,
[1992], 2000, p. 646-647).

Page 198.

1. *Des simples* : plantes poussant à l'état sauvage,
employées telles quelles pour leurs vertus curatives et médicinales.
2. Vers de La Fontaine, *Fables*, « Le Héron » (v. 11).

Page 199.

1. Comme pour le castor, Chateaubriand développe le
texte consacré au bison, animal glorifié, qu'il décrit comme
le dieu du Meschacebé dans le prologue d'*Atala*, en lui conférant l'apparence traditionnelle du Dieu des chrétiens, avec
une barbe de sage et une auréole : « Quelquefois un bison
chargé d'années, fendant les flots à la nage, se vient coucher parmi de hautes herbes, dans une île du Meschacebé.
À son front orné de deux croissants, à sa barbe antique et
limoneuse, vous le prendriez pour le dieu du fleuve, qui jette
un œil satisfait sur la grandeur de ses ondes, et la sauvage
abondance de ses rives » (*Atala*, *op. cit.*, p. 34).

Page 202.

1. Chateaubriand fait référence à une autre fable de La
Fontaine, « Le Renard et les Poulets d'Inde ». L'expression
« maître passé » pour désigner la ruse du renard revient
dans la fable « Le Fermier, le Chien et le Renard » (v. 14).
2. *Cervier* : le « loup-cervier » s'emploie parfois pour

référer au loup mais désigne en réalité le lynx, qui chasse surtout au crépuscule et la nuit. Étymologiquement, « loup-cervier » vient de *lupus cervarius*, « loup qui chasse le cerf ». Si la plupart des lynx chassent des proies plus modestes que le cerf, le lynx du Canada peut s'attaquer aux Caribous.

3. Cette légende de la femelle du rat musqué est développée plus loin par Chateaubriand (section « religion », p. 292). Dans le *Génie du christianisme*, traitant des différents mythes cosmogoniques dans le monde, Chateaubriand envisage, dans une note « la fable d'Atahensic » et la légende du rat musqué, en s'appuyant sur ce que Charlevoix en dit (*op. cit.*, p. 1120, note VI). Voir aussi le « fragment d'un épisode » dans les *Fragments du Génie du christianisme* (*ibid.*, p. 1362-1363). Dans les *Mémoires d'outre-tombe*, Chateaubriand raconte avoir participé à une chasse au carcajou dont il n'est revenu qu'avec des loups-cerviers et des rats musqués, en profitant pour rappeler la légende qui s'y attache : « Nous ne rencontrâmes pas de carcajou ; mais nous tuâmes des loups-cerviers et des rats musqués. Jadis les Indiens menaient un grand deuil, lorsqu'ils avaient immolé, par mégarde, quelques-uns de ces derniers animaux, la femelle du rat musqué étant, comme chacun sait, la mère du genre humain » (*op. cit.*, livre VII, chap. III, p. 362).

Page 203.

1. *Le carcajou* : ce mot du Français du Canada a été emprunté au dialecte des Montagnais (qui appartiennent à la tribu des Algonquins). Au sens figuré, un carcajou peut aussi désigner, par analogie avec la férocité de l'animal, une personne féroce et rusée. Cet animal, qui n'est autre que le glouton d'Amérique, revient peupler les récits américains de Chateaubriand, prenant place comme un animal charognard et inquiétant dans la description de la cataracte de Niagara à la fin d'*Atala* (*op. cit.*, p. 96). Chateaubriand réagence librement, afin de créer une scène cruelle de la nature où le carcajou joue le mauvais rôle, les données puisées chez Carver, qui en donne une description précise dans son *Voyage en Amérique septentrionale* (*op. cit.*, p. 342-343) :

« Cet animal, qui est d'une nature approchante de celle du chat, s'élance sur eux de quelque retraite secrète, ou bien il monte sur un arbre, et se mettant en station sur quelque branche, il attend qu'un daim, un élan ou un caribou, pressé par la chaleur ou le froid, vienne y chercher un abri. Il s'élance alors sur son cou ; et lui ouvrant une veine avec les dents, il le porte bientôt par terre ; ce à quoi il est aidé par sa longue queue dont il l'environne. Le seul moyen qu'ait le malheureux animal pour échapper à son ennemi, c'est de se jeter promptement à l'eau, s'il en rencontre à proximité ; car le carcajou craignant beaucoup cet élément le quitte aussitôt. » On voit combien Chateaubriand dramatise sa notice en accentuant les actions et la férocité du carcajou.

Page 204.

1. Voir notamment l'anecdote déjà mentionnée du Canadien qui charma un serpent à sonnette « au bord de la rivière Génésie » (*Génie du christianisme*, *op. cit.*, Iʳᵉ partie, livre III, chap. III, p 532-533).

2. Dans le *Génie du christianisme*, Chateaubriand se lance dans un développement concernant la sensibilité des animaux que l'on classe habituellement dans la catégorie des « monstres ». Ainsi de la femelle crocodile poussant des « cris pitoyables » quand on lui enlève sa progéniture ou encore du serpent à sonnette doué de sensibilité maternelle : « Le serpent à sonnettes le dispute au crocodile en affection maternelle ; ce reptile, qui donne aux hommes des leçons de générosité, leur en donne encore de tendresse. Quand sa famille est poursuivie, il la reçoit dans sa gueule : peu content des lieux où il la pourrait cacher, il la fait entrer en lui, ne trouvant point pour des enfants d'asile plus sûr que le sein d'une mère. Exemple d'un dévouement sublime, il ne survit point à la perte de ses petits ; car, pour les lui ravir, il faut les arracher de ses entrailles » (*ibid.*, Iʳᵉ partie, livre V, chap. X, p. 585).

Page 205.

1. *Le serpent appelé de verre* : il ne s'agit pas en réalité d'un serpent mais d'un lézard apode (sans pattes), comme l'orvet,

et qui peut facilement régénérer sa queue, qui se brise pour échapper à ses prédateurs, d'où le nom de « serpent de verre ». Bartram évoque le « serpent de verre » (*Voyages*, *op. cit.*, p. 34). Ce serait un lézard Ophisaurus, « de la famille des Anguidae » (note de Fabienne Raphoz, 4, *ibid.*).

Page 207.

1. Dans le *Génie du christianisme*, Chateaubriand fait également l'éloge des abeilles, compris dans un hymne aux « forêts, berceaux de la religion, ces forêts dont l'ombre, les bruits et le silence sont remplis de prodiges, ces solitudes où les corbeaux et les abeilles nourrissaient les premiers Pères de l'Église [...] » (*Génie du christianisme*, Iʳᵉ partie, livre I, chap. II, *op. cit.*, p. 473). Nourricières, les abeilles sont décrétées protectrices sauvages des missionnaires chrétiens et de la religion chrétienne, au point qu'elles inspirent le modèle architectural des monastères par la conformation de leurs ruches : « Ne croirait-on pas en effet reconnaître dans la ruche des abeilles le modèle de ces monastères où des vestales composent un miel céleste avec la fleur des vertus ? » (*ibid.*, Iʳᵉ partie, livre I, chap. IX, p. 503).

MŒURS DES SAUVAGES

Page 208.

1. Chateaubriand fait allusion à un passage d'un poème de Sidoine Apollinaire, qu'il évoque également dans les *Études historiques* (*Œuvres complètes*, éd. Ladvocat, t. Vᵇⁱˢ, p. 112-113) et dans *Les Martyrs* (8ᵉ remarque du livre VII, dans *Œuvres romanesques et voyages*, t. II, *op. cit.*, p. 567 : « Je suis, dit Sidoine, au milieu des peuples chevelus, forcé d'entendre applaudir aux chants d'un Bourguignon ivre, qui se frotte les cheveux avec du beurre... Dix fois le matin, je suis obligé de sentir l'ail et l'oignon, et cette odeur empestée ne fait que croître avec le jour. (Sid. Apoll., *Carm. 12*, *Ad Cat.*). Voilà nos pères. » Sur ce point, nous renvoyons à notre article « Présence-absence de Sidoine Apollinaire

dans l'œuvre de Chateaubriand » (dans *Présence de Sidoine Apollinaire*, textes réunis par Rémy Poignault et Annick Stoehr-Monjou, collection *Caesarodunum* XLIV-XLVbis, Clermont-Ferrand, Centre de Recherches A. Piganiol — présence de l'Antiquité, 2014, p. 513-524).

2. *Chaumine* : terme vieilli et littéraire pour désigner une petite chaumière.

MARIAGE, ENFANTS, FUNÉRAILLES

Page 211.

1. Dans *Les Natchez*, cette coutume est respectée, dictée par Chactas à René après son mariage avec Céluta (*Les Natchez, op. cit.*, p. 374).

2. Les mœurs des Indiens sont constamment rapprochées de celles des Anciens, Chateaubriand rêvant d'une origine commune de simplicité de mœurs, de vertu, qui renverrait à l'enfance de l'âge humain, non encore perverti par la société moderne. Ainsi nourrit-il cette chimère qui rejoint celle, plus globale, de l'Amérique comme paradis perdu.

3. *Mortaises* : entailles pratiquées dans du bois ou du métal en vue d'y assembler une autre pièce.

Page 212.

1. *Escabelles* : terme vieilli et littéraire qui désigne un siège à trois pieds, sans bras. Le terme signifie parfois *escabeau*.

Page 213.

1. *Chichikoués* : instruments semblables au maraca des Indiens d'Amérique centrale, constitués d'une calebasse creuse où sont contenues des graines séchées que l'on agite lors de rituels ou de danses.

Page 214.

1. *Hoyau* : petite houe, disposant d'une lame solide et recourbée.

2. *Sumac* : plante dont les fruits poussent en grappe et

possèdent des vertus médicinales. Le sumac sert aussi à la fabrication de vernis, de laques ou de tanins.

Page 215.

1. *Agaric* : champignon qui pousse dans des zones humides.

Page 216.

1. *Que la faute restât gravée sur le visage* : voir *Atala*, *op. cit.*, p. 62.

Page 218.

1. *Un nom qui vienne de la mère* : comme l'indique Chateaubriand dans sa note, ce trait de mœurs est mentionné dans *Les Natchez*, lorsque Céluta veut donner un nom à sa fille : « Chez les Sauvages ce sont les parents maternels qui imposent les noms aux nouveau-nés. Selon la religion de ces peuples, le père donne l'âme à l'enfant ; la mère ne lui donne que le corps : on suppose d'après cela que la famille de la femme connaît seule le nom que le corps doit porter. René s'obstinant à appeler sa fille Amélie, blessa de plus en plus les mœurs des Indiens » (*Les Natchez, op. cit.*, p. 384).

Page 219.

1. *J'ai parlé ailleurs* : comme l'indique Chateaubriand dans sa note, des passages d'*Atala* sont consacrés aux mœurs des mères indiennes : « Les femmes qui accompagnaient la troupe, témoignaient pour ma jeunesse une pitié tendre et une curiosité aimable. Elles me questionnaient sur ma mère, sur les premiers jours de ma vie ; elles voulaient savoir si l'on suspendait mon berceau de mousse aux branches fleuries des érables, si les brises m'y balançaient, auprès du nid des petits oiseaux » (*Atala, op. cit.*, p. 40) ; « Nous passâmes auprès du tombeau d'un enfant, qui servait de limite à deux nations. On l'avait placé au bord du chemin, selon l'usage, afin que les jeunes femmes, en allant à la fontaine, pussent attirer dans leur sein l'âme de l'innocente créature, et la rendre à la patrie. On y voyait dans ce moment des épouses nouvelles qui, désirant les douceurs de la maternité,

cherchaient en entrouvrant leurs lèvres, à recueillir l'âme du petit enfant, qu'elles croyaient voir errer sur les fleurs. La véritable mère vint ensuite déposer une gerbe de maïs et des fleurs de lis blancs sur le tombeau. Elle arrosa la terre de son lait, s'assit sur le gazon humide, et parla à son enfant d'une voix attendrie [...] » (*ibid.*, p. 47). Dans le *Génie du christianisme*, l'enterrement des enfants donne également lieu à des tableaux de mœurs : « [...] selon l'usage des funérailles chez les Sauvages, elles suspendaient leurs enfants aux branches d'un érable ou d'un sassafras, et les balançaient en chantant des airs de leurs pays. / Ces jeux maternels, qui souvent endormaient l'innocence, ne pouvaient réveiller la mort ! » (*Génie du christianisme*, *op. cit.*, Ire partie, livre V, chap. XIV, p. 600). « Les mères, chez eux, sont assez insensées pour épancher leur lait sur le tombeau de leur fils, et elles donnent à l'homme, au sépulcre, la même attitude qu'il avait dans le sein maternel. Elles prétendent enseigner ainsi que la mort n'est qu'une seconde mère qui nous enfante à une autre vie » (*ibid.*, Ire partie, livre VI, chap. IV, p. 610). Dans *Les Natchez*, Chateaubriand intègre ces traits de mœurs au sein de son intrigue : « La mère, qui avait couché l'enfant sous l'herbe au bord du chemin, vint à minuit apporter les dons nouveaux et humecter de son lait le gazon de la tombe » (*op. cit.*, p. 550). « Pour premier bienfait du ciel, la seconde fille de Céluta mourut. Le fantôme se replongea dans la nuit éternelle. Aucune mère n'alla répandre son lait sur la gazon funèbre : Céluta eût encore rempli ce pieux devoir, si elle n'avait craint que le fantôme ne rentrât dans son sein avec le parfum des fleurs » (*ibid.*, p. 574).

Page 220.

1. Chateaubriand fait allusion au récit des funérailles de Chactas dans *Les Natchez* (*ibid.*, p. 534-539).

2. *D'exhumation publique* : Chateaubriand renvoie à *Atala*. Il s'agit de la scène de l'épilogue où la fille de Céluta et le reste des Natchez transportent avec eux les cendres de leurs aïeux (*op. cit.*, p. 96).

Page 221.

1. *Comme celle de leur néant* : l'épilogue d'*Atala* (*ibid.*, p. 96-99), en faisant transporter aux derniers Natchez tout ce qu'ils possèdent, à savoir un sac rempli des ossements de leurs ancêtres au bord de la cataracte de Niagara, décor grandiose, cherche à accroître la dimension sublime et tragique de la destinée funeste des Natchez, conséquence de la malédiction qui frappe René.

MOISSONS, FÊTES, RÉCOLTE DE SUCRE D'ÉRABLE, PÊCHES, DANSES ET JEUX

Page 222.

1. Pour cette section, Chateaubriand s'inspire beaucoup de Charlevoix, *Histoire et description générale de la Nouvelle France* (1744).

2. *Les naturels* : les autochtones, les personnes originaires du pays (ici le Canada).

3. *Féveroles* : espèce de fève, dont la taille des gousses est plus petite que celle des fèves ordinaires.

Page 225.

1. *Un chouchouacha* : il s'agit de l'opposum.

Page 228.

1. Chateaubriand justifie, contre les critiques qui mettent en doute la véracité de ce qu'il déclare, cette appétence des ours pour les raisins et la coutume indienne qui consiste à les en nourrir abondamment dans la *Défense du Génie du christianisme* : « Ils croient que les ours enivrés de raisins sont une circonstance inventée par l'auteur ; et l'auteur n'est ici qu'un historien fidèle » (*op. cit.*, p. 1112). Il renvoie à la note LXV du *Génie du christianisme* où il cite ses sources, Charlevoix et Carver : « Il [l'ours] aime surtout le raisin ; et, comme toutes les forêts sont remplies de vignes qui s'élèvent jusqu'à la cime des plus hauts arbres, il ne

fait aucune difficulté d'y grimper » (Charlevoix, *Voyage dans l'Amérique septentrionale*, t. IV, lettre 44, p. 175, éd. Paris, 1744). Imlay dit en propres termes que les ours s'enivrent de raisin (*Intoxicated with grapes*), et qu'on profite de cette circonstance pour les prendre à la chasse. C'est d'ailleurs un fait connu de toute l'Amérique » (*Génie du christianisme*, *op. cit.*, p. 1263).

Page 229.

1. *J'ai parlé ailleurs de cette moisson* : comme l'indique Chateaubriand dans sa note, la moisson de la folle-avoine est décrite dans *Les Natchez* (*op. cit.*, p. 380). Voir p. 106, n. 3.

Page 231.

1. Virgile, *Bucoliques*, VI, v. 27-28 : « Alors vraiment, en cadence on aurait pu voir Faunes et bêtes féroces/Jouer » (dans *Œuvres complètes*, Paris, Gallimard, Bibliothèque de la Pléiade, 2015, traduction de Jeanne Dion et Philippe Heuzé).

Page 232.

1. *La seine* : filet de pêche à nasse simple traîné au fond des eaux.

Page 233.

1. *Le lencornet* : il s'agit de l'encornet. François-Marie de Marsy décrit le « lencornet » comme « une espèce de morue sèche : mais il n'en a pas la figure. Il est ovale. Il a au-dessus de la queue un rebord qui lui fait comme une rondache : sa tête est environnée de barbe d'un demi-pié de longueur. Il s'en sert pour prendre d'autres poissons » (*Histoire moderne des Chinois, des Japonais, des Indiens, des Persans, des Turcs, des Russiens, et des Américains, pour servir de suite à l'Histoire ancienne de M. Rollin*, t. XIX, Paris, Saillant et Desaint, 1771, p. 262).

2. *Le chaousaron* : ce poisson est nommé ainsi par Champlain, au moyen d'un mot huron, qui est le premier à avoir repéré l'espèce (le 6 juillet 1609 sur le lac Champlain, dans

le Vermont ; l'espèce vit aussi au Québec). Il n'a pas été clairement identifié : ce serait soit le lépisosté osseux (*Lepisosteus osseus*), soit l'esturgeon jaune (*Acipenser fulvescens*), soit plus probablement le garpique alligator (*Astractosteus spatula*), poisson de grande taille, qui peut mesurer jusqu'à 3 m de longueur et possède un longue mâchoire dotée de deux rangée de dents, ce qui le fait ressembler à un alligator. Un état de la question a été fait par Philip A. Cochran, « On the identity of Samuel de Champlain's "chaousarou" », dans *Archives of Natural History*, Avril 2011, vol. 38, n° 1, p. 164-165.

3. *L'artimègue* : ce poisson cité par Chateaubriand demeure indéterminé. Il apparaît également sous la graphie « artikamègue ». Charlevoix le mentionne sous le nom d'« astikamègue ou poisson blanc ». Voir p. 150, n. 2.

4. Pour cette section, Chateaubriand s'appuie principalement sur Beltrami.

Page 235.

1. Chateaubriand reprend quelques éléments de ce passage et prolonge sa réflexion dans les *Mémoires d'outre-tombe* : « Ce qui n'était pas consacré à l'étude était donné à ces jeux du commencement de la vie, pareils en tous lieux. Le petit Anglais, le petit Allemand, le petit Italien, le petit Espagnol, le petit Iroquois, le petit Bédouin roulent le cerceau et lancent la balle. Frères d'une grande famille, les enfants ne perdent leurs traits de ressemblance qu'en perdant l'innocence, la même partout. Alors les passions modifiées par les climats, les gouvernements et les mœurs font les nations diverses ; le genre humain cesse de s'entendre et de parler le même langage : c'est la société qui est la véritable tour de Babel » (*Mémoires d'outre-tombe*, *op. cit.*, livre II, chap. v, p. 178).

2. Chateaubriand mentionne le jeu des *osselets* dans *Les Natchez*, au moyen d'un dialogue entre un guerrier, les jongleurs et les sachems concernant leur destinée : « Un Guerrier : La balle est un jeu noble et viril : mais qui pourrait chanter les osselets ? C'est aux osselets que l'on gagne des richesses, c'est aux osselets que l'on obtient une tendre épouse./Les sachems : C'est aux osselets qu'on perd la raison ; c'est aux osselets qu'on vend sa liberté./Les jongleurs :

Deux parts ont été faites de nos destinées : l'une bonne, l'autre mauvaise. Le Grand Esprit mit la première dans un osselet blanc, la seconde dans un osselet noir. Chaque homme en naissant, avant qu'il ait les yeux ouverts, prend son osselet dans la main du Grand Esprit./Les sachems : Qu'importe que l'osselet de notre destinée soit noir ou blanc, nous jouons dans la vie assis sur une tombe : à peine avons-nous tiré notre osselet heureux ou fatal, la mort, qui marque la partie, nous le redemande » (*Les Natchez*, *op. cit.*, p. 521-522).

Page 236.

1. *Un ancien jeu de chevalerie* : le jeu de balles et de paume est décrit dans *Les Natchez* (*ibid.*, p. 522). Ces jeux avaient déjà été évoqués dans *Atala*, à l'occasion de la peinture de la « Fête des morts ou le Festin des âmes » : « On célèbre les jeux funèbres, la course, la balle, les osselets… » (*Atala*, *op. cit.*, p. 51-52). Dans *Les Natchez*, ces « jeux funèbres » sont également décrits en détail : « Ces jeux s'ouvrirent par la lutte des jeunes filles ; la course des guerriers suivit la lutte, et le combat de l'arc, la course… » (*Les Natchez*, *op. cit.*, p. 537).

2. *Pleigent* : « pleiger » signifie « servir de garant, de caution » (terme de droit).

Page 238.

1. *Petun* : tabac (terme vieilli).

ANNÉE, DIVISION ET RÈGLEMENT DU TEMPS, CALENDRIER NATUREL

Page 241.

1. *Les années se comptent par neiges ou par fleurs* : la « lune des fleurs » est souvent évoquée dans les récits américains de Chateaubriand. Dans *Atala*, sur le modèle de Montesquieu dans les *Lettres persanes* (1721) où le cycle lunaire permet la datation des lettres échangées, Chactas se repère

selon la chronologie des lunes des fleurs et des neiges : « À la prochaine lune des fleurs, il y aura sept fois dix neiges, et trois neiges de plus, que ma mère me mit au monde sur les bords du Meschacebé » (*op. cit.*, p. 38). Dans *René*, cette mention de temporalité naturelle permet de situer l'action du héros : « Le 21 de ce mois que les Sauvages appellent la lune des fleurs, René se rendit à la cabane de Chactas » (*op. cit.*, p. 118). Dans *Les Natchez*, Chactas évoque avec nostalgie le lieu des origines, dans le sillage de René et de François-René, selon ce mode de comptabilisation : « Maintenant chaque heure me rapprochait de ce champ paternel dont j'étais absent depuis tant de neiges. J'en étais sorti sans expérience, dans ma dix-septième lune des fleurs ; j'allais y rentrer dans ma trente-troisième feuille tombée, et plein de la triste connaissance des hommes » (*op. cit.*, livre VIII, p. 299). L'usage de cette formule est parfois métaphorique, pour signifier la jeunesse de Mila, dans la bouche d'Outougamiz : « Partons, Mila ! dit Outougamiz. Léger nuage de la lune des fleurs ! » (*ibid.*, p. 433).

2. *Parce qu'il chasse avec des loups* : plus haut dans le *Voyage en Amérique* (p. 203), Chateaubriand avait plutôt parlé de sa chasse avec les renards : « La manière dont il chasse l'orignal avec ses alliés les renards est célèbre. »

Page 242.

1. *Le maukawis* : Carver mentionne cet oiseau sous le nom de « ouiprouil » ou « Muckaouiff » selon son nom indien (*Voyages dans les parties intérieures de l'Amérique, op. cit.*, p. 355-356). Chateaubriand évoque cet oiseau sous le nom de « *Whip-poor-Will* » ou « *Will-poor-Will* », ne retenant que la mention de la mélancolie qui fait de lui un compagnon de rêverie nostalgique pour le voyageur. Dans *Les Natchez*, il le situe au sein d'un concert sonore des animaux d'Amérique, donnant l'impression d'une « symphonie » charmant son « banquet » : « Le chant monotone du *will-poor-will*, le bourdonnement du colibri, le cri des dindes sauvages, les soupirs de la nonpareille, le sifflement de l'oiseau moqueur, le sourd mugissement des crocodiles dans les glaïeuls [...] » (*Les Natchez, op. cit.*, livre II, p. 186). Il l'évoque de nouveau

dans les *Mémoires d'outre-tombe* en décrivant une « soirée magnifique » vécue en Amérique. Le « *weep-poor-will* » remplace alors le « coucou des Carolines » mentionné dans une scène identique dans le *Voyage en Amérique* (p. 139) : « Le *weep-poor-will* répétait son chant : nous l'entendions tantôt plus près, tantôt plus loin, suivant que l'oiseau changeait le lieu de ses appels amoureux. Personne ne m'appelait. Pleure, pauvre William ! *weep, poor Will* ! » (*op. cit.*, livre VII, chap. IV, p. 367). Un autre William, Bartram, mentionne cet oiseau dans ses *Voyages* (*op. cit.*, p. 153). Ce serait une espèce d'engoulevent, l'engoulevent bois-pourri (*Caprimulgus vociferus*), comme le précise Fabienne Raphoz (*ibid.*, p. 353, note 4), Bartram le compare à un autre engoulevent, « appelé *Chuck-Will's widow* ("veuve de Chuck Will") qui évoque une ressemblance supposée entre le chant qu'il émet et la prononciation de ces mots. Ces engoulevents vivent sur les aires maritimes de Caroline et de Floride et sont deux fois plus gros que le *Whip-poor-will* » (*ibid.*, p. 353, note 3).

2. *Le wakon* : Carver évoque cet oiseau, qu'il nomme « oiseau de l'esprit (*ouaikon-Bird*) » : « Cet oiseau, qui est une espèce d'oiseau de Paradis ou de *Manucodiata*, est ainsi appelé par les Indiens, à cause de la grande estime et de la grande vénération qu'ils ont pour lui. Il est à peu près de la grandeur d'une hirondelle, et d'une couleur brune, orné autour du col d'un vert éclatant. Ses ailes sont d'un brun plus foncé que le corps. Mais ce qui le rend remarquable, c'est que sa queue est composée de quatre ou cinq longues plumes, trois fois aussi longues que son corps, et joliment ornées de vert et de pourpre. Il porte ces belles et longues plumes de la même manière que le paon ; mais l'on ne sait pas si, comme ce dernier, il les dresse et les étale. Je n'ai jamais vu cet oiseau dans nos Colonies ; mais les *Nadoessis* en prirent plusieurs pendant que j'étais dans leur pays, et ils me parurent les traiter comme s'ils étaient d'un rang supérieur à tout le reste de la race emplumée » (*op. cit.*, p. 361-362).

MÉDECINE

Page 243.

1. Dans *Les Natchez*, le songe d'Outougamiz lui fait tenir un discours à une étrangère à qui il évoque le motif de la blessure et de sa guérison avec des simples, image qui évoque la blessure de René qu'il cherche à guérir : « Étrangère, j'avais planté un érable sur le sol de la hutte où je suis né : voilà que, pendant mon absence, de méchants Manitous ont blessé son écorce et ont fait couler sa sève. Je cherche des simples dans ces marais pour les appliquer sur les plaies de mon érable. Dis-moi où je trouverai la feuille du savinier » (*Les Natchez, op. cit.*, livre XII, p. 353). Plus loin, il part en quête de plantes pour sauver son ami René mais, comme Chateaubriand en Amérique qui herborise alors qu'il ignore la botanique, il se dit : « Tu es un chevreuil sans esprit ; tu ne connais point les plantes, tu ne fais rien pour sauver ton frère. » Il est décrit ensuite cherchant « dans les détours du marais des herbes salutaires : il cueillit des cressons et tua quelques oiseaux » (*ibid.*, p. 355).

2. L'*Abrégé de l'Histoire générale des voyages* de La Harpe (Patis, De Tou, 1780, p. 75) mentionne « *l'hésidaron* canadien » et ses vertus en des termes voisins : « On l'applique, avec succès, toute crue, sur des humeurs froides, qu'elle sert à résoudre. Ceux qui la croient purgative, veulent qu'on en joigne une once aux médecines ordinaires, pour chasser les humeurs attachées aux ulcères. »

3. *Cabane des sueurs* : Carver mentionne ce qu'il appelle des « étuves », liées au remède universel qu'il perçoit chez les Indiens et qui consiste à « se faire suer » : « La manière dont ils construisent leurs étuves est simple : ils placent en rond six petites perches qu'ils lient par le sommet de manière à former une espèce de rotonde, et ils les recouvrent de fourrures ou de couvertures de telle manière qu'il n'y ait aucun accès à l'air extérieur. On ne laisse qu'une ouverture à pouvoir se glisser dedans. Au centre de cette construction, l'on place des pierres rougies au feu, sur lesquelles on jette de l'eau ;

il s'en élève une vapeur qui produit aussitôt un très grand degré de chaleur./Ils se procurent par-là une transpiration abondante, qu'ils poussent au degré qu'ils veulent. Après avoir resté quelque temps dans ce bain de vapeurs, ils en sortent, et se rendent en hâte vers la rivière ou le ruisseau le plus voisin ; ils s'y plongent, et après s'y être baignés une demi-minute, ils se rhabillent, s'assoient et fument avec une grande tranquillité, persuadés que le remède ne peut manquer de produire son effet. Ils font aussi usage de ce sudorifique pour se rafraîchir, ou pour préparer leur esprit à traiter des affaires qui demandent un grand degré d'attention et de sagacité » (*Voyage dans l'Amérique septentrionale, op. cit.*, p. 296).

Page 244.

1. Un *palladium*, par analogie avec la statue de Pallas (Athéna), réputée pour être tombée du ciel pour sauver la ville de Troie, désigne ce qui préserve une valeur, une institution ou une société. — Les *Lares*, dans l'Antiquité romaine, sont les divinités du foyer domestique, qui en assurent la protection.

Page 245.

1. *Un Molière indien* : dans les *Mémoires d'outre-tombe*, Chateaubriand rappelle une expérience moliéresque de la médecine qu'il a dû affronter à son corps défendant lors de la visite à Combourg d'un « marchand d'orviétan », son père « qui ne croyait point aux médecins » mais « croyait aux charlatans », l'ayant fait examiner par ce charlatan qui se livre à des pitreries dignes du jongleur des Indiens que mentionne ici Chateaubriand (*Mémoires d'outre-tombe*, t. I, livre II, chap. IV, p. 176-177).

LANGUES INDIENNES

Page 248.

1. Comme pour la section « médecine », Chateaubriand s'appuie beaucoup sur Charlevoix dans cette section

« langues indiennes ». Bartram évoque également les langues des Indiens, en insistant sur leur caractère « oratoire » et figuré, ainsi que sur le « R » caractéristique qui s'y fait entendre seulement dans la langue cherokee, absente de toutes les autres (*Voyages*, *op. cit.*, p. 452-453).

Page 252.

1. *Le duel* : désigne un nombre, ni singulier ni pluriel, qui associe deux personnes ou deux choses (le duel est employé dans les conjugaisons et déclinaisons dans les langues anciennes telles que le grec ancien, l'hébreu...).

Page 256.

1. Joseph Marcoux (1791-1855), prêtre catholique missionnaire du Québec à la mission de Saint-Régis puis à la mission Saint-François-Xavier à partir de 1819, au village de Caughnawaga (« Sault Saint-Louis » en français canadien). Pierre-Joseph-Marie Chaumonot (1611-1693), se spécialisa dans la langue huronne et fonda la mission Notre-Dame-de-Lorette près de Québec. Il écrivit son autobiographie et établit une grammaire de la langue huronne. Sébastien Rasle (1657-1724), prêtre jurassien, fut missionnaire chez les Indiens Abénaquis. En 1694, il fonda la mission de Narantsouak, sur la rivière Kennebec mais fut massacré en 1724 alors qu'il œuvrait pour protéger les Indiens contre les troupes de la Nouvelle-Angleterre qui convoitaient ces terres. Le père Rasle constitua un dictionnaire d'iroquois à partir de 1691. Il ne fut édité qu'en 1833 par John Pickering sous le titre « A dictionnary of the Abnaki language in North America by Father Sebastian Rasle ».

CHASSE

Page 257.

1. Pour cette section, de même que pour la section « guerre », Chateaubriand s'appuie majoritairement sur Carver, Charlevoix et l'*Histoire générale des voyages*.

2. Chateaubriand reprend ce type de configuration présidant à la chasse dans une scène d'*Atala* : « Peu de temps après ce mariage [celui de René et Céluta], les Sauvages se préparèrent à la chasse du castor./Chactas, quoique aveugle, est désigné par le conseil des sachems pour commander l'expédition, à cause du respect que les tribus indiennes lui portaient. Les prières et les jeûnes commencent : les jongleurs interprètent les songes ; on consulte les Manitous ; on fait des sacrifices de petun [tabac] ; on brûle des files de langue d'orignal ; on examine s'ils pétillent dans la flamme, afin de découvrir la volonté des Génies ; on part enfin, après avoir mangé le chien sacré » (*Atala*, *op. cit.*, p. 36-37 ; voir aussi *Les Natchez*, livre V, *op. cit.*, p. 231).

Page 262.

1. *Remole* : tournoiement d'eau.

2. Chateaubriand utilise ce trait de mœurs indiennes pour condamner René, qui a tué une femelle castor, risquant alors de provoquer une guerre entre les Natchez et les autres nations indiennes (voir p. 192, n. 1 et *Les Natchez*, livre IX, *op. cit.*, p. 304). Aucune source de Chateaubriand ne mentionne cette origine possible de conflit.

Page 268

1. Le *pékan* est une martre canadienne, chassée pour sa fourrure. Le *gopher* est un petit mammifère, voisin de la marmotte. Le *racoon* est le nom anglais du raton laveur.

LA GUERRE

Page 269.

1. *Un sujet légitime de guerre* : voir p. 192, n. 1 et p. 262, n. 2, et *Les Natchez*, *op. cit.*, p. 304.

Page 270.

1. *Le motif des hostilités* : sur la déclaration de guerre par

le jet de la hache teinte de sang, voir *Les Natchez, op. cit.*, livre IX, p. 306 ; p. 555.

2. Les *janissaires* étaient des soldats de l'infanterie turque ; ils prenaient leurs repas en commun autour d'une marmite ; renverser la marmite sacrée était chez eux un signe de révolte. Le 10 juin 1826, des janissaires se révoltèrent contre le sultan en demandant « la tête du grand vizir et des quatre principaux membres du divan. [...] Quand les marmites étaient renversées, jetées hors de la caserne et placées en travers sur le chemin du camp, cela voulait dire que ces messieurs désiraient un changement de ministère, ou même davantage, comme une strangulation de dynastie » (*Revue britannique*, « Le Harem du pacha de Widdin », 4ᵉ série, t. II, année 1838, Bruxelles, Meline, Cans et compagnie, 1838, p. 560).

Page 272.

1. Cette scène est reprise dans *Atala* : « Le sacrifice achevé, le mico [chef] prend la parole et expose avec simplicité l'affaire qui rassemble le conseil. Il jette un collier bleu dans la salle, en témoignage de ce qu'il vient de dire. [...] Donnez un collier rouge qui contienne mes paroles. J'ai dit. Et il jette un collier rouge dans l'assemblée » (*Atala, op. cit.*, p. 50). Chactas, au cours d'une autre réunion, jettera lui aussi un collier « au milieu de l'assemblée », mais cette fois « un collier bleu, symbole de paix » (*ibid.*, p. 192-193).

Page 273.

1. *Areskoui* est cité dans *Atala* dans les paroles de Chactas : « Est-ce avec des mains pures que nous prétendons lever la hache d'Areskoui ? » (*Atala, op. cit.*, p. 192). Il devient une figure allégorique au livre II des *Natchez* : « Areskoui, fidèle aux ordres de Satan, riant d'un rire farouche, suivait à quelque distance les messagers de paix avec la Trahison, la Peur, la Fuite, les Douleurs et la Mort » (*op. cit.*, p. 193). *Les Natchez* le mentionnent également à travers les propos de l'Indien Nipane : « Est-il rien de plus pitoyable qu'un Sachem renversé par Areskoui ? » (*ibid.*, p. 328). Plus

globalement, Areskoui est très souvent harangué par les guerriers mis en scène par Chateaubriand et peuple leurs discours dans son épopée indienne.

Page 278.

1. *La chanson du Manitou des combats* : voir le chant d'Adario dans *Les Natchez* (*op. cit.*, livre IX, p. 316).

2. Cette chanson de Sparte est mentionnée par Rousseau dans la neuvième promenade de ses *Rêveries du Promeneur solitaire* (Folio classique, p. 208). Formule tirée de Plutarque (*Vie de Lycurgue*) qui mentionne, lors des fêtes de Sparte, trois danses correspondant aux trois âges, selon trois chants. Le chant évoqué est celui des vieillards.

Page 280.

1. *Les* filles peintes *ou les courtisanes* : dans les *Mémoires d'outre-tombe*, Chateaubriand rapproche ces « *filles peintes* » des Floridiennes : « N'étais-je pas entre mes deux Floridiennes, comme Anaïs entre ses deux anges ? Mais les *filles peintes* et moi, nous n'étions pas immortels » (*op. cit.*, t. II, livre XXXIX, chap. XIII, p. 860). Voir en Annexes, p. 512 et suivantes.

Page 286.

1. *Le serment des amis* : un tel serment est conclu entre Outougamiz et René dans *Les Natchez* (*op. cit.*, livre III, p. 202-203).

Page 287.

1. *L'aubier* : partie blanchâtre et tendre du bois située sous l'écorce et cernant le cœur de l'arbre. L'aubier est aussi appelé « faux bois ».

Page 290.

1. *Killiou* : oiseau (en français du Canada). Beltrami mentionne cet oiseau dans *La Découverte des sources du Mississippi et de la rivière sanglante* (*op. cit.*, p. 130). Philippe-Pierre Potier (1708-1781), jésuite missionnaire belge, envoyé auprès

des Hurons en Nouvelle-France, s'intéressa au lexique. Il répertorie le terme de « killiou » parmi ceux employés par les Canadiens au XVIIIe siècle : « oiseau d'un beau plumage... les sauv. [sauvages] ornent leurs calumets de cérémonies de ses plumes » (dans Robert Toupin et Pierrette Lagarde, *Les Écrits de Pierre Potier*, Ottawa, University of Ottawa Press, coll. « Amérique française », 1996, p. 472).

Page 291.

1. Voir le récit du retour des Natchez dans *Les Natchez*, *op. cit.*, livre XI, p. 340-346.

2. Voir le supplice d'Adario, chef des Natchez (*Les Natchez, ibid.*, livre XI, p. 345) ; dans *Atala*, le supplice projeté de Chactas est évoqué (*op. cit.*, p. 52-53).

3. Dans *Atala*, ce revirement de la douceur à la barbarie de la part des femmes indiennes est indiqué comme conséquence d'un mouvement de violence collective : « Ces mêmes Indiens dont les coutumes sont si touchantes ; ces mêmes femmes qui m'avaient témoigné un intérêt si tendre, demandaient maintenant mon supplice à grands cris ; et des nations entières retardaient leur départ pour avoir le plaisir de voir un jeune homme souffrir des tourments épouvantables » (*Atala, ibid.*, p. 52).

4. L'on sait que Chactas a été adopté par Lopez et a adopté lui-même René. Chateaubriand étend ce système de l'adoption dans ses récits américains et, conformément à ce qu'il précise ici, retrace l'adoption par une femme — Céluta — du capitaine d'Artaguette pour le sauver : « Outougamiz me voulut en vain sauver : sa sœur, non moins généreuse, fit ce qu'il n'avait pu faire. La loi indienne permet à une femme de délivrer un prisonnier, en l'adoptant ou pour frère ou pour mari. Céluta a rompu mes liens ; elle a déclaré que j'étais son frère [...] » (*Les Natchez, op. cit.*, livre XI, p. 338).

RELIGION

Page 293.

1. Un *manitou*, pour les Indiens d'Amérique, est un Grand Esprit. Par extension, il désigne un fétiche.

Page 294

1. Chateaubriand évoque *Michabou* dans *Les Natchez* à travers le récit de Chactas : « Les cabanes où nous abordâmes sont bâties sous un ciel délicieux, au fond d'un lac intérieur, où Michabou, Dieu des eaux, ne lève point deux fois le jour son front vert couronné de cheveux blancs, comme sur les rives canadiennes » (*Les Natchez, op. cit.*, livre V, p. 234). « Les flots calmés expiraient aux pieds de ce vieillard, comme aux pieds de leur maître. Je le pris pour Michabou, Génie des eaux [...] » (*ibid.*, livre V, p. 237 ; on retrouve également Michabou mentionné *ibid.*, p. 250, 262, 279, 282, 290, 292 et 487). Dans *Atala*, le Jongleur « invoque Michabou, génie des eaux. Il raconte les guerres du grand Lièvre contre Machimanitou, dieu du mal » (*Atala, op. cit.*, p. 51).

2. Chateaubriand mentionne *Jouskeka* dans *Atala* : « Jouskeka l'impie immolant le juste Tahouistsaron » (*op. cit.*, p. 51-52). Voir le *Génie du christianisme*, « Fragment d'un épisode », *op. cit.*, p. 1362.

3. Voir la répartition des dieux établie dans *Les Natchez* (*op. cit.*, livre II, p. 183).

Page 295.

1. La source concernant Messou est évoquée par Chateaubriand dans le *Génie du christianisme* : il s'agit de Charlevoix, qu'il cite (*op. cit.*, page 526, note VI, p. 1120). La légende de Messou et la femelle du rat musqué est rappelée dans le Fragment du *Génie du christianisme* évoqué plus haut (*op. cit.*, p. 1362-1363).

Page 296.

1. Le lac souterrain est le lieu de l'assemblée des peuples

indiens dans *Les Natchez* et donne lieu à une description détaillée (*op. cit.*, p. 353-354).

Page 297.

1. *Les engraisser pour l'hiver* : voir *Les Natchez* (*op. cit.*, livre XI, p. 344) : « [...] l'oiseau de Minerve canadienne brise le pied de ses victimes, et les engraisse dans son aire durant les beaux jours, pour les dévorer dans la saison des frimas. »

2. Chateaubriand reprend la légende à Charlevoix et évoque à deux reprises *Endaé*, dans *Atala* (*op. cit.*, p. 52 : « [...] il dit encore la belle Endaé, retirée de la contrée des âmes par les douces chansons de son époux »), et dans *Les Natchez* (*op. cit.*, p. 198) : « Mais Athaënsic plongea bientôt ma flèche dans le cœur de mon rival, et Endaë fut le prix de ma victoire. »

GOUVERNEMENT

Page 299.

1. Le programme de cette section, où Chateaubriand s'appuie de nouveau beaucoup sur Charlevoix, semble avoir été celui établi dans le *Génie du christianisme* et que développe le *Voyage en Amérique* : « Nous avons eu nous-même occasion d'observer, chez les Indiens du Nouveau Monde, toutes les formes de constitutions des peuples civilisés : ainsi les Natchez, à la Louisiane, offraient le despotisme dans l'état de nature, les Creeks de la Floride la monarchie, et les Iroquois au Canada le gouvernement républicain » (*Génie du christianisme*, *op. cit.*, IVe partie, livre IV, chap. VIII, p. 1002).

Page 301.

1. *La tribu de l'Aigle, de l'Ours, du Castor, etc* : les tribus, dans *Les Natchez*, ont également de tels noms, auxquels Chateaubriand ajoute la Tortue et le Serpent : « Le Soleil prit le commandement de la tribu de l'Aigle, avec laquelle il fut résolu qu'il envahirait les terres des Illinois. Adario demeura

aux Natchez avec la tribu de la Tortue et du Serpent, pour
défendre la patrie. [...] René, adopté dans la tribu de l'Aigle,
devait être de l'expédition commandée par le vieux Soleil »
(*Les Natchez*, *op. cit.*, livre IX, p. 308). Dans *Atala* sont évoquées ces quatre tribus « de l'Aigle, du Castor, du Serpent
et de la Tortue » (*op. cit.*, p. 50).

Page 302.

1. Le conseil des Sauvages mentionné par Chateaubriand
en note est décrit dans *Les Natchez* (*ibid.*, p. 477-489) et dans
Atala (*op. cit.*, p. 49-51).

Page 304.

1. Le *Soleil* est très souvent évoqué dans *Les Natchez* et
Chactas explique à René son statut et sa fonction : « Mon
fils, répondit Chactas, c'est le Soleil : il est cher aux Natchez par le sacrifice qu'il a fait à sa patrie des prérogatives
de ses aïeux. C'est un homme d'une douceur inaltérable,
d'une patience que rien ne peut troubler, d'une force presque
surnaturelle à supporter la douleur. Il a lassé le temps lui-
même, car il est au moment d'accomplir sa centième année »
(*op. cit.*, p. 228). Dans sa *Description du pays des Natchez*,
Charlevoix décrit ainsi ce chef des Natchez : « Le Grand Chef
des Natchez porte le nom de *Soleil*, et c'est toujours, comme
parmi les Hurons, le fils de sa plus proche parente qui lui
succède. On donne à cette femme la qualité de Femme-Chef,
et quoique pour l'ordinaire elle ne se mêle pas du gouvernement, on lui rend de grands honneurs. Elle a même, aussi
bien que le Soleil, droit de vie et de mort ; dès que quelqu'un
a le malheur de déplaire à l'un ou à l'autre, ils ordonnent à
leurs gardes, qu'on nomme *Allouez*, de le tuer » (« Premier
extrait de Charlevoix — *Description du pays des Natchez* »,
dans *Œuvres romanesques et voyages*, t. I, *op. cit.*, p. 584).

2. *Le Chef de la farine* : voir *Les Natchez* (*op. cit.*, p. 578,
note) : « Il m'eût été difficile de conserver dans un poème le
titre de *Chef de la farine*, que l'édile portait chez la nation du
Soleil./Ce *Chef de la farine*, au moment de la conspiration
contre les Français, était un homme qui avait une partie
des vices, de la capacité et du caractère que j'ai attribués à

Ondouré. » Il s'agirait en réalité du chef d'un village nommé *Village de la farine*.

Page 306.

1. *La théorie* : groupe de personnes avançant alignées, suite, file, par analogie avec le nom donné à la députation, à l'époque de la Grèce antique, que les cités envoyaient assister aux fêtes religieuses ou pour annoncer celles-ci et qui se déplaçait en procession.

Page 308.

1. *Les Muscogulges* : pour ce développement, Chateaubriand s'appuie sur Bartram. Il utilise ces informations dans *Atala* (*op. cit.*, p. 40-54).

2. *Mico* revient à plusieurs reprises dans *Atala* : « le Mico, ou chef de la nation, ordonne de s'assembler » (*op. cit.*, p. 50) ; « le sacrifice achevé, le Mico prend la parole et expose avec simplicité l'affaire qui rassemble le conseil. Il jette un collier bleu dans la salle, en témoignage de ce qu'il vient de dire » (*ibid.*, p. 50). Dans *Les Natchez*, le Mico est représenté comme un « roi » qui « marchait à [la] tête » des « nations confédérées de la Floride » lors de l'assemblée des nations indiennes (*op. cit.*, p. 479).

Page 310.

1. Le tableau des conquêtes des Muscogulges s'appuie sur l'ouvrage de John Lee Williams, *Vue de la Floride occidentale* (Philadelphie, 1817), que Chateaubriand mentionne un peu plus loin (p. 326).

Page 314.

1. Phrase reprise d'*Atala* : « le Muscogulge, et surtout son allié le Siminole, respire la gaieté, l'amour, le contentement. Sa démarche est légère, son abord ouvert et serein. Il parle beaucoup et avec volubilité ; son langage est harmonieux et facile » (*op. cit.*, p. 40).

Page 315.

1. *Chanson de la chair blanche* : cette chanson retrace un

épisode décrit par Bartram, qui lui aurait été raconté par un traiteur (*Voyages*, *op. cit*., p. 119-120). Dans les *Mémoires d'outre-tombe*, Chateaubriand rappelle cette histoire en donnant la substance de la mésaventure : « Une histoire était célèbre, celle d'un marchand d'eau-de-vie séduit et ruiné par une *fille peinte* (une courtisane). Cette histoire, mise en vers séminoles sous le nom de Tabamica, se chantait au passage des bois » (*op. cit*., t. I, livre VIII, chap. IV, p. 403). Chateaubriand reprend et détourne ce nom en en faisant le nom du père de Céluta, « fille de Tabamica ».

Page 318.

1. New York fut d'abord appelé *Manahatta*, donnant aujourd'hui son nom au quartier de Manhattan, quartier le plus riche de la ville. Ce nom est originaire de l'algonquin *Mannahatta*, « grande île », désignant la grande presqu'île sur laquelle fut édifiée l'ancienne capitale des États-Unis. Walt Whitman dans *Leaves of Grass* (*Feuilles d'herbe*, 1855) chantera son lien de proximité avec ce cœur de la ville : « Pur produit de Manhattan, Walt Whitman : un kosmos ! » (« Song of myself », « Chanson de moi-même », dans *Feuilles d'herbe*, Paris, Gallimard, coll. « Poésie/Gallimard », 2002, traduction de Jacques Darras, p. 93). Whitman consacre un court poème, intitulé « Mannahatta », à ce nom indien originel de sa ville :

« Ma cité rebaptisée du nom noble qui lui sied,

Son précieux nom aborigène, merveille de beauté et de sens,

Île à la base de granit — rivages où se ruent gaiement

les Allantes, les revenantes, les fiévreuses vagues océanes » (*ibid*., p. 661).

Page 322.

1. Le passage allant de « C'était dans l'éducation... » à « ... pour quelques pièces de monnaie à Paris » a été publié auparavant sous le titre « Mœurs des Indiens » dans *Le Mercure du XIXᵉ siècle* (t. XIX, 1827, p. 519-529), la revue spécifiant « Extrait de son *Voyage en Amérique* ». Dans le *Génie du christianisme*, Chateaubriand avait déjà cédé à son goût

du parallèle en établissant un portrait comparé des Hurons et des Iroquois : « Ces derniers [les Iroquois] et les Hurons représentaient encore les Spartiates et les Athéniens dans la condition sauvage : les Hurons, spirituels, gais, légers, dissimulés toutefois, braves, éloquents, gouvernés par des femmes ; abusant de la fortune, et soutenant mal les revers, ayant plus d'honneur que d'amour de la patrie ; les Iroquois séparés en cantons que dirigeaient des Vieillards, ambitieux, politiques, taciturnes, sévères, dévorés du désir de dominer, capables des plus grands vices et des plus grandes vertus, sacrifiant tout à la patrie, les plus féroces et les plus intrépides des hommes » (*Génie du christianisme, op. cit.*, IVe partie, livre IV, chap. VIII, p. 1002-1003).

ÉTAT ACTUEL DES SAUVAGES DE L'AMÉRIQUE SEPTENTRIONALE

Page 324.

1. Pour le début de cette section, Chateaubriand s'appuie toujours sur Charlevoix, ainsi que sur Lahontan, *Voyages du baron Lahontan dans l'Amérique septentrionale* (1728). Ensuite, il s'appuie davantage sur Beltrami, le *Journal des voyages* et les *American State Papers*, notamment sur les informations précises concernant la situation des Indiens et la spoliation de leurs terres.

Page 325.

1. Chateaubriand reprend le ton de l'historien employé dans la préface et adopte une posture qu'il affectionne, celle du dernier témoin, qui confère à son discours un intérêt particulier. La posture d'outre-tombe accentuera cette dimension, en faisant de la position testimoniale une voix qui sort du sépulcre. Albert Thibaudet nomme cette posture celle du « dernier qui » : « La vocation de son cœur était combattue par celle de son génie, et celle de son génie était de conclure un passé, de conduire un deuil, d'habiter un château d'idées, de sentiments, de formes dont il fût le dernier

héritier. Le leitmotiv "je suis le dernier qui…" ou "j'aurai été le dernier qui…" court tout le long de son œuvre » (Albert Thibaudet, *Histoire de la littérature française* [1936], « Chateaubriand », Paris, CNRS éditions, 2007, p. 71). Dans les *Mémoires d'outre-tombe*, lui le cadet qui déclare « je fus le dernier de ces dix enfants » (*Mémoires d'outre-tombe*, *op. cit.*, livre I, chap. II, p. 127), retraçant la vie médiévale qu'il vécut à Combourg, affirme : « Je suis comme le dernier témoin des mœurs féodales » (*ibid.*, livre II, chap. II, p. 165). Jean-Pierre Richard y voit pour sa part la formulation de la « catégorie mélancolique de l'ultime » où Chateaubriand aime à se rêver et à méditer comme pour retrouver là un paradoxal point de départ : « Le dernier se situe à la fois à l'orée du rien et au terme de l'être un terme qui peut devenir l'origine d'un trajet à rebours, le point de départ d'une reconquête mémorielle. Or, c'est justement à une entreprise de cet ordre que Chateaubriand veut se livrer. Il part d'une situation terminale » (*Paysage de Chateaubriand*, Paris, Le Seuil, 1967, p. 83-84).

Page 326.

1. *Tous ces peuples ont disparu* : Chateaubriand évoque l'anéantissement des Paraoustis dans *Les Natchez* : « Un autre débris des grandeurs sauvages venait après l'empereur virginien : il était chef des Paraoustis, races indigènes des Carolines, presque totalement extirpées par les Européens » (*op. cit.*, p. 479). Un peu plus loin, le jongleur des Natchez se livre à la liste mortuaire des nations indiennes décimées : « Mexicains, ils vous ensevelirent dans la terre ; Chicassaws, ils vous obligèrent de vous enfoncer dans la solitude ; Paraoustis, ils vous exterminèrent ; Abénaquis, ils vous empoisonnèrent avec une poudre ; Iroquois, Algonquins, Hurons, ils vous détruisirent les uns par les autres ; Esquimaux, ils s'emparèrent de vos filets ; et nous, infortunés Natchez, nous succombons aujourd'hui sous leurs perfidies » (*ibid.*, p. 483).

2. Le général Andrew *Jackson* (1767-1845) fit d'abord une carrière militaire en s'illustrant dans la guerre menée contre les Anglais (1812-1815), puis dans la guerre des Creeks (1813-1814). Il fut ensuite gouverneur de Floride (1821) puis

devint le septième président des États-Unis pour deux mandats (1829-1837). Ferdinand L. *Claiborne* (1773-1815), tout comme John *Floyd* (1783-1837), participa à la guerre des Creeks.

Page 327.

1. La bataille de *Tallageda* fait partie de la guerre menée contre les Creeks : elle confronta, les 8 et 9 novembre 1813, une faction des Creeks, les Red Stick, alliés aux *Hillabee* (Chateaubriand orthographie « Hillabes » et confond le nom avec celui d'une bataille), aux troupes d'Andrew Jackson qui les défirent le 17 novembre, détruisant leurs villages le 18. *Autossée* et *Econonchaca* sont des villages indiens situés dans la région de l'Alabama, dans le territoire du Mississippi, détruits par l'action de Claiborne et Floyd (décembre 1813). *Entonopeka* désigne la rivière auprès de laquelle se déroula la victoire de Jackson contre les Indiens (27 mars 1814). Maurice Regard indique d'autres noms possibles pour cette rivière : « Enotochopco, ou Enotachopco, ou même Tohopeka, selon d'autres sources » (dans Chateaubriand, *Œuvres romanesques et voyages*, t. I, *op. cit.*, p. 1346).

2. *Un de leurs Micos ou rois* : il s'agit de William McIntosh (1775-1825), sang-mêlé (fils d'un Écossais et d'une Indienne, surnommé « le guerrier blanc ») qui dirigea les troupes Creeks ralliées aux Américains en 1813. Mais les Creeks, au fil des traités conclus, finirent par perdre progressivement toutes leurs terres. En 1825, le général McIntosh signa un traité selon les termes duquel les Creeks devaient se retirer au-delà du Mississippi, à l'Ouest, hors de l'État de Géorgie, contre une somme de 400 000 dollars, en partie en annuités. Mais un traité, en 1826, revient sur ces conditions après l'assassinat de McIntosh, victime d'une rébellion des Creeks contre lui et exécuté selon la loi tribale le 1er mai 1825.

3. *Tecumseh* (env. 1768-1813), Indien de la tribu Shawnee, s'opposa à l'avancée des troupes de William Henry Harrison (1773-1841) et chercha à rassembler les tribus indiennes pour lutter contre la progression des colons américains. Lors de la guerre de 1812, il s'allia aux Anglais contre les Américains mais, lors de la bataille de la rivière Thames (5 octobre 1813), il fut tué.

Page 328.

1. Henry A. *Proctor* (1763-1822) fut vaincu par le général Harrison lors de la bataille de la rivière Thames. — *Fort Meigs*, édifié sur les ordres de Harrison en février 1813, fut le théâtre de combats sanglants et de l'assaut de Proctor et ses troupes ; le fort *Malden* fut le lieu de réunion d'Isaac Brock et de Tecumseh en vue du siège de Detroit lors de la guerre de 1812. Il fut occupé par les troupes américaines de 1813 à 1815. — *Cikago* désigne Chicago.

2. *Un repas de chair humaine* : Chateaubriand suit ici Beltrami, qui mentionne cet acte de cannibalisme (*op. cit.*, p. 77-78).

3. Harrison remporta avec ses troupes la bataille de la rivière Thames (5 octobre 1813) et devint le neuvième président des États-Unis le 5 octobre 1840. Investi le 4 mars 1841, il n'occupa ses fonctions qu'un mois, mourant le 4 avril.

4. La paix fut conclue par le traité de Gand le 24 décembre 1814.

Page 330.

1. Si le parallèle établi entre les Indiens et les peuples de l'Antiquité gréco-romaine est commun chez les voyageurs, celui instauré avec les Hébreux est moins fréquent. Henri Rossi (*op. cit.*, p. 360-361) rappelle que le *Journal des voyages* (XV, septembre 1822, p. 367-368) établit que Guillaume Penn « le premier, manifesta l'opinion que les indigènes de l'Amérique descendent de dix tribus d'Israël », que le docteur Boudinot a également comparé le lexique hébreux et celui des dialectes américains, trouvant des similitudes, et à sa suite Mackenzie et Howitt, d'abord sceptique puis acquis à l'idée selon laquelle « les Américains descendent des enfants du patriarche Jacob ». Ce serait aussi l'avis de James Aldair et de Malte-Brun dans son *Précis de géographie universelle.*

Page 331.

1. Ainsi, Atala porte autour de son cou un « petit crucifix » (*Atala, op. cit.*, p. 85).

2. Dans *Les Natchez*, Chactas s'exprime ainsi : « depuis longtemps nous sommes amis d'Ononthio dont le Soleil habite de l'autre côté du lac sans rivage » (*op. cit.*, livre I, p. 171).

Page 332.

1. Antoine *Daniel* (1601-1648), Jean de Brébeuf (que Chateaubriand orthographie *Bréboeuf*) (1593-1649), Gabriel Lallemant (1610-1649) furent tous trois exécutés par les Indiens et eurent le statut de martyrs. Une image de leur supplice est transposée dans la mort du père Aubry, décrite dans *Atala* (*op. cit.*, p. 97-98). Le *Génie du christianisme* avait décrit la mort héroïque de ces trois missionnaires, Chateaubriand citant l'*Histoire de la Nouvelle France de Charlevoix* (*op. cit.*, IVe partie, livre IV, chap. VIII, p. 1006-1009). Dans *Les Natchez*, Chateaubriand mentionne les pères Jogues et Brébeuf, glorifiés par le discours du père Souël : « à moi n'appartient pas d'aspirer à la gloire des Bréboeuf et des Jogues, morts pour la foi en Amérique » (*op. cit.*, p. 207). Dans les *Mémoires d'outre-tombe*, ce sont les pères Jogues et Lallemant qui sont évoqués alors que Chateaubriand rappelle le péril qui l'a guetté lors de sa chute au bord du gouffre de Niagara : « En quittant la vie au milieu des bois canadiens, mon âme aurait-elle porté au tribunal suprême les sacrifices, les bonnes œuvres et les vertus des Pères Jogues et Lallemand, ou des jours vides et de misérables chimères ? » (*op. cit.*, t. I, livre VII, chap. VIII, p. 378).

2. Citation de Beltrami (*La Découverte des sources du Mississippi*, *op. cit.*, p. 207). Chateaubriand avait déjà évoqué la prédilection des Indiens pour les Français au détriment des Anglais dans le *Génie du christianisme*, pour mettre en valeur l'efficace de la foi chrétienne, religion d'amour à ses yeux : « Aussitôt que les Français et les Anglais parurent sur ces rivages, par un instinct naturel, les Hurons s'attachèrent aux premiers ; les Iroquois se donnèrent aux seconds, mais sans les aimer ; ils ne s'en servaient que pour se procurer des armes. Quand leurs nouveaux alliés devenaient trop puissants, ils les abandonnaient ; ils s'unissaient à eux de nouveau, quand les Français obtenaient la victoire » (*op. cit.*, IVe partie, livre IV, chap. VIII, p. 1003).

Page 334.

1. Chateaubriand se plaît lui-même à rêver de partager ce destin d'ensauvagement. Dans sa lettre à Malesherbes, il déclare : « je me ferai aux coutumes des Indiens, aux privations de tous genres ; je deviendrai un coureur de bois avant de devenir le Christophe Colomb de l'Amérique polaire » (Lettre à Chrétien-Guillaume Lamoignon de Malesherbes [1791], dans *Correspondance générale*, t. I, *op. cit.*, p. 60 ; voir p. 469). Dans les *Mémoires d'outre-tombe*, il dépeint son « accoutrement sauvage » avec un plaisir non feint, celui du travestissement comme de la communion avec une vie plus libre et proche de la nature : « J'achetai des Indiens un habillement complet ; deux peaux d'ours, l'une pour demi-toge, l'autre pour lit. Je joignis à mon nouvel accoutrement, la calotte de drap rouge à côtes, la casaque, la ceinture, la corne pour rappeler les chiens, la bandoullière des coureurs de bois. Mes cheveux flottaient sur mon cou découvert ; je portais la barbe longue : j'avais du sauvage, du chasseur et du missionnaire. On m'invita à une partie de chasse qui devait avoir lieu le lendemain, pour dépister un carcajou » (*op. cit.*, livre VII, chap. IV, p. 362). Peu auparavant, sur le navire qui l'emporte vers les côtes de la Virginie, il évoque son emportement à l'idée de sa « carrière future de *coureur des bois* » (*ibid.*, livre VI, chap. VI, p. 341). C'est d'ailleurs sur les conseils de M. Swift qu'il réfrène ses élans d'explorateur amateur du Grand Nord pour se cantonner à une « reconnaissance dans le désert » (lettre à Malesherbes, *ibid.*, p. 60) et à la vie des coureurs de bois : « il me conseilla de commencer par m'acclimater, m'invita à apprendre le sioux, l'iroquois, l'esquimau, à vivre au milieu des coureurs de bois et des agents de la compagnie de la baie d'Hudson » (*Mémoires d'outre-tombe*, *op. cit.*, t. I, livre VII, chap. II, p. 359). Le texte de *Voyage en Amérique* donne « coureur de bois *canadiens* » (nous soulignons) car la grande majorité des coureurs de bois venait de ces contrées, comme le rappelle Henry David Thoreau dans *Un Yankee au Canada* (1866), liant cette fonction à la liberté et à l'« esprit d'aventure nomade » qui les animent et qui est aussi son propre idéal du voyageur : « Les Canadiens

de l'époque [du XVIIᵉ siècle] du moins, possédaient un esprit
d'aventure nomade qui les entraînèrent beaucoup plus loin,
malgré les privations et le danger, que n'étaient jamais allés
les colons de la Nouvelle-Angleterre et qui, si ce n'était pour
dompter ou coloniser la nature sauvage, les a conduits à parcourir comme des coureurs de bois ou, comme préfère les
appeler La Hontan, des coureurs de risques, sans parler de
leur intrépide clergé. Et Charlevoix pense que si les autorités
avaient fait le nécessaire pour empêcher les jeunes de courir
les bois, ils auraient eu une excellente milice pour combattre
les Indiens et les Anglais » (*Un Yankee au Canada*, *op. cit.*,
p. 82-83). Sur l'évolution et la place croissante des coureurs
de bois dans le Nouveau Monde, voir Gilles Havard, *Histoire
des coureurs de bois. Amérique du Nord 1600-1840* (*op. cit.*).

Page 335.

1. Citation de la Genèse (III, 16) : « Vous enfanterez dans
la douleur. »

2. Ce constat de la dégénérescence est confirmé par Tocqueville dans *Quinze jours dans le désert*, qui perçoit dès son
arrivée à Buffalo des Indiens ravagés par l'alcool. Croyant
voir les Indiens décrits par Chateaubriand et Fenimore
Cooper, il ne perçoit que des êtres dégénérés : « Leur physionomie annonçait cette profonde dépravation qu'un long
abus des bienfaits de la civilisation peut seul donner. On
eût dit des hommes appartenant à la dernière populace de
nos grandes villes d'Europe. Et cependant c'étaient encore
des sauvages. Aux vices qu'ils tenaient de nous, se mêlait
quelque chose de barbare et d'incivilisé qui les rendait cent
fois plus repoussants encore. [...] Le soir nous sortîmes de
la ville et à peu de distance des dernières maisons nous
aperçûmes un Indien couché sur le bord de la route. C'était
un jeune homme. Il était sans mouvement et nous le crûmes
mort. Quelques gémissements étouffés qui s'échappaient
péniblement de sa poitrine nous firent connaître qu'il vivait
encore et luttait contre une de ces dangereuses ivresses cau-
sées par l'eau-de-vie » (*Quinze jours dans le désert*, *op. cit.*,
p. 10-11). Dans *De la démocratie en Amérique*, Tocqueville

traitera lui aussi du devenir crépusculaire des peuplades indiennes dans le chapitre, aux résonances chateaubrianesques, intitulé « État actuel et avenir probable des tribus indiennes qui habitent le territoire possédé par l'Union » (*De la démocratie en Amérique* [1835], dans *Œuvres*, t. II, Paris, Gallimard, Bibliothèque de la Pléiade, p. 373-393).

3. *Bois brûlé* : dans son *Histoire du Canada* (Montréal, 1844, p. 214), M. Bidaud, rappelle que ce nom n'est en rien infamant mais décrit une nouvelle réalité vécue comme un ressourcement : « Un grand nombre de Canadiens, qui avaient épousé des femmes sauvages, étaient établis permanemment dans ces contrées ; et la race plus nombreuse des métis, qui ne s'offensent pas du sobriquet de Bois-Brûlés, mais qui se croient presque une "Nation nouvelle", ne connaissent pas d'autre patrie. » Dans *Quinze jours dans le désert*, Tocqueville traverse la Saginaw en canot, conduit par un homme singulier qui lui fait éprouver cette reconnaissance désillusionnée qu'avait ressentie Chateaubriand lorsqu'il était tombé sur M. Violet, faisant danser « Madelon Friquet » à des Indiens. L'étrange conducteur du canot, qui parle français tout en ayant l'air d'un Indien, chante « à demi-voix sur un vieil air français » le couplet « Entre Paris et Saint-Denis / Il était une fille ». La trivialité du chant contraste avec la majesté et la « grandeur sauvage » du lieu, aboutissant à une scène burlesque. Tocqueville apprend que ce conducteur de canot est un « Bois-Brûlé, c'est-à-dire fils d'un Canadien et d'une Indienne », qu'il décrit comme « une singulière race de métis qui couvre toutes les frontières du Canada et une partie de celles des États-Unis » (*op. cit.*, p 71-72). Il insiste plus loin sur la « hutte à demi-civilisée » du métis, forme de perversion de la civilisation ou de demi-ensauvagement qui se synthétise dans un chant perçu entonné par « une douce voix qui psalmodiait sur un air indien les cantiques de la pénitence » (*ibid.*, p. 81). Gilles Havard consacre deux chapitres à cette question du métissage américain dans son *Histoire des coureurs de bois* (*op. cit.*, chap. XXXIV, « La question métisse », et XXXV, « La question ethnique : les Bois Brûlés », respectivement p. 717-728 et p. 729-750). Il revient sur l'origine de cette expression : « Cette appellation dérive

vraisemblablement de l'ojibwé wissakkodewinini, "homme des bois semi-brûlé", qui réfère au bois brûlé (ou noirci) d'un côté, resté clair sur l'autre face. S'attachant à décrire le double corps des individus d'ascendance euro-indienne, ce label identitaire mobilise peut-être le thème de la cuisson, souvent conçu dans la pensée autochtone comme une forme de médiation entre nature et culture. L'individu est à demi-brûlé, c'est-à-dire semi-cuit, comme le suggèrent les mythes amérindiens tardifs sur l'origine des "trois races", où la cuisson différentielle de figurines d'argile explique la naissance des Noirs (figurine trop cuite), des Blancs (pas assez cuite) et des Rouges (cuite à point) » (*ibid.*, p. 729-730).

4. *Les compagnies* : la *Columbian Fur Company*, l'*American Fur Company* (fondée en 1808 par John Jacob Astor), et la *Missouri Fur Company*. La Compagnie du Nord-Ouest fut créée en 1783-1784, sous la direction de Benjamin Frobisher, Joseph Frobisher et Simon McTavish. La Compagnie de la baie d'Hudson est plus ancienne : elle fut fondée en 1670 par Pierre-Esprit Radisson et Médard des Groseilliers, deux trafiquants de peaux français. En 1821, la compétition avec la Compagnie du Nord-Ouest cessa par l'association des deux au sein de la Compagnie de la baie d'Hudson.

Page 336.

1. *La colonie de lord Selkirk* : Thomas Douglas, comte de Selkirk (1771-1820), bienfaiteur anglais, fut actionnaire de la Compagnie de la baie d'Hudson et fonda la colonie d'Assiniboia, qui fut menacée par la Compagnie du Nord-Ouest y voyant une manœuvre de sa concurrente. Lors de la bataille de Seven Oaks, le 19 juin 1816 (et non en juin 1815 comme le prétend Chateaubriand), soit un an après la bataille de Waterloo, la colonie fut détruite. Dans les *Mémoires d'outre-tombe*, Chateaubriand reprend ce passage (*Mémoires d'outre-tombe*, *op. cit.*, livre VII, chap. X, p. 387).

Page 337.

1. Chateaubriand confond avec Philippe, fils de Persée de Macédoine (212-166 av. J.-C.), vaincu à la bataille de Pydna en 168 av. J.-C. Philippe devint greffier à Albe.

2. Huit Iroquois avaient été convertis et présentés au public à Paris le 1er août 1819. En août 1827, six Indiens originaires du Missouri, de la tribu des Osages, furent exhibés à la curiosité des Français dans les théâtres et les lieux publics et même à Charles X et aux princes le 21 août 1827. Chateaubriand les mentionne dans sa correspondance, comme le rappelle Henri Rossi (*op. cit.*, p. 369-370) : « Je ne puis vous dire ce qui se passe à Paris. Je n'en sais rien du tout. Pourtant il est arrivé six sauvages du Missouri, et ils sont conduits par un M. de Launay, qui se trouve avoir été mon premier compagnon d'enfance à Combourg. Voilà encore une des bizarreries de ma vie » (*Correspondance générale*, t. VII, lettre de « Paris, ce 30 août 1827 », n° 472, p. 278). « Je ne puis vous dire si les Osages sont parents de Mila et de Céluta. Je ne les ai pas encore vus ; ils doivent venir voir en partant l'autre sauvage : je vous dirai ce qu'ils m'auront dit et les ferai s'expliquer sur leur famille » (*ibid.*, « Paris, le 13 octobre 1827, n° 479, p. 281).

3. À partir du Traité de Paris (1763) qui signe la fin de la guerre de Sept Ans, l'Empire colonial français nommé « Nouvelle-France » disparaît, trois ans après sa reddition. La Louisiane, ancien territoire compris dans la Nouvelle-France, fut rétrocédée à la France le 18 janvier 1803 mais Napoléon la revendit aux États-Unis le 30 avril.

4. *Vernon* : l'État du Vermont.

Page 338.

1. *La langue de Racine, de Colbert et de Louis XIV* : Chateaubriand fait allusion au Québec et aux Cadiens de Louisiane, descendants des Acadiens, ces derniers parlant un français classique du XVIIe siècle.

CONCLUSION — ÉTATS-UNIS

Page 340.

1. Cette conclusion avait paru avant la publication en volume dans *Le Mercure du XIXe siècle* (t. XIX, 1827, p. 443-444).

2. Ce passage, repris dans les *Mémoires d'outre-tombe*, a donné lieu à une version différente donnée dans l'*Essai sur la littérature anglaise*, qui ne conserve que quelques segments de phrase : « Dans les savanes mêmes d'Atala, les herbes sont remplacées par des moissons ; trois grands chemins mènent aux Natchez ; et si Chactas vivait encore, il pourrait être député au Congrès de Washington. Enfin j'ai reçu une brochure des Chéroquois : ces sauvages me complimentent en anglais, comme un "éminent écrivain et le conducteur de la presse publique", *Eminent writer and conductor of the public press* » (*op. cit.*, p. 532).

3. *Les halliers* : buissons touffus et impénétrables. Un hallier est aussi un filet employé à la chasse.

4. *Saint-Étienne* : Il s'agit de Saint Stephens, dans l'Alabama. Les Français y bâtirent Fort Stephens. Tumbec-Bee désigne Tombigbee, où fut fondé le fort Tombeche ou Tombecbé sur ordre du gouverneur de la Louisiane, en 1735.

Page 341.

1. Virgile, *Énéide* (III, v. 302-303) : « [des banquets solennels et de funestes offrandes étaient alors] offerts par Andromaque devant la ville, dans un bois près de l'onde d'un faux Simoïs, en libation aux cendres des morts » (traduction de Jeanne Dion et Philippe Heuzé, *op. cit.*, p. 375).

2. *Les divers monuments de son empire* : Chateaubriand fait allusion à la Villa Adriana, lieu qui l'a enchanté lorsqu'il l'a visité et qu'il décrit dans son *Voyage en Italie* (*Œuvres romanesques et voyages*, t. II, *op. cit.*, p. 1443-1451).

Page 342.

1. *Montpellier, dans le Connecticut* : Montepelier est en réalité la capitale du Vermont. Son nom, donné par le colonel Davis, vient de celui de la ville française située dans l'Hérault.

Page 343.

1. Le 10 septembre 1813, la bataille du lac Érié confronta les Américains, menés par Oliver Hazard Perry, aux Britanniques, conduits par Robert Barclay. Les

troupes américaines l'emportèrent en décimant la flotte adverse.

Page 346.

1. *Il n'y a point de religion dominante* : Chateaubriand s'étend peu sur ce sujet, pourtant plus complexe. Tocqueville, dans *De la démocratie en Amérique* (1835), analyse un phénomène religieux, qui est le « spiritualisme exalté » qui touche certaines franges de la population américaine, et certains États de l'Ouest (livre II, IIᵉ partie, chap. XII, « Pourquoi certains Américains font voir un spiritualisme si exalté », dans *Œuvres*, t. II, *op. cit.*, p. 646-648).

Page 347.

1. *Cutter* : petit bateau, autrefois à usage guerrier, disposant d'un mât vertical et d'une grande voile, généralement destiné à la pêche ou à la plaisance.

2. *Pinque* : voilier à trois mâts voguant sur les eaux de la Méditerranée jusqu'en 1840.

3. *Caïque* : petit bateau disposant de rames ou de voiles, longues et incurvées à la poupe et à la proue, généralement employé pour la pêche.

4. *Les prodiges de la liberté* : voir la note finale de Chateaubriand (p. 416) où il développe cette idée et prolonge sa réflexion.

5. L'abbé Guillaume-Thomas Raynal (1713-1796), auteur de l'*Histoire des deux Indes* (1770) qui passionna le jeune Chateaubriand à Combourg, proposa à l'Académie des Sciences, Belles-Lettres et Arts de Lyon d'étudier la question suivante : « La découverte de l'Amérique a-t-elle été nuisible ou utile au genre humain ? S'il en résulte des biens, quels sont les moyens de les conserver et de les accroître ? Si elle a produit des maux, quels sont les moyens d'y remédier ? » Ce concours fut doté d'un prix de 1200 livres, sans être finalement remis, faute de participants à la hauteur des attentes des membres de l'Académie, malgré le prolongement du prix jusqu'en 1790. (Sur ce sujet, voir *Avantages et désavantages de la découverte de l'Amérique*, dossier réuni et commenté par Hans-Jürgen Lüsebrink et Alexandre Mussard,

Saint-Étienne, Publications de l'Université de Saint-Étienne, 1994).

Page 348.

1. La question de la république représentative et des deux types de liberté avait déjà été abordée par Chateaubriand dans la préface de 1826 de l'*Essai sur les révolutions* : « L'Essai cherche à démontrer, au contraire, que, dans l'état des mœurs du siècle, la république est impossible. Malheureusement, je n'ai plus la même conviction. J'ai toujours raisonné dans l'Essai d'après le système de la liberté républicaine des anciens, de la liberté, fille des mœurs : je n'avais pas assez réfléchi sur cette autre espèce de liberté, produite par les lumières et la civilisation perfectionnée : la découverte de la république représentative a changé toute la question. Chez les anciens, l'esprit humain était jeune, bien que les nations fussent déjà vieilles ; la société était dans l'enfance, bien que l'homme fût déjà courbé par le temps. C'est faute d'avoir fait cette distinction que l'on a voulu, mal à propos, juger les peuples modernes d'après les peuples anciens, que l'on a confondu deux sociétés essentiellement différentes, que l'on a raisonné dans un ordre de choses tout nouveau, d'après des vérités historiques qui n'étaient plus applicables. La monarchie représentative est mille fois préférable à la république représentative ; elle en a tous les avantages, sans en avoir les inconvénients ; mais, si l'on était assez insensé pour croire qu'on peut renverser cette monarchie et retourner à la monarchie absolue, on tomberait dans la république représentative, quel que soit l'état actuel des mœurs. » Chateaubriand reprend la question de la république représentative dans l'*Itinéraire de Paris à Jérusalem* (Chateaubriand, *Œuvres complètes*, Paris, Ladvocat, 1826, t. VIII, « Note sur la Grèce », p. XXXIV) et dans d'autres volumes des *Œuvres complètes* (*Opinions et discours*, t. XXIII, p. 344 ; *Polémique*, t. XXVI, p. 478 ; *La Liberté de la presse*, t. XXVII, p. 133 et 135-136). Tocqueville parlera pour sa part de démocratie et analysera en profondeur le système politique américain dans *De la démocratie en Amérique* (1835).

2. Chateaubriand fait allusion aux débats qui eurent lieu,

au début de 1826, entre Edward Everett (partisan de l'esclavage) et Mac Duffie (partisan de son abolition).

3. Tocqueville remarque et analyse ce goût dominant de « l'intérêt » et de « l'esprit mercantile » des Américains dans *De la démocratie en Amérique* aux chapitres X (« Du goût de bien-être matériel en Amérique ») et XI (« Des effets particuliers que produit l'amour des jouissances matérielles dans les siècles démocratiques ») de la deuxième partie du second tome (dans *Œuvres*, t. II, *op. cit.*, p. 641-646). Il confirme l'idée développée par Chateaubriand : « En Amérique, la passion du bien-être matériel n'est pas toujours exclusive, mais elle est générale » (*ibid.*, p. 641).

Page 350.

1. Chateaubriand est un chantre de la liberté, pas seulement dans le domaine de la presse. Il traite très souvent ce sujet, notamment dans l'hymne à la liberté qui précède l'ultime chapitre de l'*Essai sur les révolutions* (dans *Essai sur les révolutions/Génie du christianisme*, *op. cit.*, p. 437-441).

RÉPUBLIQUES ESPAGNOLES

Page 351.

1. Comme l'indique Henri Rossi (*op. cit.*, p. 398, note 24), les sources de Chateaubriand dans cette partie sont essentiellement J.-P. Hamilton (*Travels through the Interior Provinces of Columbia*, Londres, 1827), John Miers (*Voyage au Chili dans les provinces de la Plata*), F. B. Head (*Ébauches ou notes informes prises pendant plusieurs courses rapides à travers les pampas et parmi les Andes*) et Rengger et Longchamps (*Essai historique sur la révolution du Paraguay*, 1827). Chateaubriand s'appuie également beaucoup sur le mémoire que lui fournit Esménard (*Mémoire sur l'état militaire de la Colombie*) et sur les dépêches auxquelles il a accès, notamment concernant l'action de Bolívar ou les activités commerciales de l'Angleterre en Amérique du Sud. Concernant les données démographiques et géographique

de l'Amérique, il se fonde sur l'*Atlas géographique, statistique, historique et chronologique des deux Amériques* de J.-A. Buchon (1825).

2. *Cette secte républicaine fameuse* : il s'agit des Puritains, menés par Olivier Cromwell. Les *Pilgrim fathers*, débarquant en Amérique à partir de 1620, furent l'un des premiers ensembles de colons britanniques sur le sol américain (leur traversée à bord du *Mayflower* est bien connue). Chateaubriand les mentionne dans l'*Essai sur les révolutions* dans cette fameuse note sur les quakers dont il regrette après coup l'âpreté, la qualifiant « d'histoire à la manière de Voltaire » (*op. cit.*, p. 147-148).

3. *Quand la révolution éclata à Boston* : Chateaubriand fait allusion au « massacre de Boston », le 5 mars 1770 à King Street. Les Bostoniens se révoltent alors contre une taxe sur le thé imposée par le gouvernement britannique : les cargaisons de thé des navires sont jetées à la mer (*Boston tea party*). Cette révolte des colonies contre le gouvernement britannique forme une constante révolutionnaire que Chateaubriand étudie et met en évidence dans l'*Essai sur les révolutions* dans la note citée (*ibid.*, p. 147-148) (voir note précédente).

Page 352.

1. *Chaîne du feudataire* : chaîne qui relie le détenteur d'un fief à son suzerain.

2. Les *frères* de Penn désignent les quakers, menés par William Penn (voir p. 352, n. 2) et les *Indépendants* les Américains qui ont affronté les Britanniques pour libérer leur pays.

Page 353.

1. Chateaubriand donne en note (p. 456) une lettre de Humboldt à Coquerel qui contient la source de ces données statistiques.

Page 354.

1. Charles Rollin (1661-1741) consacre de nombreux volumes de son œuvre à l'histoire romaine (t. XIII à XXIV

au sein de son œuvre en 31 volumes publiée de 1821 à 1825, Paris, Firmin-Didot). Chateaubriand admire beaucoup Rollin et le cite fréquemment dans ses œuvres : dans le *Génie du christianisme*, il déclare ainsi que « Rollin est le Fénelon de l'histoire, et, comme lui, il a embelli l'Égypte et la Grèce » (*op. cit.*, III⁰ partie, livre III, chap. VII, p. 845).

2. *Un homme remarquable s'est élevé dans son sein* : Chateaubriand désigne par périphrase Simón Bolívar (1783-1830), surnommé « El libertador », d'origine vénézuélienne et qui fut le libérateur du Venezuela, de la Colombie, de l'Équateur, de la Bolivie et du Pérou, les affranchissant de la tutelle espagnole. Mais la République de Grande Colombie ainsi formée se délite et ne dure que de 1821 à 1831. Elle se divisa, après 1830, en trois pays distincts : la Colombie, l'Équateur et le Venezuela.

Page 355.

1. Jacques de *Liniers* (1753-1810) prit part à la guerre d'indépendance américaine. Il fut nommé commandant de Río de la Plata, en Argentine, en 1788. En 1806, il reconquit la ville de Buenos Aires face aux Anglais. Il devint ensuite Vice-roi de Río de la Plata avant d'être destitué à cause d'un soupçon de collaboration avec Napoléon (il rejette ses propositions mais est victime de ses origines françaises). Liniers se retire à Córdoba mais la révolution de Mai éclate en juin 1810 et, en août, Liniers est arrêté et exécuté sur ordre du gouvernement révolutionnaire.

Page 356.

1. Francisco de *Miranda* (1750-1816), nommé « El Precursor » (car il ouvrit la voie à d'autres révolutions libératrices), est un révolutionnaire vénézuélien envoyé d'abord à Cuba combattre les Britanniques. Il projette ensuite de libérer l'Amérique du Sud et centrale du joug espagnol. Il participe à une expédition en 1806 visant à envahir le Venezuela mais se heurte à une résistance de la population. En 1810, sa rencontre avec Bolívar est décisive : il le nomme général de l'armée révolutionnaire. Investi des pleins pouvoirs au moment de l'indépendance du pays, il

échoue cependant face aux rébellions des troupes espagnoles et doit capituler en 1812. Bolívar se sent trahi et Miranda est livré aux Espagnols : il finit par mourir déporté à Cadix le 14 juillet 1816.

2. Les *Cortes Generales* sont le Parlement du Royaume d'Espagne. Au XIXᵉ siècle, ce Parlement comporte une ou deux chambres élues.

Page 357.

1. Alexander-Thomas *Cochrane* (1775-1860) fut impliqué dans une fraude boursière à son insu et chassé de la Navy puis condamné à un an de prison. Il accepta ensuite de s'enrôler et de prendre les commandes de navires chiliens (1817-1822), se mit au service de la marine brésilienne (1823-1826) puis de la Grèce en insurrection (de 1826 à 1828). De retour en 1828 en Angleterre, il obtint le pardon du roi Guillaume IV et sa réintégration dans la Navy.

Page 361.

1. Chateaubriand demeure toujours monarchiste et hostile à la république représentative, contre l'orientation du *Mémoire* d'Esménard qu'il consulte et qui ne mentionne pas cette perspective, comme le rappelle Henri Rossi (*op. cit.*, p. 395, note 21).

Page 362.

1. Chateaubriand plaida au Congrès de Vérone pour l'intervention de la France afin de libérer Ferdinand VII et de le rétablir en sa qualité de roi. Cela se réalisera pendant son mandat de ministre des Affaires étrangères (28 décembre 1822-6 juin 1824) : le 31 août 1823, Ferdinand VII est délivré et réintègre son trône. Le « vertueux duc de Montmorency », Mathieu de Montmorency (1766-1826), connaissait bien Chateaubriand et gravitait comme lui dans l'entourage de Mme Récamier. Il ne succéda pas à Chateaubriand, qui se vit supplanter par Villèle, remplacé ensuite par le baron de Damas. Mathieu de Montmorency racheta la Vallée-aux-Loups à Chateaubriand ruiné le 3 août 1818 et continua à louer une chambre à Mme Récamier, qui y avait pris ses quartiers.

2. *Quinteuse* : sujette à des intermittences, à des revers comme à des gloires.

Page 363.

1. *L'homme d'État qui vient de mourir* : George Canning (1770-1827), qui fut Premier ministre sous Guillaume IV, ne put terminer son mandat et venait de mourir le 8 août 1827, peu avant la rédaction de ce passage par Chateaubriand. Le duc de Wellington lui succéda à ce poste.

2. *Je tombai dans un puits* : référence à Thalès de Millet (625-547 av. J.-C.) qui, trop inspiré par le ciel, ne vit pas un trou où il tomba. Cette mésaventure fut mise en fable par La Fontaine dans « L'Astrologue qui se laisse tomber dans un puits ».

Page 364.

1. *Fils aîné des Bourbons* : il s'agit du fils aîné de Charles X, Louis-Antoine de Bourbon, duc d'Angoulême (1775-1844). Il s'illustra lors de la libération de Ferdinand VII le 31 août 1823. Devenu dauphin en 1824, il est souvent loué par Chateaubriand qui lui porte une grande estime.

2. *Le premier songe de ma jeunesse* : Chateaubriand aime à lier enfance et vieillesse dans un même nuage d'illusions : le chiasme fameux de l'avant-propos des *Mémoires d'outre-tombe* — « Mon berceau a de ma tombe, ma tombe a de mon berceau » (*op. cit.*, p. 111) — fait se rejoindre deux néants, comme deux illusions qui renouent entre elles par l'exercice de l'écriture et de la remémoration : la mort et la vie, la première appréhendée à l'avance sans jamais pouvoir la fixer et la déterminer, la seconde conçue par Chateaubriand comme une succession de chimères qui aboutissent au néant. Il s'agit surtout de montrer qu'il demeure, du premier au dernier songe, un être d'illusions et que c'est peut-être dans l'imagination et l'entretien de ces chimères que réside la caractérisation de sa nature profonde.

FIN DU VOYAGE

Page 365.

1. En réalité, comme l'a montré Jean-Claude Berchet (*Chateaubriand*, *op. cit.*, p. 394), c'est autant pressé par des nécessités financières (il n'a plus d'argent pour encore demeurer en Amérique) que par fibre royaliste et poussé par son honneur que Chateaubriand décide de revenir en France. Selon George D. Painter, il se trouve aux alentours d'Abingdon, non loin de Knoxville, lorsqu'il apprend la terrible nouvelle de la fuite de Varennes et de l'arrestation du roi, qui était parvenue en Amérique seulement un mois après les faits (la nouvelle paraît le 23 août 1791 dans le *Daily Advertiser*, journal new-yorkais). Chateaubriand ne l'apprend qu'à la fin du mois d'octobre 1791, Painter précisant qu'il aurait quitté Abingdon pour Philadelphie le 22 octobre (*op. cit.*, p. 294). Il récuse le propos de Chateaubriand lui-même dans les *Mémoires d'outre-tombe* qui, par un effort de mémoire, croit se souvenir qu'il avait appris la nouvelle de la fuite de Varennes alors qu'il se trouvait à Chilicothi, qu'il orthographie « Chillicothi » (*op. cit.*, t. I, livre VIII, chap. V, p. 411). Painter suppose que Chateaubriand a confondu le mot avec « Tellicco ou Tellico Blockhouse, mi-village cherokee, mi-comptoir de trafiquants », les deux noms signifiants en cherokee « lieu du conseil » ou « ville principale ». Il propose donc de lire : « Nous nous rapprochâmes des défrichements européens vers Tellico » (*op. cit.*, p. 297). Jean-Claude Berchet propose, en note, une autre lecture de cette approximation spatiale, voyant dans ce sens de « lieu du conseil » la désignation d'un « chef-lieu » quelconque, s'appuyant sur un liste de lieux donnés par Bartram et où il est fait mention, dans la même région du Haut-Tennessee, de « deux autres Tellico (ou Chillicothe) » (Chateaubriand, *Mémoires d'outre-tombe*, *op. cit.*, t. I, p. 1356). Chateaubriand donne un nouveau récit de ce moment décisif dans la préface de 1826 de l'*Essai sur les révolutions* (*Œuvres complètes*, *op. cit.*, t. I, p. IV-V).

2. Armand de Chateaubriand (1768-1809) rejoignit l'armée des Princes en émigrant en direction de Coblence, en Allemagne, en compagnie de son cousin François-René. Chateaubriand retrace cet épisode dans les *Mémoires d'outre-tombe* (*op. cit.*, livre IX, chap. VIII, p. 460-467). Il fut capturé en possession de lettres des princes, condamné à mort et fusillé le 31 mars 1809, malgré les instances de Chateaubriand auprès de Napoléon Ier et Fouché.

Page 366.

1. *Havresac* : sac porté sur le dos contenant le nécessaire du fantassin sur le champ de bataille.

2. Il s'agit de la préface écrite en 1826, dans le cadre de la parution des *Œuvres complètes* de Chateaubriand aux Éditions Ladvocat (1826-1831).

3. *En même temps que commençait ma vie* : cette coïncidence de l'Histoire et de l'histoire sera exploitée dans la « Préface testamentaire » pour donner solennité et grandeur au déroulé de son existence avec l'analogie fluviale demeurée célèbre : « Je me suis rencontré entre les deux siècles comme au confluent de deux fleuves ; j'ai plongé dans leurs eaux troublées, m'éloignant à regret du vieux rivage d'où j'étais né, nageant avec espérance vers la rive inconnue où vont aborder les générations nouvelles » (« Préface testamentaire » [1er décembre 1833], dans *Mémoires d'outre-tombe*, *op. cit.*, t. I, p. 1541).

Page 367.

1. Cette figure de l'écrivain par dépit, relevant sans doute de la rhétorique de la fausse modestie, revient fréquemment sous la plume de Chateaubriand, visant à amoindrir, comme le fait Rousseau, son propre talent littéraire. Ainsi en vient-il parfois à déclarer « j'ai barbouillé force papier » (*Mémoires d'outre-tombe*, t. I, *op. cit.*, livre I, chap. I, p. 123), comme pour dresser un bilan peu enviable de la valeur de ses écrits et de ses talents d'écrivain.

2. Chateaubriand décrit en des termes voisins cette nuit à Sparte dans les *Mémoires d'outre-tombe*, comme un brusque souvenir venant apaiser la surface de sa mémoire et faire se

rejoindre ses impressions de voyage à travers l'espace et le
temps : « Il y a de cette heure quinze autres années, qu'étant
à Sparte, et contemplant le ciel pendant la nuit, je me souvenais des pays qui avaient déjà vu mon sommeil paisible
ou troublé : parmi les bois de l'Allemagne, dans les bruyères
de l'Angleterre, dans les champs de l'Italie, au milieu des
mers, dans les forêts canadiennes, j'avais déjà salué les
mêmes étoiles que je voyais briller sur la patrie d'Hélène
et de Ménélas. Mais que me servait de me plaindre aux
astres, immobiles témoins de mes destinées vagabondes ?
Un jour leur regard ne se fatiguera plus à me poursuivre :
maintenant, indifférent à mon sort, je ne demanderai pas à
ces astres de l'incliner par une plus douce influence, ni de
me rendre ce que le voyageur laisse de sa vie dans les lieux
où il passe » (*Mémoires d'outre-tombe*, *op. cit.*, t. I, livre VIII,
chap. V, p. 414-415).

3. Ce finale cosmique anticipe celui des *Mémoires
d'outre-tombe*, où le ballet conjugué de la lune et du soleil
annonce à la fois le crépuscule d'une vie et le renouveau des
« peintres » de demain qu'il appelle de ses vœux à sa succession littéraire dans un parfum d'éternité : « Il est six heures
du matin ; j'aperçois la lune pâle et élargie ; elle s'abaisse sur
la flèche des Invalides à peine révélée par le premier rayon
doré de l'Orient ; on dirait que l'ancien monde finit et que
le nouveau commence. Je vois les reflets d'une aurore dont
je ne verrai pas se lever le soleil. Il ne me reste plus qu'à
m'asseoir au bord de ma fosse ; après quoi je descendrai
hardiment, le crucifix à la main, dans l'éternité » (*Mémoires
d'outre-tombe*, *ibid.*, t. I, livre XLII, chap. XVIII, p. 1030).

NOTES DE CHATEAUBRIAND

Page 369.

1. Ce premier mémoire est constitué d'un texte paru
dans les *Nouvelles Annales des voyages*, ayant pour titre
« Mémoire sur les Antiquités de la partie septentrionale de
l'État de New-York, lu par M. de Witt Clinton, président,

traduit de l'anglais (Original imprimé à Albany) » (1ʳᵉ série, 1821, t. IX, p. 108-129).

Page 381.

1. Chateaubriand reprend de nouveau un texte, du même titre, publié dans les *Nouvelles Annales des voyages* (1ʳᵉ série, 1823, t. XIX, p. 428).

Page 382.

1. Ce texte, portant le même titre, est issu des *Nouvelles Annales des voyages* (1ʳᵉ série, 1825, t. XXVIII, p. 145-186). Il a été « communiqué par M. le baron A. de Humboldt ».

Page 385.

1. *Historiae Canadensis, sive Novae-Franciae, libri decem ad annum usque Christi 1661* par le jésuite français Creuxius.

Page 390.

1. À cet endroit, la note, mise en bas de page par Chateaubriand, formait un paragraphe de l'article issu des *Nouvelles Annales des voyages*, inséré dans le texte (p. 159). Chateaubriand modifie légèrement la présentation du texte : il remplace les lettres (A, B, C...) par des chiffres (1°, 2°, 3°...), ces lettres renvoyant à des planches jointes au texte. Il ajoute aussi des déterminants devant chaque élément énuméré.

Page 394.

1. Chateaubriand omet ici (volontairement ou non) un passage de l'article des *Nouvelles Annales des voyages* (situé p. 164 et placés par nous en italique) : « De là, à l'extérieur, est un chemin couvert formé par deux remparts *parallèles en terre, éloignés chacun de deux cent trente-un pieds en prenant du centre. La partie la plus élevée des remparts* intérieurs est de vingt-un pieds. »

Page 407.

1. Article repris des *Nouvelles Annales des voyages* (1ʳᵉ série, 1825, t. XXVIII, p. 187-202).

Page 456.

1. Cette lettre de Humboldt est extraite de la *Revue protestante*. Elle avait été publiée à part en 1825 sous le titre « Évaluation numérique de la population du nouveau continent, considérée sous le rapport de la différence des cultes, des races et des idiomes ». Athanase-Charles Coquerel (1795-1868), pasteur protestant français, exerça d'abord aux Pays-Bas puis en France à partir de 1830. Il dirigeait la *Revue protestante* en 1825.

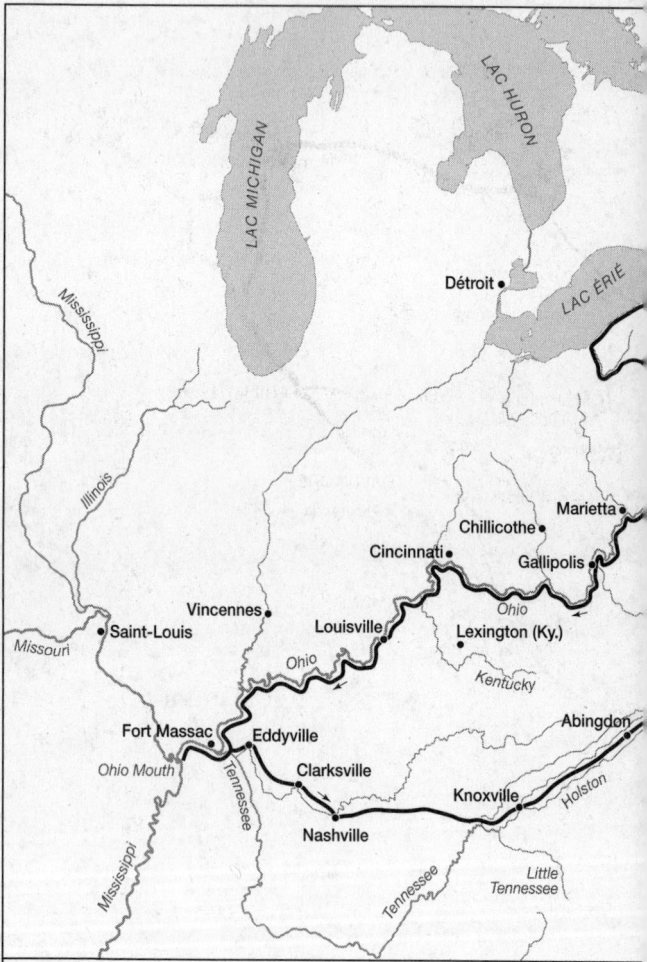

LAC HURON

LAC MICHIGAN

Détroit

LAC ÉRIÉ

Mississippi

Illinois

Marietta

Chillicothe

Cincinnati

Gallipolis

Vincennes

Louisville

Ohio

Lexington (Ky.)

Saint-Louis

Missouri

Ohio

Kentucky

Abingdon

Fort Massac

Eddyville

Clarksville

Knoxville

Holston

Ohio Mouth

Tennessee

Nashville

Mississippi

Tennessee

Little
Tennessee

Le voyage américain de Chateaubriand

Itinéraire certain

Itinéraire probable ou incertain

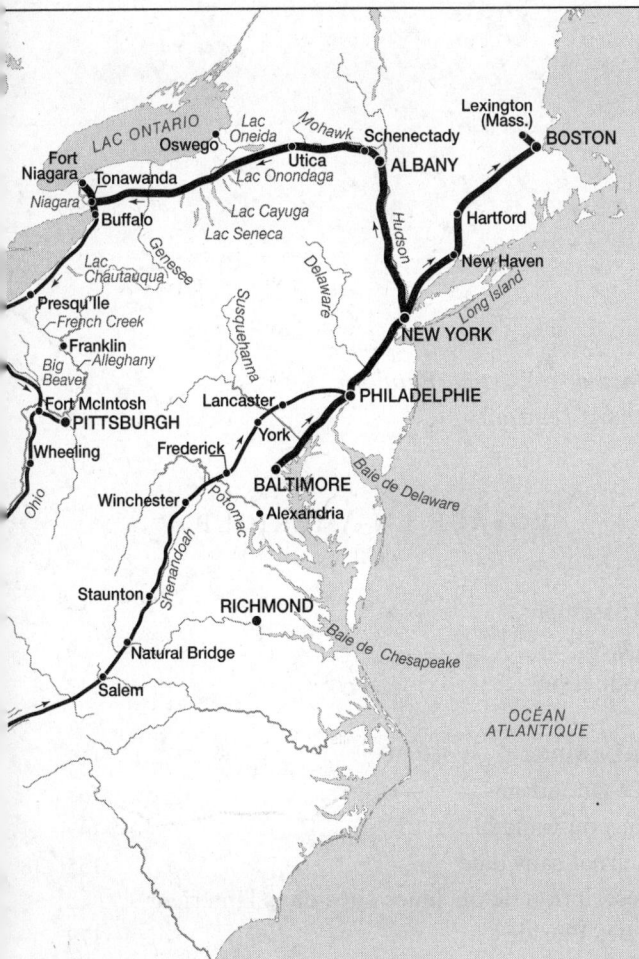

OCÉAN
ATLANTIQUE

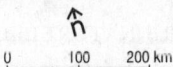

N

0   100   200 km

VOYAGE EN AMÉRIQUE

ANNEXES

DOSSIER

DU MÊME AUTEUR

Dans la même collection

ATALA. RENÉ. LE DERNIER ABENCERAGE. *Édition présentée, établie et annotée par Pierre Moreau.*

VIE DE RANCÉ. *Édition présentée, établie et annotée par André Berne-Joffroy.*

ITINÉRAIRE DE PARIS À JÉRUSALEM. *Édition présentée, établie et annotée par Jean-Claude Berchet.*

Composition : Nord Compo
Impression ~~ *Grafica Veneta*
à Trebaseleghe, le 15 mars 2019
Dépôt légal : mars 2019

ISBN 978-2-07-046710-5 / Imprimé en Italie.

290083